Unicorn

独角兽书系

百变王牌

♥♦♣♠

WILD CARDS

【美】乔治·R. R. 马丁 /编
王予润 / 译

GEORGE R.R.
MARTIN

重庆出版集团 重庆出版社

版贸核渝字(2017)第133号

图书在版编目(CIP)数据

百变王牌 / (美)乔治·R.R.马丁编;王予润译. —重庆:重庆出版社,2019.10
ISBN 978-7-229-14029-8

Ⅰ.①百… Ⅱ.①乔… ②王… Ⅲ.①长篇小说—美国—现代 Ⅳ.①I712.45

中国版本图书馆CIP数据核字(2019)第023752号

百变王牌
BAI BIAN WANGPAI
[美] 乔治·R.R.马丁 编
王予润 译
责任编辑:邹 禾 唐弋淄 许 宁
装帧设计:谢颖设计工作室
封面图案设计:罗 炟
责任校对:刘小燕

重庆出版集团
重庆出版社 出版
重庆市南岸区南滨路162号1幢 邮政编码:400061 http://www.cqph.com
重庆出版社艺术设计有限公司 制版
重庆市国丰印务有限公司 印刷
重庆出版集团图书发行有限公司 发行
E-MAIL:fxchu@cqph.com 邮购电话:023-61520646
全国新华书店经销

开本:890mm×1230mm 1/32 印张:19.75 字数:510千
2019年10月第1版 2019年10月第1次印刷
ISBN 978-7-229-14029-8
定价:88.00元

如有印装质量问题,请向本集团图书发行有限公司调换:023-61520678

目录
Contents

献给肯·凯勒

与我一样，他的成长也源于四色漫画

编者的话

《百变王牌》这部作品完全架构在一个虚构的世界中，它的历史与现实历史完全平行。《百变王牌》中呈现的所有姓名、角色、地点和事件纯属虚构，或当虚构使用。任何与真实事件、场所及在世或已死亡的真实人物的相似之处，纯属巧合。例如，本选集中的论文和文章以及其他相关文献都是虚构之作，本书完全无意于描述或暗示任何真实存在的作者或诸如此类的人物曾经确实写过、出版过或对本书中的论文、文章及其他相关文献做出过贡献。

乔治·R.R.马丁

序

“超级英雄”的文学之旅

对我来说，长久以来，古代、太空歌剧或幻想的第二世界都是我的兴趣点，凡是现当代的通俗文化产品，我更希望是描写自己熟悉的生活场景，显而易见，这样更能引起共鸣，也更能获得享受，而不是非得去一大堆自己完全陌生的地点、食物、玩笑、音乐等等中间刨梳和理解。因此我把《百变王牌》自然而然地划归“美国都市社区传说”一类。

作为乔治·马丁的译者、研究者和狂热爱好者，在相当长一段时间内，我疯狂地寻找和阅读了乔治·马丁所有出版过的文字，但对占用他创作时间第二位（除《冰与火之歌》之外）的《百变王牌》系列，却一直束之高阁（部分原因也是该系列篇幅太长）。直到最近几年，随着阅读眼界的不断拓展，观看这套书的理由不断累积，我才说服自己拿起书本来试一试。好奇我的理由吗？具体而言，打动我的有如下几个方面：

其一，我终于明确了一点——其实这一点原本就非常明确，无奈提到超级英雄，总不免第一时间想到漫画——《百变王牌》是文字小说系列，在这个领域，它能直接发挥乔治

·马丁作为作家的特长，也能让熟悉和景仰马丁的我较为轻松地进入。《百变王牌》的确脱胎于美国超级英雄漫画的文化，乔治·马丁也的确从几岁起就是超级英雄漫画的粉丝……但它的基础载体是小说，它是文学宇宙，不同于DC或漫威的漫画宇宙乃至电影宇宙。

从基本介绍中即可得知，《百变王牌》先后有超过四十位作家参与，而乔治·马丁作为总编辑和作者是其灵魂人物。该系列小说不但均由他过目和整合，而且他自己还实际参与了其中若干中短篇的写作。《百变王牌》至今（截至2018年底）已出版了二十七部小说，大致可分为三类：

A类，同一故事背景下不同作者创作的中篇小说合集；

B类，单一作者的长篇小说；

C类，"马赛克小说"，即长篇小说的各部分由不同作者写就，最后经马丁本人发挥"导演"和"乐队指挥"的功能，将其融为一体。其中最后一类是马丁的得意之作，最能彰显他的创作成就。

其二，《百变王牌》源自桌面角色扮演游戏。虽然我对超级英雄漫画说不上知根知底，对美国文化背景更显陌生，但作为游戏迷和奇幻迷，对角色扮演游戏却是熟悉和喜爱的，尤其是《龙与地下城》及其衍生和改编的各类电子游戏。

整理和翻译《梦歌——乔治·马丁作品回顾集》的时候，我就清楚乔治·马丁对角色扮演游戏的狂热。他于1980年搬家到新墨西哥州圣塔菲市（至今依然定居于此），不久便加入了当地的角色扮演游戏聚会（聚会成员一半以上是作家），起初玩的是“克苏鲁的召唤”，1983 年开始玩“超人世界”，从此一发不可收拾。乔治·马丁喜欢游戏主持人（GM）的角色，在游戏过程中创造了数以百计的 NPC 和反派（据说其中许多人物至今还没捞到在《百变王牌》小说里的出场机会！），也创造出《百变王牌》的基础设定。很大程度上，《百变王牌》的创作过程就是我们自身“跑团”经历的翻版（跟《龙枪》的诞生过程非常相似），这大大拉近了我跟它的心理距离。

其三，《百变王牌》虽根植于美国文化，与我们中国人的日常生活环境相距颇远，但乔治·马丁的指导理念是一脉相承的现实主义。《百变王牌》与其他超级英雄作品在立意上的最大不同，在于它的创作者是一群思想活络的作家（而非单纯的漫画从业者），他们从最初的游戏过程开始就彼此“争奇斗艳”，试图把笔下人物当成活生生的“人”来考察。它并不像许多超级英雄作品一样追求肤浅的“合家欢”，回避现实中怯于提及的问题，它不但着重考察了超级英雄（即《百变王牌》中的“王牌”）对人类社会方方面面的影响，还把力量对超级英雄自身的影响作为重点。

此外，《百变王牌》横跨二战以后的整个时空，故事背景从上世纪 40—50 年代种族主义和麦卡锡主义泛滥的美国一直到当前的网络社会。它的视野并不若我最初以为的那样局限于“乡土美国”和“都市美国”，真实的历史人物和历史事件在小说中频频出现，从西方到东方，从总统选举到世界和谈，光怪陆离的多元化犹如《冰与火之歌》中神秘莫测的魔法一样吸引着我。

基于这三点，我从最初的排斥到逐步试探，展开了对《百变王牌》系列的了解和阅读。根据乔治·马丁及其同伴作家们的说法，他们当年并不甘心自娱自乐，舍不得告别自己创造的精彩人物，于是在一年多酣畅淋漓的游戏之后，萌生了将游戏的设定和故事进行商业化、推向市场的念头，由此诞生出《百变王牌》。梳理从上世纪80年代中叶商业化至今的全部作品，这个IP（一度号称世界上延续时间最长的共用世界系列）大致可分为如下几个发展阶段：

第一阶段，黄金时期。乔治·马丁等人最初寻找的合作者是著名的巴兰亭出版社，于1987年到1993年间一共推出了十二部小说（包括上面提到的中篇合集、长篇小说和“马赛克小说”这三种形式）。作为巴兰亭出版社重点栽培的书籍，《百年王牌》系列不负所望地一炮走红，并在评论界获得极大赞誉，1988年即进入雨果奖决选，只是惜败给阿兰·莫尔那本极其出色的《守望者》。它也迅速被改编为漫画、桌面角色扮演游戏，并卖出电影版权，培养了大批至今仍支持着它的忠实读者。

顺带一提，重庆出版社简体中文版《百变王牌》最初出版的七本小说全部来自这个时期，它们是“元祖三部曲”的《百变王牌》《王牌云巅》和《疯狂鬼牌》，“木偶师四部曲”的《王牌旅途》《深入污秽》《最后王牌》和《亡者之手》。

通过这些最经典的著作，读者可迅速进入《百变王牌》的世界。

第二阶段，沉沦时期。随着《百变王牌》在巴兰亭出版社的销量缓慢走低，马丁等人为了眼前利益，轻率地将出版权转交给较小的巴恩出版社。1993 年到 1995 年间该出版社出版的《百变王牌》第十三到第十五部小说在商业上迎来惨败，此后便是长达七年的空白期。2001 年，马丁等人寻到新出版商 IBOOKS，然而到 2006 年为止，勉强推出《百变王牌》的第十六和第十七部小说（及再版了以前的部分小说）之后，该出版商宣告破产。

不过，乔治·马丁的《冰与火之歌》系列前三卷就出版于《百变王牌》的七年空白期之内，并让他的作家生涯更上一层楼。真可谓塞翁失马焉知非福，或者说失之东隅收之桑榆——如果《百变王牌》不遭遇滑铁卢，说不定读者们还看不到《冰与火之歌》呢！

第三阶段，复兴时期。2007 年 IBOOKS 破产以后，美国最大的幻想文学出版社托尔出版社趁机将《百变王牌》纳入帐下。此后伴随乔治·马丁声誉的节节高升，也得益于市场大环境的变化（如超级英雄题材在电影领域的极大成功），《百变王牌》逐渐恢复了过去的辉煌。2008 年到 2018 年这十一年间，托尔出版社一共出版了十部《百变王牌》的新小说，再版了以前的大部分小说，还在网站上发表了近二十篇中篇小说，《百变王牌》也再度被改编为漫画和桌上角色扮演游戏。

更激动人心的消息来自 2018 年底，HULU 电视台宣布将与马丁合作开发两个《百变王牌》的电视剧。在这个眼球经济的时代，这无疑是该系列顺利延续和发展的最大利好。

那“百变王牌”究竟是什么？《百变王牌》系列又在说什么呢？本着不剧透的态度，我可以简单地回答，“百变王牌”是与地球人高度相似的塔基斯星人研究出来的一种改写基因的外来病毒，其研究的最初目的是制造超能力，却发生了可怕的意外。它于1946年被释放在美国的纽约市（当即造成近两万人的死亡），随后又经携带扩散到世界各大城市。

事实证明，“百变王牌”病毒是可怕的，它对所有人一视同仁，没有免疫可能；但它同时又像神奇的阿拉丁神灯，透过人类的潜意识诱发变异，经由人类的欲望、个性和恐惧而产生神奇的力量。“百变王牌”的基因还可以在人体内潜伏下去，并以百分之五十的概率传递给后代，所以该系列的宇宙里，至今仍有人会突然激发自己的能力，由新时代的欲望而产生新的英雄（或怪物）。

成为英雄的条件非常苛刻，也非常不公平。一百个人中，九十个人会抽到“黑桃皇后”（变异失败，迅速死亡），九个人抽到“鬼牌”（变成怪物，甚至宁愿自己去死），只有唯一的一人能抽到“王牌”（激发潜在能力，成为超级英雄）。

《百变王牌》讲述的，就是这百分之一的英雄的故事。

屈畅

序章

摘自《百变时代：战后岁月的口述史》

施塔兹·特克尔[①] 著

（万神殿出版社，1979 年出版）

赫伯特·L. 克拉斯顿

很多年后，当我在看《地球停驻之日》这部电影时，看到迈克尔·伦尼[②]从那艘飞碟里走出来，我弯腰俯身对妻子说道："现在这个人才是外星使者应该有的样子。"我一直怀疑正是塔基扬来地球给了他们灵感，才让他们拍了这部电影，但你也知道好莱坞总喜欢扭曲事情的真相。当时我就在那儿，所以我知道事情到底是怎么回事。他先到的地方是白沙[③]，而不是华盛顿。他身边一只机器人也没有，我们也没有向他射击。考虑到后来发生的事，也许我们该那么做的，不是吗？

他的飞船，嗯，也显然不是飞碟，它看起来完全不像我们捕获的

---

① 施塔兹·特克尔，美国著名历史学家，开创了"口述史"的先河，代表作《美国梦》曾获普利策新闻奖。本文为乔治·R. R. 马丁所撰，假借了特克尔标志性的采访式口述文体。

② 迈克尔·伦尼（1909—1971），英国电影演员，20 世纪 60 年代末曾演过大量电影及电视剧，还曾参演过 1968 年第一季《蝙蝠侠》。《地球停驻之日》为虚构。

③ 位于美国新墨西哥州，有一个占地 3200 平方英里的导弹试验场，为美国最大的军事设施。

V－2火箭之类该死的玩意儿，甚至也不像沃纳设计的月球火箭[①]。它完全违背所有空气动力学原理和爱因斯坦的狭义相对论。

他是晚上出现的，他的飞船被光芒笼罩，那是我这辈子见过的最漂亮的东西。它碰巧落在军用靶场的中央，船身上没有火箭，没有螺旋桨，没有旋翼，也看不出有什么其他任何可当做推进器的东西。它的外表就像是珊瑚，或是某种有孔洞的石头，上面覆盖着螺纹和钉刺，就像是你深海潜水进入某个石灰岩溶洞里会看到的东西。

我是乘坐最早的一辆吉普车抵达现场的。我们到的时候，塔克[②]已经在外面了。在电影里，迈克尔·伦尼穿着一套银蓝色的宇航服，但事实上塔基扬的样子却像是三个火枪手与马戏团演员的合体。不怕告诉你，我们所有人都很害怕开车出去，从那些火箭男孩到书呆子甚至连军人都怕得要命。我还记得1939年那时候，奥森·威尔斯在空中水星剧场的广播里骗了大家，让所有人都以为火星人入侵了新泽西，然后我就一直在想，这回该不会来真的了吧。不过等到聚光灯打在他身上，看到他站在他的飞船前的时候，我们所有人都放松了下来。他一点也不吓人。

他很矮，可能五英尺三英寸高，也可能是五英尺四英寸，说实话，他看起来比我们更害怕。他穿着绿色的紧身裤袜，那玩意儿跟他的鞋连在一起，身上橘黄色衬衫的领子和袖口上还有些娘娘腔的蕾丝花边，另外他还穿了件银色的汗衫似的东西，很紧身。他的外套是柠檬黄色的，还披着件绿色的风衣，它被风刮得呼呼响，时不时会卷住他的脚踝。他脑袋上戴着一顶宽边帽，上面长长地戳出来一根红色的羽毛，直到我走近一点，才看清了那其实是某种怪里怪气的动物刚

---

① 沃纳·冯·布劳恩（1912—1977），德国火箭专家，纳粹德国V－2火箭的总设计师，二战后移居美国，任NASA空间研究项目的主设计师，主持设计了成功登月的运载火箭土星五号。

② 塔基扬的简称。

毛。他的长发及肩，乍看之下，我还以为他是个小姑娘。他的头发也很怪，红色，有点闪光，就像是细细的铜丝。

我不知道该怎么看待他才好，不过我记得我们这边的某个德国人说，他看起来像个法国佬。

我们一到，他就直接向吉普车走来，相当胆大包天了，不过走得挺艰难的，他跌跌撞撞地穿过沙滩，腋下还夹着一个大包。他开始跟我们讲述他的名字，说到一半的时候，另外四辆吉普车也慢慢停靠过来。他说的英语比我们这儿的德国人更好些，只是带点古怪的口音，不过一开始我们很难确定他在说什么，因为他花了十分钟给我们讲他叫什么名字。

我是人类里头一个跟他对话的。我发誓这是真的，不管别人怎么跟你说的，反正第一个人是我。我爬出吉普车，伸出我的手，然后说："欢迎来美国。"我正打算自我介绍，不过他在我开口说话之前就打断了我。

"新泽西开普梅的赫伯特·克拉斯顿，"他说，"火箭科学家。很好。我自己就是个科学家。"

他跟我认得的科学家可一点儿都不一样，但既然他来自于外太空，我觉得可以对他宽容点。我更在意他是怎么知道我名字的。于是我就问了他。

他不耐烦地将衣服上的蕾丝挥到空中。"我读取了你的思维。这不重要。时间紧迫，克拉斯顿。他们的飞船坏了。"我觉得他在说这话的时候不太舒服，他有点悲伤，你知道，受了伤，受到了惊吓。还很累，非常累。接着他开始说起这个星球。说这个星球正在受到百变王牌病毒的威胁，当然，现在人人都知道这事儿了，不过在当时，我一点儿也不明白他妈的他到底要干吗。他说，它不见了，他需要取回它，为了大家好，他希望它还原封未动。他想跟我们的领导人谈话。他肯定是在我的思维中读取到了他们的名字，因为他直接说出了沃纳，还有爱因斯坦，接着是总统，不过他称呼他为“你们的这个总统哈里·S. 杜鲁门”。接着他爬进吉普车的后座，坐了下来。“带我去见他们，”他说，“马上。”

莱尔·克劳福德·肯特教授

从某种意义上来说，给他起了名字的人是我。他真正的名字，当然，就是他那个外星姓名，长得根本没法念。我们好几个人都试图要缩短它，我记得，我们商讨过从那名字里选取这样那样的段落来简化，但似乎这在他的母星塔基斯上是有失礼数的行为。他一遍又一遍地纠正我们，我得说他的态度相当傲慢，就像是老学究在训斥一帮小学童似的。但我们总得有个称呼，首先是他的头衔。因为他自称是王子，所以我们本来可以叫他“殿下”，但要知道，美国人并不乐意干点头哈腰的这一套。他还说过他是个医生，只不过不是我们这个世界意义上的医生，不过我们必须承认，他似乎确实知道不少遗传和生物学的知识，这大概是他的专业领域。我们团队里的大部分人都有高等学位，我们据此来称呼彼此，因此自然而然地我们也开始叫他“医生”。

我们的火箭科学家们被这位来访者的飞船迷住了，尤其是它那比光速更快的推进系统。不幸的是，我们的这位塔基斯星的朋友为了赶在他的亲属抵达之前在我们这儿紧急登陆，燃尽了他的星际引擎燃料，此外，不管怎么说，他都固执地拒绝让我们中的任何人，无论是普通公民还是军方的人，来检查他的太空船。沃纳和他的那些德国人便只能退而求其次，就引擎的事来询问这位外星人，我想，态度还很强硬。就我所知，理论物理学和空间飞行技术并非我们这位来访者的专长领域，因此他给他们的答案模糊不清，但我们确实了解到，这种引擎的原材料使用了某种比光速更快的粒子，而那是我们迄今为止尚未发现的。

外星人对那种物质自有一个专有名词，但它跟他的名字一样，也没法念。嗯，我和所有受过教育的人一样，有一定的古希腊语基础，而且我可以自卖自夸地说，学得还不错。而我就是把那种物质命名为“超光速粒子”[①] 的人。不知怎地，军方的人搞混了，开始称我们的来访者为“那个超光速粒子的家伙”。这个短语逐渐流传开来，之后没过多久就成了塔基扬医生，而这个名字，也就成了他在新闻里的通用名。

美国陆军情报局爱德华·里德陆军上校（退役）

你想让我说这些事，对吧？和我来谈的每一个该死的记者都想让我说这些破事。好吧，那就说吧。我们犯了一个错误。我们也为此付出了代价。你知道后来他们差点儿就打算把我们送上军事法庭，把我们整个审讯小组都送去吗？这就是事实。

妈的，碰上这种事，除了我们的应对之外，我真不知道他们还指望我们能干什么别的。我是负责审讯他的人。我应该知道。

我们到底对他知道多少？除了他自己说出来的那些之外，一无所知。那些书呆子把他当成圣婴，但我们军人得更谨慎。你要是想理解，就得从我们的角度来考虑，还得牢记当时的情势。他的故事整个儿听起来都很荒谬，而且他妈的他啥都不能证明。

好吧，他确实是乘着这驾看起来很可笑的火箭飞机着陆的，不过实际上那玩意儿也没火箭。这事是令人印象深刻。可能就像他所说，他的飞机确实是从外太空来的。但也可能不是。可能它是纳粹的某个秘密计划，一直延续到了战后。他们在战争最后造了喷气式飞机，你知道的，还有那些 V-2 火箭，他们甚至还研究了原子弹。也可能是俄罗斯人的。我不知道。只要塔基扬能让我们检查他的飞船，我们那

---

① 超光速粒子英文为 Tachyon，人名按音译为塔基扬。

些孩子就能指出它是从什么地方来的，我很肯定。但他就是不肯让任何人进那该死的玩意儿里边去，这就很让我怀疑了。他到底想隐藏什么？

他说他从塔基斯星来。呵呵，我他妈从来没听说过什么塔基斯星。火星、金星、木星，这些我是知道的。我甚至还知道蒙戈和巴苏姆星[①]。但塔基斯星是什么玩意儿？我给这个国家里的十来位最顶尖的天文学家打了电话，甚至还打给了某个英国佬。塔基斯星到底在哪儿？我问他们。他们告诉我，没有什么塔基斯星。

人们认为他是外星人，对吧？我们给他做了体检。完整的一大套体检、X 光检查，还有一整套心理学测验，诸如此类。检查结果他是人类。不管我们用什么手段检查他，结果都是人类。没有多余的器官，没有绿色的血液，他就是五个手指，五个脚趾，两个卵蛋，一个鸡巴。那个混蛋跟你我完全没有任何区别。他说英语，他妈的。但你要知道，他同样也能说德语。还有俄罗斯语和法语，以及其他一些语言，具体的我记不清了。我把我对他做的部分审问录了下来，放给一名语言学家听，他说那口音像是中欧人。

还有精神病医师，嚯，你应该看看他们的报告。典型的妄想性偏执症，他们说。夸大狂想症，他们说。精神分裂症，他们说。都是这一类的玩意儿。我想说的是，看，这家伙自称是一名来自外太空的王子，身上还他妈带着魔法力量，跑这儿来就为了拯救我们这破星球。你觉得这话听起来正常吗？

我还得说说他那些该死的魔法力量。我承认它确有其事，这一点是最让我困扰的。我是说，塔基扬不光能告诉你你在想什么，他还能开开心心地看着你，让你跳上桌子，弄掉你的内裤，不管你自己是不是乐意。每天我都得跟他在一起好几个小时，他说服了我。问题在

① 这两个都是真实存在的电影中虚构的星球。

于，我的报告并没能说服东海岸的那些高级军官。他们觉得这就是某种把戏，他把我们催眠了，或者他读懂了我们的身体语言，运用了心理学的技巧来让我们以为他能阅读思维。他们本来打算派个舞台催眠师来破解他是怎么干的，但还没等他们抽出时间来，就出了那桩大麻烦。

他没有太多要求。他只想和总统会面，好让他调动整个美国军方来搜索某条失事的火箭飞船。当然了，塔基扬负责指挥，除了他之外没有人能担此重任。我们最顶尖的科学家可以做他的助手。他需要雷达、喷气式飞机、潜水艇和探犬，以及其他一些没人听说过的古怪机器。只要你说出名字，他就说他想要。此外他不希望有他不得不与其他任何人协商的情况。如果你想听我说实话，我得说这家伙虽然穿着像个基佬理发师，但他下命令的方式，会让你觉得这家伙至少得是个三星上将。

为什么这么说？哦，嗯，他的故事，听起来确实挺了不起的。按他所说，在那个塔基斯星上，人们被二十来个大家族掌控，他们就像是贵族，只不过他们有的是魔法力量，他们由此统治其他所有没有魔力的人。这些家族在大部分时间里都彼此争斗，就像哈特菲尔德和麦考伊家族[①]一样。他那一支族人掌握了某种秘密武器，他们致力于此已有两百余年。按他所说，那是一种精巧的人工病毒，设计来用于影响宿主生命体的基因组成。他是那个研究项目中的一员。

这么说吧，我拿他逗过乐子。这种细菌能干什么？我问他。然后我得到了这样的答案——它能用来做任何事。

根据塔基扬所说，这玩意儿本来是要用于增强他们的力量，或许甚至能给他们一些全新的力量，让他们几近于神，这样一来，他的族

---

① 哈特菲尔德和麦考伊是美国西弗吉尼亚州和肯塔基州边界的两大家族，1863 年至 1891 年间两个家族的冲突械斗差点引发美国的第二次内战。

人毫无疑问就能凌驾于其他家族之上。但那东西并不总能做到这一点。有时候可以，嗯。但大多数时候，它会害死实验体。他不停地说啊说的，讲那东西到底有多致命，想让我害怕起来。那么中了这种病毒的病征是什么？我问他。早在 1946 年，我们就已经知道细菌武器的厉害了，为了以防他所说的一切是真的，我得让大家知道我们要找的东西是什么。

他说不出病征。病征各式各样。每一个不同的人，呈现出的病征各不相同。你以前听说过这样的病毒吗？我反正是没有。

接着塔基扬说有时候它不会害死人，只是会让人变成怪人。什么样的怪人？我问。各种都有，他说。我表示说这听起来确实挺糟糕的，还问他，为什么他的族人不把这种东西用在其他家族的人身上。而他则回答说，因为有时候这种病毒确实会奏效，它会改造受害者，赋予他们力量。什么样的力量？显然，各种各样的力量。

反正他们掌握了这个东西。他们不想把它用在敌人身上，这可能会助长他们的力量；但他们也不想将它用在自己人身上，然后杀死半数族人。他们也不打算忘了这玩意儿。他们决定用我们来试验它。为什么是我们？他说，因为我们的基因与塔基斯星人完全一致，像这样的种族，他们只知道我们一支，而那种病毒本来就是设计成作用于塔基斯星的基因型上的。那么，为什么我们会这么幸运呢？他的某些族人认为这是平行进化的结果，另有一些人则认为地球是被遗忘的塔基斯星人殖民地——他不知道，也不关心。

他关心的只有实验，尽管它是“十分卑劣的”。他说他提出了反对意见，但他们无视了他。飞船离开了。塔基扬决定以一己之力来阻止他们。他乘坐一艘小船，在他们之后出发，燃尽了他那该死的塔基斯星引擎燃料，从而比他们更早抵达。他拦截了他们，而他们叫他滚，虽然他是家族的人，但他们还是进行了某种空间战斗。他的飞船受损，而他们的则遭到破坏，最后坠毁了。就在东海岸的某个地方，他说。因为他的飞船受损，所以他没能确定他们的位置。于是他在白沙登陆，他觉得他在那儿能获得帮助。

我用电报录音机记录下了整个故事。然后陆军情报局联络了各路专家：生物化学家、医生和搞细菌战的那些人，反正你能说得出的都找了。我们告诉他们，有一种外星病毒，病征完全随机，无法预知。他们说，不可能。太荒谬了。其中有个家伙给我上了整整一堂课，讲地球的细菌怎么怎么不可能像 H. G. 威尔斯的书里那样作用于火星人，火星人的基因也不可能对我们的产生什么作用。所有人都觉得这种随机病征的玩意儿完全是个笑话。所以我们能怎么办？所有人都开始拿这火星流感和宇宙人感冒开玩笑。某个我不清楚是谁的人在报告里称它为百变王牌病毒，我们其他人也开始沿用这个名字，但完全没有人信它真实存在。

情况很糟，而塔基扬试图逃跑则令事态变得更坏。他几乎成功了，但就像我家老头子经常跟我说的，“几乎”这个词只有在碰到马蹄铁和手榴弹的情况下才有意义。五角大楼派出了他们自己的人手来讯问他，那是个陆军上校，名字叫维恩，我猜塔基扬终于对这一切感到忍无可忍了。他控制了维恩上校，他俩一起步出了屋子。不管什么时候，只要有人怀疑他们，维恩就会发出命令让他们通过，此时阶级特权的作用就显现出来了。这造成一个假象，仿佛维恩是受了什么命令，要陪同塔基扬回去华盛顿。他们征用了一辆吉普车，一路返回那艘宇宙飞船，但就在这时候某个哨兵来与我确认，于是我就派人在那儿等着他们，直接命令他们无视维恩上校说的任何话。我们重新看守住了他，把他困在那里，重兵把守。尽管他有魔力，对此却几乎无计可施。他能让某个人听命于他，要是特别努力，说不定还能控制三到四个人，但他没法控制所有人，也就是在那时候，我们才明白了他的把戏。

或许他企图逃跑是个愚蠢的行径，但至少让他一直吵着要见爱因斯坦的事儿成了真。五角大楼的人一直告诉我们说他是世界上最厉害的催眠师，但我已经完全不买账了，而且，你也该听听维恩上校对这套理论有什么看法。书呆子们也变得焦虑起来。不管怎么说吧，维恩和我尝试着说服当局将这囚犯送到普林斯顿。我表示说和爱因斯坦聊个天儿完全不会有任何害处，还可能有些好处。他的飞船已经被我们没收了，我们还没收了这个人身上能没收的所有东西。爱因斯坦不是号称说有这个世界上最伟大的大脑吗，说不定他就能对这家伙做出判断呢，不是吗？

现在仍然有人表示说军方应该对发生的一切负责，但这话说得不对。事后才来说的话听起来自然很聪明，但我当时就在现场，而我至死都能明确表示，我们所做的每一个步骤都合情合理，而且十分谨慎。

真正让我愤怒的是，他们说我们根本啥事也没做，也没翻遍这地球来找什么该死的百变王牌孢子。我们可能是犯了一个错误，嗯，但我们并不傻，我们给自己擦了屁股。他妈的这个国家的每一个军事设施都收到了命令，要让他们寻找一艘撞毁的宇宙飞船，它长得像个贝壳，还不断往外冒着光。他们没人把这条命令当回事，这他妈难道是我的错？

至少有件事应该归功于我。当一切都他妈乱了套的时候，是我在两小时内用喷气式飞机把塔基扬送回了纽约。我就坐在他后面的座位上。我们横穿了整个国度，这红毛废物嚎了半路。而我，我当时在替“喷气机小子”祈祷。

百老汇上空三十分钟！

“喷气机小子”的最后冒险！

霍华德·沃尔德洛普 著

新泽西州夏塔克的伯纳姆飞行服务机场已关闭了。控制塔上小小的探照灯光几乎无法推开黑暗的浓雾。

23 号机库前的行道上传来了车辆停靠的声音。一扇车门打开，接着又关上了。员工通道响起了脚步声。门开了。“特讯”斯旺森走了进来，手里提着他的马克二代柯达签写背印相机、一袋闪光灯泡和胶卷。

林肯·特雷诺从 P－40 战斗机的引擎上站起身，这架飞机是转让的军用物资，一名航空公司的飞行员在电话拍卖中以 293 美元的价格买下了它，他正在为此人整修飞机。从这个引擎的形状上判断，这架飞机应该在 1940 年被飞虎队使用过。工作台上的收音机里正在转播一场球赛，林克[①]调小了它的声音。

“你好，林克。”特讯说道。

“你好。”

“还没消息？”

“别指望了。他昨天发的电报说他今天到。这对我来说已经够好了。”

特讯用工作台上的三炬牌盒装火柴点燃了一支骆驼烟。他冲着机

① 林肯的简称。

库墙上“绝对禁止吸烟”的标牌喷出一口烟雾。“嘿，这是什么?”他向后走去。那是两块红色的延伸翼，以及两个三百加仑的水滴形机翼下置油箱，尚未拆封。“这些东西什么时候来的?”

“陆军航空兵团昨天把它们从旧金山邮来的。今天又给他发了一则电报。你最好也读一读，毕竟你正在写他的故事。”林克把美国陆军部的命令递给他。

致：喷气机小子（罗伯特·汤姆林）

地址：新泽西州夏塔克伯纳姆飞行服务机场23号机库

1. 你已不再在美国陆军航空军服役，此命令自1946年8月12日12时生效；

2. 你的飞机（试制型号）（服役编号JB－1）据此也将不再于美国陆军航空军使用，将会指派为你的私人飞机。陆军航空军和陆军部将不再对它提供任何物资保障；

3. 记录、表彰及奖赏将于稍后另函附上；

4. 我们的记录显示罗伯特·汤姆林并未获得飞行执照，请联络民用航空局参加相应课程并通过检定；

5. 祝天高气爽，一路顺风。

美国陆军航空军司令阿诺德[1]

参见：1941年12月8日2号执行令

“这里说他没有飞行执照是什么意思?”那位记者问道，“我去资

① 美国陆军航空军于1941年由美国陆军航空兵团改组而成，为美国空军的前身，原陆军航空兵团司令兼副参谋长亨利·阿诺德为陆军航空军的首任司令。

料室调查过他——他的档案足有一英尺厚。妈的，他飞得越来越快，比任何人的战果都要更丰厚——五百驾飞机、五十条船！他没有飞行执照却做到了这一切？”

林克抹去了肌肉上沾着的油渍。“没错。他是你见过的最痴迷飞机的孩子。早在1939年，他还不到十二岁，听说我们这儿有份工作正在招人，于是他在早上四点钟就跑来了——他是从孤儿院潜逃出来的。他们跟在他后面想抓住他。当然后来希尔弗伯格教授与他们协商好了，就雇佣了他。”

“希尔弗伯格就是那个被纳粹干掉的？造了那架喷气机的家伙？”

“对。他的喷气机比其他人的领先了很多年，但是造得很怪。我替他组装飞机，它是博比和我两个人亲手造的。不过是希尔弗伯格设计了那些喷气机——它有着你能见到的最可怕的引擎。后来纳粹和意大利人、英格兰的惠特尔①也都开始造他们自己的喷气机了。但接下来德国人发现了我们这儿的事。”

“那小子怎么学会开飞机的？”

“我猜他天生就会，”林肯说道，“前一天他还在这儿帮我敲金属呢，接下来的那一天，他就和教授一起以四百英里的速度飞行了。而且是在晚上，用那些早期引擎。”

“他们怎么保守住这个秘密的？”

“他们没有保守秘密，没有严格保守。间谍来这儿的目标是希尔弗伯格，为了他和他的飞机。博比带着它离开了。我想他和教授都知道出事了。希尔弗伯格战斗了一番，但纳粹还是杀了他。接着就是些外交上的烂事。那时候的JB－1喷气机只有六架30毫米机枪——教授从哪儿把它们弄来的我也不知道。但那孩子就靠它料理了满满一车

---

① 弗兰克·惠特尔（1907—1996），英国航空工程师，喷气推进技术的先驱，曾设计并驾驶第一架喷气式飞机。

的间谍，还干掉了哈德逊河上那条快艇里所有大使馆的人，他们全都有外交签证。”

“等等，”林克停住了话头，“克利夫兰的两场球赛要结束了。让我听听蓝色广播网。”他调响了工具架上那台金属质地的飞歌牌收音机。

“……桑德斯传给帕蓬福斯，再传给沃斯塔德，双杀。决定性的一击。现在白袜队输克利夫兰两局。接下来我们——”林克关掉了收音机，“赚了五块钱，”他说，“我刚说到哪儿了？”

“德国佬杀了希尔弗伯格，喷气机小子报复了回去。他后来去了加拿大，对吧？”

“非正式地加入了加拿大皇家空军。他参加了不列颠空战[1]，还跟着飞虎队去中国打过日本，珍珠港那会儿他到了英国。”

“罗斯福征召了他？”

“算是吧。你看，他这整个生涯中最有趣的事情就在这儿。他参与了整个二战，从 1939 年到 1945 年，比任何美国人都长，接着到了战争要结束的时候，他却在太平洋上失事，失踪了。有一整年，我们都以为他已经死了。然后上个月，他们在那片荒岛上找到了他，而现在，他要回家了。”

外面那浓雾迷漫的天空中传来一声响亮而尖锐的呜呜，听起来像是有喷气式螺旋桨飞机在俯冲。快讯熄灭了第三支骆驼烟。“在这种浓汤似的天气里他要怎么降落？”

“他有一台全天候雷达，1943 年的时候从一架德国夜战飞机上拆

---

① 二战期间纳粹德国对英国发动的最大规模空战，同时也是二战中最大规模的空战，除英德两国外同属英联邦的加拿大等国空勤人员也加入了战斗，美国当时属于中立国家，因此美国的飞行员或是加入英联邦的空军或是以志愿者的身份与英国人并肩作战。不列颠空战于 1941 年以德国的失败告终，令德国放弃了入侵英国的计划。

下来的。就算是午夜时分，他也能在一顶马戏团的帐篷上降落下来。”

他们走出了门。两道着陆灯的灯光刺穿了翻滚的浓雾。它们在跑道另一头的尽头渐渐下降，接着掉转头，沿着飞机滑行跑道再折回来。

灰色灯光笼罩下的飞机跑道上，显现出了一架红色飞机光彩照人的样子。这驾双引擎单翼飞机向着他们开来，接着慢慢停了下来。

林肯·特雷诺将一组双垫木分别放在飞机的后方三脚起落架下。飞机机头上的玻璃罩向上打开了一半，接着往后移动。这架飞机上双引擎之间的翼根位置有四个20毫米的机关枪枪架，驾驶舱边缘的左下方则设置着一个75毫米的火炮射击孔。

它有一个狭长的方向舵，后翼升降舵的形状仿佛一条河鳟。在每个升降舵的下方，各有一个后射机关枪的枪口。机身上仅有的标识是一个黑色圆形装饰物上的四个不标准的美国陆军航空军星标，以及机翼右上、左下和方向舵下方的JB－1编号。

机头上的雷达天线看起来就像是个烤维也纳香肠用的东西。

一个身穿红色短裤、白色衬衫，头戴蓝色头盔和护目镜的少年走出驾驶舱，自左边的升降梯上走了下来。

他大概十九岁，也可能二十岁。他摘下了头盔和护目镜。他长着一头棕色卷发，浅褐色的眸子，个子不高，身材壮实。

“林克。”他说。他紧紧抱住那位矮胖的男子，足足拍了他的背一分钟。特讯拍了张照片。

“真的很高兴你能回来，博比。”林克说道。

“很久没有听人这么叫我了，”他说，“能再听到真的开心。”

“这位是特讯斯旺森，”林克说道，“他准备让你再次名扬四海。”

“我比较想要的是好好睡上一觉，”他握着记者的手摇了摇，“在哪里我们能先吃点火腿鸡蛋?”

♣

迷雾中，汽艇在码头靠岸了。在海湾远处，一艘船结束了舱底污水的清理工作，驶向南方。

停泊处，三名男子弗雷德、艾德和费尔默正等待着。从汽艇上下来了一个男人，手里拎着手提箱。费尔默弯腰给了汽艇驾驶座上的人一张 5 美元和两张 20 美元，接着帮那个男人提起手提箱。

“欢迎回来，托德博士[①]。”

“能回来真是太好了，费尔默。”托德穿着一件宽松的长外套，尽管此时已是八月，他依然在外面套了一件风衣。他的脑袋上戴着帽子，完全盖住了脸，在附近仓库苍白的灯光照射下，他的帽子下闪动着金属的反光。

“这是弗雷德，这是艾德，”费尔默说道，“他们只在这儿待一个晚上。”

“您好。”弗雷德说道。

“您好。”艾德说。

他们回到车边，那是一辆 1946 年的奔驰车，样子就像是一艘潜水艇。托德和费尔默上了车，弗雷德和艾德则一直紧盯着两侧雾气弥漫的小巷。接着弗雷德坐到驾驶座，艾德则拿出了一把霰弹猎枪和一把 10 铅径的短膛霰弹枪。

“没人在等我。没有人在意我了，”托德博士说道，“为某些事而反对过我的人，不是死了，就是在战争中功成名就，赚得盆满钵满。我只是个老人，而且累了。我打算去乡间养养蜜蜂，玩玩赛马，再做点小生意。”

“您不打算做点什么吗，老大？”

---

① 托德原文为 Tod，在德语中有死神之意。

“没有打算。”

他们经过一盏街灯时，他转过了头。他的半边脸已经没了，从下巴到发际线，从鼻孔到左耳，一片平整。

“首先，我再也没法开枪了。我的深度知觉早已不复从前。”

“我早该知道，”费尔默说道，“我们听说您在 1943 年出了事。”

“非洲兵团①溃败的时候，我们在埃及操持着某项多少能有点赚头的生意。我用一支名义上是中立的航空队把人带进去带出来，再收点儿钱。也就是个副业。接着就碰上了那个王牌飞行员。”

“谁?”

“开喷气式飞机的那个小子，他的喷气式飞机比德国人的更早。”

“说实话吧，老大，我没怎么特别关心过战争的细节。我只知道点领土冲突之类的事儿罢了。”

“我本来也该这样的，”托德博士说道，“我们当时正在飞离突尼斯。与我们同行的还有某个大人物。飞行员突然发出了尖叫。接着发生了可怕的爆炸。等我清醒过来的时候，已经是第二天早上了，我和另外一个人正在地中海中央的一条救生筏上。我的脸很疼。我坐起身，有什么东西掉落到了救生筏的底部。那是我的左眼球。它正看着我。我知道我有麻烦了。”

“您刚才说那是个开喷气式飞机的小子?”艾德问道。

“是的。我们后来才知道，他们破译了我们的密码，他飞了六百英里来拦截我们。”

“您想报复他吗?”费尔默问道。

“不。那都多少年以前的事了，我都快不记得自己这半边脸长什么样了。只是这件事给了我一个教训，让我要更加小心谨慎。就当是

---

① 二战中曾经控制过利比亚和埃及的德国装甲部队，1942 年美国的部队登陆非洲，1943 年德国非洲兵团投降。

磨炼心性了。”

“所以，您真的没有什么打算吗，嗯？”

“一点也没有。”托德博士回答。

“有点改变也挺好的。”费尔默说道。

他们望着城市的灯光流逝而去。

♠

他敲了敲门，因为穿着全新的棕色外套和背心，感觉并不怎么舒服。

“进来吧，门开着，”一个女人的声音说道，那声音听起来有点含混不清，“给我一分钟，马上就好。”

喷气机小子打开橡木的厅门，步入房间，穿过玻璃砖做的房间隔断。

在屋子的正中，站着一个美丽的女人，她的裙子套了一半，卡在她的手臂和脑袋之间，除此之外，她身上只有紧身衣、吊袜带和长筒丝袜。她用单手将裙子拉了下去。

喷气机小子吓了一跳，将脸转向一边。

“哦，”女人说道，“哦！我——你是谁？”

“是我，比琳达，”他说，“我是罗伯特。”

“罗伯特？”

“博比，博比·汤姆林。”

她盯着他看了好一会儿，虽然此时她已穿戴完毕，双手却还捂在胸口上。

“哦，博比。”她说着向他走去，拥抱了他，又直接往他的唇上用力吻了一下。

他为此已等待了六年之久。

“博比。能见到你真是太好了。我——我正在等人。等——女性朋友。你怎么找到我的？”

“嗯，确实有点难找。”

她退开一步，跟他拉开一定的距离。“让我好好瞧瞧你。”

他望着她。他上一次见到她时还是在孤儿院里，那时她十四岁，还是个假小子。她曾经是个干瘦的孩子，长着一头浅金色的头发。她七岁的时候，曾把他揍得两眼发黑。她比他大一岁。

后来他离开了孤儿院，先是在军用机场工作，接着又和英国人一起与希特勒战斗。在美国参战后的战争期间，他只要有机会就给她写信。后来她被人领养，离开了孤儿院。1944 年，他的一封信被退了回来，上面盖着印戳“已搬迁——无转寄地址”。而在上一年，他失去了一切。

“你变了。”他说。

“你不也是。”

“嗯。”

“战时我一直关注着报纸。我试着给你写信，但我猜那些信都没能追上你。后来他们说你在海里失踪了，我就有点放弃了。”

“没错，我确实失踪过，不过他们后来找到了我。现在我回来了。你过得怎么样？”

“挺好的，我从寄养家庭里离家出走过一次，”她说着，脸上露出了一丝痛苦的神情，“你不知道我从那儿离开的时候有多开心。哦，博比，”她说道，“哦，我真希望一切能和现实不一样！”她开始轻轻啜泣。

“嘿，”他说着搂住了她的肩膀，“坐下来。我带了点东西给你。”

“礼物？”

“没错。”他递给她一个肮脏油腻的纸包，“在战争的最后两年里我一直随身带着它。我的飞机失事时，它正好在飞机里，就跟我一起掉在了岛上。抱歉我没来得及把它重新包装一下。”

她撕开了外面的包肉纸。里面是《小熊维尼的小屋》和《彼得兔的故事》。

“哦,”比琳达说道,“谢谢你。”

他还记得她当初穿着孤儿院的连体工作服,满身灰土,因为刚打完棒球而累得要命,躺在阅读室的地板上,面前摊着的就是一本小熊维尼的故事书。

“小熊维尼的那本上有克里斯托弗·罗宾[①]本人的签名,”他说,“我在英国的一个基地里遇见了他,发现他是英国皇家空军的军官。他说他通常是不会给人签名的,因为他只是个飞行员。我对他说我不会告诉任何人。不过他知道,我花了很大的力气才终于找到了这么一本小熊维尼。

“另外一本书的故事更多些。那是一个黄昏,我护送着一架受损的B-17轰炸机回航。我抬头看,发现两架德国的夜战机正在靠近,可能是负责巡逻的,想截断一些试图越过海峡的兰开斯特轰炸机。

“长话短说,我把这两架夜战机都击落了。它们落在一座小村庄附近。我的燃料也几乎用完,不得不跟着降落。我看到一片相当平整的放羊牧场,它的远处还有一个湖泊,于是我就开了过去。

“等我爬出驾驶舱的时候,我看到地里站着一位女士,身边带着一只牧羊犬。她手里拿着猎枪。等她走近,看清了我的飞机引擎和贴标,她说,‘干得不错!你要不要来我家吃点儿晚饭,然后打个电话给战斗机指挥部?’

“我们可以看到远处那两架ME-110战斗机[②]正在燃烧。

---

① 克里斯托弗·罗宾是小熊维尼系列故事的作者A. A. 米恩的儿子,在和儿子互动的过程中,米恩找到了创作小熊维尼系列故事的灵感。

② ME-110战斗机是德国人的驱逐机,因为灵敏性的问题在不列颠空战后退出了日间作战改为夜间战斗机,兰开斯特轰炸机则是英国的战略轰炸机之一,担负对德国城市的夜间轰炸任务。

“‘你就是传说中的喷气机小子，’她说，‘我们在萨维里的报纸上读到过你的英勇事迹。我是海利斯夫人。’她伸出了手。

“我与她握了手。‘威廉·海利斯夫人？这儿是萨维里？’

“‘是的。’她说。

“‘你是比阿特丽斯·波特[①]!’我说。

“‘我想是的。’她说。

“比琳达，她那会儿就是个矮胖的老太太，穿着破旧的毛衣和洗得发白的旧裙子。可是当她微笑的时候，我敢发誓，整个英格兰都被她照亮了!”

比琳达打开了那本书。书的扉页上，写着：

献给喷气机小子的美国朋友比琳达，

威廉·海利斯夫人（比阿特丽斯·波特）

1943 年 4 月 12 日

喷气机小子喝完了比琳达给他倒的咖啡。

“你的朋友们在哪儿?”他问。

“呃，他——他们这会儿应该来了。我正想说要不要下去客厅里给他们打个电话。我可以让他们别来，然后我俩就能坐下来好好聊聊从前的事了。我真的可以去打这个电话的。”

“不用了，”喷气机小子说道，“这个礼拜晚点儿我再打电话给你，我们可以约个你不那么忙的晚上见面。那样会更好玩。”

“应该会。”

喷气机小子起身准备离开。

---

① 比阿特丽斯·波特（1966—1943）英国童书作家、插画家，代表作为《彼得兔的故事》，1913 年波特与著名律师威廉·海利斯结婚。1943 年 12 月波特因肺炎与心脏病去世，喷气机小子的签名是 1943 年 4 月的，非常难得了。

“谢谢你给我的书，博比。它们对我来说很重要，真的。”

“非常高兴能再见到你，比。”

“离开孤儿院之后就再也没有人用这个名字叫我了。你一定要尽快打电话给我，好吗？”

“当然。”他俯身再次亲吻了她。

他走向楼梯。就在他下楼时，遇见了一名穿着改良版阻特装[①]的男人——锥子裤、长外套、表链、衣架那么大的领结，梳着背头，散发出一股百利牌发乳和欧仕派香体膏的气味。那个男人一步两级台阶，嘴里还在哼着“这不是肉，这是议案[②]”。

喷气机小子听到他敲响了比琳达的房门。

而屋外，开始下起雨来。

“很好。简直就像在演电影。”喷气机小子说道。

◆

那天晚上，静得就像是在墓地里一样。

接着整个松林泥炭地[③]的狗全吠叫起来。群猫尖叫。鸟儿们仿佛陷入了疯狂，它们从几千棵树上飞起，盘旋，在漆黑的夜空中前后俯冲着。

静电电流洗刷过美国东北部的每一台收音机。全新的电视机突然放出光亮，音量变成了设定的两倍响。凑在九英寸杜蒙特牌电视机前的人都被突如其来的响声和亮光吓了一跳，整个东海岸的起居室、酒

① 阻特装在20世纪40年代的美国黑人、墨西哥裔、意大利裔青年人中十分流行，虽然是西服套装，但版型很不贴身，一般特征是高腰、大裤腿、大翻领、大垫肩、长外套。

②《这不是肉［这是议案］》中的一句，这首歌的原唱是露易丝·曼和亨利·格罗佛，录制于1951年。

③ 横跨新泽西州茂密森林的沿岸平原地区。

吧和电器商店外的人行道上，全是头晕目眩的人。

在这炎热的八月之夜里，对于那些在室外的人来说，一切显得更不可思议。高高的天空中，出现了一道细长的光芒，它逐渐变亮，缓慢下落。接着它慢慢变宽，上端变得更为明亮，而后形成一颗蓝绿色的火流星，在空中停顿了一会儿，然后四射成上百个下落的火星，在满是繁星的黑夜里渐渐消散。

有些人表示他们见到了其他的东西，就在几分钟后，空中出现了一道更为细小的光芒。它似乎盘旋了一阵，接着迅速驶向西方，在飞行中渐渐暗淡下去。在斯维登，那一整个夏天，报纸上尽是些“幽灵火箭”的故事。这可真是个愚蠢的季节。

有人打电话给气象局或陆军航空军，他们得到的答复总是说，那可能是宝瓶座流星雨的一部分。

而在松林泥炭地，有一个人知道事情并非如此，但他并不打算与任何人交流此事。

♥

喷气机小子穿着衬衫和宽松的裤子，外面套着一件棕色的飞行员夹克，穿过了布莱克威尔出版公司的大门。门的上方贴着色彩鲜明、红蓝相间的标语——考什漫画公司的老家。

他在前台站住了。

“罗伯特·汤姆林想见法雷尔先生。”

前台秘书身材苗条，一头金发，戴着的粗黑框眼镜让她的脸看起来像是被一只蝙蝠做了巢，她盯着他。“法雷尔先生在1945年冬天就过世了。你那时是在服役还是有其他事？”

“其他事。”

“你要不要和罗宝先生谈谈？他接替了法雷尔先生的工作。”

“只要是‘喷气机小子’系列漫画的责编，谁都行。”

建筑后方的印刷机启动了，整个房间都随之抖动起来。办公室的墙上贴着各种花哨的漫画书封面，并以此来呈现那些只有他们才能兜售的东西。

“罗伯特·汤姆林。”前台朝着对讲机说道。

“滋滋从来没听说过这个名字滋滋。”

“怎么回事？”前台问道。

“跟他说是喷气机小子想见他。”

“哦，”她说着，看了看他，“很抱歉，我没有认出你来。”

“其他人也没有。”

♣

罗宝看起来就像一尊被吸干了血的土地神。他苍白得就像哈利·兰登①，仿佛一株生长在麻布袋下的杂草。

“喷气机小子！”他伸出的手仿佛一簇白白的蛆，“要不是看了上周的新闻，我们都以为你已经死了。你现在可是真真正正的民族英雄了，你知道吗？”

“我倒没有这样的感觉。”

“有什么我能为你做的吗？我不是说不想见到你，只是我觉得你应该是个大忙人。”

“嗯，首先，我发现自从去年夏天，有人报道说我失踪并推测我已死亡后，我的账户上就再也没有收到授权费用和版税了。”

“是吗，有这种事？估计是法务部把这些钱转到第三方托管之类的机构里，想等有人能对这笔款项提出申请吧。我会让他们尽快处理好这件事的。”

---

① 哈利·兰登（1884—1944）美国默片时代的著名喜剧演员，标志性的妆容是涂得煞白的脸。

“嗯，我希望今天就拿到支票，在我离开之前。”喷气机小子说道。

“唔？我不知道他们能不能做到。这太突然了。”

喷气机小子盯着他。

“好，好。我来给财务部门打个电话。”他朝着电话机吼叫起来。

“哦，”喷气机小子说道，“有个朋友一直在替我收集这套漫画。我确认过它在这两年里的版权和发行量。我知道‘喷气机小子’系列漫画的最近几本单行本都有五十万册的销量。”

罗宝又朝着电话喊了一阵。接着他放下电话机。“他们得花点儿时间。你还有什么事吗？”

“这套可笑的书里最近的剧情我很不喜欢。”喷气机小子说道。

“那就试着去喜欢看看？它可是每个月都能卖出五十万册的畅销书！”

“首先，飞机现在画得越来越像子弹了。天哪，那些漫画家把机翼都塞到机身后面去了！”

“现在已经是原子弹的时代了，孩子。现在的小男孩不喜欢像只羊腿上塞着一副衣架的飞机。”

“好吧，但飞机其实一直都长那样。另外，为什么在这三期里那架该死的飞机变成了蓝色的？”

“不关我的事！我觉得红色挺好。但是布莱克威尔先生送来了一张便条，说除了血之外其他地方不能用红色。他可是美国退伍军人协会里的大人物。”

“跟他说飞机的外观必须正确，颜色也是。此外，你们应该也看到了新的战报。法雷尔坐你这个位置的时候，漫画的内容是飞行和战斗、消灭间谍组织——都是些真事儿，而且那会儿每期里最多也就只有两个十页喷气机小子的故事。”

“法雷尔坐我这位置的时候，这书每个月只能卖出二十五万册。”

罗宝说道。

罗伯特再次盯着他。

“我知道战争已经结束了，人人都想要个新房子和让人大吃一惊的刺激，”喷气机小子说道，“但看看我在最近十八个月里看到的东西……

“我从来没有和什么送葬者战斗过，也没有去过什么叫做厄运山脉的地方。还有！红色骷髅？蝇蛆先生？布劳提奥克斯教授？这满是骷髅和触手的东西到底是什么玩意儿？邪恶双胞胎斯图姆和乔·霍恩措伦兄弟又是什么？有六对手臂的大猩猩节肢猿？你从哪儿搞来这些垃圾的？”

“不关我的事，都是脚本作者写的。他们都是些疯子，天天嗑安非他命之类的东西。另外，这就是孩子们想看的内容啊！”

“那些和飞行相关的内容呢，还有以真实存在的飞行英雄为题材的文章呢？我记得我们的合同里写过，每期里应该有至少两篇文章是写真人真事的？”

“这个问题我们得重新商榷。但我可以告诉你，现在的孩子再也不想看那样的东西了。他们想要的是怪兽和宇宙飞船这类能让他们吓得尿床的东西。你还记得吗？你自己也曾经是个孩子！”

喷气机小子从书桌上拿起一支铅笔。“战争开始的时候我十三岁，珍珠港袭击时我十五岁。我战斗了整整六年。有时候我觉得自己从来就不是个孩子。”

罗宝沉默了一会儿。

“那你说吧，你要怎么做，”他说，“你得把所有你不喜欢的东西都列出来，然后发给我们。我会让法务部逐条确认，然后我们来设法处理好这件事。当然，我们会提早印刷三期，所以你要看到新内容，得等到感恩节后。也可能更久。”

喷气机小子叹了口气。“我明白了。”

"我肯定是希望你能开心的，因为这是我最喜欢的漫画，没错，我这话是真心的。其他事都只是工作。天哪，这到底是份怎样的工作：赶着一条又一条死线，和醉汉甚至更糟的家伙一起工作，监督印刷——你想象一下！但我喜欢为《喷气机小子》工作。它是特别的。"

"好吧，听到你这么说我很高兴。"

"真的，真的。"罗宝用手指敲打书桌，"真不知道他们为什么要拖这么久？"

"可能是在伪造另外一套账目吧。"喷气机小子说道。

"嘿，别这么说！我们可是清清白白的！"罗宝站了起来。

"开个玩笑。"

"哦。说来，报纸上说你之前是，怎么说，被困在某个荒岛之类的地方？很艰苦？"

"嗯，挺孤单的。我已经厌倦了抓鱼吃鱼了。大部分时间很无聊，我错过了外面的一切。我不是说我想念它们，只是说我什么都没赶上。我从1945年4月29日开始，直到上个月，都在那儿。

"有时候我以为自己已经疯了。有一天早晨，我查看四周，发现在离海岸不到一英里的地方停泊着美国军舰勉强号①，我简直不敢相信。我点燃了一颗照明弹，然后他们接上了我。我用了一个月才找到地方修理我的飞机、好好休息，然后回家。我很高兴自己能回来。"

"可以想象。嘿，那个岛上有很多危险的动物吗？我是说，狮子老虎之类的？"

喷气机小子笑了起来。"那座岛不过一英里宽，一又四分之一英里长。上面只有鸟儿、老鼠和蜥蜴。"

"蜥蜴？巨蜥？毒蜥蜴？"

---

① 历史上美国战舰中没有叫勉强号的。

“没有，都很小。我离开之前，岛上半数的蜥蜴可能都被我吃掉了。只要用一个氧气管改装的弹弓就能打下很多来。”

“呼！我猜你肯定可以！”

门开了，一个高个子走了进来，他的衬衫上沾着墨迹。

“是他吗？”罗宝问道。

“我就见过他一次，但看起来似乎是他。”那人说道。

“对我来说已经很好了！”罗宝说道。

“对我而言不好，”那位会计说道，“给我看看你的身份证明，然后在这张支票上签字。”

喷气机小子叹了口气，照做了。他看了看支票的金额。小数点前的位数实在太少了。他将它折起来放入口袋里。

“我会把我的地址留给你的秘书，好让她把下一份支票寄给我。另外，本周内我会把所有反对的地方列出来写一封信给你。”

“就这样吧。真高兴能见到你。希望我们今后的合作能繁荣稳定。”

“谢谢，希望如此。”喷气机小子说道。他和会计一起离开了办公室。

罗宝坐回转椅中。他将双手枕在脑后，望着房间对面的书架。

接着他向前蹦了起来，跳向电话，拨出九位数字。他将电话打给了《喷气机小子》系列漫画的主笔。

电话铃响了十二声之后，一个醉醺醺而含糊不清的声音响了起来。

“清一清你脑子里的屎，我是罗宝。来看这个，五十二页的特刊，一整册讲述一个单独的故事，准备好了吗？喷气机小子在恐龙岛！明白了吗？我要看到很多洞穴人，还有一个特别壮的，你可以叫他国王。什么？对，对，还有霸王龙。可能还可以有一队还在抵抗的小日本军人。你知道的。嗯，甚至可以有武士。什么时间？被爆炸传送到了12世纪？上帝。随便都行。你知道我们要的是什么。

“怎么样？礼拜二？截稿日定在礼拜二下午五点，好吧？少废话。这可是一百五十美元的快钱！到时候见。”

他挂了电话。接着又把电话打给了另外一名画手，约好了封面。

♠

艾德和弗雷德送完了货，正往回穿过松林泥炭地。

他们驾驶着一辆八码的自动倾泻货车。就在几分钟前，车上还装着六立方码刚混合好的混凝土。八小时前，它们还只是五码半的水、沙、碎石和水泥——以及一种秘密的原料。

那种秘密原料违反了本州非法人企业五大免税条款中的三条。

它曾被其他商人带去建筑设备批发中心，还曾经私底下近距离地展示给其他人看它是如何在水泥搅拌机里运作的。

艾德和弗雷德与此事毫无关联。一小时前，有人打电话给他们，问他们是否愿意开一辆自动倾泻货车穿过森林，报酬是2000美元。

那个地点在森林中，距离城市没有多少英里的路程，但十分昏暗，很难想象它们距离一个人口超过五十万的城市不过百里。

汽车的前灯照亮了一条条水道，里面充塞着各式各样的东西，从老旧废弃的空军飞机到硫酸瓶，什么都有。部分垃圾还很新鲜，有一些还在燃烧，散发出浓烟。另有一些则在没有燃料的情况下闷烧发热。在他们经过的时候，一个满是金属物质的池塘不停地冒着气泡，噗噗作响。

接着他们重又回到松林里，车子随着经过一个个沟槽而不停震动。

“嘿！”艾德喊道，“停下！”

弗雷德赶忙踩下刹车，关掉了引擎。“他妈的！”他说，“你他妈什么毛病？”

“回去！我发誓我看到有个人正在推着克利夫兰那么大的彩色猫眼石地雷!”

“我他妈绝对不会回去的。”弗雷德说。

“别这么说！来吧！那样的东西你可不是每天都能瞧见的。”

“狗屁，艾德！总有一天你会把我们俩都害死的。”

◆

那东西并不是地雷。他们不用拿手电筒去照，也能看得出它不是磁性地雷。它是个圆筒形的物体，向外散发着螺旋状盘绕的各色光芒，把推动着它的那个人完全遮住了。

“看起来像是个卷起来的霓虹犰狳。”弗雷德说道，他以前去过很偏远的西方。

那东西后的男人朝他们眨动眼睛，被他们用手电筒一照，他什么也看不见了。他衣衫褴褛，胡子上带着烟渍，钢丝似的头发乱蓬蓬的。

他们走近了一点。

“这是我的!”那男人走到它前面，张开双臂挡住了它。

“放松点，老家伙，”艾德说道，“你搞到什么了?”

“通往康庄大道的门票。你们是空军兵团的人?”

“妈的，不是。让我们瞧瞧这玩意儿。”

那人捡起一块石头。“退后！是我先找到了飞机失事的地方，才找到它的。空军兵团会为弄回这个原子弹付我一大笔钱!”

“这东西跟我以前见过的原子弹完全不像，”弗雷德说道，“看看它侧边上印着的标记。那都不是英文。”

“当然不是！它肯定是个秘密武器。所以他们才会穿得这么奇怪。”

“谁?”

“我已经说得太多了。滚开。”

弗雷德看着那老头。“你激起了我的好奇心,”他说,“再多说说。”

“滚开,小子!我可是曾经为了一听玉米粥杀过人的!”

弗雷德将手伸入口袋里。他拿出了一把枪口如排水管般粗的手枪。

“它是昨晚坠落的,”老头张大了眼睛,说道,“把我吵醒了。整个天空都被照亮了。今天一整天我都在找它,我以为森林里应该爬满了空军兵团的人和州警察,但没有人来。

“就在今天晚上我找到了它。全他妈碎了,它坠落的时候应该是把机翼完全撞掉了。那些衣着古怪的男人在周围散落了一地,还有女人。”他垂下头,脸上带着愧疚,过了一分钟后才说,“不管怎么说吧,他们都死了。那肯定是一架喷气式飞机,我没找到螺旋桨之类的东西。这个原子弹就躺在那片废墟里。我估计空军兵团为了把它弄回去会付一大笔钱。我的朋友曾经找到过一个气象气球,他们给了他一又四分之一美元。我估计这玩意儿比气象气球至少重要一百万倍!”

弗雷德笑了起来。“25 美元咯?你把这东西卖给我,我付你 10 美元。”

“我能拿到 100 万!”

弗雷德拉开了枪栓。

“50。”老头说道。

“20。”

“这不公平。不过我接受了。”

♥

“你要这玩意儿干吗?”艾德问道。

“把它拿给托德博士,”弗雷德说道,“他会知道这玩意儿能拿来干吗。他是搞科研的。”

“要它是原子弹怎么办?”

“好吧，我觉得原子弹上不会安装喷嘴。另外，那个老头说的对，要是真丢了一个原子弹，这林子里应该爬满了空军兵团的人。妈的，目前为止只爆炸过五颗原子弹。他们手里拥有的也不会超过一打，你最好相信他们一直都能知道所有原子弹的正确位置。”

“好吧，如果它不是个地雷，”艾德说道，“那你觉得它是什么?”

“我没兴趣。要是它值钱，托德博士会分我们的。他挺公正。”

“就一个骗子来说确实是。”艾德说道。

他俩都笑了起来，而那玩意儿则在他们的货车箱里滚来滚去。

♣

宪兵队将那红头发的男子带入他的办公室，给他们做了一番介绍。

“请坐，医生，”A. E.[①]说着，点起烟斗。

那男人似乎很不舒服，不过考虑到他被陆军情报机构盘问了两天，这一点也不难理解。

“他们已经把白沙发生的事告诉我了，还说你不想与除我之外的人谈话，”A. E. 说道，“我听说他们给你用了硫喷妥钠，没有起效吗?”

“那东西让我感觉醉醺醺的。”那人说道，他的头发在光线下看起来像是橙黄色的。

“但你没说?”

“我说了一些东西，但不是他们想要听到的。”

“很不同寻常。”

---

① 爱因斯坦。

“这是血液化学的问题。”

A. E. 一声叹息。他望向普林斯顿办公室的窗外。“很好，我会听听你的故事。我不保证我真的会信，只是我会认真倾听。”

他说了起来，一开始说得很慢，小心翼翼地选择着用词，渐渐地越来越有信心。他的语速逐渐加快，口音也出现了，A. E. 说不准那是什么地方的口音，听着像是一个从瑞典人那儿学了英语的斐济岛民。A. E. 填了两次烟斗，第三次填完后没有点燃就将它放到一边。他的身体微微前倾，时不时点点头，灰色的头发在午后的阳光中出现了一个光晕。

那男人说完了。

A. E. 拿起烟斗，找了根火柴，点燃了它。他将双手枕在脑后。在他毛衣的左手肘位置上有个小小的洞。

“这些话他们一句也不会信的。”他说。

“我不管，只要他们能做点什么！”那人说道，“只要我能拿回那东西。”

A. E. 看着他。“要是他们真的相信你，那么对他们来说，你所说的一切中暗示的危机将远比让你来这儿更重要。而事实上你确实来到了这里，你能明白我的意思吗？”

“好吧，那我们能做什么？要是我的飞船还能开，我可以自己去找。我做了次优选择，在某个肯定能吸引到人们注意的地方登陆，要求与你谈话。也可以是其他科学家，或者研究机构……”

A. E. 笑了起来。“原谅我。你不明白这里的人的行事方式。我们得有军方的帮助。不管我们是不是真的需要，我们都得让军队和政府的人参与，这样我们才能让他们从一开始就给我们提供最好的条件。问题在于我们得想出一条貌似合理的理由来搪塞他们，同时又能调动他们来替我们搜索。

“我会和军方谈谈你的事，然后给我的一些朋友打几个电话。我们刚刚结束了一场全球性的战争，出现了不少逃避责任或是互相推诿的情况。或许我们可以从这里入手。

“唯一的问题在于，我们最好在公用电话亭里打这些电话。它们会招来宪兵队，所以我得秘密进行。告诉我，”他说着，从一个杂乱无章的书架上拿起帽子，“你喜欢冰激凌吗？”

“在冰点凝固的乳糖和糖类混合物？”那人问道。

“我向你保证，”A. E. 说道，“它的味道比听起来的要好得多，而且能让人精神振作。”两人手挽着手出了办公室。

♠

喷气机小子拍了拍他那架飞机上伤痕累累的一侧。他站在 23 号机库里。林克从办公室里走出来，在一块油腻的抹布上擦了擦手。

“嘿，怎么样？”他问。

“很好。他们想买回忆录。只要我能按时交稿，它就会成为他们春季的重点图书，他们是这么说的。”

“你还是打算把这架飞机卖掉？”机修工问道，“看到她离开，你肯定会很不好受。”

“这么说吧，我的那一部分生活已经结束了。我觉得我以后再也不会飞行了，就算只是去做个乘客也不会，而且这一天很快就会来到。”

“你希望我做什么？”

喷气机小子看着那架飞机。

“这么说吧，把高空延伸翼和副油箱装上，这样能让它看起来更大更耀眼。我猜它很可能会被某个博物馆的人买走——我首先会把它兜售给博物馆。要是没人要，我会在报纸上登广告。要是某个公民以个人的名义购入了它，我们就得把枪拆下来。你要检查一下所有的零部件是否都固定得很牢靠。我从旧金山过来的时候它们没怎么受过大震动，而且在卡姆机场还做过彻底检修。反正你觉得需要做什么维护，做就是了。”

“没问题。”

“我明天会打电话给你，除非有什么没法等的事。”

极具历史收藏价值的飞行器出售：喷气机小子的双引擎喷气飞机。1200 磅推进双引擎，25000 英尺高空时速为 600 英里每小时，航程 650 英里，1000 升副油箱（含油箱及机翼下副油箱），机身长 31 英尺，翼展 33 英尺（含延伸翼 49 英尺）。价格合理。增值可靠。可于新泽西州夏塔克伯纳姆飞行服务机场 23 号机库见到实物。

喷气机小子站在书店橱窗前，看着里面的图书码堆。你可以看得出来，纸张已不用再定量配给。到了明年，他的书也会摆在其中。那本书将不再仅仅只是一本漫画，而是他在战争里经历的真实故事。他希望那本书能够好到不至于在这片乱七八糟的图书里隐没不见。

按某个人的说法，这些书给人的感觉，就像是每一个被征召入伍的理发师和擦鞋男孩全都写了一本书，讲述自己怎么赢得了这场战争。

在某个橱窗里，摆着六本战争回忆录，作者从陆军中校到少将，什么人都有（可能那些陆军一等兵的理发师们还写得不够多?）。

也可能他们写了另一个橱窗里那两打战争小说中的很大一部分。

在门边的橱窗里有两本书堆着高高的码堆，成了畅销书，但它们不是战争小说或回忆录。一本书名为《沉重的蚂蚱》，作者是阿本德森（豪索尔尼·阿本德森，这明显是个笔名）[①]。另一本书很厚，名

① 这本书出自菲利普·迪克的《高堡奇人》，是该书中虚构的一本在纳粹地区被禁却依旧相当流行的小说。

字叫《旅馆房间里烛光下生长的花朵》①，作者相当谦逊，给自己起的名字是“查尔斯·凡·亚当斯夫人”。书里一定满是压根就读不懂的诗歌，供公众在他们发了疯的时候取走阅读。人各有好，无法解释。

喷气机小子将双手插进皮夹克的兜里，走入最近一家电影院。

◆

托德看着浓烟自实验室上空升起，他等着电话铃响起。人们在半英里外的那座建筑附近跑来跑去。

有整整两周时间，什么情况也没有。他雇佣了科学家索克尔德来做试验，后者每天都会汇报进展。那材料在猴子、狗、老鼠、蜥蜴、蛇、青蛙、昆虫乃至水里游动的鱼身上都不起作用。索克尔德博士开始怀疑托德的人用20美元买了装在一个奇妙容器里的惰性气体。

就在刚才，发生了爆炸。现在，他等待着。

电话响了。

“托德——哦，上帝啊，我是实验室里的琼斯，它——”听筒里传来静电的声音，“哦，耶稣基督！托克尔德他——他们全都——”在听筒那头传来重击的声音，“哦，我……”

“镇定一点，”托德说道，“实验室外的人都安全吗?”

“是，是。那……呕。”话筒里传来呕吐的声音。

托德等待着。

“抱歉，托德博士。实验室还封闭着。火——外面草地上起了小火。有人掉了个烟屁股。”

“告诉我发生了什么。”

“我在外面抽烟。里面肯定是有人搞砸了，弄掉了什么东西。我

---

① 这也是一本书中书，出自理查德·布劳提根的小说。

——我不知道。它——我想他们大部分人都死了。我希望。我不知道。有什么东西——等等，等等。办公室里有个人还在动，从这里我看不清，那儿有——”

听筒里传来了有人拿起话筒的声音。电话的音量顿时轻了下去。

“托格，托格。”有人说道，勉强算是个人的声音。

“你是谁?”

“索格——”

“索克尔德?”

“咕。救。救。咕。”

话筒那边传来的声音，听起来像是一大麻袋鱿鱼倾倒在瓦楞屋顶上。“救。”接着的声音像是果冻挤进了杂乱的书桌抽屉。

然后一声枪响，话筒掉落在书桌上。

“他——他射击了——它——他自己。”琼斯说道。

“我马上就来。”托德说道。

♥

清理完后，托德再次站在了自己的办公室里。那场面糟透了。罐子还完好无损。无论事故到底是什么引发的，至少它只使用了其中一部分样本。其他动物也都没有问题。有问题的只有人。有三个在外面的人当场死亡。一个人——索克尔德——自杀了。还有两个人，他和琼斯不得不杀了他们。第七个人则失踪了，在任何一扇门内或窗外都没有找到此人。

托德坐在椅子上，思考了很久很久。接着他伸出手，按了桌上的按钮。

“怎么了，博士?”费尔默问道，他步入屋内，腋下夹着一沓电报和佣金订单。

托德博士打开书桌的保险箱，往外面点出美钞。“费尔默。我希望你能去一趟北卡罗来那州的伊丽莎白港，替我买五个软式汽艇。跟他们说我是个汽车销售员。再准备一百万立方英尺的氦气，运去南宾夕法尼亚的仓库。把硬件都拆掉，给我一张完整的清单，列出我们现有的一切——包括我们需要的东西，以及我们能够富余的。去找马克船长，看他的那条货船是不是还在他手上。我们需要一些新的护照。帮我联络考利·萨克斯；我需要一份瑞士的合同。我需要一名有氢气球飞行执照的飞行员。还有一些潜水衣和氧气罐。几吨压舱货物。一个投弹瞄准器。若干航海图。最后，给我拿一杯咖啡来。”

“弗雷德就有氢气球飞行执照。”费尔默说道。

“这两人还会什么都不会让我吃惊了。”托德博士说道。

“我以为我们已经不干这种活儿了，老大。”

“费尔默，”他说着，看向这位与他做了二十年朋友的人，“费尔默，有些事你必须去做，无论你是否乐意。”

“杜威在马尼拉湾做了海军上将，
杜威这两天就要竞选总统，
她说她愿意嫁给我时眼含热泪，
我们彼此相爱吗？我得说是的，正是如此！”①

孩子们在公寓的院子里跳绳，放学之后他们立刻就开始玩耍了起来。

一开始这让喷气机小子觉得很烦人。他从打字机前起身，走到床边，没有叫喊，只是观望着。

不管怎么说，写作并不顺利。他写的东西看起来就像战时他对那些 G-2 攻击机飞行员们说过的故事，都是些报纸上常见的夸夸其谈，

① 这是首美国营歌，原版歌词略有不同。

例如下面这些：

两架 ME－109 战斗机和一架 TA－152 战斗机自云端扑向已受损的 B－24 轰炸机，后者遭受了沉重的高射炮打击。它的两个支架已被折断，角炮也不见了。

其中一架 ME－109 战斗机正准备俯冲，很可能打算做出突然的翻滚动作，从而向着轰炸机的底部开火。

我在 700 码之外，逐渐向他们靠近，我减速来了个大转弯，同时进行了偏转射击。我看到自己击中了三发，一架 ME－109 战斗机立刻解体。

那架 TA－152 战斗机看到了我，俯冲过来拦截我。随着 ME－109 战斗机爆炸，我按下了我的减速板，减下速度。TA－152 战斗机在离我不到 50 码的地方一闪而过。我可以看到那个飞行员脸上惊讶的表情。在他闪过时，我用我的 20 毫米机铳朝他开了火。他机舱后方的整个机身全都碎裂了，如雨般纷纷落下。

我拉高飞机。最后那架 ME－109 战斗机正跟在 B－24 轰炸机后面，以机关枪和机关炮朝它开火。它已经被打掉了机尾炮，在这个高度上，它也无法使用腹部炮塔。轰炸机的飞行员正左右摇摆机尾，好方便中部机枪手进行射击，但它已经只剩左边的中部机枪还能发挥作用了。

我与他们相隔还有一英里多一点，但我已经掉好了头，而且开始向右飞行。我压低机头，在瞄准器闪过 ME－109 战斗机的一瞬间以 75 毫米机枪进行了射击。

那架战斗机的整个中段都消失了，我可以透过它原本所在的位置看到法国的领地。我能联想到的唯一画面就是自己正在看着一把打开的雨伞，而后它又被突然收起来了。那架战斗机落下去的时候，像是一棵圣诞树上挂着的小金属片。

接着 B－24 轰炸机上剩下的枪支突然朝我开了火，估计他们没认出我的飞机。我闪了我的敌我识别系统标志，但他们的接收器一定关掉了。

下方出现了两个德国降落伞。一定是一开始那两架战斗机的飞行员跳了伞。我返回了基地。

他们维护的时候，发现我的一颗 75 毫米的炮弹不见了，20 毫米机铳的弹药也只剩下 12 颗。毕竟我射落了三架敌人的飞机。

后来，我才知道那架 B－24 轰炸机在海峡中坠毁，无人幸存。

谁要看这样的东西？喷气机小子想。战争已经结束了。等到《开喷气式飞机的男孩》面世的时候，还能有谁真的会想读它？除了蠢货之外，到底还有谁真的会想读喷气机小子系列漫画？

我甚至感觉不到自己被人需要。我现在还能做什么？与犯罪行为做斗争？我可以想象得出自己怎么扫射坐满了银行抢劫犯的逃跑汽车。这可真是公平的战斗。做个特技飞行员到处表演？早就有个胡佛[①]在这么干了，而且，我也不想再上天飞行。在这一年里坐着航空公司的飞机去度假的人，远远超过了过去四十三年里所有邮政飞行员、撒药飞行员外加战时飞行员的人数。

我能做什么？打击托斯拉？检举战时暴富的投机商？这可真是个适合你的毫无出头之日的工作。惩罚那些偷了州立孤儿院的钱、饿孩子、打孩子的坏老头？你们不需要我去做这样的事，你们需要的是史班奇、阿法法和巴克韦德[②]。

---

① 指美国著名特技飞行员鲍勃·胡佛，特技是驾驶飞机在空中翻转杯子，里面的水一滴也不会洒出来。

② 史班奇、阿法法和巴克韦德是美国系列儿童电视剧《小顽童》里的角色，第一季从 1922 年一直播放到 1944 年，影响深远。

“丢纸片，丢纸片，
希特勒装在棺材里。
艾尼－米尼－墨索里尼，
在六英尺的地底！”

屋外的孩子们一边唱着，一边跳起了花式绳，他们手里的两根绳索甩向相反的方向。他觉得，小孩子就是精力过剩。他们会疯上一阵，然后再慢下来。

“十二英尺深、深深的地牢里，
老希特勒躺着睡大觉。
德国男孩们挠起他的脚底，
十二英尺深、深深的地牢里。”

喷气机小子离开了窗边。或许我该再去看一部电影。

自那日他与比琳达相见之后，他除了阅读、写作和看电影之外，几乎没做什么。在回国之前，他最后看的两部电影，是在 1944 年末的法国某个礼堂里，那是一次漂亮的联映。《最后的三人》是 1943 年联美公司出品的电影，鲍比·沃尔森饰演希特勒，参演的还有弗兰克·费伦，他是喷气机小子最喜爱的演员之一，这部电影相比之下更好看些。另一部《摇摆舞联结》则是生产者发布公司出品的烂片，迪基·摩尔主演，讲述了一群爵士乐手在酒吧里演奏吉特巴舞的故事。

他拿到钱又找到住处之后，做的第一件事是去了最近的一家电影院，看了《命案解码》，这片子讲述了一间满是古怪山里人的屋子里发生的事，演员有弗雷德·麦克莫瑞和玛乔丽·梅因，波特·霍尔则在其中饰演了双胞胎杀人犯博特和梅特。“到底谁是谁?”麦克莫瑞问道，玛乔丽·梅因拿起斧头柄，击中了双胞胎里其中一人的背部中央，从他被击中的这个部分开始，他的上半身倒了下去，下半身却还站着，整个画面看起来有些扭曲。“所以这是梅特，”梅因说着，将斧柄扔进了柴堆里。“他的背上有花样。”这部电影里还讲到了镭和大量命案，喷气机小子觉得那是他看过的最好玩的电影。

从那天开始，他每天都去看电影，有时候一天里能去上三家影院，连看六到八部。就像大部分士兵和水手一样，他通过看电影来把自己调节到普通公民的生活方式。

他看了《失去的周末》，主演雷·米兰德，同样也有弗兰克·费伦参演，这次他演的是一个在精神病院里的男护士；《布鲁克林有棵树》；《疑云风波》，主演威廉·鲍威尔最好的作品；《把女孩们带回来》；《它在袋子里!》，主演弗雷德·艾伦；《榴火红》；《美国大兵乔的故事》（1943 年时，喷气机小子本人就曾被派尔[①]在专栏里报道过）；恐怖片《死亡岛》；新式意大利电影《开放都市》，这是他去一家艺术剧院看的；《邮差总按两次铃》。

还有一些别的，莫纳格兰公司、生产者发布公司和共和公司拍的西部片和犯罪电影，他在二十四小时营业的电影院里看的那些画面，离开电影院后十分钟里就会忘得一干二净。没什么明星，男主角又都长得一副兵役选征不合格的样子，都是些战时用来在双片联映中凑数的片子，片长全都精确地卡在五十九分钟里。

喷气机小子叹了口气。这么多电影，他在整个战争期间错过的一切是那么多。他甚至错过了“二战”的欧战胜利之日和对日胜利之日，当时他被困在那座小岛上，美国军舰勉强号的船员尚未发现他和他的飞机。勉强号上那些人说话的方式，同样会让你觉得他们可能也错过了大部分战事和电影。

---

① 恩尼·派尔（1900—1945）是美国的战地记者，报道过大量二战时的美国军队士兵生活实况，曾获普利策新闻奖，《美国大兵乔的故事》即根据他的报道改编的纪录片。

他很期待在这个秋天里看上许多电影，而且是一上映就去看，和其他所有人一样，和他曾经在孤儿院时那样。

喷气机小子坐回到打字机前。要是我不开始干活，我就永远不可能把这本书写完。我可以晚上再去看电影。

他开始写下自己在1944年7月12日达成的所有壮举。

院子里，孩子们的父亲纷纷下班回家了，女人们开始招呼孩子吃晚饭。只有两个孩子还在跳绳，他们的声音在下午的空气中显得单薄极了：

“希特勒，希特勒看起来像这样，
墨索里尼弯起腰来像这样，
桑雅·赫尼滑起冰来像这样，
还有贝蒂·格拉布尔想念人时像这样！”

白宫里的那位男装裁缝[1]这一天过得糟透了。

一切始于早上六点刚过不久的一通电话——听筒对面，国务院里的胆小鬼们得到了一些来自土耳其的最新消息。苏联人把他们所有的人手都部署到了那个国家的边境线上。

“好，”这个说话直白的密苏里人说道，“等他们穿过了那条该死的国境线之后再给我打电话。”

然后现在是这桩事。

合众国的第一公民眼看着门关上了。门合严之前，他最后见到的画面是爱因斯坦的后脚跟消失在他的视线中，它看起来需要安个前掌垫。

他坐回椅子上，摘下了鼻梁上厚厚的眼镜，用力擦了擦。接着总

① 杜鲁门总统曾经与好友雅各布森开办过一家男装店铺，此处指杜鲁门。

统将双手手肘搁在桌上，手指相对成塔尖状。他望着摆在桌角的小犁模型（自他接管这个办公室到对日本胜利日之前，桌上一直摆着个 M-1 加兰德半自动步枪模型，后来才换成了它）。在桌面的右上角摆着三本书——《圣经》、翻烂了的辞典和一本美国史的画传。他桌上还有三个按钮，可以叫来各种秘书，但他从未用过它们。

如今和平已经来临，我正为之而战的事变成了防止二十个地方打响十场战争，各种工业都在面对着罢工的威胁，真让人遗憾，人们大喊大叫，要求更多的汽车和冰箱，他们就像我一样，厌倦了战争和战争警报。

而我不得不再次捅破马蜂窝，让每个人都出门去寻找一个该死的基因炸弹，它可能会爆炸，从而影响整个美国，并且杀死一半以上的美国人。

我们要是还能以棍棒和石头战斗，说不定还更好些。

我要是能越快把我的屁股挪回独立城北特拉华街 219 号，对我和这整个该死的国家来说，就越好。

除非那个狗娘养的杜威想再次竞选总统。就像林肯所说，我宁可去吃掉一把鹿角摇椅，也不想让这杂种做总统。

这是我接替罗斯福就任总统的任期结束之后，他们还让我留在这地方的唯一理由。

我要是能尽早开始这场捕鸟行动，我们就能尽快将第二次世界大战甩在脑后。

他拿起电话听筒。

“让我和参谋长通话。”他说。

“我是杜鲁门少校。”

“少校，跟你通电话的人也叫杜鲁门，是你的上司。让奥斯特兰德将军来接电话，好吧？”

等待时，他的视线经过换气扇（他讨厌空调），望向了窗外的树从。天空的颜色是那种夏天里很快就会转变成黄铜色的蓝。

他看向墙上的钟，上面写着东部夏令时上午十点二十三分。这什么破日子。这什么狗年月。这什么烂世纪。

“我是奥斯特兰德将军，先生。”

“将军，又有一捆干草落到了我们的身上……”

♣

几周后，有人送来了信：

在9月14日23点前将2000万美元打入瑞士伯尔尼信贷银行的储蓄账户43Z21号里，否则你将损失一个大城市。你知道这种武器；你的人正在搜索它。现在它在我的手上，我会在第一个城市里使用半数武器。要是你想阻止我用第二次，支付的金额就得上升到3000万。要是第一笔款项准时到账，我保证将不使用它，同时将回收这个武器的地点通知给你们。

说话直白的密苏里人拿起电话。

“做好一切准备，”他说，“打电话给内阁，召集联席会议，还有，奥斯特兰德……”

“怎么了?”

“最好把那个娃娃飞行员找出来，他叫什么来着……?”

“您是说‘喷气机小子’吗，先生?他已经不再服役。”

“去他妈的不再服役。从现在开始他已经是现役了!”

“是，先生。”

♠

那东西第一次出现在雷达屏幕上，是1946年9月15日周二的下午两点二十四分。

二点三十一分时，那东西在海拔将近六万英尺的高度上缓慢地向城市移动。

二点四十一分，人们拉响了第一次空袭警报，而它自 1945 年 4 月的一次停电演习之后，就再也没有在纽约使用过了。

二点四十八分时，恐慌出现了。

民防办公室里的某人按错了开关。除医院、警察局和消防局之外，所有地方都断电了。地铁停止运行。一切停转，交通灯也不再运作。在战后再也没有检查过的应急设备中，有半数都未能启动。

街道上挤满了人。警察冲到街上试图指挥交通。配发防毒面具后，部分警察自身也开始恐慌。电话线路形成了拥堵。十字路口出现了互殴事件，地铁紧急出口和摩天楼的逃生梯上则出现了踩踏事件。

桥梁也堵住了。

相互矛盾的命令不断出现。让居民进入防空洞。不，不，疏散到岛上去。在同一个街角，两个警察能朝着同一个人群叫喊出彼此矛盾的命令。大部分人就只能站着，然后观望。

他们的注意力很快集中到了东南方的天空中。那儿有个小小的闪闪发亮的东西。

在其下两英里处的高射炮徒劳地开火了。

它还在不断靠近。

设立在泽西市的枪支开火时，真正的恐慌出现了。

那时候，正是下午三点整。

◆

“这事真的非常简单。”托德博士说道。他低头看着曼哈顿，它就静静地在他脚下，如同一笔无主的宝藏。他转向费尔默，手里拿着一个长长的圆柱状装置，那东西看起来就像是爆破筒和密码锁结合后的产物。“要是我遇上了什么意外，你就只要把雷管插入这个炸弹的插口里就行”——他指了指那个覆盖着梵文般文字的筒身上，用胶带封起来的插口——“把这里的密码转到500，然后拉动这根杆子。”他指了指炸弹仓的门栓，“因为重力，它自己就会落下去，我用不了投弹瞄准器。精确性不是我们的目标。”

他从潜水头盔的格栅中看向费尔默。他们都穿着潜水衣，衣服上各有一根皮管，插入中央供氧系统中。

“当然，要保证每个人的潜水衣安全，头盔都戴好了。要是暴露在这种稀薄的空气中，你们的血液会沸腾的。这些潜水衣也只需要保证能控制住炸弹仓的门打开后几秒钟内的压强就行。”

“我不希望遇到任何意外，老大。”

“我也是。炸了纽约之后，我们就去与船汇合，扔掉压舱物，直接前往欧洲。到那时候他们会乖乖把钱送上的。他们永远都不会知道我们这次就会把所有基因武器都扔下去。七百万左右的死伤人数足以让他们确信我们是认真的。”

“看那边，”坐在副驾驶座上的艾德说道，“那边，高射炮！”

“我们现在在什么高度？”托德博士问道。

“正好五万八千英尺。”弗雷德说道。

“目标呢？”

艾德瞄准了一会儿，又拿来一张地图，确认了一下，“就在前方十六英里处。毫无疑问您招来了一阵好风，托德博士。”

♥

他们把他派到华盛顿外的一家机场里，随时待命。这样一来，他就能及时赶到东海岸的大部分大型城市去了。

这一天他把部分时间用来读书，部分时间用来睡觉，剩下的时间则都在与其他飞行员一起谈论战争。不过，这些人大部分都才刚当上飞行员不久，因此只有在战争快结束时的那段战斗经历。

大部分人像他一样是喷气机飞行员，他们都是驾驶着 P－59“空中彗星”战斗机或 P－80 流星战斗机完成的训练。其中有些人留在属于 P－51 战斗机空军中队的待命室里。轰炸机和截击机飞行员之间的关系有点紧张。

不过不管怎么说，他们全都是新世代，杜鲁门已经发表了讲话，表示会让陆军航空军成为独立的部门，就在明年，直接变成空军部门。尽管才十九岁，喷气机小子觉得属于他的时代似乎已经过去了。

“他们在研究一种东西，”一名飞行员说道，“能够穿过音墙。这实验背后有贝尔实验室支持。”

“我有个朋友在穆拉克空军基地，说他们正在设法让飞翼机投入运作，他们正在做一个全喷气式的飞翼机。那种轰炸机能够以五百英里每小时的速度飞行一万三千英里，同时承载十三个人，七张双人床，在天上飞一天半！”另一个人说道。

“有人知道这次的警报怎么回事吗？”一个特别年轻而又紧张的家伙说道，他身上别着少尉的肩章。“俄国人打算做什么吗？”

“我听说我们要去希腊，”有人说道，“我可以喝几加仑希腊茴香酒。”

“更有可能的是喝到捷克的马铃薯皮伏特加。我们要是能活到圣诞节就谢天谢地了。”

喷气机小子意识到，他比想象中更想念这些准备室里的闲聊。

对讲机嘶嘶作响，电铃喇叭发出了凄厉的声音。喷气机小子看了一眼他的手表。此时是下午两点二十五分。

♣

他意识到，相比于空军兵团里的玩笑话来说，还有一样东西更令他想念。那就是飞行。而现在，这种感觉又回来了。昨晚他飞到华盛顿时，只觉得不过是一次常规旅行。

而现在，一切完全不同了。就像又回到了战时。他有了航线。他有了目标。他有了任务。他甚至有了一件试制的海军 T－2 增压服。它完美实现了腰带生产商的梦想，上面全是橡胶和带子，还有增压瓶，以及一个真正的太空头盔，它就像是《行星》漫画里画的那样，遮住了他的整个脑袋。前一天晚上，他们见到了他飞机上的高空延展翼和副油箱，特地为他调整了增压服。

“我们最好替你把它改小一点。”空军上士当时说道。

“我已经有加压驾驶舱了。”喷气机小子回答。

“好吧，只是以防万一他们需要你上天飞行，也是为了防止万一哪儿出现问题。”

调整完了之后的整套增压服还是太紧，而且它还未开始增压。它的手臂像是给大猩猩做的，胸部则只适合黑猩猩。“要是出现紧急情况，这东西膨胀起来，你会很感激我们给你留了这么多空余空间的。”上士说道。

“你说了算。”喷气机小子回答。

他们甚至把这件增压服的身体部位涂成了白色，四肢则涂成了红色，以此来与他飞机的涂装相匹配。透过透明塑料头盔，可以看到他的蓝色头盔和护目镜。

他和整个飞行中队的其他人一起飞到空中后的此时，他开始为自己穿上了这件增压服而感到庆幸。他的任务是陪同这些 P－80 战斗机飞行，在必要时参战。他这辈子就从来没真正地参与过团队行动。

前方的天空极蓝，仿佛布隆齐诺《维纳斯与丘比特的寓言》中的幕布背景，只有北方还有点儿云。太阳在他的左肩后方。整个飞行中队上扬攀升。他摇摆了机翼。他们交错展开四方队形，接着开火。

噗噗噗噗他的 20 毫米机铳打响了。

从每一架 P－80 战斗机的六个 .50 英寸重机枪里，曳光弹射出了弧形的轨迹线。他们将那些螺旋桨飞机甩在身后，朝着曼哈顿飞去。

♠

他们看起来像是一群愤怒的蜜蜂，在一只老鹰身下绕圈。

天空中满是攀升的喷气飞机和轰炸机，就像是飓风形成的云墙。

在他们头顶，高悬着一个笨重的物体，正缓慢地朝着城市移动。而飓风眼的位置则是高射炮的洪流，火力比喷气机小子在欧洲或日本见过的更强上许多倍。

然而炮弹炸开的位置实在太低，只能和飞得最高的轰炸机齐平。

战斗机指挥中心联络他们。“克拉克·盖博指挥中心，呼叫全体飞行中队：目标五五洞度……重复，五五洞度。方向东北东，速度两五节。高射炮无法命中目标。”

“让他们取消行动，”中队长说道，“我们再往高处飞，试试偏转射击。霍迪亚克中队，跟着我。”

喷气机小子看着头顶上的蓝色天空。那物体依然还在缓慢地行动着。

“那东西是什么?”他问克拉克·盖博指挥中心。

指挥中心回复喷气机小子：“之前给我们的情报说那是某种炸弹。它肯定是至少五十万立方英尺的氢气飞艇，这样才能飞到那个高度。结束。”

“我准备开始攀升。要是其他飞机没法达到那个高度，就让他们也取消行动。”

电波那头一阵沉默，然后回答：“了解。”

那些P－80战斗机在他头顶上闪亮如同银色的十字架，他抬起机头。

“来吧，宝贝，”他说，“让我们飞起来。”

◆

那些“流星”战斗机开始坠落，在稀薄的空气中侧滑而下。喷气机小子能听到的只有他自己那套增压设备的声音，还有他的引擎发出的高亢尖锐的悲鸣。

“来吧，姑娘，”他说，“你能做到的！”

在他头顶上的那东西已渐渐显形，看来是用六个飞艇组装在一起的航空器，底下挂着一个吊舱，它看起来似乎曾经是个鱼类快艇的外壳。他能见到的就这么多了。除此之外，空气呈现出了紫色，而且冷极了。再往外，就是外太空了。

最后几架 P-80 战斗机侧滑向了蓝色梯段的天空。其中有一些断断续续地开了火，其中还有些做出了快滚动作，那是过去的战争中歼击机经常会在轰炸机下方做出的动作。他们抬起机头开火。然而所有炮火全都未能射中气球。

有一架 P-80 战斗机的飞行员为了能控制机身付出了极大的努力，它下坠了两英里才终于恢复了平衡。

喷气机小子的飞机也在不断抗拒，呜咽作响。要控制它非常困难。他抬起机头，必须战斗。

“让挡道的都离开。”他对克拉克·盖博指挥中心说道。

“我们给你留一点战斗的地方。”他对他的飞机说道。他扔掉了副油箱。它们在他身后落下，就像扔下了炸弹。他按下了机关枪的按钮。噗噗噗噗弹药射了出去。再来一次。

他的曳光弹划出弧形直指目标，但最终都掉落了。他又射击了四次，直至机关炮弹耗尽。接着他开始用尾部的两杆 50 毫米机铳射击，没过多少时间，一百发子弹就全部射完了。

他调转机首，接着浅浅地下降了一段，就像是一条听到鱼钩落下的鲑鱼，积聚起加速的力量。一分钟后，他抬起机首，让 JB-1 喷气机进入长长的绕爬阶段。

“感觉好点儿了，嗯?”他问道。

引擎在空气中轰鸣，飞机减轻了重量，倾斜着向前飞去。

在他身下，是曼哈顿及城中的七百万人口。他们一定都在下面望着，知道眼前的这一切可能是他们此生所见的最后场景。或许这就是原子弹时代的生活该有的样子，总是在仰望，在思考，对吧?

喷气机小子用一只脚踢向转换杆。75 毫米机枪的炮弹上了膛。他将手放在自动填装的操纵杆上，接着稍稍拉回了一点控制轮。

红色的喷气机划破长空，如同一把剃刀。

他已经靠近了，比其他任何人都更近，但还不够。他只剩下五发炮弹了。

喷气机向上攀升，在稀薄的空气中左右摇晃，就像是某种红色的动物抓挠着一块长长的蓝色挂毯，每一次它倾斜身体，那张挂毯便会微微滑动。

他完全抬起机首。

一切似乎都冻结了，等待着。

自吊舱中有一道机关枪的曳光弹形成了细线，仿佛热切的情人一般朝他扑来。

他开火了。

摘自巡警弗朗西斯·V.（“唠叨警察弗朗西斯”）·欧胡伊的报告，1946 年 9 月 15 日，下午 6 点 45 分

我们在第五大道执勤，防止人群在混乱中出现推挤事件。突然他们全都安静了下来，抬头观望头顶上的空战。

有个观鸟人拿着双筒望远镜，我没收了它。整场战斗我几乎看全了。那些喷气机运气不好，包厘街的防空设施干得也很糟。我还是得说，得控告陆军部，防空部队那帮子人都惊慌失措，忘了给炮弹装上定时器，我还听说有些炮弹掉在布朗克斯区，炸掉了整整一大片房子。

不管怎么说，那架红色的喷气机，我想那是喷气机小子的飞机，他飞到高处，我猜他射出了飞机上所有的弹药，但没能对那个气球样的东西造成任何伤害。

我就在街上，有辆消防车没关掉警笛，就停在我边上，整个辖区及其附属人员都在车上，中尉朝我叫喊，让我也爬上去，我们被指派去西侧料理一出交通事故及一起暴乱事件。

于是我就跳上了消防车，但与此同时我也在努力跟进天上的战斗。

暴乱基本上早就结束了。空袭警报还在啸叫，但每个人都只是站在附近，呆呆地看着那儿发生的一切。

中尉大喊大叫，竭力想让人们至少能回到建筑物里去。我把一些人推进门里，然后在望远镜里看到了一场盛事。

我敢打赌喷气机小子肯定是射中了几个热气球（我听说他用了榴弹炮），那东西看起来好像变得更大了，因为它的高度有点下降。但他的弹药不足，而且高度也不及那东西，他开始盘旋。

我忘了说，那个气垫船一样的东西上面有很多机关枪，一直在开火，看起来就像是国庆日的烟花，而喷气机小子的飞机则一直受到它的攻击。

接着他把飞机掉头，又开了回来，直接撞在了你们所谓的这个吊舱上，是的，就撞在那个气垫船上。他的飞机和气垫船就像是熔在了一起。他在那个时候速度肯定是非常非常低的，感觉像是熄了火，而他的飞机就这样陷进了那东西的一侧。

那个飞船似乎稍稍下落了一点，不多，就一点点。那时候中尉拿走了我的望远镜，我就只能用肉眼尽可能地观看了。

天空中出现了燃烧般的光亮。我一开始以为那整个玩意儿都炸了，于是就蹲到一辆汽车底下。但后来我抬头看天，发现飞船还在天空中。

“当心！进屋！”中尉叫喊着。所有人又开始恐慌起来，纷纷躲到汽车之类的东西下面，或者爬进窗子。那一两分钟里的场面简直就像《三个臭皮匠》的电影似的。

几分钟后，红色的飞机残片掉得街上遍地都是，还有一大块落到了哈德逊车站里……

到处都是蒸汽和火焰。驾驶舱像个鸡蛋似的被碾碎了，机翼也像收起的扇子似的折叠在了一起。增压服的橡胶管膨胀起来，喷气机小子猛地抽搐了一下，看起来肯定很像一只受到了惊吓的公猫。

吊舱的一部分外墙被战斗机的机翼撞得凹陷了下去，看起来就像是一块幕帘。氧气从那里面喷了出来，在破碎的驾驶舱上形成了一层雾状的气体。

喷气机小子拔掉了他的氧气管。他的跳伞用氧气瓶里存着可以使用五分钟左右的氧气。他紧紧抓住机首，就像是在与箍在他手臂和大腿上的铁环搏斗。毕竟这些增压服在设计时，默认你能做的事只有跳出飞机并按动降落伞上的D形环而已。

飞机上下晃动，像是一台电缆坏了的货运电梯。喷气机小子用一只戴着手套的手抓住雷达天线，但发现它自机首连接处折断了。于是他抓住了另外一根。

城市在他下方十二英里处，建筑群让这座岛看起来就像是极远处的一只豪猪。他的飞机左引擎一下子垮了，喷出燃料，接着从机身上脱落，朝下坠去。他看着它越来越小。

空气是紫色的，就像梅子——在太阳照射下，飞艇的外壳亮得如同火焰，而吊舱的侧面则被弯曲，撕裂，就像是一层廉价的硬纸板。

接着，整个飞艇如鲸鱼般震动了一下。

有人从喷气机小子头顶的金属孔洞中飞了出来，他身后拖着一条长长的氧气管，像是章鱼的触手。随着降压带来的爆炸，飞艇内的残骸连同空气一起喷了出来。

喷气机开始下陷。

喷气机小子把手探入吊舱撕裂的那一侧，找到了一个支撑点。

他感觉到自己的降落伞背带被雷达天线钩住了。飞机正在颤动。他可以感觉到它的重量。

他拉断了背带。降落伞包自他身上脱落，撕扯着他的背部和胯部。

他的飞机仿佛一条背部受伤的蛇似的自中部弯曲起来，它逐渐坠落，机翼向上翻转，一直接触到了破碎的驾驶舱，看起来像是鸽子正试图拍动翅膀。接着它扭向一边，碎成了许多片。

在它下面，是那个从吊舱里摔出来的人形成的小黑点，他朝着下方远处明亮的城市坠落，旋转着，好似一只庭院里的洒水器。

喷气机小子看到他的飞机在脚下消失。而他自己则吊在离地十二英里的高空，拉住他身子的，只有他的一只手。

他用左手抓住自己的右手腕，引体向上，直到脚在吊舱侧面找到一个着力点，然后用拳头打出了通道。

在吊舱里还有两个人。一个人在操纵盘前，另一个人则站在飞艇中间，他的面前是一个巨大的圆形物体。他正把一个圆柱状物体塞入那个圆形物体上的凹槽里。在吊舱的一边，有一个破碎的机关枪炮塔。

喷气机小子摸索着绑在胸前的 .38 手枪。要在这个手拿引信的人面前拿到它实在是一种煎熬。

他们穿着的潜水服也都膨胀了，看起来就像是十到十二个大气球硬塞在一件长内衣里。他们移动的速度跟他一样慢。

喷气机小子双手合抓，摸到了 .38 手枪的把手，他将它从枪套里抽了出来。

但接着它脱手了，撞在天花板上，又自他进来的洞里弹了出去。

操纵盘前的那个人朝他开了一枪。他则朝那个手拿引信的人游了过去。

他抓住那人潜水服的手腕时，那人也正将圆柱状的引信插入圆筒的一侧。喷气机小子看到这整套装置安在一个合页门板上。

那个男人只有半张脸，从潜水头盔的栅格里，喷气机小子看到他脸的一侧贴着平整的金属。

那男人用双手扭动了引信。

通过驾驶室撕开的天花板，喷气机小子看到又一个热气球也开始漏气。他感觉到整个人在坠落。他们正向着下方的城市坠落。

喷气机小子也用双手抓住了引信。飞船倾斜，两人的头盔撞在一起，叮当作响。

操纵盘前的那人背上了降落伞的背带，正往墙上的破洞走去。

又是一阵颤抖，喷气机小子和那个拿着引信的人摔倒在了一起。那人穿着笨重的外套，在他身后竭力想去够门上的控制杆。

喷气机小子抓住了他的手，将他拉了回去。

两人相撞，一齐倒在圆形物上，他们的双手与两人的外套及炸弹的引信纠缠在一起。

男人再次试图去够控制杆。喷气机小子拉开了他。吊舱倾斜，圆筒在地上翻滚，就像一个巨大的水皮球。

他透过潜水服凝视那个男人的眼睛。男人用脚把那个圆筒推过炸弹舱门。他的双手再次伸向控制杆。

喷气机小子把那个引信推往另一边。

穿着潜水服的人绕到了他的身后。他拿出了一把 .45 自动手枪。他猛地将戴着手套的手从引信上移开，拉下手枪套筒。喷气机小子看到枪口摇摆着，对准了自己。

“去死吧，‘喷气机小子’！死吧！”那人说道。

他扣动了四次扳机。

摘自巡警弗朗西斯·V.（“唠叨警察弗朗西斯”）·欧胡伊的报告，1946年9月15日，下午6点45分（接上文）

金属残片掉得差不多了之后，我们都跑到室外，往天上看。

我看到那个飞艇似的东西下面有个白点。我从中尉手里抢过望远镜。

没错，那是一个降落伞。我希望那是喷气机小子在他的飞机撞上了那个东西之后跳了伞。

我不大懂这些事，但我还是知道，一般来说你不会在那么高的地方就打开降落伞的，否则你会有大麻烦。

然后，就在我还看着的时候，那个飞艇之类的东西突然爆炸了，一口气全炸了。就好像它们都在那里，突然遇上了一场大爆炸，接着高高的天空中就只剩浓烟之类的玩意儿了。

周围所有人都欢呼了起来。那小子做到了——他在那东西往曼哈顿岛扔原子弹之前就炸了它。

然后中尉吩咐我们回到救火车里，我们要想办法找到那小子。

我们跳上车，想找到他落地的地点。我们经过了所有地方，人们站在车辆的废墟和火焰之类的地方中间，一边欢呼一边寻找降落伞。

我注意到我们开了十分钟的车之后，爆炸后的天空中出现了巨大的浓烟污迹。那些曾经与喷气机小子一道在天上飞的喷气机都回来了，他们在空中飞来飞去，还有一些野马式战斗机和雷霆式战斗机。看起来就像是一场常规的飞行表演。

不管怎么说，我们赶在其他人前面到了大桥附近。很好，因为我们一到水边，就看到那家伙漂浮在离岸边大概二十英尺的地方。他就像块石头似的向下沉。他穿着件潜水服，我们游过去，我抓住了一部分降落伞，一名消防员则抓住了一些管子，我们把他拖到了岸边。

嗯，不是喷气机小子，我们后来知道这个人是“滑头艾德”爱德华·西洛，一个完全无足轻重的驾驶员。

他也伤得很重。我们从救火车上拿来一个扳手，砰地敲开了他的头盔，他在头盔下的脑袋紫得像棵大头菜。他落到地上花了 27 分钟。在那高空中他显然未能吸入足够氧气，而且冻伤得很严重，我听说他们不得不截了他的一只脚，还有左手上除了拇指之外的所有手指头。

但至少他在那东西爆炸之前就跳了出来。我们重又抬头望天，希望能够看到喷气机小子的降落伞或者诸如此类的东西，但是没有，天空中只有那一大团浓雾，还有所有嗡嗡作响地飞着的战斗机。

我们把这个西洛带去了医院。

以上，就是我的报告。

“滑头艾德”爱德华·西洛的报告，1946 年 9 月 16 日（节选）

……五发炮弹都射中了两个气囊。然后他就开着飞机撞向我们。吊舱的外墙弯曲了。弗雷德和费尔默没带降落伞就这样被扔了出去。

气压下降，我觉得简直无法移动，外套紧紧地贴在我身上。我试图去拿降落伞。我看到托德博士拿着那个引信，正准备将它插入那个炸弹之类的玩意儿里。

我感觉到那架飞机撞上了吊舱。接下来我知道的事，就是喷气机小子站在他的飞机搞出来的那个洞前面了。

我看到他拿着枪，于是也掏出了我的左轮手枪。但他的枪脱手了，于是他向托德走去。

“阻止他，阻止他！”托德的叫喊声从潜水服里的广播传了过来。我射了一枪，但没有击中，然后他压倒了托德和那个炸弹，也就是在那时候，我觉得自己的活儿已经在五分钟前结束了，我再加班也拿不到报酬。

于是我向外走去，电台里一直传来咬牙切齿的尖叫，他们扭打在一起。然后托德喊了一声，掏出了他的.45手枪，我敢发誓他往喷气机小子身上射了四枪，当时他俩之间的距离就跟现在我和你之间那么近。然后他们又摔倒在了一处，而我则从吊舱一侧的那个洞里跳了出来。

只是我太傻了，太早拉开开伞索，而且我的降落伞也绞在了一起，没能正常打开，于是我就急速下坠了。在我做完这一切之前，那整个飞艇就在我的头顶上爆炸了。

再接下来我所知道的就是我在这里清醒过来，现在一只鞋子对我来说都太多了，你知道我说的意思吧？……

……他们说什么了？嗯，大部分都是断章取义。让我们来看看。托德说了“阻止他，阻止他”，于是我开了枪。然后我从那个洞里逃了出来。他们都在叫喊。我唯一能听到喷气机小子说话的机会只有他们头盔撞在一起的时候，托德外套里的电台会把声音传过来。他们肯定撞了好多次，因为我听到两人的呼吸都很急促。

然后托德掏出枪来，朝着喷气机小子开了四枪，还说了“去死吧，喷气机小子！死吧！”，我跳出飞艇，而后他们一定又搏斗了一会儿，因为我听到喷气机小子说道：

“我还不能死。我还没看《乔森的故事》[1]。”

♥

托马斯·伍尔夫[2]已经死了八年，但这一天正像是他小说里最常

---

①《乔森的故事》是1946年的传记类电影，讲述了犹太歌手艾尔·乔森的生平事迹，曾获多项奥斯卡金像奖提名，当年红极一时。

② 托马斯·伍尔夫（1900—1938）20世纪30年代时与菲茨杰拉德、海明威等人齐名的美国现代派小说家，代表作《天使望故乡》。

描述的那种日子。对于整个美国乃至整个北半球来说，这一天是夏季撤退，来自北极圈和加拿大的冷风再度占据上游，将墨西哥湾和太平洋的空气推拒出去的日子。

最后，人们给喷气机小子建了一座纪念碑——上面写着“还不能死的孩子”。这名战痕累累的十九岁退伍老兵，以一己之力阻止了一个疯子炸毁整个曼哈顿。一切恢复平静后，人们才意识到了这一点。

但要记住这一点，还得再花些时间。此外，人们还得应付残局，得回到学校去，得去买个新冰箱。至于让每个人想起在 1946 年 9 月 15 日之前的一切究竟是什么样子，则需要更长的时间。

当纽约人抬头，看到喷气机小子炸掉了那艘袭击的飞艇时，他们以为一切麻烦都结束了。

他们就像是爬到八道高速公路上的蛇一样，大错特错。

——摘自丹尼尔·德克

《等待副驾戈多：喷气机小子的一生》

利平科特出版社，1963 年出版

一层薄雾自高空向下飘动。

一部分迷雾延伸到了云中，接着穿过喷气云层，向东而去。

在这些气流下方，雾气重又塑形，在空中高悬如同幡状云，慢慢地向下方的城市笼罩下去，它聚集成条，又像是暴风雨前的轻云般飘散，接着重又汇聚在一起。

无论它最终落在何处，它带来的声音都像是一阵轻柔的秋雨。

♣♦♠♥

沉睡者

罗杰·泽拉兹尼　著

Ⅰ. 漫长的归家之路

他十四岁的时候，睡眠成了他的敌人，它是那样黑暗而可怕的东西，他像旁人恐惧死亡般地恐惧着睡眠。然而，这并不是神经官能症的某种神秘的表现形式。神经官能症通常都带有一些荒谬的因素，而他的恐惧则有着特殊的肇因，由此引发的事实也如同几何学定理般地符合逻辑。

这不是说他的生活中不存在荒谬之事。恰恰相反。但这些荒谬之事都是他身上发生的情况造成的结果，而非原因。至少，后来他是这样告诉自己的。

简而言之，睡眠是他的祸根，是降诸于他的天罚。是一个以分期偿付的形式囚禁他的地狱。

克罗伊德·科伦森读完了八年级，却未能完成九年级的课程。这完全不是他的错。他在班里不算顶尖，但也没差到吊车尾的程度。他就是个普通的孩子，外表普通，脸上长着雀斑，蓝色的眼睛，棕色直发。他曾经很喜欢和朋友们玩战争游戏，但后来战争结束了；后来他们便渐渐玩起了警察抓小偷的游戏。战时，他曾经等待着——虽然不太有耐心——自己能够抓住机会，成为像王牌战斗机飞行员喷气机小子那样的人；战后，在警察抓小偷的游戏里，他通常都是扮演小偷的。

他那时已开始上九年级了，但像很多其他人一样，他没能安然度过九年级的第一个月——1946 年 9 月……

♣

“你在看什么？”

他还能记起玛斯顿小姐当时提的问题，却不记得她的表情，那是因为他的视线还在看着窗外的奇观。在他的班级里，孩子们在下午三点钟即将到来时频频往窗外看并不是什么稀奇事，但对他们来说，要是被点了名，不能马上转回头来，假装自己还能再攒出点儿最后的注意力，同时在心里默默等待放学铃，倒是挺少见的。

他没有回头，只是回答说：“飞艇。”

除他之外，还有三个视力都还挺不错的男孩以及两个女孩也在看着同一个方向，这就激起了玛斯顿小姐的好奇心，她走到窗边上，立在那里，盯着窗外看。

天上至少有五六艘飞艇，所在的位置非常高，在云层的那一头，小小的，移动时看起来似乎都连接在一起。在它们附近有一架飞机，正快速向它们逼近。他们脑海中对于黑白新闻影片的记忆还能鲜活，此时便立即回想起来了。事实上，那架飞机看起来就像是正在攻击着几条银色的鲦鱼。

玛斯顿小姐看了一会儿，接着转过身。

“好啦，同学们，”她开始说道，“这只不过是——”

警报的铃声恰在此时响起，玛斯顿小姐不由自主地缩起了肩膀。

“空袭！”坐第一排的女孩夏洛特喊道。

“不是的，”吉米 · 沃克反驳，说话间他的牙套一闪而过，“再也不会有空袭了。战争已经结束了。”

“我知道空袭警报的声音是什么样的，”夏洛特说道，“每次都会跟着停电——”

“但是战争已经结束了。”博比 · 特伦森也说。

“够了，同学们，”玛斯顿小姐说，“可能他们就是在测试警报的性能。”

但她还是回头望了一眼窗外，看到天空中闪过一片火花，然后那些空战的场景就被一片云遮住了。

“坐在你们的位子上，”看到有几个学生站起来，走向窗边，她接着又说道，“我去办公室问问，是不是没向公众预报的训练演习。我马上就回来。你们可以小声谈话。”

她离开教室，砰地关上了门。克罗伊德继续望着天空上的云层，等待它们再度分开。

“是喷气机小子。”他隔着走道对博比·特伦森说道。

“啊，得了吧，”博比说道，“他在那儿能干什么？战争都结束了。”

“那是一架喷气式飞机。我在新闻影片里看到过，它就是这个样子的。而喷气机小子，他是最好的喷气机飞行员。”

“你这是在瞎编。”丽萨从教室的角落里喊道。

克罗伊德耸了耸肩。

“天上有些坏人，他要与他们战斗，”他说，“我看到火焰了。他们正在射击。”

警报依然没有停下。窗外的街上传来了尖锐的刹车声，紧接着则是短促的喇叭声，以及沉闷的撞车声。

“车祸！”博比喊了起来，所有人都站起身，跑到了窗边。

克罗伊德不想视线被人挡住，就也站了起来，他离窗比较近，因此占据了一个好位子。不过，他没去看车祸，而是继续抬头向天。

“中间凹进去了。”乔·萨尔扎诺说。

“什么？”一个女孩问道。

此时克罗伊德听见了极远处传来的爆炸声。他的视野里再也找不到飞机了。

“什么声音这么吵？”博比问道。

“高射炮开火了。”克罗伊德说。

“你傻了吗！”

“他们正在想办法把那不知道是什么玩意儿的东西射下来。”

“是，没错，就像电影里一样。”

云层重又聚拢。但就在这时候，克罗伊德觉得自己再度瞥见了那架喷气式飞机，它似乎正撞向那些飞艇。但等他想看个仔细好确认的时候，视线又被云层遮蔽了。

“可恶！”他说，“打死他们，喷气机小子！”

博比大笑起来，克罗伊德用力撞了他一下。

“嘿！你推谁呢！”

克罗伊德转身面向他，但博比似乎并不想继续纠缠这个问题。他又看向窗外，手指着一个地方。

“这些人为什么要在街上跑？”

“我不知道。”

“是因为出了车祸吗？”

“唔。”

“看！那边又有车祸！”

一辆蓝色的斯图贝克车急速转过拐角，好不容易绕过两辆停着的汽车，却撞上了另一辆朝着它开过来的福特车。两辆车都被撞得偏了方向。其他车子为了避开它们，也都纷纷踩了刹车。汽车喇叭此起彼伏地响了起来。在尖锐的警报声中，依然能够隐约听到高射炮开火时那种沉闷的声响。人们都在沿着街道奔跑，甚至都不会驻足围观车祸了。

“你们觉得又要开战了吗？”夏洛特问道。

“我不知道。”雷欧说。

突然之间，噪声中增加了警车的警笛声。

“哎呀，”博比说道，“又有一起车祸！”

他还没说完，一辆庞蒂克车就撞到了那些停着的车上。三对车主从车里走了出来，聚在一起，有两人非常生气，但其他人就只是说了几句，时而指指天空。很快，他们都分散开，沿着街道匆匆离去了。

“这不是演习。”乔说道。

“我知道，”克罗伊德回答，他凝望着天空中的某个区域，那里的云层被它遮蔽住的光亮部分渐渐染成了粉红色，“我想这是发生了什么特别糟糕的事。”

他离开了窗户。

“我要回家了。”他说。

“你会有麻烦的。”夏洛特对他说。

他扫了一眼挂钟。

“我敢打赌她回来之前放学铃就响了，”他回答说，“要是你现在不走，我觉得一会儿不管发生什么事，他们都不会让你离开了，我想回家。”

他转身穿过教室的门。

“我也走了。”乔说道。

“你俩都会有麻烦的。”

♠

他们穿过走廊，就要走到前门的时候，有个成年男性的声音自大厅里传来：“你们两个！回来！”

克罗伊德跑了起来，他用肩膀撞开了绿色的大门，然后继续往前跑。他奔下台阶的时候，乔就比他慢了一级。街上全是停着的车，无论他往哪边看，都看不到尽头。建筑的屋顶上和窗边上站满了人，大多数都在朝着天上看。

他冲上人行道，转身向右。他的家在这儿的南边，六个街区之外，在一排上个世纪八十年代建的奇形怪状的联排房屋里。乔回家跟他同一个方向，半路上往东转。

还没等他们走到街角，从小巷里涌来一群朝右走的人，让他们不得不停住了脚步。那些人阻断了人行道上的交通，他们有些是想强行挤开人群转向北边去的，还有些则往南。两个男孩听到前面传来咒骂和斗殴的声音。

乔伸出手，抓住了一个男人的袖子。那人一把将胳膊抽了回去，然后才低下头来看他。

“怎么回事？”乔喊道。

“是某种炸弹，”那人回答道，“喷气机小子想阻止那些持有它的人。我想他们全都炸飞了。那个炸弹随时可能爆炸，说不定是原子弹。”

“它掉哪儿了？”克罗伊德大喊道。

那人指了指西北方向。

“那边。”

说完后，男人看到人群中有个空隙，便硬是挤出一条道来离开了。

“克罗伊德，我们要是从车顶上走，就能直接通过这条街了。”乔说道。

克罗伊德点点头，跟着另一个男孩爬过了一辆灰色道奇车依旧还热乎乎的车顶。车里的司机朝他们大骂，但他的车门被人潮抵住了，副驾上的车门则只能开出一条小小的缝，接着就会撞上另一辆出租车的挡泥板。他们以这种方式又走过一辆出租车和另外两辆车，穿过了十字路口的中心位置。

到了下一个街区中部，人流渐渐稀少，前方似乎出现了一大块空地。他们加速跑了过去，接着又突然停住了脚步。

有个人躺在人行道上。他正在痉挛。他的脑袋和双手都浮肿得厉害，呈现出深红色，近乎于紫。就在他们看到他的时候，他的鼻子和嘴里突然喷涌出了鲜血；他的耳朵慢慢往外淌血，眼角和手指甲下也渗透着鲜血。

“天哪!”乔说着，边后退边画了一个十字架，“他怎么了?”

“不知道，”克罗伊德回答，“我们别太靠近了。再翻几辆汽车吧。”

他们用了十分钟才抵达下一个街角。半路上他们注意到高射炮已经很久没有打响了，但空袭警报、警车鸣笛和汽车喇叭声还是不绝于耳。

“我闻到了烟味。”克罗伊德说道。

“我也是。要是有什么地方烧起来，消防车又过不去怎么办?”

“那他妈整个城市都要被烧掉了。”

“可能不会这么糟。”

“我敢打赌会的。”

他们被一群人裹挟着，推搡过了街角。

“我们不是往这边走的!”克罗伊德大喊。

但其实没什么关系，因为围着他们的人群很快也停下了脚步。

“我想我们可以再从车顶上爬过这条街道?”乔问道。

“值得一试。”

他们做到了。只不过这一次，他们以这种方式抵达街角的速度比前一次慢了许多，因为其他人也走了同样的路线。克罗伊德透过一块挡风玻璃看到了一张爬行类动物的脸，他还看到司机的身子缓缓滑向一边时，那双惊恐地攥紧了方向盘，甚至将它从操纵杆上拔了下来的长满鳞片的手。他转开视线，却看到东北方向远处的建筑物上燃起了浓烟。

等他们到了街角，却发现没法从车顶上下来。街角已经站满了人，互相推搡着。人群中时不时爆发出尖叫。他也想大喊大叫，但他知道这毫无用处。他咬紧牙关，全身发抖。

“我们要怎么办?”他朝着乔喊道。

“我觉得，要是我们被困在这里，我们可以找一辆空车，砸开它的窗户睡在里面。”

“我想回家!”

“我也想。我们试试尽可能再往前走走看。”

他们用了将近一个小时，在街上往前挪，却也只是进了另一个街区。他们在车顶上攀爬时，车里的司机都在怒吼，拍打着车窗。一些车子已经空了。还有几辆车里则有些他们根本不敢多看的东西。此时，在人行道上行走似乎变得危险起来。人流又快又吵，时常会有短暂的斗殴，无数的尖叫，以及若干摔倒的人被其他人推进了门廊，或是推下了马路牙子。空袭警报停止时，人群犹豫沉默了几秒。接着便传来有人用扩音器说话的声音。但那声音太远，根本听不清，只能听见“大桥”这个词。人群重又陷入恐慌。

他看到前方街对面有个女人从建筑上掉下来，在她落地之前，他转开了视线。空气中依然还有烟味，但附近看不到火灾的迹象。在他前方，他看到人群突然都停住了，接着又纷纷后退，而后，有个人——他分不清那是男人还是女人——的身子中间突然冒出了火焰。他闪进两辆车中间的道路上，等他的朋友赶到他身边。

“乔，我都快被吓到尿裤子了，”他说，“可能我们应该爬到一辆车下面，等这一切都过去了再出来。”

“我已经想过这个问题了，”另一个男孩回答说，“但要是有着火的建筑突然倒塌，压在车上，让车子着火怎么办?”

“那又有什么关系?”

“要是油箱着火燃烧的话，所有的车都会烧起来的，它们挨得太近，就像一串鞭炮似的。”

“老天!”

“我们得继续前进。要是到我家更容易些你可以先来我家。”

克罗伊德看到有个男人做出了一系列舞蹈般的动作，边舞边撕扯自己的衣服。接着那人的身体形状发生了改变。路上有人号叫着。接着传来了玻璃碎裂的声音。

接下来的半个小时里，人行道上的行人变得比该有的更少了，若不是在当前的情况下，或许都可以称之为“正常”。人们似乎要不是已经抵达了目的地，就是挤到城里的其他地方去了。此时还在街上行走的人不得不在尸体之间择路下脚。窗户后不再看得到观望的人脸。建筑顶上再看不到有人。汽车喇叭声也渐渐平息，只是零星才会响起几声。两个男孩站在街角。自他们离开学校之后，已经走过了三个街区，还到了大街的另一边。

“我在这里转弯，”乔说道，“你是跟我一起走，还是要向前？”

克罗伊德朝街道的尽头望了过去。

“情况现在看起来好多了。我觉得我可以回去的。”他说。

“那晚点再见了。”

“好。”

乔匆匆左转。克罗伊德看着他走了一会儿，然后继续向前。在街道远处，有人尖叫着从房门里跑出来。他跑到街中心，整个人似乎越来越大，动作也越来越怪异，接着他便爆炸了。克罗伊德将背抵在左侧的砖墙上，盯着那人看，心脏怦怦直跳，但之后那人就不再动弹了。他听到西边的某处再度传来扩音喇叭的声音，这一次，他听得更清楚一点了：“……桥梁已全部封锁，汽车与行人均不得通行。请勿使用桥梁。回到你们的家中。桥梁已全部封锁……”

他再次上路。东边的某处，有一个警报声一直在响。在他头顶上，一架飞机从低空掠过。在他的左边，一幢房子门口躺着一个人，他连忙移开视线，加快脚步。一股浓烟从对面街飘过，他试图寻找来源，看到浓烟从一个坐在门阶上的女人身体上散发出来，她正用双手捧着自己的脑袋。他看到她的时候，她似乎正在渐渐缩小，接着她发出了一阵咔哒咔哒的声音，身子歪向左边。他握紧拳头，继续向前走。

一辆军用卡车从巷子里开到他前方的街口。他朝那辆车跑过去。副驾上露出一个戴着头盔的脑袋，对方转向了他。

“你怎么在外面，孩子？”那个人问道。

“我在回家路上。”他回答说。

“你家在哪里？”

“还有两个街区。”他说。

“赶紧直接回家。”那人对他说。

“发生什么了？”

“戒严了。每个人都要进入室内。你最好还得关上窗。”

“为什么？”

“似乎是某种细菌炸弹爆炸了。没有人知道确切的情况。”

“是喷气机小子在……？”

“喷气机小子已经死了。他曾经试图阻止他们。”

克罗伊德的双眼中突然盈满了泪水。

“直接回家。”

卡车穿过街道，继续向西。克罗伊德也跑着穿过了街道，等跑上了人行道，他才放慢速度。他开始颤抖。他突然意识到自己的膝盖很痛，他在攀爬汽车的时候膝盖擦伤了。他擦了擦眼睛。他觉得冷极了。他在街区中间停了下来，打了好几个呵欠。好累。他觉得自己累到不行。他又开始向前。他的双脚从未像这样沉重过。在一棵树下，他又停住了。在他头顶传来一声呻吟。

他抬头后，意识到这并不是一棵树。它确实很高，而且是棕色的，生着根，又细又长，但它的顶端却长着一个巨大且被拉长了的人脸，呻吟就是从这张脸发出来的。他赶紧从那东西下面走开，而它伸出一条枝丫扯了他肩膀一下，但它没什么力气，几步之后他便跑出了那东西够得着他的范围。他呜咽起来。街角似乎还有一英里那么远，而且过了街角他还得再走上一个街区……

他似乎是中了打呵欠的咒语，而这整个儿天翻地覆了的世界仿佛再也没有什么能让他受到惊吓的了。有人不靠任何工具就能从路边飞过又如何？他右边排水沟里的水长着一张人脸，那又怎么样？更多尸体……一辆车被翻了过来……一堆灰……悬挂而下的电话线……

他艰难地走到街角，靠在一根路灯柱上，慢慢地滑坐在地。

他想闭上双眼。但这太傻了。他就住在前面。只要再走一小会儿，他就能睡在自己的床上了。

他抓住灯柱，硬是站起身来。再走过一个街口……

他终于到了自己家所在的街区，头晕目眩。就一点点路了。他可以看到家门……

他听到窗子拉开的刺耳摩擦声，有人在他头顶喊他的名字。他抬起头。是邻居家的小姑娘艾伦，她正在上面看着他。

“你爸爸死了，我很难过。”她喊道。

他想大喊大叫，却做不到。呵欠夺走了他全身的力气。他靠在家门上，按下门铃。装着钥匙的口袋似乎离他实在太远了……

他的兄弟卡尔打开房门，他匍匐在卡尔脚边，再也无法站立。

“我太累了。”他对卡尔说道，然后闭上了眼睛。

Ⅱ. 睡梦深处的杀手

在“百变王牌之日”的第一天，克罗伊德的童年就这样在他的睡梦中消逝了。到他苏醒之时，已过去了将近四个礼拜，他的身体发生了改变，他身边的世界也是一样。他长高了半英尺，强壮得远超过他从前的想象，同时还长出了一头漂亮的红色头发。不仅如此，他在浴室的镜子里观察自己时，他很快发现，他的头发有特殊的功能。因为不喜欢这样的外表，他在心里许愿最好头发别是红色的。它们立刻褪成了浅黄色，同时他感受到全身传过一阵并不怎么叫人难受的麻痒。

他来了兴致，又开始希望头发变成绿色，它成真了。那种麻痒的感觉再次出现，只是这一次感觉更像是他的身体出现了一阵颤抖。他希望自己能变黑，于是就成了黑人。接着又变回了白色。不过这一次他没有在浅黄色时就停手。再白一点，再白一点；白垩，白化。再白一点……极限在哪儿？他逐渐开始消失。此时，他可以看到身后的瓷砖，透过他那朦胧的轮廓出现在镜子里。再白一点……

消失了。

他将手抬到脸前，却什么都没有瞧见。他拿起自己的湿毛巾，将它举到胸前。它同样也变得透明，消失了，然而他依然能在手上感觉到它湿乎乎的触感。

他让自己回到浅金色。这种形态似乎是最能被社会接受的。接着他硬套上了最宽松的牛仔裤，又披上绿色的法兰绒衬衫，不过没法把所有的扣子都扣上。裤腿现在只能遮住他的胫骨。他赤着脚，静静地走下楼梯，来到厨房。他饿极了。大厅里的落地钟告诉他此时已近三点。他下楼时顺道去看了他的母亲、哥哥和姐姐，不过他们都在熟睡，他没有打扰他们。

糕点盒里有半块面包，他把它撕开，三口两口塞进嘴里，几乎没怎么嚼就咽了下去。有那么一下，他咬到了自己的手指，不过这几乎没有影响到他吃面包的速度。他在冰箱里发现了一片肉和一块楔形奶酪，都吃掉了。厨房工作台上摆着两个苹果，他边翻找橱柜边吃了下去。一盒苏打饼。他边找边嚼。六块饼干。一口吞掉。半罐花生酱。他用勺子挖出来全吃掉了。

没了。他再也找不到任何食物，却依然极度饥饿。

接着，这场胡吃海塞带来的罪恶感侵袭了他。屋里没有别的食物。他还记得他从学校回家时的那个疯狂的下午。要是发生了食物短缺怎么办？要是他们又回到了定量配给的年代怎么办？他刚把所有人的食物都吃了。

为了其他人，也为了他自己，他得去再弄点吃的来。他走到门口，朝窗外望去。街上一片荒凉，他想起从学校回家的路上听到的戒严令——它持续多久？这么说来，他睡了多久？他总觉得已经过去很久了。

他打开门，感受到了屋外夜晚的凉意。一盏尚未损坏的街灯的灯光透过附近一棵树光秃秃的枝丫，洒了下来。在意外发生的那个下午，人行道两旁的树木上多少还留着一些叶子。他拿起大厅桌上的备用钥匙，走到屋外，将身后的门锁上。虽然他知道台阶一定很冷，但赤脚走在上面时，倒是没让他感觉到彻骨的寒意。

接着他停住了，退到了阴影里。他不知道外面会有什么，这让他觉得有些害怕。

他抬起双手，将它们举到街灯前。

“变白，变白，变白……”

它们逐渐变淡，直到被光透过。接着继续变淡。他的身体感受到了麻痒。

等他的双手完全消失时，他垂下了眼睛。他整个人似乎全都消失了，除了那种麻痒之外，什么都不剩下。

然后他便匆匆上路了，他感觉身体里有一种巨大的能量。隔壁街区里那棵树状的生物已经不见了。街上也已清空，可以通行，不过排水沟里还有不少留存的残骸，而且他看到的几乎每一辆停着的车上，多多少少都有些受损。他经过的每一幢建筑似乎都至少有一扇以上窗户蒙着硬纸板或木条。一些行道树已经裂成了木桩，街角的金属标牌则严重弯向了一侧。他又加紧脚步，他行进的速度如此之快，连他自己都感到诧异。经过学校时，他看到整个建筑还保持完整，只是有一些窗格缺了玻璃。他匆匆走过了学校。

他经过的三间食品杂货店全都用木板封住了，上面贴着“本店已关，重开时间日后通知”的告示。在第三间杂货店前，他破门而入。推开木条几乎没费什么力气。他摸索到了一个电灯开关，按了下去。几秒钟后，他又关上了电灯。这地方早已被人彻底掠夺，一点不剩了。

他向居民区走去，经过了几幢焚毁的建筑空壳。他听到两个声音从其中一幢建筑里传出来，一个沙哑，另一个则婉转而高亢。一会儿后，从那里面射来一道白光，又传出一声尖叫。与此同时，一片砖墙突然倒塌，砖块倾泻到了他身后的人行道上。他觉得没有必要去查看。此外，下水道栅格里时不时也会传出声音来。

那天晚上，他又游荡了几里路，直到他接近时代广场时，才意识到自己被跟踪了。一开始，他以为那只是一只正巧和他走在同一个方向的大狗。但当它渐渐靠近，他注意到它的轮廓上还残留着人类的特征，于是便停住脚步，面朝着它。它在距他十英尺的地方坐下来，向他致意。

“你也是其中之一。”它以吠叫般的声音说道。

“你能看见我?”

“不能。我靠的是嗅觉。”

“你想要什么?”

“食物。”

“我也是。”

“我可以带你去。你要分我一点。”

“行，你带路。”

它带着他到了一个拉着封锁线的地方，里面停着一些军用卡车。克罗伊德数了数，一共有十辆。车辆之间有一些穿着制服的人或是站着，或是休息。

“这是怎么回事?”

“晚点再说。食物在左边的四辆卡车里。”

他踏入包围圈里，靠近一辆车子，拿了一包食物，接着从另一个方向撤退，完全没有遇上任何问题。他和这个狗人退到两个街区外的一扇门前。克罗伊德重又变回了能被看见的形态，接着两人便狼吞虎咽起来。

接下来，克罗伊德这位刚结识的新朋友——他希望别人叫他本特利——便讲述了喷气机小子死后，克罗伊德陷入沉睡中的几周里发生的事。克罗伊德知道了泽西大逃亡，知道了暴乱，知道了戒严令，知道了塔基斯星人，以及他们的病毒造成的上万人死亡事件。接着他又听说了变形的幸存者们的事——有些人还算幸运，有些人则遭遇了不幸。

“你属于幸运的。”本特利总结道。

“我不觉得自己很走运。”克罗伊德说。

“至少你还能保持人形。”

“那么，你见过那个塔基扬医生了吗?”

“没有。他太他妈忙了。不过我会去见的。”

“我也应该去见一见。”

“可能吧。”

“你说‘可能吧’是什么意思?”

“为什么你要改变?你这样不是很好吗?你可以拿到你想要的任何东西。”

“你是说偷窃?”

“时局艰难。你得想方设法活下去。”

“可能是这样吧。”

“我可以带你去找点儿适合你的衣服。”

“去哪儿?”

“转过街角就到。”

“好。”

克罗伊德没花多大力气就打开了本特利带着他去的那家服装店的后门。他再次隐身，回来时又带来了一包食物。他往家里走时，本特利跟在他身边。

“你介意我陪着你吗?”

“不介意。”

“我想知道你住在哪儿。我能带你去找到很多好东西。”

“嗯?”

“我想有个能帮我搞来食物的朋友。我们可以一起干点儿什么吧?”

“嗯。”

◆

接下来的几天里，克罗伊德成了供养全家的人。他的哥哥和姐姐没有问他究竟是从哪儿弄到食物的，甚至到了后来，他在夜间出门，拿回来了钱，他们也没有多问一句。他的母亲也没有，她还沉浸在他父亲之死带来的悲痛之中，无暇分心。本特利就睡在他家附近的某处，他成了克罗伊德的向导，他事业上的导师，同时也是其他一些问题上的知心好友。

“或许我该去看看你提起过的那位医生。”克罗伊德说着，拉下一箱他从一家仓库里顺出来的听装食品，坐在上面。

“塔基扬?”本特利边问边以一种完全不像狗的姿态伸展了身体。

“是啊。”

“怎么了?”

“我睡不着。自从我醒来变成这样之后已经过去五天了，从那时起我就一点都没睡过。”

“那又怎么样？有什么不好的？你有了更多时间可以去做你想做的事。”

“但我现在终于开始觉得累了，可还是睡不着。”

“该睡的时候总会睡着的。没必要为了这事儿去烦塔基扬。而且，就算他来试着给你治疗，你痊愈的机会也只有三分之一或者四分之一。”

“你怎么知道的？”

“我去见过他了。”

“哦？”

克罗伊德吃了一个苹果。接着他说：“你打算试试？”

“只要我能鼓起勇气，”本特利回答，“谁会想这辈子剩下来的时间都活得像条狗？而且还不是条特别好的狗。顺便说，等我们经过宠物商店，希望你能帮我去弄个灭蚤项圈来。”

“没问题。我不知道……要是我真的睡着了，会不会像之前那样又睡很久？”

本特利想耸耸肩，但最终还是放弃了。

“谁知道呢？”

“到时候谁来照顾我的家人？谁来照顾你？”

“我明白你的意思了。要是你晚上不再出门，我会等你一阵子，然后去尝试接受治疗。至于你的家人，你最好攒点钱。定量配给的限制会慢慢松下来的，到时候就是由钱来说了算。”

“你说得对。”

“你太他妈强了。我想你应该能直接撕开保险箱？”

“可能吧。我不知道。”

“我们回去的路上可以找个试试。我知道一个好地方。”

“行。”

“……还得弄个灭蚤项圈。”

♥

当时就快到早上了，他正在边读书边吃东西，突然无法自控地打起了呵欠。当他站起身的时候，他觉得四肢无比沉重，这是从未有过的感觉。他爬上楼梯，进了卡尔的房间，用力摇晃哥哥的肩膀，直到将他摇醒。

“肿么了[①]，克罗伊德?”他问。

“我困了。”

“那就去睡觉。”

“我已经很久没睡过觉了。可能又会睡很长时间。”

“哦。”

“所以，这里有点钱，要是发生了什么事，你用这钱照顾好所有人。”

他拉开卡尔的衣橱最上面的抽屉，将一大团钱塞进袜子下面。

“哦，克罗伊德……你从哪儿弄来的这么多钱?”

“不关你的事。继续睡吧。”

他回到自己的房间，衣服也没脱，直接爬上了床。他觉得冷极了。

♣

当他再度醒来，窗框上已结了霜。他往窗外看，发现铁灰色的天空下，地上覆盖着一层白雪。他放在窗台上的手黝黑粗糙，手指则又短又圆。

他在浴室里检查了自己的身体，发现此时他身高五英尺半，身体强壮，长着黑色的头发与眼睛，在他的大腿前侧、手臂外侧、肩膀、

① 口音。

背部下方和颈部上方，都长出了坚硬的疤状的突起物。他又用了十五分钟，知道了自己能提升手部的温度，直到让手里的毛巾着火燃烧。几分钟后，他发现自己的全身都能发热到身体散发出红光的地步，不过他的一只脚在油布上烧出的足印，还有他另一只脚在地毯上烧的洞，都让他觉得不太愉快。

这次，厨房里备有大量食物，于是他吃了整整一个小时，直到强烈的饥饿感消失。他穿上了宽松的长运动裤和汗衫，考虑到每次他睡着了都会改变形体，可能他得在家中备上大量各种尺寸的衣物才行。

这次他不需要搜索食物了。病毒扩散造成了大量死亡，导致库存出现盈余，随着定量配给制度的解除，各处的商店也重又开放了。

这些天来，他的母亲大部分时间都泡在教会里，卡尔和克劳迪娅则回到了学校，最近学校都又重新开学了。至于克罗伊德自己，他知道自己是不会回去上学的。他们现在还有不少钱，但考虑到这次他沉睡的时间比上一回多了九天，恐怕再弄点儿钱会是个好主意。他不知道是否能将手加热到足以熔穿保险箱的铁门。之前有一次，他花了好大力气才终于扯开一个保险箱的门，当时本特利向他保证说这不过是个“易拉罐”，但事实上他差点儿就没拉开。他出门去找了一段镀锌管子来练习。

他想小心地规划自己的行动，判断能力却跟不上。在这一周里，他不得不开了八个保险箱才攒够了钱。大部分保险箱里装的都只有文件而已。他知道他该小心了，这也让他变得很是焦虑；他希望自己的指纹在他沉睡时也发生了变化。他干活时尽可能加快速度，同时也希望本特利能回来。他觉得，那个狗人应该知道该做什么。有好几次，本特利曾暗示过自己平时的职业涉及一些不太合法的事。

日子过得比他预期的要快得多。他弄到了一个巨大的万用衣柜。在夜里，他行走在城市中，观察着城市里残留的损坏迹象，以及修复它们的工作进度。他补上了这个城市和这个世界的时事新闻。要相信真有一个来自外太空的男人也不是什么难事，毕竟对方的病毒造成的恶果在他身边随处可见。他问了一个脑袋像子弹头、指间有蹼的男人，在哪里能找到塔基扬医生。那人给了他一个地址和电话号码。他把它们放在口袋里，却没有打电话，也没有上门拜访。要是医生给他做了检查，告诉他没问题，然后治愈了他，那该怎么办？家里的其他任何人在这会儿都没办法挣钱养家。

很快，他又一次胃口大开，他觉得这是他的身体做好了准备要再次转变的征兆。这一次，为了日后参考，他更留心自己的感觉。这一天剩下的白日和夜晚，以及第二天的大半过后，他开始感觉阵阵发冷，困意也不断涌来。这种感觉无法克制之时，他的家人正好都出去了，于是他留了张纸条，在上面向他们道了晚安。这一次他锁上了卧室的门，这是因为他事后才知道，在他上一次睡着的时候，他们会定期来检查他的状况，有一次甚至还带来了一个医生，那女人听说了他的事后，谨慎地表示说他只是睡着了。她还建议等他醒来就让他去找塔基扬医生，但他的母亲把写了这些话的纸弄丢了。这些天里科伦森夫人似乎总有点心不在焉。

他又一次做了那个梦，而这一次，他意识到了这是又一次做同一个梦，此外，这也是他第一次记住了梦的内容：梦中的恐惧感让他回想起他最后一次从学校回家时那天的感受。暮光中，他沿着一条空荡荡的街道行走。有什么东西跟在他身后，他转过身向后望去。人们从门后、窗子里、汽车中、下水道的检修口里涌出来，全都盯着他，向他移动。他继续走着自己的路，接着听到身后传来一群人一起叹息似的声音。他再次回头，看到他们全都快步跟着自己，样子像是要威胁他，脸上带着憎恶。他开始跑起来，心里很清楚他们要毁了他。他们追向他……

♠

这次他醒来时，形貌十分丑恶，也没有特殊的能力。他没有了头发，长着猪鼻子，身上覆盖着灰绿色的鳞片；手指细细长长，还多了好几个指节，他的眼睛成了黄色，眯成一条缝；当他直立时间过久，大腿和腰背部就会感到疼痛。要回到他自己的屋里，最简单的方法是四脚着地。他试了试发出声音，发现自己说话时会夹杂明显的嘶嘶声。

这时候才刚天黑，他听到楼下传来了说话声。他打开房门，大声呼唤，克劳迪娅和卡尔两人一起快步走到他的房间前。他将门打开一条缝，自己藏在后面。

“克罗伊德！你还好吗？”卡尔问道。

“可以算，也可以不算。”他嘶嘶地说道，“我会好起来的。现在我很饿。给我拿吃的来。多拿点儿。”

“怎么了？”克劳迪娅问道，“为什么你不出来？”

“晚点！晚点再说。现在给我吃的！”

他拒绝离开自己的房间，也不让家人进门看他。他们给他拿来了食物、杂志和报纸。他听着广播，来回踱步——四脚着地地走动。这一次，他甚至有些期待沉睡，而没有为之恐惧。他躺回到床上，期望它能尽快到来。但它整整拒绝了他将近一个星期。

再下一次，他醒来时发现自己稍稍高过六英尺，长出了深色头发，身材苗条，外表看起来不那么恶心了。他就像曾经的那样强壮，但有一会儿，他觉得自己身上没有特殊的能力——直到他在楼梯上匆忙滑向厨房，身体飘浮在空中避免了事故，救了他自己一命。

又过了一会儿，他注意到自己的门上贴着一张克劳迪娅手写的纸条。上面记录了一个电话号码，说他联络这个号码能找到本特利。他将纸条放入口袋里。他得先打另外一个电话。

◆

塔基扬医生抬头看他，脸上带着淡淡的微笑。

“情况可能会更糟。”他说。

克罗伊德被这个判断句逗得甚至要笑出声来。

“还能怎么个糟法？”他问。

“嗯，你可能会抽到鬼牌。”

“就像我之前那次一样，先生？”

“你是我目前为止看到过的最有趣的病例之一。其他病例总是走一条直线，结局不是杀了那个人，就是彻底改变他，不是变得更好，就是变得更糟。至于你——嗯，最接近你这个病例的情况可能是一种地球人的疾病，名字叫疟疾。你身上的病毒似乎会定期地再次感染你。”

“我曾经抽到过鬼牌……”

“是的，类似的情况还会再次发生。但和其他那些已经感染完病毒的人不一样，你所能做的就只有等待。你可以用睡觉来跳过你不喜欢的变化。”

“我不想再一次变成怪物。你有没有什么办法只改变这一部分？”

“恐怕不行。它是你感染的整个综合征的一部分。我只能将你的病当成一个整体来治疗。”

“治愈的概率是三分之一或者四分之一？”

“谁告诉你的？”

“一个叫做本特利的鬼牌。他看起来有点像条狗。”

“本特利是在我这儿痊愈的人之一。他现在已经恢复正常了。事实上他才刚离开不久。”

“真的！真高兴能听说有人做到了。”

塔基扬转开了视线。

“是的。”一会儿后，他回答道。

“多说点吧。”

“说什么？”

“要是我只在睡觉时变化，那么我就能用保持清醒来推迟变化，对吧？”

“我明白你的意思了。是的，兴奋剂能推迟一点。要是你在外出时感觉到它即将来临，几杯咖啡中的咖啡因很可能可以将它推迟一段时间，好让你回到家里。”

“有没有什么效果更强一点的？能推迟更长时间的？”

“嗯，有一些强力的兴奋剂，比如说安非他命。但要是你一次服用太多安非他命，或者一直服用，就可能会有危险。”

“什么样的危险呢？”

“神经过敏，兴奋增盛，好斗易怒。再下去会分泌一种神经毒素，导致错觉、幻觉和偏执妄想。”

“发疯？”

“对。”

“嗯，但是我可以在即将发疯之前停止服药，对吧？”

“我怀疑没那么简单。”

“我恨自己可能会再次变成怪物，而且——你没有提，我也有可能会在某次沉睡期间就这么死去，对吧？”

“是有这样的可能性。这是一种糟糕的病毒，但你已经成功克服了它的数次攻击，这让我觉得你的身体知道它在做什么。要是我的话，就不会对此太过担心……”

“会抽到鬼牌这件事真的让我觉得困扰。”

“这是你不得不忍受的一种可能性。”

“好吧。谢谢你，医生。”

“我希望你下次感觉到它即将来临时能到西奈山医院来。我很乐意观察你身上的变化。”

“但我不乐意。”

塔基扬点点头。

“那或者等你下次醒来……？”

“可能吧，”克罗伊德说着，与他握手告别，“顺便说，医生……‘安非他命’这几个字怎么写？”

♥

晚些时候，克罗伊德站在萨尔扎诺家的公寓前，自9月那日他们一起从学校回家之后，他就再也没有见过乔，急于养家糊口占用了他的大量闲暇时间。

萨尔扎诺太太将门开了一条缝，从里面盯着他。他说明了自己的身份，还试图解释自己外表的变化，但她依然拒绝将门开得更大。

“我的乔，他也变化了。”她说。

“呃，他变什么样了？”他问。

“变化了。就这样。变化了。走吧。”

她关上了门。

他又敲了敲门，但里面再无回应。

克罗伊德离开后，去吃了三块牛排，因为除此之外，他也无事可做。

♣

克罗伊德观察着本特利，他个子小小的，长得像狐狸，深色头发，眼神飘忽不定，克罗伊德觉得，他之前变身后的形态实际上是保留了他的总体神态特征的。本特利谢过克罗伊德的祝贺之词后，说道：“真的是你，克罗伊德？”

“没错。”

“进来吧。坐这里。来杯啤酒。我们有很多事可以聊。”

他走到一旁，克罗伊德进了他那间装修豪华的明亮公寓。

“我痊愈了，又回去干我的老本行。工作总是很惹人烦的，”本特利跟着坐下后说道，“你最近怎么样？”

克罗伊德告诉他自己经历过的各种变化和种种能力，还复述了自己与塔基扬的谈话。只有一件事他避而不谈，那就是他的年龄，因为他每一次变身时都有着成人的外表。他担心要是本特利知道了他的真实年龄，就不会再像过去那样信任他了。

“你单干的那几次做得都不怎么样，”小个子男人说着，点起一支烟，咳了一会儿，“漫无目的地行动不是好事。你应该有点规划，而且每次它都应该利用好你的特殊能力。至于现在，你说这一次你能飞？”

“对。”

“好，摩天大楼上有不少地方是人们以为非常安全的，这一次我们就拿它们做目标。你要知道，你现在的条件比任何人都要好。就算有人看到了你也没关系，因为到下一次你的外表就会完全不同了……”

“那么你会给我弄点安非他命来吗？”

“你需要我就去找。明天你再到这里来——同样的时间，同样的地点。没准我可以给咱俩安排个好活计，再给你弄点药片。”

“谢谢你，本特利。”

“这些都算不上什么。要是我俩好好合作，我们都能富起来。”

♠

本特利确实计划得不错，三天后，克罗伊德就将远超过他过去所得总和的钱拿回了家。他把大部分钱给了卡尔，这些天来，是卡尔在执掌家中的经济开支。

“我们出门去散个步吧，”卡尔说着，将钱藏在了一排书的后面，然后意味深长地朝起居室望了一眼，他们的母亲正和克劳迪娅坐在那里面。

克罗伊德点了点头。

“好。”

“这些天你看起来长大了许多。”两人走到街上后，卡尔说道。几个月后，卡尔就要十八岁了。

“我觉得自己成长了不少。”

“我不知道你一直是从哪儿弄到钱的……”

“你不知道最好。”

“好吧，我也不能抱怨什么，毕竟我们现在都靠它生活。但我得让你知道妈妈的情况。她现在越来越糟了。她看到爸爸就那样被四分五裂……从那时开始她就游离在现实之外了。目前为止，你都没有遇上最糟的情况，她上一次发作时你正好睡着了。有三个晚上，她爬起床，走到屋外，身上就穿着一件睡衣，还赤着脚，二月，天哪！她到处游荡，好像是在寻找爸爸。幸运的是，每次都有认得我们的人能找到她，把她送回来。那次找到她的是勃兰特太太，她一直问勃兰特太太有没有见过他。总之，我要说的是，她的情况正在变糟。我已经和好几个医生谈过了。他们都觉得她应该去疗养院住一段时间。克劳迪娅和我也这么想。我们不可能总是守着她，她可能会受伤的。克劳迪娅已经十六岁了。母亲不在我们俩也能生活。只是开销会很大。”

“我可以去再弄些钱来。”克罗伊德说道。

◆

第二天，他去找本特利，说他们得立刻再干一票，那小个子的男人显得十分高兴，因为上一次干完之后，克罗伊德对干下一票显得不怎么积极。

“给我一天左右的时间整理一下，摸清细节，”本特利说道，“我晚点答复你。”

“好。”

第二天克罗伊德的食量开始增加，他发现自己时不时地打起了呵欠。于是他吃了一片安非他命。

它起作用了。事实上，作用还不小。他周身舒畅，甚至想不起来自己上一次感觉这么好是什么时候。一切似乎都在变好，他的所有动作似乎也都极为流畅优雅。此外，他好像比平时更警觉，更敏感。最重要的是，他一点也不困了。

直到深夜，其他人都去睡了，这些感觉开始渐渐消退。他又吃了一片药。它生效后，他感觉特别好，于是他甚至跑到屋外，飞到城市上空，在三月清冷的夜晚，他在分别形成于城市里和天空中的明亮的星座之间穿行，仿佛觉得自己掌握了深藏在这一切中的隐秘钥匙。有一会儿，他想到了喷气机小子的空中战役，于是他飞到了哈德逊车站的遗址上，当初喷气机小子的飞机坠落时正砸在它上面，将它砸成了碎片。他曾经读到过一则新闻，要在这地方为喷气机小子建造一座纪念碑。他在空中坠落时就是这样的感觉吗？

他猛地向那些建筑之间冲去——时而停在一座建筑上方，跃起，下落，在最后一刻再将自己拉起来。有一回，他瞧见有两个人站在一扇门前看着他。不知道为什么，这激怒了他。他回到家中，开始整理房间。他打包了成堆的旧报纸和杂志，清空了废纸篓，他清扫擦洗，把水槽里所有的碗碟都洗干净了。他带着四大袋子垃圾飞到东河，把它们都扔进了河里，这阵子市政垃圾回收工作还没有恢复从前的规律。他把所有东西上面的灰尘都擦掉了，天亮时，他正在擦拭银器。再后来，他清洗了所有窗户。

突然之间，他觉得自己虚弱极了，身子不住发抖。他意识到这意味着什么，于是又吃了一片药，同时泡了一大壶咖啡。几分钟过去了。此时对他而言保持坐姿已十分困难，无论什么姿势都不舒服。他不喜欢双手上传来的刺痛。他洗了几次手，但这种感觉没有消退。最后，他又吃了一片药。他望着落地钟，听着咖啡壶里的声响。直到咖啡煮开，他身上的刺痛感和颤抖才渐渐消退下去。他感觉好多了。喝咖啡时，他又想起了那两个站在门口的男人。他们是在嘲笑他吗？尽管事实上他没有看清他们的脸，也不知道他们的表情，他的心里还是产生了一阵怒意。看着他！要是他们有时间，说不定还会朝他扔石头……

他摇了摇头。这想法太傻了。他们不过是两个人而已。突然，他想跑到屋外，走遍整个城市，或者干脆再飞一次。但这样做可能导致他错过本特利的电话。他开始来回踱步。他试图读点儿什么，却没法像平常那样集中注意力。最后，他给本特利打了个电话。

“你都准备妥当了吗？”他问。

“还没有，克罗伊德。干吗这么急？”

“我开始困了。你知道我的意思吗？”

“唔——嗯。你吃过那玩意儿了吗？”

“嗯哼。我没法不吃。”

“好吧。看，你尽量少吃一点。我正在确认一些细节。试着明天之前整理点东西出来。要是到那时候还没好，你就别再吃那玩意儿了，去睡觉。我们可以下次再动手。明白吧？”

“我这次就想干一票，本特利。”

“我明天再和你谈。你现在放轻松。”

他走出家门。天气多云，地上还残留着点点白雪和冰霜。他突然意识到自己从前一天起就没有吃过东西。考虑到他平时的胃口，这情况很是不妙。他觉得这都是药片的作用。他想找家小餐厅，强迫自己多少吃上一点。走着走着，他突然觉得不想坐在一群人里吃东西。想到这些人都围着他，他就觉得十分不安。不，他得找个能外带的……

他朝一家小餐馆走去，此时，他听到一扇门前有声音在叫他。他迅速转身，吓得那个跟他打招呼的人抬起手臂，后退了几步。

“别……”那人抗议道。

克罗伊德后退一步。

“抱歉。”他轻声道。

那人穿着一件棕色的外套，领子完全竖起。头上戴着一顶帽子，帽檐尽可能地压低到不影响行走的视线。他的脑袋一直向前倾斜。尽管如此，克罗伊德还是看到了一张弯曲的鸟嘴，闪闪发亮的眼睛和不自然的发亮肤色。

“你能帮我个忙吗，先生?”那个男人以一种简短而尖锐的声音说道。

“你想要什么?”

“食物。”

克罗伊德不假思索地将手伸进口袋里。

“不。我有钱。你没明白我的意思。我这副样子，没法进去买吃的。我会给你钱，请你帮我进去买两个汉堡，再带出来。”

“反正我也是要进去的。”

一会儿后，克罗伊德与那个男人一起坐在长椅上，吃了起来。他对鬼牌们产生了很大的兴趣。因为他知道，他自己也有部分算是他们中的一员。他开始想，要是哪次他醒来，形态变得很糟，又没有其他人在家，他得去哪儿弄到食物。

“通常我是不太会往上城区里跑的，”那个人对他说，“但我有趟差事要做。”

“你们这些人平时都是在哪儿活动的?”

“在包厘街有不少我们这样的。那儿没人会打扰我们，也有的是地方能让你买到吃的，没人在意你看起来什么样。没人多管闲事。”

“你是说有人会——袭击你们?”

那人发出了一声简短而尖锐的笑声。

“人类并不怎么友好，小子。你要是真了解人心你就会知道。”

“我要跟你一起回去。”克罗伊德说道。

“你这是在冒险。”

“我不介意。”

那地方在40街附近，他们经过时，有三个男人坐在长椅上，盯着他俩。克罗伊德在走过前几个街区时又吃了两片药。（真的只有几个街区吗?）他不想在和这位新朋友约翰——至少这人以这个名字自称——交谈时瑟瑟发抖，同时也为了防止一片药很快就失效，于是他又吃了两片让自己放松下来。当他看到那三人时，他立刻就知道他们正在计划着对他和约翰做什么不利的事，于是他收紧了肩膀的肌肉，放在口袋里的手也握紧了拳头。

“咔咔嘟嘟嘟。”一个男人说道，克罗伊德正要转身，约翰却将手放在他的手臂上，然后说道：“来。”

他们向前走。那些人站起身，开始跟在他们后面。

“唧唧唧唧。”一个人说道。

“咵咔，咵咔。”另一个人说。

很快，一根烟头从克罗伊德的脑袋上飞过，落到他身前。

“嘿，畸性恋!”

一只手放在了他的肩膀上。

他抬起手臂，抓住了那人的手，用力捏紧。骨头在他的手掌中发出轻微的爆裂声，那人尖叫起来。等克罗伊德松开了手，一巴掌打在那人脸上，将他击倒在路上时，尖叫又戛然而止了。另一个人想用拳头打他的脸，克罗伊德用手掌敲了一下对方的手臂一侧，让那男人失去了平衡，迎面摔向克罗伊德。接着克罗伊德伸出左手，揪住那人的两片领子，把它们攥在一起，扭成一团，最后将那人提起，抬到离地两英尺。他将那人撞向他们之前站立的地方不远处的砖墙上，松开了他。那人缓缓滑到地上，一动不动了。

第三个人拔出一把小刀，他紧咬着牙，从牙缝里吐出咒骂的话语。克罗伊德等他几乎靠到自己身前，这才飞到四英尺高的地方，一脚踢在那人脸上。那人向后摔倒在人行道上。克罗伊德飘浮到他上空，接着掉落下来，踩在他的腹部。他将小刀踢进排水沟，转身与约翰一起走开了。

“你是个王牌。”过了一会儿，个头比他小了一号的男人说道。

“并不总是，”克罗伊德回答，“有时候我会变成鬼牌。每次我睡醒了都会改变。”

“你不用对他们这么粗暴。”

“嗯，我原本可以更粗暴的。要是周围的人都这副样子，我们就应该相互照顾。”

“好的，谢谢。”

“听着，我希望你能带我去包厘街，你说过那儿有些地方没有人会打扰我们。可能有朝一日我得自己去那里。”

“没问题。可以的。”

“克罗伊德·科伦森。科——伦——森。记住，好吗？下次你再看到我的时候，我可能长成另外一副样子了。”

“我会记住的。”

约翰带着他去了几个聚集地，给他指出了不少他们的人逗留之处。约翰还将他引见给了他们遇见的六个鬼牌，这些人全都外形丑陋。回想起自己曾经有过的蜥蜴形态，克罗伊德分别与他们的附肢都握了手，还问他们是否需要什么东西。但他们全都摇头否定，还盯着他看。他知道那是因为他的外表无法让他们相信他的话。

“晚安。”他说着，飞走了。

♥

他沿着东河飞行时，开始担心那些未感染的幸存者在看着他，等待着偷袭他的机会，这种恐惧逐渐增长。即便是此刻，也可能有人拿着带望远镜瞄准器的来复枪，准备瞄准他射击……

他加快了速度。在某个层面上，他知道自己的担忧十分荒谬。但这种情绪太过强烈，他无法将它抛诸脑后。他在街角降落，跑向家门，冲进门去。他匆匆爬上楼梯，将自己锁进卧室里。

他盯着床铺。他想躺在床上，舒展身体。但要是他睡着了怎么办？那就全完了。世界会在他面前终结。他打开收音机，来回踱步。这个夜晚会很长……

第二天，本特利打电话给他，说他有一票大生意，只是有点儿风险，克罗伊德表示自己毫不介意。他得带上炸药，这意味着他要抽时间来学习怎么使用它们，因为即使以他此时增强过的力量而言，那个保险箱也过于牢固了。此外，那儿很可能还有个带武器的守卫……

♣

他本来没打算要杀守卫，但那人出现时拔出枪的样子吓着了他。此外，他肯定是弄错了雷管的用法，导致炸药提前爆炸，飞散的金属残片炸掉了他左手的两根指头。但他用手帕包裹住自己的手，拿上钱离开了。

他们一分完赃，他的脑海里就只剩本特利那句“天哪，孩子！快回家去睡觉！”他腾起身子朝着家的方向直飞而去，但在半路上不得不降落下来，闯进一家面包店里吃了三大块面包，这才能继续动身。他的思维在旋转。他的口袋里还有不少药片，但一想到它们，他就觉得整个胃都抽作了一团。

他推开出门时故意没锁上的卧室窗，爬了进去。他踉踉跄跄地去了卡尔的房间，将麻袋里的钱倒在睡着的卡尔身上。接着他摇摇晃晃地回到自己的房间，锁上了门。他拧开收音机。他想去盥洗室清洗受伤的手，但那地方似乎离他实在太远。他倒在床上，没能爬起来。

♠

暮光中，他沿着一条空荡荡的街道行走。有什么东西跟在他身后，他转过身向后望去。人们从门后、窗子里、汽车中、下水道的检修口里涌出来，全都盯着他，向他移动。他继续走着自己的路，接着听到身后传来一群人一起叹息似的声音。他再次回头，看到他们全都快步跟着自己，样子像是要威胁他，脸上带着憎恶。他转身冲向他们，抓住了离他最近的那个男人，勒死了他。其他人都停止了动作，渐渐后退。他撞向另一个人的脑袋。人群纷纷转身，四散逃走。他追击着……

Ⅲ. 石像鬼之日

克罗伊德醒来时已是六月，他发现母亲进了疗养院，哥哥从高中毕了业，姐姐订了婚，而他自己，则掌握了改变声音的能力，他能通过将声音调节到某种共振频率上，从而粉碎或分解几乎任何东西，具体原理以他掌握的词汇量无法解释。此外，他变高了，也苗条多了，深色头发，皮肤灰黄，之前被炸掉的手指也长了回来。

他可以预想到有朝一日自己将会孤身一人，于是他再次与本特利通了电话，让对方在自己清醒的这段时间里安排一单大生意，而且动作要快，要赶在他再度变得虚弱之前。想起他上次在最后几天里那噩梦般的状态，他决定再也不吃那些药片了。

这一次他在计划上花了更多心思。当本特利边一根接一根地抽烟并介绍细节时，他提的问题也变得更合理。他已失去了双亲，姐姐也即将结婚，这让他意识到人与人之间的联系短暂无常，本特利也很可能不会永远都在他身边。

他成功地破坏了警报系统和大门，进入了银行的地下室，不过在搜索合适的频率时，不小心把周围三个街区的玻璃窗全都震碎了。最终，他依然带着大量现金成功逃离了现场。这一次，他在城里另一头的一家银行里租了一个保险柜，把他的那份钱大部分都放了进去。他的哥哥开着辆新车的事，多多少少让他心里有些不太舒服。

他在格林威治村、中城、晨边高地、上东城和包厘街都租了房间，全都预付了一年的租金。他将这些房间的钥匙，连同那个保险柜的钥匙一起，挂在项链上。他希望不管什么时候困意来袭，他都能迅速找到合适的地方。这其中有两个套间带家具，其他四个房间里，他安置上了床垫和收音机。这次留给他的时间不多，因此娱乐设施可以日后再补充。有好几次，他醒来时会意识到在自己这次睡眠中发生的事件，他认为这是因为他在每次睡前都会打开收音机让它一直播放，从而在无意识之中收听到了的缘故。他决定以后也这样做。

他用了三天来寻找、租赁并布置他的新居所。待包厘街的最后一处也安排妥当之后，他去拜访了约翰，亮明自己的身份，与他共进了晚餐。席间他听说了有人专门袭击鬼牌的事，这让他情绪有些低落，之后的晚间，他开始感觉到饥饿、寒冷和困倦来袭，于是他吃了一片药来保持清醒，巡视了整片区域。就只吃一两片药，应该没什么关系，他这样想。

那天晚上，袭击鬼牌的暴徒没有出现，但想到下一次醒来时他自己就可能会变成一个鬼牌，克罗伊德觉得很是沮丧。于是在用早餐时，他又吃了两片药来推迟这件事，同时他又决定用随之而来的能量给租来的房间添些家具。后来，为了他在城中的最后一个夜晚，他又吃了三片药，沿着四十二街行走时，他唱的歌粉碎了一座座建筑上的窗户，让几里内的狗都吠叫起来，吵醒了两名鬼牌，以及一名拥有超高频听力的王牌。“蝙蝠耳朵”布兰尼根找到了他，要他为惹得自己头疼付出代价，但后来却请他喝了几杯酒，还要求他唱了一个超高频版的《高威海湾》——布兰尼根在两周之后被“肌肉男”温琴齐扔出的雕像砸死，而后者也在同一日被纽约警察击毙。

接下来的那个下午，在百老汇，有个出租车司机朝着克罗伊德大骂，而他则回以一系列高频震动，将司机的车震得四分五裂。接着，他又将这力量用在了所有其他司机身上，既然他们敢冲着他摁喇叭，那就说明他们都是敌人。直到这场交通拥堵令他回想起百变王牌之日第一天时他在学校外看到的情景，他这才转身离开。

他在晨边高地的公寓醒来时，已是八月初了。他慢慢地回想起自己是怎么到这地方来的，接着便暗暗发誓这一次绝对一片药也不能吃。他看到自己扭曲的手臂上生出来的肿块，便知道这个誓言不难实现。这一次他只想尽快重回睡梦之中。向窗外望去时，他很高兴此时是夜晚，毕竟要到包厘街去还得走很多路。

◆

九月中旬的一个周三，他醒来时发现自己长出了深褐的头发，他的身高和体格中等，看不出有什么明显的百变王牌综合征的痕迹。他给自己做了一系列简单的测试，那都是他从之前的经历中习得的，他试图寻找到自己潜藏的能力，但没发现有什么特别的力量。

他有些困惑，但还是穿上了手边最合适的衣服，外出去用早餐。路上他捡到了不少报纸，在阅读它们的时候，他吃掉了一盘又一盘的炒蛋、华夫饼和薄煎饼。他走上街道时，还是略带凉意的清晨；而他离开餐馆，已接近十点，外面气候宜人。

他搭地铁去了市中心，进了他见到的第一家看起来还算不错的服装店，给自己彻底换了一身行头。然后他从街边小贩那儿买了两个热狗，边走边吃，来到地铁站。

他在七十街下了地铁，走到最近的熟食店，吃了两块夹炸肉饼的腌牛肉三明治。他是不是有点失控了？吃完后他如此自问。他知道自己能在这儿坐下然后吃上一整天。他可以感觉到整个消化的过程，就好像在他的腹腔里生着一个燃烧的火炉。

他站起身，结了账，离开了。剩下的路，他可以走过去。他睡了几个月？他边思索边挠了挠前额。是时候跟卡尔和克劳迪娅谈一谈了。是时候看看妈妈情况如何了。看看是否有人需要些钱。

♥

克罗伊德走到家门口，手里握着钥匙，停住了。他将钥匙放回口袋，敲了敲门。过了一会儿，卡尔出来开了门。

“谁?”他问。

“是我。克罗伊德。”

“克罗伊德！天哪！进来！我没认出你。都过去多久了?”

“很久了。”

克罗伊德进了门。

“大家都好吗?”他问。

“妈还是老样子。但你知道的，他们告诉我们别放弃希望。”

“嗯。她的事还需要钱吗?”

“到下个月之前还不需要。但到那时候要是有 2000 美元总能派上用场。”

克罗伊德将一个信封递给了他。

“我要是去见她恐怕只会让她搞不清状况吧，看看我现在的样子，跟以前完全不同了。”

卡尔摇了摇头。

“就算你跟以前一模一样，她也搞不清状况，克罗伊德。”

“哦。”

“想吃点什么吗?”

“嗯，好。”

他的哥哥领着他进了厨房。

“我们有很多烤肉。可以做个三明治。”

“太好了。你的工作怎么样了?”

“哦，我开了个公司。现在比一开始时好多了。”

“很好。那么克劳迪娅呢?”

“你现在来得正好。她之前都不知道该往哪儿送请柬。”

“什么请柬?”

“这个周六她就要结婚了。”

“跟那个泽西市人?”

“对，萨姆。他们之前订过婚。他在经营家族产业，赚的钱挺多。”

“婚礼定在哪儿?”

“在瑞吉伍德。你可以跟我一起去。我开车载你。”

“好。我不知道他们喜欢什么样的结婚礼物。”

“他们开了一张清单。让我找找。”

“很好。”

♣

那天下午，克罗伊德出门买了一台十六英寸的杜蒙特电视机，现金支付，安排好了送上门到瑞吉伍德。接着他去拜访了本特利，但婉言拒绝了一个多少有点危险的工作，因为这一次他似乎没什么特殊的能力在身。事实上，这是个很不错的借口。不管怎么说，他其实也不怎么想干活，因为它意味着有可能——生理上或法律层面上的——搞砸，而这会儿，已经非常接近克劳迪娅婚礼的时间了。

他和本特利一起，在一家意大利餐厅用了晚餐，而后他们喝掉了一瓶基安蒂酒，坐了几个小时，随便闲聊，畅想未来，本特利一直试图向他讲解长期偿付能力及有朝一日变得受人尊敬的重要性，然而这件事就连他自己都未能做到。

之后的整个晚上，克罗伊德都在到处闲逛，他练习着研究建筑物的薄弱环节，同时思考自己家庭中的变故。午夜过后，正当他经过中央公园西街，突然之间自他的胸腔中传来一阵强烈的痛楚，接着弥散到他的全身。一分钟后，他不得不停下来，狂暴地抓挠自己的身体。

这一次他的身体似乎很容易过敏，他不知道是不是他这全新的肉身，给了他某种能力可以感知到公园里的某种东西。

他第一时间往西走，尽快离开了这片区域。大概过了十分钟，疼痛感渐渐消散了。在半小时里，这种感觉已消失得无影无踪。然而他的双手和脸颊却还依然有种龟裂般的感觉。

清晨四点左右，他停在了时代广场的通宵餐厅前，他进去慢慢用了一份餐，还读了之前的食客留在座上的一份《时代》杂志。杂志医疗相关的栏目里有一篇文章，写到鬼牌中有不少人自杀，这令他感到十分伤感。文章里引用的段落让他想起自己熟识的不少人曾经说过的话，这让他又不由得想知道，他们是否也在这些受访人之中。他太了解他们的感受了，虽然他没法完全感同身受，毕竟他知道不管他这次抽到的是什么，下一次他始终得面对另一种全新的百变王牌，而且，通常情况下，是张王牌。

他站起身时，全身的关节都发出了脆响，他感到肩胛骨之间传来一阵剧烈的疼痛。他的双脚也浮肿了。

天亮之前，他回了家，觉得头脑发热。他进了浴室，用一块浸过水的毛巾抵住额头。他注意到镜子里他的脸看起来似乎浮肿了。他坐到卧室的安乐椅上，一直到他听见卡尔和克劳迪娅起床的声音。他起身与他们一起用早餐时，他觉得四肢像灌了铅似的沉重，下楼时，他的关节再次咔哒作响。

克劳迪娅身材苗条，金发碧眼，他走进厨房时，她给了他一个拥抱，接着她上下打量着他的这副新面孔。

“你看起来很累，克罗伊德。”她说。

“别这么说，”他回答，“我不可能这么快就累的。离你的婚礼还有两天，我要坚持到参加完你的婚礼。”

“不过你不用睡觉就能休息，对吧？”

他点了点头。

“那么就放轻松吧。我知道你有很多难处……来，我们先吃东西。”

等他们开始啜饮咖啡，卡尔问道：“你要不要跟我一起去我的办公室，看看我现在都有些什么东西？”

“下次吧，”克罗伊德回答，“我还有点其他差事。”

“好。那要么明天再说吧。”

“可能吧。”

卡尔很快就离开了。克劳迪娅将克罗伊德的杯子再次倒满。

“我们都不怎么见得到你了。”她说。

“嗯。好吧，你知道这事情是什么样的。我会睡着——睡上好几个月。醒来时我的样子也不总是很好看。还有些时候，我得忙着去赚钱。”

“我们对此十分感激，”她说，“这事儿真的很难理解。你还是个孩子，看起来却像个成年人。你表现得也像成年人。你都没怎么好好度过孩童的时光。”

他微微一笑。

“那你又算什么呢——老妇人？你看你才十七岁，就要结婚了。”

她也回之以微笑。

“他是个很不错的人，克罗伊德。我知道我们会幸福的。”

“很好，我也希望如此。听着，要是以后你想跟我联系，我会给你一个地方的名字，你可以在那里留下你的信息。不过我不一定会立刻回复。”

“我明白的。不过，你现在到底在做什么？”

“我做过各种各样不同的生意。但现在正在两份工作之间的休整期。这一次为了你的婚礼，我会选择轻松度过的。总之，他是个什么样的人？”

“哦，非常高尚正派。在普林斯顿念过书。以前是个陆军上尉。”

“欧洲战区？太平洋战区？”

“华盛顿。”

“哦。那他家人脉还挺广。”

她点了点头。

“是个世家。”她说。

“好吧……挺不错的，”他说，“你知道我希望你能幸福。”

她站起身，再次拥抱了他。

“我会想你的。”她说。

“我也是。”

“我也得去干活了。晚点再来见你。”

“好。”

“你今天轻松一点。”

她离开后，他将双臂伸展到尽可能远的地方，试图减轻肩膀上的酸痛感。这么做的时候，他背上的T恤裂成了碎片。他在客厅落地镜前查看。今天他的肩膀比昨天宽了很多。事实上，他的整个身子都变宽变厚实了。他回到自己房间，脱掉了衣服。他身体的大部分皮肤上都覆盖着一层红色的皮疹。光是看着这样的景象他就很想抓挠身体，但他克制住了这股冲动。相反，他往浴缸里放满了水，在里面泡了很长时间。他起身时，浴缸里的水位明显下降了。待他再次在浴室镜子里研究身体时，他发现自己似乎变得更加高大。他是不是通过皮肤吸收了一些水分？不过不管怎么说，炎症似乎已经消失了，但之前炎症很严重的地方摸起来依然十分粗糙。

他穿上了之前身材更为高大时留下的衣服。接着他出门，搭地铁去了前一日去过的那家服装店。在那里，他再次给自己彻底换了一身行头，然后又坐车回来，路上车子摇晃颠簸时，他隐隐约约觉得有些恶心。他注意到自己的手掌又干又粗糙。他揉搓双手，一片片的死皮就像头皮屑似的纷纷落下。

下了地铁后，他径直走到萨尔扎诺家的公寓前。不过，给他开门的女人并不是乔的母亲萝丝。

“你要干吗?”她问。

“我找乔·萨尔扎诺。”他说。

“这里没人叫这个名字。估计是我们搬进来之前那户人家里的人。”

“所以你不知道他们去哪儿了?”

“不知道。你去问管理员。他可能知道。”

她关上了门。

他试着去敲了敲管理员的门，但没有人应声。于是他只能回家，一路上只觉得身子沉重臃肿。当他打起第二个哈欠的时候，他突然感到一阵突如其来的恐惧。这时候要睡觉似乎太早了。这一次的变身过程比通常的情况要更让他摸不着头脑。

他新冲了一壶咖啡，摆在炉灶上，边踱步边等待咖啡过滤。考虑到每次他醒来时并不一定都能有某种特殊的能力，那么唯一的常量就只有变化本身。他回想着自感染以来经历过的每一次变化。这一次似乎是唯一的一次，他似乎既不是鬼牌也不是王牌，而成了普通人。但是……

咖啡煮开了，他给自己倒了一杯，坐下来后，他意识到自己正在无意识地挠着右边的大腿。他将双手对搓，更多死皮掉落下来。他注意到自己的腰围正在逐渐增大。他想到了自己身体上那些轻微的疼痛，关节的咔哒声，还有挥之不去的疲惫感。很明显，这一次他不完全正常，但究竟是什么导致了他的畸形，他也不是很确定。塔基扬医生能帮到他吗?他不知道。或者，至少能给他一些思路，让他知道接下来会发生什么?

他拨打了那个记忆中的电话。一个女人以欢快的口气表示塔基扬出门了，但下午就会回来。她记下了克罗伊德的名字，似乎是认出了他，接着让他下午三点直接上门。

他把一壶咖啡都喝完了，当他喝到最后一杯时，疼痛似乎席卷了全身。他走上楼，再次将水放入浴缸。在放水的过程中，他脱了衣服，观察自己的身体。现在，他全身的皮肤都像他的双手一样干燥，一片片地脱落着。不管他擦蹭到身体的哪里，都会扬起一小片皮肤粉尘。

他在浴缸里泡了很长时间。温暖与潮湿的环境让他感觉良好。过了一会，他躺下来，闭上双眼。很好……

他突然惊坐起来。他在假寐。刚才他差点儿就睡过去了。他抓住毛巾，用力擦拭身体，这么做并不仅仅只是为了擦去身上的碎屑。将洗澡水放掉时，他匆匆擦干身体，接着跑向自己的房间。他找到了藏在衣柜后面的药片，吃了两片。不管他的身体在玩什么游戏，此刻对他来说，睡眠都是最大的敌人。

他回到浴室，清洁了浴缸，穿上衣服。如果能在床上躺一会儿，伸展伸展身体，会是一件很舒服的事。他可以像克劳迪娅建议的那样，好好休息一下，但他知道，他做不到。

♠

塔基扬从他身上采了一点血样，放进机器里。他第一次尝试时，针头只刺进了克罗伊德身子一点点就停下来了。换到第三根针头时，塔基扬费了好大的力气才将针头刺穿他的皮下组织，终于抽出了血液。

等待机器出成果时，塔基扬简单地问了他几个问题。

“你醒来时，门牙就这么长吗?”他边问边往克罗伊德的嘴里看。

“我刷牙的时候看起来挺普通的，”克罗伊德回答道，“它们在生长?”

“你自己看。”

塔基扬举起一面小镜子。克罗伊德凝视着它。他的牙齿现在有一英寸长，看起来很是锋利。

“这是新出现的特征，”他说道，“我不知道它是什么时候变成这样的。”

塔基扬轻轻将克罗伊德的左手臂扭到他的背后，抬起，接着用手指按压突起的肩胛骨下方。克罗伊德发出了尖叫。

“很痛，是吗?”塔基扬问道。

“上帝!”克罗伊德说道，“怎么回事? 那里受伤了吗?”

医生摇了摇头。他用显微镜查看了一些皮肤裂片。接着他又查看了克罗伊德的双脚。

“你醒来时它们就这么宽?”他问。

“没有。这他妈到底怎么回事，医生?”

“让我们再等一分钟，看看我的机器做出来的血检结果。过去你已经来过这里三四次了……”

“是的。”克罗伊德说道。

“幸运的是，有一次你刚醒就来了。还有一次则是在醒来之后的六小时内。上一次你的体内检测出含有大量某种特殊的荷尔蒙，我当时认为它可能与变化的过程本身有关。另一次——醒后六小时内过来的那次——你的体内依然残留有荷尔蒙，但含量已变得很低了。只有这两次，荷尔蒙的含量很明显。”

“所以呢?”

“我现在关心的就是你血液中荷尔蒙的含量。啊！我想我们有结果了。”

在小小的装置屏幕上闪现出了一系列奇怪的符号。

“是的，是的，没错，”他边研究着边说道，“你的血液中含有大量这样的物质，甚至高于上次你刚醒之时。唔。你又吃了安非他命。”

“我不得不吃药。我已经开始感到困了，但我得一直醒着撑到周六。直白点告诉我这该死的荷尔蒙意味着什么。”

“它说明你的身体里还在进行着变化。因为某种原因你在变化完成之前就醒来了。通常来说它似乎自有其循环周期，但这次它被打断了。”

“为什么?”

塔基扬耸了耸肩，他似乎是上次克罗伊德与他会面之后才学会这个动作的。

“整个生化反应过程中的任何一个环节都可能被变化本身诱发。我估计是另一次变化的副作用刺激了你的大脑，导致你在变化的过程中被唤醒。不管之前成为诱因的变化是什么，都已经是过去的事了，但你现在的变化反应还没有结束。因此你的身体正试图让你回到睡眠之中，从而让它完成它的工作。”

“换句话说，我醒得太早了?”

“是的。”

“那我该怎么办?”

“马上停止服药。去睡觉，让身体按它的常规变化完毕。”

“不行。我得再醒两天——事实上，准确地说，是一天半。”

“我怀疑你的身体会抵抗的，我之前也说过，它似乎知道病毒在做什么。我觉得你或许有机会能让自己醒得更久。”

“什么样的机会?你是说它可能会杀了我——还是说只是让我觉得很不舒服?”

“克罗伊德，我真的不知道。你的情况是独一无二的。每一次变化的进程都各不相同。我们只能相信，不管你的身体给那病毒提供了怎样的居所，无论病毒在你体内是什么样的形态，它都能让你安全地度过每一次发作。但要是你想以不自然的方式来保持清醒，就意味着你必须与之对抗了。”

“我曾经好多次用安非他命延迟过睡眠。”

“是的，但那些时候你只不过是延迟了整个进程的开始时间。一般来说，除非你的大脑接收到了睡眠状态的化学反应，它是不会开始的。但如果说这个进程正在进行，荷尔蒙的含量也证明它正在延续时，又该怎么办呢？我不知道会发生什么事。你可能会从王牌的阶段转为鬼牌的阶段，也可能会陷入长时间的昏迷。我真的说不好。”

克罗伊德伸手去拿自己的衬衫。

“事情结束后我会让你知道的。”他说。

◆

克罗伊德觉得自己不像往常那么喜欢走路了。他又搭了地铁。恶心感再度袭来，这一次，它变成了头疼。他的肩膀依然还在剧烈疼痛着。他去了地铁站附近的药店，买了一瓶阿司匹林。

回家前，他在萨尔扎诺曾经住过的公寓前停下。这一次管理员在家，却未能给他提供任何帮助，因为乔的家庭离开时没有留下现在的住址。克罗伊德离开前瞥了一眼那人门旁的镜子，震惊地看到自己的双眼浮肿，眼睛下面还有深深的黑眼圈。他注意到，他的眼睛也开始发痛了。

他回到家里。他曾经答应过克劳迪娅和卡尔，要带他们去一家高级餐厅共同用餐，为此他希望自己能够保持他所能保持的最好的外形。他回到浴室，又脱去衣物。此时他的身形巨大而肿胀。这时候他突然意识到，他把自己所有的症状都告诉了塔基扬，却忘了说自己自从醒来之后就没有进行过任何排泄行为。他的身体一定将他吃喝下去的一切都派上了用场。他站到称上，但称的刻度只到三百磅，而他的体重则远超于此。他吃了三片阿司匹林，希望它们能尽快起效。他挠了挠手臂，一片长长的肉条随之掉落，但他没有感觉到疼痛，伤口也没有流血。他轻轻在身体的其他地方抓挠，同样也有肉条落下。他冲了淋浴，同时刷了牙齿。他梳了梳头发，发现它们一团团地掉落。他不敢再梳了。有那么一会儿，他想放声大哭，但这种冲动被无法抑制的呵欠干扰了。他回到自己的房间，又吃了两片安非他命。接着他想起曾经在哪儿听说过，体重也是用药量的一个衡量因素。于是他又多吃了一片，以防万一。

♥

克罗伊德找到一家阴暗的餐厅，给侍者塞了点东西，好让他带领他们到后面角落里的位置，远离大部分就餐者的视野。

“克罗伊德，你看起来真的——很糟糕。”之前克劳迪娅回家时就曾经这样说过。

“我知道，”他回答道，“下午我去看过医生了。”

“他怎么说?”

“我需要大量睡眠，婚礼一结束就去。”

“克罗伊德，要是你想缺席，我能理解的。你的健康最重要。”

“我不想缺席。我会好起来的。”

他自己都没完全明白，又能怎么跟她说？说这对他而言并不仅仅是他最喜爱的亲属的婚礼，这个场合更代表着他与家庭的最终决裂，而且他很可能再也不会组建起另一个家庭？说这是他自身存在的某个阶段的终结，而后他就将面对广袤的未知？

他没有说话，只是吃了起来。他的胃口毫无衰减，而且这里的食物味道相当不错。卡尔早已吃完了自己的那一份，像个窥淫癖一般着迷地看着他吃掉了两大盘双人份的烤里脊牛肉，期间毫无停顿，只停下来招呼侍者又上了几篮卷饼。

当他们最终一起站起身时，克罗伊德的关节又开始咔哒作响。

晚些时候，他躺在自己的床上，全身疼痛。阿司匹林没能起到作用。他脱光了身子，因为衣服又显得有些紧了。现在，不管什么时候他抓挠身子，他的皮肤都已不再仅仅只是一小片一小片地剥落。现在，一大块一大块的皮肤接连落下，但都又白又干，完全不带任何血迹。难怪我看起来脸色苍白，他想道。在他胸口脱落下了一块相当大的皮肤，他看到那底下是某种灰色而坚硬的物质。他说不出来那是什么，但这副景象却让他害怕极了。

最后，尽管已经很晚了，他还是给本特利打了电话。他必须得和某个知道他状况的人谈谈，而本特利通常都能给他挺好的建议。

铃声响了很久后，本特利接起电话，克罗伊德将整件事告诉了他。

“你知道我怎么想的吗，孩子？”本特利最后说道，“你该按照医生说的做。去睡觉。”

“不行，我现在还不能睡。我只需要一天多一点点的时间就够了。然后我就没问题了。我能一直醒到那时候，但我伤得太他妈重了，我的外表看起来——”

“好吧，好吧，那我们来说说该怎么做。明天早上十点左右，你到我这儿来。我现在没法替你干任何事。但首先我可以跟我认识的某个人谈一谈，然后我们可以给你一些强力止痛药。另外我想好好看看你现在的样子。可能有些方法能让你的外表看起来不那么吓人。”

“好的，谢谢你，本特利。我真的很感激。”

“没事。我明白的。做条狗也不是什么有趣的事。晚安。”

“晚安。”

♣

两小时后，克罗伊德开始腹泻，紧随其后的则是一系列痉挛；他的膀胱就像是爆炸了似的。这个过程持续了整个晚上。三点半时，他称了称体重，已经下降到了二百七十六磅。早上六点时，则是二百四十二磅。他的身体不断发出咕咕声。对他来说，这件事的唯一好处是让他的注意力不再集中在肩膀和关节的疼痛上。此外，也足以让他保持清醒，而不必再服用安非他命。

八点时，他的体重是二百一十六磅，卡尔叫他吃饭，他注意到自己终于没了胃口。奇怪的是，他的腰围完全没有减少。他身体的整体构造似乎与前一日相同，没有发生改变，只是现在皮肤白得像是得了白化病——这一点，加上他那突出的牙齿，让他整个人看起来像个肥胖的吸血鬼。

九点时，他给本特利打了个电话。因为此时他的肚子依然在咕咕响，而且还在不断往厕所跑，他只得解释了自己的窘况，表示没法外出取药。本特利表示说待那人将药送到，他就会亲自把它送上门来。卡尔和克劳迪娅已经出门了。早上，克罗伊德以胃口不好作借口避开了他们。此时他的体重是一百九十八磅。

十一点左右，本特利来访了。到这时候，克罗伊德又掉了大概二十磅体重，而且他还从下腹挠下了一大片皮肤。揭开后皮肤下面的组织看起来是灰色的，带着鳞片。

“上帝！”本特利看到他时说道。

“嗯。”

“你秃得厉害。”

“对。”

“我去给你找顶假发。另外，我再找个认识的女士一起来。她是美容师。我们会给你一点可以涂抹的面霜。再给你加点儿正常的肤色。我想你去婚礼时最好戴上深色的墨镜。跟他们说你眼睛不舒服。你还驼背了，什么时候开始的？”

“我没注意到这一点。我之前——很忙。”

本特利拍了拍他双肩之间的隆起，克罗伊德发出了尖叫。

“抱歉。你最好马上就吃一片药。”

“是的。”

“你还需要穿件长风衣。你现在穿什么尺码？”

“我不知道——现在还不知道。”

“没关系。我认得有个人，他的仓库里什么尺码的都有。我们可以给你送一打过来。”

“我得去厕所了，本特利。我的肚子又开始咕噜咕噜响了。”

“嗯。带上你的药，放松一点。”

下午两点时，克罗伊德的体重是一百五十五磅。止痛药的效果不错。在很长一段时间里，这是他头一回没有感觉到疼痛。不幸的是，它同样也让他犯困，他不得不再次服用安非他命。往好处看，这两种药组合在一起，让他自这整个事件以来头一回感觉不错，尽管他也知道，这种感觉是虚假的。

三点半时，一大包衣服送到了，他的体重也降到了一百三十二磅，他自觉脚步轻盈了许多。在他身体深处的某个地方，他的血液仿佛在歌唱。他找到了一件极其适合的外套，将它拿回自己的房间，剩下的都扔在沙发上。那名美容师身材高挑，染着一头金发，嘴里嚼着口香糖，她在四点左右到了。她将他的大部分头发都梳落下来，然后剃掉了剩下的那点儿，最后给了他一顶假发。接着她开始给他化妆，在这个过程中，她不断地给他各种指示。她还建议他紧闭住嘴巴，从而尽量隐藏他的尖牙。他对成果十分满意，给了她 100 美元。她还在观察着他的样子，想看看有没有其他地方可以替他掩饰，但他的肚子又开始咕噜噜响，于是也只能祝她下午愉快了。

下午六点，他肚子里的状况逐渐平息。他的体重降到一百一十六磅，感觉还很不错。此时疼痛感也已消失，不过他从胸膛、上臂和大腿上挠下了更多的皮肤。

卡尔回家时，他冲着楼上喊道：“这儿他妈的摆这么多外套是要干吗?”

“说来话长，”克罗伊德回答，“要是你喜欢可以都拿走。”

“嘿，它们可都是羊绒的!”

“嗯。”

“这件我正好能穿。”

“那就拿去。”

“你感觉如何？”

“好多了，谢谢。”

那天晚上，他感觉到力量正在缓慢回到身体里，于是他又外出去散步了。他将一辆停着的汽车车头高举到空中，以此测试自己的力量。是的，他似乎正在恢复。假发和妆容让他看起来就像个普通的胖子，只要他能保持嘴巴紧闭。要是他还能再有点时间，他就能找个牙医对这些尖牙做点儿什么了。那天晚上和第二天清晨，他都没有进食。他确实感觉到脑袋的两侧有种古怪的压力，但在他又吃了一片药之后，它们没有转化为疼痛。

♠

在他和卡尔出门去瑞吉伍德之前，克罗伊德又泡了一次澡。更多皮肤掉落下来，但这没什么关系。他的衣服能遮掩住他那破破烂烂的身体。至少，他的脸还是完整的。他小心地保护好妆容，调整了假发。等他穿好全套行头，又戴上一副墨镜，他觉得自己看起来已经能见人了。而且，那件长风衣也多多少少地让他的背部隆起看起来小了很多。

那个清晨阴暗而凛冽。他肠子里的问题似乎也已经结束。他不知道是否还有什么疼痛感隐藏着，因此又吃了一片药来预防。为此必须得再吃一片安非他命。但这也没什么。他感觉很不错，只是有一点紧张。

他们穿过隧道的时候，他发现自己不由自主地擦拭着双手。让他惊慌的是，一大片皮肤从他左手手背上掉落下来。但即便如此也没什么大不了的。他随身携带着手套呢。

他不知道是不是因为隧道里的气压不同，导致他的脑袋又开始抽搐。倒也不是疼痛的感觉，更像是在他的耳朵和太阳穴里的一种强大的压迫感。他的背部上方也有些抽搐，里面似乎有什么东西正在运动着。他咬住嘴唇，结果嘴唇上掉下来一片皮肤。他咒骂了一声。

“怎么了?”他的哥哥问道。

“没事。”

至少没有流血。

“要是你的病还没好，我可以带你回去。我可不乐意让你在婚礼上生病。尤其是跟着萨姆家那群无聊的人。”

“我会好起来的。”

他觉得身体轻盈了许多，身体内的很多地方都变紧了。药物带来的力量叠加在他自身的力量之上，一切似乎都在完美地流转。他哼起了小调，手指轻轻在膝盖上打着拍子。

“……那些大衣一定很贵吧，”卡尔说道，“它们都是新的。”

“你可以找个地方卖了，留下那笔钱。”他听到自己回答。

“它们的来路不干净?”

“可能吧。”

“你在干非法的勾当，克罗伊德?”

“没有，我只是认识些人。”

“我不会说的。”

“很好。”

“不过你知道吗，你看上去确实像是那种人?穿上黑外套，戴着眼镜的时候……”

克罗伊德没有回答他。他正在倾听着自己身体的声音，它则在告诉他有什么东西要从他的背部破壳而出。他将双肩在椅背上擦蹭了几下。这让他感觉好多了。

萨姆的父亲威廉是个长相粗犷、灰色头发、略微发胖的男人，他的母亲玛西娅·肯德尔则是位保养得很好的金发碧眼女性，当他被引见给这两人时，他还记得要笑不露齿，同时在说出极少的几句话时也尽量不动嘴唇。他们似乎很小心地观察着他，要不是还有其他人要和他们打招呼，他很确定他们还想说更多话。

“一会儿我想和你在接待台那儿谈谈。”威廉最后说道。

克罗伊德走开时叹了口气。他通过了考验。他完全不想去接待台。等这活动结束，他就会搭乘出租车直奔曼哈顿，睡上一阵子。等他醒来时，萨姆和克劳迪娅多半已经在巴哈马了。

他看到从纽瓦克市来的表兄迈克尔正在朝他的方向走来。他妈的。要是遇上，他就得解释自己的外表究竟是怎么回事，而这根本毫无必要。他进了教堂，被人引到前排右边的一个座位上。卡尔会在婚礼的仪式上，将克劳迪娅交给萨姆。要不是他醒得太晚，他本可以至少做个迎宾员。他这次醒来的时机可真是一言难尽。

坐着等待仪式开始时，他注意到祭坛中的装饰，教堂两侧彩色玻璃的窗户，还有摆放着的鲜花。其他人也陆续进入，纷纷就座。他意识到自己的身上正在冒汗。他四下环顾，发现自己是唯一一个穿着长风衣的人。他不知道其他人是否会觉得他很奇怪。他也不知道汗水会不会冲掉他的妆。他解开风衣的扣子，让它敞着。

汗水还在往外冒，他的双脚开始疼痛。最后，他身子前倾解开了鞋带。这么做的时候，他听到衬衫的背部开裂的声音。在他肩膀附近有什么东西似乎也松动了。他估计是又一片皮肤。等他再度坐直，他感觉到了一阵剧烈的疼痛。他没法完全坐回到位子上。他背上的肿块似乎胀大了，无论在上面施加多么轻微的压力都会让他疼痛难忍。于是他摆出了略微靠前的姿势，装作是在祈祷的样子，微微弯腰。手风琴手开始奏乐。更多人走进教堂就座。引座人让一对老夫妻穿过他那一排，经过他身边时，两人露出了古怪的表情。

很快，所有人都坐到了座位上，克罗伊德还在汗流不止。它淌过他的身子和大腿，让他的大衣斑斑点点，最后湿透了。他觉得要是他把手臂从袖管里脱出来，让袖管就这样垂挂在他肩膀上，说不定可以凉快一点。然而这是个错误，当他挣扎着把手臂脱出来时，他听到身上的衣服有好几处地方都破裂了。他左脚上的鞋突然裂开，灰色的脚趾从鞋子两侧伸了出来。这些声音出现时，不少人都往他这边看。他很庆幸此时的自己没有脸红的能力。

他不知道究竟是太热，还是什么心理上的原因让他再度感到疼痛。但那并不重要。不管是什么造成的，它都真的很痛。他的口袋里有止痛药和安非他命，却没有药能治皮肤瘙痒。他紧紧合拢双手，不是为了祈祷，而是为了不让自己抓挠身体——尽管在这氛围中他也不由自主地祈祷了几句，但它们毫无作用。

透过成串落下的汗水，他看到牧师走了进来。他不知道这个人为什么要这样盯着自己，那样子就像是对方不允许非圣公会教徒在自己的教堂里流汗似的。克罗伊德咬紧了牙关。要是他还有能力让自己隐形就好了。他可以消失几分钟，像个疯子似的挠遍全身，然后再静静地在自己的座位上坐下。

他靠着纯粹的意志力才让自己在门德尔松的《婚礼进行曲》中保持了镇定。他没法集中精神去听牧师说了什么，但他现在很确定，自己不可能一直坐在座位上撑过这整个仪式。他不知道自己要是离开会发生什么事。克劳迪娅会为此而蒙羞吗？另一方面，要是他还留在这里，他很确定她一定会为此而羞愧的。要证明他离开的行为十分合理，他得看起来病得特别严重。但问题在于，它会变成一起人们多年之后还津津乐道的事件吗？（“她的兄弟在那时候跑出去了……”）或许他还能再多待一会儿。

有什么东西在他背上移动。他感觉到外套被刺破了。他听到身后有女人的喘息。现在他很害怕走动，但是——

疼痛突然剧烈到难以忍受。他松开双手想去抓挠它，但在意志最后的努力之下，他用手抓住了前排的椅背。让他感到恐惧的是，在他这一抓之下，他的手中传来了木头碎裂的声音。

接着是一阵漫长的寂静。

牧师盯着他。克劳迪娅和萨姆两人也都转过身来盯着他，而他坐在座位上，手里抓着一块六英寸长的破椅背，他知道他不能微笑，否则他的尖牙会露出来。

他扔掉了那块木头，双臂环抱住身子。他的外套从背上滑落，在他身后传来了惊叫声。他以全身的力气将双手的手指插入身体的对侧，接着用力一挠。

他听到衣服碎裂成片的声音，感觉到全身的皮肤一片片裂开，直到头顶。他看到假发向右歪到一边。他扔下衣服和皮肤，继续用力抓挠。他听到身边传来一声尖叫，克劳迪娅则放声痛哭，他知道自己永远都不会忘记克劳迪娅此时的表情。但他再也停不下来，直到他那双巨大的蝙蝠似的翅膀彻底伸展，尖尖的耳朵伸出体外，最后一点衣服和皮肤从他那覆盖着鳞片的深色肌体上掉落下来。

牧师再度开口了，嘴里说的话听起来像是驱邪的咒语。四处传来惊叫声和匆忙的脚步声。他知道人人都在朝着门跑，他不能从那儿离开，于是他飞入空中，转了几圈以熟悉这全新的四肢，接着用左臂挡住双眼，自右边的彩色玻璃窗撞飞出去。

当他拍打着翅膀飞回曼哈顿时，他觉得自己可能会有很长一段时间无法再见到这俗常的世界了。他希望卡尔不要太早结婚，接着他开始想，自己是否能够遇到合适的女孩……

趁着一股上升气流，他朝上飞去，微风在他身侧呜咽。回头望时，那座教堂看起来像是个惊动了的蚁穴。他继续向前飞去。

♣♦♠♥

证人[①]

瓦尔特·乔恩·威廉姆斯　著

喷气机小子死时，我正在看午后场的《乔森的故事》。我想好好瞧瞧拉里·帕克斯的演技，人人都说他演得很好，于是我就仔细研究，暗记在心。

年轻的演员都是这样做的。

电影结束后，我觉得很愉快，接下来的几个小时里也没安排要做其他什么事，我又还想再看看拉里·帕克斯。于是我又看了一遍电影。半当中时我睡着了，等我醒来，银幕上已开始滚动演职员表了。电影院里只剩我一个人。

我步入大厅，发现引座员都已离开，电影院的大门也上了锁。他们匆匆离去，忘了告诉放映员。待我出门后，我发现自己进入了一片明亮而舒适的秋日午后阳光之中，却看到第二大道上空无一人。

第二大道从不会空无一人。

报摊都收起来了。我眼前仅有的几辆车全都停在路边。剧院招牌的霓虹灯也关了。我能听到遥远的某处传来愤怒的汽车喇叭声，头顶上大功率的飞机引擎隆隆作响，不知何处飘来一阵恶臭。

整个纽约弥漫着一股怪异的气氛，荒凉而紧张，像是在等待着什么，有点像是遭了空袭。战时我也曾经历过空袭，通常来说，我都是被袭击的一方，我一点儿也不喜欢那种感觉。我开始向我的住所走

① 本篇曾于1987年获星云奖提名。

去，它就在一个半街区之外。

走了不到一百英尺，我就瞧见了那股恶臭的发源物。它来自一团浅粉红色布丁状的物体，看起来很像是几加仑的诡异彩色冰激凌在人行道上混在一起，渐渐向下水道渗透。

我走近了一点仔细观看。在布丁里还有些骨头。那是一副人类的颌骨，一部分胫骨，一块眼眶。它们正在逐渐消融，化作浅粉红色的泡沫。

布丁下面是一些衣物。一套引座员的制服。她的手电筒滚进了阴沟里，上面金属的部分正与她的骨头一起消融。

肾上腺素急速飙升，我的胃里一阵翻涌。我开始奔跑起来。

回到家中，我意识到一定发生了什么紧急的事件，于是我打开了收音机。在等待飞歌牌收音机启动的时候，我去检查了橱柜里的罐装食品，只找到了两罐金宝汤罐头。我的手抖得太厉害，让一个罐头掉出了橱柜，它滚到了冰箱后的墙边。我将冰箱推到一边去拿那罐头，突然之间，我的眼前似乎闪过一道光芒，那个冰箱飞到了房间的另一边，几乎砸穿过墙。我放在冰箱下面接冰箱里的冰融化后漏水的盘子也打翻在地。

我拿起那听罐头汤。我的双手还在发抖，我将冰箱推回原位，它轻得仿佛一片羽毛。光芒还在怪异地闪动。我可以单手拿起冰箱。

收音机终于启动，我听说了病毒的事。感觉到不舒服的人可以去国家警卫队在城内各处设立的紧急帐篷医院就医。在我住处附近的华盛顿广场公园里就设置了一座。

我没觉得有什么不舒服的，但话说回来，我能随手抛接冰箱，这可不是什么正常行为。我走去了华盛顿广场公园。到处都是伤亡者，有些人就那样直接躺在街上。我没法多看，这幅景象比我在战争期间见到的任何场景都要更加悲惨。我知道只要我还健康，能到处走动，医生们便不会优先处理我的事，恐怕还得再过上好些天我才能获得一点帮助，于是我走到某个负责人面前，告诉他我曾经服过役，并问他有什么是我能提供帮助的。我的打算其实是这样：如果我要死了，至少能离医院近一点儿。

医生让我帮他们搭一个厨房。人们在医生的眼皮子底下尖叫、死亡、变形，而他们却对此无计可施。给这些伤者一些食物恐怕是他们能想到的唯一能做的事情了。

我来到一辆国家警卫队的两吨半载重卡车前，开始搬运一箱箱的食物。每个箱子大概五十磅重，我把两个箱子叠在一起，单手从车上扛起来。光芒还在我的视线中诡异地闪动转变。两分钟里我就清空了一辆卡车。另一辆车在试图穿过公园时陷进泥里，于是我拎起整辆车子，将它扛到了它应该在的位置，接着卸下车上的载重，并问医生是否还需要我再做些什么。

我的周身上下始终笼罩着一层怪异的光辉。人们告诉我说，当我在做这些异能之事时，我就开始发光，明亮的金色光环环绕在我身旁。而我透过这光芒观看世界，所以才会觉得光线在我视线中闪动。

对此我倒没有想太多。在我身边的这一切景象都令人不知所措，而且，它持续了很多天。人们抽到黑桃皇后[①]，或是鬼牌，变成怪物，死亡，变形。城里开始实施戒严令——就像战时那样。大桥上发生了一些抢劫案，但此后便不再有骚乱。有整整四年，这座城市都生活在灯火管制、宵禁和夜间巡逻之中，因此人们很快就回到了战时模式。疯狂的流言四起——火星人袭击、毒气泄漏事件、纳粹或斯大林释放的细菌武器，诸如此类。其中流传得最广的，是有几千人发誓说他们瞧见了喷气机小子的鬼魂在曼哈顿的街区上空不乘飞机，直接飞翔。我依旧还在医院里工作，搬运着重物。也就是在那儿，我遇见了塔基扬。

① 意指死亡。

他运来了一些实验血清，希望能解除某些症状，而我一开始见到他的时候，我想的是，天哪，有个水果糖棒带着他那内莉姑妈给的解毒药绕过守卫跑进来了！他是个瘦弱的家伙，金属般的红色长发及肩，我知道这颜色不可能是天生的。他穿得像是从剧场区的救世军那儿领了一套行头，亮橙色的皮夹克看起来像是领舞的人穿的，里面是一件哈佛大学的校名卫衣，头上戴着有羽毛的罗宾逊帽，灯笼裤下面配着多角棱形图案的袜子，再底下则是一双双色鞋，这鞋就算是皮条客穿在脚上也嫌太夸张了。他一床接一床地检查着，手拿一只摆满了针管的托盘，他观察着每一个病人，将针头扎入他们的手臂。我赶忙放下手里扛着的 X 光机，试图在他造成任何危害之前阻止他。

接着我注意到跟着他的那些人里有一名三星上将，有负责运营这家医院的国家警卫队上校，还有阿奇博尔德·福尔摩斯先生，他是当年罗斯福的智囊团中农业部的人，我一眼就认出了他。战后他在欧洲运作一家大型救济机构，但这场灾难伊始，杜鲁门便将他招回了纽约。我悄悄溜到一名护士身后，问她究竟是怎么回事。

“那是一种新的治疗方式，”她说，“那个塔基什么来着的医生带来的。”

“是他的治疗方式？”我问。

“嗯。”她皱眉望着他说道，“他是从另外一个星球来的。”

我看着那条灯笼裤和罗宾逊帽。“别开玩笑。”我说。

“没开玩笑，真的，他就是。”

靠近点儿之后，你可以看到他那双诡异的紫色双眼下的黑眼圈，还有他脸上展现出的焦虑。自从那场大灾难之后，他就给自己施加了太多压力，就像这里的所有医生一样——就像除我之外的所有人一样。只要每晚睡上几个小时，我就觉得自己的精力充沛到了极点。

国家警卫队的上校看着我。“这里有另一个病例，”他说，“这位是杰克·布劳恩。”

塔基扬抬头看我："你的症状是?"他问。他的声音低沉，略微带有中欧口音。

"我很强壮。我能抬起卡车，在这么做的时候，我的身体会散发出金光。"

他似乎很兴奋。"生物力量场域的范畴。有趣。晚点我想给你做个检查。就等——"他的脸上露出一丝厌恶的神情——"当前的危机结束之后吧。"

"好的，医生。只要你乐意，随时都行。"

他走向下一个病床。救灾专员福尔摩斯先生却没有跟上。他留在原地，望着我，手里摆弄着烟斗。

我将拇指插在腰带里，试图让自己看起来更有用。"我能帮您什么忙吗，福尔摩斯先生?"我问。

他似乎有些惊讶。"你知道我的名字?"他说。

"我记得您在1933年曾经来过北达科他州的费耶特，"我说，"就在新政推行后不久。您那时候在农业部。"

"很早以前的事了。你现在在纽约做什么，布劳恩先生?"

"剧院关闭前，我曾经是一名演员。"

"啊，"他点了点头，"用不了多久，我们就会让剧院重新开张的。塔基扬医生告诉我们说这种病毒不会传染。"

"听到您这么说，我多少有些放心了。"

他瞥了一眼通往帐篷的通道。"我们到外面去抽根烟。"

"我很乐意。"我跟着他走到外面，拍去手上的灰尘，接过了他从银色烟盒中取出的定制香烟。他给我俩都点上之后，隔着火柴的光芒看着我。

"等紧急事态结束后，我想给你再做些测试，"他说，"看看你能干点什么。"

我耸了耸肩。"没问题，福尔摩斯先生，"我说，"有什么特别的理由吗?”

“或许我能给你一份工作，”他说，“站到世界的舞台上。”

有什么东西在我与太阳之间穿梭而过。我抬起头，一根冰冷的手指触碰到了我的颈脖。

那是喷气机小子的黑色幽灵背对着天空在飞翔，他那条白色的飞行员围巾在风中猎猎作响。

◆

我是在北达科他州[①]长大的。我出生于1924年，那是个艰难的时节。银行信贷出现了问题，农产品大量剩余则令物价不断下降。而后发生了大萧条，情况变得每况愈下。粮食价格低到让一些农民不得不出钱将这些作物拖走扔掉。县政府几乎每周都会拍卖农场，价值5000美元的农场纷纷以几百美元的价格出售。主街上的商店有半数都以木板封住了。

在农闲时，手中扣留着粮食的农民会想方设法抬升粮食的价格。我童年常做的事便是在午夜时分给父亲及伯叔送上咖啡和食物，而他们则在道路上巡逻，以防有任何人背着他们将粮食售卖出去。要是有人带着粮食路过，他们会截下卡车，将车上的粮食倾倒一空；要是有车子带着牲畜路过，他们会射杀牲畜，将它们拖下车来，扔在路边，任其腐烂。有个地方权贵以低廉的价格购买了小麦，想发一笔横财，还雇佣了美国退伍军人协会的人来保护他的货穿过农场的封锁，他们扛着斧子，戴着他们的小军帽，谁知整个地区的农民全体出动，给了这些退伍军人一顿好揍，让他们狼狈地逃回了城里。

一夜之间，这伙保守的德裔农民都开始发声，表现得和激进派一

① 北达科他州在美国中西部，是大草原最北边的州，毗邻加拿大。红河在州东部形成红河谷，谷内有不少农地，农业长久以来一直是北达科他州的支柱产业。北达科他州人口中占大头的是德国移民，当地宗教也以新教的路德会为主。

样了。我家在总统选举时投给了罗斯福，这是我家头一回给民主党投票。

第一次见到阿奇博尔德·福尔摩斯时，我十一岁。他当时在农业部，替亨利·华莱士解决难题，于是他便来到费耶特，与农民们协商各种问题——价格控制、作物管理，好像还有行业保护，按照新政的议程，这能让我家的农场不至于被拿去拍卖。他抵达后，在县政府的台阶上做了一番小小的演讲，不知为何，我始终没有忘记。

早在那时候，他就是个能给人留下深刻印象的人。他穿着体面，虽然不到四十岁，却已经长出了一头灰发，和罗斯福一样，他用烟斗抽烟。他说话带一点弗吉尼亚州东部的口音，发 R 这个音的时候显得有点老土，在我听来有些古怪。就在他来访后不久，情况渐渐好转了。

若干年后，我与他熟识，他对我来说也依然还是福尔摩斯先生。我没法想象自己单叫他名字的样子。

或许我可以将自己远赴他乡的事归结在福尔摩斯先生的这次到访之上。它让我感觉到，在费耶特之外，乃至在北达科他州之外，还有其他一些东西，其他一些观看世界的视角。按照我家的规划，我应该拥有属于自己的农场，与一个本地的姑娘结婚，制造一堆孩子，将周日用于聆听教区牧师谈论地狱，平日里则在田地工作，只为了银行里的那点收益。

若是留在那儿，我能得到的就只有这些，而我对此心怀怨恨。或许是出于直觉，我知道在外面的世界还有另一种生活方式，我对它心向往之。

我渐渐长大，身材高挑，肩膀宽阔，金发碧眼，长了一双能完美地包裹住一只足球的大手，此外，我的长相，按后来我的宣传代理人所说，则是“粗犷而英俊”。我会踢足球，踢得还很不错，用瞌睡度过学堂里的时间后，在黑暗的冬日里，我会在社区剧院和露天庆典活动上表演节目。社区剧院会巡回演出英语和德语剧目，我两边都会参加。我主要演的是维多利亚时代的情节剧和历史剧，也受到了不少的关注。

姑娘们喜欢我。我长得不错，看起来像是个靠得住的好人，而且，她们都觉得我只是个给她们种地的农民。我很留心地不特别对待任何人。我总是在表袋里放上保险套，而且，每次总是同时吊着三四个姑娘。我并未踏入所有长辈们为我设计好的陷阱。

我们都是怀着爱国之心长大的。生存环境越是恶劣，对国家的爱也就变得更强烈，这是很自然的社会法则。这么说不是小题大做，在我们这里，爱国主义自然地与其他世事融为一体。

本地的足球队发展得不错，而我则看到了一种离开北达科他州的方法。高年级的课程结束后，我获得了明尼苏达大学的奖学金。

但我没有完成学业。1942 年 5 月，我毕业后，接受征兵，志愿加入了步兵团。

这不算什么事。和我一个班级的所有男孩子都和我一起参了军。

我最终去了进攻意大利的第五步兵师，结结实实地打了一场步兵战。天始终在下雨，我们始终没有找到合适的躲避之所，我们的每一步行动，都被前方山头隐蔽着的德国人用蔡司望远镜看得一清二楚，此外，容克斯 88 轰炸机俯冲的声音也始终如影随形般地紧跟着我们……从始至终我都很害怕，偶尔我能做出英雄之举，但大多数时候，我都趴着在躲避头上倾泻而下的子弹，嘴里含着土。这样的日子过了几个月后，我知道我可能没法手脚俱全地回国了，甚至有可能整个人都回不去。我们不用像在越南那样打游击，步枪兵们始终守着自己的战线，直到战争结束，或者，直到他死去，又或者，被击伤到难以回到自己的岗位上。我接受了这个事实，继续做自己不得不做的事。我升到了军士长，最终获得了青铜星章和紫心奖章，但对我来说，奖章和升迁甚至还没有下一双干燥的袜子该从什么地方弄来得更重要。

我有个战友名叫马丁·科佐可夫斯基，他的父亲是个纽约的戏剧制作人。有一天晚上，我们一起喝了一瓶特别棒的红酒，还抽了一根烟——吸烟也是军队教会我的另一件事——我提到自己从前在北达科他州的表演生涯，在一阵醉意带来的友好中，他说，“他妈的，等战争结束之后，你来纽约，我和我爸会给你一个舞台的。”这其实是一种毫无意义的幻想，因为在那时候，我们当中没有人觉得自己真的能回得去，但既然说到了这事儿，后来我们便就着这个话题谈了不少，随着时间推移，就像有些梦境一样，它成真了。

欧洲战争结束之后，我来到纽约，老科佐可夫斯基给我安排了一些活，与此同时，我也干了各式各样的不同兼职，所有这些都比种地和战争要来得更好。戏剧圈的人相当热情，那些从不涂口红的聪明姑娘——不涂口红意味着比较大胆——会将你带回家，只要你肯听她们谈尚·阿诺伊，谈路易吉·皮兰德娄[①]，谈她们的精神分析法，最好的事在于，她们并不想和你结婚，再制造一堆小农民。和平时代的记忆渐渐浮上水面，北达科他州则逐渐远去，过了一阵子之后，我甚至开始想，或许战争多少还是能给我带来一点儿慰藉的。

当然，这种想法只是错觉。因为有些晚上，我依然会从88轰炸机的轰鸣中惊醒，胃部因为恐惧而拧在一起，小腿上的旧伤不住抽痛，然后我就会回忆起自己仰面躺在弹坑里的情景，泥浆一直漫到我的脖子，我仰望天空，看着一队银色的雷霆战斗机，阳光在它们粗短的机翼上闪动，而我则在等待吗啡奏效，那些飞机跃过群山，样子远比我跳出吉普车要更灵巧许多。然后我便会回忆起自己躺在那儿，疯狂地嫉妒那些战斗机驾驶员能在平静的天空中飞行，而我却只能浴血躺在泥地里，苦苦等待吗啡和血浆，我曾经想过，要是我在地面上逮住那些狗杂种中的任何一个，我一定要让他们为此而付出代价……

---

① 两人都是当时最红的戏剧家。

♥

福尔摩斯先生测试后，证明了我强壮的程度，远超任何人亲见或想象。只要我敢，我能举起四十吨重的东西。机关枪的子弹射在我的胸膛上，会自动被压扁。20 毫米穿甲弹携带的势能确实会将我击倒，但我却能毫发无伤地重新跳起来。

他们害怕在测试中使用超过 20 毫米口径的任何武器，我也是。要是他们用一挺真正的加农炮而非大型机关枪来射击我，我可能会被射成燕麦粥。

我的身体依然有其局限性。测试几个小时后，我会开始疲劳。然后变弱。此时子弹就会让我感到疼痛。我得停下来休息。

塔基扬曾经提到过，这属于生物力量场域的能力，他猜得没错。我行动时，光环会环绕我，如同一圈金色的晕轮。事实上我没法控制它——要是有人偷袭我，将子弹射向我的背部，这种力量场域会自动张开。而当我疲劳时，光芒也会变得暗淡。

但我从未疲劳到让它彻底消失，至少在我希望它张开时没有过。我很担心，不知它真的消失会发生什么，因此总是十分留心，保证自己在有必要时便能休息。

测试结果出来时，福尔摩斯先生让我前去他在公园大道南街的公寓。那地方相当宽敞，整个五层都是他的，但其中不少房间里透着一股长久没人使用的气味。他的妻子早在四十年代便死于胰腺癌，从那时起他就断绝了大部分社交生活。他的女儿也离家去寄宿学校了。

福尔摩斯先生给了我一杯酒和一支烟，问我对法西斯主义有什么看法，还问我觉得自己能对此做些什么。我回想着那些凶残的纳粹官员和德国空军伞兵，考虑了起来：既然我成了这个星球上最强壮的人，那么我能对他们做什么呢？

“我想我现在能做个很不错的战士。”我说道。

他微微一笑。“那你现在愿意再成为战士吗，布劳恩先生？”

我立刻明白了他的言下之意。眼下就有紧急状况。世界上还有罪恶。而我很可能可以对此做出些什么。眼前的这个男人是富兰克林·德拉诺·罗斯福的左膀右臂，后者在我看来是蒙上帝悦纳的人，而现在，这个男人正在问我是否愿意为此做出些什么。

我当然志愿参加了。做出这个决定大概也就要了我不过三秒。

福尔摩斯先生与我握了手。接着他问了我另一个问题。“要是得和黑人一起工作，你会介意吗？”

我耸了耸肩。

他露出了微笑。“很好，”他说，“既然如此，让我来把喷气机小子的鬼魂介绍给你。”

我定然是愣住了。他的笑容愈发明显。“事实上，他的名字是厄尔·桑德森。是个相当不错的家伙。”

有点奇怪的是，我知道这个名字。“是那个曾经替罗格斯大学打球的桑德森吗？他是个很不错的运动员。”

福尔摩斯先生似乎有些惊讶，或许他对体育不太了解。“哦，”他说，“我想你会发现他的特长不止于此。”

♣

小厄尔·桑德森出生的地方在纽约市的哈莱姆[①]，与我的老家略有些距离。他比我年长十一岁，或许我永远也追不上他。

他的父亲老厄尔是铁道机动车上的列车员，个子矮小，自学成

① 哈莱姆是曼哈顿的一个社区，在曼哈顿北端，在20世纪长期是黑人的文化与商业中心，犯罪率也比较高。

才，倾慕弗雷德里克·道格拉斯和杜波依斯[1]。他是尼亚加拉运动[2]的元老，全国有色人种协进会就是从这个运动发展起来的，后来他又成了卧车列车员兄弟会[3]的成员。他是个精明强干的人物，在那个时代，彻底投身于哈莱姆的各种激烈的民权运动中。

小厄尔是个天赋聪慧的年轻人，他的父亲则敦促他不要浪费他的才能。在高等学校时，他就显露出了学者与运动员的雏形，1930 年他追随保罗·罗伯逊[4]去了罗格斯大学，也就由此选定了他的学术方向。

在进入大学两年后，他加入了共产党。待我日后与他相熟，他表示说这是唯一合理的选择。

“大萧条只会愈来愈糟，”他对我说，“在全国各地，条子们射杀工会的组织者，白人则发现他们即将与有色人种一样贫穷。我们所知道的俄罗斯尽是些工厂在全力开工的场面，而在美国这边，工厂却纷纷倒闭，工人们忍饥挨饿。我当时想，革命不过是时间问题。共产党是唯一会同时为工会也为平等而斗争的团体。他们有一句口号，‘白人黑人，联合奋斗’，在我听来它十分正确。他们才不会有什么该死的肤色歧视，只会直视你的双眼，然后喊你为‘同志’。其他任何人都从来没有这样对待过我。”

1931 年的世事给了他最充分的理由来加入共产党。然而很久以后，这些最充分的理由却背叛了他，还毁了我们所有人。

---

① 弗雷德里克·道格拉斯（1818—1891）美国革命家、政治家，废奴运动的领袖之一。杜波依斯（1868—1963）是美国社会学家、历史学家和民权运动者，尼亚加拉运动的领导者，美国全国有色人种协进会的始创者之一。

② 1905—1909 年的非裔美国黑人民权运动。

③ 卧车列车员兄弟会是 1925 年组建的列车员工会组织，也是全美第一个非裔美国人的工会。

④ 保罗·罗伯逊（1898—1976）是美国黑人歌手、运动员，在民权运动中极为活跃。大学时代曾经是个出色的美式足球运动员。

我不太确定为什么厄尔·桑德森会娶莉莉安，但我很理解为什么这么许多年来莉莉安会一直追逐着厄尔。“杰克，”她曾经这样对我说道，“他就是这么光芒万丈。”

莉莉安·阿伯特与厄尔相识时，他不过只是个高中低年级生。初遇后，她便将自己所有的私人时间都花在了他身上。她购买有他的报纸，用自己的零钱来支付他进剧场看戏的费用，还跟着他参加了各种激进的聚会，在体育比赛上为他欢呼。在他加入共产党后的一个月，她也加入了。而在他以最优异的成绩从罗格斯大学毕业后的几个礼拜，她嫁给了他。

“我没有给厄尔任何选择的机会，”她说，“他要是想让我不再和他念叨，唯一的办法就是和我结婚。”

当然，他们两人都不知道这一结合会带来什么。厄尔当时正专注于比他个人成家更重要的问题，亦即他以为即将爆发的革命，也可能他觉得莉莉安在这些折磨中应该获得一些小小的甜蜜。再说，对他而言，答应她的求婚也不会失去什么。

然而莉莉安却失去了一切。

结婚后两个月，厄尔踏上了一条前往苏联的船，去列宁大学进行为期一年的游学，准备成为共产国际的合格代言人。莉莉安则留在国内，在她母亲的商店里工作，厄尔不在，参加党的会议对她来说就显得有些无聊了。虽然没什么热情，但她还是试着去学习如何成为革命家的妻子。

在俄罗斯逗留一年后，厄尔去哥伦比亚大学学习法律。莉莉安一直支持着他，直到他毕业后成为 A. 菲利普·兰道夫[①]及卧车列车员兄弟会的法律顾问，而后者，在当时的美国，是最激进的工会之一。

---

① A·菲利普·兰道夫（1889—1979）美国民权运动和劳工运动领袖，卧车列车员兄弟会的发起人之一。

老厄尔必然为此而深感自豪。

随着大萧条渐渐减弱，厄尔对共产党的热情也逐渐消退了——或许革命终究还是不会爆发的。厄尔在俄罗斯学习做一名革命家时，在美国产业工会联合会的支持下，通用公司罢工的事件获得了解决。1938年，卧车列车员兄弟会获得了铂尔曼公司①的认可，兰道夫也最终开出了工资——这些年来他一直免费为他们工作。工会和兰道夫那儿的事占用了厄尔大量时间，他对党的聚会也因此不那么热情了。

当纳粹和苏联签署《互不侵犯条约》时，厄尔愤怒地退出了共产党。与法西斯分子勾结不是他能接受的行为。

厄尔告诉我说，珍珠港事件后，大萧条就结束了，白人被大量雇佣于国防部门，但只有少数黑人获得了工作。兰道夫和他手下人的忍耐最终到了尽头。就在战事过半时，兰道夫威胁要发动一场铁路罢工，同时还要组织一场前往华盛顿的游行活动。罗斯福派出了负责处理各种麻烦的人阿奇博尔德·福尔摩斯来解决这个问题。最终的结果是颁布了8802号行政法令，它禁止政府方面的承包商在雇佣工人时种族歧视。这是一条民权历史上里程碑式的法令，也是厄尔职业生涯中最重要的成功之一。厄尔提起它时，总是将它视作自己引以为傲的成就。

8802号行政法令颁布后的那个礼拜，厄尔在兵役登记中的分类被改为1-A②。他为铁道工会工作也没能保护得了他。这是政府对他的报复。

厄尔决定志愿参加空军。他总是向往着飞行。

就飞行员而言，厄尔的年纪已经有点太大了，但他依然是个称职的运动员，以身体素质通过了体能测试。他的记录贴有PAF标签，

---

① 铂尔曼公司是由乔治·铂尔曼首创的公司，不仅致力于制造火车，后来更逐渐成为卧铺车线路的经营公司，拥有大量卧车。

② 1-A意味着任何兵种都可以让他入伍。

这是“不积极的反法西斯分子”之意，官方用以指代所有 1941 年前没有积极地表现出反对希特勒的人。

他被派往第 332 战斗机中队，这支部队完全由黑人组成。对黑人飞行员的审查筛选极为严格，以至于这支部队里净是教授、牧师、医生和律师，而所有这些高水准的人才同样也证明了自己具备第一流的飞行员素质。因为没有任何海外的空军部队想要黑人飞行员，这些人不得不留在塔斯克基①训练了一个月又一个月。最终，他们接受的训练量大约是平均水平的三倍，而当他们最终开始踏上征程，驻扎到意大利，便以“孤鹰”之名在欧洲战场上大放光彩了。

他们驾驶着雷霆战斗机飞越德国和巴尔干国家，进攻过一些最艰难的目标。他们出击超过一万五千次，而且，没有一架他们护卫的轰炸机损失在德国空军的手上。这件事传出去后，轰炸机组甚至开始特意要求让第 332 战斗机中队护卫他们的飞机。

厄尔·桑德森是这支部队中最优秀的飞行员之一，到战争结束之时，他共计达成了五十三次“未确认的”击坠数。之所以说“未确认”，是因为军队不会为黑人空军中队留下记录——军方害怕黑人飞行员的记录超过白人。他们的恐惧也有其来由，厄尔的击坠数比喷气机小子之外的任何一名美国飞行员都要更高，而喷气机小子，他同样也不是什么常规路数出身的飞行员。

在喷气机小子死去的那一天，厄尔下班回家，他以为自己得了重感冒，然而到了第二天醒来时，他成了黑人王牌。

他能以每小时五百英里的速度飞行，这似乎是一种意志力作用下产生的行为，塔基扬称之为“心灵遥感的投射”。

厄尔也很强壮，尽管还不到我的程度——与我相同的是，子弹射到他身上，也会自动弹开。但加农炮口径的子弹依然能伤到他，而且

① 塔斯克基是 1940 年才开始兴建的训练基地，主要受训者都是非裔美国人。

我知道，他害怕在空中撞上飞机。

此外，他还能在自己的身前造出防护墙，它就像是一种会移动的冲击波，能够扫平他前进道路上的一切。人类，交通工具，墙壁。随着雷鸣般的轰响，它们都会被甩到一百英尺之外。

厄尔用了两周的时间来测试自己的天赋，而后才让这个世界知道它们，他在城市的上空飞行，戴着飞行员头盔，身穿黑色飞行皮夹克，脚蹬靴子。当他最终决定让世人知道时，福尔摩斯先生是他首先联系的人。

♠

我与福尔摩斯先生签约后的第二天，见到了厄尔本人。当时我已经搬入了福尔摩斯先生家里的一个空房间内，拿到了公寓的钥匙。我即将在世界的舞台上大展身手。

我第一眼就认出了他。“厄尔·桑德森。”福尔摩斯先生还未替我们介绍之前，我就说出了他的名字。我与他握了手。“我还记得你以前替罗格斯大学打球时的事，我读到过你的新闻。”

厄尔对此表现得泰然自若。“你的记忆力不错。”他说道。

我们坐了下来，福尔摩斯先生正式告诉了我们，他希望我们及他今后将会雇佣的其他人要做什么事。厄尔很不喜欢“王牌”这个概念，它代表着那些掌握了有用能力的人，而与之相对的则是“鬼牌”，代表那些因病毒而受到严重损伤的人，厄尔认为这些词语意味着在感染了百变王牌病毒的人群中强行区分出某种阶级的系统，他并不乐意让我们被置于某种社交金字塔的顶端。福尔摩斯先生则将我们的团队官方命名为“民主异能团”。我们将会成为美国战后理想的有形化符号，令美国重建欧洲与亚洲的努力显得真实可信，同时也能继续与法西斯主义及不公斗争。

美国即将创造出战后的黄金时代，并且会将之与全世界共享。我们则将成为它的象征。

这听起来很不错。我想加入其中。

厄尔的决定却做得有些艰难。福尔摩斯之前就曾与他谈话，并向他提出了布兰奇·里基曾经对杰基·罗宾森[1]提出过的同一个要求：厄尔不能插手民主政治。他必须宣布与斯大林及马克思主义决裂，只能致力于和平的变革。他被要求控制脾气，要忍耐别人毫无理由的怒火、种族歧视和傲慢的态度，而且不能报复。

后来厄尔告诉我他经历了怎样一番心理斗争。他那时就知道自己的力量，他知道他能简单地改变一些事，只消在一些重要事件发生时出现在现场即可。要是有人出现，展露出能击溃整个国家军队的力量，南方的条子就没法冲散群众的集会；破坏罢工者会被他的冲击波吹飞；要是他决定进入某个饭店，那么即使整个海军陆战队出动，也没法把他扔出去——当然，前提是他们不破坏饭店的建筑。

但福尔摩斯先生向他指出，要是他以这样的方式使用自己的力量，那么受到惩罚的人将不会是厄尔·桑德森。若白人看到厄尔·桑德森在被挑衅后做出了暴力反应，他们会将全国的无辜黑人吊死在橡树枝上。

厄尔给了福尔摩斯先生他希望的保证。自那天之后的第二日起，我和他两个人创造了无数的历史。

◆

“民主异能团”从来就不是美国政府的下属机构。福尔摩斯先生与政府部门商讨问题，但他用自己的钱来付我和厄尔的工资，此外，我也住在他的公寓里。

---

① 杰基·罗宾森是棒球运动员，1946 年布鲁克林道奇队总经理布兰奇·瑞基在大联盟主席首肯下与罗宾森签约，将他带入了大联盟，成为美国职棒大联盟历史上第一位非裔美国人球员。

首先我们得解决庇隆的问题。他操纵了选举，自封为阿根廷总统，即将令他自己成为南美版的墨索里尼，同时，也让阿根廷成为法西斯分子和战争犯的庇护所。“民主异能团”飞去了南美，想看看我们能够为此而做些什么。

事后回想起来，我很惊讶我们竟然做出了这样的决定。我们醉心于推翻一个疆域广阔的宪政国家，而我们对此竟然没有任何质疑……甚至连厄尔也赞同，没有任何异议。我们刚刚在欧洲用了几年的时间与法西斯分子战斗，因此去南美击倒他们，对我们而言似乎也没有什么明显的不同。

我们动身时，另一个男人加入了我们。大卫·哈恩斯坦在飞机上做了自我介绍，以下是他的一些信息。他是个来自布鲁克林的犹太人，国际象棋爱好者，他就像你平时在纽约总会见着的那种说话语速极快的卷发年轻人，他们兜售洪水保险、二手汽车轮胎，或是以某种像开司米一样优质的神奇新式纤维制成的定制西服，然后突然之间，哈恩斯坦就成了“民主异能团”的一员，而且负责诸多事务。不知道为什么你就是喜欢他。你就是会同意他的话。

好吧，这其实是因为他有异能。他身上散发出的费洛蒙，能让你对他和这个世界变得友好起来，它能制造出一种温和而富有暗示性的氛围。他能与一名阿尔巴尼亚斯大林主义者聊天，最终让对方倒立并歌唱《星条旗之歌》——至少，只要他和他的费洛蒙还在室内时可以。等他离开，我们的这位阿尔巴尼亚斯大林主义者重又恢复神智，他很可能立刻就会痛恨自己，然后饮弹自尽。

我们决定把大卫的力量当做一个秘密。我们散播出一个故事，说他是某种暗中作业的超人，就像广播剧《影子》里的主角，他是我们的侦察员。事实上他干的事是与人们商谈，让他们认同我们。这个战术进行得十分不错。

庇隆的权力还不稳固，他上任不过四个月。我们用了两周的时间，组织了一场推翻他的政变。哈恩斯坦和福尔摩斯先生进入了军方的会议，还没等会议结束，那些上将们便赌咒发誓说要将庇隆的脑袋盛在盘子里，即使事后他们重新思考，他们的荣誉感也让他们无法撤销自己的允诺了。

政变后的那个早上，我发现了自己的一些局限之处。在军队时，我曾经读过不少漫画，里面描写过这样一个场景，说坏人们开车想要迅速逃离，超人则会跳到他们的车前，急速飞驰的汽车便会从他身上弹开。

我在阿根廷也做了这样的尝试。有一名庇隆政权的陆军少校，我们要阻止他接近他的指挥所，于是我跳到他的奔驰车前，结果却被弹飞到两百英尺之外，撞上了一尊胡安·庇隆本人的雕像。

问题在于，我的体重轻于汽车。当两物相撞，被弹开的物体应当是动量较少的那个，而重量也是动量的一个组成部分。这事儿与较轻物体究竟有多强壮无关。

这件事之后，我就学聪明了。我直接把庇隆的塑像从台座上敲下来，将它扔向汽车。事情就这么简单。

还有一些和王牌有关的事是你无法从漫画书里学到的。我记得我曾经看到漫画里的王牌抓住坦克炮的炮管，将它们扭成了卷饼干。

事实上要做到这一点是有可能的，但你得运用杠杆原理。你的双脚得踩在坚实的东西上，这样你才能获得反推力。对我来说，潜到坦克下方，直接将它从履带上砸下来，要更容易许多。然后我就可以走到坦克边上，以我的双臂环抱炮管，将肩膀顶在炮管下方，将它猛拽下来。我会选择用我的肩膀作为杠杆的支点，然后将炮管绕着我的身体扭弯它。

要是我赶时间就会这么做。要是时间充足，我会从坦克下方直接一拳将它砸开，然后从内部拆了它。

跑题了。我们重新回来说庇隆的事。

我们还得干一些非常紧要的活。有一些忠诚的庇隆分子是我们无法接触到的，其中有一人是一支武装部队的首脑，他们驻扎在布宜诺斯艾利斯郊外一座带院墙的建筑群中。政变的那天晚上，我抬起一辆坦克，将它的侧面砸向大门正前方，接着用肩膀抵着它，将它一直固定在那儿，直到其他坦克为了想将它撞开而纷纷毁坏成为废铁。

厄尔则令庇隆的空军势力失去了机动能力。他在跑道上跟着飞机起飞，接着扯掉了它们的尾翼。

民主取得了胜利。庇隆和他那金发娼妇逃到了葡萄牙。

我给自己放了几小时的假。当喜悦的中产阶级暴民们在大街上庆祝时，我与法国大使的女儿留在了旅馆的房间里。听着窗外人群的赞美，感受着唇舌上香槟与妮珂莱特的滋味，我觉得这可比飞行要好得多了。

随着这次胜利，我们的形象也变得流行起来。我穿着旧军队迷彩服，这是大部分人记忆中对我的印象。厄尔则身穿一件去除了徽章的空军军官迷彩服，脚踏靴子，戴头盔、防风镜和飞行员围巾，还有他那件肩膀上有第 332 飞行中队贴标的旧飞行员皮衣。飞行时，他会摘掉头盔，戴上他放在口袋里的黑色旧贝雷帽。通常来说，当人们请我们以个人名义出场时，总是会让厄尔和我穿上我们的迷彩服，这样每个人都能知道我们是谁。公众似乎并未意识到，其实我们在大多数时间里都穿西装系领带，就像每个其他人一样。

♥

厄尔与我在一起时，通常都是在战斗，因此我们也就此成了最好的朋友……并肩作战总能让人彼此接近。我谈起我的生活，我经历的战争，谈到女人。他则更有警戒心一点——或许他不确定，我在听到他与白人姑娘之间的冒险后会有怎样的反应——但最终，有一天晚上，我俩在意大利北部寻找鲍曼[1]时，他给我讲了奥莉娜·戈尔多尼的全部故事。

“当时我不得不在早晨替她画上袜子，”厄尔说道，“我得给她的双腿化妆，让她看起来像是穿了丝袜。我还得用眼线笔在她腿后面画上丝袜的缝。”他露出了微笑。“这可是一份我一直都很喜欢的绘画工作。”

“你为什么不直接给她丝袜？”我问。这事儿非常容易就能做到。美国大兵可以写信给国内的朋友和亲属，让他们直接寄到欧洲。

“我给了她很多双，”厄尔耸了耸肩，“但莉娜[2]把它们都分发给了同志们。”

厄尔没有保留莉娜的照片，至少没有藏在莉莉安会找到的地方，但后来我还是在电影里见到了她的样子，当时她被视作是欧洲的维罗妮卡·蕾克[3]。她的金色头发蓬乱，肩膀宽阔，声音沙哑。蕾克的屏幕形象给人以距离，戈尔多尼则显得十分性感。电影中的丝袜感觉十分真实，丝袜下她的双腿也同样如此，电影里总会对她的双腿顶礼膜拜，让人感觉导演似乎是想以此来占有它们。我常常想，厄尔在她身上作画时必定能获得不少乐趣。

他俩相遇在那不勒斯，一家少有的允许黑人士兵进入的俱乐部里，她当时是卡巴莱歌手。她当时十八岁，做些黑市上的生意，曾经替意大利共产党做过情报员。厄尔只看了她一眼，就将一切警惕抛在了脑后。这或许是他整个人生中唯一一次放纵自己的时刻。他开始冒险。夜间偷偷溜出战场，躲避巡逻就为了和她在一起，大清早再悄悄溜回去，准备飞往布加勒斯特或普洛耶什蒂……

---

① 指马丁·鲍曼（1900—1959），即纳粹的“二号战犯”，纳粹党秘书长。

② 奥莉娜的昵称。

③ 美国的金发女演员，在20世纪40年代红极一时，特征是一头遮住半边脸的金色波浪发型，长相极为古典优雅。

“我们知道这样的事不会永远下去，”厄尔说道，“我们知道迟早战争会结束，”他的双眼仿佛凝视着远方，带着伤痛的记忆，我能看得出来，离开莉娜对他来说代价有多大。“我们都是成年人了，”长长的叹息，“于是我们就此道别。我离开了她，重返工会的工作。自此以后，我们就再也没有见过面。”他摇了摇头。“而现在，她出现在了电影里。我一部都还没看过。”

第二天，我们抓住了鲍曼。我抓住了他脑袋上的教士袍斗篷，拼命摇晃他，直到他的牙齿不停地咔哒打战。我们把他带到了盟军的战犯法庭上，然后给自己放了几天假。

我可能从未见过厄尔如此紧张的样子。他不停走到角落里，去打电话。媒体总是跟着我们，而当闪光灯响起时，厄尔总是会吓一跳。第一天晚上，他离开了我们的旅馆房间，接下来的整整三天里，我都没有见到他。

通常来说，会展现出这种爱好的人一般都是我，我总是会偷偷溜走，把时间花在某个女人身上。厄尔也这么做，让我有些惊讶。

他在罗马北部的一家小旅馆里，与莉娜共度了整个周末。周一早上，我在一张意大利报纸上，看到了他俩的照片——不知怎么回事，媒体发现了这件事。我不知道莉莉安是否听说，也不知道她会怎么想。周一中午的时候，厄尔闷闷不乐地出现了，刚好赶上去意大利的飞机：他得去加尔各答会见甘地。在寺庙阶梯上，有个狂热分子向圣雄开枪，厄尔挡下子弹，还因此受了伤——一时之间所有报纸上满是印度相关的话题，意大利发生的一切就被人遗忘了。我不知道厄尔究竟是怎么向莉莉安解释这件事的。

不管他是怎么说的，我猜莉莉安相信了他的话。她总是这样。

♣

那确实是一段荣光岁月。法西斯分子逃亡南美的通路被截断，纳粹被迫逗留在欧洲，这样要找到他们就容易多了。厄尔与我将鲍曼从他藏身的修道院中揪出来之后，又在巴伐利亚的一座农场阁楼里抓到了门格勒，在奥地利，我们如此接近艾希曼，令他无比惊惶，一头跑向苏联巡逻队，最终被俄罗斯人射杀。大卫·哈恩斯坦拿着外交护照进了埃斯科里亚尔修道院，与弗朗哥谈了谈，让他做了个电台播放的讲话来表示辞职，并倡议民主选举，接着大卫又与他一起乘坐飞机到了瑞士。而后葡萄牙人民也要求民主选举的权力，庇隆不得不去国外定居，还在那儿做了别国元首的军事顾问。成打的纳粹分子逃离伊比利亚，而纳粹狩猎者们则抓住了其中的绝大多数人。

我赚了很多钱。福尔摩斯先生给我的工资不高，但我给切斯特菲尔德香烟做代言人赚了不少，我把自己的故事卖给《生活》杂志，演讲活动也能挣不少——福尔摩斯先生专门替我雇佣了一名演讲稿撰写人。公园大道的公寓中我住的那部分不需要我付钱，要是我不乐意，甚至连饭钱也不用给。我从那些署着我名字的文章里也收获了不少，比如说《为什么我信仰宽容》《美国对我而言意味着什么》以及《为什么我们需要联合国》，诸如此类。好莱坞的星探开出了极为可观的长期合同，但在当时我没什么兴趣。我那时正在见识这个世界。

有太多女孩到我的住处来访，以至于租客协会甚至建议把房门换成旋转门。

报纸开始仿照第 332 飞行中队的外号“孤鹰”来称厄尔为“黑鹰”。他不太喜欢这个名字。少数一些知道大卫·哈恩斯坦能力的人称他为“使者”，而我，当然，是“黄金男孩”。我倒是不介意别人这么叫我。

“民主异能团”增添了一名新成员布莱思·斯坦霍普·范·伦斯勒，媒体称其为“智囊”。她是一名娇小而正派的波士顿上流社会女性，以受过良好教育的人来说较为容易激动，嫁给了一名卑鄙的纽约国会议员，她给他生了三个孩子。她很美，但却是那种你得过一阵子才会注意到的美，不过当你发现她的美时，你会奇怪为什么一开始自己竟然毫无察觉。我甚至觉得，她可能都没有意识到自己有多可爱。

她能吸收别人的思想。记忆，才能，一切。

布莱思比我大了十岁左右，但这对我来说不算什么，认识没多久我就开始挑逗她了。我与不少女性保持着关系，人人都知道这一点，因此只要她对我稍有了解——也可能她确实没有，因为我的思想并没有重要到值得她吸收——就不会把我的话当真。

后来她那可怕的丈夫亨利将她赶出家门，她来到我们的公寓里，寻找安身之所。福尔摩斯先生不在，我喝了几瓶他那些二十年陈酿的白兰地之后醉倒了，就请她上床——事实上，就是我自己的床。她揍了我，这是我活该，然后她怒气冲冲地离开了。

妈的，我又不是在向她求婚。她要是能再懂事一点就好了。

不过，说回这件事，该懂事的人其实是我。1947 年那会儿，大部分人都觉得婚礼总比葬礼要好。但我是个例外。布莱思太容易激动，不能逗弄她，她的脑海中有太多吸收来的知识，泰半时间里她都处于精神崩溃的边缘，在她的婚姻走到尽头的那个夜晚，有一样东西是她绝对不会需要的，那就是一个达科塔农场男孩对她的毛手毛脚行为。

不久布莱思和塔基扬就在一起了。想到自己竟然输给一个来自外星球的生物，我的自尊心就有点受伤，不过我已经对塔基扬很了解了，除了对绸缎衣服的喜好之外，我觉得他还算是个挺不错的家伙。要是他能让布莱思开心，那我就觉得挺好。我想他身上一定有什么过人之处，才能让布莱思这样的女学究跟他姘居在一起。

就在布莱思加入"民主异能团"之时，王牌这个概念变得流行起来，于是突然之间，我们就成了"四王牌"。福尔摩斯先生是"民主的最后王牌"，或者"第五王牌"。我们都是好人，大家知道这一点。

我们受到的奉承，多得简直奇妙。公众单纯地就是不容许我们做任何错事。即使是那些顽固的种族主义者，也会将厄尔·桑德森奉为“我们的黑人飞行家”。当他提到种族隔离的问题，或者福尔摩斯先生提到民粹主义，人们都会耐心听讲。

我想，厄尔在有意识地操纵着自己的形象。他很聪明，也知道媒体机器是如何运转的。事实证明，他通过一系列的活动，合理地规避了他经过一番心理斗争后答应福尔摩斯先生的那些要求。他有意识地将自己打造成黑人英雄，完美无缺的精神偶像。运动员、学者、工会领导人、战争英雄、忠诚的丈夫、王牌。他是头一个登上《时代》杂志封面、进入《生活》杂志的黑人。他替代罗伯逊成为最重要的黑人理想形象，而罗伯逊只能略带挖苦地提及他说，“我是不能飞，不过厄尔·桑德森也不会唱歌。”

顺便说，罗伯逊这句话说得不对。

厄尔正在越飞越高。他还不知道，当人们发现了偶像致命的弱点之后，会发生什么事。

♠

四王牌的失败出现在第二年，1948 年。当时共产党人即将接管捷克斯洛伐克，我们全体出动飞到德国，然后整个行动突然被叫停了。美国政府里的某个人认为局势太复杂，不适合由我们去解决，于是便要求福尔摩斯先生不要介入。后来我听到有传闻说政府也雇佣了一些属于他们的王牌，进行一些隐秘的工作，这些人被派到当地，把事情搞砸了。我不知道这是不是真的。

接着，捷克斯洛伐克的惨败两个月后，我们被派往中国。

虽然在当时来看情况还不明了，但其实我们一开始就输了。光从媒体报道上看，情况似乎还能挽回——国民党的委员长依然掌握着所有大城市，相比于毛和他的势力，国民党的军队装备齐全，而且众所周知，委员长是个天才。若非如此，路思义先生怎么会两次让他当上《时代》杂志的年度人物？

另一方面，共产党人则以每日二十三点五英里的速度坚定地向南行军，无论刮风下雨，无论夏天冬日，他们经过后，都会重新分配土地。没有任何东西能够阻止他们——至少委员长不行。

我们被召集到中国时，委员长正好下野——他经常这么干，只为了向大家证明他是不可或缺的。于是四王牌与国民党的新任总统见了面，他姓陈①，总喜欢偷偷瞥向肩膀后头，唯恐那位委员长突然戏剧性地出现，取代他来拯救这个国家。

在当时，美国的方针是打算让出华北和东北的，因为国民党早已丧失了这片土地上除大城市之外的控制权。国民党可以把握机会退到南方重建，共产党则不必与他们战斗就能掌握北方的城市。

我们全体出动，四王牌和福尔摩斯都在——布莱思也在其中，她是以科学顾问的身份过去的，最后就环境卫生、灌溉和接种等问题作了一些小演讲。委员长则逃到了广州，在自己的住处闷闷不乐，人民解放军包围了东北的沈阳，其余兵力在林彪的带领下，以每天二十三点五英里的速度坚定地向着南方行军。

我和厄尔没什么可做的。我们只是旁观者，而我们能旁观到的大部分人都是各位代表。国民党人礼貌得让人惊讶，他们穿着得体，还有不少穿着制服的服务员替他们奔忙。他们之间互动的样子就像在跳小步舞。

人民解放军的人则看起来像军人。他们聪明，骄傲，像真正的士兵一样军事化，也不像国民党那样戴拘谨于礼节的白手套。人民解放军上过战场，通常不会输。我只消瞥一眼就知道。

---

① 这里的“陈总统”疑为陈诚。但实际上当时蒋介石下野之后，接任总统的是李宗仁。

这是件令我震惊的事。我对中国的一切了解都来自于赛珍珠。还有那些说委员长是天才的论断。

“这些人在跟那些人打仗?”我问厄尔。

“那些人”——厄尔指了指国民党的人群——“没有跟任何人打仗。他们只会四散躲避，逃跑。这就是问题所在。”

“我不喜欢这事儿看起来的样子。”我说。

厄尔似乎有些悲伤。“我也不喜欢，”他说着，啐了一口，“国民党的官员是从农民的手里偷来的土地。共产党则将这些土地还了回去，这意味着他们能获得更多支持。”

厄尔了解历史。而我，我只读过报纸。

经过一场马拉松式的谈判后，国民党与共产党签署了一份协定，放下了武器。

没过几天，协议就被委员长撕毁了。解放军继续向南的行军。在几次陆地战后，委员长的天才传说在一座由美军舰队守卫的小岛上终结了。

福尔摩斯先生告诉我说，当他坐飞机穿越太平洋时，口袋里还揣着协议，然而在他背后，协议却被撕毁了，他途经香港、马尼拉和欧胡岛，最后到达洛杉矶，在机场为他欢呼的人越来越少，这令他想起内维尔·张伯伦和他那张小小的合约，还想起了张伯伦的所谓“欧洲和平”是如何转变为战争的，张伯伦随后成了历史上有名的受骗上当者，成了一个心怀善意却又过于理想主义、太轻信那些更善于变节者的悲惨案例。

福尔摩斯先生与张伯伦没什么不同。他没有意识到当他还在为共同的理想，为民主、自由、公正与融合而生活工作时，他周遭的世界已发生了变化，因为他并未随之而变，世界便要将他碾成齑粉。

在那个时间点上，公众还是倾向于原谅我们的，但他们会记住我们曾经令他们失望过。他们的热情有些减退了。

属于四王牌的时代或许已经过去了。随着大战犯都被捕入狱，法西斯主义也逐渐消亡，我们在捷克斯洛伐克和中国发现了自己的局限性。

斯大林封锁柏林时，我和厄尔乘飞机过去了。我再次穿上战斗迷彩服，厄尔则穿着他的皮夹克。他在俄罗斯的封锁线上飞行巡逻，军方则给了我一辆带司机的吉普车与他一同作战。最终斯大林放弃了。

但我们的活动逐渐从团队转向了个人。布莱思前往世界各地参加科学会议，她剩下的大多数时间都与塔基扬一同度过。厄尔加入了民权的示威游行，在全国各地发表演讲。福尔摩斯先生和大卫·哈恩斯坦则在那个候选年里为亨利·华莱士取得总统候选资格而工作。

在城市联盟的集会上，我在厄尔身边做了些演讲，又为福尔摩斯先生替华莱士先生说了点好话，然后为了赚到一大笔钱，我开上最新款的克莱斯勒轿车，大谈美国精神。

选举后我去好莱坞替路易·梅耶①工作。我赚的钱多得难以置信，远比我曾经梦想的要多，此外，我也厌倦了在福尔摩斯先生的公寓里歇脚。我把自己的大部分物件都留在他的公寓里，这主要是因为我觉得自己要不了多久就会回去。

每周我能赚 10000 美元，我有了一名代理人、一名会计和一个负责接电话的秘书，另有一人负责替我公关；而我所需要做的一切就只是去上表演和舞蹈的课程。在那个时间点上，我还不需要工作，因为他们替我撰写电影剧本时出现了一些问题，他们以前从未写过金发超级英雄的剧本。

他们最终敲定的剧本主要是根据我们在阿根廷的冒险来随意改编

① 米高梅电影公司的创始人之一。

的，电影的名字叫做《黄金男孩》。他们给克利福德·奥德斯[①]付了一大笔钱才用上了这个名字，考虑到奥德斯和我后来的遭遇，这个联系显得相当讽刺。

他们把剧本给我的时候，我没把它当一回事。我是这部电影里的英雄，这对我来说很不错。事实上他们在剧本里给我起的名字是“约翰·布朗”。但哈恩斯坦的角色变成了一个来自蒙大拿州的牧师之子，阿奇博尔德·福尔摩斯在电影里也不是弗吉尼亚州出身的政治家，而成了FBI的特工。问题最糟的是厄尔·桑德森的角色——他成了一个代号，一个黑人跑腿的，只有几场戏，而且只是听命于约翰·布朗同时清脆地回答一声“好的，先生”，随后做出致敬动作。我给片方打了个电话去讨论这个问题。

“我们没法给他太多戏，”对方回答说，“否则我们就很难在南方公映版里把他的戏份给彻底剪了。”

我问我的执行制作人他这话是什么意思。

“要是我们想在美国南部公映一部影片，就不能让有色人种在其中出现，否则电影院根本就不会让它上映。我们这样写剧本，是为了到时候公映南方版时可以直接把所有有黑人的场次全剪了。”

我很震惊。我从不知道他们竟会做出这样的事。“看，”我说，“我刚在全国有色人种协进会和城市联盟那儿做了演讲。我和玛丽玻[②]一起上了《新闻周刊》。我不能让人觉得自己参与了这种事。”

电话那一头的声音变得狠毒起来。“看看你的合同，布劳恩先生。你没有审核剧本的权利。”

---

① 克利福德·奥德斯（1906—1963）美国剧作家、戏剧家和导演，曾于1937年写过一部叫《黄金男孩》的戏剧，并于1939年将它拍成电影。下文所提“好莱坞十君子”事件之后，奥德斯本人也上过好莱坞《红色频道》的黑名单。

② 玛丽玻（1875—1955）美国黑人教育家、女政治家、慈善家和民权活动家。

“我不是想审核剧本。我只是希望这个剧本能反映出我生活中真实的一面。要是我按照这个剧本演，我的公信度会彻底消失。你们他妈伤害的是我的形象！”

谈话从这里开始变得十分让人不快。我说了一些威胁的话，执行制作人也说了一些威胁的话。我的会计打电话给我，告诉我要是每周拿不到 10000 美元会发生什么事，而我的代理人则告诉我说我没有合法反对的权利。

最后，我打电话给厄尔，告诉他接下来会发生什么。“你刚才说什么，他们在付你钱？”他问。

我又和他说了一遍。

“看，”他说，“你在好莱坞做什么，那是你的事。但你才刚进他们的圈子，对他们来说，你是个新人。你要是想站出来争取权益，那肯定是好事。但要是你从那儿退出了，对我或城市联盟来说，也没有什么好处。你还是留在这个圈子里，争取有点儿势力，然后利用它。若这样让你有负罪感，你随时可以把你那每周 10000 美元的薪水捐点儿给有色人种协进会。”

于是事情就这么结了。我的代理人与片方达成了一份新的协议，让我对剧本有一点修改咨询的权利。我成功地将 FBI 的内容从剧本里删去了，让福尔摩斯这个角色完全不再从属于任何政府部门，此外，我也成功地让桑德森的角色变得更为有趣。

我看了样片，还不错。我挺喜欢自己的表演——很放松，不管怎么说，我甚至还走到一辆飞奔的奔驰车前，看着它从我胸前弹开。这是用特效做出来的。

电影杀青了，我从丰盛的午餐宴上离开，又去了停机庆祝的晚宴，一刻不停，甚至都没有醒酒的时间。三天后我在蒂华纳醒来，头痛欲裂，我怀疑自己是不是干了什么蠢事。与我共枕的漂亮金发姑娘将这蠢事具体是什么告诉了我——我们刚刚结了婚。等她去洗澡时，我不得不查看结婚证，这才知道她的名字叫金姆·沃尔夫。她是个佐治亚州出身的小明星，在好莱坞的圈子里混了六年。

在吃了点阿司匹林，又喝了几杯龙舌兰酒后，婚姻似乎也就不是什么坏事了。或许现在正是时候，我有了全新的职业，又拥有一切，我该安定下来了。

我买了罗纳·考尔门的旧居，那是在比佛利山山顶街的一座英国乡间别墅，我和金姆一起搬了进去，除我俩之外，还有两名秘书、金姆的发型师、两名司机、我们的两名住家女仆……突然之间我就得给这么多人付薪水，我都不大清楚他们到底是打哪儿来的。

下一部电影叫《里肯贝克的故事》，将由维克多·弗莱明执导，弗雷德里克·马奇饰演潘兴将军，琼·阿里森饰演我在片中将要与之恋爱的护士。至于杜威·马丁，他饰演的是里希特霍芬，而我将用美国人的子弹射入他条顿人的胸膛——至于历史上的里希特霍芬其实是被其他人击坠杀死的事儿，我们就别管那么多了①。这部电影将在爱尔兰拍摄，预算资金极为庞大，还有上百号群演。我坚持学习飞机驾驶技术，这样有些特技我就可以亲自上阵了。我给厄尔打了越洋电话提起此事。

“嘿，”我说，“我终于学会飞行了。”

“乡下佬，”他说，“学得还挺快。”

“维克多·弗莱明要让我演个王牌。”

“杰克，”他的声音听起来有些疑惑，“你已经是一名王牌了。”

这话让我顿住了片刻，因为不知怎么回事，在这些活动中，我居然忘了自己能当上明星并不是米高梅电影公司的功劳。“这句话说得有道理。”我说。

---

① 爱德华·里肯贝克（1890—1973）“一战”时美国的王牌飞行员，曼弗雷德·冯·里希特霍芬（1892—1918）则是“一战”时德国最著名的王牌飞行员。

“你应该再多来纽约几次，”厄尔说道，“这样你才能意识到在现实世界里到底发生了什么。”

“嗯，我会的，我们可以在一起谈谈飞行。”

“好。”

在去爱尔兰的路上，我在纽约逗留了三天。金姆没有和我在一起——感谢我，她有了工作，给华纳兄弟公司拍一部电影。不管怎么说，她是很有南方人做派的，有一次她和厄尔见了面，她表现得很不自在，因此我并不介意她没有跟我来。

我在爱尔兰留了七个月——天气非常糟糕，因此总是停机。我在伦敦与金姆相会了两次，每次都有一周，但剩下来的时间里我都孤身一人。我很忠实，以我的方式，这句话的意思是说，我没有连续和同一个姑娘睡两次以上。我成了一名非常优秀的飞行员，甚至连特技飞行员们都恭维过我好几次。

待我回加利福尼亚后，我在棕榈泉和金姆一起待了两周。两个月内，《黄金男孩》就将上映。在棕榈泉的最后一天，我从泳池里爬出来时，看到一名国会助理向我走来，他身着西装，系着领带，热得流汗，他递给了我一张粉红色的纸。

那是一张传票。我得在周二一早出现在众议院的非美活动委员会面前。正是明天。

♦

我的情绪主要还是恼火。我猜他们显然找的是另一个杰克·布劳恩，弄错了人。我给米高梅打了电话，与法务部门的某人谈了谈。他说的话让我大吃一惊，他说：“哦，我们早就觉得你迟早会收到传票的。”

“等等。你们怎么知道的?”

对方令人不快地停顿了一秒。“我们的政策是协助 FBI。看，我们会派一名律师去华盛顿与你会合，你只要告诉委员会你所知道的事就行了，然后下周你就能回到加利福尼亚。”

“嘿，”我说，“这事儿跟 FBI 有什么关系？你为什么不早告诉我会发生这样的事？还有，不管怎么说吧，委员会觉得我该知道的事到底他妈的是什么？”

“关于国外的一些事，”那人说道，“至少这是调查员问我们的内容。”

我猛地挂上电话，又打给了福尔摩斯先生。他和厄尔还有大卫在这天早些时候也收到了传票，从那时起就一直在尝试联系我，但没能在棕榈泉找着我。

“他们打算毁了王牌，乡下佬，”厄尔说道，“你最好立刻乘最早的飞机来东海岸。我们得谈谈。”

我做了一些安排，接着金姆走了进来，她刚从网球课上回来，还穿着她的白色网球装。她身上挂着汗珠的样子比我认识的任何女人都更动人。

“怎么了？”她问。我指了指那张粉红色的纸条。

金姆的反应很快，这让我有些惊讶。“别做那‘十人’[①] 干过的事，”她迅速地说道，“他们相互协商，组成了坚固的防线，但从此之后谁都没有了工作。”她伸手去拿电话，“我给制片方打个电话。我们得先给你找个律师。”

我看着她拿起话筒，开始拨号。我的后脖颈上一阵战栗。

---

① 此处指“好莱坞十君子”事件，“二战”后共产主义日益成为美国恐惧和仇恨的焦点。1947 年 11 月 25 日，十位作家和导演拒绝提供证词给众议院非美活动调查委员会以证实“共产党已成功在好莱坞影片中灌输共产主义的讯息和价值观”，继而因蔑视国会被传讯，而后全部上了黑名单。随后在 1950 年一本名为《红色频道》的小册子出版，其中列举了 151 个“红色法西斯党员和他们的支持者”的黑名单，其中包括上文的克利福德·奥克斯。

“我希望自己能知道接下来会发生什么。”我说。

但实际上我知道。我那时就知道，我清楚明确地知道这个答案十分可怕。我能够想到的只有我有多希望自己能看不清即将面临选择。

♥

对我来说，恐怖的铁锤来得算晚了。非美活动调查委员会头一回盯上好莱坞是在 1947 年，他们打击的是“好莱坞十君子”。恐怕委员会正在调查电影工业中的共产党人渗透问题——事实上这种想法非常荒谬，因为若没有像梅耶先生和华纳兄弟这样的人授意或批准，任何共产党人都根本不可能在电影里获得宣传的机会。“十君子”都是共产党人，或者曾经是共产党人，他们和他们的律师共同决定以《第一修正案》中赋予的言论自由和结社自由的权利为基础，结成防守同盟。

委员会像水牛踩过雏菊花床一般碾压了他们。因为拒绝合作，“十君子”以藐视国会罪被传讯，上诉期限过后，他们最终都进了监狱。

“十君子”以为《第一修正案》能保护得了他们，至多不过几周，那些藐视国会罪的传票就该被扔出法庭。然而上诉的过程持续了几年，“十君子”也都进了监狱，在这段时间里，他们谁也没能获得任何工作。

黑名单也就此出现了。我的老相识美国退伍军人协会在和假日协会斗争的过程中，学会了某种更巧妙的策略，他们发布了一张名单，上面写有已知或怀疑是共产党人的名单，这样一来再也没有任何雇主能找借口雇佣名单上的任何人了。如果他雇了其中的某个人，那么他自己也会成为嫌疑犯，他的名字也可能会被列入其中。

按照法律的定义，被非美活动调查委员会传唤的这些人中没有任何人的行为算得上犯罪，他们也并非因犯罪而被起诉。调查他们的理由并非犯罪活动，而是他们参与了结盟。非美活动调查委员会调查这些人毫无法律依据，黑名单本身也是非法的，有证据表明，委员会的证言主要靠的都是道听途说，也不符合法庭上的程序……但这些都没有关系。不管怎么样，事情就是发生了。

非美活动调查委员会沉寂过一阵子，这部分是因为他们的主席帕内尔因为吃空缺中饱私囊而被捕入狱，另一个原因则是“好莱坞十君子”的起诉流程还在走法律程序。但在追击好莱坞后，他们对随之而来的巨大新闻效应变得极为饥渴，而公众则因罗森伯格的审判和安杰尔·希斯案①而群情激愤，因此他们认为，如今正是时候展开另一项引人注目的调查。

非美活动调查委员会的新主席，来自佐治亚州的约翰·S. 伍德决定追击这个星球上最大的猎物。

我们。

♣

我的米高梅律师在华盛顿机场与我碰头了。“我建议你不要与福尔摩斯先生或桑德森先生交谈。”他说。

“别傻了。”

“他们会试着说服你以《第一修正案》或《第五修正案》为基础来辩护，”律师说道，“《第一修正案》毫无用处，因为你每一次提出申诉都会被否决。《第五修正案》则赋予了公民不得自证其罪的权利，除非你真的干了什么违法的事，否则你最好别用它，不然你就会让自己看起来像是有罪。”

---

① 朱利叶斯和埃塞尔·罗森伯格夫妇是苏联间谍，被美国的联邦政府逮捕，审讯中发现他们将不少关于雷达、声呐和喷气推进器引擎的情报发往苏联，其中甚至包括了核武器的设计图，而当时美国是世界上唯一拥有核武器的国家。安杰尔·希斯是美国政府官员，1948 年被控告为苏联间谍。

“而且你也会丢掉工作，杰克，”金姆说道，“米高梅会放弃让你的电影上映。退伍军人协会会在全国范围内纠察它们的。”

“我怎么能确定不和他们交谈就一定会获得工作?”我说，“只要你被传唤了就会上黑名单，老天。”

“梅耶先生授权我来告诉你，”律师说道，“如果你与委员会合作，他就会一直雇佣你。”

我摇了摇头。“今天晚上我准备先和福尔摩斯先生谈谈，”我朝他们咧嘴一笑，“看在老天的分上，我们可是王牌。要是我们都不能打败一个佐治亚州来的乡巴佬国会议员，那我们根本不配得到工作。”

于是我在斯塔特勒酒店与福尔摩斯先生、厄尔和大卫见了面。金姆说我不可理喻，没有跟着我。

我们的会谈从一开始就没能取得一致的意见。厄尔说首先委员会无权传唤我们，因此我们只需要简单地拒绝合作就行了。福尔摩斯先生则表示，我们不能在战斗前退缩，因此我们应该当着委员会的面为自己辩护——以此来证明我们没有什么不可告人之处。厄尔对他说，在一个非法的法庭上，我们不可能进行合理的自我辩护。大卫只想用他的费洛蒙来控制委员会。“他妈的，”我说。“我要选择《第一修正案》。言论自由和机会自由的权利应该是每个美国人都能理解的。”

顺便说，这句话我完全不信。我只是觉得在这种时候得说点乐观的话。

第一天，我并未被传唤——我和大卫、厄尔一起，在大厅里闲晃，走来走去，把手指关节按得啪啪作响，而福尔摩斯先生和他的律师则在里面侃侃而谈，像克努特国王那样竭力抵御邪恶的洪水将他们连皮带骨吞噬殆尽。大卫一直在尝试以自己的方式和守卫交谈，然后走进传讯的房间，但结果却很不走运——门外的守卫确实愿意让他进门，然而屋里的守卫们并未暴露在他的费洛蒙之下，因此一直将他关在门外。

当然，媒体是允许进入的。非美活动调查委员会很乐意让自己的功绩展露在新闻影片的摄像机之下，而那些新闻影片也给足了这场马戏的镜头。

直到福尔摩斯先生出来之前，我完全不知道里面究竟进展如何。出来后，他走路的样子像是得过中风的人，每一步都走得很小心。他面如死灰，双手颤抖，靠在律师的手臂上，看起来就像是在几个小时里老了二十岁。厄尔和大卫跑向他，但在他们扶着他走过走廊时，我所能做的一切却只有惊恐地瞪着他们。

恐惧扼住了我的咽喉。

♠

厄尔和布莱思将福尔摩斯先生扶进他的车里，接着厄尔等待米高梅派来接我的豪华轿车开过来，他进了后座，跟我们一起走。金姆看起来很不高兴，蜷缩在角落里好让他不至于碰着自己，甚至连问好都不乐意。

“看，我是正确的，”他说，“我们完全就不该跟这些杂种有一丁点合作。”

我依然还在为适才走廊上见到的事而不知所措。“我真的想不出这些人他妈的为什么要这样做。”

他被我逗乐了，望了我一眼。“乡下佬，”他说，他总拿这个词来说我，接着他摇了摇头，“你得把铁铲扔在他们的脑袋上，才能唤起他们的注意。”

金姆不屑地嗤了一声。对此，厄尔没有表示出任何他听到了的迹象。

“他们渴望权力，乡下佬，”他说，“这许多年里，他们被罗斯福和杜鲁门阻挠，无法触碰到它。他们想要夺回它，因此才鼓动起这场歇斯底里的闹剧。看看四王牌，你会看到什么？一名黑人共产党，一个犹太自由主义者，一个赞同罗斯福的自由主义者，还有一个活在罪恶感中的女人。若是加上塔基扬，那么你就有了一个不仅颠覆了我们的国家，还改变了我们染色体的外星人。很可能还有一些其他人像我们一样强大，但没人知道他们。他们已经有了超越这个地球的力量，谁又知道他们会怎么做？这些人不受政府控制，他们遵循的是一些自由主义的政治纲领，这就威胁到了委员会中大部分人的权力。

“我猜，政府现在已经有了他们自己的王牌，虽然我们没听说过那些人的名字。这意味着他们不再需要用上我们——我们太独立，而且有着不良的政治倾向。捷克斯洛伐克的事也好，其他王牌的名单也好——都是借口。问题在于，若他们能在公众面前毁了我们，就证明了他们能毁掉任何人。这会成为一种持续一个世代的恐怖统治。没有任何人，甚至连总统也不能免于其外。”

我摇了摇头。我听到了他说的所有话，但我的头脑无法接受它们。“我们能做什么？”我问。

厄尔盯着我的双眼。“他妈的啥也做不了，乡下佬。”

我转过了头。

◆

我的米高梅律师在当天晚上给我带来了一份福尔摩斯先生的录音。福尔摩斯先生和他的律师——他是福尔摩斯先生在弗吉尼亚州老家的朋友，名字叫克兰默——习惯于华盛顿的方式，习惯于讲法律。他们期望的是秩序井然的流程，希望委员会中的绅士能有礼貌地向证人中的绅士提问。

但他们的设想与现实是完全脱节的。委员会几乎没给福尔摩斯先生说话的机会——相反，他们朝他尖叫、咆哮，说的尽是些恶毒的讽刺和流言，而他始终不被允许回嘴。

我拿到了一份当庭记录。其中的部分如下：

兰金先生：当我看到坐在委员会面前的这个恶心的新政佬，看看他这副自作聪明的样子，他这身邦德街的行头，还有这个娘娘腔的烟斗，在我心中所有属于美国和基督徒的成分都让我厌恶起这幅景象。这个新政佬！他全身上下都渗透出新政的气息，就像个癌细胞，而我只想高喊出声："你就是美国出问题的一切原因。滚出去，滚回你的应属之地，你这个新政社会主义者！"

主席：让我提醒一下这位高贵的委员，您的时间到了。

兰金先生：谢谢您，主席。

主席：尼克松先生？

尼克松先生：在你去国外的旅行之前，你和国务院里的谁商量过？

证人：我想提醒委员会，和我打交道的人都是忠诚的美国国家公务员……

尼克松先生：委员会对他们的档案没有任何兴趣。你只需要说出名字。

记录就这样一直持续，整整八十页。来自密西西比州的约翰·兰金可能是整个委员会里发言最怪异的人，他指控福尔摩斯先生参与了犹太赤色分子的阴谋，献祭了我们的救世主。加利福尼亚的理查德·尼克松则一直在追问姓名——他想知道福尔摩斯先生与国务院中的哪些人协商过，由此他便能将他在安杰尔·希斯身上用过的那一套再施展在这些人身上。福尔摩斯先生并未说出任何一人的姓名，同时恳请申引《第一修正案》。听到这句话，整个委员会在荒谬的激愤情绪中纷纷起立。他们折磨了他几个小时，然而第二天却要发出一张传票，说他藐视国会。福尔摩斯先生接下来会去的地方只有管教所。

他就要进监狱了，他没有犯过任何罪。

♥

“老天，我得和厄尔还有大卫谈谈。”

“我之前就建议你不要这么做，布劳恩先生。”

“他妈的。我们得好好规划。”

“听他的话，亲爱的。”

“他妈的。”瓶子砸在玻璃上的声音，“总有办法能脱身的。”

♣

我到达福尔摩斯先生的住处时，他刚吃了一片镇定剂，他上床睡觉了。厄尔告诉我，布莱思和塔基扬也收到了传票，将会在明日抵达这里。我们完全不能理解这究竟是为什么。布莱思和任何政治决策完全无关，塔基扬则全然没有参与过中国或美国的政治。

大卫在第二天一早被召了进去。他进门时朝我们咧嘴一笑。他要进去替我们所有人报仇。

兰金先生：我觉得我可以保证这位来自纽约的犹太绅士将不会因为他的种族而遭受任何歧视偏见。任何信仰基督教教义的基本原则并能实践它们的人，无论他是天主教徒还是新教徒，都会获得我的尊敬和信任。

证人：我想对委员会表示，我反对“犹太绅士”这个描述。

兰金先生：你是反对被人称作犹太人，还是反对被人称做绅士？你在反抗的是什么？

这个开头不太顺利，但渐渐地，大卫的费洛蒙渗透了整个房间，尽管他没能让委员会的全体成员围成一个圈边唱希伯来颂歌边跳舞，但他确实成功让他们友好地同意取消传唤，结束审查，起草一份文件来赞颂王牌们是爱国者，给福尔摩斯先生寄出一封信为他们的所作所为道歉，撤销对“好莱坞十君子”蔑视法庭罪的传票，总而言之，他把他们当傻子耍了好几个小时，就在新闻影片的镜头之下。约翰·兰金将大卫称为“美国的希伯来小伙伴”，这对他来说是一种高度赞扬了。大卫从屋里蹦出来，我们看到他笑得合不拢嘴，于是猛拍了他的背部，然后一头奔回斯塔特勒酒店庆祝。

我们刚打开第三瓶香槟，酒店的服务员开了门，国会助理递上了新一轮的传票。我们打开收音机，听到约翰·伍德主席在发表现场演说，讲大卫是如何利用了“在俄国共产党的巴普洛夫研究所里学会的心灵控制能力”，还说他们会全力调查这种可怕的攻击方式。

我坐在床上，凝视着香槟酒杯里升起的气泡。

恐惧再度来袭。

♠

布莱思在接下来的那一天接受审讯。她的双手颤抖。大卫则被一些戴着防毒面具的警卫带走了。

屋外的卡车上贴有化学战的标志。后来我才知道，要是我们试图强行冲出去，他们是打算用光气来对付我们的。

他们在审讯室里造了一个玻璃房。大卫会被隔离在其中接受问话，回答时得通过麦克风，而那个麦克风的控制器则掌握在约翰·伍德手中。

表面上来看，非美活动调查委员会受到的冲击和我们一样大，因为他们提的问题杂乱无章，毫无条理。他们问了布莱思有关中国的事，但因为她是以科学顾问的身份去的中国，所以没法提供给他们任何与政治决策有关的答案。接着他们问她，她的能力之原理是什么，她究竟如何吸收思维，又将它用在了什么地方。全都问得十分客气。亨利·范·伦斯勒终究还是一名国会议员，职业礼节提醒了他们不要暗示他的妻子曾经读过他的想法。

他们让布莱思离开，接着又传唤了塔基扬。他身穿桃红色的外套，脚踏带流苏的高筒靴。他完全无视了律师给他的建议——他进门时的态度就像是一名贵族在不情不愿地担负着纠正暴民错误思想的职责。

他彻底被自己的聪明误了，委员会几乎将他撕成碎片。他们指控他是一名非法入境的外星人，接着又践踏他的尊严，说他应对百变王牌病毒的扩散负有责任，最重要的是，他们要求他提供他曾经治疗过的所有王牌的名单，这是为了防止其中有人替约瑟夫·斯大林大叔干活，成为邪恶的渗透者，影响美国人的心智。塔基扬拒绝提供名单。

他们将他驱逐出境了。

♦

再接下来的一天，哈恩斯坦进了审讯室，伴随他的是一整队身穿化学战装备的海军陆战队员。一待他被押解进玻璃房，他们便像折磨福尔摩斯先生一般地折磨了他。约翰·伍德拿着麦克风的按钮，从不让他说话，甚至兰金当着公众的面称他为虚伪的犹太鬼子时，他也没法回应。等他终于有了说话的机会，他抨击委员会就是一伙纳粹。这话在伍德先生那儿就是藐视国会罪。

审讯结束后，大卫也进了监狱。

会议在周末休庭。接下来的那个周一，就轮到我和厄尔见委员会了。

♥

周五晚上，我们坐在福尔摩斯先生的屋里，听着收音机，里面尽是些坏消息。为了支持非美活动调查委员会，退伍老兵协会在全国各地都组织了示威游行。在各地，被别人知道有王牌能力的人都受到了多轮传唤——但没有传唤畸形的鬼牌，因为他们在镜头前看起来太糟糕了。我的代理人给我留言，告诉我说克莱斯勒希望能收回他们的汽车，切斯特菲尔德香烟的人则打电话来表示了他们的忧虑。

我喝光了整整一瓶苏格兰威士忌。布莱思和塔基扬在某个地方躲了起来。大卫和福尔摩斯先生宛如行尸走肉般坐在角落里，他们双眼深陷，沉浸在自己的痛苦之中。我们没人想说一句话，除了厄尔。“我要援引《第一修正案》，操他妈的，”他说，“要是他们想把我关进监狱，我就飞到瑞士去。”

我盯着手里的酒。“我没法飞，厄尔。”我说。

“你当然可以，乡下佬，”他说，“你之前亲口跟我说过。”

“我飞不了，操！别来烦我了。”

我再也无法承受，又拿起一瓶酒，上床去了。金姆想和我谈话，我转过身子，假装自己睡着了。

♣

“嗯，梅耶先生。”

“杰克？这太可怕了，杰克，太可怕了。”

“是的，没错。这些狗杂种，梅耶先生。他们想毁了我们。”

“按照律师说的做，杰克。你会没事的。勇敢一点。”

“勇敢？”我笑了，“勇敢？”

“这是正确的事，杰克。你是个英雄。他们伤不了你。告诉他们你知道的事就好了，美国会为此而爱你的。”

“你想让我做个叛徒。”

“杰克，杰克。别用这样的字眼。我希望你做的是一件爱国的事。正确的事。我希望你成为英雄。我希望你知道，在米高梅永远会为英雄留一个位置。”

“有多少人会为了去看一个叛徒而买电影票，梅耶先生？多少人?”

“把电话交给律师，杰克。我想和他谈谈。你就做个好孩子，按他说的做。”

“我他妈才不会照做。”

“杰克。我该拿你怎么办？让我和律师谈谈。”

♠

厄尔在我窗外飘浮着。他的护目镜架在飞行头盔上，雨滴在那上面，四射溅开。金姆瞄了他一眼，离开了房间。我从床上爬起来，走到床边，打开了窗。他飞进屋，把脱下来的靴子扔在地毯上，点燃了一根烟。

“你看起来不大好，杰克。”

“我有点宿醉，厄尔。”

他从口袋里拿出一份折叠着的《华盛顿星报》。“我这儿有些东西能让你清醒过来。你看报纸了吗?”

“没。我一点也没看这些破玩意儿。”

他将报纸展开。头条写着——《斯大林声称支持王牌》。

我坐回床上，伸手去拿酒瓶。“上帝。”

厄尔扔下报纸。“他想害死我们。看在上帝的分上，是我们让他进不了柏林的。他没理由会爱我们。他在他的国家里还迫害他们自己的王牌。”

“杂种，狗杂种，”我闭上眼睛。各种色彩在我眼睑内抽动。“你还有烟吗?”我问。他给了我一支烟，又用他在战时用过的芝宝打火机给我点了火。我躺回床上，擦了擦下巴上的胡楂。

“照我看，”他说，“我们得过上十年坏日子了。或许我们甚至得离开这个国家。”他摇了摇头，“但是在此之后，我们会再次成为英雄。至少得过这么久吧。”

“很显然，你知道怎么说话能让人开心。”

他笑了。香烟抽在嘴里，感觉很是苦涩。我用苏格兰威士忌冲掉了这股味道。

笑容从厄尔脸上消失了，他摇了摇头。“那些在我们之后被传唤的人——我觉得我们对不起他们。接下来的几年里，在这个国家会展开一场女巫狩猎。”他又摇摇头，“有色人种协进会付钱给我请的律师，晚点我得让他回去。我不想有任何组织与我产生联系，这会给他们造成麻烦的。”

“梅耶打来过电话。”

“梅耶。”他做了个鬼脸，“要是‘十君子’被带到委员会面前时，这些经营影视公司的人能站出来，要是他们能展现出一点骨气，这一切都不会发生。”他看了我一眼，“你最好找个新律师。除非你想援引《第五修正案》。”他皱起眉头。“《第五修正案》会快一点。他们只会问你的名字，然后你说你拒绝回答，一切就结束了。”

“那么换律师有什么区别呢?”

“你发现了问题的关键，”他朝我苦涩一笑，“根本毫无区别，对吧？不管我们说什么做什么，委员会都会做他们想做的事。”

“是的。完了。”

他看着我，嬉笑的表情渐渐转变为一种轻柔的微笑。有那么一会儿，我仿佛明白了莉莉安为什么说他光芒万丈。他就是这样，他即将失去他曾经为之奋斗的一切，即将被当做一件武器，用来碾压对他而言极为重要的民权运动、反法西斯主义、反帝国主义、劳工运动，他知道他的名字将会被人诅咒，与他有关的所有人不久都会受到同样的对待……然而不知为何他却接受了这一切，他的内心当然会悲伤，却依然坚定。恐惧无法靠近他，无法触碰他。他不怕委员会，不怕耻辱，不怕失去他的地位和身份。他的生活被破坏，他得为了信仰而献身，他却丝毫没有为此而感到遗憾。

"完了?"他说。他的双眼中燃烧着火焰。"妈的，杰克，"他大笑起来，"没有完。一场委员会的审查而已，又不是战争。我们是王牌。他们拿不走我们的能力。不是吗?"

"是吧。大概。"

"我最好留你一个人解决你的宿醉，"他走向窗户，"而且现在是我的晨练时间了。"

"晚点见。"

他将一条腿迈出窗台，朝我竖起拇指。"照顾好自己，乡下佬。"

"你也是。"

大雨倾盆而下，我从床上起来，去关窗户。我看着窗外的街道，行人纷纷奔向避雨之处。

◆

"厄尔确实就是个共产党人，杰克，他入党好多年了，他还去莫斯科上过学。听着，亲爱的，"——现在是恳求的口气——"你帮不了他。不管你做什么，他都会被钉在十字架上。"

"我能让他知道，钉在十字架上的不是只有他一个人。"

"高尚。太高尚了。我嫁给了一名殉道者。你说，你援引《第五修正案》能帮到你朋友什么？福尔摩斯先生再也不能回到公众生活中来；大卫把自己折腾进了监狱；塔基扬被驱逐出境；至于厄尔，他毫无疑问已经死定了。你没法替他们背负属于他们的十字架。"

"现在是谁在挖苦别人?"

尖叫。"你就不能放下酒瓶听我说话吗？这是你的国家希望你做的事！这是正确的事!"

我再也无法忍受，于是便在寒冷的二月下午走了出去。一整天我都没有吃任何东西，手里只有一瓶威士忌。我在路上走着的时候，汽车一直在我身边尖啸而过，毛毛细雨不住地落在我的脸上，浸湿了我在加利福尼亚州买的薄外套，然而我对这些都毫不在意。我只是不住地回想那些人的面孔，伍德、兰金和弗朗西斯·卡斯，他们的脸，他们充满仇恨的眼，他们那无穷无尽的挖苦和讽刺，然后我便向国会大厦跑去。我要去找到委员会的人，狠狠揍他们一顿，把他们的脑袋撞在一起，让他们害怕地四处逃窜。看在上帝的分上，我曾经将民主带到阿根廷，我同样也可以把它带给华盛顿。

国会大厦的灯暗着，冰冷的雨溅在大理石上，闪动着寒光。没有人。我悄悄地绕着它走了一圈，寻找开着的门，最后硬砸开了侧门，直接朝委员会的会议室走去。我猛地拉开门，走了进去。

当然，里面空空荡荡的。我不知道为什么竟然会为此而感到惊讶。只有几盏聚光灯还亮着。关押大卫的玻璃屋在柔和的灯光下就像一块上好的水晶般闪烁着光芒。相机和收录音的设备各就其位。主席的小木锤以黄铜制造，打磨得带着包浆。不知怎么回事，当我像个傻子似的站在这间寂静的屋子里时，愤怒从我的心里消失了。

我在一张椅子上坐下，想弄清我来这儿到底是要干什么。毫无疑问，四王牌注定失败。我们能与他们对抗的唯一方式只有违反法律，在他们洋洋得意的面孔前揭竿而起，将委员会的会议室砸得粉碎，然后大声嘲笑那些躲到桌子底下去的国会议员们。但要是我们这么做了，我们就会成为我们与之为敌的人，成为追求恐怖和暴力的法外之徒。我们会坐实委员会指控我们的罪行。而这只会让一切变得更糟。

王牌将会陨落，谁也阻止不了这一点。

我走下国会大厦门口的阶梯时，感觉清醒多了。不管我喝下多少酒，都没法阻止我了解自己本就知道的事，从可怕而令人难以承受的一切事实中，我早已看清了我们的处境。

我知道，我一直都知道，我再也没法装作一无所知。

♥

第二天，我走进大厅，身旁左右两侧分别是金姆和律师。厄尔已经在那儿了，莉莉安陪着他，手里紧紧攥着手提包。

我没法正视他们。我走过他们身旁，戴着防毒面具的海军陆战队员打开了门，我走进审问室，在委员会面前宣布自己将要成为一名“友好的证人”。

♣

后来委员会为“友好的证人”发展出了一套相应的程序。一开始会有一段禁止旁听的庭审，只有证人和委员会成员出席，它有些类似于彩排，这样每个人都会知道他们将谈到什么内容，知道会发掘出怎样的信息，然后到了公开的庭审环节时，事情就会变得顺利许多。在我作证时，这套流程还没出现，因此这活儿办得就有点儿粗糙。

聚光灯下，我的汗水直冒，我害怕得几乎说不出话来——我能见到的只有屋子另一头那九双邪恶的小眼睛在盯着我，我能听到的一切也只有他们说话的声音，从扩音器里传来，在我耳边隆隆作响，如同上帝的话音。

伍德开始了，他开场的提问是这样的：你是谁，住在哪里，靠什么工作维持生计。接着他问起了我参加过的社党，问起了厄尔的事。他的提问时间结束，接下来轮到科尔尼。

“你是否知道桑德森先生曾经是共产党员？”

我甚至没有听见这个问题。科尔尼不得不重复了一遍。

“呼？哦。他告诉过我，是的。”

“你是否知道他现在还是共产党员？”

“我认为在苏德签订《互不侵犯条约》之后，他就与他们决裂了。”

“1939 年。”

“如果你问的是苏德在什么时候签订了《互不侵犯条约》，那么是 39 年，我想是的。”我忘了所有的表演技术，笨拙地拨弄我的领带，通过麦克风含含糊糊地说话，浑身冒汗。我竭力不去看那九双眼睛。

“你是否知道桑德森先生在苏德签订《互不侵犯条约》之后，还曾经参与过哪些共产党人的联盟?”

“不知道。”

接着那个问题来了。“他曾经向你提及过什么属于共产党或共产党人联盟组织的人吗?”

我说出了直接出现在我脑海里的事。没有经过任何思索。“我想，曾经有个姑娘，在意大利。他在战时认识她的。我想她的名字应该是奥莉娜·戈尔多尼。她现在是一名女演员。”

那些眼睛眨都没有眨一下。但我可以看见他们的脸上出现了微笑。我可以用眼角的余光瞥见记者们突然俯身往速记本上记录起来。

“你能拼一下她的名字吗?”

♠

于是它便成了钉住厄尔棺材的钉子。在那之前，不管人们怎么评价厄尔，至少一切看来似乎他还忠于他的原则。但此刻，他背叛莉莉安的证据暗示他可能还背叛了其他别的什么，比如说，他的国家。我只用了几个字就毁了他，而我当时甚至不知道自己在做什么。

我喋喋不休地说了下去。一想到能快点解决这事我就感到一阵喜悦，我把脑海中想到的事全都一股脑儿地说了出来。我说自己热爱美国，说我是如何给亨利·华莱士讲了很多好话来取悦福尔摩斯先生，说我很明白自己这么做很愚蠢。我说我并不想要改变南方人的生活方式，南方人的生活方式是一种很好的生活方式。我看过两遍《乱世佳人》，这是一部很了不起的电影。玛丽玻女士是厄尔的朋友，我不过只是与她合影过而已。换成费尔登开始提问。

“你是否知道任何如今住在这个国家里的所谓‘王牌’的名字?”

“不知道。我是说，除了那些已经收到过委员会传票的人之外，一个也没有。”

“你是否知道厄尔·桑德森了解任何这样的姓名?”

“不知道。”

“他从未以任何方式向你吐露过?”

我喝了一口水。他们能重复这句话多少遍?“就算他知道任何王牌的姓名，他也未曾在我面前提及过。”

“你是否知道哈恩斯坦先生了解任何这样的姓名?”

没完没了。“不知道。”

“你是否相信塔基扬医生了解任何这样的姓名?”

他们早已审问过塔基扬这个问题。我在做的不过是证实他们已知的一切。“他治疗过很多被病毒折磨的人。我敢肯定他知道他们的名字。但他从未在我面前提及过任何人的名字。”

“范·伦斯勒夫人是否知道任何其他王牌的存在?”

我先是摇了摇头，接着一个念头突然冒了出来，我结结巴巴地说道，“不。她自己是不知道的，不知道。”

费尔登继续艰难地审问。“福尔摩斯先生是否——”他刚开了头，但尼克松在我回答上一个问题的答案中意识到了什么，他让费尔登允许他打断提问。尼克松是个聪明的家伙，毫无疑问。他那张热切的花栗鼠般的脸盯着我，凑近了麦克风。

“我能要求证人再次回答刚才的问题吗?”

我感觉到了恐惧。我又喝了一口水，试图想要找出一种解决的方法。我想不出来。我请求尼克松重复他的问题。他照做了。他还没说完，我已经说出了答案。

“范·伦斯勒夫人吸收过塔基扬医生的思维。她会了解所有他知道的名字。”

奇怪的是，直到那一刻，他们都还没有发现布莱思和塔基扬之间的关系。他们不得不让我这达科他州来的大老粗帮忙，替他们把这些线索拼起来。

我应该带把枪在身边，一枪打死她。这样事情还能快一点。

♦

在我的证词结束之时，伍德主席对我表示了感谢。如果非美活动调查委员会的主席说感谢你，那就表示至少目前来看我没有问题，其他人与我合作也不必担心随之被打上贱民的烙印。它意味着你能在美国境内获得一份工作。

我走出审问室时，身边分别是我的律师和金姆。我不敢与朋友们眼神交汇。一小时内，我便坐上了飞往加利福尼亚的飞机。

山顶街的屋子里满是庆祝的花束，都是我在电影行业里的朋友们送来的。全国各地的电视台争相报道我是如何勇敢，又是如何爱国的，这些赞誉中不少来自美国退伍军人协会。

而在华盛顿，厄尔援引了《第五修正案》。

♥

他们没有简单地接受《第五修正案》就让他离开。他们问了他一个接一个暗示性的问题，让他挨个儿援引《第五修正案》。你是共产党员吗？厄尔回答我要援引《第五修正案》。你是苏联政府的代理人吗？援引《第五修正案》。你在和苏联间谍合作吗？援引《第五修正案》。你知道莉娜·戈尔多尼吗？援引《第五修正案》。莉娜·戈尔多尼是你的妻子吗？援引《第五修正案》。莉娜·戈尔多尼是苏联代理人吗？援引《第五修正案》。

莉莉安坐在后面的椅子上。莉娜的名字一遍又一遍地重复，她始终沉默着，攥紧她的手袋。

最终厄尔忍无可忍，他身体前倾，面孔因为愤怒而绷紧。

“我做啥都比在一伙法西斯面前自认有罪要好!”他大吼着，然后他们便立刻认定他说出这番话是要放弃援引《第五修正案》，于是便将那些问题再次重复问了一遍。而当他因愤怒而颤抖，表示说他这话只是在阐释《第五修正案》，并继续拒绝回答任何问题，他们便宣判他藐视了法庭。

他就要和福尔摩斯先生及大卫一样进监狱了。

当晚，有色人种协进会的人与他会面。他们让他主动退出民权运动。在过去的十五年里，他曾经创下多少伟业，而未来，却不得不与它们断绝关系。

偶像坍塌了。他曾将自己的形象塑造成超人，塑造成毫无瑕疵的英雄，然而就在我提起莉娜的那一刻，大众突然意识到，厄尔·桑德森也是人类。他们为这一点而责难他，这是因为他们曾经天真地轻信他，而此刻，他们突然失去了信仰。若是在从前，他们可能会用石头砸死他，或者将他吊死在最近的那棵苹果树上，但最终，他们做出了更糟的事。

他们让他活了下来。

厄尔知道自己已经完结了，如今的他已是个活死人，他知道自己曾给了他们一件武器，而现在他们用它来攻击他以及他信仰的一切，他知道他毁了自己精心打造的英雄形象，也知道他碾碎了所有相信过他的人的希望……他将带着这一切认知，直至他死亡的那一日，这一点让他不知所措。他还年轻，却已形同残废，他再也不可能飞得像过去那么高，那么远了。

再接下来的那一天，非美活动调查委员会传唤了布莱思。我甚至不愿意去想当时发生了什么事。

♣

审讯过后两个月，《黄金男孩》上映了。首映式上，我坐在金姆身边，自电影开始的那一瞬间，我就意识到它完全错了。

厄尔·桑德森的角色没了，完全从电影里消失了。阿奇博尔德·福尔摩斯的角色不是FBI的人，但也并非独立，他如今属于一个新的组织CIA。有人补拍了大量影片。南美的法西斯政权被改成了东欧的共产党政权，演员却还是些带西班牙口音、橄榄色皮肤的人。每次有某个角色说“纳粹”，配音都会改成“共产党”，而且还都配得极为响亮而拙劣，听起来特别假。

之后我醉醺醺地在庆功宴上晃悠。人人都不停地对我说，我是个多么伟大的演员，这又是一部如何伟大的电影。电影海报上写着“杰克·布劳恩——美国信赖的英雄”。这让我觉得恶心。

我很早便离开庆功宴，上床睡觉去了。

这部电影的票房惨败，但我每周还是能收到10000美元。人们告诉我，里肯贝克的电影还是会大受欢迎的，只是现在有些剧本上的问题。之前的两名剧作家被传唤到了委员会那儿，最终上了黑名单，因为他们拒绝说出他人的名字。这让我不由得流下泪来。

在“好莱坞十君子”的出庭结束后，他们接下来传唤的演员是拉里·帕克斯，病毒侵袭纽约的那一天，我在看的就是他的电影。他指控了一些人，但说得不够情愿，因此他的职业生涯也完结了。

我似乎无法从这件事中逃脱。有些人在聚会上绝不会与我交谈。我时不时会听到一些窃窃私语的片段。“犹大王牌”“金鼠”“友好的证人”，他们这样称呼我，仿佛它就是我的名字，或我的标签。

为了能觉得好受点，我给自己买了一辆捷豹。

与此同时，北朝鲜试图越过三八线，美军在大田受到压制。那时候我除了每周去上两次表演课之外，什么事也没有。

于是我直接打电话给华盛顿。他们给了我陆军中校的军衔，然后用一辆特殊的飞机将我载了过去。

米高梅觉得这是个宣传的好噱头。

他们给了我一架特殊的直升飞机，是那种早期的贝尔飞机，还有一名来自路易斯安那的飞行员，他展现出了明确的求死意志。在飞机两边的侧板上有我的卡通画像，展现出我一只膝盖和一只手臂都抬起来的样子，看上去跟超人飞行是同一个姿势。

我可以飞到北朝鲜的边境上，然后打败他们。就这么简单。

我拆了他们的整个坦克纵队。所有进入我们这边边境的火炮，都被我拧成了蝴蝶酥。我让四名北朝鲜的将军下狱，还营救出了被朝鲜人捕获的迪安将军。我将整个补给队伍推到了群山的另一侧。我咧嘴大笑，意志坚定而愤怒，我拯救了美国人的生命，这正是我非常擅长的事。

我的一张照片上了《生活》杂志的封面。照片上，我将一架 T－34 飞机[①]高举过头，脸上则挂着克林特·伊斯特伍德[②]式的笑容。在我对面的炮塔里，有个北朝鲜的人一脸惊恐。我发着光，像是一颗流星。照片的标题写着“釜山的超级巨星”，在当时，“超级巨星”还是个生词。

我对自己正在做的一切十分自豪。

回到美国时，《里肯贝克的故事》成了热门电影。虽然不像所有人期待的那么受欢迎，但还是很精彩的，赚了不少钱。公众对演员的态度显得参差不一，即使我上了《生活》杂志的封面，依然有一些人并不愿将我视为英雄。

米高梅又一次公映了《黄金男孩》。它再次失败了。

我不怎么在意这事。我忙着维持釜山防线。我在那儿，和美国兵一起，半数时候得顶着火力，睡在帐篷里，吃着罐头食品，看起来像

---

① T－34 飞机是美国空军军用教练机，不是正式的战斗机，不可能遭遇北朝鲜的对手，这张照片应该是摆拍。

② 克林特·伊斯特伍德（1930—）美国演员、电影制作人、音乐家和政治家。

是个从比尔·马尔丁[1]的漫画里出来的人物。

我想这样的行为就陆军上校的军衔来说，是很稀罕的。其他官员对此十分厌恶，但迪安将军支持我——他自己也曾经肩扛火箭炮射击坦克——我在士兵中风靡一时。

他们用飞机载我去威克岛，杜鲁门会在那儿授予我荣誉勋章，与我同乘一架飞机的人还有麦克阿瑟。一路上他都全神贯注在自己的事上，完全没有浪费一点时间与我交谈。他看起来老多了，似乎已踏上了生命最后的旅程。我想他不喜欢我。

一周后，我们突破釜山，麦克阿瑟则让第十军团登陆仁川。北朝鲜人也匆匆向那儿进发了。

五天后，我回到加利福尼亚。军方以一种非常简单的方式告诉我说，他们已经不再需要我的帮助了。我很确定这事儿是麦克阿瑟干的。他自己也想成为韩国的超级巨星，而且，他并不愿将这荣誉与任何人分享。从那时起，可能就有一些其他王牌——一些既听话又低调，而且还籍籍无名的王牌——在为美国工作。

我不想离开。有一阵子，尤其是在中国人碾压了麦克阿瑟之后，我不断地给华盛顿打电话，满脑子都是些让自己如何变得有用的新点子。我可以突袭中国东北的机场，它给我们制造了不少麻烦。或者，我也可以做突破攻击的先头兵。当局的官员都很客气，但很显然，他们不想要我。

不过，我确实收到了CIA的消息。就在奠边府战役之后，他们希望能把我送去中南半岛，解决保大[2]。这个计划十分草率，他们完全没想好要拿谁或者拿什么来取代保大，这是其一；他们期望的是，“当地的反共自由主义力量”出头接过指挥权——这说明负责执行的

---

① 比尔·马尔丁（1921—2003），美国社论漫画家，最著名的作品是对“二战”时美国士兵生活状态的速写漫画，他的作品曾经两次获得普利策新闻奖。

② 保大（Bao Dai）是越南的末代皇帝。

人在不断使用美国广告业的行话，以此来掩饰他对越南以及他即将面对的这些人一无所知。

我拒绝了他们。从此以后，我与联邦政府的唯一联系就只剩下在每年四月支付税金了。

♠

我在朝鲜的时候，“好莱坞十君子”的上诉结束了。大卫和福尔摩斯先生都进了监狱。大卫被判了三年。福尔摩斯先生则只判了六个月，而且很快便因为他的健康原因而被释放了。人人都知道，布莱思遇上了什么事。

厄尔飞去了欧洲，出现在瑞士，在那儿，他宣布放弃自己美国公民的身份，成为世界公民。一个月后，他便在奥莉娜·戈尔多尼的巴黎公寓里与她共同生活在了一起。那时候，她正是影坛巨星。我想，自从他发现再也无法隐瞒他们之间的关系之后，他就做出决定要这样炫耀了。

莉莉安留在了纽约。或许厄尔会给她寄钱。我不知道。

♦

庇隆在 20 世纪 50 年代的中期回到了阿根廷，还带着他的白皮荡妇。恐惧正在南侵。

我又演了一些电影，但不知为什么，它们没有一部像预期的那么成功。米高梅一直不停念叨着我的形象问题。

人们不再相信我是个英雄。我自己也不信，而这影响了我的表演。在参演《里肯贝克的故事》时，我还曾经有过坚定的信仰。但在此之后，什么也没有了。

金姆现在的事业也起步了。我不怎么能见到她。最后她的侦探拍到了一张我和一个姑娘在床上的照片，那姑娘是个皮肤科医生，每天晚上过来给她化妆的，于是金姆就拿到了山顶街的房子，以及那些女仆、园丁、司机和绝大多数财产，而我则最终只有马利布的一座海滨小别墅，还有车库里的捷豹。有时候我会开好几个星期的派对。

在此之后，我又结了两次婚。最长也只能维持八个月。它们消耗掉了我剩下来的那些钱。米高梅让我离开，我便给华纳干活。电影越来越不上座。我连拍了六部西部片。

最终我忍痛放弃，我的电影生涯早在几年前就已经结束了，我还破了产。我去了国家广播公司，想做一部系列电视剧。

《人猿泰山》播放了四年。我是执行制作人，同时演了剧中的一名黑猩猩配角。我是第一个也是唯一一个金发碧眼的泰山。我从中学到了不少，也维持了自己的生计。

在此之后，我干了每一个离开了好莱坞的演员都会干的事。我投身于不动产行业。有一阵子，我干的是把加利福尼亚的屋子卖给演员的生意，接着我建了一家公司，开始造公寓和商业中心。我总是在用其他人的钱——这样一来我也就不会再破产了。我在美国中西部半数以上的小镇都造了商业中心。

我赚了不少钱。甚至到了我已经不再需要钱的时候，我还在干着这些事。除此之外，我也没有多少其他事可做。

尼克松当选美国总统时，我觉得很不舒服。我无法理解为什么人们会相信这样的人。

福尔摩斯先生出狱后，成了《新共和》的编辑。他死于 1955 年，肺癌。他的女儿继承了他家的遗产。我猜我那些衣服现在还在他的衣柜里。

厄尔乘飞机离开这个国家后两周内，保罗·罗伯逊和 W. E. B. 杜波依斯加入了美国共产党，在先锋广场的公开活动上领取了他们的党证。他们宣布说要抗议非美活动调查委员会迫害厄尔的行为。

非美活动调查委员会将大量黑人传唤到他们的委员会听证室。甚至连杰基·罗宾森也被召唤了，他表现得像个“友好的证人”。和白人证人不一样，黑人们从不会被要求列举别人的名字。调查委员会不想再制造出任何一名黑人殉道者了。取而代之的是，他们会要求这些证人谴责桑德森、罗伯逊和杜波依斯的观点，大部分时候都是强制性的。

在整个20世纪50年代，以及60年代的大部分时间里，很难掌握厄尔的消息。他平静地与莉娜·戈尔多尼生活在巴黎和罗马。她是个巨星，政治上十分积极，但厄尔却很少露面。

我想，他没有刻意藏匿起来，只是避开了人们的注意而已。这二者是有区别的。

不过，依然还是有流言在传播着。流言说有人在非洲的各种独立战争中见到过他；说他在阿尔及利亚与法国人和秘密军队作战。若是被人问起，厄尔对这些事不会承认，也不会否认。左翼群体恭维他，但他却很少公开表达他的意见。我想，他和我一样，不希望再次被人利用。但我同样也觉得，他是担心与别人产生关系会害了他们。

最终恐怖的统治终结了，一切正如厄尔所说。当我饰演着泰山在丛林的藤蔓上飞舞时，约翰和罗伯特·肯尼迪消灭了黑名单，他们的方式是穿越了退伍军人协会的封锁线，前去观看《斯巴达克斯》[①] 这部由“好莱坞十君子”中的某人写了剧本的电影。

王牌自藏匿的状态浮出水面，进入了公众生活。但现在，他们开始戴着面具，使用化名，就像我在战时读的那些漫画里一样，当时我还觉得它们傻透了。如今看来，这一点也不傻。他们别无选择。恐惧可能某日又会重新回来。

有不少关于我们的书出版。我谢绝了一切访谈。有时候在公众场

---

①《斯巴达克斯》1960年的电影，编剧戴尔顿·特兰波，导演库布里克。又译《万夫莫敌》。

合会有人突然问我问题，我会冷淡地转身，只说一句“这次我拒绝谈论这个问题”。这是属于我自己的《第五修正案》。

20 世纪 60 年代，民权运动在这个国家如火如荼地展开，厄尔去了多伦多，住在边境。他与黑人领袖和记者会面，却只谈论了民权的问题。

但到那个时候，厄尔已经成了无关紧要的人了。新一代黑人领袖调用他的事迹，引用他的演讲，黑豹党照抄他那套皮夹克、靴子加贝雷帽的穿着，但他依然作为一名人类而非某种象征存活于世的事实，却让人觉得有些困扰。运动更喜欢一个死去的殉道者，他的形象可以被用于任何目的，他们不喜欢一个热情依旧的活人，能够大声且清晰地说出自己的观点。

当人们让他南下时，他或许就察觉到了这一点。移民入境或许是可行的。但他犹豫了太久，当时的总统又是尼克松。厄尔绝不会踏入一个由前非美活动调查委员会成员统治的国家。

到了 20 世纪 70 年代，厄尔开始在莉娜的巴黎公寓里定居。黑豹党的流放者，比如说克莱夫[①]，想要与他取得联合，却失败了。

1975 年，莉娜因火车相撞事件而死。她把遗产留给了厄尔。

他时不时会接受采访。我将它们搜集在一起，逐一阅读。根据某个采访者的记录，采访他的条件之一是不要问他任何与我有关的问题。或许他希望某些记忆能够自然消亡。我为此而感激他。

1965 年，在参与了塞尔玛投票权运动的游行者中，流传着一个故事，它近乎传奇……据说当条子用催泪瓦斯、棍棒和警犬驱赶人群，游行者在白人骑警的队列前纷纷倒地之时，有些游行者发誓说，

---

① 黑豹党是 1966 年至 1982 年活跃于美国的非裔美国人的黑人民族主义和社会主义组织，提倡以暴制暴，在迅速扩大影响后受到官方的打压，埃尔德里奇·克莱夫提出要以暴力行动反对美国政府，于是攻击了警察局，被抓后获得了保释，但他弃保潜逃出美国，在海外建立了不少黑豹党的分支机构。

他们朝天空望去，看到有个人在空中飞行，那是一个穿着飞行员夹克，戴着头盔的黑人，但那人就只是在空中盘旋了几圈，然后便离开了，没有做出什么具体的行动，像是无法确定自己的力量是否真的能帮助到别人，还是会害了他们。魔法没有再现，甚至在这样一个至关重要的时刻也是如此，在此之后他的生活便只剩咖啡厅里的椅子、烟管和报纸，以及最终将他带到天上不知何处去了的脑溢血了。

♥

偶尔，我也会想这件事是否已经结束，人们是否真的忘了一切。但王牌已成了日常生活的一部分，成了生活的一部分，全世界都有王牌的神话，它们传播着四王牌和他们的背叛者的故事。人人都知道“犹大王牌”，知道他长什么样子。

有一段时间我比较乐观，就去纽约进行一些商业活动。我去了“王牌云巅”，这是一家位于帝国大厦里的餐馆，新一代王牌经常在此出没。在门口我遇到了海勒姆，这位王牌一直自称“胖子”，直到人们不再记得他真正的名字，在看到他的瞬间我就知道他认出了我，我知道自己犯了大错。

我得说，他很有礼貌，但他的微笑是装出来的。他将我引到一个黑暗的角落入座，在那儿，人们瞧不见我。我点了一杯酒和大马哈鱼排。

餐盘呈上来的时候，鱼排旁边紧紧地围着一圈硬币。我数了数。三十枚银币。

我起身离开。我可以感觉到海勒姆的视线一直在跟着我。我再也没有去过那家餐厅。

我完全无法责备他。

♣

我在制作《泰山》的时候，人们都说我保养得很好。后来，我开始卖不动产、造房子，人人都说这个工作一定很适合我，我看起来这么年轻。

要是我现在往镜子里看，依然能看到那个在纽约街头拖着脚去试镜的年轻人。时间未能在我身上添加一条皱纹，也全然没能在生理上让我有分毫改变。我现在五十五岁了，看起来像是二十二。或许我甚至不会变老。

我依然觉得自己像只老鼠。但我不过是做了我的国家让我做的事。

或许我将永远成为“犹大王牌”。

有时候我会想要不要再做一次王牌，戴上面具，穿上特殊的服装，这样就没人能认出我了。我可以自称肌肉男、沙滩男孩、金发巨人或者别的什么。走出家门，去拯救世界，或者至少拯救一小片世界。

但接着我会想，不。我曾经有过属于自己的时代，但它已经逝去了。当时我曾有过机会，却甚至没能拯救我自己的品行，也没能拯救厄尔，或任何人。

我应该收下那些硬币。毕竟，都是我活该。

♦♥♣♠

堕落仪式

梅林达·M. 斯诺德格拉斯 著

一张报纸被风吹过邮票形状的纳伊公园，落在埃克托将军铜像的底座上。它断断续续地拍动着，就像一头精疲力竭的动物，停在此地喘口气；接着十二月的寒风又再次攥住了它，让它继续在空中飘摇向前。

男人坐在公园中央的铁质长椅上，望着渐渐飘来的报纸，样子像是正在做出某个重大的决定。接着，他以一种长时间宿醉带来的夸张的小心翼翼姿态，伸出一只脚，钩住了报纸。

他弯腰去捡那张报纸的残片时，红酒从他夹在大腿之间的瓶子里流淌出来，倒在他的腿上。从他嘴里流泻出一大段咒骂，它由几种不同的欧洲语言组成，时不时地还会夹杂单调而古怪的词语。他盖上瓶子，用一块紫色的大手帕擦去逐渐扩散的污渍，打开那份巴黎版的《先驱论坛报》读了起来。他那双浅紫色的眼睛在一块块文章中跳跃，吸收着上面的词句。

J. 罗伯特·奥本海默①因同情共产党人且可能有叛国行为而被起诉。来自美国原子能委员会的消息称，针对他的安全调查已启动，同

① J. 罗伯特·奥本海默（J. Robert Oppenheimer，1904—1967）美国犹太人物理学家，曼哈顿计划的主要领导者之一。1947 年担任原子能委员会总顾问及委员会主席，与爱因斯坦一起反对试制氢弹，但麦卡锡指控政府部门中有多位共产党员时，奥本海默也被麦卡锡盯上，被解除了职务。

时也已解除他的委员会主席职务。

男人抽搐般地将报纸捏成一团，背靠长椅，闭上了眼睛。

“该死，他们都该死。”他用英语自言自语道。

就像是要回应这句话，他的胃里发出了响亮的咕噜声。他焦躁地皱起眉头，仰头喝下一大口便宜红葡萄酒。它带着酸涩的滋味淌过他的舌头，让他空荡荡的胃里燃烧般地暖和起来。咕噜声停止了，他长叹出一口气。

他的双肩上披斗篷似的披着一件宽大的淡粉色外套，上面点缀着大量黄铜纽扣装饰，还有好几层披肩。在这件外套底下，是天蓝色夹克衫，下身则是一条蓝色的紧身裤，裤脚扎在齐膝的高筒皮靴里。再里面的背心则是比外套和裤子更深的蓝色，上有金银线刺绣而成的奇妙花纹。他身上的所有衣物全都斑斑点点，皱巴巴的，白色的丝绸衬衫上甚至还有补丁。他身边的长椅上摆着一把小提琴和琴弓，脚边的地上则摆着乐器盒（大开着）。长椅下，硬塞着一只破旧的行李箱，边上是一只红色的皮挎包，包外有金色叶子与枝条、两个月亮与一颗星星的浮雕装饰，包里正中放着一把细长的手术刀。

又起风了，它将树枝吹得沙沙作响，也吹乱了他原本就蓬乱的齐肩卷发。他的头发和眉毛都是金属红色的，脸颊和下巴上长出的胡楂同样也是一片这种与众不同的色彩。报纸在他手里被风吹过了一页，他睁开双眼，凝视着它。好奇心战胜了愤怒的情绪，他抖开报纸，继续阅读。

“智囊”已死

布莱思·范·伦斯勒，亦即所谓“智囊”，昨日在惠提尔疗养院去世。作为臭名昭著的四王牌成员，她被非美活动调查委员会传唤后不久，便被丈夫亨利·范·伦斯勒送入惠提尔疗养院……

泪水充盈了他的双眼，报纸上的字迹也随之变得模糊不清。水汽逐渐凝聚，一滴眼泪从他眼眶中溢出，立刻沿着他那又长又窄的鼻梁上滚下。它滑稽地挂在他的鼻尖上，但他却没有伸手将它拭去。他整个人像是冻住了，保持着静止，这与痛苦无关，此时痛苦尚未到来，他的全部感受只有无尽的空虚。

我早该知道的，我早该察觉的，他想。他将报纸放在膝盖上，以男人爱抚恋人双颊般的动作，用细长的手指轻轻敲击这篇报道。他以一种十分抽象的方式了解到，这篇文章里还写到了更多其他的内容，关于中国的事，阿奇博尔德的事，四王牌的事，还有病毒的事。

*没一句对的！*他恶狠狠地想，手仿佛痉挛似的攥紧了那张报纸。

他快速地展开报纸，再次轻轻抚摸它。他不知道她去世时走得是否轻松。不知道他们有没有将她移出肮脏的小单间，送她去医院……

♠

房间里充斥着汗水与恐惧及排泄物的臭味，还有腐败物令人作呕的异味，其中最明显的则是刺鼻的防腐剂味。大部分的汗臭主要是由屋子里住着的三个年轻人散发出来的，他们在病房中央蜷成一团，像几只迷途的羔羊。南墙边上抵着一面屏风，将一张床与其他病人隔开，但这脆弱的障碍物却无法隔绝从其后传出来的非人类的咕噜声。

屏风边，一名中年妇女正俯在她的祈祷书上念诵晚祷词。她细瘦的手指间挂着一串珍珠贝玫瑰念珠，血滴时不时地掉落在书页上。每到这种时候，她的双唇便会加快念诵的速度，接着拭去这些血迹。若不间断地流出血来的只是她身上的某个器官，那她或许还有可能加入圣徒的行列，但事实上，她身体的每一个孔窍都会流血。鲜血从她双耳里淌出，让她的头发缠作一团，弄脏了她身上长袍的肩部，还有她嘴里、鼻子里、双眼中、直肠里……到处都是。有天晚上，一名疲惫不堪的医生在休息室里称她为“玛丽大出血修女”，引起了一阵狂笑，这样的行为只能以精疲力竭之后头脑麻木为借口来开脱。自1946年9月15日“百变王牌日”后，曼哈顿的每一位医疗保健专业人员都疲于奔命，在这样不停歇地工作了五个月后，他们的头脑自然会受到影响。

在她边上，则是一名曾经相当英俊的黑人男性，他正泡在生理盐水中。两天前，他的皮肤又开始脱落，现在，他身上的皮肤已经不剩多少了。他的肌肉暴露在外，伴有感染，塔基扬让医护人员以救助烧伤病人的方式治疗他。他曾经在这样的蜕皮过程中活下来过一次，但不知道这一次他是否还能保住性命。

塔基扬正带领着一支神情严肃的医师队伍走向屏风。

“要跟我们一起来吗，先生们?”他的声音轻柔而低沉，带着一种抑扬顿挫的调子，让人想起中欧或者斯堪的纳维亚的口音。几个住院医生不情愿地拖着步子向前走了几步。

一名护士冷漠地拉开屏风，露出一名瘦削的老人。他的眼睛绝望地抬起看向医生们，嘴里还在发出那种恐怖的咕嘟声。

“这是个有趣的病例，”曼德尔说着抬起手里的文件，“因为某种奇异的原因，病毒令这个男人体内的所有腔室都开始闭合。要不了几天他的肺部就再也没法吸入空气，他的体内也不会再有足够空间保持心脏机能的运作……”

“那为什么不结束这一切?”塔基扬握住了那个男人的手，他注意到对方听到他的话时，赞同地攥了他一下。

“你这话是什么意思?”曼德尔压低了声音，话音变成了急促的嘶嘶声。

塔基扬一字一顿清晰地说道：“没有什么是我们能做的了。结束他这种痛苦的垂死挣扎不是更好吗?”

“我不知道在你的世界里什么样的东西能冒充医学——不过从你

们创造出来的那些该死的病毒里我多少能猜到一点——但在这个世界里，我们绝不会谋杀自己的病人。”

塔基扬愤怒地咬紧了牙关。“你们会仁慈地将小猫小狗安乐死，却拒绝让你们的同胞获得解除这疼痛的唯一药物，还强迫他在极度痛苦中死去。哦……你们这些混蛋!”

他脱下白大褂扔到一边，露出里面那套华丽的暗金色锦缎衣裳，接着坐到床边。那人绝望地将手伸向他，他握住了对方的双手。要进入这人的思维并非难事。

我想死，让我死，男人的这个要求随着痛苦与恐惧而来，却微微带着一种平静的坚定。

*不能。他们不会允许我这样做的，但我能让你做个好梦。*他轻快地移动，锁住了这男人思维中痛苦与逻辑的部分。在他自己的脑海中，他将之视觉化，形成一面由发光的银白色能量块组成的墙。他给了男人的快感中心一些刺激，让对方陷入自身构建而成的梦境之中。他构建的东西维持不了多久，只有几天而已，但也已经足够了——足以支撑到这个鬼牌死亡。

他站起身，低头看着男人平静的脸庞。

“你刚才干了什么?”曼德尔问道。

他傲慢地瞥了一眼那位医生：“不过是一点儿可恶的塔基斯星魔法罢了。”

他以主宰般的姿态朝着住院医生们点点头，离开了病房。病房外的大厅里，墙根边摆着一排排病床，一名护理员小心翼翼地在其中寻觅着落脚处前进。雪莉·黛什特在护士站里向他打了一个招呼。他们曾经在一起探索过塔基斯星人和人类做爱方式的异同，一起度过了好些个愉快的夜晚，但此刻，他能做的不过是挤出一个微笑，如此缺乏生理反应让他有些警觉。或许此刻是该休息一下了。“怎么了?”

“博纳斯医生有问题想与你商议。他的病人休克了，时不时会陷入歇斯底里的状态，但从生理上查不出毛病，所以他想——”

“那么她多半就是我的病人了。”哦上帝啊，千万别让她成为另一个鬼牌，他在心中呻吟道。我觉得我已经无法再面对又一个怪物。“她在哪儿?”

“223 室。”

他觉得自己的肌肉和神经全都精疲力竭了。伴随这种耗尽之感而来的是失望与自责。他小声骂了一句，将拳头砸在桌上，雪莉后退了一步。

“塔克?你还好吗?”她那只冰冷的手抚上了他的脸颊。

“嗯，当然。”他强迫自己挺起胸膛，站起身，向着大厅走去。

塔基扬推开门时，博纳斯正和另一名医生凑在一起。病床上的女人爆发出一声尖叫，在拘束设施下将身体弓起，博纳斯皱着眉，看起来似乎极其迫切地期望塔基扬能快点接手过去。塔克靠在她身边，将手轻轻放在她的前额上，进入了她的意识。

哦上帝！赖利能在竞选中胜出吗?天知道他花了多少钱！他可以出钱买个胜选，但要是他买过头取得压倒性的胜利就糟了……妈妈，我好害怕……寒冷的冬日清晨，冰刀在冰面上滑出的嘶嘶声……有一只手，握住了她的手……不是这只手。亨利在哪儿?现在离开她……还要多少个小时……他应该在这儿的……又一次宫缩。不。她听不到。妈妈……亨利……痛！

他踉跄后退，靠在柜子上喘气。

“天哪，塔基扬医生，你还好吗?”博纳斯将手搭在他的肩膀上。

“不……嗯……只是精神上出了点问题。”他小心地让自己站直了身子。那女人第一次分娩时的痛苦回忆引起了他的共情，让他的身体直到此时还疼痛不已。但还有个人格他妈是从哪儿来的，那个冷酷的男人?

塔基扬甩开博纳斯的手，回到女人面前，坐到床边。这一次，他小心多了，他先迅速地做了一些平静且逐渐增强的联系，接着张开全部的精神力量。在这番猛攻之下，她那脆弱的精神抵抗很快就瓦解了，在她将他拉入她精神的漩涡之前，他抓住了她的意识。

就像一朵含苞欲放而脆弱的紫罗兰，在微风中颤抖着……

他强迫自己脱离这种近乎肉欲之欢的精神共享，回到眼前的目标。现在他掌握了主动权，于是迅速地筛查了她的大脑。他的发现将给百变王牌的传说添上新的一笔。

在病毒出现伊始，他们所见的大部分都是死者。在曼哈顿地区，有将近两万人死去。其中一万人死于病毒，剩下的一万人则死在了暴乱、抢劫和国民警卫队手上。接着鬼牌出现了，他们都是些可怕的怪物，身体成了病毒和他们自身肌体的某种合成物。最终出现在他们面前的是王牌。他已见过了三十名左右的王牌。他们充满魅力，拥有各种不同的奇异能力——他们是实验成功了的活体证据。尽管伤亡惨重，他们终究还是创造出了超人类的存在。而现在，在他面前的是又一个拥有与其他人截然不同能力的王牌。

他撤回自己的力量，只留下一丝意识的卷须来控制，它就像熟练的马术师手中握着的缰绳。“是，你说得很对，医生，她是我的病人。”

博纳斯摆动双手，以此来表现强调和困惑。“但你是怎么……我是说，你以前不总是……要先做点儿测试？”他怯生生地问道。

塔克放松下来，对同行的困惑报之以一笑。“我刚才检查过了。有一件事让我十分吃惊，这个女人不知怎么的，吸收了她丈夫的全部知识和记忆。”接着一个新的想法闯入他的脑海中，他脸上的微笑消失了。“我想我们应该派人去他们家看看，可怜的老亨利可能真目光呆滞地在卧室里游荡。我们现在知道的是，她可能已经把他给吸干了。当然，这话是从精神层面上来说的。”

博纳斯带着明显想要呕吐的神情离开了。另一名医生也跟着他走了出去。

塔基扬不再关心他俩和亨利·范·伦斯勒的命运，他的注意力集中到了床上的女人身上。此刻她的意识和精神犹如破碎的冰层，为了防止她的人格在压力下崩溃，最终陷入疯狂，他得立刻做一些快速的修复工作。稍后他会试着再架构出一个更稳固的结构，但它至多也只能是一种拼贴的产物。这项工作其实由他父亲来做再合适不过，他父亲的天赋就是修复破碎的精神。但此刻，父亲远在塔基斯星，她所能仰赖的也就只有塔克这点儿能力了。

“来，亲爱的，”他边拆除将她绑在床上的床单，边轻声呢喃，“让你稍微舒服点儿，然后我会教你一些精神训练的方法，让你不至于彻底发疯。”

他再次进入彻底精神链接的状态。她的精神在他的精神之下鼓动，带着困惑，无法理解自身发生的巨大变化。

我疯了……不可能有这样的事……疯了。

不，是病毒……

他就在那儿……我受不了。

那就别承受了。看，看这里还有这里，我们改个道，把他放到底下的深处去。

不！把他带走，拿出去！

拿不出去的，你只能学会控制。

一个精神的病房如同炽热的火光突然出现，像个精致复杂的笼子关住了“亨利”。

舒适与平静的意识传递了过来，但他知道，他们此时才完成了一半。病房之所以出现在他们的意识里，是出于他的力量，在她那一边，她完全没有明白这一切；要是她想保持精神正常，就得学会自己创造出它来。他撤离了出去。她的身体渐渐放松，呼吸也变得有规律了许多。塔克再次回到解救她的任务上，唇间轻颂出一种抑扬顿挫的舞蹈般的曲调。

来到这个房间之后，此刻他终于有闲情可以好好地看看他的病人。她的精神让他愉悦，她的肉体则让他心跳加速。她那头黑貂皮般的齐肩长发瀑布般从枕头上散落到了她的胸部，与她那件香槟色的薄睡衣及雪花石膏般的肌肤形成了完美的复调。乌黑的长睫毛在她脸颊上扑闪了几下，接着抬起，露出了她那双如同午夜般的蓝色眼睛。

她望着他，若有所思，过了几秒后，问道："我和你认识，对吧？我不认得你的脸，但是……我……感觉到过你。"她的眼睛又闭上了，似乎是有些接受不了这种困惑。

他将发丝自她的额头抚开，回答道："我是塔基扬医生，是的，你确实与我认识。我们共享过意识。"

"意识……意识。我触碰到了亨利的意识，但这太可怕了，可怕！"她又抽搐起来，像只受惊的小动物似的瑟瑟发抖，"他做了那么可怕而又不名誉的事，我以前从不知道，我以为他——"她突然沉默，接着抓住了他的手臂，"现在我不得不与他共存了。再也无法逃离他。我们应该更谨慎地选择……最好是这样，我想，千万别知道他们心里究竟有些什么。"她短暂地闭上双眼，眉头紧皱。突然，她又睁开双眼，指甲深深地陷入他的二头肌中。"我喜欢你的意识。"她表示。

"谢谢。我想我可以精确地说，我拥有的是极为卓越的意识。毫无疑问应该是你能遇到的人中最为超群的。"

她咯咯笑了起来，那是一种沙哑而深沉的声音，以她欢快的外表来看，有些古怪。他很高兴看到她的脸颊上重又出现血色，便也跟着她笑了。

"不过是我能遇到的人之一罢了。有没有人说过你很自负？"她的口气渐渐熟络起来，人也向后靠到了枕头上。

"不，不是自负。傲慢是有的，时而会有些专横，但绝不是自负。

你看，我的脸上没有那样的表情。”

“哦，我可看不出来。”她伸出手，让手指轻轻触碰到他的脸颊。“我觉得你的脸还不错。”他谨慎地脱离了她的手指，但这么做却付出了代价。她露出受伤的表情，身子缩成一团。

“布莱思，我已经派人去查看你丈夫了。”她将脸转到一边，半边脸颊陷入枕头里。“我知道，你从他那儿吸收来的事让你觉得脏极了，但我们还是得确认他人是否安好。”他从床上起身，她的双手向他伸了出来。他抓住了它们，用自己的手指摩擦她细长的手指。

“我没法回到他身边，我做不到！”

“明天早上你再来考虑这些事，”他以安慰的口吻说道，“现在我希望你睡一会儿。”

“你拯救了我的神智。”

“这是我的荣幸。”他以最完美的姿态向她鞠躬，用嘴唇轻吻她手腕内侧柔软的肌肤。这行为有些放肆，却令他感觉愉快。

“求你明天再来看我。”

“我会给你带来早点的，还会用勺子喂你这里食堂做的难吃的热粥。到时候你可以再多夸夸我的无与伦比的意识和英俊的容貌。”

“那你得答应我必须要礼尚往来。”

“这方面你完全不用担心。”

◆

他们漂浮在以最轻柔的精神触摸支撑起的银白色海洋中。它很温暖，仿若母亲的怀抱，同时却又带着肉欲，他朦胧地感觉到，自己的身体对几个月来这第一次真正的精神共享产生了反应。他强迫自己将注意力集中到当前的治疗上。那个病房垂挂在他俩之间，就像是一只飞动的萤火虫。

再来一次。

不行。太难了。

但很有必要。现在，再来一次。

萤火虫重又开始了它那怪异的路径，勾画出复杂的线条和藤蔓外形的精神病房。它就像是一团膨胀的黑暗，像一块散发着恶臭的泥巴，接着那个病房碎裂了。塔基扬猛地回到自己的身体里，正好接住脸朝下即将倒在屋顶阳台混凝土地上的布莱思。

他的精神因为压力而疼痛。“你必须抓住他。”

“我做不到。他恨我，他想毁了我。”她的话语时不时被啜泣打断。

“我们再试一次。”

“不！”

他抓住她，用手臂环抱住她的肩膀，另一只手抓着她纤细的双手。“我会陪着你的。我不会让他伤到你。”

她深吸一口气，用力点了点头。“嗯，我准备好了。”

他们再次开始。这一次他一直与她保持更紧密的联系。突然他意识到有种力量的漩涡将他的意识和他的自我认知卷入其中，把他更深地拉向了她。这种感觉就像是被强暴，像暴力，也像失去。他切断联系，在天台上踉跄了几步。等他终于能够感知到周遭的环境时，他发现自己正与一棵垂挂在混凝土平台外的细小柳树亲密接触，而布莱思则悲伤地用双手捂着脸，啜泣着。

她身上穿着一件黑色羊毛带皮草领子的迪奥外套，看起来那么年轻，那么脆弱。黑色的肃穆反衬出她肌肤的苍白，而那紧紧扣住的高领则让她看起来就像是一名亡国的俄罗斯公主。看到她脸上显而易见的悲痛情绪，他那种被人强暴的厌恶感减轻了许多。

“我很抱歉，真的很抱歉。我没打算那么做的。我只想靠近你一点。”

“没关系。”他在她的脸上轻轻地啄了几个吻。“我们都累了。明天再试吧。”

他们这么做了，每日都为此努力，直到周末她终于彻底控制住了那位不请自来的意识过客。亨利·范·伦斯勒已被送去了医院，正在接受精神观察的疗程；于是，改由一名谨慎小心的黑人女仆来给布莱思送换洗的衣服。这样的安排对塔基扬而言也是好事。他很高兴众议员范·伦斯勒先生在此前的经历中没有受到什么伤害，但与这个男人的意识近距离接触没给他带来多少快乐，而且说老实话，他嫉妒这个男人。那男人拥有布莱思，拥有她的意识，她的身体，她的灵魂，而塔基扬渴望着这一切。他愿意献上所有忠诚与爱，让她成为他的吉娜米莉[1]，保护她，让她平平安安的，但这些全都是毫无意义的空想。她属于另一个男人。

有天晚上，已经很迟了，他来到她的房间，发现她正在床上读书。他的怀中抱着三十枝带着长长茎枝的粉色玫瑰，他将这些芬芳的花朵覆盖在她身上，而她笑着抗议。把花全都盖在她身上后，他躺到她身边，伸展开自己的身体。

“你这坏蛋！要是你拿花刺来扎我……”

“我把它们都去掉了。”

“你疯了。你花了多少时间来做这事？”

“几个小时吧。”

“你就没别的事可干了吗？”

他滚到她身边，将手臂缠在她身上。“我保证没有怠慢病人。我是在昨晚上，神秘的零点干的这事。”他蹭了蹭她的耳朵，她没有推开他，因此他渐渐移到了她的嘴唇。他的唇贴上了她的，他品尝着这份甜美与允诺，当她将双臂紧紧环抱住他的脖子，他开始兴奋起来。“你愿意与我做爱吗？”他贴着她的唇低语。

---

① 塔基斯星语。

“你是不是这样问过所有女孩？”

“没有。”他喊道，她话音中的笑意刺痛了他。他坐起身，将暗玫红色外套上沾着的花瓣拨开。

她从玫瑰上扯下几片花瓣。“你算得上声名赫赫了。博纳斯医生告诉我，你和这一层楼的所有护士都睡过。”

“博纳斯也太爱传八卦了，再说，那些护士里也有不那么漂亮的。”

“你这话就是承认了。”她拿着一枝剥了刺的花茎指着他。

“我承认我喜欢和姑娘们上床，但和你上床会不一样。”

她躺了回去，用一只手遮住双眼。“哦，饶了我吧，上帝，这些话我都听腻了。”

“在哪儿？”他问，他意识到她指的那个人不是亨利，突然好奇起来。

“在里维埃拉，当时我还很年轻，比现在傻多了。”

他凑近了她。“哦，来说说。”

她将一朵玫瑰扔在了他的鼻子上。“不，你来告诉我，在你们塔基斯星上是怎么引诱别人的。”

“我喜欢边跳舞边调情。”

“为什么是跳舞？”

“因为它很浪漫。”

她把身上盖着的东西掀到一边，露出一件琥珀色的睡衣。“来试试。”她张开双臂，命令道。

他将右手臂环住她的腰部，左手握住她的右手。“我来教你诱惑之舞。这是首非常可爱的华尔兹。”

“它名副其实吗？”

“我们试试，然后你就能告诉我你的结论了。”

他时而以他那轻柔的男中音哼出旋律，时而在他们跳到繁复的舞步时出声指点。

“哎！你们所有的舞蹈都这么复杂？”

“是的，它能展现出我们有多聪明优雅。”

“我们再试一次，这次你只要哼调子就好了。我想我已经记住了基本的舞步，我要是出错，你带我一下就行。”

“我会像丈夫引导妻子那样引导你的。”

他用一只手臂转动着她的身体，双眼凝望她那双带着笑意的蓝色眼睛，接着一声愤怒的“嗯哼”打断了这一时刻。布莱思喘着气，似乎意识到了自己此时的样子有多不堪入目：她赤着脚，头发没梳，披散在肩头，薄薄的蕾丝睡衣让她的身体比任何一件袒胸露背的礼服露得更多。她匆忙跑回床上，盖住了自己的胸脯。

“阿奇博尔德。”她尖声叫道。

“福尔摩斯先生。”塔基扬恢复了镇定，朝对方伸出一只手。

那位弗吉尼亚州人无视了他的手，只是用紧皱着的眉头下的那双眼睛盯着这位外星人。在杜鲁门总统的命令下，这个男人曾协助过曼哈顿的救灾工作，就在那场大灾难之后的几周里，这两人还曾经在乱糟糟的记者招待会上共享过演讲台。但此刻，他看起来不那么友好了。

他走向床边，在布莱思的额头上落下一个父亲般的吻。“我之前不在城里，回来的时候发现你病了。我希望病得不严重？”

“不。”她笑起来，但声调似乎有点太高，又有些太急促，“我成了王牌。了不起吧？”

“王牌！那你的能力是——”他突然停了下来，盯着塔基扬，“要是你不介意，我希望能和我的教女单独谈话。”

“当然，布莱思，我明天早上再来看你。”

♥

七小时后，他又来到这个病房，她已经离开了。

前台说，她办理了出院手续。她家的老友阿奇博尔德·福尔摩斯在一小时前将她接走了。有一会儿，他考虑过是否要去她家，但最终觉得这样做也只会带来麻烦。她是亨利·范·伦斯勒的妻子，没有任何事能改变这一点。他试图说服自己这事儿根本无足轻重，他可以继续回去追求妇产科病房里的那位年轻护士。

他试着将布莱思抛之脑后，但不同寻常的是，他发现自己不住地回想起她的手指轻触过他脸颊的感觉，他想起她那双深蓝色的眼睛，她身体的芬芳，而其中最让他回味的，是她的意识。周围所有人都无法使用心灵感应，这让他十分孤独，那份美丽而温柔的回忆也就因此而在他心头缭绕不止。在此之前他无法与任何遇到的人类进行心灵感应，而她是自他来到地球之后第一个真正交流过的人。他叹息着，期望有朝一日能与她再次相遇。

♣

他在中央公园附近一座改修过的褐砂石屋里租了一间公寓。那是1947年8月的一个闷热的周日下午，他穿着丝绸衬衫和平角短裤在屋里走来走去。为了能捕捉到一丝清风，他打开了所有窗子，炉灶上水壶发出尖厉的啸叫，留声机中则播放着维瓦尔第的《茶花女》。他之所以会把这歌剧放得这么响，是因为他楼下的邻居钟爱宾·克罗斯比的流行歌曲，此时正在一遍又一遍地听着《月光成了你》。塔基扬希望杰瑞当初遇到现女友时是在康尼岛，因为此人选择音乐的喜好似乎是由他遇着情人的时间地点而定的。

这位外星人手中拿着一朵栀子花，正在思索要如何将它放在玻璃花瓶里才是最美的，此时，传来了敲门声。

“好了好了，杰瑞，”他大喊着向门口跑去，“我会放小声一点的，但你得把宾关了。为什么我们不能就此休战，然后都换上纯器乐曲？格伦·米勒之类的。只要别让我再听到那个兔唇唱的歌都行。”

他猛地拉开门，接着惊讶得下巴都快掉了。“我觉得你要是真能开小声一点儿就好了。”布莱思·范·伦斯勒说道。

他盯着她看了好几秒，接着伸手向下，小心翼翼地掖了掖衬衫的下摆。她微微一笑，他注意到她的脸上露出了酒窝。他之前为什么完全没有注意到？他以为自己已将她的脸深深地刻印在了脑海里。她在他的脸前面晃了晃手掌。

“喂，你还记得我吗？”她装出了一副轻松的语气，但整个人却似乎带着一股害怕和紧张。

“当、当然。进来吧。”

她没有动。“我带着行李。”

“我看到了。”

“我被人扔出了家门。”

“那你也能进来……行李和其他的东西也是。”

“我不希望你觉得……嗯，我是故意要赖上你。”

他将那朵栀子花别在她的耳后，从她手里接过手提箱，将她拉进屋里。她身上那条浅桃红色丝裙的荷叶边拂过他的大腿，静电让他的汗毛根根竖起。研究女性的时装算是塔基扬的一种爱好，因此他注意到那条裙子是迪奥的，齐踝的裙摆下垫着雪纺的衬裙。他意识到自己可以用双手量她的腰围。她的紧身上衣只用两根细细的吊带撑着，大半个背都裸露在外。他喜欢她的肩胛骨在雪白的肌肤下移动的样子。他的四角短裤下起了反应。

他有些尴尬地冲向壁橱。“让我穿条裤子。泡茶的水是烧开的，你可以把音响调轻一点。”

“你会在茶里加牛奶或者柠檬吗？”

“都不加。我加冰。我快热死了。”他边将衬衣塞进裤子里，边穿过屋子。

“今天天气挺好的。”

“这天气热得还真挺好。我的星球可比你们这儿凉快多了。”

她的眼神闪烁，手里拨弄着一小束发丝。“我知道你是个外星人，但谈起这件事还是有点奇怪。”

“那就不谈了。”他给自己倒茶，同时用眼角的余光悄悄观察她，“作为一名刚被扔出家门的女性来说，你显得很镇定。”他最后得出结论。

“我已经在出租车后座里哭过了，”她露出了悲伤的微笑，“可怜的男人，他觉得自己遇上了棘手至极的事。尤其是自从——”她突然顿住，装作欣赏茶杯的样子，以此来躲避男人追问的目光。

“我不是要抱怨，你别介意，不过我想知道你为什么……呃……”

“到你这儿来？”她轻轻在室内移动，关小了留声机，“这段太伤感了。”

他强迫自己将注意力集中到音乐上，这才发现此时正是薇奥蕾塔与阿尔弗雷多诀别的那一幕。“呃……对，没错。”

她转过身子，面向着他，露出了忧心忡忡的表情。“我之所以来找你，是因为厄尔完全沉浸在目标、游行、罢工和各种活动上，而大卫，那个可怜的男孩一想到要接纳一个歇斯底里的老女人就怕得要命。阿奇博尔德只会让我设法挽回婚姻，和亨利继续在一起，幸运的是，我去他那儿的时候，他不在家，但杰克在，他希望我……嗯，糟糕透顶。”

他像头饱受昆虫骚扰的种马似的摇了摇头：“布莱思，你刚才说的这些人都是谁？”

“你的消息怎么会这么闭塞？”她嘲笑着，摆出了一个戏剧性的姿势——就是因为太戏剧性，让她的话都带上了讽刺的意味，“我们是四王牌。”突然她开始发抖，茶水也从杯子的边缘溅了出来。

塔克走到她身边，接过杯子，将她拉向自己的胸口。她的泪水在他衬衫上形成了一摊温暖湿润的水渍，他想靠近她的意识，但她似乎发现了他的意图，猛地一把将他推开了。

“不，在我告诉你我干了什么之前先别这么做。否则你会被我吓到的。”他等待着，她从手提包里拿出一块刺绣手帕，狠狠擤了擤鼻子，又擦了擦眼睛。等她再度抬起头时，整个人已经镇定下来，他欣赏她这种充满尊严的样子，还有这份自我控制的能力。“你一定会觉得我是那种说话东拉西扯的女人吧。好吧，我不会再烦你了。我这就开始，而且我会有条理有逻辑的。”

“你走的时候都没有跟我道别。”他突然说道。

“阿奇博尔德觉得那样比较好，一旦他拿出父亲的态度来命令我，我就没法拒绝他。”她的双唇动了起来，“也不是所有事都这样。他知道我能做什么之后，就对我说，我拥有了不起的才能。我可以保存那些无价的知识。他劝我加入他的组织。”

他打了个响指。“厄尔·桑德森和杰克·布劳恩。”

“没错。”

他低着头，在房间里踱步。“他们参与了阿根廷的一些事，还抓到了门格勒和艾希曼，但你刚才说的是四个人？”

“大卫·哈恩斯坦，他还有个名字叫‘使者’——”

“我知道他，我给他治疗过几……没事，你继续说。”

“还有我。”她的微笑里带着一点少女的羞涩。“‘智囊’。”

他在长椅上坐下，盯着她。“他做了……你们做了什么？”

“以阿奇博尔德建议的方式使用我的能力。你想知道与相对论、火箭科技、核物理和生物化学有关的一切吗？”

“他派你在这个国家里周游，吸收别人的意识，”他说道，接着他发作起来，“你的脑子里现在他妈都有些谁？”

她也坐到沙发上。“爱因斯坦、索尔克、冯·布劳恩、奥本海默、泰勒——当然，还有亨利，但我比较想忘了这件事。”她微笑道，

“这就是问题的关键。亨利原本就不会善待一个意识中保存着好几位诺贝尔奖获得者的妻子，更别提她还知道他的全部秘密，因此今天早上，他把我赶出了家门。要不是为了孩子们，我其实都不怎么介意这件事。我不知道他会怎么告诉他们母亲的事，此外——哦，该死，”她轻轻抽泣，用拳头敲打自己的膝盖，“我再也不要哭了。

“不管怎么说吧，我试着想了想该怎么做。我刚搏斗了一番才从杰克那儿逃了出来，在出租车后座里，我想到了你，哭了出来。”突然塔基扬发现她此时用的是德语。他竭力忍耐，用舌头顶住上颚，这才遏制住了恶心的感觉，“这很傻，但在某个层面上，我觉得我与你之间的距离近过于这世上的任何人；考虑到你甚至并非这个世界上的生物，这一点实在有些奇怪。”

她的笑容有些像塞壬，又有些像是蒙娜丽莎，但塔基扬无法做出任何物理上或情感上的回应。他实在太难受，也太愤怒了。“有时候我简直完全不懂你们这个世界上的人！难道你完全没有考虑过病毒必然会带来的危险？”

“没有，我怎么能知道？”她插嘴道，“危机发生后的几个小时里，亨利就带着我们离开了这座城市，直到他觉得危机已经解除之前，我们都没有回城。”她又切换回了英语。

“那就是他的判断错得离谱，不是吗！”

“是的，但这不是我的错！”

“我不是在说这个！”

“那你为什么要生气？”

“福尔摩斯，”他说道，“你说他就像你的父亲，但要是他对你有一点点感情，他就不会鼓励你加入这疯狂的行动。”

“有什么疯狂的？我很年轻，那些人大部分都上了年纪。我保存下了无价的知识。”

“但你冒着失去自己理智的风险。”

“你教了我——”

“你是个人类！你没有接受过训练，不知道怎么处理高强度精神活动带来的压力。我在医院教你的技巧只能让你与你丈夫的人格分离，它的强度远远不够。”

“那就把我需要知道的都教我。要么治愈我。”

这份挑战让他迟疑了一会儿。“我不能……至少现在做不到。这种病毒极端复杂，想研制出药物来消解……”他耸了耸肩，“或者你愿意的话，也可以说是赢过[1]百变王牌病毒，可能要花上我几年的时间。我只有一个人，孤军奋战。”

“那我就回杰克那儿去。”她拿起手提箱，向门边快步走去。那个沉重的袋子拖得她失去了平衡，让这场面像是尊严与闹剧的怪异复合体。“要是我疯了，可能阿奇博尔德能给我找个好心理医生。毕竟，我是四王牌之一。”

“等等……你不能就这么离开。”

“那你会教我吗?”

他用拇指和中指按了按眼角，又按了按鼻梁，“我会试试。”她将手提包扔在地上，靠近了他。他用另一只手挡开她。“还有一件事。我不是个圣人，也不是你们人类的僧侣。”他朝着床上的纱帐一指。“有一天我会想要你的。”

“现在还有什么问题?”她把他制止自己的手拨开，将身体贴上他的身子。她的身体算不上有多诱人，事实上，甚至可以说瘦得单薄，但当她的双手将他的脸捧起，拉向自己的双唇时，他就再也挑不出任何毛病了。

♠

“今天真不错。”塔基扬满足地叹息着，搓了搓脸颊，接着脱下

① 此处原文为 trump，是一个双关语，本意为打牌中打出了王牌取胜。

袜子和内裤。

布莱思站在浴室的镜子前抹面霜，她透过镜子朝他微笑。“任何地球男人听了你刚才说的话，都会觉得你一定是疯了。你这一整天都和一个老女人一起度过，她的孩子分别是八岁、五岁和三岁，大部分男人都不会觉得这一天能好到哪里去的。”

“你们的男性太傻了。”他的双眼凝望着虚空中的某处，有一会儿，他回想起被一群小小的侄子包围时的感受，他们湿乎乎的手在他兜里摸来摸去，寻找他藏匿其中的礼物，孩子们柔软而饱满的脸颊贴着他的脸，当时他即将动身，却以极大的真诚答应他们一定会很快回去和他们一起玩耍。

他拉回思绪，发现她正专注地盯着自己看。“想家了?”

“我在思考。”

“想家了。”

“孩子们就是欢乐的源泉，”趁她还未继续争论下去，他赶紧说道。他拿起一把梳子，梳了梳长发，“事实上，我常常在想，你那些孩子们是不是都被掉包过，或者你从一开始就给老亨利戴了绿帽子。”

六个月前，范·伦斯勒把布莱思赶出家门，又命令仆人不让他分居的妻子进门，从而让她远离了她的孩子们。塔克很快就解决了这个问题。每周，当他们知道那位众议员离家之后，就会进入那套顶层公寓，塔基扬控制仆人的意识，然后他们就能与小亨利、布兰登和弗勒玩上几个小时。然后他会命令保姆和管家忘记他们上门过的事。能这样嘲笑他痛恨的亨利给了他很大的满足感，当然，若是真正的复仇，那亨利应该要知道他们挑战过他的权威才对。

他把梳子扔到一边，将晚报集在一起，钻进被窝里。报纸的头版上登着一张厄尔的照片，他因为救了甘地，被授予了勋章。背景中可以看到杰克和福尔摩斯站着，二人中年长者一副洋洋得意的样子，杰克则显得有些拘束不安。“这里有张今天晚上宴会的照片，”他又加了一句，“不过我还是不懂有什么好大惊小怪的。不过是一次袭击罢了。”

“你对暗杀早就麻木了，我们可还没有。”她正将法兰绒的睡衣套过脑袋，因此声音显得有些沉闷。

“我知道，但还是感觉有些奇怪，”他翻过身，用一侧的手肘撑起身体，“你知道吗，在来地球之前，我不管去哪儿都会带着保镖？”

她也躺到床上，老旧的床铺随之发出了轻微的吱嘎声。“那可真糟。”

“我们都习惯了。在我们这阶层，暗杀早就是一种生活方式了。大家族就靠这手段来给自身谋求高位。到我二十岁时，我的直系亲属中已有二十人死于暗杀。”

“你说的直系亲属，跟你关系有多亲近？”

“我母亲就是其中之一……我想是这样。她被人发现躺在女性聚居区的楼梯下，当时我才四岁。我一直怀疑是我的莎碧娜阿姨在背后操纵此事，但我没有证据。”

“可怜的小男孩，”她用手捧起他的脸，“你还能记起些她的事吗？”

“只有一些片段。大部分都是丝绸和蕾丝移动时的沙沙声，她身上的香气之类。还有她的头发，就像是一片金色的云。”

她滚到他身边，依偎进他的怀里，臀部贴着他的腹股沟。“除此之外，塔基斯与地球之间还有什么有如此巨大的不同？”这显然是要转变话题的意思，而他为此十分感激。谈到他那已被他遗弃的家庭，总是会让他十分伤感想家。

“比如吧，女人。”

“我们好还是她们好？”

“只是不同而已。你们即使到了能够怀胎生子的年纪，也依然能在外自由行动。在我们那儿，这样的事是决不允许的。若是有人成功地袭击了一名孕妇，就可能毁掉经年的精心规划。”

“我觉得这事儿也挺可怕的。”

“同样，我们也不会把性视作罪恶。对我们来说，罪恶的表现在于随意繁殖，这可能会扰乱计划，而性带来的欢愉却是另一码事。比如说，我们会在较低阶级——也就是那些不会心灵感应术的人——里寻找一些迷人的男女，训练他们，为高贵的家族服务。”

“你难道就没见过你们自己阶级的女性吗？”

“当然见过。在三十岁之前，我们都是在一起长大的，也在一起训练、学习。只有当女性到了能怀孕生子的年纪，才会被隔离保护起来。但我们依然还会一起参与家族聚会，球类活动、狩猎、野餐之类，但都得在领地的高墙之内。”

“小男孩们会和他们的母亲一起在女性聚居区住多久？”

“在十三岁之前，所有的孩子都与母亲在一起。”

“在此之后，他们还会相见吗？”

“当然，她们是我们的母亲！”

“别这么激动，我只是对这些都太不了解而已。”

“你说得没错。”他说着，将她的睡衣往上推，用手抚摸她的大腿。

“所以说，你有一些性玩具，”他的双手在她身上探索游走，而她爱抚着他已变硬的性器，接着她想了想说道，“听起来不错。”

“你想做我的性玩具吗？”

“我觉得自己已经是了。”

◆

他感觉到一阵凉意，这让他从梦中醒来。他坐起身，发现布莱思起床了，床单一直拖到了地板的另一头。他听到串珠幕帘后传来说话的声音。狂风在建筑外呼呼地吹着，寻觅着窗上的裂纹缝隙，形成哀恸般的号哭声。他脖子后面的寒毛竖立，而这并非是寒冷造成。是幕帘后那些低沉的喉部发出来的说话声，让他回想起童年时听到的那些鬼故事，讲述不安分的先祖如何控制他们活着的直系子孙的身子。他颤抖着，一把推开珠帘。它们在他身后叮当作响，而他看到布莱思站在房间的中央，正与自己进行着一场精神上的争执。

“我跟你说，奥皮，我们必须发展——”

“不！我们已经讨论过这个问题了，最优先的依然是设备。现在我们还不能分心于氢弹制造。”

有很长一段时间，塔基扬就那么一动不动地站着，心怀恐惧。这样的事以前也有过，只要她太累，或是压力太大时都会发生，但从没有这么严重过。他知道必须赶紧查看她是否迷失了自我，于是他强迫自己动起来。他走了两步，来到她身边，将她拉近，接着探寻她的意识。接下来他几乎因为恐惧而撤退出去，因为在她的脑海中，他见到的是几个人格相互争执形成的噩梦般的漩涡，所有人格都在争夺着主导权，而布莱思在其中不知所措。他跑向她，却被亨利拦住了。塔基扬愤怒地将他推到一边，把她的意识集中放入他的思维形成的病房中保护起来。另外六个人格在他们身边绕圈，不停与这病房战斗。布莱思的力量与他的力量叠加，才堪堪把奥本海默和泰勒赶回了他们各自的隔间里，爱因斯坦边退却嘴里还在喃喃地说着什么，而索尔克则似乎在发呆。

布莱思的身体倒向了他，这突如其来的重量对于他那已精疲力竭的身体来说实在太过沉重。他的膝盖不由自主地弯曲，整个人重重地坐到木头地板上，布莱思摊在了他的大腿上。他听到屋外的街上送奶工送牛奶的声响，这时候他才意识到，让她的精神重又恢复平衡花了他们好几个小时的时间。

“去你妈的，阿奇博尔德。”他喃喃道，但这么说还远远不够，就像他的能力要帮助她还远远不够一样。

♥

“你不想那么做的，”大卫·哈恩斯坦低声说道。塔克的手停止了动作。“走马会比较好。”塔基斯星人点了点头，快速地移动了棋子。等他开始思索自己下过的棋后，这才露出了惊讶的表情。

“你出老千！喂，你这该死的骗子！”

哈恩斯坦伸出手，做了一个无助的安抚般的姿势。“我只是给你一个建议而已。”年轻人说话的口吻听起来很柔和，还透着一丝委屈，但他那双深棕色的眼睛里却闪着愉快的光芒。

塔基扬咕哝着，扭动了几下，最后靠在沙发上。“这可真让我忧虑：一个处在你这地位上的人，竟然会将自己的能力用于这种卑劣的行径。你本应该成为王牌中的表率才对。”

大卫狡黠地一笑，伸手去拿饮料。“那只是公众形象罢了。显然与我的创造者在一起时，我应该可以堕落回自己那种懒散的波西米亚生活方式。”

“别这么说。”

此时出现了一阵紧张的沉默，塔克注视着内心中那片他宁可早已忘记的景象，而大卫则集中全副的精神将便携象棋盘整个儿往左移了一点点。

“我很抱歉。”

“没事。”他安慰般地朝年轻人笑了笑，“我们继续下棋。”

大卫点点头，将他那长着细长黑色头发的脑袋凑向棋盘。塔克抿了一口爱尔兰咖啡，在下咽之前，他让咖啡的温度充斥整个口腔。他觉得有些羞愧，刚才面对大卫的戏弄时他的反应有些过度了。毕竟，那男孩也不是故意想要伤害他。

他与大卫初次相遇是在医院里，那是早在1947年时的事。“百变王牌日”的那一天，哈恩斯坦正在一家街边的咖啡馆里下象棋。在当时，他身上并未出现任何症状。但几个月后，他却因为抽搐和昏厥被送进了医院。塔克很害怕这个热情而英俊的男人会成为又一个面目可怖的牺牲品，但没想到他最后康复了。他们做了测试，大卫的身体能散发出强大的荷尔蒙，它让人在各种意义上无法违抗他。阿奇博尔德·福尔摩斯招募了他，着迷的媒体授予他“使者”的称号，接着他开始利用他那可怕的魅力平息罢工、签订条约，同时在世界首脑之间斡旋调节。

在这些男性王牌里，塔基扬最喜欢大卫，也就是在大卫的教导下，他学会了下象棋。如今大卫竟然需要用上自己的能力才能赢得了他，这不仅说明大卫的教导有方，同样也说明塔基扬学得不错。外星人露出了微笑，他决定要好好报复一下对方适才的干扰。

他小心地出棋试探，又悄悄溜出大卫的防御攻势，看着对方左右权衡，评估后招。关键性的一步已经出现了，但就在哈恩斯坦能出手之前，塔克突然悔棋，把另一个棋子摆在了原来的位子上。

“将军。”

大卫盯着眼前的棋盘，接着大喊一声，把它扫向地面，塔克爬到沙发上，将脑袋埋进靠枕里大笑出声。

“你还说我出老千。我无法控制自己的力量，但是你！你伸进别人的脑子里，然后……”

此时传来了钥匙在锁孔里转动的声音，接着是布莱恩的喊声：“孩子们，孩子们，你们在吵什么？”

“他出老千。”两个男人异口同声地回答，还相互指向对方。

塔克将她拥入怀中：“你受凉了，我给你倒杯茶暖暖身子。会议还顺利吗？”

“不坏。”她脱下皮帽，抖掉银毫帽尖上的雪，“沃纳[①]得了喉炎，

---

① 指冯·布劳恩。

所以他们很感激我能出席。”她身体前倾，轻轻地吻了吻大卫那瘦削的脸颊，“嗨，亲爱的，俄罗斯怎么样？”

“冷。”他动手将四散的棋子集中在一起，“你知道，这不公平。”

“什么？”她将外套扔在沙发上，脱掉沾满了泥的靴子，在靠枕上蜷缩起身体，双脚则舒舒服服地探入银狐皮草之下。

“厄尔把博尔曼从意大利逮了出来，还从狂热的印度教徒手里救了甘地，而你却得坐在肮脏的小旅馆里，出席火箭学的会议。”

“那些坐着说话的人，也是在侍奉上帝①。这一点你应该再清楚不过。此外，你忘了说本应属于你的那一份荣光。比方说阿根廷那会儿？”

“那是一年多以前的事情了，而且我所做的不过就是和庇隆党人聊了聊，厄尔和杰克却是实打实地在街头与武装暴力分子对抗。现在，你觉得媒体会注意到谁？我们？显然不会。想要在这事业中受人关注，你得搞个大新闻出来。”

“你倒说说，你指的什么事业？”塔基扬突然插入话题，同时将一只盛了热茶的马克杯放入布莱思的手中。

大卫凑向前，脑袋从弓着的肩膀里向前探出来，就像一只好奇的鸟。“从这场灾难中拯救一点东西出来。使用我们的能力来改善人类的生活状态。”

“这是初衷，但最终它会变成什么样？作为超级物种的一员，我的经验是我们获得我们想要的那一部分，剩下的就得全交给魔鬼。在一开始，塔基斯星上的一小撮人发展了精神力量，接着他们很快就开始跨族通婚，以保证除了他们之外的任何人都无法掌控这些力量。它让我们得以统治一个星球，而我们不过只占了这个星球上人口的百分

① 此处布莱思化用了弥尔顿的《十四行诗之十九》中最后一句，原文为“那些站立且等待着的人，也是在侍奉上帝”。

之八而已。”

“我们地球人会不一样。”哈恩斯坦的笑声中带着揶揄，让这句话听起来带着一丝讽刺。

“希望如此。但更让我欣慰的是，你们只有十几个王牌，而且阿奇博尔德也没能让这股强大的力量全都联合起来，共同为民主而奋斗。”说到最后几个词时，他那薄薄的嘴唇有些扭曲。

布莱思伸出手，将他额头上的刘海拂向一边。“你觉得这样不好？”

“我有些担心。”

“为什么？”

“你和大卫不受公众关注，我倒是觉得应该感到庆幸才是。无所有者对有所有者的愤怒绝不会是什么让人愉快的事，而且你们的种族习惯于猜忌和敌视与众不同的人。你们王牌绝对不只是与众不同而已。你们的《圣经》里是怎么说的？行邪术的女人，不可容她存活？”

“但我们只是些人类。”布莱思反驳道。

“不，你们不是……已经不再是了，而且其他人不会忘记这一点。我认得三十七个王牌，可能还有更多人我不认识，而且王牌从表面上是看不出来的，不像鬼牌。全国性的歇斯底里症就像是生长极为迅速的剧毒之草。现在全国上下人人都在寻找共产党员，而这种不信任感很有可能会转化，从而针对起另外某个让人害怕的小群体——比如说一小群无法辨别但又拥有可怕力量的秘密群体。”

“我想你是过虑了。”

“是吗？看看非美活动调查委员会的这些审讯。”他用手指着那一沓报纸，“就在两天之前，联邦政府的评审委员会刚控告安杰尔·希斯犯了伪证罪。这可不是一个理智而稳定的国家里该发生的事。而这些就发生在你们愉快享受新生的几个月里。”

“不，新生在复活节，我们这还没新生呢。”大卫的冷笑话陷入了席卷整个房间的沉重沉默之中，只有风卷起雪花吹向窗子的嘶嘶声偶尔能打破这片寂静。

哈恩斯坦叹了口气，伸了个懒腰。“看我们这副凄惨的样子。怎么说，要不要去吃个饭，然后看场演出？‘书包嘴大叔’[①] 正好在下城区有表演。”

塔克摇了摇头。“我得回医院去。”

“现在?”布莱思哀叹道。

“亲爱的，我必须去。”

“那我和你一起去。”

“不用，这样太傻了。让大卫带你去吃晚饭。”

“不。”她的双唇抿紧成一条顽固的线，“就算你不让我帮你，至少让我能陪着你。”

她穿起靴子，他叹了口气，将视线转到另一边。

“顽固的夫人，”大卫坐在咖啡桌后，边整理散乱的棋子，边评论道，“我们都发现了，还是不要和她争辩的好。”

“你们倒是来试试与她一起生活。”

她的手指一用力，形状可爱的筒状小帽弯曲起来。“相信我，我们可以解决这个问题。”

“别再继续这个话题了。”塔克的口吻中带着警告的意味。

“那你别用那种口吻和我说话，就好像你是个不以为然的老父亲似的！我不是孩子，也不是你那些被隔离的塔基斯星夫人。”

“如果你真的是她们中的一员，那你最好表现得再端庄一点；至于说孩子，显然你现在表现得就像个孩子——而且还是个被宠坏了的。我们已经讨论过这个问题了，而且我也不会去做你要我做的事。”

---

① 指爵士乐演奏家路易斯·阿姆斯特朗。

“我们所做的根本无法被称之为讨论。你总是把我隔离在外，转移话题，拒绝讨论问题——”

“我要准时去医院。”他起身走向门边。

“看到了吗?”她朝尴尬的哈恩斯坦喊道，“是他不想跟我说话，是他不想说话?”

年轻人耸了耸肩，将象棋套装塞进他那件松松垮垮的灯芯绒外套口袋里。至少这时候，他似乎不知道该说什么。

“大卫，好好带我的吉娜米莉去吃晚餐，等她清醒了再带她回来我这儿。”

布莱思朝哈恩斯坦恳求般地望了一眼，塔基扬则似帝王般轻蔑地看着远处的墙。

“喂，你们两个。我觉得你们应该在雪里浪漫地走上一走，好好把这事儿谈完了，再去吃个夜宵，上个床，别再争吵了。不管是什么问题，都不用一副天塌下来了的样子。”

“你说得对。”布莱思呢喃着，在费洛蒙的作用下，她僵硬的身体放松了下来。

大卫将一只手放在塔克背上，催着他赶紧出门。然后他拿起布莱思的手，坚定地摆入塔基扬的手中，接着随意地在他们头顶上做出祝福的姿势。“现在出去吧，我的孩子们，你们的罪已被赦免。”他跟着他们下了楼梯，走上街道，在他的力量带来的平静效果消失之前，冲向地下铁。

♣

“现在你明白为什么我不希望你跟我一起去工作了吗?”

月亮正在试图滑入云层之中，苍白的银色光芒撒在白雪上，让整个城市看起来似乎彻底干净了。他们站在中央公园的角落里，她严肃地望着他的脸，两人的呼吸混合着白色的雾气。

“我明白的是，你正在试图保护我，庇护我，但我不觉得这有什么必要。而且在今晚看着你工作之后……”她有些犹豫，寻觅着更柔和的表达方式说出接下来的字句，“我觉得我能处理得比你更好。你照顾那些病人，塔克，但他们如此畸形而疯狂……也让你感觉到了恶心。”

他退缩了。“布莱思，我很惭愧。你觉得他们知道这一点吗？他们能察觉出来吗？”

“不，不会的，亲爱的。”她用手轻抚他的头发，就像安抚她那些年幼的孩子们一样抚慰他，“我能看出这一点，只是因为我与你如此亲近。他们能注意到的只有你的陪伴而已。”

“老天知道，我已经试着去抑制这种情绪了，但我以前真的从未见过这么可怕的事，”他钻出她那温暖的怀抱，走上人行道，“我们不会容忍畸形人。要是在大家族中出现了这样的生物，我们会直接将之销毁。”在他身后传来轻微的响动，他转过身，面对着她。他将戴着手套的手放在她的唇上，她睁大了双眼，眼窝中映照出附近街灯的点点光芒。“现在你知道了，我也是一个怪物。”

“我觉得畸形的应该是你们的文化。无论是否残疾，每一个孩子都应该是珍贵的。”

“我的姐姐也是这么想的，然后我们那畸形的文化也毁了她。”

“跟我具体说说。”

他随手在白雪覆盖之下的公园长椅上画出图案。“她是我的兄弟姐妹之中最为年长的，比我大了三十岁左右。但我们两人非常亲近。在某次很少见的家族休战期间，她嫁给了另外一个家族的人。她的第一个孩子有缺陷，被处理了，雅黛兰始终未能从这件事中恢复过来。几个月后，她自杀了。”他的手扫过长椅，抹去了那些图案。布莱思抬起他的手，将他冰冷的手指拥入她戴着手套的双手之中。“这件事让我开始质疑我们整个社会的结构。接着他们就决定将病毒在地球释放来进行实地试验，结果如你所见。我再也不能坐视不管了。”

“你的姐姐一定就像你一样特别。”

“我的堂兄说，这是因为我们身上有森纳里的血统。按他的说法，这是一种复古主义的倒退，根本不应该被允许继续存在。但我不该再用这些家谱之类的琐事来烦你了，你看你的牙齿都开始打战了。我们回家吧，让你暖和起来。”

“不，我们先把这事谈完，”听到这句话，他脸上不解的表情并非出于伪装，“我能帮你，而且我觉得你该让我与你共同分担这一切。把你的意识给我。”

“不行，这样一来你的头脑中会有八个人格。太多了。”

“多不多该由我自己判断。七个人我现在也处理得很好。”

他粗鲁地哼了一声，她愤怒地绷紧了身体。“就像二月的时候，我发现泰勒和奥本海默在为氢弹争吵，而你则像个僵尸似的站在房间中央一动不动那样？”

“这事不一样。你爱我，你的意识不会伤害我。除此之外……当我有了你的记忆和知识，你就再也不会孤单了。”

“自从你来了之后，我就已经不再孤单了。”

“说谎。我看到过你望着远处某个地方发呆的样子，还听到了你用小提琴演奏的那些悲伤的音乐，只是当时你以为我没在听。让我就这样，至少可以给你提供一个小小的家吧。”她将手放在他的唇上。“别争辩了。”

于是他便不再说话，也让自己听从了她的建议。这更多的是出于对她的爱，而非真正接受了她的观点。在那天晚上，她的双腿紧紧盘绕在他腰间，她的指甲划拉过他汗水淋淋的背部，他猛地释放了自己，而她同样也释放了自己，深入了他的意识。

那是恐怖到能让人内脏扭曲的一刻，侵犯、盗窃、失去，接着这一切都过去了，自她意识的镜子中传回两个形象。其中那个被人深爱的、带着女性柔软特质的轻柔触摸代表着布莱思，而另一个熟悉且同样被深爱着，却深陷于恐惧中的形象，则是他。

♠

“去他妈的！”塔基扬愤怒地在小小的接待室里走来走去，他转过身，伸出食指指向普雷斯科特·奎因，“用这种方式把我们召集起来，如此粗暴，如此肆无忌惮。他们怎么敢——他们到底有什么权力敢这样——把我们从家里拖出来，让我们在两个小时内匆匆忙忙地赶到华盛顿——‘两个小时’——你注意到了吗？”

奎因响亮地吸了一口烟斗。“这是法律和习俗赋予他们的权力。他们是众议院的成员，而这个委员会被授权能够传唤且审讯证人。”他是个壮实的老人，长着惊人的大肚子，上面横亘着自他严肃的黑色背心里伸出来的表链，链子上还挂着美国优等生荣誉学会的钥匙。

“那就让我们进去作证——虽然只有上帝知道我们有什么可作证的——然后了结了这件事。我们昨天晚上匆匆忙忙地跑到这里来，结果就只听说听证会延期了，而现在，他们让我们在这里进退不得，已经整整三个小时了。”

奎因咕哝了两声，搓了搓他那花白而浓密的眉毛。“要是你觉得三个小时都等不及，年轻人，这说明你对联邦政府了解得还太少。”

“塔克，坐下来，喝点咖啡，”布莱思轻声说道，她的面色极为苍白，却与黑色针织裙、面纱帽子加手套的打扮十分相衬。

大卫·哈恩斯坦拖着脚，走进接待室，站在门口的两名海军陆战队警卫崩紧身子，警惕地盯着他。“感谢上帝，你们是这片疯狂和噩梦中的一丝理智之光。”

“哦，大卫，亲爱的，”布莱思慌忙攥住他的肩膀，“你还好吗？昨天很糟吗？”

“不，挺好的……除了兰金那个纳粹一直在称我为‘来自纽约的犹太绅士’。接着我建议他们解散这些听证会，他们愉快地欢呼着同意了，接着——”

“接着你离开了那个房间。”塔克加入了谈话。

“是的，”他那颗黑色的脑袋低了下去，注视着自己交叉在一起的双手，“他们现在在里面造了一间玻璃房，然后又传唤了我。去他妈的！”

一名傲慢的工作人员走进屋里，传唤布莱思·范·伦斯勒夫人。她站起身，手提包掉在了地上。塔克将它捡起，接着将脸颊贴到她的脸上。

“冷静，亲爱的。你一个人没法与他们对抗，你们所有人在一起都无法与他们对抗。还有，别忘了，我与你同在。”她露出了惨淡的笑容。奎因扶着她的手臂，陪她进了听证室。塔基扬往里面瞥了一眼，看到里面夹着无数相机，还有一片桌椅的丛林，全都沐浴在电视摄像灯刺眼的白光之下。接着，门砰的一声，重重地关上了。

“下棋吗？”大卫问道。

“行啊，干吗不下。”

“我会影响到你吗？还是你比较想准备自己的证词？”

“什么证词？”

“他们什么时候找到你的？”他的手灵巧地飞舞，将棋子摆上棋盘。

“昨天下午，大概一点左右。”

“全是胡闹。”“使者”说这句话时丝毫没有留情，与此同时恶毒地以后兵开局。

布莱思和奎因回来时，他俩还在下棋。外星人猛地站起，将整个棋盘带得飞了出去，但大卫没有为此而责备他。布莱思浑身颤抖，苍白得如同一具尸体。

“他们对你做了什么？”塔克问道，字词自他的喉咙里沙哑地涌出。她没有回答，只是在他的臂弯里微微发抖，就像一头受伤的野兽。

“塔基扬医生，接下来有些问题，我们必须谈谈。”

“稍等。”他弯下腰，将嘴唇贴在她的太阳穴上。他可以感觉到那里的皮肤下，血液在脉动。他很快就钻过了她的防线，将镇定的精神之潮传送进她的意识。她最终抖了一下，放松下来，松开了紧抓着他那件浅桃红色外套上翻领的手。“和大卫去坐到一起，亲爱的。我得和奎因先生谈谈。”他知道自己正在说服她，但她用以区隔各个不同人格的精神建筑极其脆弱，在压力之下，可能会土崩瓦解，而他在这次短暂的入侵中，所见的已只剩被侵蚀的大厦了。

律师将他拉到一旁。“你说的问题只是个借口，医生。现在的问题在于病毒。我觉得他们现在认为王牌是一股破坏性的力量，而他们整体上来说，正是这个国家国民情绪的反应。”

“塔基扬医生。”工作人员喊道。奎因猛地推了他一把，让他回去。

“荒谬！”

“怎么说，我现在知道为什么你们会被叫到这儿来了。我的建议是你们援引《第五修正案》。”

“什么意思？”

“你拒绝回答任何问题。包括你的名字，如果对此做出反应，就可以被解读成放弃了《第五修正案》。”

塔克站起身，他看起来似乎与平常没什么两样。“我不怕这些人，奎因先生，我也不会坐着保持沉默来让人给我定罪。我们现在得终止这场闹剧！”

屋子里充满了各种灯、椅子、桌子、人和蛇形缆线组成的障碍物。他绊了一下，踉跄了几步，嘴里喃喃了几句脏话后站直了身子。一瞬间这个屋子似乎整个消失了，他觉得自己好像又看到了伊卡赞的舞厅，它是如此宽阔，脚下拼贴着镶木地板，头顶则是枝形吊灯，他似乎听到了族人和朋友们的窃窃私笑，而他自己，被《迷惑的王子》那复杂的舞步弄得不知所措，只能呆立在原地。他的错误让舞蹈成了立定，在音乐声中，他可以听到他的表兄扎博用带着鼻音的声音精确而巨细靡遗地指出了他跳错的地方。他的脸颊发烫，汗水聚集在上唇线上。他拿出手帕擦去汗水，这才发现他之所以感觉不适，并不完全是因为这份记忆，而是因为电视节目的摄像灯让这间屋子里热得发烫。

塔克在坚硬的直椅背木椅上坐下后，就看到了那间造起来就为了关住大卫的玻璃屋。不知为何它看起来如同噩兆，就像是个未完工的脚手架，于是他很快就将视线移到了胆敢坐在那儿审判他和他的吉娜米莉的人身上。他们唯一令人印象深刻之处，仅在于他们的表情看来似乎凶恶而不祥，除此之外，他们不过是些穿着搭配差劲的黑色西装的中老年男性的集合体罢了。他懒洋洋地躺进椅子里，动作带上了帝王般的轻蔑，他以放松的姿态嘲讽他们的权力。

“我提醒过你着装的问题，你要是能把它放在心上就好了。”奎因打开公文包时轻声说道。

“你说让我穿得好些。我照做了。”

奎因瞥了一眼他身上的燕尾服外套，淡粉红色的裤子，带着暗绿金色刺绣的背心，以及金色流苏的高筒软靴。“黑色会比较好。”

“我又不是个普通工人。”

“请向委员会陈述你的姓名。”伍德主席看着手上的资料，没有抬头，直接开口问道。

他凑近麦克风。“在你们的世界里，我以塔基扬医生为名。”

“你的全名和真名。”

“你确定你想知道？”

“不然我为什么要问？”伍德暴躁地咕哝。

“那好吧。”外星人微微一笑，接着开始背诵他的完整家谱。“缇西安·布兰特·扎拉·泽克·哈利马·泽克·拉格纳·泽克·欧米安。这是我母亲那边的血统，欧米安代表的是较近期间自扎格罗进入伊卡赞宗族的后代。我的外祖父是塔佳·布兰特·帕拉达·泽克·阿姆拉斯·泽克·勒达·泽克·沙利亚·泽克·纳西安，他的先人则是巴科努·布兰特·森纳里——”

“谢谢，”伍德匆匆打断。他左右扫视了同僚一眼，“或许为了审讯方便，我们还是以笔名来称呼他？”

“那是我的化名。”他甜甜地纠正，看到伍德被激怒而涨红了脸，他觉得很开心。

接下来他们又问了他几个问题，诸如他住哪儿，在哪里工作之类，非常随意，没什么意义；接着来自密西西比的约翰·兰金凑向前靠近了麦克风。“现在，就我所知，塔基扬医生，你不是美利坚合众国的公民。”

塔克怀疑地瞥了奎因一眼。聚集在室内的记者中发出了一阵窃窃私笑，兰金盯着他。

“对，先生。”

“所以你是个异邦人。”对方这句话里带着一丝满足。

“毫无疑问。”他慢吞吞地回答，接着冷淡地靠到椅背上，把玩起领结的褶皱来。

南达科他州的凯斯接着提问。“那么你是以合法还是非法的方式进入这个国家的？”

“在白沙似乎没有移民中心，也可能有，只是我没有问，在当时我得关心其他更紧迫的问题。”

“但在接下来的这些年里你都完全没空去申请美国国籍吗？”

塔克将椅子向后一拖，站起身。“愿理念之神赐予我耐心。你的提问非常可笑。我完全不希望成为你们国家的公民。我觉得你们的世界充满了强迫，即使我的飞船能够进行超空间旅行，我依然会留下，但这只因为还有病人需要我。我没有时间也没有兴趣为这种无知的法庭消遣而雀跃或吠叫。你们可以继续玩你们的小游戏，但请允许我回到我自己的工作中——”

奎因拉了他一把，让他整个人坐回椅子里，接着用手遮住了麦克风。“你要是继续说下去，就得隔着联邦监狱的高墙来观察这个世界了。”他轻声说道，“现在先接受这个现状！这些人的权力超过你，而且他们毫无疑问打算使用它。现在你先道歉，然后我们再来看看能从这一团糟的状态里救点儿什么回来。”

他照做了，但做得很没有风度。质询继续了下去。来自加利福尼亚的尼克松提到了问题的核心。

“据我所知，医生，是你的族人散布了这种病毒，夺走了这么多人的生命。没错吧？”

“是的。”

“不好意思？”

他清了清嗓子，以更清晰响亮的声音又说了一遍：“是的。”

“而你之所以会来——”

“是为了试图阻止病毒释放。”

“你是否有证据可以证明这一点？”兰金问道。

“我的飞船上有航行记录，里面有我和另一艘飞船上的船员交涉的详细记录。”

“你能提供这些航行记录吗？”尼克松问。

“它们在我的飞船里。”

一名助手快步走向主席台，几人匆忙商谈了几句。“报告指出，你的飞船无论以何种手段都无法进入。”

“程序就是这样设置的。”

“你是否能设法将飞船打开，让美国空军进入取得航行记录？”

“不行，”他们彼此瞪视了很长一段时间，“你们是否能将飞船归还给我，然后让我把航行记录给你们？”

“不行。”

他倒回椅子里，耸了耸肩。“好吧，反正对你们来说它也没什么用，我们也不是用英语交谈的。”

“那么其他外星人在哪儿？我们能质询他们吗？”兰金的嘴唇扭曲，看起来就像是提到了某种令人不快而恶心的东西。

“恐怕他们都死了，”他再次与记忆带来的罪恶感斗争，这让他的声音低沉了下去，“我对他们的决心判断错误。他们的飞船挣脱了牵引光束，摔入地球的大气层中，碎裂了。”

“很方便。甚至可以说太方便了，我有些怀疑这是不是你们一开始就计划好的？”

“病毒之所以会释放，是喷气机小子没能拦截住。”

“别用你那诽谤的谎言来玷污那位伟大美国英雄的名字！”兰金大喊道，他已完全陷入了他那南方牧师的情绪之中，“我向委员会和整个国家提出质疑，我认为你之所以还留在这个世界，就是为了研究你们那魔鬼实验的效果。其他外星人原本就打算像神风特攻队员一样死去，而你由此就能像个英雄般地出现，生活在我们之间，被人们接受，受到尊敬，但事实上你是个外星颠覆分子，想利用那种危险而无法控制的元素来破坏我们这个伟大的国家——”

“不！”他站起身，双手撑在桌上，上身前倾凑向那些审判者，“对于 1946 年的那些事件，没有任何人能比我更痛心。是的，我失败了……我没能阻止那条飞船，没能正确掌握地球的方位，没能说服当局了解病毒有多危险，也没能帮上喷气机小子什么忙，而我此生也将永远生活在这些错误的阴影之中！我所能做的只有献出我自己……我的能力，我对这病毒的工作经验，来消除我曾经创造的一切——我很抱歉……抱歉。”他的话中断了，他咳嗽了几声，感激地喝了几口奎因递过来的水。

屋里的温度就像是某种有形之物，烧灼着他的身体，窃取他肺中的呼吸，让他头晕目眩。他希望自己能站着，不要倒下，他从口袋里拿出手帕擦了擦双眼，此时，他知道自己犯了又一个错误。在这个文化中，男性受到的教育是要抑制自己的情绪。而他的所作所为，触犯了他们的另一个禁忌。他重重地跌坐回椅子里。

“若你真心忏悔，请向委员会证明这一点。我要求你提交一份王牌的详细清单，包括你治疗过和你听说过的所有人。他们的名字……可能的话，还有地址，此外……”

“不。”

“你这是在帮助你的国家。”

“这不是我的国家，此外，我也不会帮助你们进行女巫狩猎。”

“你现在是非法滞留在这个国家里，医生。我们很可能会将你驱逐出境。如果我是你，我就会慎重考虑自己的回答。”

“不需要再多考虑了……我不会背叛我的病人。”

“那么委员会对这名证人的质询到此结束。”

♦

在国会大厦的正门口，他们迎面遇见了一名苍白瘦削的男子。

布莱思发出了轻微的声音，然后抓住了塔克的手臂。

“下午好，亨利。”奎因咕哝着，此时，这位外星人意识到，眼前的男人正是这两年间与他同床共枕共同生活的女人的丈夫。

亨利对于他来说，似乎很熟悉。每一次，塔克以心灵感应或是生理上与布莱思交合，都得与这个人格斗争。诚然，她将亨利的意识放置在脑海中一个不常用的角落里，就像是塞进了满是尘埃的阁楼里的废弃木材，但毕竟这意识依然存在，而且，它还不是什么很让人愉快的意识。

“布莱思。”

“亨利。”

他冷淡地扫了一眼塔基扬。“要是你不介意，我希望能与我妻子谈谈。”

“不，求求你，别把我丢下。”她的手指攥紧他的外套，在她彻底毁了衣服的皱褶之前，他小心地将她的手指掰开，然后用自己温暖的手掌包裹住了她的。

“我觉得不行。”

国会议员抓住他的肩膀，想将他推到一边。这是个错误的判断。塔基扬虽然个子小，但他在塔基斯星上曾经跟随最好的个人防卫技术大师学习过，因此他的反应更接近于条件反射，而非出于意识。他甚至都懒得用上精妙的武术，只是弓起膝盖，踢中范·伦斯勒的下体，而当对方弯曲身体之时，他的拳头已经打在了对方的脸上。国会议员就像是被斧子劈倒似的摔在地上，塔克吮了吮自己的手指关节。

布莱思那双蓝色的眼睛失去了焦点，她茫然地向下望着她的丈夫，奎因则皱紧眉头，如同白发的宙斯。有几个人从边上跑来帮助摔倒的政治家，奎因很快也清醒过来，赶着两人匆匆下了台阶。

“这一招可真够下流的，”他招手拦下一辆出租车，嘴里咕哝道，“踢男人的下体有点缺乏体育精神。”

“我对体育精神没兴趣。我战斗就是为了赢，要是输了就会死。”

“要你学的都是这样的行为准则，那你来的这个世界可真是古怪，”他又咕哝了几句，“你这是嫌现在麻烦不够多是吗？我可以担保，亨利肯定会以袭击和殴打的罪名控告你。”

“你就留着自己考虑去吧，普雷斯科特。”布莱思将脑袋从塔克的肩膀上抬起来说道。出租车的后座里坐着他们三人，她坐中间，紧挨着左右两边的两个男人，塔克可以感觉到她的身子还在微微颤抖。

“你应该考虑一下正式离婚的事。我没法理解你之前为什么没这么做。”

“因为孩子。我知道要是我和亨利离婚，就再也见不到他们了。”

“好吧，那你再考虑一下。”

“我们去哪儿?”

“五月花。挺好的酒店，你会喜欢的。”

“我想去车站。我们回家。”

“我不建议你这么做。我的直觉告诉我这事儿还没完，它是个从不出错的指示器。”

“我们都已经陈述完了我们的证词。”

“但杰克和厄尔还没去，哈恩斯坦得再去作证，可能会出什么事让他们再度传唤你们。在最后的欢呼声响起之前，再坚持一下。要是我判断得不错，至少这样安排能让你们少跑一趟。”

塔克勉强地同意了，他靠在汽车坐垫上，望着车外奔流过的城市。

到了周日晚上，他开始发自心底地痛恨华盛顿，发自心底地痛恨五月花酒店，发自心底地痛恨奎因那阴郁而毁灭性的预言。布莱思试图幻想他们正在愉快地度一个短假，她拉着他在城市里转悠，去看大理石的建筑和那些毫无意义的雕塑，但到了周五，她的美梦破碎了，大卫被他们以藐视国会的罪名拘捕，他的案子也被移交给了大陪审团。

那男孩躲在他们的套房里，时而带着狂妄的自信，认为不会有任何控告能够生效，时而又极为害怕，觉得自己将会定罪，最终被投入大牢。后者的可能性似乎更高，因为在作证的最后一天，他疯狂辱骂了委员会，甚至将他们类比为希特勒手下的精英统治集团。塔基扬不得不分神，一方面得让大卫打消其他报复委员会的计划，与此同时还得安慰布莱思，在这时候，她似乎已经彻底丧失了将英语作为母语的能力，说出口的话基本全是德语。

他的努力未能奏效，因为事实上，他们被困在了这间屋子里，群集的记者包围着他们，纠缠着他们，甚至有一名记者装成要提供客房服务的样子想进入房间，而布莱思将一壶热咖啡当头浇在了他身上，即使是这样也未能吓退这些记者。唯一能进入他们碉堡的人只有奎因，但他是如此悲观厌世，塔克恨不得将他直接丢出窗外。

此刻，清晨的阳光染红了东边的天空，塔克躺在床上，布莱思紧紧地依偎在他身侧，他听着她的心跳，还有她轻微的呼吸声。他们做爱时悠长而疯狂，仿佛她正恐惧着会失去与他的联系。在这过程中也时有干扰，因为他发现，她体内的各个人格时常脱离控制。他也试过让她集中精神构造出一个新的结构，但她太过情绪化，思维断裂，无法做到这一点。只有休息，缓解压力，才能让她的精神恢复原有的平衡，塔克发誓，不管委员会是否会再度传唤，他们都得在这一天离开华盛顿。

那天下午，他们套房的门上传来一阵响亮的敲门声，让他从床上一下子蹦了起来。他昏昏沉沉的，甚至都没想起来穿上睡袍，直接拉过床罩在腰上绕了两圈，就跌跌撞撞地走向房门。门外是奎因，奎因脸上的表情让他脑海中的睡意彻底消失殆尽了。

“怎么了？发生什么事了？”

“最糟的情况。布劳恩毁了你们所有人。”

“什么？”

“‘友好的证人’。他为了救他自己，把你们都扔进了狼群里。”塔克在椅子上坐下。“还有，他们准备再度传唤布莱思。”

“什么时候？为什么？”

“明天，就在厄尔的听证会结束之后。杰克非常慷慨地告诉他们，她的脑海中不光有从冯·布劳恩到爱因斯坦及其他理论物理学家的意识，同样还有你的意识和记忆。他们想要其他王牌的名单，如果无法从你这儿获得，那么也可以将目标转向她。”

“她会拒绝的。”

“她可能会因此入狱。”

“不……他们不能……她是个女人。”

律师只是摇了摇头。

“做点什么。你是律师。我先拒绝他们的，让他们把我送进监狱好了。”

“还有一个选择。”

“是什么？”

“把他们想要的东西给他们。”

“不，这根本不是一个可以选择的选项。你必须做点什么别让她进审讯室。”

老人用力叹了口气，疯狂地挠了一阵脑袋，最后他的头发根根竖起，看起来就像是发怒的箭猪身上的刚毛。“好吧，让我来看看我能做什么。”

♥

事情还没完，周二早上，他们回到了国会大厦。厄尔已经先进了审讯室，援引了《第五修正案》，等他出来时，他满脸鄙夷和屈辱。他对白人政府毫无期待，因此对方也未能令他失望。接下来就轮到布莱思了。在门口，两名海军陆战队警卫想将塔克拦下。他知道自己这样做不公平，是在迁怒无辜的人，但他们想将他与布莱思分开的行为依然让他的自控能力彻底粉碎，他野蛮地控制了这两个人的意识，命令他们睡觉，在他们倒地的那一瞬间，他们就已经鼾声如雷了。他的力量让周围不少围观的人印象深刻，他们很快就在审讯室后排的记者之间给他寻到了一个座位。他想抗议，想跟布莱思坐在一起，但这一次，奎因却反对他的意见。

“不行，你如果和她坐在一起，就会像是在公牛面前插上一面红旗。我会照顾她的。”

“不是法律规定上的问题。她的精神……现在非常脆弱。”他扭头指了指兰金，“别让他们针对她。”

“我会努力的。”

“亲爱的，”在他的手掌下，她的肩膀似乎如此单薄，如此瘦骨嶙峋，而当她抬起头看着他的时候，她那双眼睛在她苍白的脸上，就像两块深色的挫伤瘢痕，“记住，他们的自由和安全都维系在你手中。请你什么都别说。”

“别担心，我不会说的，”她的话音中似乎又有了一丝过去的影子，“他们也是我的病人。”

他看着她走开，她的一只手轻轻地搭在奎因的手臂上，此时他的心头突然被一阵恐惧缠绕。他想跑过去跟上她，想再一次将她拥入怀中。他不知道这种感觉是否是一种错误的预感，又抑或是大脑失常的表现。

“现在，范·伦斯勒女士，让我们按时间顺序来提问，可以吗？”兰金说道。

“行。”

“现在，你第一次发现自己有了这种力量是在什么时候？”

“1947 年 2 月。”

“那么你是什么时候抛弃了你的丈夫，国会议员亨利·范·伦斯勒？”他在国会议员这个词上加了重音，同时快速地扫视了左右两边的同僚，看他们对这个词作何反应。

“我没有，是他将我赶出了家门。”

“那么这是否是因为他发现你在欺骗周围的人，因为你与另一个男人私通，而那个男人甚至都不是人类？”

“我没有！”布莱思喊道。

“反对！”奎因也同时大声说道，“这又不是离婚诉讼——”

“你的反对毫无来由，奎因先生，此外，容我提醒你，委员会有时也会发现，有必要调查律师们的背景。人们会奇怪，为什么你们这些人会选择为这个国家的敌人辩护。”

“因为这是英美法系的原则，应该有人来保护辩护人，免受联邦政府的可怕权力伤害——”

“谢谢你，奎因先生，但我认为，我们现在需要的不是法学知识的指导，”众议员伍德插话道，“你可以继续提问，兰金先生。”

“谢谢你，先生。我们刚才已经离题有一会儿了。现在，请问你是什么时候成为所谓的四王牌一员？”

“我想是三月。”

“1947 年？”

“是的。阿奇博尔德让我了解到，我能如何使用我的力量来保存无价的知识，于是我们与几位科学家联系。他们也都同意了，于是我——”

“就榨干了他们的意识。”

“不是那样的。”

“你不觉得你吃掉一个人的知识和技能的方式有点让人恶心吗？简直就像吸血鬼。而且这也是一种欺骗。这些思想不是你与生俱来的，你也没有努力学习工作来取得这些成就。你所做的无非就是从他人那儿窃取。”

“他们乐意。我绝不会在没有别人允许的情况下这么做。”

“那么国会议员范·伦斯勒允许你那么做了吗？”

塔基扬听到她的声音里带着哭腔。“这不一样。我那时不明白……我当时还无法控制。”她将脸埋进了戴着手套的双手之中。

“让我们继续。来看看你抛弃丈夫和孩子时发生的事，”他用上了对话式的语气，显然是为了能让其他委员会成员听得明白，“一位女性，竟然抛下了她天性赋予她的职责，以这样的方式来张扬自己，这实在让我觉得有些不可思议。当然，这事儿其实无关紧要——”

“我没有抛弃他们。”布莱思打断他说。

他轻而易举地就化解了她的抗议。“这不过是个用词而已。现在，那是什么时候的事？”

布莱思绝望地靠在椅子背上。“1947 年 8 月 23 日。”

“那么自 1947 年 8 月 23 日之后，你住在哪儿？”她沉默了。“说吧，说吧，范・伦斯勒女士。你答应过会在委员会面前回答问题。你现在不能撤销这个决定。”

“在中央公园西街 1－17 号。”

“那是谁的公寓？”

“塔基扬医生的。”她轻声说道。媒体区域里发出了一些骚动的声音，这是因为他们手里的情报不多。只有其他三个王牌和阿奇博尔德知道他俩同居的事。

“换言之，你侵犯你的丈夫，窃取他的思维之后，离家出走，与来自另一个星球的非人类姘居，正是这个非人类创造了病毒，最终给了你这种力量。这一切看来仿佛有一种联系……”他身体前倾，贴在桌子上，朝下向着她大吼，“现在你听着，夫人，你最好回答我的问题，因为你有大麻烦了。你是否获取了塔基扬的意识和记忆？”

“是、是的。”

“你是否与他一同工作过？”

“是的。”她的回答轻得几不可闻。

“你是否知道，阿奇博尔德・福尔摩斯创造四王牌，是要将之用作一种破坏美国忠诚盟友的颠覆性力量？”

布莱思在椅子里左右摇摆，她的双手绝望地抓住了最上面那根横挡，她的视线模糊地在挤满了人的室内游走。她的面容因为痛苦而扭曲，就像五官正在重新排列组合，要形成另一张脸孔，与此同时，自她的脑海中向外发散出强烈的精神白噪声。它钻进了塔基扬的脑海中，让他的精神不由自主地竖起防御。

“你在听吗，范·伦斯勒女士？你最好还是听着。我开始觉得你和你那种吸血的能力对于这个国家来说是一种危险。或许应该在你把你非法获得的知识出售给国家的敌人之前，就将你投入监狱。”

布莱思的身体剧烈地摇晃着，她似乎再也无法在椅子里坐直了，泪水如泉涌般从她脸上滚落。塔克站起身，推挤开那些想要将他俩分开的暴徒。“不，不，求求你们。别再问了。让我一个人。”她用双臂环绕自己的身体作为保护，身子前后摇摆起来。

“那就把那些人的名单给我！”

“好的……好的。”兰金离开麦克风，坐回座位上，他拿着钢笔在面前的写字板上敲打出一小段满意的旋律，“有克罗伊德……”

对于塔基扬而言，时间似乎膨胀、伸展而后几乎静止了。在他与布莱思之间，依然还隔着几排人，但在那永世般漫长的时刻，他做了一个决定。他的意识如同长矛探出，将她钉住，就像钉住一只蝴蝶。她的声音戛然而止，只剩下一种有些滑稽的疼痛的轻响。对他来说，这类似于托住一片雪花，或是某种极为精巧的玻璃雕塑。他可以感觉到她意识的碎片形成的整个结构还在他的掌控中，但精神却旋转着，坠入了灵魂深处某个黑暗而可怕的洞穴之中。其他七个意识由此被释放出来，变得极为狂暴。它们咯咯傻笑，发表演说，做出各种动作，大声咆哮，在她的中枢神经中相互竞争，让她的身子扭曲得如同一个发了疯的傀儡木偶。各种字句从她口中喷涌而出：宗教信条，德语讲稿，泰勒和奥本海默未完成的争论，竞选演说，加上塔基斯星语，全都混杂在一起，形成旋转的涡流。

他一察觉到她的意识已放弃了掌控权，便立刻松开了她，但已经太迟了。他粗暴地将椅子和人往两边推开，杀出一条路跑向她，将她拥进怀里。室内彻底乱了套，伍德不停敲打手里的法锤，记者们互相推撞，大喊大叫，但在这所有的声音中，最响亮的还是布莱思疯狂的独白。他抓住了她，再次探出强制性的意识力量，让她陷入昏睡。她倒在他的怀中，整个室内突然被一阵可怕的寂静占据了。

“我猜委员会已经没有问题要问这位证人了?”他咬牙切齿地问道，恨意自他身上发出，仿佛某种有形的力量。那九个男人不安地动了动身子，接着尼克松以微弱的声音喃喃道：

“没有，没有问题要问了。”

♣

几个小时后，他坐在公寓里，将她放在自己的膝上，像回到塔基斯星对待他的某个小堂兄弟一般朝她柔声轻唱。他的大脑因为他试图唤回她的理智而疼痛不已，但他的所有努力都没有出现一点点成效。他觉得自己幼小而无助；他想在地毯上跺脚，像个四岁的孩子似的大喊大叫。他的脑海中出现了父亲起身嘲笑他的画面，他的父亲是那样高大、坚实而又充满力量，在处理这样的精神疾病时有着天赋的才能和后天的充分训练。但此刻，他的父亲远在几百光年之外，完全不知道自己这不成器的儿子和继承人的遭遇。

门上传来一阵蛮横的敲门声。他将那柔弱无力的重担移到左手臂弯中，拖着脚走到门边。他那双发烫的眼睛终于聚焦，看到两名警察以及警察身后附带的那个人后，他后退了一步。亨利·范·伦斯勒抬起那张粗野的脸，盯着塔基扬。

“我带来了委员会对我妻子的命令。乖乖把她交给我。”

“不……不行，你不明白。只有我能帮得了她。我还没有构造好，但我会完成的。只要再让我做些工作。”

那两名粗鲁的警察向前一步，轻柔却无情地将她从他的怀抱中撬了出去。他们掉头走下楼梯，布莱思倚靠在一名警察的臂弯中，他跌跌撞撞地跟在他们身后。范·伦斯勒完全没有碰她。

“只要一点点时间，”他哭喊道，“求求你，只要再给我一点点时间。”

整幢屋子的大门在他眼前关闭，他跌倒在地，身子贴在了栏杆的最底部。

♠

在她献身之后，他只见过她一次。当时他为了对驱逐他出境的命令提出上诉，在法庭间备受折磨，他预见到了上诉的结果，于是驱车去了纽约州北部的一家私人疗养院。

他们不会让他进入室内。当然，他可以控制他们的意识来覆盖他们既有的决定，但即使是在那丑恶的一天里，他也没能这样使用他的力量。因此他只能透过厚实的门上一扇小窗往室内张望，看向那个他再也认不出来了的女人。她在狭小的室内徘徊，向一名看不见的听众发表演说，她的头发黯淡无光，缠绕在她扭曲的脸上。她的声音低沉沙哑，声带明显因为长期以来试图保持男性的声调而受到了损伤。

他无法自抑，探出了心灵的感应，但她那混乱的意识却让他不由得踉跄后退。更可怕的是，在极深而隐蔽的根源之处，布莱思哭喊着求助的声音极其微弱地一闪而过。他的罪恶感让他在洗手间里呕吐了好几分钟，就好像这样多多少少能让他的灵魂得以净化似的。

五周后，他被人送上了前往利物浦的海船。

♦

“可怜虫[①]。”一名体型壮硕的家庭主妇带着两个小女孩站在长椅前，望着倒在长椅上的这个人。她在钱包里摸索了一会儿，拿出一枚硬币。它落入小提琴盒内，发出一声钝响。女人拉着她的孩子离开了，塔基扬用两根肮脏的手指捡起这枚硬币。它的面值不大，但足以

---

① 法文。

再买一瓶酒，连同一个能将一切遗忘的夜晚。

他站起身，收起乐器，整理好医疗包，接着将报纸叠好，塞进衬衫里。晚些时候的夜间，他能用它遮蔽风寒。他摇摇晃晃地走了几步，接着斜着身子停住了。他将两件行李都并入一只手中，又抽出报纸来，最后看了一眼头版头条。寒冷的东风又吹了回来，猛烈地拖拽着那张报纸。他松了手，报纸便飕飕地飞走了。他继续向前走去，没有停下来回头看它挂在了什么地方，是孤苦无依地拍打着，还是抵在了长椅的铁质椅腿上。这天气或许会很冷，但他相信，酒精能够替他隔绝寒意。

♦♥♣♠

插曲·之一

——摘自《红色王牌，黑色时代》

伊丽莎白·H. 克罗夫顿/著[1]

原载《新共和》杂志，1977 年 5 月

1950 年，参议员约瑟夫·R. 麦卡锡在西弗吉尼亚州惠灵市发表了著名的演说，宣布“在我手中有一张五十七名王牌的名单，如今他们正秘密地在美国生活、工作[2]”。自那一刻起，几乎没有什么人会怀疑，他已经取代了非美活动调查委员会那些不露面的成员，成了 20 世纪 50 年代初横扫了整个美国的反百变王牌歇斯底里狂潮的领头人。

毫无疑问，非美活动调查委员会完全可以邀功，称其摧毁了阿奇博尔德·福尔摩斯为民主引入的舶来品，亦即平静的战后时代的四王牌这一百变王牌病毒给这个国家带来的浩劫的最大活体象征（诚然，鬼牌与王牌的比例约为十比一，但在这个时期，鬼牌就像黑人、同性恋和畸形怪胎，都是些“隐形人”，对于这个更希望他们完全不存在的社会而言，是会坚决无视的）。当四王牌倒下时，很多人以为这场马戏已经结束了。但他们错了。这只是个开始，而乔·麦卡锡正是这场马戏演出的总指挥。

相比于麦卡锡的对手非美活动调查委员会，这场由他煽动带领的

① 所有《插曲》的作者其实都是乔治·R. R. 马丁。

② 历史上麦卡锡演说中说的其实是“我手里有 205 个共产党员的名单”。

“红色王牌”狩猎没有创造出某一个辉煌的胜利，但最终，他的所作所为影响了更多人，而且，与非美活动调查委员会的短暂凯旋不同的是，它持续的时间更久。参议院王牌资源强化委员会创办于 1952 年，一开始它是麦卡锡王牌狩猎的法庭，但最终，它成了参议院委员会结构中的固定组成部分。本来，参议院王牌资源强化委员会应如非美活动调查委员会一样，成为它的创立者的傀儡，但几十年过去了，在休伯特・汉弗莱、约瑟夫・蒙托亚、格雷格・哈特曼等主席领导下，它逐渐发展成一个完全不同的立法主体，但麦卡锡的参议院王牌资源强化委员会却完全符合它的首字母[1]所代表的含义。在 1952 年到 1956 年间，超过两百名男女被强化委员会传唤，通常都没有什么事实依据，无非是有匿名告密者报告说偶然见到他们展现出了百变王牌的力量。

这是一场真正现代意义上的魔女狩猎，就像塞勒姆[2]那些他们灵魂上的先祖一样，这些完全没有犯罪，只因身为王牌就被拖到“机尾机枪手乔”面前的人，不得不费尽力气来证明自己是无辜的。你要怎么证明自己不能飞？王牌资源强化委员会的牺牲品中，没有一个人能说出令人满意的答案。而证词无法令人满意的人，总有黑名单在等着他们。

那些确实是百变王牌病毒牺牲品，同时又在委员会面前公开承认了这一点的人，遭遇了最悲惨的命运。在这些案例中，最辛酸的莫过于蒂莫西・威金斯，又称“彩虹先生”，他被传唤时，正在表演。“我要是王牌，肯定会痛恨看到‘两点’。”1953 年，威金斯被传唤时这样对着麦卡锡说道，自此以后，“两点”这个词便流传开来，人们

---

① 首字母 SCARE，恐吓之意。

② 1692 年 2 月至 1693 年 5 月间，当时新英格兰马萨诸塞湾省塞勒姆曾有一系列遭指控使用巫术者被审讯、诉讼，这场审判最后导致二十人被处以死刑（其中十四位女性），另有五位死于狱中。

用它来指代那些百变王牌的能力微不足道或毫无用处的王牌。威金斯就是最好的例子，他是个矮胖又近视的四十岁表演从业者，他的百变王牌能力是改变皮肤的颜色，这让他在卡茨基尔的小度假酒店里赚了不少钱，在那儿，他的表演包括边随手弹奏尤克里里，边用假声唱《红色、红色的罗宾》《得克萨斯的黄玫瑰》和《百变蓝》之类的歌曲，与此同时皮肤也随着歌曲进行相应变化。不管是王牌也好，“两点”也罢，麦卡锡或王牌资源强化委员会都没有放过彩虹先生。威金斯上了黑名单，再也没法演出，在上法庭后十四个月不到的日子里，他在布朗克斯他女儿的公寓里上吊自杀。

其他受害者的生活也被摧毁了，只是稍稍没那么戏剧性而已，他们上了黑名单，失去了工作，失去了朋友和配偶，又理所当然地在频繁的离婚中失去了孩子的抚养权。在王牌资源强化委员会调查的全盛期，揭露出了至少二十二名王牌（麦卡锡常常吹嘘说自己“揭露”的人数是这个数字的两倍，但他的总数中包括因捕风捉影的传闻和偶然的现象就被控告的人，其实没有确切详实的证据），在这些人里的危险分子包括一名皇后区的家庭主妇，她会在睡眠中轻轻浮起；一名码头装卸工人，他如果将手放入浴缸里，就能在七分钟内让一整个浴缸的水都沸腾；一名两栖的费城教师（她平时都用衣服隐藏自己的鳃，但有一天她为了救一名溺水的儿童愚蠢地暴露了自己）；甚至还有一名大腹便便的意大利水果商贩，他展现的惊人能力是随心所欲地让头发生长。

在处理了这么多百变王牌受害者后，王牌资源强化委员会不可避免地开始在“两点”里寻觅潜在的王牌，其中包括会心灵感应术的股票经纪人劳伦斯·黑格，他的忏悔在华尔街造成了恐慌；还有维霍肯的所谓“豹女”，她在新闻影片镜头前变身的影像吓坏了整个美国的戏迷爱好者。即使如此，依然出现了神秘男子遭到逮捕的案件，他洗劫了纽约的珠宝中心，口袋里塞满了宝石和安非他命。这个不为人知的王牌展现出来的反应速度是普通人类的四倍，与此同时，还有惊人的力量，此外，至少在外表看来，他似乎不会为枪支所伤。他把一辆警车扔到了一个街区之外，还把一打警察送进了医院，最终在催泪弹的作用下束手就擒。王牌资源强化委员会立刻传唤了他，但就在他走上证人席作证之前，这个身份不明的男子陷入了昏迷般的沉睡。让麦卡锡气愤的是，没人能唤醒这个男人——直到八个月后，他那间最大限度强化过安保系统的牢房突然神秘地空了。有一名震惊的模范囚犯发誓说自己看到这个男子穿墙而出，但此人所说的外貌特征与消失的囚犯并不吻合。

麦卡锡影响最为深远的成就，若能被称之为成就的话，一定是推动通过了所谓的《百变王牌系列法令》。一开始，是1954年制定颁布的《异能控制法案》。它要求任何人，只要展现出百变王牌力量，就得立刻去联邦政府登记，否则就可能招致可达十年的监禁。紧接着是《特殊征召法案》，它授权义务兵役局将登记在册的王牌征召入伍，为政府职能提供期限不定的服务。传闻坚持表示说，在20世纪50年代末期，有大量王牌遵从了这些新的法律，被征召入伍，供职于军队、FBI和特勤局，但即使这事是真的，这些代理机构雇佣他们时，也将他们的姓名、能力和他们的存在都严格保密了。

事实上，在《特殊征召法案》生效的二十二年间，仅有两人被公开：其一是劳伦斯·黑格，在他操纵股市的指控撤销后，他加入了政府部门，而后销声匿迹；另一位王牌则更著名，他的案件是全国新闻的头版头条。四王牌中魅力超凡的谈判者——使者大卫·哈恩斯坦，在非美活动调查委员会控告他藐视国会并将他逮捕入狱服刑的刑期满后不到一年，他就将征兵通知拍在了他们的脸上。没有报道证明他被政府征召过。相反，在1955年初，他彻底从公众视野中消失了，甚至连FBI发动全国性的追捕也未能找到此人的任何线索，麦卡锡本人将他称为“美国的头号粉红危险分子”。

《百变王牌系列法令》是麦卡锡最大的胜利，但讽刺的是，它们被通过反而散播下了毁灭他的种子。当这些广泛宣传的法案最终被写入法律，全国人民的情绪似乎也随之发生了变化。麦卡锡一遍又一遍不厌其烦地告诉公众，需要有相关法律来处理潜藏着破坏这个国家的王牌，而现在，国家给了他答复，让这些法律通过了，问题也解决了，我们已经受够了这一切。

第二年，麦卡锡提出了《外星疾病遏制方案》，要求将所有百变王牌受害者强制绝育，无论他们是鬼牌还是王牌。甚至连他最忠实的支持者都觉得这太过分了。这条法案在议会和上议院都遭到了强烈抵制。为了重拾公众的关注，麦卡锡未详加考虑便发动了王牌资源强化委员会对军队的调查，旨在查获传闻中那些《特殊征召法案》发布前便秘密受雇的军队中的王牌。但在麦卡锡审讯军队期间，公众意见戏剧性地转向了反对他的那一边，其顶峰是他在参议院中受到了责难。

在 1955 年初，不少人曾认为麦卡锡可能会强大到足够在 1956 年的合众国总统提名中胜出艾森豪威尔，然而到了 1956 年大选时，政治风潮已发生了极大的改变，他甚至都算不上什么人物了。

1957 年 4 月 28 日，他进了马里兰州贝塞斯达海军医院，成了一个潦倒的男人，整日里提起那些他觉得背叛了他的人。在他晚年，他坚持认为自己之所以会失败，都是哈恩斯坦的错，是这个使者在美国的某处，用他那阴险的外星脑控技术给人民下毒来反对自己。

乔·麦卡锡死于 5 月 2 日，全国上下没人当一回事。但他的遗产却留了下来：参议院王牌资源强化委员会、《百变王牌系列法令》，还有恐惧的氛围。如果哈恩斯坦确实在美国的某处，他也没有幸灾乐祸地在公众前露脸。就像与他同时代的其他不少王牌一样，他始终隐藏着。

♦♥♣♠

卡索德船长与秘密王牌

迈克尔·卡萨特　著

内景，同温层喷气机－舰桥，日场

沃尔夫·乔克让同温层喷气机猛地转向，引擎隆隆作响。卡索德的双手绑着。我们能听到舱口传来的撞击声。

马蒂（声音入）

船长！我们就要没有空气了！

在控制面板前，沃尔夫·乔克转过身，轻蔑地笑了。

沃尔夫·乔克

你来选，船长。交出密码，否则你的三个朋友都只能呼吸最后一口空气了！

卡索德

你也会死的，乔克！

沃尔夫·乔克

我会让这喷气机朝山头飞去，然后自己跳伞。

卡索德

我就知道。鬼牌[①]都是胆小鬼。

沃尔夫·乔克

你就骂吧，卡索德。这毫无意义……而且于事无补。

沃尔夫·乔克撕开了他的脸，当然，他脸上戴着面具。在面具下面……是一张整洁的留着胡子的脸，他是罗万·梅卡铎，卡索德的塔基斯星人死敌。

卡索德

梅卡铎！我早该想到的。

卡尔·冯·坎彭合上剧本，将它面朝下放回桌上。这一日是1956年8月的某个周一早晨。在共和公司的《卡索德船长》连续剧制片办公室——位于圣费尔南多谷的圣莫尼卡山脉附近——外，气温已攀升至华氏90度，而且应该很快就能轻松超过一百度。咔哒作响的空调制造的冷气也远没有它所承诺的多。

然而在自己这角落的办公室里，卡尔依然感觉到一阵凉意。

《卡索德》的剧本用不着达到《麦克白》的高度，它不需要有H. G. 威尔斯的作品那样概念性上的创新点子，也不用像《海军悍妇》那么刺激。

但带着面具的老恶棍的插科打诨？威利·雷在想什么？

卡尔从椅子上起身，伸展身体，这不只是想要释放逐渐累积的压力，也是为了简单地改变他周遭事物的几何结构。他希望他的办公室

① 沃尔夫·乔克这个名字原文为Wolf鬼牌，直译为狼·鬼牌。

就像他大脑的思维一样精简而精确：简单的一套桌椅，一台能让他写出草稿备忘录的打字机，一只放有六周份《卡索德船长》剧本的书橱，不多不少。

卡尔是个矮小的男人，棕色的头发里掺杂着白发，蓝色的眼睛；要不是长了溜肩，他就是个完美的雅利安人标本，他从未受过运动训练，甚至还有跛足，那是“二战”期间在佩纳明德的一场空袭轰炸留给他的遗产。

听到电话铃声响起，他感到一阵轻松。他的助手阿比盖尔打来的。“剧组打来电话，”她说，还没听到消息，卡尔已经知道了内容。“布兰特又迟到了。”布兰特·布鲁尔，卡索德船长的饰演者。

卡尔的抽屉里有许多墨镜，他抽出其中一副，走出了自己的办公室，在阿比盖尔将话筒放回电话机座上之前，就在她面前出现了。“联系扫罗·格林，告诉他冯·坎彭先生很不高兴。”格林是布鲁尔的经纪人。卡尔知道这个电话很可能没什么用处，基本上，每个经纪人都不缺客户，但警告一下说不定能让布鲁尔更有积极性一点。

“冯·坎彭先生要是知道家乐氏的哈罗德·丹会在九点到剧组可能心情会更糟。”丹是家乐氏的采购部主任，这家早餐谷物制造公司想独家赞助《卡索德》，这个将使整个系列的预算翻倍……同时能让卡尔发一笔财。

“推掉。”卡尔说道。他的怒火达到了暴力的阶段，他从阿比盖尔的桌上抽起《先驱晨报》。立刻，他就注意到了报纸头版的新闻，说在格里菲斯天文台附近，有人的身体变成了石头。

“啊，那个美杜莎杀手又出手了。”这可怕的系列死亡事件可以追溯到三个月前。所有的鬼牌全都变成了石头。“而今日，太阳照常升起。”

“卡尔，你太邪恶了。”

“正确的形容词应该是‘愤世嫉俗’。”能让自己的英语显得比阿比盖尔的更好让他有些愉快，事实上，她还是从某个东部的大学里毕业的。

“我说的是‘邪恶’，而且我不打算更改。”阿比盖尔今年二十五岁，身材苗条，感觉像是充斥着男性俏皮话爱好者的新闻编辑室里唯一的女记者。卡尔喜欢她的声音，也喜欢她漠视商业关系的交谈方式，身为秘书的她总是会对上司直呼其名。“这条新闻里，让这一事件与通常的鬼牌谋杀案不同的唯一一点，在于牺牲者并非年轻女性，而是男人。”

“我敢打赌，是演员，”卡尔的声音略带苦涩，“为导演所杀。”他朝着阿比盖尔露出了告别的微笑，接着戴上了墨镜，“正如你所说……邪恶！”

♥

卡尔对自己的评价并不公正。尽管战时的残酷遭遇让他产生了一种粗糙的德式幽默感，但他依然会与任何一名弱者及脆弱之人产生共情。

卡尔甚至还有一个只属于他自己的名字：“焦点”，以德语拼写。“焦点”的能力提升了他的视觉，能将事物放大，而且常常能直接穿透视线上的任何物体。这不仅仅只是个物理上的能力，事实上，它还是一种思维的状态——是时间被拉伸的瞬间。

这一点他还在努力尝试去控制。

卡尔穿过发烫的柏油路，朝着山谷北端群山随意一瞥，这一眼激起了焦点的反应。突然，远处的威尔逊山及其上的天文台和大量的电视广播发射塔，全都显得近在咫尺。

再一瞥，卡尔看到那座几百英尺高的巨大反射镜的雪白圆顶……上面的涂漆有些脱落。又一瞥，发射塔属于 KNX 广播电台……有一盏红色的安全灯烧坏了。

在运用焦点时，他有种近乎于性快感般的满足感。它显然是一种很私人的体验，当然，也是一种特权，因为焦点同样需要特别的氛围，例如某种特别诱人的目标，无论它是远是近。

这不是一种会让卡尔很显眼的百变王牌能力，只除了一点：他的眼睛会从蓝色变为红色。因此他总是随身携带墨镜，即使因此他常常被人奚落说做作也绝不改变。

墨镜彻底地掩饰了卡尔·冯·坎彭，正如他的德国口音。他常常会想，在1956年的好莱坞，对他而言究竟哪一种才是更大的障碍——是身为一名王牌，还是曾经为希特勒工作？

♣

步入隔音摄影棚就像是进入了一座黑暗而诱人的墓穴。让卡尔能在极短的时间里就此遗忘他对金钱永恒不变的忧虑，还有来自他的老板弗雷德里克·齐夫施加给他的压力。

他也能摘下墨镜。

第一个发现卡尔出现的人是尤金·奥克维兹，这位通常总是喝得醉醺醺的矮胖演员，饰演的是长着狗脸的鬼牌特克——卡索德船长的老伙计。“元首来了！情况怎么样①？”他说着，猛地往卡尔背上拍了一巴掌。

“我来这儿就是想知道这个问题的答案，”卡尔不喜欢奥克维兹。相比于布鲁尔，尤金是个更专业的完美主义者，从不迟到，从未搞丢面具或忘记台词，但他对这配角的态度太过于认真，服装师也说他经常会将橡胶狗面具随身带回家。他解释说，这是因为他排练时习惯于保持角色的表演状态，但是……

“我们正在设法弥补第一场时布兰特不在的问题，”奥克维兹说

① 原文为德语。

道，“先拍我们那几个镜头，怎么样，宝贝？”

“宝贝”指的是饰演“诺拉”的女演员多蒂·道尔，她就像一座雕塑，长着蓝色的眼睛，还有一双迷人的大腿，她身着《卡索德》里的同温层喷气机制服时总在展示这双腿。卡尔提醒自己得称赞一下服装设计师，对方显然很明白，儿童节目反而能侥幸地越过底线，而这样的底线在针对成人的系列节目中，很可能会被判断为伤风败俗。

“我不是你的宝贝，尤金。”多蒂甚至都没有直接朝着他说话，而是面对着卡尔，“像现在这样我们简直不可能完成任何事。”

这是典型的多蒂式发言——冷静、见多识广、公事公办，带着一种北欧公主般的气质，她是卡尔的父母应当会很乐意让她成为儿媳的类型。

卡尔绕过室内布景来到场景前方。负责轨道和相机吊车的工作人员将卡索德的喷气机控制面板移开时，把照明也关掉了。“她说得对，”饱受批评的导演马歇尔·科萨克说道，“今天剩下来的全是卡索德的戏份。”

就算一切都很顺利，科萨克也会焦虑。他是从《霍帕克·卡西迪》[1] 剧组来《卡索德》的。卡尔硬挤出微笑。“情况可能更糟，马歇尔。我们可能得用上马来凑数。”

“马早就准备好了。或者你也可以换一匹新的，反正也没人看得出来。”

就在此时，一名制片助理匆匆跑到他们跟前，说了一句“他来了！”接着立刻跑开，以防被接下来的爆炸波及。同样的自保冲动也使得科萨克表示说自己得去上个厕所。

卡尔硬着头皮准备接下来的会面。但等他的眼睛适应了突然改变

---

① 霍帕克·卡西迪原本是克拉伦斯·E. 马尔福德系列短篇小说里的牛仔，这个角色后来改编成了电影、电视剧集和广播剧。

的光线，他意识到来的人并非卡索德船长的饰演者布兰特·布鲁尔，而是家乐氏的哈罗德·丹。

丹年近四十，肤色黝黑，体型魁梧，头顶渐秃。此外，他还有一副白牙，卡尔还没见过哪个不是演员的普通人牙齿能像他这么白的。事实上，丹说每一句话的时候，都会露齿微笑……就仿佛他每秒都能因为光芒四射的笑容而获得进账似的。

卡尔将他介绍给了奥克维兹和多蒂。丹第一眼见到卡索德的女同伴时，双眼就睁大了。“我在想，我们应该把你放在我们的食品外包装上。”

“要是大腿和胸部能卖出玉米片，有什么不可以的？”

在这些玩笑话逐渐升级之前，卡尔听到有人说道：“你们在干什么？没看到我们还有部伟大的电视剧要拍吗？”

说话的人正是布兰特·布鲁尔，对于几百万美国年轻人来说，他就是卡索德船长，塔基斯星人和他们那些鬼牌盟友的痛苦根源，在这部剧中他双手叉腰、大步跨过阴影和行星，这个标准姿势对于孩子们来说，代表着力量、公正和美国价值。他身穿饰有首字母C的蓝色紧身飞行服，还别着一条闪闪发光的腰带。无论什么时候卡尔见到他的船长，不管当时他有多生气，他都希望自己能拥有播放出彩色画面的能力。

要不然，就让他那双使用了“焦点”能力的双眼能放出爆炸射线也行。“布兰特，你迟到了两个小时。”

“做发型和化妆的姑娘不让我出保姆车。”布鲁尔的笑容和丹的一样炫目，但看起来完全出于真心。卡尔毫不怀疑做发型和化妆的姑娘会对这位明星迷恋不已——大部分女性都是如此，而且，毫无疑问还有部分男性。

“你每天都迟到好几个小时，这会毁了我们。”

“我们在布景，卡尔。”

“我们得根据你布景！而且这些片子拍出来本应该更好的。”

布鲁尔挥了挥剧本：“这东西怎么可能好得起来？我穿着制服，戏弄戴面具的傻子。我没法向他们开枪。我也没法把他们扔出舱口。我所能做的就只有对他们说些刻薄话，让他们去吃他们的菠菜。”在争吵时，布鲁尔用上了他原本的卡真人[①]口音，而卡尔会越来越像个日耳曼人。让人奇怪的是，他们这样交谈竟然还能听懂对方的话。

“我们的观众都是些小孩。他们在现实生活中早已见够了暴力。”

“小孩也不吃屁话这一套。你真的读过这些剧本吗，卡尔？”布兰特的表情从蔑视转为怜悯，“没有戏剧性的冲突……都是些简单的东西。美国孩子真的喜欢看这种脸谱化的王牌和鬼牌吗？让尤金·奥克维兹戴上一副狗面具，会好过找一个真正的——”

“够了！”卡尔知道布鲁尔要说什么，他总是这样，会将争吵从他自己的错误转移到好莱坞对百变王牌的胆怯心理上去，“你知道我们不可能使用真正的鬼牌。我们还得为这事儿争论多少次？这个系列早已设计妥当了。你要么成为其中的一分子，要么就离开。要是你再迟到，我就开除你。”

“你真的想因为开除卡索德船长而在历史上遗臭万年？”

卡尔用手指轻轻地弹了一下卡索德的服装前部。“只要穿着这一身衣服，卡索德船长可以是任何人！”

此时布鲁尔的外貌又发生了变化，散发出了温暖和友好的气息。“你是老板你说了算。”他四下张望，就像是在寻找同盟，接着认出了科萨克。“我们是在这儿拍还是怎么样？”

卡尔还在因为这场争执而心情激动，因此当他听到身后有人鼓掌，他用了一会儿才意识过来那是谁——丹。“你坐在一座金矿上，冯·坎彭先生。”

---

① 移居路易斯安纳州的法国人后裔。

“这部电视剧做得不错。”

“而且接下来也应该不错，不过真正的收益并非来自于每天下午看电视的孩子，而来自于那些年轻人要求他们的父母购买的东西。卡索德船长的漫画书和玩具，还有……睡衣、头盔、平流层喷气机模型和角色手办。”

“还有早餐谷物。”

“你最好能控制得了你的演员。”说这句话的时候，他没有微笑。

♠

在他做出任何行动之前，卡尔还得为下一周的五集《卡索德》挨过评分环节。

说评分环节当然是一种夸张。背景音乐早有库存，都录好了。这个操作是很机械的……每个恶棍登场，或是出现高潮剧情都会使用同一段音乐。对于卡尔来说，重复就像是被昆虫咬伤：伤口很小，却很频繁，让人恼火。

他离开配音台时，见到了自己要找的人。“杰克!”

著名的犹大王牌杰克·布劳恩，最近在出演齐夫拍摄的《人猿泰山》系列。他看起来黝黑得令人难以置信，身穿卡其色服装和白色衬衫，又年轻得有些怪异。“嗨，卡尔。你的船长怎么样?”布劳恩脸上挂着的假笑说明他完全知道布兰特迟到的事。好吧，布劳恩的朋友依然遍布共和公司。

“我正想和你谈谈他的事，杰克。”

布劳恩眯起了眼睛。“你要是想雇我就一定是疯了，卡尔。王牌依然是个‘红字’，带有某种隐喻。”

“我知道。现在要全部推倒重来费用太高，风险也太大了。我只想知道为什么布兰特·布鲁尔不能准时来摄影。”

“我忙于《泰山》的工作，没法跟他保持联系。”

“你知道这儿发生的所有事。”

“这是因为我只有这样才能生存下去！你要相信一个不得不以艰难的方式学会这一切的人。”

“那你教教我。”

“你自己就做得挺不错的。”

卡尔的反应仅只是双手抱胸。他早已有了和演员打交道的充分经验，能够认出对方的表演。今天在他面前的是“不情愿的好莱坞万事通杰克·布劳恩”。

不过这表演没持续多久。布劳恩拿出了一张名片。“好吧，你需要的人名叫爱迪生·希尔。每天下午两点之后，你能在这儿找到他。”

卡尔读出了名片背后写的名字。“圣莫尼卡码头动物马戏团。这个希尔是酒鬼，还是码头苦工？”这个码头因为同性恋云集而声名狼藉，此外，也是这座城市少量鬼牌的常去之处。

“据我所知，都不是。要是你给他买一杯鸡尾酒，他就不会一拳打在你的鼻子上，但大部分时间里，他不过是知道点事情的人，或者至少，他能知道该怎么把事情找出来。‘动物马戏团’基本上算是他的办公室。”

卡尔每次遇到布劳恩，都想告诉他自己也是个王牌——但每一次，他都会立刻意识到这样做毫无意义。“你知道的，杰克，这样的日子，所有这一切……疯狂都会结束。我们应该一起工作。”

布劳恩的笑容中带着温暖的诚意和狡黠的心照不宣。“能这么想当然是最好的，不是吗？”

◆

他差点就错过了“动物马戏团”俱乐部。它部分在地下，紧挨着圣莫尼卡码头最臭名昭著的旋转木马，周围环绕着一圈巡回马戏班子、小吃摊和畸形秀，这些几乎全是鬼牌所有，并由他们经营的。俱乐部内昏暗狭窄，空气中带着一股陈年啤酒和碎木屑的气味。在俱乐部小小的舞台上，一名女性鬼牌正在急速旋转，合着音乐甩动金属胸罩上的流苏扭动屁股。

“我来这儿已经有好些年了，”希尔说道，“我无法抗拒朴素的美。”他身材瘦高，长得不错，就是那种会在 B 级片里担任配角的英俊男子，留着一副迪克·鲍威尔式的络腮胡。他说话的口音像是在遥远的洛杉矶东边长大的。

“这里有一些……很特别的人。”卡尔说道。

“他们迎合了某些特殊的嗜好。”希尔说。此时是正午，无论哪家俱乐部在这个时段都不会有什么生意，“动物马戏团”里几乎是空的。不管怎么说，舞台上的舞者无论以哪种标准来看都是个美人，只是当她脱下胸罩，卡尔看到她本该长出乳头的地方长着嘴巴。他不敢细想在她下身的三角地带中究竟又会长出什么。“你不在这儿干活的时候，会干什么?”这个问题更多是出于尽职的调查，而非礼貌性的好奇。

“你可以称我为幽灵，”希尔说道，接着他又补充道，“影子写手。写些早就宣告过了内容的项目，演讲词，诸如之类。还给廉价杂志写过一些侦探小说。”

“挣得多吗?”

“有些低俗小说的稿费相当不错。但战前我是海军的人。肺部中了一弹，结果就被送上岸了。”

“战时你没有回去服役?”

“我试了又试。但他们不要我。”他放下手中的饮料，将双手交叠。“现在，我能怎么帮你?”

卡尔快速地把自己与布兰特·布鲁尔之间的问题讲述了一遍。“你觉得他是‘赤色分子’吗?”

“难说。”在好莱坞，卡尔认识真正的共产党员，布兰特·布鲁尔与他们完全不同。

“同性恋?”

卡尔摊开双手。“这么说吧，他是个演员。”这意味着同性恋始终有其一种可能性。

“好，那我们先记下这一点。”希尔漫不经心地左右张望。他说话的时候，卡尔几乎听不清他在说什么。“还有百变王牌的因素。”

“没有这样的迹象，但是……”

“我的收费标准是一天 20 美元，相关开支报销。预付款 40 美元。通常预付款我只收这个的半价，但如果案子涉及百变王牌……”他朝着“动物马戏团”里的人做了个手势。

“行。”卡尔小心地数出四张 10 美元。

“你会收到一份详细的报告。布鲁尔住在什么地方，他每天都是怎么度过的，都干了些什么——还有跟谁在一起。就算你不喜欢报告的内容，也会喜欢这种风格的。”

他们协商之后，决定第二天早上八点在富兰克林大道和西大道交界的一家咖啡店碰面。如果希尔有什么事需要立刻联络到卡尔，他可以打电话给卡尔的办公室，同时自称“爱德华先生”。若是卡尔需要联络希尔，他可以打电话给希尔使用的代接电话服务。

♥

摄影拖到了晚上七点才结束，比计划表晚了一个小时——对于工作人员来说，则是加倍的延时，这都得归因于布鲁尔迟到。但由于家乐氏的哈罗德·丹先生随时可能在任何转角处出现，卡尔决定避免一切进一步的会面，于是就让阿比盖尔给他打电话叫了一辆出租车。

他住在好莱坞山上一座双层公寓楼里。他的女房东名叫艾斯特尔·布莱尔，曾做过默片演员，有声电影让她不得不退休，而百变王牌病毒则让她彻底地淡出了人们的视线：病毒让她成了隐形的女人，一个声音如同少女的幽灵，除了空洞的衣服摩擦声和拖鞋走过的声音之外，完全无法侦测到她的存在。

卡尔见过一张艾斯特尔在默片时代的照片。她曾经有过一头金发，长腿，是个噘着嘴的时髦女神。他不知道如今已经五十多岁的她看起来是什么样子。

她自己知道吗？

众所周知，她很难打交道……只除了和卡尔。他回家的时候，她——或者毋宁说是她的睡衣——迎接了他。“你工作得太辛苦了，”她说，“吃过晚饭了吗？”

“吃过了，在剧组吃的。”他必须得这么跟艾斯特尔说，即使他还没吃晚饭。他一点儿也不想被迫接受一场晚餐的邀请，然后眼睁睁地看着艾斯特尔吞咽食物时，它们自可见变为不可见，同时还得回答连绵不绝的问题。

他从一团稀薄的空气中抽出了自己的信件，接着走入屋内。

这里的家具摆设与卡尔的剧组办公室一样简朴。一张长椅，一张矮桌，几把椅子。底下的卧室同样寡淡，厨房也是。

除了每天叫两次出租车之外，卡尔对他制作人身份的唯一让步，就是购买了市面上最大的电视机，一台17寸的X2552型天顶电视机，附带操作台。他得确保自己能在这么大或略小些的电视机屏幕上看到《卡索德》最终呈现出来的样子，因为那是观众能看到的演出。

通常卡尔一踏入自己的屋中后就会打开电视机……不仅仅是因为这个盒子关系到他的生计，同样也因为到了如今，电视已成了他大部分夜晚的伴侣。

但就在卡尔打开电视机之前，他看到了一封赫伯特·克拉斯顿写来的信。他是白沙的前运营总监，也是第一个与塔基扬医生面对面相见的人类，今晚他就在城里，约卡尔晚上八点在穆索共进晚餐。

卡尔瞥了一眼他的手表。此时是八点半，但穆索离他的住处不远。

他又叫了一辆出租车。

♣

“啊，这可不就是坎彭先生[①]吗！”

卡尔从后门入口进了穆索，在餐厅里巡视了一圈，小心警惕地寻找赫伯特·克拉斯顿，最后被带到了卡座。火箭工程师背对卡尔坐着，从他面前放着的残余物判断，他的晚餐吃的是一份丰盛的烘肉卷，还喝了一两杯鸡尾酒。“我才刚收到你的消息。”

“吃了吗？”

“吃过了。”

“好吧，那么，至少我享受了这里的气氛，我听说过不少圣莫尼卡的鬼牌的事。”

“他们应该立一块路标——鬼牌之地。”卡尔用了几秒钟，才意识到克拉斯顿想亲自去一趟码头，了解底层鬼牌的低贱生活。要是平时，卡尔肯定会因为不了解和厌恶而畏缩。他确实去过码头几次，但这几次对他来说已经足够了。鬼牌应召女郎骑在旋转木马上，招呼过往的男人；小吃摊后面露出可怕的脸庞，兜售廉价纪念品和油炸食品；鬼牌黑帮分子们拿刀斗殴。畸形、绝望，毒品的气味里混杂着海水、油脂和鱼类腐烂的味道。

但今晚，有两点让事情变得不太一样了。他确实想见克拉斯顿……此外，他还知道一家鬼牌俱乐部。

♠

一个人在人生中要是去了像“动物马戏团”俱乐部这样的地方

---

① 原文为德语。

两次，就已经算得上咄咄怪事，更别说是一天之内连续去的。

夜晚，圣莫尼卡的码头上彩灯闪烁，旋转木马不断播撒着音乐，让这地方看起来似乎迷人了许多。海员和鬼牌混杂在一起，边吃冰激凌三明治和热狗，边在小游戏、过山车和畸形秀间游荡。

不知怎么的在“动物马戏团”里的鬼牌舞者似乎更诱人，但也可能只是更多样化，人数也更多一些。“这给了‘异能[①]舞者’这个词语新的含义。”克拉斯顿说道。他热爱双关语。在白沙的时候，卡尔只会最基础的英语，因此大部分双关语笑话他都无法理解。但现在，他已经不能再拿这个做借口了。

考虑到这是个工作日的夜晚，这里的人数量显得相当多。当然也可能是卡尔估算错误，因为码头和它的夜生活在他的经验认知范畴之外。

有三名舞者在舞台上跳着舞，她们自称美国女孩，她们星条旗服装下的肌肤，依次呈红色、白色和蓝色，这时候，过来了一名惊人的猫女，她身上完全覆盖着带有斑点的皮毛，身后还拖着一条尾巴，她走到卡尔和克拉斯顿的桌边，“需要人陪吗?”

克拉斯顿挥挥手，让这姑娘走开，然后说起了自己的老本行。“现在看来汤姆林[②]那边的研究好像有点儿眉目了。”

“还想搞明白塔基扬的秘密？想逆向破解塔基斯星飞船的引擎?”

“妈的，没这回事！赖特空军基地那帮人干得最好的也不过就是……让他们去浪费时间!”克拉斯顿这话几乎是喊出来的，这一方面是受了酒精的刺激，另一方面，也是因为周围太吵。接着，他有些窘迫，以明显镇定了不少的声音说道：“卡尔，我们现在重又回去干我们自己设计的老本行了……我们还研究了怎么切割金属。看着天空

---

① Exotic 亦有“异域”之意。

② 此处指汤姆林空军基地，此基地应为虚构，以喷气机小子的本名来命名。

吧，要不了多久，你就会在天上看到我们地球人制造的东西在飞了。”他又喝了一口饮料，微笑道，“就像你那个平流层小喷气机。”

“恭喜你们。”

“有些我们从前在白沙的朋友跟我们在一起工作。甚至还有威利·雷，”雷在战前就逃出了德国，成了一名火箭学方面的畅销报道写手——这也是为什么卡尔会找他替《卡索德》系列写剧本。“我们真正需要的人是你。你是我们这群人当中最有希望的。”

“我的朋友，你醉得厉害。你说的‘那群人’包括了冯·布劳恩、鲁道尔夫、多恩伯格，还有那么多其他的——”

“我指的不是成就。我们知道你刚出校门就去了佩纳明德。另外，妈的，在‘宝宝’[①] 出现之前，我们谁也没能搞定白沙的起落器。”

塔基扬那子弹形状的塔基斯星飞船在白沙降落时，克拉斯顿和冯·布劳恩以及一群前纳粹工程师曾受命与他接触。不过，卡尔和其他人当时却不在，忙于做健美体操、写无数报告、学习英语课程。

“是威利让你来找我的？”

克拉斯顿耸了耸肩。“他只是说我们该来问你一句。”

“他在这么做之前应该先告诉我。”

“那我就不能让你大吃一惊了！”克拉斯顿傻笑着说道。他喝得太多，变得有些多愁善感。卡尔记得他本来就有些饮酒过度。“我们两人都挺走运……没染上百变王牌病毒。”

“是的。”

当然，卡尔·冯·坎彭其实是中了百变王牌病毒的。那是 1947 年，他跟随瓦尔特·多恩伯格去了水牛城的贝尔飞机公司，忙于沉闷的设计创造工作，他们主要制造的是一种似乎永远都不会投付使用的炸弹，然后他就染上了他以为的——或者说，他希望的——流感。他

① 塔基扬的宇宙飞船。

发了几天烧，说了几天胡话，康复之后，他发现自己的视力发生了改变：他原本近视得几乎是个睁眼瞎，但此时，他却能以接近显微镜的水平看清微小的事物——或者，也能远到如同最好的光学望远镜。

他有了“焦点”。

当然也有副作用：在使用“焦点”之后的几分钟里，卡尔的眼睛会燃起恶魔般的血红。一开始他觉得那是暂时的……但接下来的几周，他试着掌控他的新“天赋”时，他意识到这种能力接近永久，这是他身为一名王牌的表现。自那时起，他就开始戴起了墨镜。

卡尔痛恨在贝尔飞机公司工作，更痛恨水牛城，于是他决定去实现自己毕生的梦想。他给著名的电影导演弗里茨·朗写了一封信，这位导演曾经制作过世界上第一部火箭电影《月亮中的女人》。朗是多恩伯格的朋友，因此他对像卡尔·冯·坎彭这样的德国火箭专家会比较心软。导演答应给卡尔写介绍信，只要他能到洛杉矶……

下一周，卡尔就打包带上了他的全副家当，搬到了好莱坞。在这里，“焦点”能力成了他在任何电影剧组中都价值不凡的资本。他从助理升到了操作员，再到放映师，最后成了卡索德的执行制片人。

在卡尔观察出自己对克拉斯顿说的谎话效果如何之前，那名猫女又回来了。“你们现在觉得我们可以不用那么拘谨了吗?”她边问边钻进了他的膝盖之间。

克拉斯顿似乎确实更乐于倾听了。“你还挺锲而不舍的，对吧?”

“我不懂你是什么意思。这话听起来帽子太大了。”她在克拉斯顿的耳边厮磨，这位工程师显然很是受用。“我喜欢大的东西。”

卡尔发现自己也喜欢这个猫女的古怪动作。她注意到了他的兴趣。“你这么可爱，怎么可以落单呢，帅哥。你在这儿见到过什么想聊聊的人吗?”

“现在还没有，谢谢你。”

那鬼牌女孩大笑了一声。“啊，害羞的家伙。那，你们俩是干什么的？”

“他是个火箭科学家。”卡尔说道，他想将猫女的注意力引回克拉斯顿身上。

为了战胜卡尔，克拉斯顿说道：“卡尔是这里的《卡索德船长》的制片人。”

卡尔想杀了他。这话在鬼牌俱乐部里说出来像是在钓鱼——此外，要是被人认出来，也会是一种麻烦。

不过猫女似乎挺开心的。“那你一定认识布兰特和尤金！”

“很熟，”卡尔说着，试图掩饰他的惊讶之情，“你认识他们吗？”

“当然！尤金说他会想办法让我也去演这个节目！特克需要一个女孩，你觉得如何？猫和狗，孩子们都会喜欢的。而且想想看，你们还可以省下化妆的事！”她从喉咙里发出一声笑，“你知道，我这么做只是为了付房租。我本来就是个女演员。”

她当然是女演员。他也知道是哪一类的女演员。他之前就听说，现在鬼牌色情电影的市场越来越广阔了。“我不知道他们经常会来这儿，”卡尔说道，“他们来得有多频繁？”他注视着那张猫脸……注意到她的胡须上有水汽凝聚而成的水滴在闪动……她的眉毛抬高了……嘴巴微微张开。简单地说，这些都是犹豫的表现。

或者是恐惧。

猫女说得太多了，一瞬间她似乎意识到了这一点。“我不会说‘频繁’这个词。他们只是……我遇到过的人。抱歉。”她从克拉斯顿身上爬了下来。

火箭科学家似乎对她离开毫不在意。“要回莫哈韦得赶上好多路了。”

“以现在的情况，你能到得了蓝克新大道就算走运了。”

卡尔帮助克拉斯顿来到码头尽头，那儿停着一排出租车。他让他的前同事在罗斯福酒店下了车，接着让司机沿好莱坞大道开往高尔街。到了那里，他下车步行。从高尔街向北往锡安大道走，距锡安大道不到一英里的地方是海滩木峡，沿着海滩木峡再往东走几个街区，就到他家了。他需要时间来让酒精挥发。需要时间来思考。

他可以继续现在正在做的事……生搬硬凑出一个儿童系列电视剧，直到它的寿命耗尽。然后是下一部，再下一部。直到他自己的寿命耗尽。也可能比死亡更糟，他会被潮流抛弃。他可以将《卡索德》电视剧中他自己的这部分股份出售给家乐氏，然后拿这笔钱维持余生的生计。再也不用做什么奸诈的王牌被一个穿蓝色制服的白痴欺骗的愚蠢故事。

也或者，他可以接受克拉斯顿的邀请，回去干他那毕生的事业。

但在他解决布兰特·布鲁尔的问题之前，他什么也干不了。

他的明星正被吊在一座鬼牌过山车上。这或许可以解释他迟到的早晨越来越多。但尤金·奥克维兹跟他在一起干什么？至少就卡尔所知，这两个人之间的关系，无非是同一个剧组的演员罢了。而且奥克维兹显然也从不迟到……

走到高尔街和富兰克林大街的交界处，他停下来，借用了一台付费电话。他给爱迪生·希尔留了一条紧急留言。

◆

第二天早上八点半的时候，卡尔还坐在富兰克林大道和西大道交界的咖啡店里。前一晚的闲逛给他壮了胆子——此外他还指望日光和运动能让他消解宿醉——他走到那里，急切地想知道爱迪生·希尔打听到了什么消息。

但爱迪生·希尔却没有露面。

他能做的就只有等待，然后阅读《先驱》报上“美杜莎杀手”接下来的系列报道。在过去的二十个月里，已经有七起类似的谋杀案了。所有的受害者都是男性，全是鬼牌，年龄在二十五岁到五十岁之间。他们没有一个人是显而易见的易受侵害者：没有流浪汉，没有吸毒犯，也没有男妓。他们都是些可靠的公民，任何鬼牌都会希望自己成为像他们那样的人——老兵、律师、会计师、档案管理员、机修工、格伦代尔的加油站老板，甚至还有一个前消防员和两名前教师，在他们的卡牌翻转之后，这两名教师失去了他们的工作（没有父母希望鬼牌接近他们的孩子）。

但这些与卡尔都没有直接关系。他想知道的是英俊、神秘而充满了魅力的布兰特·布鲁尔……那个男人掌握了开启他未来的钥匙。

到九点时，他不打算继续等下去了，往台子上扔了1美元，叫了一辆出租车。他已经给了一个他在鬼牌酒吧里遇见的男人40美元！等下一次他见到杰克·布劳恩，卡尔觉得自己得好好跟他谈谈这事。

卡尔·冯·坎彭痛恨被人愚弄的感觉。

♥

他像往常一样，在前门下了车。让他惊讶的是，他在停车场见到了阿比盖尔。他透过墨镜望着她。“你怎么不在办公室里？”

“因为扫罗·格林正在等着你。”

“让我猜猜——”

“布兰特又迟到了。”

卡尔开始头疼起来，这一次，他不能将之归咎于前一晚摄入的酒精。“跟我说说好消息。”

“昨晚他们在银湖又发现了一个死人……也变成了石头，卡尔。”

“要是扫罗·格林给我带来任何坏消息，变成石头沉入银湖的人就得是他了。”

扫罗·格林的体型犹如巨人，卡尔不想在自己的办公室里面对他，此外，卡尔也得让敏感的科萨克安心，让他知道不会因为没能按时完成拍摄进度而受到责备。

不用说，布兰特·布鲁尔的停车位还是空着的，不过在旁边停着一辆闪闪发亮的黑色双门好莱坞型哈德逊汽车，这正是卡尔会买的车……如果他要买车的话。这辆车属于扫罗·格林。

而这人，不知怎么的，就与卡尔同时到了隔音摄影棚。“看样子今天也会挺热的。”格林说道。

即使是在情绪最高昂的时候，卡尔对格林及他那些无聊的谈话也没什么耐心。“为什么来这里的是你，而不是你的艺人？”

“布兰特有些个人问题。医学上的问题。”

“那么他现在是在医院里了。”

“还没进医院。没到危及生命的程度——”

“——会危及的只有他的职业生涯。”

格林拉着卡尔的手肘，不知怎么的，就将他拉出了几步之外。“卡尔，你我从未成为好朋友。”

“事实上，我们差不多都快成死敌了。”

“但这是个涉及友谊的事，虽然有些人真的很难交友。”

“你是想成为我的朋友吗，扫罗？你说这么大一通是这个意思？”

“不是我。但是……你对演员有多了解，卡尔？”

“我付了他们一大笔钱，让他们来露面，念他们的台词。我还需要知道什么别的？”

大个子男人摇了摇头，样子就像在改正孩子的错误，“最好的演员都是些没什么内涵的人，他们很容易就会去追逐出现在眼前的时尚或一时的激情。而这恰恰让他们擅长于他们所做的事——成为其他人。”

“所以布兰特·布鲁尔是成了某个别人，而那人惯于迟到？”

“不是。我想说的是他需要……理解。弹性。”

“我们已经重新安排了每天的拍摄日程，扫罗。你这套理论跟哈罗德·丹提过了吗？我不认为我们的这位新赞助商能理解节目迟播，甚至拍不出来!”

“你不需要把家乐氏拉出来说。他们感兴趣的只有钱。”

“那你算什么?无私的利他主义者?”

“我是布兰特·布鲁尔的朋友,我也可能可以成为你的朋友,我正在这样的立场上请你撤回你做的那些事。”格林凑近了卡尔。在他的动作中,看不出有什么友好的成分。“别再派人跟踪他了。”

“我们已经谈完了,扫罗。”卡尔将手伸向摄影棚的大门。之所以没有打开,只是因为红色的警示灯显示里面还在拍摄。

“你觉得怎么样,卡尔?难道你不认为,现在这时机依然不适合……让你的私事公之于众?要是发生了那样的事,你的职业生涯该怎么办?”

卡尔盯着那位经纪人。“别威胁我。”

格林露出笑容,摊开双手。“我只是向你提出某个友好的建议。”他转过身,接着扭过头说道,“顺便说,好好保管你的墨镜。”

卡尔钻进了他的剧组里那黑暗的避难所中,双手颤抖,胃部反酸。

扫罗·格林知道他的秘密。

♣

布鲁尔露面时正是午饭的点,卡尔已回到了自己的办公室,下令不许任何人打扰他。空气中飘散着烟雾,似乎是山上的火导致的。远处响起警报。卡尔觉得这一切都让他不安极了。

但现在他对爱迪生·希尔没那么生气了。至少他不再认为希尔是个骗子。杰克·布劳恩不会推荐给他那样的人。

在这样的冲动下,他让阿比盖尔替他找出希尔的家庭住址,再打电话给他。他不喜欢等待。

接着他试图让自己沉浸在接下来的《卡索德》剧本中。但他一直在担心布鲁尔和格林的事——还有家乐氏——再加上最新剧情的对白全都陈腐平庸，空调又一直发出机械的咔哒声，让他沮丧而不快。

他回想起自己与布兰特·布鲁尔合作的过程。一开始他只是简单地看了这位演员在 8×11 英寸高光相片上的脸，外加他参与过的项目简表，从百老汇的配角到直播节目，还有一些奇夫旗下其他电视系列剧里的龙套角色。黑色头发，蓝色眼睛……布鲁尔看起来正像个英雄。经过一轮试音后，他证明他的声音听起来也可以像个英雄。

卡尔还没与布鲁尔谈过话，就通过扫罗·格林完成了交易。再说，要在每两个电视季间隙拍摄出一百五十分钟低成本剧集，这么苛刻的制作条件也让他无法再有进一步的动作。他们从没成为朋友——没有一起吃过饭，喝过酒。仅有的社交会面都在偶尔的假日聚会上。

他对其他演员的了解甚至更少——奥克维兹也是格林手下的演员，卡尔想起来，在试音时，他就已经戴着狗面具了。

卡尔倒是不介意加深对多蒂·道尔的了解，但他王牌的身份让他的浪漫生活变得复杂起来，“焦点”则让他正常的性欲转变成了某种特殊的形式，类似于窥淫癖。此外，卡尔对于自己要以制作人的身份来追求女演员的事也有些怯意。

意识到此时已近下午五点，而他还尚未进食，他踱到外间办公室，却发现办公室里没有人，只有一张纸条，上面写着爱迪生·希尔的家庭住址和一串电话号码，边上留注“试试这个。电话不在服务区”。

阿比盖尔不在让卡尔有些恼火，接着他想起两件事：她有一个体检预约，是他自己同意她离开的；让他感到不安的其实是爱迪生·希尔的状况。

按照最好的德国传统，他决定立刻采取行动。

♠

希尔的住址是望山 8777 号，这是一个非常有意思的巧合：十年前，卡尔来好莱坞拜访弗里茨·朗时，他就住在望山。那个地址距《卡索德船长》的摄影棚不超过五英里。

但到那里去却花了卡尔一个小时。月桂谷小道往南的路都被穆赫兰大道上的消防车封锁了。

卡尔乘坐的出租车司机建议他们绕一大圈路，从伍德罗·威尔逊路下去，绕一条小路到月桂谷小道下方，然后北上回到月桂谷小道。

在月桂谷小道和望山交叉的十字路口，堵着更多消防车，不过还是可以从它们之间穿过，驶上狭窄的小道。

然而，在转了几个弯之后，卡尔坐的出租车遇上了终极路障——三个穿着洛杉矶警察制服的人。“你只能到这儿了。”一名警察对卡尔说。

“我是这里的住户。”他痛恨撒谎，但他必须得去希尔的家。

“我的朋友，如果你住在这儿，你该做的事应该是打电话给你的保险经纪人……这里有四幢屋子着火了，我们还未彻底控制火势。”

卡尔摘下墨镜，向路的尽头望去。有几间奇怪的峡谷小屋已焚毁烧尽了，它们都是些笔直的建筑，让卡尔想到树屋。山上的树木也都成了冒着烟的木桩。甚至连路牌都沾着肮脏的烟灰。“但消防车都在下面的月桂谷。”

警察盯着卡尔。“你该转头回去，先生。浓烟对你的眼睛不好。”

卡尔想试着对警察施压，但此时出租车司机失去了耐心。几个警察盯着，出租车费劲地掉了个头，“这里。”卡尔说着，让司机在警察看不到的地方停了车。

他向司机付了钱，接着走回原本是爱迪生·希尔家的地方。

望山上的网状小路让卡尔绕过了警察的封锁线。他发现自己可以从未被烧到的植被间望向现场。

在曾经是望山 8777 号的地方，焦黑的地面上躺着一个古怪的物体……那是一大块石头，通过卡尔的“焦点”视觉，它看起来就像是一个恐惧地畏缩着的男性人类雕像……一个有着铅笔胡子的男人。

◆

沿着月桂谷小道走下来，经过好莱坞大道（大道这么靠西的地方除了住户之外什么都没有）来到日落大道，这是一段极为漫长的道路，他时不时就会咳嗽。到了日落大道，他转向舒瓦伯街，打电话叫了一辆出租车。

等出租车到达，载着他往东去他家的路上，他都在考虑要不要叫司机向北开往汤姆林空军基地。

卡尔·冯·坎彭受够了好莱坞。

但当他走上他那双层公寓的台阶，他闻到了茉莉花的浓郁花香，这可比月桂谷小道上的烟和灰尘要好多了。冰冷的空气振作了他的精神。他停下来回头望去。此时，他再次不由自主地使用了“焦点”，接着便获得了或远或近的一些层层叠叠的画面：电线上停着一只知更鸟；在一个小小的后院里，邻居家的孩子踢起了一个足球，它停留在半空中；远在下方的海滩木峡，有一团烟从一根香烟中散发出来；一群蛾子形成的云围聚在一盏街灯旁；在半山腰，蹲着一只郊狼。所有这一切由碎裂的混凝土、植物、管道和运动中的汽车尾迹形成的缎带联系在了一起。

就算扫罗·格林或布兰特·布鲁尔真的是“美杜莎杀手”，也比不过他曾经克服过的严峻挑战。他建造过火箭。他躲过了一场英国的轰炸空袭。他还活着度过了百变王牌病毒的感染。他让自己成了好莱坞制作人！

他绝对能找到一种方法来控制布兰特·布鲁尔。

还没走到前门，他被人攥住了。有只手放在了他的手肘上。那是一只无形的手。“回去。”艾斯特尔·布莱尔说道。

想一边装作若无其事地转身，一边试图找到潜在的攻击者，并不是一件容易的事。卡尔不清楚自己是否成功了，直到他一直走到下面的人行道上，也没感觉到背上抵着一把刀或是被人射入了子弹。

“艾斯特尔……”他说。

“就在你身后。”

“具体什么情况？”

“两个男人，看起来很凶恶，这么热的天还穿着长风衣。他们在一个小时前就在附近鬼鬼祟祟的，我听到他们的声音，就拿自己吓唬了他们一下，你知道我是什么意思。”

卡尔还在往沙滩木的回头路上走，那儿有杂货店，还有人看着。“我明白了。”

“我猜他们是打算跟着你进屋的。其中有个人身上带着枪。”

一辆车开动了。一会儿后，一辆好莱坞型哈德逊汽车从卡尔家前的街道开了下来，迅速地向南开往沙滩木。

在车里有两个男人，都戴着帽子，穿着长风衣。其中有一人体型巨大，显然是扫罗·格林。

“你是遇上什么麻烦了吗？”

“看起来是。”在爱迪生·希尔家那焦黑的废墟上时，他的情绪带着恶心和忧愁……但现在他能感受到的只有纯粹的恐惧。不管是谁杀了希尔，那个人一定和他们有关。

“或许因为你戴着墨镜，所以才会看不清。”

“可能是吧。”艾斯特尔很可能也知道他的秘密。在过去的三年里，她可能一直都在偷偷观察他。他太傻了，竟然找了一个对他的“焦点”免疫的女房东。

“嗯，我在衣阿华的父亲有个理论，谈到要怎么处理这些麻烦的人，愿上帝保佑他的灵魂。‘在他们对你下手前就先下手为强。’”

“艾斯特尔，”卡尔说道，“我完全同意。”

♥

布兰特·布鲁尔住在德雷克斯大道上，离农产品市场和吉尔摩棒球场不远，就在威尔希尔大道北边。

出租车在吉尔摩棒球场停下了，好莱坞的影星们总是在这个棒球场里打职业棒球次级联盟的比赛，卡尔可以从这里走四个街区抵达布鲁尔的家。他的选择已经变少了，这样做能给他时间来进一步考虑如何选择。

太阳已经落山，周遭不至于再像白天那样热得人难受，不过空气中依然还有烟雾，它可能会残留上好几天。卡尔很庆幸此时没有月亮，佩内明德的那个可怕的夜晚，天上挂着满月，更有利于英国人轰炸袭击。

尽管布鲁尔的家有两层楼那么高，但面积却很小，建在一片围栏后，远远地隐藏在街道后边。

卡尔闪身靠近围栏，使用“焦点”，透过栏杆和灌木朝里面望。他可以看到格林的车停在半球形的车道上，边上还有一些其他车辆。他的“焦点”定在这座建筑外墙上剥落的涂漆上，看到一只蟋蟀正在奋力跃过路面上的一道裂缝。

没有明显的障碍物，但也没有明显的武器。

卡尔心中自有计划，它对得起卡索德船长的名号。他希望自己能活到可以将这个行动分享给威利·雷。

他又深深地环顾了一圈周边安静的环境，接着打开入口大门，走向屋子前门。他渐渐听到屋里传来欢笑和音乐声，便又后退了几步。现在他还能中止整个行动……接下来的半小时若是能按剧本进行，这些人就可能会有危险。

此外，他心中还有一种诱惑，想让他将这一切彻底放手。他可以签字完成与家乐氏的交易，然后洗手不干这行。就让那些造谷物的家伙们去担心布鲁尔是否能达成他们的目标吧。

不行。布鲁尔不仅仅是将混乱带入了卡尔的生活——几乎可以确定，就是他和扫罗·格林杀死了爱迪生·希尔，而且谁知道还有多少其他人。他们是怪物，是《卡索德船长》里那些卡通鬼牌恶棍的真人版化身。必须将他们打倒——

卡尔敲了敲门。一会儿后，尤金·奥克维兹惊讶地开了门。或者说，是塔克来开了门。奥克维兹正戴着那副狗脸面具。

其实卡尔心里多少有些预感，但当真意识到这位好船长的伙伴并不仅仅只存在于镜头之前依然让他有些震惊。“我是该说‘晚上好[①]’，”卡尔说道，“还是该大喊大叫？你在这里干什么？为什么还戴着这副面具？”

“鬼牌小猫咪，”奥克维兹隔着塑胶咧嘴一笑，“鬼牌姑娘们都很野，元首。而且那么讨人喜欢。”这位演员转过身，像是在寻求帮助。扫罗·格林推开人群，怒气冲冲地走了过来。

“你疯了吗？”格林说道。

“是你想见我，扫罗。你甚至还到我家里来！”卡尔露出了笑容，以此显示他和前默片时代后的其他好莱坞人一样，都知道那个老笑话。

格林能做的就只有大喊一声：“布兰特！”

布鲁尔正在一群客人之间穿行，所有这些人都是鬼牌。这是怎样的场面！一个蜥蜴女孩。一个长着人类双脚的有鳞生物。一个长相颇为正常的男人，只是他的脑袋上长着一对触须。卡尔注意到“动物马戏团”里的猫女同样也在，她正蜷缩在一个胖子的膝盖上，那个胖男人的脸看上去就像是从一棵橡树上雕刻出来的。

还有五六个其他人。这场聚会看起来正与诺亚方舟相反，没有一

---

① 德语。

个鬼牌能有个与之凑成对的人。卡尔觉得自己像是回到了“动物马戏团”，只是这里没有法式炸薯条的气味，也没有旋转木马的音乐。在这里的是刺绣的地毯、讲究的织锦长椅、墙上的艺术相片，还有一台手摇留声机。“我没看到电视机，”布鲁尔走到面前时卡尔问道，“你在哪儿看你自己的?”

“你信不信，我一集也没看过?”

在卡尔最近听到的奇事之中，这也算得上是一个重磅炸弹了。什么样的演员，会放过一个自赏的机会?

“得了吧，要是每天晚上都有这么多丰富多彩的伙伴，为什么还要看黑白电视?”布鲁尔说道。就在这个时候，卡尔注意到了真正的诺拉——多蒂穿着一件粉红色的紧身连衣裙，发丝盘成金色的鸟巢，嘴唇涂得血红，双眼则蓝得如同回归线上的海洋。他从未见过她如此诱人的样子，就连在他最羞耻的幻想中也没有过。

她朝卡尔点了点头，接着用脑袋指着起居室的角落，在那儿，哈罗德·丹正冲着他们微笑，他手里拿着饮料，朝着卡尔做出倾倒的样子。卡尔已经有好几天没见过这位家乐氏的人了。“动物马戏团”的两名舞者正在他身旁，就是那两个美国女孩，蓝色皮肤的在他左臂里，红色女孩则在右臂中。

卡尔转向布鲁尔和格林。“我觉得你们是在庆祝什么事。”他是不是把一个典型的好莱坞幕后交易——经纪人和演员打算背着他将《卡索德》从他手里偷走——当成了谋杀?

但在布鲁尔回答之前，格林和奥克维兹就抓住了卡尔，两人各架着他的一条胳膊。“为什么我们不在别的地方好好谈谈?”

两人推着他穿过人群，卡尔与多蒂的眼神相交。他说：“离开这里。”他对她说道，“让他们全都离开这里。跟他们说……跟他们说警察马上就要来了。突击检查!”

“哦。”她说道。

♣

他们凑在小房间里，门关着，门里是他们三个，奥克维兹在外面把守。“你要么是疯了，要么就是这个世界上最勇敢的人。”格林说道。

“我就不能二者都是吗？”

布鲁尔转向他的经纪人说道：“扫罗——”

“闭嘴，布兰特！”格林面朝卡尔，“事实上你真的很愚蠢，卡尔。作为一个火箭科学家来说，就是如此。”

“我从不知道原来愚蠢在好莱坞竟然是死罪。为什么，这儿的街道会因此而空无一人的——”

格林反手抽他，这个恶毒的动作让卡尔感觉到了疼痛和惊讶。“你觉得这是我们的选择？你是个幸运儿！你的王牌能力帮助了你！”

“够了，扫罗！”

布兰特似乎真的心烦意乱。他将双手放在格林身上，轻轻将这结实的经纪人推到一边。

“你们两个人是怎么回事？”卡尔问道，他的舌头感觉到了嘴里的血腥味，有一颗牙齿松动了，“一对组合？”

布鲁尔的演技没好到能掩饰他的反应。“我们需要彼此。扫罗能让他们石化。当他这么做的时候，我以此为食。”他转向他那愠怒的大块头伙伴，“我们能找到彼此是件幸运的事。”

“布兰特……”格林的脸因为汗水而湿透了。

“他应该知道，扫罗！”布鲁尔似乎因为这个坦白的机会而放松了很多，“他让我们赚了很多钱！”

“什么，一个儿童电视节目的明星和一个垃圾经纪人？”卡尔实在无法不去面向格林，“你从你那些受害者身上也只提百分之十？”

格林扬起手臂，还想再反手抽他一巴掌，但布鲁尔阻止了他。

"住手，扫罗！"他挤入卡尔与那经纪人之间，"你听说过吸毒犯和他们背上的猴子的故事[1]吗？要不是有这个小爱好，我就得去吸海洛因了，"他伸出一根手指，擦去了格林额头上的汗珠。"现在这么热我就更忍不住了。"

"但你们能得到什么？血、骨头……"

现在轮到格林发出沙哑的笑声。"好吧，说吧，告诉他！"

奇妙的是，布兰特似乎有些羞愧……无法组织起自己的句子。"扫罗改变他们的身体，而我则获取他们的灵魂。他们的……人格。我没法真正变成一个英雄——我没法扮演一个真正的人类——直到我那么做了。"

要不是他此时有些因为恐惧而无法动弹，卡尔简直要大笑出声。如此说来，布兰特·布鲁尔完全是个王牌演员——一个真正的空花瓶。有那么一会儿，卡尔觉得有些同情这个男人，甚至还有些同情格林。在这世上的每一个人都号称说他们知道百变王牌病毒会让人付出生理上的代价……但精神上的变化呢？在这种塔基斯星病毒的作用下，人类的大脑又会遭受怎样的扭曲和折磨？

接着扫罗·格林从卡尔身后抓住了他，这是种类似于熊抱的动作，卡尔知道自己没法挣脱。"你那朋友希尔表现得就像个英雄。你也要和他一样。"卡尔可以感觉到自己的身体正在慢慢变重，变厚。这是要变成石头了吗？"正如我所说，卡尔。愚蠢。"

卡尔将手伸进口袋里。"你闻闻这个气味！"他硬是吐出了这几个字，"这是瓦斯，现在已经充满了整间屋子。只要一点火，就能把它炸到月亮上去。"他费力地从口袋里掏出打火机。

布兰特露出了担忧的表情。"扫罗，看他……！"

---

① 20世纪60年代有种说法，说那些吸海洛因的人都背着一只猴子，热衷于毒品的其实是猴子。

但扫罗·格林微笑着，大喊道：“尤金!”

门开了，奥克维兹走了进来，手臂下夹着一个用床单包裹着的蠕动的人体。他将这团床单扔在地板上，接着坐在上面。

格林一直没有松手。“我们或许没法见到你这位隐形的朋友，卡尔，但是尤金的鼻子却灵得很：他把她给嗅了出来。”

那团人体还在蠕动，布兰特·布鲁尔则轻轻将打火机从卡尔僵住了的手里抽了出来。“没事的，艾斯特尔。”卡尔说道。她也被抓了，全完了……

布兰特似乎有些惊讶。“这就是你的计划？走到这里来，把我们都炸飞?”

“我的计划……”卡尔在格林的控制下，竭力说道，“……是走到这里来，好好跟你们谈谈！你们可以像杀了其他人一样把我也杀了……但要是我死了，就不会再是另一场鬼牌谋杀案。我是个德国人！我是你们的制作人！我是个王牌。

“什么人会取代我？比我更卑劣也更强大的人。等到了那时候，你们觉得你们俩还能活多久？难道更好的方式不是……我们能达成某种和平?”

他觉得自己像是在自言自语。他现在仿佛生了根，身子沉重极了，皮肤也变硬了。他想使用“焦点”，却失败了。

现在他所能做的，无非就只是闭上眼睛，然后死去——

门突然打开了。外面发生了骚动，格林喊道：“布兰特!”

卡尔张开眼睛，看到只有自己和艾斯特尔被留在了屋里。毛毯已经被扔到了一边。“你能动吗?”

“能。”卡尔回答，虽然对他来说要移动并不是件容易的事。他觉得自己像个在数个小时里都维持着同一姿势的人，就仿佛他的双脚、他的大腿，甚至他的屁股，全都陷入了沉睡。

“我想我们应该离开这里!”

他全身疼痛，在艾斯特尔那无形且实际上并不怎么有效的搀扶下，重重地踏过玄关，进了起居室。

多蒂和丹，还有其他参加聚会的鬼牌都听到了他的口信。因此起居室里的人，只有布兰特·布鲁尔、扫罗·格林和尤金·奥克维兹。布鲁尔正站在楼梯上，将打火机举在空中，格林则伸手想要去够他。事实上他现在摆出的姿势，每天晚上人们都能在《卡索德船长》里看到。"放下它，布兰特！"

奥克维兹在两人之间站着，他还戴着狗面具。"后退，扫罗！"

卡尔匆忙跑向前门，撞入八月的夜晚，竭尽全力地拉开他自己及艾斯特尔与这间屋子之间的距离。他刚抵达大门，就听到仿佛烂木头断裂的声音——

整间屋子爆发出一片光芒。就像有一只巨人的手掌猛地拍打了卡尔，将他抵在一辆停着的车上，几乎压扁了他。

爆炸让他听不见其他声音，他的双手和膝盖也因为冲击力而擦破了皮肉，一个火球在他头顶上开了花，他躲在汽车的一侧，缩成一团。

他竭力站起身，强迫自己穿过仿佛同样着了火的空气往回望。"艾斯特尔！"他呼喊道。

"这里，亲爱的！"声音是从他身后传来的，"我不觉得有那么……"

卡尔听到一阵重击声，就像是有什么东西砸到了草坪上。他弯下腰，挑战将一个看不见的女人搂在怀里。

在他身后，布兰特·布鲁尔的房子已经完全被火焰吞没了，它摇晃得那么厉害，此时二楼已完全解体，落到了底楼。没有什么消防队能做的事了……等他们抵达，这里将一点不剩，空余灰烬。

♠

两周后，卡尔前往汤姆林空军基地，大巴为了加油，载着卡尔·

冯·坎彭停在了棕榈谷北部。

他伸了伸腿——在扫罗·格林的美杜莎之触下，它们依然还有些僵硬——正好看到了新闻上的头版头条以及它的副标题：

齐克制片公司将制作全新的《卡索德系列》

主演乔治·里弗斯（代表作《乱世佳人》《乱世忠魂》）

布兰特·布鲁尔死后，家乐氏的交易也就中止了。很好。哈罗德·丹乘坐那天之后的头一班飞机回到了密歇根，毫无疑问，他这是想在任何人向他提出麻烦的问题，问他在那个聚会上到底干了什么之前，赶紧先逃走。卡尔完全不在乎。他想离开好莱坞——他甚至放弃了他那台全新的天顶电视机，将它留给了艾斯特尔。他欠她太多了，不仅是因为她救了他的命，更是因为她让他明白了布兰特·布鲁尔为什么会自杀。

"成为鬼牌已经够糟的了，"她对他说，"你知道的，自杀率一直十分惊人。而演员则可能是最没有安全感的一群人。他们永远不知道自己为什么会受到欢迎，为什么会成功，他们只知道自己确实成功了——但也只有一小会儿。布兰特·布鲁尔一定意识到了卡索德船长已是他能达到的顶点。而当你发现了他的秘密，一切都结束了。"

卡尔·冯·坎彭摘下墨镜，眺望向他自己的未来。

♦♥♣♠

力量

戴维·D. 莱温　著

1960年5月2日，周一，上午九点三十五分，弗朗西斯科·马耶夫斯基的办公室门上突然传来敲门声。弗兰克[1]的桌子离门最近，他踩熄了烟头，准备去开门。“稍等。”他说道。

弗朗西斯科的大部分文件都已按照类别收纳进了不同颜色的文件夹里，沿桌子边缘排成一列。他将手边正在进行的工作放进文件夹里，接着望向自己的两位同事，以保证他们也做了同样的事。尽管此时还是春天，这间没有窗子的办公室里已经闷得有了华盛顿特有的热意。简陋的荧光灯嗡嗡作响，下面则是破旧的军用文件柜，斑斑点点、白绿相间的油布，残留着经年烟头烫痕的蓝灰色桌子。沿着墙根摆着四只沉重的保险箱，上面以写着“开放”的绿色卡片做出了标记，在他们工作时间里，办公室的门总是关着，但不会锁上。

弗朗西斯科正在着手准备的是一项针对苏联轰炸机生产能力的情报评估。他的文件夹里的文件，使用的语言包括了俄语、德语、波兰语和英语：新发表的文章、截获的电报、陆军校官将他们手下的特工发现的事总结概括出来的报告。这最后一项，虽然是最新鲜也最让人兴奋的内容，但与此同时，也最为可疑……其中定然掺杂着错误情报，它们可能出自误会或曲解，甚至也可能完全是特工为了钱或是受到威胁后伪造的产物。在这桩活计里，没有任何事是确定的——这也

[1] 弗朗西斯科的昵称。

是为什么它们会被称之为“评估”——但如果小心比对现有信息，再经过敏锐的分析后，依然能够获得一份接近于事实的高度可能性猜想。

在门口的人是小罗伯特·阿莫瑞，瘦高个，此外，与弗朗西斯科不同的是，此人尚且保有全部的头发。“真叫人惊喜!”弗朗西斯科边与他握手边说道。罗伯特是将弗朗西斯科招募进CIA的人，在升职成为副情报总监之前，他还是弗朗西斯科的直接上级。他的手里拿着一个文件夹，上面贴着最高机密的红色标签。

“我得和你谈谈，弗朗西斯科，”他说，“就我们俩。你跟我来。”

弗朗西斯科用力咽了口唾沫。他摘下线框眼镜，用手帕擦了擦，以此掩饰自己的狼狈。

他们走到走廊尽头，脚步声在石灰华质的地板上回荡，弗朗西斯科感觉到汗水从身侧向下淌，远超过闷热的天气应该有的程度。任何打破了日常规律的事都让人忧虑，而他的上级注意到了他的事则更让人忧虑。今日是否会成为他恐惧了这么多年的命定之日?

罗伯特将弗朗西斯科领到了一间他从未来过的地下室里，将他们身后沉重的隔音门关上，还上了锁。两人坐在一张小桌子旁，它已几乎撑满了整个地下室的前厅，罗伯特递过来一根香烟——他抽的是万宝路，弗朗西斯科觉得这种烟太冲，但在这时候，他很乐意能够抽上一支，好让自己的神经镇定一点。

罗伯特将手中的烟在一只刻有CIA标志的沉重玻璃烟灰缸里按灭，接着从文件夹里拿出一张纸。“签字。”

“这——这是什么?”弗朗西斯科领扣下的脉搏跳动得厉害。

“我得将你读入一个新分组里。”

“读入”的意思是授权给某个公务员，令他得以接触某一特定分组中的机密信息。这张文件里简略地描述了这个分组——它涉及了一种在高海拔飞越苏联领空的照片侦察项目——此外文件中还表示说弗朗西斯科已经明白，未经许可就披露这个分组项目中的内容将会让他遭受处罚，其中甚至可能包括监禁。罗伯特已将弗朗西斯科的姓名、生日及社会保障金的账号填写在了文件的下方，弗朗西斯科以轻松的心情签了字。

弗朗西斯科还不知道他们为什么要提升他的安全许可等级，但不管理由是什么，至少这证明他的秘密还是安全的。

罗伯特在文件上联署了自己的名字，填完表格，接着从地下室的抽屉里拿出另一个文件夹。“欢迎来到感光板。”每一个分组都有各自的代号或假名，以此相互区别，这个代号的首二字母与其地理位置或功能区间有一定联系。感光板的首二字母是“AQ”，这说明它具有一定的技术背景。

罗伯特从文件夹里抽出一张 8 英寸 × 10 英寸的光面相片，让它滑过小小的桌子。“不管发生了什么情况，这些信息都不能离开这个房间。感光板是我们最机密的项目之一。”照片上盖了机密感光板的章，上面是一架飞机……那是一架极为不同寻常的飞机。两侧的机翼与众不同地长而薄，机身狭长得像是一支香烟；它可能原本是一架滑翔机，但机身边缘的排气喷口却与滑翔机不同。它被彻底漆成了黑色，完全找不到任何标记或徽章。“这是洛克希德 U－2 侦察机，”罗伯特说道，“它能飞到七万英尺的高度，最高时速能达到 510 迈，不用加油也能在空中飞行八个小时。我们已使用这种飞机在俄罗斯上空飞行了将近五年。”

弗朗西斯科意识到手中的烟灰就要掉下来了，于是赶紧将它弹进烟灰缸里。“你们从那么高的地方能拍到什么样的照片?”七万英尺高几乎已经算是外太空了。

罗伯特微微一笑。“非常好的照片。而且苏联人没办法阻止它。”他直视着弗朗西斯科，“至少，我们认为他们做不到。但这周日。有一架我们的 U－2 侦察机没能返回。”他将文件夹交给弗朗西斯科。

弗朗西斯科放下香烟，开始阅读里面的文件，它们全都盖着机密感光板的章。这架飞机自巴基斯坦的白沙瓦出发，本应飞越斯大林格勒、阿尔汉格尔和摩尔曼斯克，同时寻找洲际弹道导弹发射设施的蛛丝马迹，在这个过程中，它全程保持着无线电静默。但现在已是它本该于挪威博德降落的二十四小时之后，只能认为它已失联。“发生什么了？”

“我们不知道。这种飞机性能很不稳定，可能是设备问题，也可能是飞行员的错。”文件夹里的最后一页又是一张照片，那是一个看起来极为自信的家伙，身着飞行员外套，上面带着蕾丝，让它看起来就像是一件旧式的紧身褡。“这位就是那架飞机的飞行员弗朗西斯·加里·鲍尔斯[①]。他是我们的人。所有飞行员和地勤人员都是我们的特工。”

那名飞行员的下巴坚毅，长着一双深色的眼睛。他看起来就比弗朗西斯科的儿子稍微年长一点，大约三十岁。

“我们知道飞机落在了苏联的某处。我希望你调查一下苏联人知道了什么。是他们将它击落的吗？或者说，他们是否知道它坠落了？他们发现飞机的残骸了吗？如果是这样，那么他们从中了解到了什么？当然，飞机上安装有自毁装置，但它也可能没生效。”

“那么飞行员呢？”

对方直直地盯着他。“他身上装备着箭毒毒针。”他若有所思地吸了一口烟，接着从鼻腔中将烟吐了出来。“但为了能让它飞到那么高，飞得那么快……它基本上就是厕纸做的，弗朗西斯科。要是它坠机了，生还的可能性可能只有千分之一。”

弗朗西斯科从烟灰缸上拿起自己的烟。他完全不理会这支烟已几乎燃到了烟嘴，深深地吸了最后一口，将其掐灭。“为什么是我？”

---

① 此人确实存在，U－2 侦察机坠毁事件也是史实。

此时他已明白，罗伯特来访并非为了他的个人秘密，但他依然不愿让这任务将焦点集中在自己身上。

“我了解你，弗朗西斯科。你的母语就是俄语，你的眼力很好，而且我信任你的判断能力。要是你能好好干，这会成为你职业生涯的一大助力。”他心照不宣地朝弗朗西斯科眨了眨眼睛。

“谢谢。”他硬挤出一丝微笑。

◆

弗朗西斯科回到家的时候，已是晚上十一点十分了。他将钥匙插入锁孔，尽可能安静地闪入屋内。但他的妻子还醒着，她身穿长袍和拖鞋，站在起居室的窗边向外看，咬着指甲。他进门后，她立刻转向他，她那被圆头巾包裹的脸上露出如释重负的表情，但接着又化作了愤怒。“你去哪儿了？”她的声音里透着紧张。

“我很抱歉我回来晚了，亲爱的[1]，”他说着，弯腰亲吻她的面颊，“我接到了一个新任务。我太投入了，忘记打电话回家。”事实上，这一天的大部分时间，他都是在感光板地下室里度过的，那儿没有安电话线。

她紧紧地抱住了他。“我太担心你了，甜心[2]，”她将脸搁在他的肩头，轻轻抽泣，“我害怕是王牌资源强化委员会找到你了。”

“今天还没有，亲爱的。”他抚摸着她的头发，“今天还没有。我们的秘密还是安全的……至少现在还是。”

弗朗西斯科还记得他的秘密显现那天的每一个细节。那是 1952 年的一个舒适的春日。弗朗西斯科正在横穿 C 街，当时他违反了信号灯的信号，他往左边瞥了一眼，看到一辆绿色的 1950 年版帕卡德正

---

① 此处为波兰语。
② 此处为波兰语。

冲向他。只差几秒，弗朗西斯科就会被碾压成街上的一张带血的薄饼。突然他的脑海中出现了一种急促的声音，汽车看起来慢得像在爬一样。

弗朗西斯科快速往回跑，但觉得自己就像在胶水中行走，难以呼吸。一会儿后，汽车开了过去。弗朗西斯科站在街中央，浑身发抖，他不知道发生了什么，他伸出手去摸汗津津的脑袋。将手收回来的时候，上面沾满了头发。他一直都知道自己总有一天会变成一个像他父亲一样的秃子，但他从没想过这一天会来得这么快。

类似的事件在几个月后又发生了一次，当时他妻子最喜欢的花瓶从桌上掉落了下来，一个月后又是一起这样的事，一只凶恶的狗威胁到了他的侄女。弗朗西斯科之所以能成为一名优秀的分析者，是因为他从不忽视任何数据，无论它有多令人意外，或是违反直觉，要不了多久，他就明白他的这些经历并非只是他自己的主观意识。他已掌握了一种超凡的能力。

他成了王牌。

但当时追踪炮“机尾机枪手乔”麦卡锡刚开始展开大规模的听证会，他表示说在政府机关里孳生的秘密王牌正在日益增多，这让人们产生了负面的情绪。弗朗西斯科的工作中，有一部分就是分析预测他国的政治趋势，他完全能明白，作为政府部门里的王牌，他的生活将很快变得极端不适。而且，尽管当布尔什维克主义者接管俄罗斯，让他那富有的波兰裔父母逃到美国时他才八岁，他也知道，在一个艰难的时局里，你若是与周围的暴民不同，就将招致厄运。

在一开始，他甚至都没有将自己的能力告诉妻子。但她很聪明，善于观察，待她发现他在压力之下有时会表现得“闪烁”，他不得不将自己的秘密向她坦白了。讽刺的是，她至今不知道他在为 CIA 工作。

如今麦卡锡的听证会已不再举行，但对王牌的恐惧和不信任感却依然残留着。任何人若是发现自己有非同寻常的能力，都必须依法报告给参议院王牌资源强化委员会，而后者将会给他们安排工作，让他们的能力得以为国效力。然而王牌资源强化委员会能够举出的实例只有两人：具有心灵感应能力的股票经纪人劳伦斯·黑格，以及著名的“使者”大卫·哈恩斯坦。两人都再也没有在公众场合露过面。

索菲亚吸了吸鼻子，用长袍的袖口擦了擦眼睛。“对不起，我朝你大喊大叫了，”她说，“每一次你回家晚了，我都会担心你是被带去了……你知道的，内华达。”关于那些在王牌资源强化委员会里消失的王牌，有一套极为骇人的说法是，他们都会被送到内华达沙漠的某个最高机密设施中，除非有需要履行职责之时，否则他们决不能离开那儿。

“你知道那只是个传闻罢了。”他说。

但他知道俄罗斯人的强制劳改营确实存在，尽管苏联政府一直试图保密，甚至连他们的人民都不知道。美国政府绝不会做出这样的事……对吧？

♥

又一辆车开了过去，它的车灯穿过软百叶窗的窗格，在卧室天花板上扫过一道带着弧度的条纹光晕，弗朗西斯科叹了口气，从床上坐起身。尽管此时夜已深，他身心俱疲，睡眠却从他身边逃了开去。

索菲亚在另一张床上轻轻打着呼噜，弗朗西斯科套上睡衣，穿上拖鞋，慢吞吞地走进了小房间。这间屋子铺了温暖的木地板，曾经是他孩子们的卧室，此时他拧开的灯上还画着飞机的卡通画。但他最小的孩子詹娜也已经在三年前结婚，从他家中搬了出去。

他在棋盘前坐下，打开博特温尼克的《精选棋局 100 例》，翻到夹着书签的那一页：棋局编号 89，托鲁什对博特温尼克，1945 年。他快速将棋子摆好，接着按书上的步骤对弈，直到白方下完第十子，进行到博特温尼克讨论的那一步中。他以前也试过只是看书，在脑海中排演棋局，但事实上，对他来说，实际操纵棋子才能让对弈双方的策略和攻击变得更能理解。

国际象棋自有其原理。即使棋手的策略和计划晦涩不清，规则也是人人皆知的，所有人都能直观地看到棋子的移动，将军都得喊出来。可真实的生活却充满了隐藏的危险。要是王牌资源强化委员会正在观察着弗朗西斯科，他可能永远都不会知道这一点，直到铁锤落下的那一刻。

等他下完这盘棋，弗朗西斯科打着呵欠将棋子收拾起来，把书放回书架，走向卧室。他经过了客厅里的镜子，又一辆车开过，前车灯短暂地照亮了他干瘦的四肢和日渐突出的小腹，他停住了脚步。

在他的能力显现后不久，曾经有一段时间里，他也曾考虑过是否要向王牌资源强化委员会自首。在青少年时期，他也曾沉湎于幻想无畏的王牌特工的生活，经历刺激的冒险，还会有一个化名。但即使在他刚获得王牌能力时，他的年纪也已经太大了，他的生活稳定，不适合冒险，而现在，站在镜子前的男子已经五十一岁了，看上去像是六十岁。

弗朗西斯科朝着眼前的景象摇了摇头，关上了身后的卧室门。

♣

弗朗西斯科修面时会用刮胡刀、修面肥皂、马克杯和一只獾毛刷子，和他父亲一样。即使弗朗西斯科的理发师用的是吉列剃须刀和喷雾壶里挤出来的修面泡沫——他说这样更方便，更清洁，也更安全——但他还是喜欢紧贴着修面的感觉，也喜欢手里拿着刮胡刀的掌控感。老方法是最好的，当然，也更便宜一些。

但在 5 月 5 日周四早上八点十五分时，弗朗西斯科不得不放弃了这项爱好，当时从他浴室收音机里传出了尼基塔 · 赫鲁晓夫的声音，说了些什么“土匪飞机”被“击落”之类的事。这位总统的声音很快就被英语翻译盖了过去，但弗朗西斯科听到的这些已经足够了……事实上，甚至可以说是太多了。

弗朗西斯科边用止血笔轻拍自己脖子上的割伤，边用俄罗斯语、波兰语和英语小声咒骂。就在周三，他工作了十四个小时，却没能在他研究的所有情报源中找到任何一件事，可以证明苏联人已经意识到了有一架坠落的 U－2 侦察机存在，于是前一天晚上，在离开办公室时，他留下了一份大意如此的报告。

他失败了。

弗朗西斯科将领带系在依旧因为肥皂沫而湿乎乎的没有刮干净的脖子上，他的脑子里盘旋着各种事后质疑和反责的念头。他漏了什么？确实有一个暧昧不明的数据点——在弗拉基米尔的安保力量突然增加了——但是，虽然这件事让他起了疑心，他却没能将之与其他任何事联系到一起，因此他在报告中将它省略了。或许他应该进一步调查的。

收音机里，赫鲁晓夫还在严厉地指责美国人的“攻击性入侵”，控告说他们这是在“玩火”，是想“破坏”即将召开的巴黎峰会。弗朗西斯科转到了另外一个电台。

电台里在放的是那个类人猿埃尔维斯·普雷斯利，他正威胁着要“将你紧紧勒住，比灰熊更紧”。

弗朗西斯科不清楚究竟是普雷斯利还是赫鲁晓夫对美国的威胁更大。他满心厌恶，将收音机关掉了。

♠

弗朗西斯科都还没把帽子挂起来，他的同事加林就通知他说，罗伯特·阿莫瑞想在他到达办公室后的第一时间里见他。罗伯特的秘书领着他进了一间坐满了人的会议室。屋子里的空气被香烟染成了蓝色，屋中半数的男子，弗朗西斯科都不认得。

但有一个人，他绝不会认不出，那就是中央情报局的局长艾伦·W. 杜勒斯。他头发花白，留着络腮胡子，戴着无框眼镜，衣领是旧式的，看起来更像银行家，而不是间谍。此刻他的表情冷酷，下颚紧紧地咬着烟斗。

“我很高兴看到你在这里，弗朗西斯科，”引见完后，罗伯特说道，“我们要给总统做简报——”他撩起袖口，看了看手表，“——就在二十五分钟后，我希望你能出席。”

弗朗西斯科觉得自己口干舌燥。“我很抱歉我没能……”

罗伯特挥了挥手，打断了他的话。“我们慢点再来说弄错的事。现在我们需要行动起来。”

◆

白宫西厢的会议室通常用于简报，它的墙纸带有殖民时代的印记，墙上还挂着独立战争中将军的肖像画，这只能让弗朗西斯科联想到牙医诊所里的等候室。但艾森豪威尔总统踏入时，他感觉到了一阵电震般的冲击。这是真的。这就是历史。

弗朗西斯科从没和总统在同一个房间里。艾森豪威尔秃了的光头下，那张众所周知的脸看起来很是疲惫，走路也略微有些跛，但隔着厚厚的塑料框眼镜，他的眼睛看起来似乎闪烁着智慧的光芒。“好，先生们，”他对整间屋子里的人说道，“我们似乎是出了一点状况。”

正如总统所说，他们需要讨论的问题在于，是否要“爽快坦白”——是要承认失联的飞机确实在执行间谍任务，还是坚持原本设计好了用来掩盖事实的虚假故事，说这架 U－2 侦察机是一架 NASA 的研究飞机，只不过正巧飞过了俄罗斯的领空。在场的 CIA 成员全都竭力主张采用虚假故事，比如杜勒斯就说：“虽然所有的国家都有间谍，但没有哪个国家会承认这一点。”但国防部部长托马斯·盖茨却担心赫鲁晓夫已掌握了间谍行动的实际证据，这样一来，美国就会因说谎而落人口实。“我们不希望到了巴黎的时候，被人往脸上扔鸡蛋。”他说。

但总统似乎根本没在听他们的争论。“我希望知道的是，那名飞行员怎么样了？他还有可能生还吗？”弗朗西斯科很惊讶，这样一位号令万人的将军，竟然会关心手下的一名士兵。

洛克希德公司的凯利·约翰逊是个肤色白皙而面色红润的人物，他回答道：“这么说吧，先生，”这位工程师说着，用手帕擦了擦眉毛，“这架飞机上确实安装了弹射座椅和降落伞……但是，恕我直言，先生，它们的作用更多的只是给飞行员心理安慰，”听到这件出乎意料的事，艾森豪威尔的脸色沉了下来，“基于安全考量，操作系统要求这架飞机在飞越俄罗斯上空的大部分时间里都升到它所能升到的最高高度，正如您所知，那是七万英尺。没有人从那个高度跳伞还能活下来的。”

总统紧紧地闭上眼睛，低下头，过了一会儿，等他再抬头时，他看起来就像是老了十岁。“很好，”他说，他的视线在室内游移，从而将室内的每一个人都一一看了过去，“事情就是这样，我们要坚持我们的虚假故事。谢谢你们抽时间来出席，先生们。”

屋里的所有人都站起身，椅子在油毡上拖行，艾森豪威尔摇了摇头，轻声说道：“愿上帝宽恕我们所有人。”要是弗朗西斯科再多走出五英寸，很可能就听不到这句话了，其话语中展现出来的人性让他深受感动。

♥

到了周五，弗朗西斯科的上级似乎已原谅了他的失误，不过他还没原谅他自己，因此这一整天，他都在解决一个问题：苏联人对 U－2 侦察机到底知道了多少。《真理报》上已刊登出了飞机残骸的照片，苏联的国防部第一副部长格列奇科则在最高苏维埃会议中发表了演说，表示说“美国的空中盗贼”已被“击落”，但还没有证据可以证明俄罗斯人已经知道了 U－2 侦察机的任务或性能。

但没什么可疑的信息，或者不如说几乎没有信息，这一点让他忧心忡忡。有一名野心勃勃、正在崛起的克格勃官员，代号“冰凌”，似乎在五月一日突然没了活动的消息，这一天正好是那架 U－2 侦察机失联的日子。但在目前为止，除了模糊的直觉之外，弗朗西斯科还没有什么证据可以将此人与 U－2 侦察机联系在一起。他将文件锁入保险柜，准备过个周末，到周一再来深挖解决这个问题。

♣

5 月 7 日，周六，弗朗西斯科正在公寓后的小巷里清洁他心爱的 56 年款漫步者车，索菲亚打开卧室窗子，探出头来喊道：“弗朗西斯科，有个叫罗伯特的人打电话来，说要马上和你谈谈。”

弗朗西斯科把海绵扔进水桶里，一步两个台阶跨上了楼梯。进了小房间后，他不顾手上还沾着肥皂水，接过了电话。“你得现在就来办公室，弗朗西斯科。”罗伯特的声音似乎并不怎么高兴。

“是的，先生。”在非安全电话线路中进一步问更多细节毫无意义。

♠

弗朗西斯科来到罗伯特的办公室时，这位情报总监一言不发地递给他一叠复写纸传真件。那上面的内容是赫鲁晓夫在几个小时前对最高苏维埃会议演讲的记录。

“同志们，”这位总理的演讲开头说道，“我必须让你们知道一个秘密。在做之前的报告时，我经过深思熟虑，故意没有提那位飞行员还活着，而且很健康，此外，我们也获得了飞机的残骸。”弗朗西斯科惊骇地抬起头。

“继续往下念。”罗伯特说道。

“我们之所以会有这样的考量，”赫鲁晓夫接下去说道，“是因为我们如果不将整件事说破，美国人就会虚构出另一个版本。然而事实上飞行员现在很安全，也很健康。他现在人在莫斯科。他的名字是弗朗西斯·G. 鲍尔斯。根据他的自白，他是美国空军中尉，1956 年之前他都在服役，而后加入了中央情报局……”

底下的内容还有更多，更多：名字，信息，飞行计划，全都十分精确；从飞机的相机里取出来的照片，正如赫鲁晓夫所说，“不坏”；甚至还有鲍尔斯本该用来自杀的箭毒毒针。他们编的那套虚假故事，什么气象研究的飞机不小心偏离了方向的说辞，被彻底证伪了。

鲍尔斯将会以间谍罪受到审讯。要是发现他有罪，就可能会被枪决，苏维埃的法庭从不以仁慈出名。

弗朗西斯科将这篇演说稿放在面前的桌子上，揉了揉太阳穴。他急需抽根烟，但出门时太过匆忙，忘记带烟出门。就在这时候，门砰地一声打开了，艾伦·杜勒斯踱进屋子，牙齿间还咬着烟斗。他似乎正准备和罗伯特说话，而后才注意到弗朗西斯科。“他在这里干吗?”

弗朗西斯科坐着，完全无法动弹，就像是被这位局长的视线给控制了。“弗朗西斯科是我们最好的苏联分析家之一。”罗伯特断言道。

杜勒斯打断了他的话，从嘴里抽出烟斗，用烟管指着弗朗西斯科。“他完全没能指出赫鲁晓夫已获得了 U－2 侦察机的事实，更别提鲍尔斯的事了！我希望他退出这个任务。给我找个真正能告诉我那儿正在发生什么事的人!”他最后又讽刺般地望了弗朗西斯科一眼，这才转身走开了。

一阵不知所措的沉默后，罗伯特跌坐进了椅子里。“我以前从未见过他这么生气的样子，”他说，“从来没有。”

弗朗西斯科紧紧攥住桌子的边缘。“我已经竭尽全力分析了所有已知的情报，先生。”他说道，他很诧异自己的声音为何没有颤抖。

罗伯特从桌子的抽屉里拿出一包万宝路。弗朗西斯科感激地接过一根。“不光是你的问题，弗朗西斯科，”罗伯特点燃了烟，喷出烟雾，“在这里还有些别的什么事正在发生，不管它是什么，那都是我不知情的事。”他吹开烟雾，“我很抱歉，弗朗西斯科。你已经尽了全力。你只不过是在错误的时间里踏入了艾伦的视线。”

弗朗西斯科深深地吸了一口烟，但这没能起到什么作用。尽管此时他的心跳速度已经减缓，他知道自己之前所做的事已多多少少毁了自己的职业生涯，甚至可能也影响到了罗伯特。“我也很抱歉。”

至少，他对自己说道，他可以不用继续出现在聚光灯下。

◆

接下来的几天里，危机恶化了。白宫发布了一篇声明，谴责俄罗斯人对 U－2 侦察机的情况“过度保密”，并抨击他们袭击了一架“毫无武装的民用飞机”。赫鲁晓夫则回击称，艾森豪威尔是“五角大楼军事家”的傀儡，是这个国家的真正实权者的“垄断帮凶”。

与此同时，在华盛顿，民主党人抓住了这个机会反复攻击腹背受敌的合众国总统，表示说在巴黎峰会前派出一架间谍飞机飞越苏联领空的行为实在是“难以置信的愚蠢”，甚至还有一名参议员控告鲍尔斯是双重间谍，而这一点被艾森豪威尔迅速否认。

就在这段时间里，美国国务院与苏联商谈，想促成对方释放鲍尔斯。但很显然，苏联人知道他们掌握了棋盘中央的关键——他们拒绝了商谈，同时加速了以间谍罪审判鲍尔斯的进程。

苏联的国防部长马利诺夫斯基威胁说由美国的“共谋”供给 U－2 侦察机飞越苏联领空的空军基地将被轻松地“扫除”。美国的国防部长盖茨则精心组织了声明中的词句，强调说美国将会“在受到袭击的情况下，保护所有的盟友”。

最终，艾森豪威尔沐浴在新闻影片和电视摄像机的刺目灯光下，发表了声明：“我怀着沉痛的心情，”他说，“宣布美国将取消参加巴黎四方会谈的计划。在当今的环境下，和平的未来似乎还很遥远。”

在他发言时，战略空军司令部迅速将他们的备战等级提升到了三级战备状态。

♥

5 月 10 日，周二，晚间。也可能是周三的凌晨，弗朗西斯科凝望着他的棋盘，香烟的雾气在他的指间缭绕，他思索着博特温尼克的 90 号棋局的终盘：罗曼诺夫斯基对博特温尼克，1945 年。弗朗西斯科可以理解罗曼诺夫斯基的感受，后者在第十步时犯了一个明显的错误，接着这个错误逐渐扩大，而他在博特温尼克大师的奇袭下变得慌张起来。要是他能沉着镇定下来就好了……可惜他没有。罗曼诺夫斯基没能集中注意力，输了这场比赛，而博特温尼克则继续前进，成了苏联冠军，又在三年后，成了世界冠军。

小房间的门传来嘎吱嘎吱的声音，这让弗朗西斯科从沉思中惊醒过来。是索菲亚，装饰着飞机图案的灯发出的光亮让她睁不开眼睛。“上床睡觉吧，甜心，”她说，“已经很晚了。”

弗朗西斯科叹了口气，掐灭烟头，将棋子放回盒子里。“我很抱歉，亲爱的。我没法不去担心那架 U－2 侦察机的飞行员。”尽管他已经退出了 U－2 计划，但弗朗西斯科却无法让自己忘掉鲍尔斯。苏联人是在哪儿抓住他的？他们从他那里知道了什么？他们真的打算以间谍罪处决他吗？那个不见了的克格勃特工“冰凌”就像一颗不见了的牙似的让弗朗西斯科心烦意乱——他的手里没有关于此人的新线索，但他的直觉让他坚持认为“冰凌”和鲍尔斯之间存在着某种不明的联系。

“或许你应该吃一片眠尔通。”

弗朗西斯科摇了摇头。“那个可怜的孩子不过就比我们的儿子稍微大了一点点。”

“你帮不了他什么忙。”

“嗯，”弗朗西斯科将最后一颗白色的兵攥在掌心里，“我考虑过……”

“弗朗西斯科！”她那震惊的声音让他的脸猛地转向了她。她的脸因为恐惧和愤怒而板了起来，“不管怎样，你都别动念头去王牌资源强化委员会自首！”

“我有一种独一无二的能力，*亲爱的*。或许现在就是使用它的时刻。为了这个国家。”他伸出双臂想要安抚她。

“你疯了！”她避开他的手臂，走到房间的另一头，她的手臂紧紧地环抱着胸口。“你不是‘黄金男孩’，弗朗西斯科，你是个老祖父！一个秃头中年官僚！你甚至都不会把胡椒洒在鸡蛋上！”她转过身，他看到她脸上挂着成行的泪水，“再想想孩子们！别人会怎么想？要是人们知道孩子们的父亲是……*他们*中的一员？”

弗朗西斯科低头看向最后那枚兵，它还在他的手心里，与天鹅绒衬里的棋盒十分相衬。每一个棋子都有属于它的一个位置，兵是无法填入后位的。他叹了口气。“当然，你说得对。”

索菲亚的拖鞋嚓嚓地走过地板，接着她用温暖的胸膛抵住了他的背，从他身后抱住了他。他放下兵，转身将她拥入怀中。他们就这样相拥了一会儿，身体轻轻地左右摇摆。

“现在上床睡觉吧。”最后索菲亚说道。

弗朗西斯科关了灯，将那枚棋子留在黑暗中，静静地站在空荡荡的棋盘边上。

♣

5 月 13 日，周五。弗朗西斯科独自一人坐在办公室里，桌上摆着一根街头小摊上的油腻腊肠，它吃到一半，现在已经凉了。他已经有两周没能好好吃一顿像样的午餐了，他把所有的空余时间都用在了鲍尔斯的问题上。

最近这几天，原本就已经很紧张的国际局势进一步恶化了，苏联的轰炸机探索了阿拉斯加和加拿大，威胁土耳其和巴基斯坦的中程导弹基地活动也变得日益频繁。但弗朗西斯科的精神集中在那个已消失不见了的“冰凌”身上。如今他已不再是唯一一个突然消失的克格勃特工了，其他苏联特工也都不再出现。将此事与最近截获的运输及安保预算相关信息联系在一起，弗朗西斯科推测出了这一系列神秘活动的震中：俄罗斯弗拉基米尔市戒备森严的弗拉基米尔中央监狱。

鲍尔斯一定就在那里。

弗朗西斯科已经基本准备好了将他的发现呈送上级，他只需再找到一些事实来佐证他的猜想。杜勒斯如果知道他还在继续为鲍尔斯的这桩案子工作一定会很不高兴，但他呈送的如果是一份足够确凿的报告，杜勒斯就没有其他选择，只能接受他的结论了。至于杜勒斯会如何按这些结论行事，那是另外一个问题，已超过了弗朗西斯科能控制的范畴。

他翻动一沓传真复印件，从中搜寻决定性的证据，这些纸上都有粉色、棕色和黄色的污迹，上面印着红色的机密和最高机密印章。弗朗西斯科一直缠着档案管理员，直到他们把所有能提供的东西全塞给了他，就为了让他好早点离开。很可能，他是头一个看到这些信息的人。

因此，当他在这份报告中读到，有一名在莫斯科郊外诺金斯克地区的特工表示说他看到苏联的最高检察长罗曼·安德烈耶维奇·鲁登科与博里索格列布斯基、荷卢比耶夫、扎哈罗夫等将军共乘一辆私人汽车，而后又登上了往东行的火车，他觉得嘴里一下子干涩起来。

鲁登科在苏联的地位可以等同于美国的司法部长，而博里索格列布斯基、荷卢比耶夫和扎哈罗夫则组成了苏维埃社会主义共和国联盟最高法庭的军事部门。此外，诺金斯克正好就在莫斯科到弗拉基米尔之间。

间谍审判在苏联一般都是秘密进行的。如果这四个人现在正在弗拉基米尔，那么他们可能此刻就正在审判鲍尔斯。而弗朗西斯科可能是唯一知道这件事的人。

但这名在诺金斯克的特工以前提交的报告非常少，弗朗西斯科无法确定能给予这个人多少信任。他需要更多信息来确认。他翻阅了一堆又一堆的纸张，尽可能快地扫过上面的信息，再将之弃于一侧，没过多久，他脚边的地板上就堆起了一座松松散散的文件小山。

接着他读过的东西里有什么一直折磨着他的大脑，虽然他的手指已经松开了那张纸。他爬回文件堆里去找到它，在匆忙中将其他纸或是撕碎或是捏成一团，最后终于找到了它，将它举到灯光下。那是一份截获的苏联监狱管理局发给苏联红军歌舞团团长的电报。

很遗憾地通知您要取消1960年5月17日在弗拉基米尔监狱的演出，请阅读大写的斯拉夫文信件。那一天的运动场另有所用。

弗拉基米尔监狱。最高法庭。最高检察长。秘密审判。运动场。

枪决处决。

必须说，这是一条非常微弱而且迂回的线索。但之前弗朗西斯科忽视了自己的直觉，其结果除了耻辱和羞愧之外什么都没有。他的专长——他的整个人生——就是整合分析一些表面上看来似乎毫无联系的信息，而他过去几乎从未对自己的结论能像现在这么肯定。

这个日子是本日之后的第四天。考虑到华盛顿与莫斯科之间的时差，那就只有三天。如果要把握住拯救鲍尔斯的机会，他的上级必须得立刻知道这个信息。

弗朗西斯科收集起要用来支持这一结论的相关文件，匆匆跑向门边。他甚至都没有停下来拿自己的帽子。

♠

罗伯特正在飞往日内瓦参加“北约”组织会议的飞机上，因此弗朗西斯科只能咽了咽口水，去找杜勒斯。

“局长正在白宫参加一场会议，”他的秘书说道，“他明天之前都不会回到这里来。”

但弗朗西斯科前进的脚步被白宫西翼安检台的警卫拦住了。“我很抱歉，先生，杜勒斯局长正在和总统会面。请在这里稍候。”

“要多久?”弗朗西斯科紧紧抱住塞满了纸的文件夹，就好像那是他命运的车轮。

“我没法告诉您，先生。”

弗朗西斯科坐上了警卫指定的椅子，但只坐了一会儿，他就跳起来，在地板上不停踱步。

他看了看表。四点十五分——莫斯科时间就是十一点十五分。再过四十五分钟，那儿就是周六了。要是弗朗西斯科判断正确，鲍尔斯行刑的时间应该设在周二，很可能是清晨。那就是从此刻算起，差不多八十个小时之后。

要是他能让时钟倒转就好了……

弗朗西斯科停住了脚步。“抱歉，”他对警卫说，“我等不及了。我去想其他办法。”

他走过拐角。那里站着另一名警卫，但他正警戒着他的前方，而弗朗西斯科则在他身后。

这很疯狂。要是弗朗西斯科真的做出了他正打算做的事，他的生活将就此永远改变。他可能再也见不到他的妻子和孩子。而鲍里斯则只是一个素不相识的男人，一个在他踏上 U-2 侦察机时就已经知道自己可能再也无法从任务中返回了的男人。

但弗朗西斯科曾经发过誓，要保护美国免遭国内国外的敌人伤害。鲍尔斯并不仅仅只是一个男人……他的生命有着更重要的象征意义，拯救他可以防止发生更大的冲突。弗朗西斯科的妻子可能无法理解。但他所做的一切是为了这个国家，为了她，也为了孩子们。

他抱紧文件夹，集中注意力。

一阵仿佛大风刮过的声音在弗朗西斯科的耳朵里盖过了钟表的滴答声和其他声响。在窗外，一面旗子在飘摇中凝固了。

弗朗西斯科在那名西翼警卫身侧厚重得如同啫喱一般的空气中前行，警卫一眨不眨地坐在桌前。警卫身后的门沉重得像铅，但在门之后却是一条长长的直走廊，除了左边第三道门前那两名警惕而全副武装的海军陆战队员之外，什么人也没有。

正如弗朗西斯科推测的那样，在走廊左边第三道门后是一间阴暗的小会议室，里面有三个男人一动不动地坐在桌边，严肃地盯着上方的投影仪屏幕。在投影仪反照的光线下，弗朗西斯科认出了杜勒斯和艾森豪威尔，第三个人他似乎有些眼熟，却叫不出名字。

弗朗西斯科盯着总统，后者如同冻结般地坐着，他的眼镜上映出了明亮的矩形屏幕。只要再过一会儿，弗朗西斯科就会在他面前显形，而后，弗朗西斯科作为美国公民的人生将会就此终结。

或者，他也可以马上离开，甚至没有人会知道这件事。

没有人，除了弗朗西斯科自己。

弗朗西斯科喘了一口气，他耳朵里的隆隆声被投影仪风扇轻微的声响取代了。一会儿后，又传来一声喘息，那是杜勒斯，他注意到了突然出现的弗朗西斯科。“我的老天爷！”他立刻俯身用手盖住了投影仪的镜头。

这个意料之外的动作让弗朗西斯科将注意力投向屏幕。在杜勒斯将光线掩得严严实实之前，他看到了几个词：感光板、俘虏、壁垒和飞行员。

弗朗西斯科知道，感光板是 U－2 侦察机的代号。而 RA[①] 则是百变王牌病毒相关代号的首二字母。如果“壁垒”就是那名被俘虏的 U－2 侦察机飞行员的代号，那么这就意味着……

“我们遇到了问题，”第三个男人说道，他打开了室内的灯光，“这个人知道‘壁垒’是什么。”

突然弗朗西斯科意识到这第三人是谁了。他是劳伦斯·黑格，第一个被引入王牌资源强化委员会的股票经纪人——他会心灵感应。他比弗朗西斯科在新闻影片里看到的样子老了五岁，但那双敏锐的眼睛，还有高高的额头，都是弗朗西斯科绝不会弄错的。这对于进入房间想要自白的弗朗西斯科来说，是一件好事。

“是的，我刚从幻灯片上的信息里推测出弗朗西斯·加里·鲍尔斯是个王牌，”他说。让他自己也有些意外的是，他的声音听起来十分平静。“我到这儿来，是为了告诉你们，他已被审讯且被判处了死刑。”

艾森豪威尔的表情严肃起来。“你怎么进来的？”

“我也是王牌。”就这样，他说出来了。再也没有退路。

“一个把事情弄得一团糟的王牌，可能……”杜勒斯咆哮道。

艾森豪威尔站起身，打断了杜勒斯。“您刚才说鲍尔斯即将被处刑？”

弗朗西斯科迅速给出了他的情报和阐释。

杜勒斯直接表达了他的怀疑：“这个男人，你就算给他一张地图和一个手电筒，他都不知道自己的屁股坐在哪儿。”他嗤笑道。

“我知道这个分析有很多不确定的因素，”弗朗西斯科回答道，“但我之前会出错，都是因为我没能重视自己的直觉。”他转过身，直接面向艾森豪威尔。“总统先生，我是在革命前的俄国出生的。从

① “壁垒”原文为 Rampart，首二字母 RA。

这些布尔什维克主义者刚发迹时，我就一直在观察他们。我知道他们是怎么工作的，知道他们是怎么思考的，此外，我这一生都在研究他们的政治和政府。您必须相信，我知道鲍尔斯要不是已经因为间谍罪而审讯，就是马上会被审讯，然后会在5月17日周二于弗拉基米尔中央监狱的运动场上被枪决。”

“这是您的王牌能力吗?”艾森豪威尔问道，“某种……超级推测能力?”

“不是，总统先生。分析是我的专长。而我的能力是延迟时间流逝的速度。除我之外的一切全都静止，从您的角度看，我表现出来的是瞬间移动。”他早已在脑海中将这段演说演练了上千遍。“要是您允许，让我给您演示一下?”

杜勒斯转了转眼珠子，但艾森豪威尔看向黑格，后者点了点头。

弗朗西斯科集中自己的精神。世界开始轰鸣，那三人也在原地冻结了。他推开仿佛抗拒般的沉重空气，走向他们每一个人，将他们贴身的背心口袋里的钱包都拿走了。在将时间释放到它们通常的流速之前，他走到了屋子远处的角落里。

“看这里。”他说。三人一齐动了起来，转过身面向他，接着又不安地拍了拍自己的口袋。他抬起手里的钱包。黑格缓慢却赞许地朝他点了点头。

这是他等待了整整五年的一刻。他想尽情享受他的胜利……但他却感到累极了，全身的骨头都透着乏力，像是一下子老了十岁。要保持站立都非常吃力。“总统先生，”他嘶哑地说道，“我已经看到鲍尔斯对您而言有多重要了。请，请相信我……相信我所知道的，我了解到的和我能做的事。让我尽全力帮助您。”

杜勒斯是头一个恢复过来的。“先生，这是侮辱。”他结结巴巴地对艾森豪威尔说道。

但总统无视了杜勒斯，反而转向黑格。“这个人说的是真的吗?”

“就他理解的范围内，确实如此。”

“他的记录是否有污点？”这一次是直接问杜勒斯的。

“他没能判断出苏联人抓住了鲍尔斯。”

“那也不是他一个人犯的错。还有别的吗？”

杜勒斯回答前，先瞪了弗朗西斯科一眼。“据我所知没有。”

艾森豪威尔直视着弗朗西斯科的双眼，过了很久，考虑着，而弗朗西斯科虽已筋疲力尽，却依然意识到面前的这个男人确实是将整个世界的重量扛在了自己的肩膀上，而且一扛就是将近八年之久。“好，”他最后说道，“马祖尔斯基……先生，是这么称呼吗？”

“马耶夫斯基，先生。”

艾森豪威尔修正了自己的发音。“马耶夫斯基先生，在《异能控制法案》和《特殊征召法案》的授权下，我将你纳入参议院王牌资源强化委员会的指挥之下，立即生效。您明白根据这些法案您所拥有的权利和义务吗？”

“明白，先生。”

“这里的黑格先生是王牌资源强化委员会的负责人，从现在开始您将向他报告。拉里①，请将马耶夫斯基‘读入’‘壁垒’。”

黑格从公文包里取出一张纸，让弗朗西斯科把自己的姓名拼出来，又问了他出生日期和社会保障金的账号。这张纸有着一个王牌资源强化委员会的信头，组成部分有些类似CIA的忠诚调查，只是描述的部分只有一行简短而潦草的手写字迹——“弗朗西斯·加里·鲍尔斯，能力和历史”，上面的墨迹尚未干透——在未经许可可披露信息的声明中包括了以下句子：“不管因为何等原因披露了任意内容都将构成叛国罪”以及“将会不经审判立即处决”。弗朗西斯科咽了口唾沫，签下这张表格，接着黑格、杜勒斯和艾森豪威尔本人都联署加

① 劳伦斯的昵称。

签了。

黑格接着解释道，加里·鲍尔斯的外号是“鹰眼”，确实是个王牌，也是美国最重要的监视资产。“他的王牌力量是超远距离观看的视力，”他说，“比我们最精良的望远镜摄像头看得更清楚。而且他也接受了好多年的训练，从而能够理解他所看到的东西到底是什么。鲍尔斯是不可替代的，他必须完好无损地回国。”

艾森豪威尔感谢了黑格的解说，接着说了下去。“我们之所以开这个会，”他说，“是为了讨论要如何替代鹰眼，以及失去他之后我们要如何将损失控制到最小。但现在你在这儿，我相信我们有了将他救回来的机会。你对俄罗斯的了解，你受过的CIA训练，加上你的王牌力量，这种独一无二的组合就像是上天派来为我们解决这个困境的礼物。我要是没记错的话，你的母语是俄语？”

“是的[①]。”弗朗西斯科回答道。他意识到艾森豪威尔接下来将要说的话，心脏剧烈地跳动起来。

但刚才一直在一边静静地生着闷气的杜勒斯此时突然爆发出来：“总统先生！根本不可能将这个男人送去俄罗斯！他不是特工，他是个分析师！他受过的训练里没有骗术、逃脱术以及在审讯时抵抗的技巧……”

“艾伦，”艾森豪威尔说道，“闭嘴。”他的语调中带着一丝命令的意味，冷酷地阻止了杜勒斯继续说下去，“鹰眼对于这个国家的安全而言是非常重要的，为了夺回他，我甚至已经做好了牺牲我们最新资产的准备——”弗朗西斯科意识到总统指的就是他自己，他觉得胃里泛起了一阵寒意——“不惜任何代价。不管怎么说，马耶夫斯基先生现在已经不归你管了。”说完后他就转身不再理睬杜勒斯，弗朗西斯科将这个举动解读为故意的冷落。

---

① 原文为俄语。

“马耶夫斯基先生，”艾森豪威尔现在将注意力集中到了弗朗西斯科身上，他继续说道，“我很抱歉要将这样的重担交给您，还让您冒这么大的风险，但我很肯定，您已经意识到了您的国家需要您，而您的各种能力都是独一无二的。在您动身出发去完成您的任务之前，黑格先生将会给您提供尽可能多的训练和帮助。”

弗朗西斯科张开了嘴，却说不出话。他又试了两次，最后只是简单地点了点头。

他对自己说，那枚走到了对方底线的兵，现在成了后[①]。黑格带着他去了一栋F街上的办公室建筑，那儿看起来像是个律师事务所，事实上却是王牌资源强化委员会的总部。在那里他接受了一系列体检，那里的管理者礼貌却极为高效，工作人员中有个撒切尔医生，是个四英尺高的光头男子，皮肤白得像青蛙的肚子，长着一对金黄色细长的眼睛，还有一副长牙，他用针管抽走了一管弗朗西斯科的血，先尝了尝，接着才在速记本上写下了一大堆信息。这是弗朗西斯科第一次在这个房间里觉得自己像个鬼牌，但他试图保持镇定。

随即弗朗西斯科就被带去接受了一系列练习，从而测定他的王牌力量的边界。他紧紧攥住一块秒表——任何接触到他皮肤的东西都会被他带着脱离到时间之外——然后尽他的全力让时间停止，最后测算出来的极限时间是十一分钟，虽然感觉上似乎还要更长些。他测了时间停止下的跑步速度，在这种情况下，他所能拖拽的重量最高能达到三十磅。此外，他也做了一些他过去从未考虑过的测试：他带着另一个人类与他一起脱离时间，弗朗西斯科牵着那名志愿者的手，他走路的速度变得十分缓慢。志愿者说这种经历非常怪异而恐怖——像是在狂乱与半梦半醒之间奔跑，没有自主意识，就像是即将醒来之前梦到

---

① 按照国际象棋的规则，己方的兵走到对方的底线（即最远离己方的那一行）时，玩家可选择将该兵升级为象、车、马或后，但不能变王，也不能保持不变。

了以极速在路上行驶——但在此之后似乎也没产生什么后遗症。等志愿者变为两人时，弗朗西斯科发现要带着他们脱离时间就困难到让他寸步难行了。

在此之后他又做了体检。如果他们发现了什么，也没有任何人告诉他。接着他得到允许，可以打电话给妻子，但必须在严格的监视之下，而且只能告诉她自己有一个特殊的任务，可能会有至少好几天回不了家。

此时大概是凌晨两点。王牌资源强化委员会的办公室里有一些很小的客房，没有窗，也没什么家具，要不然倒可以说是相当舒服了；门没有锁，无论是从里还是从外面都没有。弗朗西斯科脱下领带和鞋，在床上伸展身体，休息了一会儿，他很确信自己的脑子里满是疑问和新的体验，要睡着是很难的。

但接下来他知道的事却是自己被一个礼貌的男秘书唤醒，对方告诉他此时已是早上六点。对方给了弗朗西斯科一件破旧的大外套，上面写着斯拉夫语的首字母 Ya. G. 。它很重，制作粗糙，很不合身，带着俄罗斯的商标，和外套一起的还有鞋、手帕以及其他配件；此外，还有一份在弗朗西斯科眼中看来足以以假乱真的俄罗斯护照，上面是他自己的照片，边上写着的名字是亚采尔·格拉波夫斯基。

他用一把很钝、刃上还带着缺口的俄罗斯产剃须刀，外加一块夹砂的肥皂剃了胡子，弗朗西斯科觉得自己一直不用有润滑作用的喷雾剃须膏是件好事，虽然他的理发师一直坚持他应该试一试。

一待他从浴室里出来，就立刻与黑格及几个其他大人物见了面，他们给了他一个塞了一叠纸的文件夹：营救鲍尔斯计划的细节。为了赶时间他得立刻启程，在一个小时内去安德鲁斯联合基地。他还有什么问题要问的吗？

伴随着一杯口感恐怖的咖啡和一个变了味的甜甜圈，他读完了整个计划。它似乎将前一日他和王牌资源强化委员会了解到的他能力的方方面面全都考虑进去了……而且压榨到了最大的限度。他想，这份计划会成功的，只要不发生任何意外，而且弗朗西斯科的能力得保持与前一日相同的水平。

但这个计划里有一点却是弗朗西斯科无法赞同的。有一名经验丰富的陆军校官会陪他一起进入并逃脱，但计划要求这名校官陪着弗朗西斯科进入监狱，然后，在弗朗西斯科使用他的百变王牌力量带着鲍尔斯离开时，此人要自己设法脱逃。

“我要去俄罗斯将一个人从防止脱逃的监狱里带出来，”弗朗西斯科说着，用食指轻点监狱的地图，“我不能把另一个人留在那里。”

黑格的双手紧紧交握，放在桌面上。“那是他的工作，弗朗西斯科。而你的工作则是听从我们的命令。”

弗朗西斯科直视黑格严峻的目光。“我不会这么做。”

他们彼此对视了很长一段时间，在厚重的苏联外套下，黏答答的汗水淌下弗朗西斯科的身侧。但最终，黑格先眨了眨眼睛。“好吧。”他说。他转向另一份王牌资源强化委员会计划。“我们选弗朗西斯科自己孤身进出监狱的这份备用计划。”

弗朗西斯科很震惊，黑格竟然会改变得这么突然而彻底。

“别惊讶，”虽然弗朗西斯科没有说话，黑格还是回答道，“我可以直接看得到什么是你会妥协的，什么是你不会的。”他站起身，伸出了手，“我觉得您是个多愁善感的傻瓜，但我还是希望您能顺利成功。”其他制定计划的人也都站了起来。

弗朗西斯科的膝盖抖得太厉害，他几乎没法将自己的身子抬起来，但他还是做到了。“谢谢您，先生。我会竭尽全力的。”

♥

弗朗西斯科在安德鲁斯联合基地准备搭乘的飞机是一架巨大的C－130大力神运输机，而他是飞机的唯一一名乘客。“这些全是为了我？”他问飞行员，后者是一名瘦削而坚韧的海军军人，他有着一双冰蓝色的眼睛，名牌上写着 A. 迪尔伯恩。

“让我往哪儿飞，我就往哪儿飞。”他耸了耸肩。

起飞时非常颠簸，空荡荡的货仓咔哒作响，四个巨大的引擎轰鸣得如同龙卷风，但很快飞行就平稳如常了。“到赫尔辛基一共十五个小时，”迪尔伯恩说道，“其中包括在凯夫拉维克降落加油的时间。”

弗朗西斯科睡了一会儿，但尽管他累得要命，还戴着耳塞，披着苏维埃羊毛外套，没过几个小时，寒冷和噪声还是把他吵醒了。他一遍又一遍地重读营救计划，直到他确信自己已将每一个细节都刻印在了脑海里。他清点了外套中的配件，清点了每一件上衣的纽扣数量。当迪尔伯恩将飞行控制权交给副驾驶员，准备休息片刻，回到客舱里给了弗朗西斯科一块三明治的时候，他的情绪早已从恐惧转变为厌倦无聊，甚至变为某种程度上来说的绝望。“我就不指望这架飞机上能有象棋棋盘了？”

“你运气还真不错。”迪尔伯恩从他的行李袋里拿出了一套象棋，是很小的旅行装，木头棋子，直接插在棋盘上的孔眼里。“在这样的长途飞行中能有个对手总是好事。”迪尔伯恩说着，排布好了棋盘，“你的段位是？”

“我……我不知道。我一般不和别人下棋。”

“啊，那就是跟人在邮件里下棋？”迪尔伯恩执白方，让他的后前兵向前了一步。

“不，我，啊，我就是……研究冠军赛的棋局。在棋盘上把它们摆出来。分析它们。”坦白自己的爱好实在让他难受。他知道象棋并不仅仅只是一种智力消遣，同样还是一种竞技游戏，要与其他人一同进行，从而作为某种社交互动而存在。但这方面对他来说完全没有吸引力。“我很久没有下过一场真正的象棋……一定已经有十年了。”他也将自己这方的后前兵向前移动，与迪尔伯恩的兵对抗。

“那么说，就是没有像此刻一样的时候了。”迪尔伯恩移动了象前兵，摆在后前兵边上，走了经典的后翼弃兵开局。

在这个时候，弗朗西斯科可以前移他的王前兵，走一个拒后翼弃兵，从而保持住对中场的掌控权，他也可以接受它，吃掉迪尔伯恩刚才移动的兵，这样就能在接下来的棋局中获得更大的自由度。

他发现自己无法做出决定。

他伸出手……又缩回来。再伸手。他因为不确定而抖了起来。

这么多年来，他研究分析过那么多历史上著名的象棋局……但在面对人类对手时，他甚至都没法在这样一个毫无意义而又随便的游戏里完成一个经典的开局。

杜勒斯是对的。他是分析家，不是个实战特工。看在上帝的分上，他不知道自己在这里是在做什么！

“嘿，”迪尔伯恩说道，“嘿，你还好吗？”

“我很好，”弗朗西斯科说了谎话，他擤了擤鼻子，掩饰自己掉下的眼泪。俄罗斯制的手帕粗糙而僵硬。他将它叠好，塞回口袋里，深呼吸后，吃掉了迪尔伯恩的兵。

他已经放弃了那么多对生活的掌控权，为什么不放弃对中场的掌控权？这一步在终局时还是能有帮助的。

游戏继续了下去。迪尔伯恩是个古板而保守的棋手，显然无法看透未来更多几步的棋局，但不知为何他总能将棋子摆放到正确的位置，从而抵抗住弗朗西斯科的攻击。“大概就是运气好吧。”他说着，吃掉了弗朗西斯科的一个马。

“在象棋里没有运气的说法，”弗朗西斯科向前移动了他剩下的那个马，“将军。”

“或许如此。但不知道为什么，我的运气一向不错。本来在那里的人应该是我，而不是弗朗西斯·加里·鲍尔斯。”他用他的象吃掉了弗朗西斯科的马。

“哦?”弗朗西斯科将后移动到角落里，用以压制迪尔伯恩的象。

“是的。我本来都已经快要进 U－2 的项目了，我通过了所有测试和面试，拿到了许可。但接下来我得了流行性腮腺炎——腮腺炎，你能信吗？——然后我就错过了训练的机会。等到我的病好得可以再次飞行时，他们已经没有空缺的职位了。”他猛地让这个受到威胁的象移过中线，但刚放下棋子，他的脸色就变了。“哦……我不该放这里的。呸。”他皱着眉头，研究了一番棋局，最后突然站起来，“嘿！将死了！”

弗朗西斯科希望这不是一个预兆。

♣

在赫尔辛基迎接弗朗西斯科的是一个矮胖的男人，长着一张毫无笑意的宽脸，他用俄语自我介绍说自己叫彼得·安德莱维奇·马林诺夫。他将弗朗西斯科的行李箱带到一台样式古板的灰色沃尔沃轿车前，弗朗西斯科以为他只是司机，结果等车门关上，他却向弗朗西斯科报上了确认暗号。他就是弗朗西斯科的那位陆军校官，一名经常与王牌资源强化委员会一同工作且长期而可靠的 CIA 特工。“您的化名是什么?”弗朗西斯科问他，“我该怎么称呼您?”

“您向我打招呼时称我为彼得·安德莱维奇·马林诺夫就好。要是您不知道我的真名，您就不会因为用真名称呼我而犯错。至于您，就我所知，您就只是亚采尔·格拉波夫斯基、我妻子的表兄弟，为了讨好她，我才陪您一同去莫斯科参加农展会。要是有人问到任何不合适的问题，您表现得像个傻子就行。”很明显，他并不觉得这么做对弗朗西斯科来说有什么难度。

弗朗西斯科想表示反对——他是一名 CIA 分析员，拥有经济学和外交事务相关的高等学位——但他还是闭嘴了。他的生命将仰赖于这个男人，而此人了解自己的活计。没必要引起他的敌意。

他俩驱车前往赫尔辛基火车站的路上，“马林诺夫”几乎没怎么跟弗朗西斯科说话，一等他们在二等车厢的硬座上安顿好，他就拉下帽子盖住眼睛睡觉了。弗朗西斯科穿着沉重而潮湿的外套，怒火中烧。这就是本该要保护他的人？但此时弗朗西斯科已经累到了骨头里，尽管椅座很不舒服，他又思虑重重，但没过多久他还是合上了眼睛。

在他迷迷糊糊即将睡着的时候，弗朗西斯科觉得自己听到了马林诺夫祝他晚安。或许这个人实际上根本没睡着。

弗朗西斯科醒来始于有人戳了他肋骨一下。有四个俄罗斯边防警卫队队员戴着钢铁头盔，穿着长长的绿色风衣，背上横挎着机关枪，正从火车车厢的那一头走来。“护照。”马林诺夫小声说道。

但弗朗西斯科的护照不在他的外套口袋里。他迅速地翻遍了其他外套口袋，裤子口袋和他身下的座位。“我……我很抱歉。”他的血管在耳朵里突突地跳。

“快找。”马林诺夫压低了声音说道。

两名警卫队队员向他们靠近了。“护照。”其中一个清楚明白地说道。

马林诺夫递上了他自己的护照。“我很抱歉，”他说，“但我的表兄好像没把他的护照放对地方。”他用手指着太阳穴做了个手势，咧嘴笑道，“他是波兰人。”

弗朗西斯科本以为不会有其他感情能够渗透过他的恐惧，但此时他发现自己确实愤怒于他们民族歧视的言辞，与此同时，他还在不断拍着自己的口袋。马林诺夫和警卫们看着弗朗西斯科的表现，咯咯轻笑，待那不听话的护照出现在他衬衫口袋里时，轻笑变成了大笑。

警卫队队员随手打开弗朗西斯科的假护照。“请让我确认您的出生日期。”

弗朗西斯科的心脏都要停止跳动了。他记不起假护照上的出生日期。是他自己的生日吗？如果不是的话，又会是什么？极度痛苦的几秒钟缓慢地爬过……这一次，是他被冻结，而周遭的整个世界都在移动着。

“波兰人。”马林诺夫又说了一遍，还耸了耸肩。这一次甚至连走道对过座位上的人都跟着大笑出来。警卫队队员边笑边把护照还给弗朗西斯科，沿着通道继续走了过去。

“你没必要这么讽刺我的。”等警卫队队员们去了另一个车厢后，弗朗西斯科马上说道。他的心跳速度下降到了通常的一半。

“笑声能让人放松警惕，”马林诺夫回答道，“而且还能让你不用进监狱。”他耸耸肩，“不然你还指望我能干什么呢？”

♠

事后他才意识到他可以用自己的能力寻找护照，或者趁警卫队队员拿着它的时候去偷看出生日期。但他没能在本可以拿这能力做点什么好事的时候想起它来。他隐藏了这种能力整整八年，一直将自己伪装成与其他人毫无区别的另外一个人，这让他在关键时刻没法想起自己能干什么。

或许归根结底杜勒斯还是对的。

♦

5 月 17 日，周二，莫斯科时间凌晨三点，弗朗西斯科站在弗拉基米尔中央监狱的大门外，在雨中瑟瑟发抖，觉得自己十分渺小。

监狱的高墙在雨中若隐若现，雨点溅落在弗朗西斯科的脸上，让墙上依次安装的照明灯变成了一个个明亮的光晕。武装的警卫带着狗在监狱四周巡逻，而监狱里则是一个大院，里面的门全是远程操控的，专为防止脱狱而设计。这里是俄罗斯防守最严密的监狱。

而弗朗西斯科则要走进去，然后带着鲍尔斯走出来。

即使弗朗西斯科有百变王牌的能力，在监狱里也得有内应才能让营救计划顺利进行。内应提供了一份详细的地图，给了弗朗西斯科一些地点，让他在能力用尽时可以在警卫的视线之外休息；弗朗西斯科的手攥着警卫换班时间点的明细表，深深地插在外套口袋里，它能让他通过那些锁住的门。

这些时间点里的头一个是凌晨三点零五分——还有五分钟。弗朗西斯科又确认了他的手表，但即使是他的力量，也没法让这秒针走得更快一点。

莫斯科的雨中带着混凝土和硫黄的气息。

三点零五分终于到了。弗朗西斯科深深地吸了一口气，集中注意力。

停止时间带来的轰鸣侵袭了他疲惫的耳朵。雨点在倾盆的雨势中猛然停住了，每一颗雨珠看起来都像是一个不规则的扁平碟子，完全不是雨滴的形状。弗朗西斯科推开凝胶般的空气，凝固在空中的雨点滑过他的面颊，浸透了他的外衣。

他轻松地走过最外面的大门，那是个斜对角线打着条纹的栏栅，门口站着两名荷枪实弹的警卫，他们在一动不动的大雨中，身着雨衣，冻结在了原地。监狱本身的大门没有上锁，接下来的两扇门也没有，这几扇门的警卫也都没能阻碍到他。但将门推开又重新关上十分费力。每一扇门都比前一扇更重，更紧，弗朗西斯科觉得它们全都重达一百磅。他这是从字面意义上地在与时间战斗。

弗朗西斯科擦了擦眉头，继续向前，进入了监狱的更深处。

此时才到一系列障碍中的第一重：一扇由厚重的钢铁制成的气闸，它的两边各安着一扇玻璃门，它们都有固定锁，打开它们的方法只有按下两扇门之间警卫哨站里的按钮。不过内应答应说他可以将门栓拉开一分钟，就在三点零五分到三点零六分之间，没有人会注意到。

接近第一扇门时弗朗西斯科下意识地看了一眼自己的手表，一瞬间他的心中涌起一阵恐慌：那上面显示着三点零十三分。不过当然，这反映的是他个人的时间。墙上的挂钟冻结的时间显示着才刚过三点零五分。他将全身的重量压在门上，随着沉重的反推力，门开了。第二扇门同样也没有锁住——感谢上帝！——但他花了更多力气去打开它。

将第二扇门关上后，弗朗西斯科靠在冰冷的混凝土墙壁上喘了几口气。但外在的时间却没有休息；甚至呼吸都耗费他的精力。他必须在他疲劳到无法继续之前找到他的第一个藏身处。

弗朗西斯科在厚重的空气中步履蹒跚，跌跌撞撞地走向一个安全的保洁物品盛放柜，安全区里刺目的灯光让他的双眼难受得要命。他到了柜子前的时候，视线已开始摇晃，他所能做的一切只有抓住柜子的门，将它打开。待他将柜门关上，让自己陷身于安心的黑暗中，他就释放了自己的力量。他浑身打颤，身子贴着门慢慢滑落，直到坐在地板上，尽可能安静地喘气。肮脏而黑暗的柜子里很冷，还带着一股氯气的味道，但也要好过那种怪异的轰鸣和时间之外的世界的死寂。

内应给出的第二个时间点是三点十五分。他只有十分钟的休息时间，这其实是不够的。但若是说整整十分钟里，无助地躲在一个黑暗的柜子中，每一次有人从柜门外咔哒咔哒地走过都会恐惧地瑟瑟发抖，这又有点太多了。

他想象过这样的场景，柜门突然打开，光亮和惊讶的感叹如潮水般涌入这个小小的空间。要是真发生了这样的事，他可以再次冻结时间，然后以同样的方式逃走，但这样计划就会破产，苏联人也会提高警戒。而且，等到下一个脱离时间点之前，他要藏到哪儿去?

终于，发光的指针指向了三点十五分。他很高兴可以离开这个臭烘烘的柜子，但又害怕要再面对冻结时间的轰鸣，怀着这样复杂的心情，他集中注意力，呼唤他的力量。

他花了全部的力气才将仿佛石化了一般的门推开。

弗朗西斯科以前从未在时间之外逗留这么久过。他走出去的每一步都像是翻越高山，他打开又关上的每一扇门，都像是西西弗斯的石头。

在下一个时间点的门上印着一排斯拉夫语的最高安防区字样。这是一扇电动的推拉门，尽管它如内应承诺的那样没有上锁，弗朗西斯科剩下的力气也不足以将它推开。他找到了一根靠在角落里的铁警棍，用它将门抬到足以让他钻过去的高度。接着他不得不将警棍放回原处，小心仔细地将它还原到它之前的位置。他妈的，当时是哪头朝上的来着？思考也变得越来越困难了。

到了门的那一边，他转过身……面前出现了一张阴暗的皱着眉的脸。他惊恐地往后缩，脑袋撞在了身后的金属门上，接着他的理性才压过他的原初反应。这个长着大胡子，身上穿着苏联陆军上校制服的宽脸男人——他身上的名牌写着波利亚科夫——就像监狱里的其他一切一样都冻结了，石化在他满脸怒意地向弗朗西斯科刚经过的那扇门走去的瞬间。弗朗西斯科背靠着门，过了一会儿，擦了擦额头，责备自己的愚蠢行为。

等等。波利亚科夫？这个名字有点耳熟。

这是CIA列出的克格勃官员“冰凌”可能有的一系列名字之一。而现在他就在这儿，在这弗拉基米尔中央监狱里，在囚禁着鲍尔斯的最高安防侧翼里。那就说明弗朗西斯科之前的推测都是正确的，而现在，他甚至有了这个男人的名字。

弗朗西斯科给了自己一个庆祝成功的机会，他在矮身走过这名一动不动的克格勃身边时，在他鼻子底下打了个响指，接着才走下大厅。关押鲍尔斯的囚室房间号为37，是右边数过来的第一个，房门上用粉笔写着鲍夫茨，那是斯拉夫语的“鲍尔斯”之意。

现在，已经没有什么东西能横亘在弗朗西斯科与成功之间了。

但门却没有开。

弗朗西斯科又试了一次，将全身的重量压在那锈迹斑斑的铁把手上。它纹丝不动。

在三点十分到三点四十分之间，内应本应设法让门处于未锁的状态。其他的一切明明都进行得与计划丝毫不差。

弗朗西斯科又按了一次门把手。毫无反应。

他四下环顾，想找到什么东西来打开这扇门。但它沉重而坚实，锁定装置和铰链合页全都加固过，此外，在这空荡荡的混凝土走廊里，没有任何东西能让他拿来使用。他已经走到了这么远，承受了这么多，结果就这样被一扇门挫败了！

不，等等，钥匙。波利亚科夫此刻正冻结在从鲍尔斯的牢房门口踱开的路上，他手里一定有钥匙。

弗朗西斯科勉力走回一动不动的克格勃身边，空气似乎变得愈发厚重了。没过多久，他就认出了波利亚科夫裤子口袋里那隆起的一大块东西就是钥匙，但此人的手臂和大腿凝固的姿势让弗朗西斯科难以将它掏出来。他可以用力移开克格勃的手臂，他想，或者用袖珍小刀切开对方的口袋，但这两种方式都会让波利亚科夫大吃一惊，从而提高警惕。弗朗西斯科还得再等十分钟后的时间点来带着鲍尔斯离开这里。

他必须从波利亚科夫手里拿到钥匙，而且还得用一种对方注意不到的方式。

他挪动到了波利亚科夫身后，确认没有其他被冻结者的视线可以看得到他站立的地方。那扇推拉门离他们只有九英寸远，它还保持着打开的状态，但波利亚科夫的视线是向下的……他只能赌一把。

他释放了时间，让它回到了通常的速率。

“——没锁牢房门的傻逼就该烧死——”波利亚科夫向前迈出一步，嘴里喃喃道。

立刻将时间再度停止就像是在撒一泡长长的急尿时半当口将它憋住，但最终弗朗西斯科还是做到了。他深吸了一口咆哮着的凝胶般的空气，接着走到波利亚科夫身边。

现在他可以掏口袋了。感谢上帝！他将钥匙从里面钩了出来——希望这迈着步子的波利亚科夫没有注意到这场入侵——接着拽着自己的身子回到了鲍尔斯的牢房前。印有 37 的钥匙正好能插进锁孔里，虽然拉开门栓再推开门让他觉得像是要把一辆火车的车厢拉上山。

鲍尔斯在床上侧身躺着。他看起来很糟，双眼深陷，嘴角绝望地耷拉着，但依然可以确定是他本人。

弗朗西斯科的视线模糊起来，他的心脏跳得厉害。他耳中的轰鸣越来越响，成了铁道上柴油机车的凶狠咆哮。他急切地需要休息。

但此时两扇门都开着，钥匙还捏在他手里，他没有这份胆量。不管怎么样，他必须继续。

弗朗西斯科用蛮力将鲍尔斯拉起来，这很可能会在他身上留下擦伤，但此刻也没有别的办法了。他往回走，双手拉着失去意识的飞行员，引他出了牢房门，经过冻结的波利亚科夫，然后穿过推拉门。接着他回去将牢房门关上，再锁上，把钥匙放回波利亚科夫的口袋里，最后推回推拉门。“等你发现鲍尔斯从一个锁着的牢房里神秘失踪的时候，”用全身的力气按下推拉门把手时，他朝着波利亚科夫气喘吁吁地说道，“真希望我能看看你那时的表情。”

他本该带着鲍尔斯回到他进来时休息过的那个维修设备的储存柜里，但他实在没办法再走那么远了。即使此刻，是他领着鲍尔斯穿过大厅，他的整个人也几乎半靠在鲍尔斯身上，他的脚步蹒跚，视野朦胧。

这里有个浴室。应该管用。

他带着鲍尔斯进了浴室，在关上并锁上身后的浴室门后，他几乎差点忘了把手表按照大厅里落地钟上的时刻校准。

累，太累了……

不，他还不能放松下来。

他把鲍尔斯放在地板上，就像放置一只人类尺寸的僵硬木偶。他的身子重重地压在鲍尔斯的胸膛上，一只手彻底捂住他的嘴巴和鼻子。

他释放了时间。

“唔——!”鲍尔斯抽搐了一下，接着想从弗朗西斯科的掌控中挣脱。从他的角度看，他就像在一瞬间里被人从牢房脱了出来，接着就已被钉住，被一个陌生人闷得快要窒息。但即使是被苏联人拘留了十七天因而极为虚弱的鲍尔斯，此刻也比弗朗西斯科要强壮很多。

“安静!”弗朗西斯科用英语朝鲍尔斯耳语，“我是来营救你的!”

鲍尔斯不再挣扎，然而身体的每一条肌肉都还因为紧张而颤抖着。“嗯?”

“我是王牌资源强化委员会派来的，”他轻声说道，“劳伦斯·黑格派我来的。我替感光板和壁垒干活。我们现在还在监狱里，要是我们在这儿被发现了，那我们两人都得死。明白了吗?”

鲍尔斯缓慢地点了点头，在弗朗西斯科颤抖的手上方，他那双眼睛睁大了。

弗朗西斯科松开鲍尔斯，背靠着墙倒下，双眼缓缓闭上。他觉得自己一下子老了一千岁。

“你是王牌?”鲍尔斯轻声问道。他说话慢吞吞的，带着弗吉尼亚人的调子。

“是的。我能停止时间。但只有一小会儿……”

“比做个偷窥先生要好。”鲍尔斯的声音里掺杂着一丝痛苦。接着他做了一个深呼吸，缓缓将气吐出。“嗯，你叫什么?”

“弗朗西斯科·马耶夫斯基。事实上这名字是波兰语里的弗朗西斯，跟你一样。”

鲍尔斯睁圆了眼睛。“请叫我加里。只有我的妈妈和爸爸才会叫我弗朗西斯。”

“我是弗朗西斯科。”

他们握了握手。

♥

5 月 20 日，周五，上午十一点整，弗朗西斯科走入白宫的总统办公室，总统从他的书桌后走上前来祝贺他。在场的还有杜勒斯和黑格，他俩站着没动。尽管艾森豪威尔做出了很荣幸见到他的姿态，但他没法不注意到对方并没有与他握手。“没关系的，总统先生，”他说，“我身上没有传染病。”

弗朗西斯科知道自己看起来糟透了。虽然在回程的路上大多数时间里他都在睡觉，甚至被豪华轿车从安德鲁斯联合基地接到这里来的大部分时间也是，他依然觉得自己十分虚弱；他剩下的那点点头发几乎掉光了，全身的关节隐隐作痛，他现在走路时像个每一步都颤颤巍巍的老头子。

他希望休息几天或几周后，自己能重新充满活力，但他也知道这恐怕不可能。每一次使用能力都会以超常的方式让他变得衰老，他在时间之外逗留的几个小时，还有他在营救鲍尔斯的任务中用上的前所未有的力气，全都极大地损害了他的健康。在那个该死的夜晚，他可能缩短了五年的寿命。

“欢迎回到美国，弗朗西斯科，”艾森豪威尔说着，陪着他走到火炉边的一把有扶手的靠背椅旁，“你为你的国家所做的一切，我们全都为此而骄傲。”艾森豪威尔望向杜勒斯和黑格。黑格咧嘴一笑，满意地点了点头。而杜勒斯则面带怒意，盯着自己的黑色皮鞋。

艾森豪威尔清了清嗓子。“艾伦？”

过了好一会儿，杜勒斯这才抬起头直视弗朗西斯科的双眼。“你干得不错。”他最后承认。

“谢谢，”弗朗西斯科说完，接过了总统亲手递过来的一杯咖啡，“有没有什么……附带后果，因为鲍尔斯逃走了？”这是他在回国路上一直苦恼的问题。赫鲁晓夫已经因为间谍飞机侵入他的领空而愤怒不已，那么如果鲍尔斯从他防守最严密的监狱里神秘地失踪，是否会让他更加恼火？弗朗西斯科的任务会不会只是成功地让末日时钟更接近零点？

艾森豪威尔摇了摇头。“他们已经知道自己失去了鲍尔斯——他在赫尔辛基开了记者招待会，他们没法否认这一点——但在公开场合，他们不会就他如何逃脱说一个字，至于在私下里，他们反而没那么好战。”

黑格在弗朗西斯科对面的扶手椅上坐下。“他们知道一定是王牌帮助鲍尔斯逃脱的，”他说，“但考虑到政治因素，他们没法承认我们的王牌比他们的更好。他们只能咽下自尊心的苦果，保持沉默。”

但杜勒斯没那么乐观。“U－2侦察机飞越他们的领空，他们也保持了五年的沉默。”

艾森豪威尔瞪了杜勒斯一眼。“别说你那些悲观的理论，艾伦。现在是个庆祝的场合。”他从口袋里拿出一张卷起来的纸，将它递给弗朗西斯科。那是一张官方的奖状，印在王牌资源强化委员会专用的信纸上，由总统签署，扎着红色丝带。“它会放进你的档案里，弗朗西斯科。我其实很想给你举办一个盛大的庆祝游行，但是……”他耸了耸肩，“你知道这事儿是怎么回事。”他伸出了手。

过了一会儿，弗朗西斯科才明白过来艾森豪威尔摊着的手意味着什么，他得将奖状还回去。当然，他也没法在手里留个副本。他已经成了王牌资源强化委员会的特工，那么他也就相当于不存在了。

弗朗西斯科咽了口唾沫。“我知道您没法让世人知道我作出的努力，”他说，“但是……”他的声音开始颤抖，他不得不停下来，勉力恢复镇定。艾森豪威尔耐心地等待着他的下文。“我只请求您，”他再次开口道，“请您告诉我的妻子，我是在为国效力时光荣牺牲的。”他希望内华达沙漠里的秘密设施至少装了空调系统。

黑格眨了眨眼睛。“你觉得我们要把你送去沃特敦?”他咯咯地笑了起来，摇了摇头，弗朗西斯科想起黑格能读出自己心里的想法。“不，弗朗西斯科，那些只是都市传说罢了。”他和杜勒斯交换了一下眼神，“当然，我是指王牌被关入监狱的那一部分。你不会就这么消失的。事实上，等我们听你做完任务汇报之后你就能回家了。”

“你还会继续留在CIA，”杜勒斯说道，很明显他并不喜欢这个主意，“这将成为你的掩饰身份，只有在需要的时候，你才会替王牌资源强化委员会完成任务。很可能接下来你晚上回家的次数还能和从前一样多，甚至更多。”

“这就好像在你自己的国家里做个间谍，”黑格继续说道，“至于你的情况，我们已经知道你能保守秘密了。”

走到底线的兵成了后，弗朗西斯科想道。尽管就算是后也会被对方吃掉……或者在五年内就老死。这全都取决于如何使用棋子的策略。但就现在来说，他可以回家了，从飞机上和其他地点安全地回到适合他的地方。“谢谢您，先生。”他说道。

“不，谢谢您，”艾森豪威尔说着，又伸出了手，这一次，他是要与弗朗西斯科握手。“欢迎来到王牌资源强化委员会，特工‘计时器’。”

♦♥♣♠

借壳游戏

乔治·R. R. 马丁　著

在九月时，托马斯·托特伯里[①]搬回黑暗的宿舍后，他做的第一件事是将两样东西钉了起来，其一是肯尼迪总统的签名照片，另一个则是喷气机小子作为年度风云人物的1944年《时代周刊》的封面，它已经破破烂烂的了。

到了十一月，肯尼迪的照片上已满是罗德尼扔飞镖留下的洞眼。罗德尼用一面联邦旗和一打《花花公子》的中心插页装饰了他那半边宿舍的房间。他恨犹太人、黑人、鬼牌和肯尼迪，也不怎么喜欢汤姆[②]。整个秋季学期里，他都在拿汤姆取乐，他把剃须霜涂满汤姆的床，拿他的床单恶作剧让他没法睡，藏起他的眼镜，往他的抽屉里塞满狗屎。

肯尼迪在达拉斯遇刺的那一天，汤姆强忍着眼泪回到宿舍房间。罗德尼已经给他留好了礼物。他用红色的笔将照片上的肯尼迪整个脑袋都涂成了红色，往他的眼睛上打了一个红色的小×，还在他的嘴角补了一根拖出来的舌头。

托马斯·托特伯里盯着那张照片看了很久，很久。他没有哭泣，他不允许自己流泪。他开始收拾行李。

---

① Tudbury，在HBO《权力的游戏》中出现过一个风暴地贵族家族托特伯里，半官方的资料中，这个家族的纹章是绿地上黄色棱形，中有一只棕色乌龟。二者间似有一定联系。

② 托马斯的简称。

大一新生的停车场在校园的另一头，他那辆 54 年款福特水星汽车上的行李箱锁坏了，因此他直接把旅行包扔在后座上。在十一月的寒风中，他暖了很久的车。他坐在那儿的样子一定很可笑，一个矮胖的家伙，剃平头，戴着牛角框眼镜，脑袋抵着方向盘，看起来就像是病了。

他驶离停车场时，瞥见了罗德尼那辆崭新的奥茨摩比"短剑"轿车。

汤姆把车挂到空挡，停了一会儿，考虑着。他环顾四周。视线之内没有任何人，大家都在屋里看新闻。他紧张地舔了舔嘴唇，接着回头去看那辆奥茨摩比"短剑"。他的手指捏着方向盘，关节都发白了。他死死地盯着，皱紧眉头，然后捏紧。

最开始发生反应的是汽车车门，它在压力下慢慢向里弯曲。随着几声砰砰轻响，车灯也一个接一个地炸开了。镀铬饰条咔哒咔哒地掉在地上，突然，后挡风玻璃猛然碎裂，玻璃碴四处飞溅。挡泥板弯曲塌缩，金属随之发出刺耳的尖叫。两侧的后轮胎同时爆气，侧板塌陷，接着是引擎盖；挡风玻璃彻底碎了。曲轴箱也出现了反应，接着是油箱，机油、汽油和传动装置里的液体在汽车下方淌了一地。此时，汤姆·托特伯里变得更自信了，能力的运用也更加自如。他想象自己用一只巨大而无形的手，一只强有力的手，攥着这辆奥茨车，然后用尽全力一捏。碎玻璃的吱嘎声和金属被压扁的刺耳声响充斥着整个停车场，不过没有人听到这一切。他有条不紊地将这辆奥茨摩比碾成了一个皱成一团的金属球。

等这一切结束后，他钻进自己的车里，将学校、罗德尼和他的童年全都永远地留在了身后。

♣

屋外传来雷鸣般的哭号。

塔基扬昏昏沉沉地醒来，觉得很不舒服，宿醉带来的抽痛变成了强烈的耳鸣。黑暗的房间里有些影影绰绰的轮廓，他看着觉得很是陌生。是夜晚又发生了暗杀事件，他们家族被袭击了吗？他得找到他的父亲。他摇摇摆摆地站了起来，一阵头晕眼花，为了能保持平衡，不得不伸出一只手来撑着墙壁。

墙壁离他太近了。这不是他的卧室，全都不对，这气味……接着他的记忆回来了。他宁可是发生了暗杀事件。

他意识到，自己是又梦到了塔基斯星。他的头很疼，喉咙又干又涩。他在黑暗中摸索，终于找到了头顶上的灯的拉线开关。他猛地一拉，灯泡随之晃动，让屋内的影子跳起舞来。他的胃里还在翻腾，他闭上了双眼。他的嘴里有股酸味。他的头发又脏又乱，衣服皱巴巴的。但最糟糕的是，酒瓶空了。塔基扬无助地环顾四周。这是一间6英尺×10英尺的房间，在一家名为“房间”的出租屋二楼，出租屋所在的街道则叫包厘街。让人迷惑的是，附近的邻街曾经也叫包厘街——这是“天使脸”告诉他的。但那是过去的事，现在这片区域的名字已经和以前不同了。他走到床边，拉开遮阳篷。街灯黄色的灯光照进了屋子里。在街对面，巨人向着月亮伸出了手，因为没法够到它而哭泣着。

“小东西”，他们是这样叫他的。塔基扬觉得这是一种人类的幽默。小东西要是能站起来，大概有十四英尺高。他的脸线条柔和，看起来很是纯洁，上面顶着一团柔软的深色毛发。他的腿很细，比例协调。这真像个残酷的玩笑——细长而比例协调的人类双腿根本无法撑起一个十四英尺高的男人的体重。小东西平时坐木头轮椅，那是一套非常了不起的装置，以拆自报废半挂车残骸的四个轮胎滚过鬼牌镇的街道。他看到窗子里的塔克时，含糊不清地嚷嚷起来，仿佛认出了他。塔基扬从窗边离开，浑身发抖。这是在鬼牌镇的又一个夜晚。他需要喝一杯。

他的房间弥漫着一股霉味和呕吐物的臭味，而且还很冷。“房间”不像他过去常待的那些宾馆里那么保暖。他不由自主地回想起华盛顿的五月花酒店，在那儿他和布莱思……别，最好还是别去想它。总之，现在几点了？应该很晚了。太阳早已下山，鬼牌镇已开始了夜间的生活。

他从地板上拽起外套，披在身上。虽然弄脏了，但它还是件华丽的外套，底色是可爱的玫瑰红，肩膀上装饰着金色的流苏肩饰，还有金色穗带环住长长的一排纽扣。这是一件音乐家的外套，“好意”里的男店员这样对他说过。他坐在塌陷的床垫边缘穿上长靴。

厕所在大厅的另一头。他的尿溅在小便池的边缘上，蒸汽也随之升起；他的手抖得太厉害，实在没法对准小便池。他往脸上拍了点冰冷且带着铁锈的水，接着用肮脏的毛巾擦干了手。

上了街，塔克在嘎吱作响的“房间”招牌下站了一会儿，盯着小东西。他觉得苦涩而羞愧。还有强烈的悲恸。他已经没法为小东西再做些什么了，但他至少还能解决自己的清醒认知。他转身背对哭泣的巨人，将双手深深插进外套的口袋里，沿着包厘街快步走开了。

在小巷子里，鬼牌和酒鬼们相互传递着牛皮纸袋，他们用浑浊的眼睛盯着经过的路人。酒馆、当铺和面具商店全都欣欣向荣。著名的包厘街百变王牌一角博物馆（他们现在依然用这个名字称呼它，虽然它的入场费已经降到了从前的四分之一）已经关闭了，要等天亮才会开放。塔基扬曾经进去过一次，那是在两年前，那天他的负罪感特别强烈；陪伴着他的是半打特别畸形的鬼牌，装着漂浮在乙醚里的“鬼牌怪物婴儿”的二十个罐子，还有一部关于“百变王牌”的耸人听闻的新闻短片，博物馆里陈列着蜡像模型，有喷气机小子、四王牌、鬼牌镇的狂欢场面……还有他本人。

一辆观光巴士从他身边经过，车窗上映出了一张张粉红色的脸孔。在附近一家比萨店的霓虹灯下，有四名身穿黑色皮夹克，戴着橡胶面具的年轻人，带着明显的敌意望向塔基扬。他们让他觉得很不舒服。他避开眼神接触，深入离他最近那个人的意识：装腔作势的基佬看他那头染出来的毛他以为他在军乐队里准备敲他妈的小鼓吗等着妈的我们今晚上有乐子了看我们揍扁他。塔克切断了意识的联系，快步向前走开。这已经不是新闻，而成了一种新的运动：来到包厘街，买几张面具，找个鬼牌揍一顿。警察对此似乎毫不在意。

“混沌”俱乐部和它那著名的全鬼牌出演的滑稽剧像往常一样，吸引了大量的人群。塔基扬靠近的时候，一辆灰色加长的豪华轿车停在路边。看门人身上长着茂盛的白色皮毛，他在皮毛外穿了一件黑色的无尾礼服，他用自己的尾巴打开车门，扶出了一名身着晚礼服的肥胖男子。那男子的约会对象是个丰腴的少女，穿着抹胸晚礼裙，戴着珍珠项链，她那头棕色的长发在头顶上高高堆起，做成了蓬松的发型。

走出一个街区，有个蛇女站在街边门阶上向他喊话。她身上的鳞片是彩虹色的，闪闪发光。“别怕，红毛，”她说，“我里面还是软的。”他摇了摇头。

开心屋所在的长条建筑在临街的那一边安了巨大的落地窗，不过玻璃换成了单面的镜子。兰德尔在门外站着迎门，他身穿燕尾服，头戴面具，浑身发抖。他看起来非常普通——直到你注意到他从不把右手从口袋里伸出来。“嘿，塔克，”他喊道，“鲁比是咋回事啊？”

“抱歉，我不认识她。”塔基扬说道。

兰德尔吼了起来：“不，我说的是杀了奥斯瓦尔德的男人。”

“奥斯瓦尔德？”塔克疑惑地问道，“奥斯瓦尔德是谁？”

“李·奥斯瓦尔德，刺杀了肯尼迪的人。今天下午电视说他被杀了。”

“肯尼迪死了？”塔基扬说道。正是肯尼迪允许他回到美国的，塔克欣赏肯尼迪家族的人，认为他们堪比塔基斯星人。但暗杀事件就是统治的一部分。“他的兄弟会替他复仇的。”他说。接着他才想起，这不是地球人的行事规则，而且，似乎这个叫鲁比的人已经替他复仇了。他今天就梦见了刺客，这真是件咄咄怪事。

“他们把鲁比关进了监狱，”兰德尔说道，“要是我的话，我会给这家伙一枚勋章。”他顿了顿，“他和我握过一次手，”他又补充道，“他那时正和尼克松竞争美国总统，他来混沌俱乐部演讲。后来他离开时，和每个人都握了手。”守门人将他的右手从口袋里抽出来，那只手很坚硬，像是长了一层甲壳，有些像是昆虫，在手的中间长着一丛突出的闭着的眼睛。“他甚至连眼睛都没眨一下，”兰德尔说道，“他只是微笑着说他希望我能记得去投票。”

塔基扬认识兰德尔已经有一年了，却从未见过他的手。塔基扬也想像肯尼迪一样，抓住那只扭曲的爪子，拥抱它，与它握手。他想把手从大衣口袋里拿出来，但胆汁涌上了他的喉咙，不知为什么他所能做的就只有转开眼睛，说道：“他是个好人。”

兰德尔又藏起了自己的手。“进去吧，塔克，”他说，语气相当和善，“天使脸要去见个人，所以只能先走了，不过她让德斯给你留好位子了。”

塔基扬点点头，让兰德尔替他开了门。进门后，他把外套和鞋交给物品寄存处的姑娘，她身材苗条娇小，头戴一个长羽毛的猫头鹰面具，以此来隐藏百变王牌病毒对她面容造成的伤害。接着他穿过内门，用仅只穿着袜子的双脚在他熟悉的光滑镜子地板上行走。当他低下头来看时，另一个塔基扬便从下往上回望着他，两人的脚部相连；那个塔基扬胖极了，脑袋像个皮球。

玻璃天花板上垂挂着一个水晶吊灯，上面装着上百个小灯，它将残影反射在地板的瓷砖、墙面和镜子壁龛上，银质高脚杯和马克杯上，甚至还有侍者的托盘上。有些镜子成像是正常的，有些却是扭曲的哈哈镜。你在开心屋从自己的肩膀上回头望，永远都不知道自己会在身后看到什么。这里是鬼牌镇里唯一一个鬼牌和正常人都很喜欢的地方。正常人会被他们自己扭曲畸形的镜像逗得咯咯傻笑，装成自己是个鬼牌；而鬼牌在这里，要是运气好，或许就能找到一块正确的镜子，看到自己从前的模样。

“您的隔间已经准备好了，塔基扬医生。”领班德斯蒙德说道。德斯是个身材魁梧、面色红润的男人，他长着一根粉红色的象鼻子，皱巴巴的，卷着一圈酒单。他抬起鼻子，用它末端垂挂着的一根手指向塔基扬示意，给他引路，“您今晚还是喝同一个牌子的白兰地吗?”

“嗯。”塔克说道，他希望他能有点钱来付小费就好了。

那天晚上他喝的第一杯与往常一样，是敬布莱思的，但第二杯，却敬给了约翰·费茨吉拉德·肯尼迪。

接下来的才是给他自己的。

♠

在霍克路的尽头，经过废弃的冶炼厂和进出口贸易仓库，经过铁路旁轨和它们废弃的红色货运车厢，穿过高速公路的地下通道，经过满是杂草和垃圾的土地，经过巨大的大豆油罐，汤姆找到了他的藏身之处。他抵达时，天色差不多已经完全黑了，水星车的引擎突突地跳着，仿佛某种不祥之兆。但乔伊会知道该怎么做的。

垃圾场矗立在纽约湾那被油污染过的水中。隔着其上装有三卷带刺铁丝网的十英尺高铁丝网围栏，一群垃圾场野狗跟着他的车一起行进，同时以粗野的叫喊对他表示了欢迎，任何对这些狗了解不多的人，都会因这种吠叫而感到恐惧。在落日的余晖下，破碎、扭曲、生锈的汽车堆成的垃圾山，几英亩的金属残骸，还有满是垃圾的丘陵和山坳，全都染上了一片怪异的古铜色。最终汤姆来到了巨大的双闸门前。在闸门的一侧，挂着一个青铜标识，警告人们禁止入侵；闸门另一侧的标识则提醒他们小心恶狗。大门上缠着锁链，锁住了。

汤姆停了车，吹响了号角。

围栏后就是被乔伊称之为“家”的四室棚屋。在它带波纹铁皮的屋顶上，立着一个巨大的招牌，还有几个黄色的聚光灯照着这些字母。招牌上写着德安吉利斯废旧金属及汽车零部件回收站。在二十年的风吹日晒之后，标识上的油漆已经褪色、起泡，木头本身也已出现裂纹，有一只聚光灯也烧坏了。在屋子边上，停着一台古老的黄色翻斗车，一台拖车，以及乔伊最喜爱也最引以为傲的血红色 1959 款凯迪拉克跑车，它的尾部仿佛鲨鱼鳍一般，改装成圆角的引擎盖下则是如同巨兽般加大过功率的引擎。

汤姆再次吹响号角。这一次，他用上了他俩之间的特殊信号，吹出了《今天他来拯救世界![①]》的旋律，这首歌是他俩小时候常看的卡通片《太空飞鼠》里的主题曲。

一块黄色的光斑撒在垃圾场上，乔伊双手各拿着一杯啤酒出现了。

◆

他和乔伊几乎毫无共同之处。他们出身不同，生活在不同的世界里，但自三年级时学校里的宠物展之后，他们就成了最好的朋友。就在那一天，他发现原来乌龟不能飞，同样也是在那一天，他发现了自己是什么，自己又能做什么。

史蒂夫·布鲁德尔和乔西·琼斯在操场上逮住了他。他们拿他的乌龟玩起了游戏，两人将乌龟相互抛来抛去，而汤米只能哭着在两人之间来回，跑得面红耳赤。厌倦之后，他们又拿乌龟去扔吊球场的白垩墙。史蒂夫的德国牧羊犬吃掉了其中一只海龟。汤米想抓住那只

---

①《太空飞鼠》的主题曲其实叫《今天我来拯救世界!》，后文其实也出现过一次这首歌，写的确实是《今天我来拯救世界!》，我不知道此处是故意为之还是原文编辑失误。

狗，史蒂夫猛揍了他一顿，汤米躺在地上，嘴角破裂，眼镜也坏了。

要不是有垃圾场乔伊，他们可能还会干出更糟的事。乔伊是个骨瘦如柴的孩子，长着一头蓬松杂乱的黑发，他比同班同学都要大两岁，但已经两次留级，几乎不识字，大家都嫌他臭，这主要是因为他的父亲敦在经营垃圾场。乔伊没有史蒂夫·布鲁德尔那么高大，但他不在乎这一点。他直接抓住了史蒂夫衬衫的背部，将他猛地拉到一边，一脚踢中了他的下体。接着他也踢了那只狗，要不是乔西·琼斯逃得快，也会挨上一脚。不过就在琼斯逃跑的路上，一只死乌龟从地面飘浮起来，飞过操场，直接砸在了他那肥胖的红脖子后面。

发生此事时，乔伊全看到了。“你怎么做到的?”他惊讶地问道。在那一刻之前，甚至连汤米都没有意识到，他才是让乌龟能飞起来的原因。

这成了他俩共同的秘密，让他俩的古怪友谊持续下去的胶合剂。汤米帮助乔伊做家庭作业，给他出题好通过学校的考试。乔伊则成了汤米的保护者，保护他不受运动场和操场上暴行的伤害。汤米给乔伊读漫画书，直到乔伊自己的阅读水平有了很大的提高，再也不需要汤米为止。乔伊的父亲敦为此十分自豪，他是个头发花白的老头，长着啤酒肚，心肠很好，却不会读写，甚至连意大利语的也不会。两人的友谊从语法学校持续到了高中，乃至乔伊退学之后。他们一起爱过女孩，经历了敦·德安吉利斯去世、汤姆全家搬去珀斯安博伊，这份友谊也没有动摇。乔伊·德安吉利斯依然是唯一一个知道汤姆身份的人。

乔伊砰地一声把又一瓶莱茵金啤的盖子打开了，他用的是挂在脖子上的开瓶器。在他的白色无袖背心下，一个与他父亲相似的啤酒肚正在逐渐成形。“你他妈这么聪明，根本就不该在电视机修理商店上班。”他说。

“这就是一份工作，”汤姆说道，“我去年暑假干过，现在也能全职来干这个。我的职业是什么不重要，重要的是我能用我的，呃，天赋，来做什么。”

“天赋?”乔伊讥讽地模仿他说道。

“你知道我的意思，你这个垃圾意大利佬。”汤姆把他的空瓶放在扶手椅旁的橙色板条箱上。乔伊的大多数家具都称不上奢华，是他从垃圾场里捡来清洗干净了用的。“我之前在考虑的是喷气机小子最后说的那些话，想弄明白他的意思。我猜他说的是他还有些事没有做完。嗯，妈的，我基本上什么事都没有做成。回来的一路上我都在问自己，我能为这个国家做些什么，你知道吧?嗯，妈的，我俩都明白答案应该是什么。”

乔伊靠在他的椅子上，吸着他的莱茵金啤，摇了摇头，他身后那片以书架连成的墙是敦给孩子们造的，那是差不多快有十年之前的事了。最下面一排全是男人的杂志。其余的则是漫画书。他们的漫画书。《超人》和《蜘蛛侠》，《动作漫画》和《侦探漫画》，乔伊藏着拿来作读书报告参考的《经典漫画杂志》，恐怖漫画、犯罪漫画和空战漫画，其中最好的是他们的宝藏——一套几乎全齐的《喷气机小子》系列漫画。

乔伊知道他正在看什么。“你就别想了，”他说，“你他妈又不是喷气机小子，托特。”

“不，”汤姆说道，“我比他更强。我是——”

“是个傻子。”乔伊替他补上。

“是个王牌。”他严肃地说道，“就像四王牌。”

“他们就是一群有色人种凑起来的嘟·喔普乐队，不是吗?”

汤姆涨红了脸。“你这个垃圾意大利佬，他们根本不是歌手，他们——”

乔伊做了个手势，打断了他的话。“我他妈当然知道他们是谁，托特。你就饶了我吧。他们就是群傻子，就像你一样。他们要么进了监狱，要么吃了枪子儿，不是吗？除了那个打小报告的，管他叫什么。”他打了个响指，“你知道，那家伙去出演了《人猿泰山》。”

“杰克·布劳恩。”汤姆说道。他曾经以四王牌为主题做过小组研究报告。“我敢打赌还有其他王牌，只是他们都藏起来了。就像我一样。我以前也隐藏着自己的能力。但今后不会了。”

“所以你这是打算去《贝昂时报》演上一段了？你这傻子。你最好再告诉他们你还是个共产党员。他们会把你送去鬼牌镇，还会砸碎你爸家的窗子。他们甚至可能会强制你入伍，狗屎。”

“不，”汤姆说道，“我已经想过这件事了。四王牌目标太大，被人当成了靶子。而我不会让大家知道我是谁，我住在哪儿。”他拿着手里的啤酒瓶随便一指书架，“我要让我的名字成为秘密。就像漫画书里那样。”

乔伊大声笑了出来。“你也打算把内裤套外面吗，蠢蛋？”

“去你妈的，”汤姆有些厌烦了，“快他妈闭嘴吧。”乔伊还坐在原地，笑得前仰后合，“继续说呀，大嘴巴，”汤姆猛地站起身来。“抬起你的肥屁股，到外面来，我让你看看我到底蠢不蠢。来呀，你他妈知道得太多了。”

乔伊·德安吉利斯也站起来。“这我早就知道了。”

汤姆在门外很不耐烦地等待着，两只脚不停地换着身体的重心，他的呼吸在十一月的寒冷空气中凝成了白气，乔伊则走到屋子边上的巨大金属盒前，打开了电闸。在他们头顶上，垃圾场的灯闪耀出了刺目的光芒。狗儿们都聚拢过来，嗅来嗅去，等他们开始走动，这群狗都跟在他们身后。乔伊往他的黑色皮夹克口袋里塞了一支啤酒。

这只是个垃圾场，满是垃圾、金属残骸和废旧汽车，但在这天晚上，它却像汤米十岁时那样仿佛充满了魔力。极目远眺，可以看到纽约湾的黑色水面，一辆老旧的白色帕卡德若隐若现，好似一座幽灵碉堡。这个垃圾场与从前的样子没什么不同，那时乔伊和他都还是孩子，他们的圣所，他们的要塞，他们的骑兵哨站、宇宙空间站和城堡，在此合同为一。在月光下，它闪闪发亮，远处的海水拍打着海岸，仿佛充满希望。黑暗与阴影深深地潜藏在院落中，让一堆堆的垃圾和金属变成了神秘的黑色山峰，而山与山之间，则是灰色山谷的迷宫。汤姆在这迷宫中引领两人的道路，经过了巨大的垃圾山，在其中他们曾经玩过山地之王和垃圾铁剑决斗的游戏，又经过了藏宝之地，在那里面他们曾经找到过那么多被丢弃的玩具、彩色玻璃和废瓶子，甚至还有一个装满了漫画书的纸板箱。

他们在一排排堆起来的扭曲生锈的汽车间穿行，福特和雪佛兰，胡德森和德索托，一辆折叠敞篷破碎了的科尔维特，一辆报废的“甲壳虫”，一辆看起来很庄重的灵车，它的性能和它曾经搭载过的乘客一样，全都死透了。汤姆一辆一辆认真仔细地看了过去。最终他停了下来。“就它了，”他说着，用手指着一辆老旧的斯图贝克“老鹰”的残骸。它的引擎没了，轮胎也不见了；挡风玻璃破得像是长了一张蜘蛛网，甚至在黑暗中，他们也能看到挡泥板和侧板上爬满了铁锈。“不值一文，对吧？”

乔伊开了啤酒。“继续，全都是你的。”

汤姆深吸了一口气，面对着那辆车。他的双手放在身体两侧，捏成了拳头。他用力盯着那辆车，集中精神。车子开始微微摇摆。它的前格栅晃动着从地面上抬起了几英寸。

“哦——噫——”乔伊突然嘲讽地说着，往汤姆的肩膀上轻轻拍了一下。斯图贝克哐啷一声落了地，保险杠掉了下来。“妈的，我太感动了。”乔伊说道。

“滚，安静点，别靠近我，”汤姆说，“我能行的，我会让你看看，让你那张破嘴闭上一分钟。我都练习过了。你都不知道我现在能干什么。”

“我他妈一个字也不会说了。”乔伊承诺完，咧嘴一笑。他又喝了一大口啤酒。

汤姆转回面对斯图贝克。他试着把脑海中的其他东西都清除出去，忘掉乔伊，忘掉狗和垃圾场；只留下斯图贝克。他的胃就像一个坚硬的小球，他让它放松下来，又深呼吸了几口气，松开握紧的拳头。来吧，来吧，轻松点，别灰心，来，你曾经做过比这更厉害的事，这很简单，简单。

汽车缓缓抬升，向上飘浮，带起一片灰尘。汤姆让它转起圈，越转越快。接着，汤姆脸上露出了胜利的微笑，他将它扔到了五十英尺之外，横穿了垃圾场。它撞进一堆报废的雪佛兰里，制造了一场金属的雪崩。

乔伊喝光了他那瓶莱茵金啤。“不坏。也就几年前，你还只能勉强将我举过栅栏。”

“我一直在变强。”汤姆说道。

乔伊·德安吉利斯点点头，把空瓶扔到一边。“很好，”他说，“那你也能打过我了，是吧？”他用双手猛地推了汤姆一把。

汤姆后退一步，皱起眉头。“别这样，乔伊。”

“打倒我，”乔伊说道。他又推了他一把，更加用力。这一次，汤姆差点摔倒。

“他妈的，停手，”汤姆说道，“这不好玩，乔伊。”

“不好玩？”乔伊说着，咧嘴一笑，“我觉得太他妈滑稽了。但是你看，你能阻止我的，不是吗？用你那该死的力量。”他直接朝着汤姆的脸轻轻甩了一巴掌，“阻止我啊，王牌，”他说。然后以更大的力气又给了一巴掌。“来，喷气机小子，阻止我。”第三个耳光用力最重。“出手啊，超人，你还等啥？”第四个耳光带来了强烈的疼痛，第五个则扇得汤姆的脑袋歪向了一边。乔伊的脸上不再带着微笑，汤姆可以闻到他呼吸中啤酒的气息。

汤姆想抓住他的手，但乔伊太强壮，动作太快；他避过了汤姆抓来的手，又扇了一巴掌。“你想跟我玩拳击，王牌？我他妈能把你打成狗肉。蠢蛋。狗屎。”这一巴掌几乎快把汤姆的脑袋都扯下来了，他的眼里盈满了疼痛带来的泪水。“阻止我啊，笨蛋，”乔伊喊道。他握紧拳头，朝着汤姆的胃部重重一击，让汤姆不由得弯下腰，差点停止呼吸。

汤姆想集中注意力，去抓住对方，推他，但一切都像是重回校园的操场，乔伊似乎无处不在，拳头像是雨点般地落在汤姆的身上，他所能做的只有举起双手来阻挡对方的攻击，但这不是个好方法，乔伊比他强壮太多，乔伊用力揍他，推他，不停尖叫，而汤姆无法思考，无法集中精神，无法做出任何行动，他只有承受疼痛，不断后退，步伐踉跄，而乔伊却紧跟着他，举着拳头，最后用一个上勾拳打中他的下颌，打得他的牙齿生疼，瘫倒在地，嘴里全是血。

乔伊站在他上方，皱眉看他。“妈的，”他说，“我本来没想打破你嘴巴的。”他伸出手，拉住汤姆的手，粗暴地猛力一拉，让他站了起来。

汤姆用手背擦去了嘴角的血。他的衬衫前襟也沾了血。“看看我现在的样子，一团糟。”他厌恶地说道，他望向乔伊，“这不公平。你没法期待我在你揍我的时候还能使用能力，妈的。”

“啊哟，”乔伊说道，“那么在你集中精神眯缝着眼睛的时候，你觉得那些坏人他妈的会袖手旁观吗？”他拍了汤姆的背一下。“他妈的他们会把你所有的牙都打掉。这还是你走运，否则就直接给你一枪。你不是喷气机小子，托德，”他打了个哆嗦，“走吧。外面太他妈冷了。”

♥

塔克在温暖的黑暗中醒来时，几乎完全不记得喝得烂醉时发生的事了，但这也遂了他的愿。他挣扎着从床上坐起来。他躺着的被单是绸缎质地的，光滑舒适，空气中有陈腐的呕吐物的气味，但在那股气味中，他依然能隐隐约约地闻到一丝花香。

他摇摇晃晃地扯开被子，拖着身子来到四柱大床的床沿。他赤脚踩在地毯上，尽管没穿衣服，仍热得让他很不舒服。他伸出一只手，找到了灯的开关，突然而至的光亮让他发出了一丝呜咽。房间的色调以粉与白为主，杂乱地摆放着一些维多利亚时代的家具，还有厚厚的隔音墙。壁炉上方挂着一张油画，约翰·F. 肯尼迪正从中微笑着看向下方，屋角摆着一座三英尺高的圣母玛利亚石膏像。

“天使脸”正坐在冰冷壁炉旁的一张粉红色扶手椅子里，她带着困意朝他眨了眨眼睛，又用手背挡着打了个呵欠。

塔克觉得难受而羞愧。“我又占了你的床，是吗?”

“没关系。”她回答道。她的双脚摆在一张小小的足凳上。她的脚底很难看，带着擦伤，虽然穿了特质的护垫鞋，看起来还是黑乎乎的，有点浮肿。但除此之外，她很可爱。她黑色的长发披散到了腰间，在它的映衬下，她的皮肤呈现出了一种光彩迷人的质地，富有生机。她的黑色双眼中眼波流转，但最迷人，也永远能让塔基扬惊讶的，是她双眼中散发出的暖意，这是一种他觉得自己不配获得的情感。他对她，还有其他所有人做了那样的事，这个名叫“天使脸”的女人仍然原谅了他，还照顾他。

塔克抬起一只手，按了按太阳穴。他感觉就像是有个拿着圆锯的家伙正打算掀掉他的后脑壳。“我的头，”他呻吟道，“以你的售价，至少应该能把松香和毒药从酒里去掉。在塔基斯星，我们——”

“我知道，”天使脸说道，“在塔基斯星你们酿造的葡萄酒喝了不会宿醉。你已经和我说过了。”

塔基扬虚弱地朝她笑了笑。她看起来清新得让人难以置信，身上仅只穿了一条绸缎的短束腰上衣，下身一直光到大腿。她的皮肤是可爱的深酒红色。但当她站起身的时候，他瞥了一眼她的侧脸，也就是她睡着时脸颊抵着椅子的地方，此时颜色已经变深了，像是脸颊上开出的一朵紫花。“天使……”他张嘴说道。

“没事。”她说。她把头发披到前面，挡住了那块压痕。“你的衣服脏了，马尔把它们都拿去洗了，所以现在你暂时只能做我的囚犯了。”

“我睡了多久？”塔基扬问道。

“一整天，”天使脸回答道，“不过别担心。我以前有一个客人醉得比你厉害多了，他睡了整整五个月。”她在梳妆台前坐下，拿起电话机，点了早餐：烤面包和茶是给她的，鸡蛋、培根和加了白兰地的浓咖啡则给塔基扬。另外还要了一片阿司匹林。

“不，”他反对道，“这么多吃的。我要吐了。”

“你得吃东西。就算是太空人也不能光靠白兰地活着。”

“求求你……”

“要是还想喝酒，你就得吃，”她直接说道，“这是我们的交易，你还记得吗？”

交易，没错。他还记得。天使脸给他交房租的钱和食物，还给他留了一个不设上限的酒吧卡座，让他可以尽情纵饮，喝到足以洗去他所有记忆的酒。他所需要做的事就只有吃东西，以及给她讲故事。她喜欢听他说话。他告诉她家族的秘史，给她讲解塔基斯星的风俗，让她知道历史、传说和罗曼史，那些故事里有球类游戏、阴谋和美人，这些都是在肮脏的鬼牌镇里早已消失不见的。

有时在她关店之后，他会为她跳舞，在夜店的镜子地板上，描绘出塔基斯星上古老而反复的孔雀舞步，而她则坐在一边观看，催他继续。有一次，他俩都喝多了，她说服他演示了“婚礼图式”，这是一种带有情色意味的芭蕾舞，大部分塔基斯星人一生只会跳一次，就在他们结婚的那个晚上。这是她唯一一次与他共舞，他俩的脚步在地面上传来回声，一开始她有些犹豫，但接着越来越快，他们在地板上摇晃、旋转，直到她的赤脚擦伤，破裂，在镜子的地砖上留下一个个湿漉漉的血红印记。在跳“婚礼图式”时，跳舞的双方最后会凑在一起，相拥倒下。但那是在塔基斯星上，而在这里，等这一刻来临之时，她从“图式”中挣脱，自他身边退开，而他立刻又再次想起塔基斯星如今已遥不可及。

两年前，德斯蒙德在鬼牌镇的一条小巷里发现他浑身赤裸地躺着，失去了意识。有人趁机偷了他的衣服。他发起高烧，满嘴呓语。德斯找人来帮忙，把他抬到了开心屋酒吧。等他恢复意识时，他发现自己躺在储物间的一张简易床上，身边都是啤酒桶和红酒架。“你知道自己之前喝了什么吗？”他们把他带去了天使脸的办公室，她这样问他。他不知道；他只记得他当时特别希望能喝上一杯，这是自他身体中生发的渴望，而小巷里的那个老黑人慷慨地与他共享了。“那是罐装酒精。”天使脸告诉他。她让德斯取来了一瓶她那儿最好的白兰地。“要喝酒是你自己的事，但至少可以用更有品位一点的东西来自杀。”白兰地在他的胸膛中伸展开了温暖的卷须，让他的双手不再颤抖。塔克喝干了那一杯，热情地向她表示感谢，但当他要触碰到她时，她却缩了回去。他问为什么。“我会让你看到的。”她说着伸出了手，“轻一点。”她对他说。他的吻不过是嘴唇最轻微的一触，没有落在她的手背上，而是在她手腕的内侧，这是为了感受她的脉搏，感受她身体中流淌着的生命，因为她是那么可爱，那么亲切，他想要她。

一会儿后，他看到她的皮肤变成了深深的紫色，接着又变成了黑色，他感觉到了一阵恶心和沮丧。*又一个被我伤害的人*，他想。

但不知为什么，他们还是成了朋友。当然，没到恋人的程度，尽管有时候在他梦里是；即使是最微小的压力也会让她的毛细血管破裂，即使是最轻微的触碰，也会让她极为敏感的神经系统感觉到疼痛。轻轻的爱抚能让她的皮肤变黑、变蓝，做爱则很有可能会要了她的命。但做朋友，没有问题。她绝不会向他要求任何他无法给予的东西，因此他也绝不会辜负她。

早餐是一名驼背的黑人女人送上来的，名叫露丝，她头上长的不是头发，而是冰蓝色的羽毛。“今天早上那个男人给你带来了这个。”她将早餐摆上桌子，接着递给天使脸一包裹着棕色纸的方形小包，然后说道。天使脸接过，没有多说什么，与此同时塔基扬喝下了他那杯添了白兰地的咖啡，举起刀叉，带着厌恶凝视着那毫不动摇的培根和蛋。

“别苦着脸。”天使脸说道。

“我想我还没有跟你说过星网的星舰来到塔基斯时发生的事，还有我的曾祖母阿姆拉斯不得不跟勒巴尔的使者说的那些话。”他开始说道。

“没有，”她说，“说下去。我喜欢你的曾祖母。”

“我可不喜欢她，她叫我害怕。”塔基扬说着，开始讲述故事。

♣

汤姆在太阳升起之前就彻底醒了，乔伊还在里屋打着呼噜。他用一只破旧的滤壶泡了一壶咖啡，又把一块托马斯牌英式松饼塞进面包机里。咖啡还在泡着，他把折叠床复原成了长沙发的形状。接着将黄油和草莓酱涂在松饼上，四下寻找可以一读的东西。漫画书吸引了他的目光。

他还记得他们救下这些书的那一天。这些书大部分原本都是他的，其中包括了那一整套《喷气机小子》，是他爸爸给他买的。他特别喜欢这些漫画书。接着在 1954 年的一天，他放学回家后发现它们都不见了，一整个书架和装满了整整两个橙色板条箱的小人书都消失了。他的母亲说，有个家长教师联谊会的女人来拜访了他家，对她说了漫画书有多可怕。他们给她看了一本书，作者是沃瑟姆博士，里面讲了漫画书是怎么让孩子们变成少年犯和同性恋的，还讲了漫画书怎么赞美王牌和鬼牌，于是他的母亲就让这些人带走了汤姆的藏书。他又是尖叫又是大骂，发了好一通脾气，却没有任何作用。

家长教师联谊会从学校里的每一个孩子那儿都搜集了漫画书。他们打算周六在学校的操场上直接把书都烧掉。这样的事全国都有发生，甚至还有人提出要立法来封禁漫画书，或者至少要封禁恐怖、犯罪类的漫画，还有书中人物有奇怪能力的那些。

沃瑟姆和家长教师联谊会的观点是对的：那个周五的晚上，因为漫画书，汤米·托特伯里和乔伊·德安吉利斯成了犯罪分子。

汤姆当时九岁，乔伊则是十一岁，不过乔伊七岁就能开卡车了。那天半夜，他偷偷开着卡车出门，汤姆则从家里溜出来和他碰头。他俩来到学校，乔伊撬开一扇窗子，汤姆踩着他的肩膀，往黑乎乎的教室里望去，他集中精神，抓住了装有他藏书的那个纸板箱，将它举起，飘浮进了卡车的车斗里。接着他又额外抓了四五箱。家长教师联谊会完全没有注意到，他们还有很多可烧的漫画书。就算敦·德安吉利斯曾经怀疑过这些漫画书的来路，他也什么都没说；他只是造了一些书架，好用来放书，同时为自己的儿子能够阅读而自豪。自那天起，这些书就成了他俩共同的收藏。

汤姆将咖啡和松饼放在橙色板条箱上，走到书架前，拿下来两期《喷气机小子》漫画。他边吃边随手翻阅，《喷气机小子在恐龙岛》《喷气机小子与第四帝国》，还有他最喜欢的那本完结号《喷气机小子与外星人》，它里面的内容是真实的。打开封面，里面的第一篇名为《百老汇上空三十分钟!》，汤姆啜饮着渐渐变凉的咖啡，读了两遍。他反复重读其中最精彩的几段。在最后一页，编辑放了一张外星人的图，画的是塔基扬在哭泣。汤姆不知道这事儿是不是真的发生过。他合上漫画书，吃完了英式松饼。有很长一段时间，他就这么坐着，思考着。

喷气机小子是个英雄。而他自己呢？什么都不是。胆小鬼，窝囊废。他的百变王牌能力他妈的什么好事都没干成，它一点用也没有，就像他一样。

他情绪低落地披上外套，走到屋外。在晨光下，垃圾场看起来又脏又乱，冷风呼呼地吹着。往东几百码的地方，海湾看起来是绿色的，翻滚着浪花。汤姆爬到垃圾山上的一辆废旧帕卡德前，用力拉开车门，它嘎吱作响。在车里，座椅都裂开了，带着一股腐烂的气息，但至少风吹不着他了。他没精打采地靠在椅背上，蜷成一团，膝盖抵着仪表盘，盯着太阳渐渐升起。他一动不动地坐了很久，在垃圾场另一边，车毂盖和老旧轮胎纷纷在空中飘浮，带着呼啸落入纽约湾那波涛翻滚的绿色海水中。他可以看到自由女神像矗立在她的小岛上，还有东北方向曼哈顿双子塔那模模糊糊的轮廓。

此时接近七点三十分，汤姆·托特伯里的四肢僵硬，他数不清自己已经扔了多少个毂盖，他就那么坐着，脸上挂着古怪的表情。他将离地已四十英尺高的冰箱砸在了地上。他用手指扒梳了一下头发，再次提起冰箱，将它移动了二十码左右的距离，接着把它直接扔在了乔伊那波纹铁皮的屋顶上。接着他又拿一个轮胎，一辆扭成一团的自行车，六个毂盖和一辆红色小马车干了同样的事。

屋子的门砰地一声开了，乔伊走了出来，大冷天里，他只穿了拳击短裤和无袖背心。他看起来非常生气。汤姆抓住了他的光脚，从底下猛地拉了他一把，让他重重地一屁股摔在地上。乔伊大骂起来。

汤姆抓住他，猛地将他头朝下抓到空中。“你他妈在哪儿，托特伯里？”乔伊大喊道，“停手，你这傻子。让我下来。”

汤姆想象出两只无形的手，抓住了乔伊的身体两侧。“等我下来，我一定要把你揍到半身不遂。”乔伊说道。

那辆帕卡德的车窗摇柄已经有很多年没用过了，但汤姆最终还是设法打开了车窗。他探出脑袋来。“嘿呀小子，嘿呀，嘿呀，嘿呀。”

他沙哑地说着，笑得很得意。

乔伊悬在离地十二英尺的空中，摇摆着，捏起了拳头。“我他妈要拧断你的魔法弦，白痴。”他喊道。汤姆扯下了他的拳击短裤，把它挂在一根电线杆上。“你死定了，托特伯里。”乔伊说道。

汤姆深吸一口气，轻轻将乔伊放回地面。到关键时刻了。乔伊跑向他，嘴里喊着猥亵下流的脏话。汤姆闭上双眼，将双手放在方向盘上，然后开始拉升。帕卡德在他身下移动起来。汗水浸湿了他的眉毛。他将整个世界排除在外，集中精神，数到十，慢慢地，上升。

他本以为乔伊的拳头会砸在他的鼻子上，但等他终于睁开眼睛，他能见到的只有一只停在帕卡德引擎盖上的海鸥，它探出了脑袋，好像在隔着破碎的挡风玻璃打量着车里。他飘浮着。他飞起来了。

汤姆把脑袋探出车窗。乔伊站在他身下二十英尺的地方，抬头仰望，双手插在屁股上，表情带着厌恶。“现在，”汤姆笑着朝下面喊道，“你昨晚怎么说的?”

“我希望你能在那儿停一整天，你这婊子养的。”乔伊说道。他虚捏拳头，挥了挥。稀疏的黑色头发飘过他的眼睛。“啊，妈的，这能证明什么？要是我有把枪，你还是得变成一摊死肉。”

“要是你有枪，我就不会把脑袋伸出窗外了，”汤姆说道，“事实上，我最好连窗都没有。”他就这一点考虑了一秒钟，但他现在飘在天上，很难思考。帕卡德太重了。“我要下来了，”他对乔伊说道，“你，呃，你平静下来了吗?”

乔伊咧嘴一笑:“你来试试，托德。”

“你躲开点。我可不想用这该死的玩意儿砸到你。”

乔伊慢吞吞地走到一边，他光着屁股，身上起了鸡皮疙瘩，汤姆让帕卡德尽可能轻地落了地，就像在平静的日子里落下的一片秋叶一样。他才刚刚打开车门，乔伊就凑了上来，一只手抓住他，猛地将他提起，抵在车身上，另一只手握成了拳头。“我就应该——”他刚开口，接着摇了摇头，哼了几声，轻轻锤了汤姆的肩膀一下。“他妈的把我的裤子还给我，王牌。”他说道。

回到屋子里，汤姆把剩下的咖啡重新加热。“我需要你帮忙，”他边说边给自己做了点炒蛋、汉堡和两个英式松饼。使用能力总是让他胃口大增。“你去汽车修理店，还有做焊接之类的狗屎活计。我来接线。”

“接线?”乔伊说着，双手捂在杯子上取暖，“这他妈有什么用?”

“装点灯和电视摄像机。我还想要防弹窗户。我知道有个地方可以让我们买到便宜的摄像机，你这里还有很多旧电视，我只需要把它们拼起来。”他坐下狼吞虎咽地吃起炒蛋，“我还需要扩音器。类似广播系统的东西。一台发电机。不知道我还有没有地方能塞下一台冰箱?”

“那辆帕卡德他妈是个大家伙，”乔伊说道，“你把座椅都拆掉，能他妈摆下三个冰箱。”

“不用帕卡德，”汤姆说道，“我会找一辆更轻一点的汽车。我们可以用旧的车身镶板或者诸如此类的东西来填掉车窗。”

乔伊拨开挡住了眼睛的头发。“去他的车身镶板。我这儿可是有防弹钢板的。从战时传下来的。46 年和 47 年的时候，他们拆了海军基地的一堆战舰，敦为了这些金属参加了拍卖，给我们带回来了整整二十吨。这他妈完全是浪费钱——谁会想买战舰装甲？现在那堆玩意儿扔在后边生锈呢。你他妈得用 16 英寸的炮弹才能射穿那些狗屎。托德。你会安全得就像——妈的，我都不知道怎么说。反正很安全就对了。”

汤姆知道该怎么说。“安全得，”他大声说道，“就像乌龟缩在它的壳里一样！”

♠

再过十个购物日就是圣诞节了，塔克坐在一间带窗的卡座里，啜饮爱尔兰咖啡以抵御十二月的寒冷天气，同时透过单面玻璃凝望包厘街。还得再等一个小时，才是开心屋开门的时间，不过它的后门总是向天使脸的朋友们敞开的。舞台上，两个自称“和谐”和“混沌”的要杂技的鬼牌互相抛着保龄球。“和谐”打着莲花座，飘浮在距舞台三英尺的地方，他那张没有眼睛的脸看起来平静而安详。他完全看不见，却绝不会错过或掉落任何一个球。他的搭档是六臂的“混沌”，他在舞台上精神错乱般地跳来跳去，咯咯笑着，说着糟糕的笑话，背后的两只手挥舞着燃烧的木棒，剩下的四只手则不停将保龄球扔向“和谐”。塔克只瞥了他们一眼。他们确实多才多艺，但与此同时，他们畸形的身体也让他心中抽痛。

马尔挤进了他的卡座。“你喝多少了?”保镖望向爱尔兰咖啡，问道。挂在他下唇上的藤蔓像蠕虫一般不断伸展收缩，他那巨大而畸形的蓝黑色下巴则让他的整张脸显得充满了蔑视和挑衅之意。

“我不觉得这和你有什么关系。”

“你他妈一点用也没有，不是吗?”

“我从没说过我有用。”

马尔嘟嘟哝哝地说道：“你也就值一坨屎。我想不通天使他妈为什么会要一个该死的娘娘腔太空人在这地方晃来晃去，像海绵一样吸干她的酒……”

“她是不需要。我告诉过她这一点。”

“那女人根本不会听。”马尔赞同道。他握紧了拳头。那是一个非常巨大的拳头。在“百变王牌之日”前，他曾经是世界排名第八的重量级拳击手。而后，他的排名一度攀升至世界第三……然后他们禁止了百变王牌病毒受害者参与职业运动赛，一举抹去了他的梦想。这个举措是针对王牌的，他们这样解释道，如此以来就能保证赛事的公平性，但鬼牌也被视同王牌对待了。马尔现在年纪大了，稀疏的头发变成了铁灰色，但他看起来依然强壮到能够打碎弗洛伊德·帕特森的膝盖，同时凶狠到用眼睛一瞪就能吓退桑尼·李斯腾。“看看那个，”他盯着窗外厌恶地咆哮道。小东西正坐着轮椅在外面。“他妈的他在这儿干什么？我跟他说过，叫他不要再从这里经过的。”马尔向门边走去。

“你就不能让他去吗？”塔基扬在他身后喊道，“他又没什么危害。”

“没有危害？”马尔转过身面对他，“他的尖叫都把游客吓跑了，他妈还有谁会付钱让你白喝酒？”

这时门开了，德斯蒙德站在门外，腋下夹着他的长风衣，象鼻子半抬着。“让他去吧，马尔。”管家疲倦地说道。“那就让他继续吧。”马尔嘟囔着踱开了。德斯蒙德进了卡座，坐下了。“早上好，医生。”他说道。

塔基扬点点头，喝干了他的咖啡。加在里面的威士忌都沉在杯底，喝下去的时候，让他整个人都暖和起来。他发现自己正盯着镜子桌面上倒映出来的脸：那是一张疲倦、憔悴而粗俗的脸，双眼红肿，长长的红色头发蓬乱油腻，面容被酒精涨泡得都扭曲了。这不是他，这不可能是他，他是英俊的，干干净净的，高贵的，他的脸是——

德斯蒙德的鼻子如蛇般探出，上面的手指缠绕着他的手腕，把他往前拉。“我说的话你一句也没听到，是吗？”德斯说道，他的声音低沉而急迫，带着怒意。塔克模模糊糊地意识到德斯蒙德在和自己说话。他喃喃地说了些道歉的话。

“别管这个了，”德斯说着，松开了手，“听着。我在向你寻求帮助，医生。我或许是个鬼牌，但并非没有受过教育。我读到过关于你的事。你有某种特别的——让我们这么说吧，能力。”

“不，”塔克打断他道，“不是你想的那样。”

“你的能力都被记录下来了，一清二楚。”德斯说道。

“我没有……”塔克有些尴尬。他伸出双手。“那是从前的事了。我已经丧失了——我的意思是，我再也没有那么做的能力了。”他低头盯着自己憔悴的面容，他想抬头望向德斯的双眼，让他明白自己的意思，却没法承受鬼牌那种畸形的样貌。

“你是说你不愿意?”德斯说着站起身，“我本以为要是我在开店之前来跟你谈话，你可能会清醒一点。看来我错了。忘了我说的所有话吧。”

“要是我可以，我真的愿意帮助你。”塔克开口道。

“我不是替自己求助。”德斯抬高了声音说道。

等他走后，塔基扬来到银色络合金的长吧台拿下一瓶满满的白兰地。第一杯下去让他感觉好些了，第二杯让他的双手不再颤抖。喝到第三杯时，他开始哭起来。马尔走过来，厌恶地低头看他。“从没见过哪个男人像你这么能哭的。”他说着，粗鲁地将一块脏手帕扔给塔基扬，接着便去准备开店了。

◆

火灾的新闻从他右脚边的警用波段收音机里噼里啪啦地传出来的时候，他已经在空中飘浮四个半小时了。没错，不是在很高的地方，不过离地六英尺而已，但这也足够了——汤姆之前就发现，六英尺或六十英尺其实没有什么太大的差别。四个半小时，他一点儿也没有感觉到疲倦。事实上，他觉得好极了。

他正安全地绑在凹背褶椅里，那是乔伊从一辆破烂的TR-3型凯旋车里扯出来，嵌到这辆大众汽车正中的。车里唯一的光源来自四周围绕着他的那些大大小小的电视机屏幕上暗淡的荧光。在摄像机和它们的自动跟踪装置之间，是发电机、通风设施、声音设备、控制表盘、真空管盒装备用，外加一台小冰箱，这样他几乎连转身的地方都没有了。但这没什么问题。汤姆没有幽闭恐惧症，甚至还有些幽闭癖，他喜欢待在这里面。在这塞满了东西的甲壳虫外面，乔伊又增加了两层的战舰装甲。现在它比他妈坦克还强。乔伊用鲁格手枪往上面射了几次，那把枪是敦在战时从一名德国军官手里卸来的。一枚幸运的子弹可能会射穿他的摄像机或灯，但不可能伤到在装甲里的汤姆本人。他现在远不止是安全，他现在是*无懈可击*，与此同时，只要他觉得自己是安全的，那就没有什么可以限制得了他能做的事。

他们完工的时候，装甲已经变得比帕卡德更重了，但这似乎不成什么问题。四个半小时，完全没有接触到地面，静静地四下盘旋，几乎毫不费力就穿过了垃圾场，而且汤姆一滴汗也没有出。

听到电台里的报告时，他的心中涌起一阵兴奋。*就是这个！*他想。他本该等乔伊的，但乔伊正好开车去庞贝披萨店取晚餐（意大利辣香肠、洋葱和浓奶酪）了，时间不等人，这是他的机会。

这套装甲甲壳的底部有一圈环状的灯，汤姆让它飞到更高处时，灯光在这些扭曲的金属和垃圾堆积而成的小山上投射出荒凉的影子。他越飞越高，八英尺以上，十英尺，十二英尺。他的视线紧张地在不同的屏幕上来回跳跃，观察着逐渐远去的地面。其中有一个屏幕的显像管是从一台废旧的欧司朗上偷来的，它的画面开始缓慢地上下滚动。汤姆用旋钮把它关闭了。到了十五英尺的高度后，他开始缓慢向前，直到甲壳抵达海岸线。在他面前是无边的黑暗，夜色太深，他看不见纽约，但他知道，纽约就在那个方向，只要他能到得了。在他那些小小的黑白屏幕上，纽约湾的海水似乎显得比平时更深，这一片无穷无尽地翻涌的墨之海洋在他面前不断逼近。他得想办法穿过这片海，直到对面城市的灯光出现在他的视野中。要是他在这儿掉下去了，掉进了水里，那么他就会比计划的更早加入喷气机小子和肯尼迪的行列，就算他能迅速从舱口出来，逃脱没顶之灾，他也不会游泳。

但他不是为了来失败的，他突然这样想。妈的他有什么好犹豫的？他不会再失败了，不是吗？他得自己先相信这一点。

他抿紧双唇，清空杂念，甲壳平顺地从水面滑过。在他下方，咸水上涌又落下。他以前从未这样乘风破浪过，这感觉很不一样。一瞬间，汤姆感到一阵恐慌，甲壳蹦了几下，下降了三英尺，直到他稳住心神，重新校准。他努力让自己镇定下来，向前推进，然后抬升。高一点，他想，他得到高处去，他得飞起来，就像喷气机小子，就像黑鹰，就像一个该死的王牌一样。甲壳继续前进，速度越来越快，随着汤姆逐渐恢复自信，它也平稳地滑过海湾。他以前从未有过这种感觉，充满了如此令人难以置信的力量，让他觉得真他妈对极了。

罗盘运转良好，不到十分钟，炮台公园和华尔街街区的灯光就已在他面前若隐若现。汤姆又往高处推了一点，向住宅区飘去，飘向哈德逊河的海岸线。他到了喷气机小子的墓前，它就在他的下方。过去他曾经在他墓前站立过十几次，抬头仰望墓前巨大的金属雕像上喷气机小子的面容。他想知道要是那塑像能抬起头来，在今晚上看到他，它会怎么想。

他有一份纽约街区的地图，但今天晚上，他不需要它；燃烧的火焰在几乎一英里之外就能看得到。从火势上方经过时，即使是在装甲中，汤姆依然可以感觉到热浪舔舐着他。他的风扇呼呼作响，在他的操作下摄像机也随之运作，他的下方一片混沌和嘈杂，警笛声，叫喊声，人群、匆匆跑动的消防员、警察的路障和救护车，巨大的云梯消防车不停往那片火狱中洒水。一开始，没人注意到他，因为他悬停在人行道上方五十英尺高处——但接着他下降到了足以让他的灯光照射到建筑外墙的位置。他看到人们抬头仰望，指指点点；他感觉到了兴奋带来的头晕目眩。

但他没多少时间品味这种感觉。他眼角的余光瞥到一块屏幕上有个女孩的身影。她突然出现在五楼的窗口，弯着腰咳嗽，她的裙子着火了。在他还未能做出任何动作之前，火焰已经扑向了她，她尖叫着从窗子里跳了出去。

他在半空中抓住了她，没有多想，没有犹豫，也没有思考过他是否能够这么做。他就只是这样做了，抓住她，拉着她，将她轻轻放到地上。消防员都围拢到她身边，帮她脱掉了裙子，把她推进救护车里。现在，汤姆看到，所有人都在抬头看他，看着这个在夜空中的高处怪异地飘浮着，底部还有一圈灯光的深色物体。警用频段噼啪作响，他听到他们正在汇报，说他是个飞碟。他咧嘴笑了起来。

一名警察跑到警车上，拿着扩音器，向他喊话。汤姆关掉了收音机，这样在火焰的咆哮中他能听得更清楚些。警察正在让汤姆降落并自证身份，还问他是谁，他是什么。

这很简单。汤姆打开麦克风。“我是‘灵龟’。”他说。这辆大众汽车没有轮子，在轮罩下方，乔伊安装了他们能找到的最为巨大的喇叭，以市场上最大的扩音器驱动。这是灵龟之名头一次在这片土地上宣告，“我是灵龟”隆隆地回荡在大街小巷，就像一个扭曲而失真的惊雷炸裂。唯一的问题是声音不够清晰。汤姆将音量调得更大，往里面加入了一些低音。“我是伟大而强力的灵龟。”他向所有人宣告。

接着他往西飞出一个街区，来到哈德逊河那受污染的黑水之上，他想象两只四十英寸宽的无形巨手伸入河水之中，将它们舀起，抬在空中。一路上，河水形成的溪流洒满街道。当他将第一捧水洒在火焰上时，底下的人群中响起了一阵参差不齐的欢呼声。

♥

“圣诞快乐。”塔克醉醺醺地说道。此时时钟显示的正是午夜，为圣诞节前夜守夜的人群都欢呼喝彩，敲打着桌子。舞台上，亨弗莱·鲍嘉正怪声怪气地[1]讲着蹩脚的笑话。屋里所有的灯突然都熄灭

① 亨弗莱·鲍佳（1899—1957）美国电影男演员，在《北非谍影》中的演出曾获奥斯卡最佳男主角的提名，按照小说此时的年代，鲍嘉已经死了，舞台上是个鬼牌扮演的鲍嘉。

了，一会儿它们再亮起来的时候，鲍嘉不见了，取而代之的是一个长着红鼻子的肥胖圆脸男人。“现在台上这人是谁?”塔克问在他左边的双胞胎姑娘。

“W. C. 菲尔茨。”她轻声说道。她的舌头探入他的耳廓。在桌下，他右边的双胞胎正在做的事甚至更有趣些，她设法将手伸进了他的裤子里。双胞胎姐妹是天使脸送给他的圣诞礼物。“你可以拿她们当做我。”她这样对他说，当然，她们和她完全没有相同之处。两人都是好孩子，丰满，快活，无拘无束，就是有点儿头脑简单；她们让他想起塔基斯星的性玩具。他右边的双胞胎中了百变王牌病毒，不过她就算是在床上也会戴着猫面具，这样一来，就不会有任何能让他看见的肉体畸形来影响他勃起的美好体验了。

不管这个 W. C. 菲尔茨是谁，反正他只讲了几个讽刺圣诞节和小孩的笑话，就被人群轰下了舞台。舞台放映员倒是能变出各种不同的脸来，但他一个笑话也不会说。塔克不在乎，他已经有了所有他需要的消遣。

“买报纸吗，医生?”小贩在桌对面塞过来一份《先驱论坛报》，他的手很厚，只有三个指头。他的血肉是红黑色的，泛着油光。“全是圣诞节的新闻。”他说着，把一堆报纸塞在腋下。他那张咧开的大嘴两边各伸出一只弯曲的长牙，在平顶帽下，他高高隆起的头颅上，盖着一丛红色的刚毛。在街上，大家都叫他“海象”。

“不，谢谢了，朱比，”塔克以一种醉醺醺的高贵姿态说道，“今晚我对人类的愚行没有兴趣。”

“嘿，看，”右边的双胞胎说道，“灵龟!”

塔基扬四下环顾，一时有些糊涂，搞不清那样巨大的装甲甲壳要怎样才能进入开心屋里，但当然，她指的是报纸。

“你最好给她买一份，塔克，”左边的双胞胎咯咯笑道，“不然她要撒脾气了。”

塔基扬叹了口气。“我买一份。但你就别再说那些笑话了，朱比。”

“我刚听了个新的，讲一个鬼牌、一个波兰佬和一个爱尔兰人掉到荒岛上，但你既然这么说，我就不讲了。”海象咧嘴一笑，回答道。

塔基扬翻遍全身想找几枚硬币，但在他的口袋里，除了一只女性的小手之外，什么也没有。朱比眨了眨眼睛。“我会找德斯拿的。”他说。塔基扬把报纸摊在桌上，此时酒吧里爆发出一阵喝彩，那是和谐和混沌登场了。

报纸上，灵龟的模糊照片整整横跨了两栏。塔基扬觉得它看起来就像一根会飞的腌黄瓜，或者是一条巨大的莳萝，上面坑坑巴巴的，满是小突起。灵龟逮捕了一个在哈莱姆撞死九岁男童后肇事逃逸的司机，他在这司机逃跑的路上截住了他，将他的车抬到离地二十英尺高的地方，它在那儿一直悬浮着，引擎空响，轮胎疯狂打转，直到警察终于追上了他们。有传闻说这个甲壳是一个实验中的遥控飞行坦克，在一个相关侧边栏里，空军发言人否认了这一点。

“我还以为到现在他们总该能找到点更重要的事情来写了。”塔基扬说道。这是本周与灵龟有关的第三件大新闻了。编读往来专栏、社论专页，所有地方写的都是灵龟、灵龟、灵龟。所有电视台都在疯狂推测着灵龟。他是谁？他到底是什么？他怎么做到这一切的？

甚至还有个记者找到了塔克来问这些问题。“心灵传动，”塔基扬告诉他，“没什么新鲜的。事实上，很常见。”早在 1946 年，心灵传动就曾是病毒受害者最常表现出来的一种能力。他见过一打能移动文件夹和铅笔的病人，还有个女人，每次能将自己的身体举起十分钟。甚至连厄尔·桑德森的飞行能力原本也是靠心灵传动。他没有告诉他们的是，这种程度的心灵传动，是史无前例的。当然，等这篇报道付印之后，他发现他们几乎就没搞懂他的意思。

“他是个鬼牌，你知道吗？”右边那个戴着银灰色猫面具的双胞胎说道。她身子前倾靠在他的肩膀上，读着灵龟相关的新闻。

“鬼牌?”塔克问道。

“他把自己藏在壳子里，对吧？要不是他真的长得很可怕，他为什么要这么做?”她的手已经不在他裤子里了，“我能保存这份报纸吗?”

塔克将它推给她。“他们现在确实是在向他欢呼，”他冷冷地说道，“他们从前也曾经为四王牌欢呼过。”

“四王牌是一些有色人种的团体，不是吗?”她边说边将注意力转向了头版。

“她在存剪报，”她的姐妹说道，“所有鬼牌都觉得灵龟是他们中的一员。太傻了，嗯？我打赌那就是个机器，某种空军的飞碟。”

“他不是，”双胞胎说道，“这里这么写了。”她用长长的红色指甲点了点那个侧边栏。

“别管她了。”左边的双胞胎说道。她凑近了塔基扬，在他的脖子上嗅来嗅去，手伸到桌子底下。“嘿，怎么了？你都软了。”

“抱歉，”塔基扬闷闷不乐地说道。混沌和和谐正在舞台上抛接斧子、弯刀和小刀，在他们身边的镜子将它们反射的光点扩大到了无穷。他现在手边有一瓶上好的白兰地，身旁还有两个可爱又主动的女人，但是突然之间，因为某种他自己也说不上来的原因，他不再觉得这是个美好的夜晚了。他将酒倒满杯子，几乎溢出边沿，然后猛地一饮而尽。“圣诞快乐。”他轻声说道，这句话不为任何人而说。

♣

他的意识逐渐回复，连带着他还听到了马尔那愤怒的声音。塔克从镜子桌面上歪歪斜斜地抬起头，向底下他那红肿的倒影眨了眨眼睛。玩杂耍的人、双胞胎和喝酒的人全都离开了。因为躺在一摊倒翻的酒里，他的脸颊黏糊糊的。双胞胎拿话哄他开心，爱抚了他，其中一个姑娘甚至还爬到桌底下，干了不少好事。接着天使脸来到桌边，让她们离开了。“去睡觉吧，塔克。”她说。马尔过来问是否需要自己把他拖到床上去。“今天不用，”她说，“你知道今天是什么日子。让他就睡在这里吧。”他完全不记得自己什么时候睡着的了。

他的头像是要爆炸了，马尔叫喊的声音让这一切变得更糟。“我他妈才不管别人答应过你什么，人渣，我绝对不会再让你见她。”保镖大喊道。一个更小声点的声音回答了一些什么。“你会拿到你那些该死的钱，但也就只能拿到钱而已。”马尔厉声说道。

塔克抬起眼睛。在镜子中，他看到了他们黑乎乎的身影：在苍白的晨曦中，古怪而扭曲的影子轮廓，重重叠叠的倒影，成百上千个倒影，美人，野兽，不计其数，它们是他的孩子，他的子嗣，他的失败酿成的苦果，活生生的鬼牌的海洋。另一个声音又小声说了些什么。“放你妈的狗臭屁。”马尔说道。他的身体就像一根扭曲的棍子，脑袋像个南瓜，这让塔克露出了微笑。马尔把那人推开，伸手摸到后腰，摸索着他的手枪。

一重又一重的倒影，枯瘦的和肿胀的，圆脸的和长脸的，黑人和白人，在同一时刻，一齐动了起来，整间酒吧里充斥着噪声：马尔发出的嘶哑叫喊，手枪开火的声音。塔克本能地俯身想躲起来，向下滑时，他的额头却重重地撞在了桌角上。他眨了眨眼睛，把因为疼痛而产生的泪水憋了回去，在地板上蜷曲身体，他向外望去，看到一双双脚的倒影，与此同时世界分崩离析，汇聚成一片刺耳的不和谐音。玻璃掉落破碎，镜子四处破裂，银色的碎片破空划过，数量之多，即使是和谐和混沌也不可能全部接住，黑暗的碎片侵蚀了倒影，吞没扭曲的黑影，鲜血溅在破碎的镜子上。

接着一切像它突然开始一样，又骤然结束了。那个声音轻声说了什么，接着是脚步声，踩在玻璃上的声音。一会儿后，从他身后传来一声沉闷的尖叫。塔克躺在桌子底下，醉意朦胧，心中恐惧。他的手指被一片镜子的碎片划破了正在流血。他脑海里的念头，只有愚蠢的人类关于打破镜子和坏运气之间的迷信。他用手臂抱住脑袋，这样可怕的噩梦就会离他而去。

等他再度醒来，一名警察正粗暴地推着他的身子。

♠

一名警探告诉他，马尔死了，他们给他看了尸体的照片，这位保镖躺在血泊中，浑身扎满碎玻璃片。露丝也死了，另外还死了一名看门人，他是个智力有些缺陷的独眼巨人，从未伤害过任何人。他们给他看了一份报纸。上面将此事称之为“圣诞大屠杀”，头条写的是人们在圣诞节的清晨发现三名鬼牌死在了树下。

法切斯蒂小姐失踪了，其他警员问他是否知道此事，他是否认为她与这场屠杀有关？她是犯人，还是受害者？关于她他还知道些什么？他说他不知道叫这个名字的人，接着他们解释说，此人全名是安吉拉·法切斯蒂，或许他更了解她的另一个名字天使脸。现在她失踪了，马尔则被人枪杀，但最让塔克恐惧的是他不知道下一杯酒该从哪儿弄到手。

他们关了他四天，不停地审问他，一遍又一遍重复同样的问题，直到最后塔基扬向他们尖叫，恳求，要求尊重他的权利，要求请律师，要求喝一杯酒。而他们只给了他律师。律师说他们不能在未控告的前提下拘捕他，于是他们就说他是重要证人，控告他犯了流浪罪，控告他拒捕，然后继续无穷无尽的讯问。

到了第三天，他的双手开始颤抖，他醒来时，产生了幻觉反应。唱红脸的警员答应他，如果他肯合作，就给他一瓶酒作为回报，但不知为何他的回答总是无法让他们满意，因此那瓶酒也就此遥遥无期。唱白脸的警员威胁他说，要是他不说真话，就关他一辈子。我以为那不过就是个噩梦，塔克哭着说道。我喝醉了，我睡着了。不，我没法看见他们，我能看到的只有倒影，只有扭曲失真的重重影子。我不知道他们有多少人。我不知道这是为了什么。不，她没有敌人，人人都爱天使脸。不，马尔不是她杀的，这没有道理，马尔爱她。其中有个人声音很轻柔。不，我不知道是谁。不，我记不得他们说什么了。不，我不知道他们是不是鬼牌，他们看起来像鬼牌，但镜子是失真的，有些镜子是哈哈镜，但有些不是，你明白吗？不，我没法在嫌疑犯里把他们找出来，我没有真的看见他们。我不得不藏在桌子底下，你不明白吗，杀手来了，我父亲总是让我这么做，其他我什么也做不了。

等他们终于意识到他已把他知道的全都说了出来，他们撤销了指控，释放了他。让他回到了鬼牌镇那黑暗的街道和冰冷的夜晚中。

◆

他独自一人，沿着包厘街走着，瑟瑟发抖。海象在喜士达街的街角报摊前兜售晚报。“来读读这个，”他喊道，“鬼牌镇的灵龟恐怖袭击。”塔基扬停下脚步，呆滞地看向头条。《邮报》说*警方正在搜寻灵龟*。《世界电讯》说*灵龟发动袭击*。这么说来，人们已经停止为他欢呼了。他瞥向内文。在此前的两个晚上，灵龟偷偷潜入了鬼牌镇，把人们抬到一百英尺高的地方审问，还威胁说，若他们不回答就把他们摔下去。昨晚，警方试图抓捕他，灵龟就把他们的两台警车扔在了且林士果广场畸人俱乐部的房顶上。*应控制灵龟*，《世界电讯》的社评写道。

“你还好吗，医生？”海象问道。

“不好。”塔基扬说着，把报纸放了回去。毕竟，他现在身无分文。

开心屋的入口被警方用封锁线拦住了，大门上着挂锁。标牌上写着：*无限期停业*。他想喝一杯，但他那件乐队指挥家外套的口袋里空空如也。他想到了德斯和兰德尔，接着又意识到自己完全不知道他们住在哪儿，甚至不知道他们到底姓什么。

踉踉跄跄走回“房间”，塔克虚弱地爬上楼梯。步入黑暗中后，仅有的一点时间只够他发现室内冷得吓人，窗子洞开着，寒风冲刷掉了室内陈腐的尿味、霉味和酒气。这是他自己干的吗？他有些疑惑，向里面走了一步，接着有人从门后窜出来，一把抓住了他。

这一切发生得太快，他根本来不及反应。那人用一根铁棒封住了他的气管，让他无法尖叫，另一只手则将他的右臂别到背后，非常用力。他快窒息了，手臂也快断了，接着他被人推向打开的窗子，他俩直冲过去，抓住他的人比他强壮许多，他能做的无非只有虚弱无力的踢打反抗。床沿正正好撞在他的胃上，把他的最后一口气也卡了出来，突然他从窗子里掉了下去，头朝下，无助地被扣在那位袭击者钢铁的怀抱中，他们两人一齐朝着底下的人行道跌落。

在掉落到离水泥地面大约五英尺的地方时，他们突然停住了，这让塔克身后的男人发出了一声咕哝。

在撞击来临之前，塔克已经闭上了眼睛。他们两人向上飘浮时，他又睁开了眼。在街灯黄色光晕的上方，有一圈更明亮许多的灯光，它连接着一片遮盖了冬日星空的悬停着的黑暗物体。

架在他喉咙上的手臂略微松开了一些，让塔基扬至少得以发出呻吟。“你，”他沙哑地说道，他们两人绕过那个甲壳，轻轻地落在它上面。那块金属凉得像冰，寒意直接透过了塔基扬的裤子。灵龟开始向上，升入夜空，抓住塔基扬的这个人也松开了他。他哆哆嗦嗦地吸了一口冷空气，掉过头来，看到这个男人身穿带拉链的皮夹克，黑色粗布裤子，戴着一个绿色橡胶青蛙面具。“谁……？”他喘着气问道。

“我是伟大而强力的灵龟的屁都不是的老伙计。”青蛙面具男欢快地说道。

“塔基扬医生，我保证，”甲壳的扩音器里发出炸裂般的响声，在鬼牌镇小巷的上空回荡，“我一直都想见你。我还是个孩子时就读到过你的故事。”

“轻点。”塔克的声音虚弱而嘶哑。

“哦。没问题。这样行吗?”音量一下子轻了下来，“里面挺吵的，而且我在这么多装甲后面，自己都没法知道自己的声音有多响。要是我们吓着了你，我很抱歉，但我们不能有让你拒绝的机会。我们需要你。”

塔克停在原处，颤抖着，摇晃着。“你们想要什么?”他虚弱地问道。

“帮助，”灵龟明确地说道。他们还在向上飘浮，曼哈顿的灯光在他们下方逐渐延伸展开，帝国大厦和克莱斯勒大厦的尖顶也出现在远方。他们现在比这两座建筑都要高了。寒冷的风猛烈地刮着，塔克为了保命紧紧地抓住甲壳。

“放了我，”塔基扬说道，“我帮不了你们。我帮不了任何人。”

“操，他哭了。”青蛙面具男说道。

“你不明白，”灵龟说道。甲壳向西滑行，行动得十分安静顺滑。这是一种可怕而诡异的飞行。“你得帮忙。我本来想自己试试的，但没能成功。但是你，你的能力，能让事情变得不一样。”

塔基扬已经完全沉浸在自怜自艾之中了，他太冷，太害怕，太绝望，没法回答。“我想喝一杯。”他说。

“操他妈的，”青蛙脸说道，“敦说得对，这家伙屁都不是，就是个烂酒鬼。”

“他没明白，”灵龟说道，“等我们解释之后，他就了解了。塔基扬医生，我们在说的是你的朋友‘天使脸’。”

他太渴望喝上一杯了，这种需求如此强烈，让他痛苦万分。“她对我很好，”他说着，回想起她那些缎子床单的甜美香气，还有落在镜子地砖上的她那带血的足印，“但我已经没有什么能做的了。我把我知道的一切都告诉警察了。”

“窝囊废。”青蛙脸说道。

“我还是个孩子的时候，我在《喷气机小子》的漫画里读到过你的事，”灵龟说道，“《百老汇上空的三十分钟!》，你还记得吗？你应该像爱因斯坦一样聪明才对。我可能可以救你的朋友天使脸，但我得需要你的能力。”

“我再也不会用它了。我不能。我曾经伤害过某个人，某个我在意的人，我控制了她的意识，就那么一瞬间，为了做好事，或者说至少我觉得是为了做好事，但它……毁了她。我再也不能这么做了。”

“呜呜呜，”青蛙脸讽刺地假哭了几声，“我们扔了他算了，灵龟，他简直狗屁不如。”他从皮夹克一边的口袋里拿出了什么东西。塔克惊讶地发现那是一瓶啤酒。

“求你，”塔基扬说道，那个男人则用挂在脖子上的开瓶器打开了酒瓶盖子，“让我喝一点，”塔克说道，“就一小口。”他恨啤酒的味道，但他现在需要喝点儿，什么都好。他已经有好些天没碰酒了。“求求你。”

“滚。”青蛙脸说道。

“塔基扬，”灵龟说，“你能搞定他的。”

“不，我做不到，”塔克说，那人将酒瓶抬到绿色的橡胶嘴边，“我做不到。”塔克又重复了一遍。青蛙脸喝了起来。“不，”他能听到对方咕嘟嘟将酒吞咽下去的声音，“求你，就一小口。”

那男人放低了啤酒瓶，故意将酒倒了出来。“就剩一口了。”他说。

“求你。”塔克伸出颤抖的手。

“呐，”青蛙脸说着，开始将酒瓶头朝下调转，“当然，要是你真的渴了，你可以控制我的意识，对吧？让我把这该死的酒瓶给你。”他又稍微倾斜了一点酒瓶的角度。“来呀，你敢吗？试试。”

塔克眼睁睁地看着最后一口啤酒滴落在灵龟的外壳上，最后全都洒进了虚空之中。

“操，”青蛙脸男人说，“你是真的很想喝酒，对吧?”他从口袋里又拽出一瓶啤酒来，打开，递了过去。塔克用双手抱住了它。啤酒又冰又酸，却好像比他过去尝到过的任何东西都要甜上一倍。他一口气将它一饮而尽。

“还有其他聪明点子没有?”青蛙脸问灵龟。

在他们面前是黑乎乎的哈德逊河，再往西可以看到泽西市的灯光。他们渐渐下降。在他们下方，眺望哈德逊河，可以看到一座由钢铁、玻璃和大理石筑成的大型建筑，塔基扬突然意识到了这是什么地方，虽然他从未进入过这里——喷气机小子的墓地。“我们去哪儿?”他问。

“我们去找个能帮忙的人。”灵龟说道。

♥

喷气机小子的墓地占了整整一个街区，就在他那架飞机的残骸如雨般坠落之处的原址上。它也占据了汤姆的全部屏幕，此刻，他正坐在他昏暗而温暖的座舱内，沐浴在一片荧光中。摄像机追踪着目标，发动机也随之运转得呼呼作响。墓穴的两边侧翼向上弯曲，就好像这座建筑自身也即将展翅飞翔。通过狭窄的高窗，他可以瞥见 JB－1 战斗机的全尺寸复制品悬浮在它的房顶上，在一些隐藏的光源照射下，它那色彩鲜艳的侧翼散发出了红光。在门上，刻着这位英雄最后的遗言，每个字母都雕刻在黑色的意大利大理石上，再用不锈钢浇筑。在甲壳的白光灯滑过时，金属就闪烁出了这段传奇：

我还不能死，
我还没看《乔森的故事》。

汤姆让甲壳在纪念碑前下降，最后悬停在距离楼梯前宽阔的大理石广场五英尺高的地方。在附近，一尊二十英尺高的喷气机小子钢铁雕像正远眺着西侧公路和底下的哈德逊河，他的双手握成拳头。汤姆知道，制作这尊雕塑的金属来自于坠毁飞机的残骸。他了解这尊雕像的面容更甚于他父亲的相貌。

他们要见的人从雕塑台座的阴影中走了出来，那是个矮胖的深色身影，蜷缩在一件厚风衣里，双手深深地插在口袋中。汤姆往他身上照射了一束光，又让一台摄像机对着他拍摄，好看得更清楚一点。那名鬼牌身材魁梧，圆肩，穿得很好。他的外套带着毛领，头上的软呢帽帽檐压得很低。他没有人类的鼻子，脸的中间是一个象鼻，象鼻的末端长着手指，手指藏在小小的皮手套里。

塔基扬医生从甲壳上滑下来，没站稳，一屁股坐在地上。汤姆听到了乔伊的笑声。接着乔伊也跳到地上，伸手拉起塔基扬。

那名鬼牌低头看向外星人。“所以你最后说服他来了。我很惊讶。”

“我们可他妈都是很有说服力的。”乔伊说道。

“德斯，”塔基扬说，话音里带着困惑，“你在这儿做什么？你认得这些人？”

象面人摆了摆他的鼻子。“从某种意义上来说，是的，我们从昨天就开始认识了。他们来找我。虽然时间很晚，但伟大而强力的灵龟打来的电话，还是让人很感兴趣的。他愿意提供他的帮助，于是我便接受了。我甚至把你的住处告诉了他们。”

塔基扬用手扒梳了几下蓬乱肮脏的头发。“马尔的事我很遗憾。你知道天使脸怎么了吗？你知道她对我来说意味着什么。”

“意味着很多钱，我很明白。”德斯说道。

塔基扬张着嘴，没有说话。他的表情看起来很受伤。汤姆替他感到难过。“我本来想去找你，”他说，“但我不知道该到哪儿找。”

乔伊大笑起来。“他的名字就他妈在电话黄页上，蠢货。又没多少人会叫泽维尔·德斯蒙德这种名字。”他看着甲壳。“他都没法在这地方找到他的伙伴，又他妈怎么能找得到那位女士？”

德斯蒙德点了点头。“这个想法很有道理。我们这样做没用。就看看他现在的样子吧！”他用象鼻一指，“他有什么好的？我们正在浪费宝贵的时间。”

“我们之前就是按照你的方法来干的，”汤姆回答说，“但什么结果也没有。没人肯说。他能获得我们需要的信息。”

“我完全听不懂你们在说什么。”塔基扬插话道。

乔伊发出了厌恶的声音。他不知从哪里摸出一瓶啤酒，正在开瓶。

“发生什么了？”塔克问道。

“要是你能对白兰地和廉价的妓女之外的事稍微上心一点点，你就应该知道。”德斯冷冷地说道。

“把你告诉我们的事说给他听。”汤姆要求道。等塔基扬明白了情况，肯定会帮忙的，汤姆想。他不得不这么想。

德斯深深地叹了口气。“天使脸有海洛因瘾。她很痛，你知道的。或许你时不时也会注意到这一点，医生？毒品是唯一能让她熬过一整天的东西。要是没有海洛因，她会痛得精神失常。而且她的毒瘾也和一般人不一样。她用的是没有加工稀释过的海洛因，用量能杀死任何一个普通的瘾君子。你知道它在她身上的效果有多低了吧。鬼牌的新陈代谢能力真的非常古怪。你对海洛因的价格有概念吗，塔基扬医生？算了，我看出来你不知道了。天使脸靠开心屋赚了不少钱，但还远远不够。她的卖家同意她赊账，但她渐渐地有点上头了，接着便要求……可以说是开了张期票。或者说是提供了一个圣诞礼物。她别无选择。只能答应，要不就只能接受断货。她希望能筹到钱，毕竟她一直是个乐观主义者。但她失败了。圣诞节的早上，她的卖家来收货。马尔不打算把她交给他们。他们却执意要求。”

塔基扬斜着眼看着灯光。他的想象有点跑偏了。“为什么她没有告诉我?”他问。

“我想她是不希望给你造成负担，医生。这么做会让你那自怜自艾的狂欢丧失乐趣的。”

“你把这些事告诉警察了吗?”

“警察?啊，是。纽约最好的警察。那些对鬼牌挨揍或被杀一丝一毫兴趣都没有，却对游客遭抢事件格外勤勉的警察。任何一名鬼牌要是品位差到住在鬼牌镇之外的任何地方，就会被他们逮捕、骚扰或粗暴地对待。不是有位官员认为强奸鬼牌无非是品行上的瑕疵，算不上犯罪吗?或许我们可以去咨询他。”德斯哼了一声，“塔基扬医生，你猜天使脸是从哪儿买到毒品的?你觉得任何普通街道上的毒贩能接触到她那么大用量的未稀释海洛因?警察就是她的卖家。如果你执意要问清楚，我可以告诉你，就是鬼牌镇的缉毒队队长。哦，我得向你承认，并不是他们整个部门都和这件事有关。杀人罪或许可以引出合法的调查。但你认为要是我们告诉他们，杀人犯是班尼斯特，他们会怎么说?你觉得他们会逮捕同行?就靠我的证词，或者其他任何一名鬼牌的证词?”

“我们帮她把期票还了。”塔基扬脱口而出，“我们把钱给这个人，要么给他开心屋，或者任何他想要的都行。”

“那份期票，”德斯蒙德疲倦地说道，“要的不是开心屋。”

“不管是什么，给他!”

“她许诺给他的是她身上唯一一样他还想要的东西，”德斯蒙德说道，“她自己。她的美貌和她的疼痛。要是你知道该怎么打听，你会发现，话都已经放出去了。在这个城市里的某处，将会举行一场非常特别的新年晚会。受到邀请者才能参加。费用昂贵。还有激动人心的独特体验。班尼斯特将会是第一个得到她的人。他想要她已经很久了。但其他宾客也可以轮流加入。这是鬼牌镇的待客之道。”

塔基扬大张着嘴，一时语塞。“警察?”最终他说道。他的表情震惊的程度，与汤姆和乔伊从德斯蒙德那儿听说此事时相当。

“难道你还以为他们爱我们，医生?我们都是些畸形人。我们都有病。鬼牌镇是人间地狱，是死路，而鬼牌镇的警察则是全市最野蛮，最腐败，最无能的。我不认为之前在开心屋发生的事是有预谋的，但它确实发生了，而且，天使脸知道得太多。他们不可能让她活下来，但在此之前，他们想拿她找点乐子。”

汤姆·托特伯里凑到麦克风前。“我能救她，”他说，“这些狗屎还没见过像伟大而强力的灵龟这么强大的存在。但我找不到她在哪儿。”

德斯说道：“她有很多朋友。但我们当中的任何人都不能阅读别人的思想，或者让别人做他不想做的事。”

“我不能。”塔基扬反对道。他看起来似乎完全缩成了一团，好离他们远一点，有那么一会儿，汤姆甚至以为这个小个子男人是打算要逃跑了。“你们不明白。”

“他妈就是个娘娘腔的窝囊废。”乔伊大声说道。

在屏幕上看着塔基扬崩溃的样子，汤姆·托特伯里终于丧失了耐心。“要是你试过后失败了，那你确实失败了，”他说，“但你要是不试，你还是失败的，那么这二者之间他妈有什么区别?‘喷气机小子’失败了，但至少他试过。他不是个王牌，他不是个该死的塔基斯星人，他就是个有喷气飞机的家伙，但他做了所有他能做的事。”

“我也想。我……只是……做不了。”

汤姆坐在壳里，震惊而难以置信。塔基扬竟然不打算帮忙。他还未能完全接受这个事实。乔伊曾经提醒过他，德斯蒙德也是，但汤姆却坚持这么做，他曾经很确信，面前的这个人可是塔基扬医生，他当然会出手相助，或许他有一些自己的问题，但只要他们把现在的情况解释给他听，只要让他明白危急之处是什么，还有他们有多需要他——他一定会帮忙。但他却拒绝了。这他妈是最后的稻草。

他把音量扭到最大。“狗娘养的。”他爆发了，声音在整个广场上回荡。塔基扬缩成了一团。“你他妈就是个外星孬种！”塔基扬踉跄后退到楼梯边上，但灵龟跟在他后面，扩音器不断轰鸣。“全他妈是假话，对吧？漫画书上说的，报纸上说的，全他妈是谎话。我这辈子一直被人揍，他们骂我窝囊，说我是胆小鬼，但你才是胆小鬼，你这狗屎，你这废物，你甚至都不敢试一试，你他妈根本不关心别人，不关心你的朋友天使脸，不关心肯尼迪，不关心喷气机小子，不关心其他任何人，你他妈有这么强大的能力，但有个屁用，你什么都干不了，你比奥斯瓦德、布劳恩和其他任何人都要垃圾。”塔基扬后退下了楼梯，双手捂着耳朵，喊了些什么听不懂的话，但此时汤姆已经完全听不进去了。他的愤怒现在就像是有了自己的生命。他用无形的手抽了一巴掌，外星人的脑袋扭到了一边，他的脸红肿了。“狗屎！”汤姆尖叫道，“你就是个躲在壳子里的人。”无形的攻击如雨点般落下。塔克脚步蹒跚，摔倒，滚落到楼梯下，他想站起身，却又被击倒，头朝下掉到街上。“狗屎！”灵龟咆哮道，“滚吧，你这蠢货！从这里滚出去，不然我他妈就把你扔进河里！滚，你这孬种，趁伟大而强力的灵龟还没有真正发火之前快滚！滚，他妈的，你就是个躲在壳子里的人！你就是个躲在壳子里的人！”

塔基扬跑了，盲目地从一盏街灯跑到另一盏街灯下，直到最终消失在阴影里。汤姆·托特伯里看着他从甲壳里的那一排排屏幕上不见了。他觉得恶心而受挫。他的脑袋一阵阵抽痛。他需要喝一杯啤酒，吃一片阿司匹林，或者二者都要。他听到警笛声渐渐逼近，便抓起乔伊和德斯蒙德，将他们放在他的甲壳上，关了灯，抬升到了夜空中，越来越高，直到进入黑暗、寒冷和寂静。

♣

那天夜晚，塔克睡得很不安稳，辗转反侧，就像得了热病，他叫喊着，痛哭着，时醒时睡，在一个个噩梦中游走，却始终无法逃脱。他梦到自己回到了塔基斯星，他痛恨的堂兄扎博夸口说自己搞到了一个新的性玩具，但等他把她带上来的时候，塔克发现她是布莱思，扎博当着他的面强暴了她。塔克看了全过程，却无力阻止；她的肉体在他身下翻滚，七窍流血。她开始变化，化作成百上千个鬼牌，每一个都比前一个看起来更恐怖，扎博继续，将他们一一强暴，他们全都尖叫着，反抗着。但随后，扎博从满是鲜血的尸体上站起来，他的脸再也不是塔克那位堂兄，变成了他自己的脸，疲惫而丑陋，一张粗俗的脸，双眼红肿，红色的长发杂乱油腻，因为酒精，也可能是因为照到了开心屋的镜子，身形扭曲失真。

在大概中午的时候，他醒了过来，听到窗外小东西哭泣的可怕声音。这超过了他所能承受的范围。这一切全都超过了他所能承受的范围。他踉跄地走到床边，猛地打开窗子，朝着那个巨人叫喊，叫他安静，叫他停下来，叫他让自己一个人好好地待着，求他给自己平静，但小东西却还是哭个不停。他是如此痛苦，如此内疚，如此羞愧，为什么他们不能放过他，他再也无法忍受，不，闭嘴，闭嘴，求求你们别说了，塔克突然爆发出一声尖叫，探出他的意识，刺入小东西的大脑，让他闭上了嘴巴。

寂静有如雷鸣。

♠

最近的公共电话亭在边上那个街区的一家糖果店里。黄页电话簿已被搞破坏的人撕碎了。他打电话问到了消息，拿到了泽维尔·德斯蒙德的地址，在企李士提街上，只要走一小段路就到。他住的公寓在一家面具店上方，要走四层楼梯，没有电梯。塔基扬爬到楼上时已经上气不接下气。

敲到第五下时，德斯开了门。“是你。”他说。

“灵龟，”塔克说道，他的喉咙干得要命，“昨晚他有收获吗？”

“没有，”德斯蒙德回答。他甩了甩鼻子。“跟之前一样。他们现在了解他了，知道他不会真的把人扔下去。他们现在说他在虚张声势。你要是不能真的杀了某个人，就什么也做不到。”

“告诉我该去问谁。”塔克说道。

“你？”德斯问。

塔克不敢直视那鬼牌，只是点了点头。

“让我穿上外套。”德斯说道。他把全身裹得紧紧的，从公寓里走到外面的寒风中，手里拿着一顶皮帽和一件米色旧雨衣。“用这顶帽子把你的头发遮住，”他对塔基扬说道，“还有，把你那件可笑的外套留在这里。你不会想被人认出来吧。”塔克照他说的做了。离开的路上，德斯走进面具商店购买最后一样装备。

“小鸡？”德斯把面具递给他的时候，塔克问道。那个面具有着明黄色的羽毛，亮橙色的鸟嘴，头上还有个软趴趴的红色鸡冠。

“看到它的时候，我觉得这就是你，”德斯说道，“戴上。”

一辆巨大的起重机移动到且林士果广场，准备从畸人酒吧的屋顶上把警车卸下来。这家俱乐部现在开着门。门房是个七英尺高、长着獠牙的光头鬼牌。他俩正准备从招牌上长着六个胸部的舞者那霓虹灯大腿下穿过时，门房抓住了德斯的手臂。“禁止鬼牌入内，”他粗鲁地说道，“滚开，长鼻象。”

*探出去，抓住他的意识，*塔基扬想道。过去在布莱思面前，他可以完全靠本能就做到这一点。但现在他犹豫了，机会转瞬即逝。

德斯伸手探入后袋，拿出一只钱包，递过去一张 50 美元的纸币。“你在看他们是怎么把警车吊下来的，”他说，“根本没看见我经过。”

“哦，没错，”门房说。那张钱在一只蟹钳里消失了。“起重机可真有趣。”

“有时候金钱才是最强大的力量。”德斯说着，两人走入洞穴般昏暗的俱乐部内部。稀稀拉拉的几个人坐在那儿，吃着免费的午餐，边看一名脱衣舞女在铁丝网栏杆后的长长T台上快速旋转。她身上覆盖着丝般的灰色毛发，只除了胸口，那儿的毛全被剃掉了。德斯蒙德搜索着远处墙边的卡座。他拉着塔克的手肘，将他带到黑暗的角落里，有个身穿水手短外套的男人正坐在那儿，手里拿着啤酒杯。“他们现在都让鬼牌进门了？”他俩靠近的时候，那人粗着嗓子说道。他看起来很阴沉，满脸麻子。

塔克进入了他的思维。*操这是怎么回事开心屋来的大象男另外这个人是谁他妈的这些鬼牌怎么回事真让人紧张*[①]。

“班尼斯特把天使脸关在哪里了？”德斯问道。

“‘天使脸’是开心屋的那个婊子，对吧？我不知道什么班尼斯特。你们在玩什么把戏？滚开，鬼牌，我没兴趣。”在他的思维中，一幅幅画面翻滚了过去：塔克看到镜子碎裂，银色的碎片在空中划过；他感觉到了马尔推搡着什么人；看到他伸手到背后摸枪，然后子弹击中了他，他身子一震，旋转倒地；听到了班尼斯特那柔和的嗓音让他们杀了露丝；看到哈德逊河旁的仓库，那就是他们关着她的地方，每次他们抓着她，她的手臂上就会出现一片青灰色的瘀痕；他感受到了这个男人的恐惧，他恐惧鬼牌，恐惧被人发现，恐惧班尼斯特，恐惧他们。塔克离开了他的意识，紧紧捏住德斯蒙德的手臂。

德斯准备离开。“嘿，站着别动，”麻脸男人说道。他从卡座里站起身，手里闪了一下警徽。“卧底缉毒警，”他说，“你用毒品了，先生，否则也不会问出那种狗屎问题。”德斯静静地站着，那人则在

---

① 原文没有标点。

他身上上下搜身。“嗯，看这是什么，”他说着，从德斯蒙德的一个口袋里拿出一袋白色粉末，“我想知道这是什么？你被捕了，怪物。”

“这不是我的。”德斯蒙德平静地说道。

“鬼才相信。”那人说道。在他的脑海中，意识一个接一个地跳过，制造一起小事故要是他抵抗就逮捕他我还能做什么？鬼牌会大喊大叫不过谁会听他妈一个鬼牌说的话问题是另外一个人要怎么办？他瞥了一眼塔基扬。瞧这小鸡男抖得这么厉害说不定这狗屁本来就是吸毒犯。

塔克打着哆嗦，他意识到此时正是关键时刻。

他不确定自己是否能够做到。这和控制小东西不一样，那一次靠的完全是盲目的本能，但现在他清醒着，他知道自己正在做什么。这事曾经是如此简单，简单得就像他使用自己的双手。但如今他的手颤抖着，手上还沾着血，他的意识同样也是如此……他想到了布莱思，想到她的意识如何在他触碰之下分崩离析，就像开心屋里的那些镜子，他感觉到一阵恐惧，在漫长的一秒之内，什么都没有发生，然后恐惧漫过他的咽喉，他的嘴里尝到了失败那熟悉的滋味。

接着麻脸男露出了白痴般的微笑，坐回卡座里，脑袋搁在桌子上，像个孩子似的香甜地睡着了。

德斯从容地接受了这件事。“你干的？”

塔基扬点了点头。

“你在发抖，”德斯问道，“你还好吗，医生？”

“我觉得挺好的。”塔基扬说道。警察开始大声地打鼾了。“我想我可能好极了，德斯。这些年来第一次。”他望着这鬼牌的脸庞，从他畸形的外貌一直看透到他心里。“我知道她在哪儿。”他说。他们向出口走去。在笼子里，一个长着丰乳和大胡子的雌雄同体人开始扭起屁股。“我们得立即行动。”

“一个小时内我能召集起二十个男人。”

“不，”塔基扬说道，“他们关押她的地方不在鬼牌镇里。”

德斯的手在门上停住了。“我明白了，”他说，“在鬼牌镇外，鬼牌和戴面具的人就会很显眼，对吧？”

“没错。”塔克说道。他没有说出他心里的另一层忧虑，他在担心要是鬼牌胆敢反抗警察，毫无疑问就会因此而受到惩罚，即使这些警察像班尼斯特及其同伙一样腐败也没用。他要自己来承担这样的风险，他已经没什么可失去的了，但他决不允许他们受到这样的威胁。“你能联系到灵龟吗？”他问。

“我可以带你去见他，”德斯回答，“什么时候？”

“现在，”塔克说道。一两个小时内，那名睡着的警察就会醒来，然后直接去见班尼斯特。他会怎么说？说德斯和一个戴着小鸡面具的男人来问了他一些问题，他正准备逮捕他们，但突然之间他就觉得困极了？他敢直接承认这些事吗？要是真这样，班尼斯特会采取怎样的对策？他有时间转移她吗？有时间杀了她吗？他们赌不起这样的风险。

他们从昏暗的畸人酒吧出来的时候，起重机正在把第二辆警车放到人行道上。吹来一阵冷风，但在小鸡羽毛之下，塔基扬医生的脸上冒汗了。

◆

汤姆·托特伯里被一阵模糊的闷响吵醒，有人在敲他的壳。

他将破旧的毯子推到一边，坐起来时脑袋撞到了。“我操，”他骂了一句，在黑暗中摸索了一阵，最后终于找到了地图灯。敲打声还在继续，空洞的砰砰砰从装甲外传来，形成了回声。汤姆心里一阵恐慌。*是警察，他想，他们找到我了，他们是来把我从壳子里拽出来，拖我去审判。*他的头很疼。壳子里又冷又闷。他打开取暖器、风扇和摄像头。他的屏幕总算活了过来。

外面是寒冷而明亮的十二月上午，阳光将肮脏的砖块全都照得一清二楚。乔伊坐火车回了贝昂，但汤姆还留在这儿；他们已经没什么时间了，他别无选择。德斯给他找了个安全的所在——鬼牌镇的深处某个内院里，周围都是废旧的五层公寓，院子里的鹅卵石散发着一股下水道的气味，整个儿隐藏在街区深处。就在天亮前，他降落在这里，几扇黑漆漆的窗户后面亮起了灯光，出现了几张好奇地窥视的脸；这些脸上带着警惕和谨慎，基本上都不怎么像人类，当他们发现屋外发生的事与他们无关之后，便都像出现时那样又迅速地消失了。

汤姆打着哈欠，坐到自己的位子上，摇动摄像机的镜头，终于找到了噪声的来源。德斯正站在一扇打开的地下室门边，双臂环抱，而塔基扬医生则手拿长柄扫帚，敲打着他的甲壳。

汤姆惊讶地随手扭开麦克风。“是你。”

塔基扬缩了缩身子。“麻烦你。”

他放轻了音量。“抱歉，你让我大吃一惊。我没想到会再见到你。我是说，昨天晚上之后。我没伤到你吧？我本来没打算这么做的，我就是——”

“我懂，”塔基扬说道，“但我们现在没有指责和道歉的时间了。”

德斯的身影在向上跳动。这该死的帧同步。“我们知道他们把她关在哪儿了，”这个鬼牌的影像跳动着，他说道，“更精确一点说，前提是塔基扬医生真能如众所周知的那样可以阅读别人的思维。”

“在哪儿？”汤姆说道。德斯的影像还在跳动，跳动，跳动。

“哈德逊河边的一间仓库里，”塔基扬回答道，“就在一个码头的尽头。我没法告诉你具体地址，但我在他的脑海里清楚地看到了那个仓库的样子。我可以认出它来。”

“好极了！”汤姆兴奋地说道。他放弃调试帧同步，往屏幕上重重地拍了一下。画面不再跳动了。“我们就能抓到他们了。快走。”塔基扬脸上的表情让他吓了一跳。“你也准备一起去，对吧？”

塔基扬咽了口口水。“是的。”他说。他手里有个面具。他匆匆套上了它。

这下轻松点儿了，汤姆想。有那么一会儿，他本以为他得自己一个人去。“爬上来。”他说。

外星人发出一声无奈的深深叹息，接着爬到壳上，他的靴子在装甲上蹭踹。汤姆紧紧抓住他的椅子扶手，向上抬升。壳子上升得就像一个肥皂泡般平顺。他感觉到一阵欢欣鼓舞。这才是他要干的事，汤姆想：喷气机小子当时一定也是这样的感觉。

乔伊在壳子上安装了一个怪兽般的号角。当他们飘浮到这片房顶上空时，他让这号角欢快地响了起来，于是《今天我来拯救世界!》那独特的嘟嘟声就这样把一群鸽子、几个酒鬼和塔基扬都吓了一跳。

“要是再含蓄一点可能会更好些。”塔基扬委婉地说道。

汤姆大笑起来。“你说什么呢，我的背上正骑着一个来自外太空的男人，这人自己在大部分时间里都穿得像平克·李[1]，竟然还告诉我应该含蓄一点。”鬼牌镇的街区在他们脚下展开，他又大笑起来。

♥

他们穿过一片滨海小巷的迷阵，最终抵达了目的地。那是个死胡同，尽头是一面砖墙，上面爬满了黑帮分子和年轻情侣的名字。灵龟攀升翻越过了它，出现在他们面前的是仓库后方的一片卸货区。一个穿着短皮夹克的男人坐在卸货码头的边沿上。灵龟进入他的视线后，他立刻跳了起来。他跳得比他自己预期的要高很多，可能超过了十英尺。他张开嘴巴，但在他喊出来之前，塔克就控制住了他，他在半空中睡着了。灵龟将他藏在附近一个屋顶上。

---

① 平克·李（1907—1993）美国喜剧演员，经常穿格子大号西装和戴格子软帽。

码头通向四个宽阔的装料间，它们都上着铰链，挂着锁，波纹金属的大门上蒙着棕色条纹状的铁锈。狭窄的侧门上写着入侵者将被起诉。

塔克从壳上跳下来，脚崴了一下，神经一阵刺痛。“我先过去，”他对灵龟说道，“给我一分钟，然后你再跟过来。”

“一分钟，”喇叭说道，“明白了。”

塔克脱了靴子，轻轻打开门，唤起他在塔基斯星学到的全副潜行技术和流畅的走路姿势，闪身用穿着紫色袜子的脚踏入了仓库。仓库里堆着一包包碎纸，全都用细绳紧紧扎住，堆到二三十英尺高。塔基扬匍匐进了一条弯曲的通道，朝着说话声前进。一辆巨大的黄色铲车挡住了他的路。他俯下身子，在铲车下蠕动前进，然后隔着一个巨大的轮胎观察四周。

他数了数，一共五个人。两人在打牌，他们坐在折叠椅上，拿一沓没有封面的平装书堆起来当做桌子。一名异常肥胖的男子正在调试远处墙边靠着的巨大碎纸机。还有两个人站在一张长桌边上，在他们面前，摆放着成排堆放的一袋袋白色粉末。穿着法兰绒衬衫的高个子男人正在用一杆小称称量着什么东西。在他身边监督的光头瘦子穿着一件昂贵的雨衣。他手里拿着一支烟，他的声音平缓而轻柔。塔基扬不太听得清他在说什么。也没看到天使脸的身影。

他进入班尼斯特那污秽的思维，看到了她。就在碎纸机和打包机之间。他在铲车下面，没法亲眼看到她，机器挡住了他的视线，但她就在那儿。混凝土地面上扔着一只肮脏的床垫，她躺在上面，脚踝红肿瘀青，那是因为脚铐擦伤了她的皮肤。

♣

“……五十八只河马，五十九只河马，六十只河马。”汤姆数着数字。

装料间足够大了。他用力一攥，挂锁分解成了铁锈和扭曲的金属碎片。锁链叮当落地，大门咔哒咔哒地向前推开，锈迹斑斑的通道发出了抗议般的尖厉声响。甲壳滑了进去，汤姆打开壳上所有的灯。仓库里，一堆堆高耸的纸包挡住了他的去路。纸包之间的通道不够他通过。他用力推开了它们，但一直到它们开始崩塌，他才想起来自己可以从上面飞过去。他将甲壳升到了天花板上。

♠

他们都听到了大门打开时的刺耳声响。“搞什么!”一个打牌的人说道。

一瞬后，所有人都动了起来。两个打牌的人站起身，其中一个拿出了枪。穿法兰绒衬衫的男人也从天平上抬起了头。胖子从碎纸机旁跑开了，他喊了些什么，但没法听清。远处墙边，一包包纸倒了下来，撞到了旁边的纸堆，接着整个仓库的纸堆像多米诺骨牌一样纷纷垮塌。

班尼斯特一点也没有犹豫，立刻跑向天使脸。塔克控制了他的思维，让他停住了，他的一只脚还在迈着步子，手枪也只拔出来一半。

接着一打碎纸包撞在铲车的后方。这辆机器滑动了起来，虽然只动了一点，巨大的黑轮胎却撞上了塔基扬的左手。他惊讶而痛苦地喊了一声，失去了对班尼斯特的控制。

♦

在下方，两个小小的男人朝他开了枪。第一枪让他吓了一大跳，汤姆瞬间有点走神，甲壳往下掉了四英尺，之后他就稳住又拉回原来的高度。接着子弹乒乒乓乓地打在他的壳上，又四散掉落在地上，没有造成任何危害。汤姆露出了微笑。“我是伟大而强力的灵龟，”纸包四处崩落，而他则以最大的音量宣布道，“你们这些混球有大麻烦了。现在就投降吧。”

离他最近的混球不肯投降。他再次开火，汤姆的一个屏幕黑了。“妈的，”汤姆说道，他忘了关闭麦克风。他抓住这个人的手臂，将他推到远处，看那混蛋惨叫的样子，应该是肩膀被拉脱臼了，该死。他还得看这种场面。另一个家伙跑了起来，跳过一堆倒下的纸包。汤姆在他跳起时抓住了他，直接将他拉到屋顶，挂在椽子上。他的双眼从一个屏幕扫到另一个屏幕，但有一个屏幕现在黑了，在它边上的那个屏幕的帧垂直又失效了，所以他没法掌握这该死的半边究竟是什么情况。他没时间修理了。他在大屏幕上看到，有个穿法兰绒衬衫的家伙正在把一包包的东西放进手提箱里，另外，他的眼角余光也瞥到，有个胖子正往铲车里爬……

♥

塔基扬的手被车轮压过，痛得不住翻滚，他努力抑制住自己不要尖叫出来。班尼斯特——他得在班尼斯特对天使脸下手前阻止他。他咬紧牙关，想用意志力克服疼痛，按照以前他学到的方式，将它聚拢成球，接着将球从他身体里扔出去，但这太难了，他早就忘了以前的练习，他能感觉到手掌里的骨头都碎裂了，双眼因为泪水而模糊，接着他听到铲车的发动机响起，突然向前动了起来，直接碾过他的手臂，直直朝着他的脑袋开来，巨大的轮胎如同一面黑色的死亡之墙冲向了他……在他头颅上方一英寸的地方开了过去，它被抬到了空中。

♣

伟大而强力的灵龟也就轻轻一推，那辆铲车完美地飞过整个仓库，在远处的墙上着陆了。胖子在半空中就掉了出来，落在一堆没有封面的平装书上。不过在此之前，汤姆就无意中注意到塔基扬躺在铲车原本所在之处的地上。他以一种很滑稽的姿势握住自己的手，小鸡面具都撞碎了，脏兮兮的，汤姆看到塔基扬踉跄着站起身时，嘴里还在喊着什么。他跑了出去，跌跌撞撞，摇摇摆摆。妈的，他要干吗？

汤姆皱着眉，用手背敲了一下故障的显示器，图像立即稳定了。此刻屏幕上的画面清晰得吓人。一个穿着雨衣的男人站在一个躺在床垫上的女人面前。她长得真漂亮，脸上淡淡的微笑中透着一丝悲伤而又认命的神情，而那个男人，正将手枪抵在她的前额上。

♠

塔克踉跄跑过碎纸机，他的脚踝擦破了皮，眼中的世界变成了一片模糊的血红，每走一步，碎掉的骨头都在相互戳刺，最后，他找到了他们，班尼斯特正用手枪轻触她的额头，在子弹即将射入的位置，她的皮肤颜色已经变深，在泪水、恐惧和痛苦的阴霾中，他探入班尼斯特的意识，抓住了它……就在此时，他感觉到班尼斯特扣动了扳机，并因为枪的后坐力而在意识中瑟缩了一下。他的双耳听到了子弹迸发的声音。

“不——！”他叫喊道。他闭上双眼，跪坐在地。他让班尼斯特把枪扔到了一旁，但已经无济于事了，毫无用处，太迟了，他又迟了，失败，再次失败，天使脸，布莱思，他的姐姐，每一个他爱的人，全都离开了。他在地上缩成一团，他的脑海中满是玻璃碎裂的图像，还有鲜血与疼痛舞蹈而出的“婚礼图式”，这成了黑暗笼罩他之前他最后看到的画面。

♦

醒来时他闻到了医院病房的止血药气味，感觉到脑袋下垫着一个枕头，枕头套还上过浆。他睁开双眼。“德斯。”他虚弱地说道。他想坐起身，但不知怎么回事，他的身子被绑住了。世界模糊不清，无法聚焦。

“你正在接受牵引治疗，医生，”德斯说道，“你的右臂有两处骨折，你的手情况比手臂更糟。”

“我很抱歉，”塔克说道。他本该痛哭，但泪水却已经哭干了。“我真的很抱歉。我们试过了，我……我真的很抱歉，我——”

“塔克。”她以轻柔而沙哑的声音说道。

她就在那儿，站在他身前，身上穿着一件医院的病号服，黑色的头发框住了略带苦涩的微笑。她把头发往前梳，盖住了前额；在刘海下面，是一片骇人的青紫色瘀痕，她双眼周围的皮肤则红而粗糙。有那么一会儿，他以为自己死了，要不就是疯了，或者还在做梦。“没事的，塔克。我很好。我在这儿。”

他呆滞地抬头看她。“你死了，”他闷闷地说道，“我晚了一步。我听到枪响，那时候我才控制住他，但已经太迟了，我感觉到了枪传递到他手上的后坐力。”

“你没有感觉到它震了一下吗?”她问他。

“震了一下?”

“也就几英寸，不会再多了。就在他开火的那一瞬间，刚刚好。我受到了严重的火药灼伤，但子弹射入了我脑袋旁一英尺外的床垫上。”

“灵龟。”塔基嘶哑地说道。

她点了点头。“就在班尼斯特扣动扳机的瞬间，他把枪推到了一旁。然后你让那混蛋把手枪扔了，这样他就没法再开第二枪。”

“你们解决了他们，”德斯说道，“有两个人在混乱中逃走了，但灵龟还是将他们剩下的三个人交了出去，其中包括班尼斯特，此外还有一个装着二十磅纯海洛因的手提箱。他们发现仓库属于黑手党所有。”

“黑手党?”塔基扬问。

“黑帮，”德斯解释道，“犯罪分子，塔基扬医生。”

“其中一名在仓库里被抓的人已经做了污点证人，”天使脸说道，“他会为所有的事作证——贿赂、毒品交易，还有开心屋的谋杀案。”

“或许我们甚至还能期待鬼牌镇来些更正派一点的警察。”德斯补了一句。

此时涌遍了塔基扬全身的感觉远超过如释重负。他想感谢他们，他想为他们哭泣，但无论是眼泪还是话语，全都不听使唤。他只觉得虚弱却快乐。“我没有失败。”他最后终于说道。

“没有。”天使脸说。她看着德斯。“你能不能在外面等一会儿？”房间里只有他俩后，她坐到床沿上。“我想给你看一样东西。我希望自己很早以前就把它拿给你看了。”她将它递到他的面前。那是一个金质的带锁吊坠。“打开它。”

只有一只手可用，要打开它有些困难，但他还是做到了。在吊坠里，是一张小小的圆形照片，一个老妇躺在床上。她的四肢枯瘦萎缩，布满老人斑，她的脸扭曲得可怖。“她怎么了？”塔克带着对答案的恐惧问道。又一个鬼牌，他想，又一个他的失败导致的受害者。

天使脸低头望着这个扭曲的老妇，叹了一口气，猛地合上吊坠。“她四岁的时候，在小意大利，她在街上玩耍时，被碾了过去。一匹马踏在她的脸上，马车的车轮碾过她的脊柱。那是在，哦，在 1886 年。她彻底瘫痪，却活了下来。要是你能将那样的日子称之为‘活’的话。接下来的六十年，那个小女孩一直躺在床上，由人喂食、清洁，人们为她读书，但陪伴在她身边的只有修女。有时候她只希望能死。她想过自己若是生得美丽，人生会变成什么样子，她想为人所爱，为人渴求，她想跳舞，想能够感受到一切。哦，她是那么希望能够感受到一切。”她露出了微笑，“很久以前我就该对你说谢谢的，塔克，但对我来说，要把这张照片给任何人看都太困难了。但我心中始终怀着感激，而现在，我欠你双份。在开心屋，你来喝酒永远也不用付账。”

他盯着她。“我不想喝酒，”他说，“再也不喝了。结束了。”他知道他能做到这一点，要是她能忍着疼痛活下去，他还能找什么借口来浪费自己的生命和才能？“天使脸，”他突然说道，“我能给你一些比海洛因更好的东西。我曾是……我是生物化学家，在塔基斯星上有一些药，我能合成它们，不会产生阻滞反应的止痛药。要是你能让我在你身上做些实验，或许我就能把它们改良成适合你新陈代谢水平的药物。当然，我需要实验室。把设备凑齐需要不少钱，但造出来的药也能卖钱。”

“之后我会有些钱，”她说，“我正在办手续把开心屋卖给德斯。但你说的这些是违法的。”

“去他妈的狗屎法律，”塔克爆发了，“要是你不说，我也不会说出去的。”接着词句便一个接一个地从他嘴里蹦了出来，奔流不断：计划、梦想、希望，所有被他迷失或淹没在白兰地和罐装酒精中的一切，天使脸看着他，有些惊讶，但面带微笑，直到他们给他用的药终于失效，他的手臂又开始抽痛，塔基扬医生想起了从前的训练，将那疼痛送了出去，不知怎么回事，他心中的部分罪恶感和悲痛似乎也随之而去了，他又变得完整，获得了重生。

♥

报纸的头条写着《灵龟和塔基扬粉碎海洛因交易链》，乔伊带着啤酒回来时，汤姆正把这篇文章贴在剪报本子上。“他们把‘伟大而强力的’前缀给漏了。”乔伊看了一眼，把一瓶酒放在汤姆的手肘旁。

“至少我的名字排在塔基扬前面。”汤姆说道。他用一张餐巾纸擦掉手指上沾着的黏稠白色胶水，将剪报本推到一旁。底下是他给甲壳画的一些粗糙的设计图。“现在来看这个，”他说，“我们他妈的该把唱机塞哪儿，嗯？”

♦♥♣♠

插曲·之二

摘自《纽约时报》，1966 年 9 月 1 日

鬼牌镇诊所将于“百变王牌日”开张

参与开发塔基斯星百变王牌病毒的外星科学家昨日宣布，一家旨在治疗此种病毒的私人研究医院即将开张。这家新机构位于南街，远眺东河，塔基扬医生将成为它的首席顾问。

医院将以布莱思·范·伦斯勒纪念诊所为名，以纪念布莱思·斯坦霍普·范·伦斯勒女士。范·伦斯勒女士于 1947 年至 1950 年间为民主异能团的一员，于 1953 年逝于惠提尔疗养院。她更广为人知的名字是智囊。

范·伦斯勒诊所将于 9 月 15 日，亦即病毒释放于曼哈顿的二十周年纪念日之时，向公众开放。这座拥有 196 个病房的医院将提供急诊服务和门诊的心理治疗服务。“我们在这里向邻里及全市提供服务，”塔基扬医生在喷气机小子之墓的阶梯上召开的午后记者发布会上宣布，“但我们的首要任务是医治那些长期未能获得治疗的鬼牌，他们独特且时常令人绝望的医疗需求常常被现在的医院无视。百变王牌病毒释放已有二十年，对这种病毒长期且故意为之的无视态度是犯罪行为，不可饶恕。”塔基扬医生表示，他希望范·伦斯勒诊所将会成为百变王牌研究方面的世界权威中心，带头努力治愈百变王牌病毒，亦即所谓的“王牌”病毒。

医院将会设立在建造于 1874 年的一座滨海历史建筑中。该建筑原本在 1888 年至 1913 年间是一家旅馆，名为“海员之家”，1914 年

至 1942 年为“任性女孩的圣心之家”，之后用作廉价的出租公寓。

塔基扬医生表示，购买这座建筑并将其内部彻底翻新的资金由波士顿的斯坦霍普基金会赞助，该基金会的领头人是乔治 · C. 斯坦霍普先生。斯坦霍普先生是范 · 伦斯勒女士的父亲。“要是布莱思今天还活着，我知道她最希望的事，应该就是与塔基扬医生共事。”斯坦霍普先生说道。

医院的启动资金将由诊疗费用和私人捐助组成，但塔基扬医生承认，近日他刚从华盛顿返回，在华盛顿，他曾与休伯特 · H. 汉弗莱副总统协商。据副总统身边的知情人透露，或将由参议院王牌资源强化委员会提供鬼牌镇诊所的部分资金。

五百人左右的围观群众对塔基扬医生发表的声明报以热烈的欢呼，其中不少人显然是百变王牌病毒的受害者。

♦♥♣♠

福尔图纳托的漫漫长夜

刘易斯·夏尔纳　著

此时此刻，他能想到的只有一件事，那就是她生前曾经多么美丽。

“我得问问你，你能确认这具遗体的身份吗？”验尸官说。

“是她。”福尔图纳托说道。

“名字？”

“艾丽卡·内勒。艾丽卡的最后一个音节首字母是K。”

“住址？”

“花园大道16号。”

对方吹了声口哨。“上等人。直系亲属？”

“我不知道。她是明尼阿波里斯人。”

“好吧。上等人都是从那儿来的，简直让人觉得他们那儿多半是有个妓女学院还是啥来着。”

福尔图纳托俯视着姑娘喉咙上那道长而可怕的伤口，接着抬头看向验尸官。“她不是妓女。”他说。

“当然，”那人说着，后退了一步，低头看着手里的笔记板，“我会写‘模特’的。”

艺伎，福尔图纳托想。她是他手下的艺伎之一。明朗，有趣，美丽，是大厨，是按摩师，也是无执照的心理医师。此外，她在床上性感而充满想象力。

她已是今年他手下第三个被肢解的姑娘了。他走到街上，知道自己看起来有多糟糕。他身高六英尺四英寸，瘦得像个吸毒犯，垮着肩膀时他的整个胸都像是消失在了脊椎里。丽诺尔已经在等着他了，即使此时太阳终于出现，她还是蜷缩在她那件黑色的人造皮皮夹克里。看到他后，她直接将他塞进一辆出租车里，然后把自己在西十九街的地址给了司机。

福尔图纳托看着车窗外那些穿着刺绣粗布衣服的长发姑娘，看着商店橱窗里的夜光海报，看着画满了人行道的白粉笔涂鸦。此时已近复活节，在"爱之夏"[①] 之后又过了两个冬天，但春天依然离他十分遥远，他冷得仿佛一块停尸房里的瓷砖地板。

丽诺尔拿过他的一只手，紧紧攥住，福尔图纳托背靠车座，闭上双眼。

她是新来的。他手下的一个姑娘从布鲁克林皮条客"锤子"威利手里救下了她。为了她的合同，福尔图纳托付了5000美元。在这条街上，大家都知道，要是威利反对，福尔图纳托就会付五千块干掉威利。五千是当前一条人命的市场价。

威利替甘比诺家族干活，福尔图纳托已经不止一次跟他们起冲突了。他是个黑人——尽管只有一半是黑人的血统——此外，还很独立，因此就在唐·卡罗的被害妄想症幻想中有了一席之地。唐·卡罗更痛恨的还有一件事，那就是鬼牌。

福尔图纳托之所以还没有被这老人干掉，原因只有一个，唐·卡罗觊觎他操控女孩们的技术，很想学习。

丽诺尔出身于弗吉尼亚州群山中的一座小镇，在那里，老人们还在谈论着维多利亚一世时代的事。威利让她接客的时间不到一个月，因此还没能消磨掉她的美丽。她有一头及腰长的暗红色头发，荧光绿

① 1967年夏天，十万人聚集在旧金山展开的嬉皮士运动，也被视为嬉皮士的革命。

色的眼睛，还有一张小巧得几乎可以称得上是秀丽的嘴。她只穿黑色的衣服，觉得自己是个女巫。

福尔图纳托面试她的时候，她对肉欲表现出狂热而沉溺其中的态度，这与她那冷酷又老于世故的外表形成了鲜明的对比，给他留下了强烈的印象。他留下她，让她接受训练，到现在她已经训练三周了，只是偶尔出去接个活，要从有天分的应召女郎转变为艺伎学徒，整个过程至少需要两年。

她带着他进了自己的公寓，将钥匙插入锁孔中后，停了下来。“嗯，我希望我这么做不会让你觉得很奇怪。”

他等在玄关，而她进屋，在室内点上蜡烛。窗子前垂着沉重的窗帘，屋里除了电话机之外，他什么家用电器也没看到——没有电视机，没有钟表，甚至连烤面包机都没有。在几乎空空荡荡的室内中央，她在硬木地板上直接画了一个巨大的五芒星，外边用一个圆圈围住。在熏香和麝香性感撩人的气息之下，隐隐约约可以闻到化学实验室里的硫黄味道。

他锁上前门，跟着她来到卧室。整间公寓里弥漫着浓浓的性欲气息。沉重的酒红色地毯让他几乎挪不开脚，卧室里的床则罩着红色丝绒的华盖，它高出地板一大截，因此甚至还配备了一截梯子好登上床去。

她在床头柜上摸出一个大麻烟卷，点燃后递给福尔图纳托。“我一会儿就回来。”她说。

他脱了衣服，在床上躺下，双手枕在脑袋下面，嘴里叼着烟卷。他深深地吸了一口烟，望着舒展的脚尖。他头顶的天花板是深蓝色的，上面用黄绿色的磷光材料点出了星座。他能认出里面黄道十二宫。在当时，魔法、天文学和印度上师都是很流行的。时髦的乡村派对上，人们总是会问及彼此的星座，还会打听因果报应之类的事。但在他看来，所谓的“宝瓶座时代”不过是种一厢情愿的想象罢了：

尼克松还在白宫坐镇，孩子们在东南亚被人射穿屁股，每日里，他依然能听到人们提起“黑鬼”这个词。但他的某些客户会喜欢这地方的。

只要精神病人的小刀别把他逼得退出他的生意就好。

丽诺尔在他身边跪坐，全身赤裸。“你的皮肤真美，”她的指间划过他的胸膛，引起一阵鸡皮疙瘩，“我以前从未见过这样的肤色。”他没有回答，她又说道：“他们告诉我，你的母亲是个日本人。”

“而我的父亲则是个哈莱姆区皮条客。”

“最近的事让你很难过，是吗?”

“我爱过那些女孩。我爱你们所有人。你们对我来说是至关重要的，比钱，比家庭，比……任何一切都更重要。”

“那么?”

他不知道自己能说什么，直到话语从他嘴里冒了出来：“我觉得真的……真他妈的无助。有个扭曲的狗杂种在杀害我的姑娘们，但我对此却什么也做不了。”

“或许，”她说，“或许不是你想的这样。”她的手指探入他的草丛。“性是力量，福尔图纳托。是这个宇宙中最有力的东西。别忘了这一点。”

福尔图纳托感觉到前额上渗出了汗水。他用湿润的手指拿着烟卷，伸到床沿之外。他的脚后跟在冰凉的床单上打滑，鼻腔中充斥着丽诺尔的香气。他想到了艾丽卡，她已经死了，但这一点却让他想加倍用力而持久地与丽诺尔做爱。

“不，”她说着拿开了他放在她胸口的手，“你带我离开了站街的生活，还把你知道的事教给了我。现在，轮到我了。”

她将他推倒，平躺在床上，让他的手臂举到头顶上，然后用涂着黑色指甲油的手指在他肋骨之外柔软的肌肤上游走。接着再用她的嘴唇、她的乳房、她的发梢触碰他的身体，直到让他在黑暗中感觉自己的肌肤都热得发烫。最终，她跨坐在他身上，将他纳入自己的体内。

他感觉到一阵无法抑制的冲动。他用自己的臀部向上顶撞，而她双臂承受自己的体重，她的头发仿若瀑布般自她脸颊旁垂下。接着，她缓缓抬起双眼，盯着他。

“我即夏克提[①]，”她说，“我即女神，我即力量。”她边说边微笑着，这话在他听来却并不疯狂，相反，只会让他更想要她。接着，她的声音断断续续地变成了急促的喘息，她达到了高潮，颤抖着，脑袋后仰，在他身上用力摇摆。福尔图纳托想将她压到自己身下来结束这场性事，但她却比他想象的要更强有力许多，她将手指深深地嵌入他的肩头，直到他放松下来，接着又用让他痛苦的缓慢速度再次爱抚了他。

她又高潮了两次，接着一切变成了红色，他知道自己再也克制不住了。但她也感受到了这一点，在他还没弄明白发生了什么的时候，她就抬起身体，伸手向下探入他双腿之间，用一根手指重重地按在他的根部。已经来不及阻止她了，性高潮给他的刺激如此强烈，他的臀部整个儿从床上抬了起来。她用左手按住他的胸口，右手继续按压，在他爆发之前，将精液逼退了回去。

她要杀了我，他想着，感觉到液体的火焰倒流回了腹股沟，又沿着他的脊椎燃烧而上，如同一根雷管，将它整个点燃。

“昆达里尼[②]，”她轻声低语，她的脸上挂着汗水，表情专注，“感受这股力量。”

火星沿着他的脊柱向上窜起，在他的大脑中炸裂。

---

① 印度教的性力女神。

② 瑜伽的一种教派认为它是一种有形的生命力，是性力的来源，蜷曲在人类脊椎骨尾端，可以通过修炼瑜伽来唤醒沉睡在身体中的昆达里尼，使它通过中脉，达到梵我合一的境界。

♠

他睁开了眼睛。时间就像放映机的链齿轮一般一格一格地前进，在他眼中的一切似乎都被加上了毫无关联性的单框。丽诺尔用双臂环抱着他。她的眼中涌出泪水，滴落在他胸膛上。

“我飘浮起来了，”他终于想起来如何使用自己的声音，这才说道，“飘到了天花板上。”

“我以为你死了。”丽诺尔说。

“我可以看到我们两个人。所有的一切似乎都像是由光组成。房间是白色的，而且这样的景象似乎会持续到永远。到处都是直线和波浪线。”他觉得自己就像是过量摄入了可卡因，或是将手指插进了电源插座里。“你对我做了什么？”

“密宗的瑜伽。它本来应该……我不知道。只是给你一个机会。我以前从没听说它在谁身上会反应这么大的。”她抬头看他，“你真的已经缓过来了吗？身体已经不要紧了吗？”

“我想是的。”他可以闻到她头发上薄荷油洗发水的气息。他用双手捧起她的脸，吻了她。她的嘴唇柔软湿润，她的舌头在他的齿间蠕动。他依然硬得如同钻石，身体因为想要她而不住发抖。

他翻身压住了她，她引导他进入自己的身体，他可以感觉到她为了他而燃烧着。“福尔图纳托，”她轻声说道，双唇擦蹭着他的唇，“要是你完成了，你就失去它了。你会虚弱得无法动弹。”

“宝贝，我他妈才不在乎。我从没这么渴望过一个人。”他用上臂支起身体，好看着她，臀部狂暴地突刺着。他体内的每一根神经都像是活了过来，他可以感觉到力量在它们之中翻涌，接着缓慢地后退，在他身体中心的某处聚集，准备着冲出他的躯壳，然后一举将他抽干，让他虚弱、无助而精疲力竭……

他推开了她，滚到床的另一头，蜷起身子，抱住膝盖。“老天！”

他喊道，“我身上他妈的是怎么回事?”

◆

她想留在他身边，但他还是把她送去上艺伎的课程了。他保证说，等她回来，他会留在她家里。

她不在的时候，公寓显得空空荡荡的，突然之间，他的眼前出现一副令人胆寒的画面，丽诺尔独自走在街上，身后跟着杀死了艾丽卡的凶手。

不，他对自己说道。不会再次发生这样的事，没有那么快。

他在她的衣橱里找到一件花哨的东方式长袍，披在身上，接着他在公寓里来回走动，想藉此消除在他神经系统中不住嗡鸣的幻听。最终他停在了起居室的书架前。

她刚才说的是，*昆达里尼*。他听到过这个名字，此时他看到一本名为《巨蛇崛起》的书，他将二者联系了起来。于是，他便取下书，开始阅读。

他读到了图勒的伟大白人兄弟会[①]的故事，图勒在鞑靼的某处；读到了失落的《德赞之书》[②] 和左道性力派*瓦玛察拉*；读到了*迦梨时代*，这是最后也最堕落的时代，我们的时代。“做你想做的任何事，这样一来，你就能取悦女神。”*夏克提*。精子是*拉沙*[③]，是汁液，是力量——*是有*。形体转换，*星魂*，*被植入会导致自杀*。帕拉塞尔苏

---

① 在神智学和新纪元运动中获得了广泛传播的一种信仰体系，按照这个体系的理论，某些被选中的人类通过一系列心灵神智上的学习和修炼能够获得超自然的强大力量。

② 据说是西藏密教中的圣书之一，神智学的创始人海伦娜·布拉瓦茨基翻译了部分内容。

③ Rasa，按照印度的圣典湿婆派，rasa 指水银液体，rasa 与湿婆及神妃三者结合成水银，具有治病、复苏的神秘功能。

斯[1]、阿莱斯特·克劳利[2]、穆罕穆德·卡拉格兹[3]、L. 罗恩·赫伯特[4]。

福尔图纳托十分专注。他吸收了每一个字，每一份图表，来回翻页进行比对，研究插图。等他看完后，他发现时间自丽诺尔出门时过去了二十三分钟。

他的胸膛里传来一阵战栗，它源自恐惧。

♥

午夜，他伸出手抚摸丽诺尔的脸颊，发现手指上湿漉漉的一片。“你醒着?”他说。

她翻过身，紧紧地贴着他。她那温暖的肌肤让他同时产生了仿若触电又平顺丝滑的感觉，就像是品尝上好的威士忌。他用手指梳理她的发丝，亲吻她芬芳的头颈。“你在哭什么?”他问。

“太傻了。”她说。

“什么?”

“我真的相信那些东西。我是说魔法，克劳利称它为伟大的事业。”她把魔法的“魔”和克劳利的“劳”发音拖得很长，就像只小鸟的啾鸣。“我做过瑜伽，研究过卡巴莱、塔罗和以诺派魔法。我试过斋戒，试过‘无生之仪式’，还研究过《亚伯梅林之书》。但什么都没有发生。”

“你做这些是为了什么?”

---

① 欧洲中世纪炼金术师，确立了物质的三元素理论。

② 阿莱斯特·克劳利（1875—1947）英格兰的神秘学家、仪式魔法师，创立了泰勒玛宗教，在西方神秘主义中有很高的影响力，被视为先知。

③ 卡拉格兹是土耳其传统皮影戏的主角，名字意为“黑眼睛”或“吉普赛人”。

④ L. 罗恩·赫伯特（1911—1986）美国作家，科学教的创始人，主要撰写结合宗教的性灵提升书籍，也曾写过科幻小说。

“我不知道。或许是想看到一些画面——三摩地[①]。我想看看弗吉尼亚州灰狗站之外的东西，在那个该死的地方，人们会因为孩子们留长头发就私刑处死他们。我想脱离我的身体。我想感受你今天下午经历的事。它发生在你身上，而你甚至都不想要它。”

“今天晚上，我读了你的一些书，”他说。事实上，他读了二十多本，几乎占了她收藏的半数。“我不知道接下来会变成什么样，但我觉得，它不是魔法。至少不是那个叫克劳利的家伙所谓的魔法。你对我做的事引发了它，但我想它是原本就在我体内的某种东西。”

“你的意思是说，某种孢子，是吗？百变王牌病毒？”提到它时，她的语气不自觉地有些紧张。

“除此之外我想不到别的了。”

“不是有那个叫什么来着的医生吗？他可以给你做个检查。说不定他还能让你恢复原样，如果你希望的话。”

“不，”他说，“你不明白。在读那些书时，我能感受到所有他们谈论的所谓力量。就好像你是一名高水平的潜水员，你读到一些从未做过的复杂潜水技巧，但你知道你要是练习就也能做得到。你刚才说我不想要它，或许当时确实如此，在一开始的时候。但现在，“我想要它了。”他说。

♣

“你肯定是中了百变王牌病毒，”那小个子男人说道，“王牌，我得说。”

福尔图纳托对白人没有什么偏见，但他受不了他们用俚语[②]。“你能不能用简单的英语把它再说一遍？”

---

① 禅定的某个境界。

② 指“王牌”这个词，福尔图纳托不了解。

“你的遗传基因已被塔基斯星病毒改写了。它原本在你的中枢神经系统中休眠，可能是在脊椎的部位。似乎是这次性体验让你受到了很大的震动，足以激活病毒。”

“那么现在是什么情况？”

“在我看来，你有两种选择，”小个子男人从福尔图纳托面前跳起，翻到检查台的另一侧去，他那长长的红色头发别在耳朵后面。他看起来应该去玩摇滚乐队，或是给唱片店工作，反正不像个正经的医生。“我能试试逆转病毒的作用。但不能保证——我的成功率大概在百分之三十左右。也有些人变得比之前更糟了。”

“还有一个选择呢？”

“你也可以试着学习如何与你的力量共存。你不是独自一人。我可以让你和其他与你情况类似的人接触。”

“哦？比如说伟大而强力的灵龟？然后我就能飞来飞去，把人从坏了的汽车里拖出来？还是不了吧。”

“要用你的能力做什么，取决于你自己。”

“我们在谈论的到底是什么‘能力’？”

“我现在没法确定。看起来它们还在进化中。脑电图扫描显示出了强烈的心灵遥感力量。基尔里安的体光摄影[①]相片上显示出了强大的魂体，我希望你能操纵它。”

“你的意思是说，魔法。”

“不，实际上不算是。但这是百变王牌病毒的有趣之处。有时候它需要非常特殊的途径才能让它被人有意识地控制。要是你得通过密宗的仪式才能让它为你所用，我也不会觉得有什么奇怪。”

福尔图纳托站起身，从身前的口袋里拿出一卷钱，抽出一张100

① 苏联工程师，在无意中发现高压电下各种有机物和无机物都会在感光乳胶上感光，产生辉光环绕的现象，神秘学研究认为它代表着表征出生命组织的“魂体”。

美元。“诊费。”他说。

小个子男人看着那张钱，过了许久才将它塞进了他那件佩珀中士的夹克衫里。“谢谢，”他的口气就像是说出这两个字都让他受到了很大的伤害，“记住我的话。你随时都能打电话给我。”

福尔图纳托点点头，走出门外，去看鬼牌镇的奇观。

♠

喷气机小子在曼哈顿上空爆炸时他六岁。在成长的过程中，他一直恐惧着那种病毒，他始终记得新世界出现的第一天里，有上万的人死去。他的父亲就是其中之一，他躺在床上，肌肤爆裂，接着又愈合，如此不断反复，整个过程要不了一两分钟。最后他的心脏裂开了，鲜血淌得他们在哈莱姆的公寓里到处都是。甚至到了这个老人躺在棺材里，等待两分钟的葬礼结束后被埋入集体墓穴中时，他还在不停地裂开又愈合，裂开又愈合。

他始终没有淡忘这段记忆，但好在新的记忆及时将它推到了一边。福尔图纳托渐渐相信，自己不会出什么问题。而对于那些并未被病毒触碰到的人来说，生活将会一如既往。

他很早就意识到自己应该走怎样的道路。听到母亲对美国女性的抱怨，他萌生了把妓女培养成艺伎的想法；十四岁时，他将一名迷人的波多黎各女孩从高等学校带回了家，交给母亲训练。一切也就由此开始了。

他抬头看天，发现就在他漫无目的地游走于鬼牌镇时，夜幕降临了。灰色和蜡粉笔的色彩变为霓虹色，街道上也随之出现了涡纹和豹纹的图案。就在他前方，几个示威者用一辆平板卡车堵住了街道。街上架着架子鼓、扩音器和电吉他，还有两根重功率的延长电线，自混沌俱乐部洞开的大门里延伸而出。

此时舞台上没有乐队，只有一个留着红色长卷发的女人拿着一把原声吉他。她的身后是一条横幅，上面写着 S. N. C. C. 。福尔图纳托想不出这些字母代表着什么。她让观众和她一起唱了些民谣之类的歌曲。有好几次，吉他声都停止了，他们还一起清唱，接着她鞠了一躬，他们鼓掌示意，然后她走下舞台来到了卡车后而。

她不像丽诺尔那么美，她的鼻子有点大，皮肤也不太好。她穿着激进的蓝色牛仔制服和工作衫，这对她的容貌来说毫无助益。但她身上带着能量的光环，即使他自身并不乐意，也能看得见。

女人是福尔图纳托的弱点。在她们的探照灯照射下，他就像一头小鹿。即使心情低落，他还是不由自主地停住了脚步，望着她，接着，就在他注意到之前，她已经站在了他的身旁，手里摇动一只咖啡罐，里面有几枚硬币。

“嘿，兄弟，捐点钱怎么样?”

“今天不了，”福尔图纳托说道，“我也没什么政治意见。”

“你是个黑人，尼克松做了总统，你竟然没有政治意见? 兄弟，我这儿有些新闻要说给你听。”

“难道这个集会是关于黑人的?”在观众中，福尔图纳托没有看到一张黑人的脸。

“不，兄弟，是跟鬼牌有关的事。哇，我戳中你的心事了?”福尔图纳托没有回答，她还是继续说了下去，“你知道去了越南的鬼牌平均预期寿命是多少? 还不到两个月。要是你用美国人口中鬼牌的占比除以在越南的鬼牌人口占比，你知道会得出什么结论吗? 你会发现那儿的鬼牌占总人口比例比美国多了一百倍。一百倍啊，兄弟!”

“哦，好吧，那么你希望我对此做什么呢?”

“捐款吧。我们会聘请律师来结束这样的现状。这是 FBI 的问题，兄弟。FBI 和王牌资源强化委员会的错。他们搞得好像麦卡锡又上台了一样。他们手里有所有鬼牌的名单，然后有目的地征召这些人入伍。只要这些人能走能拿枪，连体检都不用做，就会被送去西贡。这是种族灭绝，纯粹，简单。”

“哦，好吧。”他翻出一张 20 美元，扔进易拉罐里。

“你知道我希望的是什么吗？”她甚至都没留意那张钱的金额，“我希望那些该死的王牌能干点他们自己该干的事，你明白吗？‘飓风’[1]，或者那些该死的家伙里随便谁也罢，把那些文件都扫空能费他们什么事？没有，兄弟，根本要不了他们什么力气，但他们却忙着自己上头条。”

她转身离开，接着往罐子里望了一眼。“嘿，谢谢了，兄弟。你人挺好的。听着，这儿有张传单。要是你还想再做点什么，联系我们。”

“没问题，”福尔图纳托说道，“你叫什么名字？”

“他们叫我 C. C. ，”她说，“C. C. 莱德。”

“那边的 C. C. 指的就是你吗？”他指着那个 S. N. C. C. 条幅。

C. C. 摇了摇头。“你真有趣，兄弟。”她说着，露出了微笑，接着便消失在了人群中。

他将传单叠起来塞进口袋里，接着转身走向包厘街。所有人都在谈论鬼牌，这给了他一种疏离感。就在这条街上有一家墙上挂满了镜子的酒吧，名叫开心屋，老板叫德斯蒙德，他原本应该长着人类鼻子的地方生着象鼻子。他也是福尔图纳托的顾客，总是嫌福尔图纳托给他找的艺伎皮肤不够好，头发不够黑，长相不够甜美。在这时候，福尔图纳托想到会见着他就觉得受不了。

小巷里的人几乎都不戴面具，在那些上下颠倒的脸，或是尺寸大如哈密瓜的脑袋上，一双双眼睛挑衅般地盯着他。他们现在都是你的新兄弟姐妹，他对自己说道。每个王牌都比他们要好上十倍，这些人只能潜伏在巷子里，而那些幸运儿却能披着斗篷，用他们蹩脚的俚语

---

① 王牌的名字。

交谈，飞遍全世界来彼此争斗。王牌们占据头条和脱口秀，怪胎和残废们却只有鬼牌镇。只有鬼牌镇和越南的丛林——要是 C. C. 的故事是真的话。

但福尔图纳托唯一想做的就是回到丽诺尔的公寓里，和她做爱。这一次他会直接射出来，就算这样会让他变得虚弱也无所谓，然后一切就会重新回到它们原来的样子了。

但是那个杀手迟早还会再行动。越南在半个地球之外，杀手却就在这儿，说不定，就在这个街区上。

他停下脚步，抬起头，发现他的潜意识将他带到的地方，正是他们告诉他发现了艾丽卡尸体的那条小巷。

他想起 C. C. 对他说的话。用你的力量来保护你想保护的人。

丽诺尔让他灵魂离体时，他曾经看到过一些过去从未见过的东西，一些他不知该如何命名的能量的涡纹和图案。要是他能再次离体，说不定就能发现一些条子没注意到的事。

有个穿着肮脏长风衣的酒鬼死盯着他。反应了一秒钟，福尔图纳托才意识到，那个男人长着长而下垂的矮脚猎犬似的耳朵，还有一只湿漉漉的黑鼻子。福尔图纳托无视了他，闭上双眼，想回忆起那种灵魂离体的感受。

这简直像想象自己飞到月球上一样困难。他需要丽诺尔，但又不敢带她到这里来。他能在她的住处离体，然后飞回这里吗？他能保持那么长的离体时间吗？要是他这么做了，他的肉身会发生怎样的变化？

问题太多了。他给她打了一个付费电话，给了她地址，让她出来与他碰面。

“你有枪吗？”他问。

“有。自从……你知道的。”

“带上。”

“福尔图纳托，你惹麻烦了吗？”

“现在还没有。”他说。

◆

等他和丽诺尔一起重新回到小巷里时，他吸引了一群人。他们都穿着救世军的破衣服：膨大宽松的裤子，破破烂烂、污迹斑斑的法兰绒衬衫，沾着干透的油脂的夹克衫。其中一名个子矮小的老妇，看起来就像是蜡像馆里的一尊即将融化的蜡像。她的右边则是个少年，站在垃圾桶架子旁，身子不停打颤。当他的颤动达到某种特定的音程时，这些垃圾桶全都彼此撞击，就像一套拙劣的铙钹，此时女人便会愤怒地转过去，抬脚踢它们。其他人的畸形似乎不那么明显：一个手指末端长着吸管的男人，一个皮肤坚硬呈脊状，导致整张脸看起来都成了正方形的女人。

丽诺尔拉着福尔图纳托的手臂。“我们现在做什么？”她轻声问道。

福尔图纳托吻了她。奇形怪状的围观者们窃笑起来，她想推开他，但福尔图纳托坚持着，用舌头撬开了她的牙齿，双手移到她的腰骶上，她的呼吸终于变得粗重，而他则感觉到力量在自己脊椎的末端涌起。他将双唇移到丽诺尔的肩膀，她那长长的指甲深深地嵌入他的后颈，接着他抬起视线，看向那个狗人。他感觉到力量涌入双眼和声音之中，他平静地说道：“走开。”

狗人转过身走出小巷。他又依次命令其他人离开，然后说道：“现在，”他领着她的手伸进他的裤子里，“替我做你之前做过的事。”他的双手滑入她的毛衣里，缓慢地抚摸她的胸部。她的右手贴着他，左手环过他的腰，以她那把史密斯 & 魏森 .32 手枪的重量抚慰了他。热量逐渐凝聚，他闭上双眼，将身体的重量压在身后的砖墙上。几秒后，他的身体蓄势待发，他的魂体上下跳动，就像一只松松地牵着线的气球。

接着，就像从一辆行驶着的汽车里走出来似的，他挣脱了肉身。

♥

每一块砖，每一张糖果包装纸，全都显得清清楚楚，明明白白。当他集中精神，车辆的隆隆声渐渐变缓变沉，最后几不可闻。

他们是在这条小巷深处一扇门前找到艾丽卡的，她的手臂和大腿都被卸了下来，像木柴似的，堆在她的膝盖上，脑袋大半都与脖子分离了。福尔图纳托可以在混凝土的微粒深处看到她的血迹，它依旧因着她的生命的精华而微微发光。木头的门框上还残留着她的香水气息，以及一根浅金色的头发。

街道那男中音般的嗡鸣此时已低沉得如同一阵震颤，福尔图纳托甚至可以感觉到经过他身边的每一个波峰。现在，他能看到混凝土门廊上艾丽卡的身体曾经造成过的压痕，还有她的鞋子踩在沥青路上的最微小的印记。在它们边上，则是那个杀手的脚印。

它们从街上一直通往艾丽卡的尸体所在之处，然后又折回到街道上，在路边，它与一辆车的车轮印交叠。他不知道那是什么车，但可以看到它留下的车辙，黑色，厚重，带着纤维质，就好像一路上它的轮胎都在燃烧。

他停了一会儿，回头望向自己那具在丽诺尔怀抱中凝固不动的肉身。接着，他便让那辆车的印记领着他，来到大街上，穿过第二大道，接着往南，到了地兰西街。他感觉自己渐渐虚弱，视野模糊，城市的背景音开始动摇他的听觉。他更努力地集中注意力，动用了他肉身中仅存的最后一点力量。

汽车向北开到包厘街，停在一座破旧的灰色仓库前面。福尔图纳托靠近人行道，看到脚印从车里出来，走向建筑的前门。

他跟着他们走上楼梯。他觉得自己就像是系在一根巨大的橡皮筋上，它已绷到了最紧。每一步楼梯都让他用上了比之前更大的力气。最终足印在阁楼的入口消失了，他知道他已到了极限。

汽车的喧闹声在他周遭急速盘旋，他循着来时的原路，无法自控地返回了肉身。他感觉到了喜悦与精疲力竭，就像是在性爱中掏空了身体，如同潜入水池般地沉溺其中。他的身体突然一沉，丽诺尔因之后退了一步，接着他便失去了意识。

♣

“不，”她说着翻身滚到一旁，从他身边离开，“我做不到。”

她的眼圈发紫，身体因为用尽了力气而虚弱无力。福尔图纳托不知道她是怎么把他塞进出租车里，又沿着楼梯把他搬进公寓里的。

“我不明白你的意思。”他说。

“你在身体里积聚能量，性交则将它释放了出来。你明白吗？那种力量，*夏克提*。但你有将能量吸收回体内的密宗法术。你收回去的时候获得的不仅仅只有你自己的，还有所有我给了你的能量。”

“所以当你高潮的时候，你放弃了这种*夏克提*。”

“是的。”

“你把你全部的能量都给了我。”

“没错，大家伙。我全都被吸干了。”

福尔图纳托伸手去拿电话机。

“你要干什么？”

“我知道杀手在哪里了，”他边说边拨电话，“要是你没法给我力量抓住他，那我就只能想办法从其他地方获得这种力量。”他不喜欢自己说这话时的方式，但此刻他实在太累，没法照顾到那么多。他很累，还有些别的问题。他对力量的认知在他的大脑中嗡鸣，他觉得它在操纵他，掌控他。

电话的那头铃声响起，他听到米兰达接了电话。他用手盖住话筒，转身面向丽诺尔。“你肯帮我忙吗？”

她闭上双眼，嘴巴动了几下，勉强挤出微笑。“我想一个妓女应该头脑清醒一点，不至于嫉妒。”

“艺伎。”福尔图纳托说道。

“好吧，”丽诺尔说，“我会告诉她该做什么。”

♠

他们都吸了一管可卡因，还有某种作用强烈的越南大麻。丽诺尔发誓说，它们的作用就只是帮助他们彼此调和。米兰达的个子很高，黑色头发，长相标致，是他手下女人中身体最熟练的，她慢慢脱光了衣服，只留下吊袜带和袜子，以及一个薄到能让他看见她黑色椭圆形乳头的胸罩。

四十分钟后，丽诺尔晕倒在床脚。米兰达的头垂在床沿外，手臂像是钉上了十字架似的大张着，双眼紧闭。“够了，”她轻声说道，“我再也没办法高潮了。我以后可能也不会再高潮了。”

福尔图纳托自跪坐中起身。他身上覆盖着一层汗水的光泽，他觉得自己的皮肤下仿佛放射出了一层金色的光辉。当他从丽诺尔的梳妆镜里看到自己的前额因力量积蓄而膨胀时，他毫不在意，甚至未感到一丝惊讶。

他已做好了准备。

♦

出租车将他带到了两个街区之外的地兰西街上。为了保险起见，他在裤子的后插袋里塞了丽诺尔的 .32 手枪，又用黑色亚麻外套将它遮住。但他还是希望能用自己的双手来完成这个任务。不管哪种方式，条子都再也不会有任何机会能让这杀手回到街上了。

他的双眼焦点不怎么集中，此外，他不得不将双手插在口袋里，因为他不太信任它们。不知为什么，他的心中毫无恐惧。他觉得自己像是又回到了十五岁，他将姑娘们带回家让母亲训练的那会儿。当时他担心了好几个月都不敢尝试，只因为不知道母亲会怎么说，怎么做，待他终于动手之后，他就再也不在乎了。

此刻，情况也是一样的。他的身上满布着黑暗的气息，以及火热濡湿的性的压力，它们都是些几乎不会出现在现实世界中的元素，他无所畏惧。我即将面对一个杀手，他对自己说，但他也只说了这么几个字。在他心里，他清楚地知道，自己要去保护自己的女人，而这是唯一重要的事。

他爬上楼梯，走向阁楼。此时已过午夜，但隔着铁门，他还能听到立体声音响中滚石乐队的《街头战士》在轰响。他用拳头的底部用力捶打着这扇铁门。

他用力咽了口口水，觉得喉咙发冷。

门开了。

门的内侧是一个男孩，大概十七八岁，肤色苍白，身材偏瘦，却有着一身的肌肉。他有一头长长的棕色头发，要不是下巴上留着一圈以拙劣的化妆术掩饰过的痘疤，整张脸甚至可以称得上美丽二字。他身上穿着带黑色波点的黄色衬衫，下身是一条褪了色的劳动布喇叭腿裤。

“你想要什么？”最后，对方问道。

“和你谈谈。”福尔图纳托说道。他的嘴里发干，双眼依旧无法聚焦。

“谈什么？”

“艾丽卡·内勒。”

男孩对这个名字毫无反应。“我从没听说过这个人。”

“我觉得你应该知道。”

“你是条子？”福尔图纳托没有回答。“滚吧。”

男孩准备关门。福尔图纳托回想着自己在小巷里命令那些鬼牌离开时的情景，“不，”他说道，紧紧地盯着男孩那双无色的眼睛。“让我进去。”

男孩有些犹豫，他似乎不知所措，却没有让步。福尔图纳托用肩膀顶开铁门，将那男孩一路推进阁楼里，摔在地板上。

屋里很暗，音乐震耳欲聋。福尔图纳托找到了顶灯开关，将它打开，接着便因为眼前的景象而不由自主地后退了一步。

这里就像是丽诺尔公寓的堕落版，时髦而性感的神秘主义更进一步，发展成了虐待、谋杀和强暴。这里也像丽诺尔的公寓地板上一样，画着五芒星，但更粗糙，歪歪斜斜的，像是用某种利器而作，然后在上面洒了血。这里没有天鹅绒，没有蜡烛，也没有异国木器，只在房间角落里摆着一张灰色条纹的床垫，一堆脏衣服，以及用订书钉钉在墙上的十几张宝丽来相片。

他知道自己会在那些相片中看到什么，但他还是走到墙边。在这十四个赤身裸体被肢解的女性中，他认出了三个。右下角的最后那张相片上的姑娘，正是艾丽卡。

音乐太吵，让他无法思考。他四处环顾，寻找唱机，接着便看到那个棕色头发的男孩已经站了起来，双腿打颤，跌跌撞撞地向门边走去。“站住！”福尔图纳托喊道，但他俩的眼神没有交汇，因此这句话没起到任何作用。

福尔图纳托又惊又怒地出手了。他抓住了男孩的腰部，将他甩向空无一物的石膏板墙壁。

突然之间，他发现自己正抓着的人像是成了一头愤怒的野兽，从膝盖到指尖再到牙齿，无一不带着野兽般的残忍。福尔图纳托条件反射地松了手，看着巨大的刀刃那锋利的边缘在他俩之间闪现，刺穿了他的外套、他的衬衫和他的皮肤，拔出来时，上面沾满了红色的血。

我要死了，他想。枪插在他裤子后面的袋子里，离他手太远，等不到他把枪拔出来，那把刀子就会再度来袭，更深地刺入他的身体。杀了他。

他盯着刀刃。在他意识到自己在做什么之前，他就用力地盯着它了，以他在丽诺尔的公寓里那些书上读到的方式，以他在鬼牌镇小巷里的那种方式，集中了精神。

时间逐渐放慢。

此刻，他能看到刀刃上不仅仅有他自己的血，还有其他人的血液，艾丽卡以及相片上的其他女人，虽然经过了清洗，却还留存在金属的记忆里。

他穿过厚重的空气，远离那个疯狂的棕发男孩，虽然他的动作缓慢得如同做梦，却依然比那男孩或他的刀更快。他将手探到身后，用手指攥紧光滑的枪托。当他将枪拔出来指向那个男孩，看到他那双苍白的眼睛逐渐睁大的时候，“滚石”的音乐慢得如同挽歌。

别杀他，他突然想。等你知道到底是怎么回事再说。他将枪管指向男孩的右肩，抠下扳机。

枪的响声在福尔图纳托的手上时，不过只是一阵颤动，但接着就像一枚火箭般逐渐加速，成了一声隆隆的雷鸣。时间再度回归正常，男孩随着子弹的冲击力而向后摇摆，但他的眼神甚至都没有发生改变，只是用左手将匕首从废了的右手中接过来，再次袭向福尔图纳托。

疯了，福尔图纳托恐惧地想着，射穿了他的心脏。

♥

福尔图纳托跌跌撞撞地后退几步，拉开衬衫，看到划过他胸口的那道又长又深的伤口已不再流血，甚至都不用去缝针。他猛地关上通往走廊的门，走到室内另一边，踢掉了唱机的插头。接着，就在令人窒息的寂静中，他转身面对已死的男孩。

力量在他体内不断鼓动，形成涟漪。他能看到死了的男孩双手上女人们的血，看到血迹从地板上那粗糙的五芒星上延伸而出，看到男孩曾经站立过的地方留下的踪迹，女人们死去的阴影，还有在那里残留着某种别的东西的印记，淡淡的，就像是以某种方式清理过一样。

在五芒星里还缭绕着一些力量的细丝，仿佛沙漠公路上微微发亮的热浪。福尔图纳托将双手捏成拳头，感觉到胸膛上淌下了黏湿的冷汗。到底发生了什么？是男孩以某种方式召唤了一个恶魔？还是说，男孩的疯狂不过是被人利用，被某种更广阔，也比几次随机杀戮更糟糕许多的东西利用了？

男孩本来能将这些告诉他的，可是现在，他已经死了。

福尔图纳托走到门边，将手放在门把上。他闭上双眼，将前额抵在冰冷的金属上。好好想想，他对自己说道。

他擦掉了枪上的指纹，将它扔到尸体旁。让条子们自己去得出结论吧。宝丽来相片应该能给他们很多想象的空间了。

他再次转身，却发现自己依然无法离开这里。

你有力量，他对自己说。你知道这一点，还能就这样从这里走开，拒绝去使用它？

汗水从他的脸和双臂上淌下。

力量在有中，在拉沙中，在精液中。难以置信的力量，远比他目前知道自己能控制的更强大。足够让死者复生。

不，他想。我不能这么做。这不仅仅只是因为这种想法让他恶心，同样也是因为他知道，这会改变他。这会成为一个无法回头的转折点，让他放弃成为彻底的人类。

但力量已经改变了他。他已经见过了那些若是没有力量便无法理解的事物。过去，人们告诉他力量能让人腐化，但现在，他发现这个想法是如此天真。力量能让人愉悦。力量能让人产生转变。

我不能这么做，福尔图纳托想。他在男孩的双腿之间跪下，泪水从他脸上滚落。

♣

他十分虚弱，比他原本设想的更虚弱许多。他爬到一边，穿上自己的裤子，感觉难受、恶心，而且精疲力竭。

死去的男孩抽搐起来。

福尔图纳托来到墙边，好不容易站起身。他眼冒金星，脑袋里不住抽痛。他看到地板上有个东西，似乎是之前从那死去的男孩的裤子口袋里掉出来的。那是枚 18 世纪的便士，看起来很新，在阁楼刺眼的灯光下泛着红光。为了以防万一，他将那枚便士放进了自己的口袋里。

“看着我。”他听到死去的男孩说道。

死去的男孩的双手深深地抠进地板里，凿出点点血星。他以四肢着地，慢慢撑起身子，接着摇摇摆摆地站起身来。他转过头，以那双空洞的眼睛望向福尔图纳托。

那双眼睛可怖至极。人们都说，死亡意味着虚无，即使只是经历过几秒，也太多了。

“说吧，”福尔图纳托说道。他的内心不再愤怒，但愤怒的记忆还在推动着他继续。“操你妈的白人杂种，说啊。告诉我这一切意味着什么。告诉我为什么。”

死去的男孩盯着福尔图纳托。一瞬间有什么东西闪动了一下，男孩说道：“提亚马特①。”那个词轻如低语，却足够清晰。接着男孩微微一笑，将双手伸到自己的喉咙上，撕开了脖子上鲜血淋漓的皮肤。

♠

丽诺尔睡了。福尔图纳托将衣服扔进垃圾堆，淋浴了三十分钟，

---

① 巴比伦神话中的混沌母神。

直到热水全部用尽。接着他就着蜡烛的光芒，坐在丽诺尔的起居室里读起书来。

他在克劳利的魔法书里，一段苏美尔人元素的文本中找到了提亚马特这个名字。它是巨蛇，是海中巨兽，是克图鲁[①]。巨大，邪恶。

他知道，毫无疑问，他现在找到的不过是在他理解范围之外的某种事物的一根触须罢了。

最后，他也去睡了。

◆

他是被丽诺尔关上手提箱搭扣的声音吵醒的。

“你不明白吗?”她解释道，“我就像是一个——一个墙壁上的插座，让你回家时能充个电。我怎么能这样生活下去？你得到了我一直想要的东西，真正的力量，能施行真正的魔法。你不过是碰巧，你甚至都没想要过它。而我这辈子做的所有研究、练习和工作全都一文不值，就只是因为我他妈的没有感染外星病毒。”

“我爱你，”福尔图纳托说道，“别走。”

她告诉他，若他乐意的话，可以留下那些书和这间公寓。她说她会给他写信，但不需要使用魔法他也能看出她在说谎。

接着，她就离开了。

♥

他睡了整整两天，第三天米兰达来找他，他们一直做爱，直到他的精力恢复到足以告诉她发生了什么。

“只要他死了，”米兰达说道，“其他的我都无所谓。”

晚上，她离开他去找自己的客户，他在起居室里坐了一个小时，

① KUTULU，克苏鲁这个词的变形。

完全无法动弹。他知道，要不了多久，他就会去寻找他在死男孩的阁楼里曾经见过踪迹的那些生物。即使想到它就让他厌恶得全身无力。

最后他伸出手，去拿克劳利的《魔法》，然后翻到第五章。“迟早，”克劳利这样写道，“缓慢的自然成长会被忧愁取代——它是暗夜之灵，是一种无穷的疲惫和憎恶。”但最终，它会变成一种“全新且超越于前的状态，只有死亡的进程才能将之归还”。

福尔图纳托合上了书。克劳利知道它，但克劳利已经死了。他觉得自己就像是在一颗荒凉的岩石星球上最后的一个人类。

但他不是最后的人类。他是某种全新生物的一员，他们拥有比人类更高的潜能。

那个示威游行中的女人 C. C. 。她曾经说过，你该照顾你的同类。将几百个在越南那炎热和腐败的湿地里奄奄一息的鬼牌救出来能费他什么事呢？用不了多大的力气。完全不费力。

他从外套的口袋里找出那张宣传单。他逐渐坚定了信念，慢慢拨通了上面的电话。

♦♥♣♠

变形记

维克多·米兰　著

他把自己硬塞进大学附近一家小酒吧里的时候，十一月的夜风鞭打着他的裤腿，仿佛巨型植物的卷须一般刺痛了他瘦巴巴的双腿。幽暗如同伤口般抽动，向外辐射出红色、蓝色和阵阵喧闹。进门后他就停了下来，他身上那件橙绿相间的格子呢外套皱巴巴的，三年前他的母亲给他打包行李，把他送到麻省理工学院时也捎上了它，此刻它正耷拉在他狭窄的肩头，像个死了的侏儒。“别这么像个胆小鬼，马克，”他对自己说道，“这是为了科学。”

台上的乐队在翻唱《万物之冠》，边唱边冲下舞台，而他则凭本能找到了最黑暗的角落，手里捧着一杯茶——在这种地方点一杯可乐或咖啡是一件很不嬉皮的事，这一点他好歹还是知道的。

但除此之外，他这几个星期的研究没能取得任何成果。他穿着牛仔九分裤，色彩柔和的涤纶衬衫则让他从侧面看起来就像是风中的帆船，这一类的穿着可能会给他招来被缉毒警察带走的危险——此时正是伍德斯托克音乐节之后一年的秋天，就在这年里，哥顿·利迪创办了缉毒局，给了尼克松一个借口把公众的注意力从战争上引开——但伯克利和旧金山是嬉皮士云集的地方，有不少大学，他们只要看到理工科的学生，就会认出他的身份。

“玻璃洋葱”酒吧里没有舞池，朦胧的深红色和靛蓝色灯光下，人们在桌子与桌子之间摇摆，或是挤到小小的舞台前那块空地上，掀起一阵珠子与鹿皮衣上流苏摇晃的低语，其间时而夹杂着印度珠宝暗沉的闪光。他尽可能远离人群关注的焦点，但他是马克，他无可避免地撞上了他经过的每一个人，这就带来了一阵注目礼，以及他那微弱而尴尬的“抱歉”声。他的招风耳红得都快爆炸了，好不容易就要到他的目的地，那是用贝尔电话的电线缠起来的摇摇晃晃的小桌子，边上摆着一张带着压痕的绿色礼堂椅，桌上的花生酱罐子里是一根没有点燃的蜡烛，然而就在这时候，他撞上了一个人。

首先发生的事是他那副巨大的角质边框眼镜从鼻梁上滑下来，消失在了黑暗之中。接着他失去了平衡，只得用双手抓住他撞上的那个人。茶杯落在地板上，发出了撞击声和摔碎的声音。“哦，朋友，请你原谅我，我很抱歉……”这些话从他的嘴里滚出来，就像是一个故障的机器不住地掉落口香糖球。

他意识到自己那双皮包骨的手正紧紧地攀着的人十分柔软，此外，在这片污浊的空气中传来了麝香和广藿香的气息，直接钻入他的感觉中枢。他咒骂着自己：*你刚才经过时撞着了一位美丽的女士*。至少，她闻起来很美。

接着她拍了拍他的手臂，轻声道了句歉，然后两人都弯下腰，在地板上找茶杯和眼镜，人们在他们周遭走动，两人的脑袋撞在了一起，他俩边道歉边都向后一缩，马克的手指终于摸到了他的眼镜，它竟然没有受损，他将眼镜戴回原位，眨了眨眼，发现自己正盯着金伯莉·安·考达那的脸，她与他相隔仅有五英寸的距离。

金伯莉·安·考达那，是的，他的梦中情人，他童年时代的甜心，自他第一眼看到她时起就从未改变。那时候她才五岁，穿着围兜，骑着儿童自行车经过他俩共同居住的南加州郊区街道。他被她那种霍尔马克贺卡式的完美迷住了，以至于覆盆子冰激凌从蛋筒上掉下来落在炎热的人行道上，他都毫无察觉。她的小车压过他露在外面的脚指头，但她面孔朝天骑了过去，完全没有向他致歉。自那一天起，他的心便不再属于他自己。

希望与失望之情在他心中如惊涛骇浪般交替翻涌。他伸直身体，舌头打结，说不出话来。而她则喊了一声：“马克！马克·梅多斯！妈的，能见到你真好。”她抱了他一下。

他站在原地，像个傻子似的眨了眨眼睛。在此之前，还没有任何一名与他没有血缘关系的女性拥抱过他。他痉挛般地咽了口口水。*要是我勃起了怎么办？*过了好一会儿，他才稍稍拍了拍她的腰背部。

她将他推到一臂之外。“让我好好看看你，兄弟。怎么回事，你怎么一点儿也没变。”

他的身子瑟缩了一下。接下来就会是些嘲讽的话了，嘲笑他骨瘦如柴，嘲笑他笨拙呆傻，嘲笑他的平头，嘲笑他瘦得皮包骨头还能长出成年人才会有的青春痘——此外，还有他最近最大的缺点，就是距时髦青年有十万八千里远。在高中里时，金伯莉·安从对他漠不关心演变成了折磨他的领头人——或者，不如这么说，是她挂在那些煞费苦心地练出来的肱二头肌上，还凑在别人身边轻声低语的画面，扮演了嘲讽折磨他的角色。

但此刻，她什么讽刺的话也没说，只是将他拉到角落里的桌子边。“来，兄弟，让我们来聊聊过去那些坏日子。”

这对于他无望地期望了四分之三辈子的事来说，是一个机会。他与他心中爱与美的完美结合体面对面地坐着，舞台上的乐队在演奏披头士的《黑鸟》——可该死的是他完全想不出自己能说什么。

好在金伯莉·安极为乐于说话。她提起了自己从雷克斯福德·特格威尔高中开始的一系列变化，提到她在惠蒂尔学院认识的那些最激进的人，说他们是怎么让她开窍，又怎么开阔了她的眼界。谈到了她在毕业季时中途辍学来到湾区这个社会运动的麦加圣地。还有，她又是如何自那时起寻觅到了真正的自我。

或许他确实没什么变化，但很显然，她改变了很多。她原本会用黑色直发梳起马尾辫，身上穿百褶裙，涂抹色彩柔和的唇彩和指甲油，身上带着精明强干的美国银行总经理之女特有的拘谨女服务员般的完美，但这些已全都消失不见了。现在，金伯莉的长发像小野洋子的头发一样怪异地蓬起，披散在她肩头。她身上穿的是一件带褶皱的乡村短衫，上面绣着蘑菇和星球，下身则是一条裙摆很大的裙子，上面扎染的图案只能让马克联想到迪斯尼乐园里燃放的烟火。他知道她赤脚，因为他踩着了。此刻的她比他任何时候想象的都要更美丽许多。

还有她那双浅色的眼睛，仿佛冬日天空般的色彩，过去常常将他冻结，让他无法动弹，此刻却温暖地向他散发着光芒，让他几乎无法直视它们。这是天堂，但不知为何，他就是无法接受。因为他是马克，所以他得提出问题。

“金伯莉——”他开口道。

她伸出了两根手指。“等一下，老兄。我已经将那个名字连同资本主义的生活方式一起抛弃了。我现在的名字叫作向日葵。”

他咽了一口唾沫。“好吧——向日葵。”

“那么，是什么风把你给吹到这里来了，兄弟？”

“我在做一个实验。”

她从她面前糖罐状的酒杯边沿上窥探他，突然有些警惕。

“我刚完成了麻省理工学院的大学毕业论文，”他匆忙解释道，“现在到这儿来，为获得伯克利的加利福尼亚大学生物化学博士学位而努力。”

“那和现在这地方有什么关系？”

“这么说吧，我研究的方向，是破译 DNA 给遗传信息编码的方式。我已经发表了一些关于这个问题的论文。”事实上，麻省理工学院的人把他比作爱因斯坦，但他自己绝不会这么提，“但今年夏天，我发现了一些更让我感兴趣的事：思维的化学反应。”

她那双蓝色的眼睛看起来十分茫然。

“迷幻剂。精神药物。我把所有相关的资料都读了——利里[①]、阿尔伯特[②]，都是所罗门[③]编辑出版的。它真的很——怎么说呢？真的给了我很大的启发。”他身体前倾，手指无意识地拔下了胸前口袋里塑料外壳的签字笔，在兴奋中，他全然没察觉到自己不停在线圈桌面上戳出了一个个小点。“这是一个核心研究领域。我觉得它能回答某些真正重要的问题——我们是什么人，我们是怎样的人，以及为什么我们会变成这样。”

她半是蹙眉半是微笑地看着他。“我还是没懂。”

“我正在做田野调查，以此来为我的研究收集背景资料，主题是药物文化——呃，我是说反主流文化。我想找个切入点来研究迷幻剂怎么改变人们对世界的看法。”

他润了润嘴唇。“这真让人兴奋。有个我过去完全不知道的世界存在着——就在这里。”烟雾缭绕的玻璃洋葱里正巧闪过一道刺眼的光。“但不知道为什么，我没法真正地，呃，和这里产生联系。我已经买了所有感恩至死乐队的唱片，但我还是觉得自己是外来者。我——我很想成为这整个嬉皮世界的一分子。”

“嬉皮？”她以贵族的方式哼了一声，说道，“马克，你之前是在什么地方待着？现在可是 1969 年。嬉皮运动都完蛋两年了。”她摇了摇头，“你到底有没有真的试过你想研究的药物里的任何一种？”

他脸红了。“没。我……呃——我还没做好准备迈出这一步。”

“可怜的马克。你太紧张了。看来我得放下手边所有的事，来让你跟上这儿的潮流。琼斯先生。”

---

① 蒂莫西·利里（1920—1996）美国心理学家、作家，晚年研究迷幻药，号称 LSD 之父。

② 理查德·阿尔伯特（1931—）哈佛大学心理学教授，利里的合作者，后为追求人生真谛去印度灵修后改名为拉姆·达斯。

③ 大卫·所罗门，给利里做编辑介绍过 LSD。

他抹了抹自己的平头，接着突然之间，他的脸一下子明亮起来，鼻子和颧骨及诸如此类的脸部五官都转向了快乐的方向，他甚至露出了马似的大门牙。“你是说你会帮我?”他抓住了她的手，又用另一只手抓住了自己的手指，仿佛担心它们会在她的手上留下印痕似的。“你会带我在这儿转转?”

她点了点头。

“太好了!”他拿起茶杯，直到上牙敲到了它，他才意识到杯子空了，于是他又将它放下了。“我以前一直不知道——我是说——呃，你以前从来没有，啊，像这样和我聊天。”

她用双手按住了他的一只手，他觉得自己的心脏都要停止跳动了。“哦，马克，”她的声音甚至有些轻柔，“你总是那么善于分析。这是因为我的眼界已经被打开了，我意识到了除了那些压迫他人的猪猡之外，人人自有美丽之处。此外，我还能看清你——直接看穿。你还没有出卖自己，兄弟。我能看得出来，我能在你的气息中读出这一点。你还是过去那个老马克。”

他的脑海里转着各种念头，就像失控的旋转木马。他的左脑冷嘲热讽地假设她只是有些想家，而他则是她的童年与过去的一部分，或许是因为她与之割裂得太过彻底，才会产生这样的反应。他将这个念头扫到一边。她是金伯莉·安，无懈可击，无法企及。接下来的任何一分钟，她都可能将他视作一个骗子。

但她没有。他们聊到很晚——或者不如说是她在说，而他则一直听着，他想要相信这一切，却始终不敢置信。后来乐队中场休息，有人把一张命运乐队的新唱片放进了音响里。格式塔[①]的运作给他留下了无可挽回而又不可磨灭的印象：黑暗与彩色的光线在他心中最美的

① 格式塔是心理学重要流派之一，意指“动态整体”，这个学派主张人脑的运作原理是一个整体，对事物的感知包括了它的形状、大小、色彩等感官体验，也包括我们过去对它的经验和印象，合在一起才是真正的感知。

女性的头发和脸上交替跃动，耳畔是马里恩·道格拉斯那沙哑的男中音，他歌唱着爱与死及颠沛流离的生活，还有那些最好别提起名字的旧日之神和命运。这一切改变了他，尽管在此时，他自己还不知道这一点。

接下来发生的事则让他高兴或者说惊奇得近乎难以承受，那是在乐队漫不经心的下半场演出中途，金伯莉突然站起身，抓住了他的手。“越来越无聊了。这些人都不知道自己是在什么地方。你干吗不去我那儿，一起喝点酒，嗨一下?”她的眼神里带着挑衅，穿上了红色鞋带的靴子，看起来又有些像过去那样冰冷而盛气凌人，“还是说这对你来说太过了?”

他觉得自己的舌头上像是摆了一个棉花球。“啊，我——不，我再乐意不过了。”

“太稀奇了。看来你还有救。”

马克茫然地跟着她离开酒吧，来到一家酒类专卖店，它的橱窗里贴着一张巨大的圣昆庭监狱的海报①，脸色苍白的谢顶店主以怀疑而厌恶的目光，卖给他们一瓶里普尔酒②。马克是个处男。他有他的性幻想。具体来说，就是在中国城边缘他公寓里那张摇摇欲坠的床下，和科研论文堆在一起的《花花公子》切页。但即使是在性幻想中，他也不敢想象自己能与光芒万丈的金伯莉·安在一起。而现在——他的身子仿佛毫无重量似的在街道上飘摇，他几乎没有注意到，当他们经过时，街上的畸形人和其他人都与向日葵交换了眼神。

他也几乎没有注意到摇摇晃晃的后门楼梯，直到向日葵说道：“……来见见我家‘老头’。你会喜欢他的，他完全就是个大家伙。”

这些话就像灌了铅的重锤一般砸进他的脑海里。他踉跄了一步。

① 当时的禁毒宣传海报。

② 70初特别流行的一种廉价勾兑酒。

金伯莉抓住他的手臂，笑了出来。“可怜的马克。老这么紧张。来，我们就快到了。”

于是他便紧张地站在这只有一个单间的小小公寓里，它的浴室里放着一块电热板，龙头则漏着水。靠着一边的墙壁有一张破破烂烂的床垫，上面罩着格纹床罩，它贴着一扇煤渣砖撑起的门。在一张巨大的格瓦拉海报下，菲利普盘腿坐着，他就是向日葵所谓的老头。他有一双深色的眼睛，看起来充满激情，宽阔的胸膛将黑色的T恤全撑开了，上面印着一个血红的拳头，底下则是“罢工”二字。他正在用一台便携式的破旧小电视机观看示威游行的片段，那台电视机的天线是用晾衣架临时搭建的。

“好极了，”他们进门的时候，他说道，“‘蜥蜴王’终于清醒了。像灵龟之流在系统里工作的麦卡锡派王牌根本不知道这事儿到底意味着什么：是与纳粹德国式的亚美利加抗争。你他妈是谁?”

向日葵将他拉到一个角落里，以暴躁的低语解释说马克不是警察派来的奸细，而是个很早很早以前的老朋友，还说别让她出丑，之后他终于同意与马克握手。马克有些犹豫地经过电视机向他走去，电视里接受采访的那个大胡子男人的脸，不知怎么的，看起来有点眼熟。

“他是谁?”他问。

菲利普抬了抬嘴角。“当然是汤姆·道格拉斯。命运乐队的主唱。蜥蜴王。”他扫视了一遍马克，从他的平头，到他那双乐福鞋。“你可能从来没听说过他的名字。”

马克眨了眨眼睛，什么也没说。他知道命运乐队和道格拉斯——为了研究，他刚买了他们最新的专辑《黑色星期天》，它的封面就是一片简单的褐红色，在这片红色中占了大头的是一个巨大的黑色太阳。他觉得把这事说出来太尴尬了。

向日葵的眼神飘远了。“你应该看看他今天在示威游行里的样子。以蜥蜴王的姿态睥睨那些猪猡。真的很激进。”

在这儿完全见不到一点儿便利的工具，那两人拿出一套杯子和橡皮管自制的装置，将里面塞满大麻叶，点燃了它。如果是向日葵本人亲手把大麻交给马克，他会接受的。但现在，他又有了那种怪异而格格不入的感觉，就好像他的皮肤跟他整个人不配套似的，于是他拒绝了。他没精打采地缩在屋子的角落里，边上是一堆《每日工人报》，而这屋子的男女主人则坐在床上，抽着大麻烟，矮壮而热情的菲利普对他发表了长篇大论，讲述武装斗争的重要性，直到他觉得自己的脑袋都要掉下来了，而且，他一个人把一整瓶恶心的甜葡萄酒都喝了下去——他以前没喝过酒——最后金伯莉开始紧紧地依偎在她的老头身边，以一种显然让马克很不舒服的方式爱抚他，马克终于喃喃地说了声抱歉，脚步蹒跚地走出门外，不知怎么的就回到了自己家里。当第一束晨光从他自己那昏暗的公寓窗子上缓缓淌下时，他将一整瓶里普尔酒全都吐进了他那破旧的陶瓷马桶里，他冲了十五次，才终于将它清理干净。

而这，就是马克向曾经的金伯莉·安·考达那，现在的向日葵求爱之旅的开端。

♣

“我想要你……”这些词随风飘来，傲慢又带着暗示性的意味，那声音就像是一块带着威士忌镶边的融化的琥珀，充斥着整个新年——而且还是从日本小收音机里传出来的噪音。沃基特克·格拉波夫斯基将他的防风夹克拉链拉到宽阔的胸膛之上，想阻挡这些声音。

起重机缓慢后退，就像一头僵尸恐龙，把一根大梁挥舞向他。他以夸张的慢动作朝起重机的操作员做了个手势。“我想要你……”声音还在坚持着。他的心头一阵恼火。“旧日经典——1966 年，命运乐队的首张热门金曲”，广播员以专业的青少年嗓音柔声说道。沃基特克想，这些该死的美国人，1966 年都被他们当做是古代了。

“把那个爵士乐臭狗屎关掉。”有人喊道。

“去你妈的。”收音机的主人说。他二十岁，两米高，六个月前刚从越南回来。海军陆战队。溪山攻防战。争吵结束了。

格拉波夫斯基也希望那个男孩能把收音机关掉，但他自己不想出头。他在忍耐着，他是一个壮实的工人，能在周五的晚上把在场最强壮的男人喝趴下。但他忍住了。

大梁放了下来，工人们涌上去将它安装到了合适的位置，从海湾吹来的寒风刺透了尼龙的薄外套和他饱经风霜的皮肤，他想着自己会出现在这地方，是件多么奇怪的事——他，一个华沙大家族的次子，个头矮小又体弱多病，只适合读书的孩子。他本该成为医生或是学者。而他带着嫉妒全心全意地仰慕着的长兄克里门特却身材高大，强壮，器宇轩昂，还留着一把骑兵式的黑色胡子，他本该进入军官学校，成为一个英雄。

然而德国人来了。在卡庭森林，克里门特被红军射中了后脑勺。他的姐妹卡特娅消失在了在纳粹德国国防军的战地妓院里。他的母亲在最后一次华沙轰炸中死去，苏联人当时却在维斯瓦河里蹲着，放任纳粹替他们干脏活。他的父亲是政府中层官员，熬过了战争，却在几个月后，被卢布林的傀儡政权“净化”，脖子后方挨了一颗枪子儿。

小沃基特克上大学的梦彻底破碎了，他在森林里做了六年半的游击队员，最后的结局却只有逃亡，逃向一片完全陌生的国度，心中唯一的希望就只是能让血液继续流淌。

“我想要你……”不断重复的歌曲开始激怒他了。他是听着莫扎特和门德尔松长大的。至于这歌词……这根本算不上什么情歌，只能说是一首欲望之曲——发情的邀请罢了。

爱情对他来说，意味着更多——那是清凉而湿润的时刻，冲刷他的视野，而风用它带着凉意的手拂去眼前的一切。他还记得自己与安娜结婚时的事，她是他的游击队姑娘，他俩在斯图卡轰炸机遗留下来的一座乡村教堂里完成结婚仪式后，牧师拉起褴褛的法衣，用奇迹般完好无损的管风琴演奏了巴赫的《托卡塔与赋格》，另一个饥肠辘辘的姑娘替他拉了风箱。接下来的那一天，他们将踏入法西斯分子的埋伏，然而就在那个晚上，在那个晚上……

又一根大梁被抬起来了。安娜已经离开了他，1945 年，在英国人的帮助下，她偷偷逃往美国，腹中怀着他们的孩子。他倾尽全力战斗，然后跟着她也来了这里。

现在，他居住在这片他几乎视为爱人般的土地上。除此之外，他一无所有。在这二十三年里，他完全没有找到任何他所爱的女人及她必然已诞下的孩子的线索，尽管圣母知道，他费了多大心思去寻找他们。

“*我想要要要要你……*”

他闭上了双眼。要是我必须再忍一次这无聊的歌词……

“*……和我一起赴死。*”

音乐渐渐减弱，变成了一阵怪异的哀号。有那么一会儿，他一动不动地站在那儿，就像风让他衣衫中的汗水全都结了冰。他原本以为这不过是个裹着糖浆的糖果，但事实上它却包含着更多——更多邪恶的东西。这是一个受封为青年代言人的男子，然而在他这里，爱情——或者甚至包括了欲望——被贬低成了*死亡之舞*，成了死亡的祭祀。

大梁垂直竖立，看起来仿佛一口破裂的座钟。格拉波夫斯基摇了摇脑袋，朝起重机操作员做了个手势，让他停下。与此同时，他绷紧身体，听到播音员说出了汤姆·道格拉斯的名字。

这是个他会一直牢记的名字。

♠

至少马克希望这是一场求爱。两天后，他结束了一场与赞助人的谈话，离开时遇上了向日葵，她带着他去公园溜达。她允许他跟着自己去夜总会和深夜座谈会，去人民公园的抗议集会，去演唱会。改造这个一本正经的童年玩伴似乎成了她个人的十字军东征，马克成了她的朋友，她的门徒，但不幸的是，不管哪一种身份，都不是她的老头这个尊贵的角色。

不过，他觉得自己还有希望。他后来再也没见过英俊的菲利普。事实上，他从未见过向日葵的任何一名男朋友两次。他们都很热情，情绪激昂，还很聪明（老实说要承认这一点很让他受伤）。坚定。而且肌肉发达——*也就是说*，金伯莉的口味总体来说没什么变化。这当然让马克十分绝望，但在他那皮包骨头的胸膛深处，始终留存着一个念头，有朝一日她会需要一块稳定而坚实的立足之地，然后她就会来找他，就像海鸟找地方降落一样。

但与此同时，他也始终未能跨越过横亘在他与她渴望之世界间的鸿沟——那是她栖息的世界，是她人格的具象。

那个冬天，他全靠希望和他母亲寄给他的巧克力燕麦饼干才活了下来。

此外，还有音乐。在他老家，他们总是伴着米奇·马勒唱歌，还有劳伦斯·维克尔[①]，他的地位之高，足与肯尼迪相提并论。至于摇滚乐，是决不允许出现来玷污他父母家中空气的。他本人则一直没有注意到摇滚乐，就像他注意不到他实验室及个人幻想之外的一切一样。他完全没有注意到甲壳虫乐队的流行，没有关注过米克·贾格尔因为让怀特岛郡演唱会上的观众疯狂而遭致逮捕入狱的事件，也不知道“爱之夏”及迷幻摇滚乐的爆炸式蹿红。

而现在，这一切全都涌到他的面前。滚石。甲壳虫。杰佛森飞

---

① 这两个都是当时在电视节目上露面的音乐家，前者的节目叫《和米奇一起唱歌》，后者则是《劳伦斯·维克尔秀》。

机。感恩至死。精神乐队、奶油乐队和动物乐队，还有“三圣”：珍妮丝·贾普林、吉米·亨德里克斯和托马斯·马里恩·道格拉斯。

尤其是汤姆·道格拉斯。他的音乐深沉得如同一座古老的遗迹，阴暗，模糊，带着不祥之兆。尽管马克更偏爱的音乐，是柔和些的妈妈爸爸合唱团这样听起来仿佛上个时代的老古董，但他依然被道格拉斯吸引——他那些黑色幽默，那些更黑暗的扭曲心理——就像是尼采的哲学之怒潜伏在音乐中，抗拒着他。也可能是因为，道格拉斯拥有马克不具备的一切。他声名显赫，生气勃勃，勇敢无畏，紧跟潮流，对女人极有吸引力。此外，他是一名王牌。

王牌和运动，在很多方面，他们都汇入了公共意识的主流飞行编队里，就像马克的父亲曾经带入北越战争中的那些重金属的战斗机一样。摇滚乐这一行里的王牌要远多于其他行业。他们的力量不算精妙。有些人能操纵出令人目眩的灯光表演，其他人则不用乐器就能演奏华丽的音乐。不过，大部分人的能力还是与观众玩些意识游戏，比如在他们的脑海中制造出一些幻象，或是直接操纵他们的情感。而蜥蜴王汤姆·道格拉斯则是所有这些人的精神领袖。

◆

春天到了。马克的指导老师催他快出成果。他开始绝望，他痛恨自己缺乏决心，他怀疑自己有什么男子气概上的缺陷，才让他没法融入迷幻药的圈子里，研究也没法进行下去。在他孩提时代，他的父母不知为何着迷于人造树脂立方块，而此刻，他觉得自己就像个被保存在这种方块里的小虫子。

整个四月，他从世界中抽离，退入内心中早已层层剥落的高墙后纸上的微观世界。他买了所有命运乐队的唱片，但这时候他听不了它们，他也听不了感恩至死，听不了滚石，听不了已殉死的吉米·亨德里克斯。他们就像对他的嘲讽，是他无法逾越的挑战。

他靠吃巧克力饼干、喝苏打汽水过活，只有在沉迷于某种带着怀旧气息的童年恶习时，才会从房间里出来——那就是他对漫画书的热爱。除了人类被百变王牌病毒侵袭之前那段纯真无邪的年代里的经典之作，比如《超人》《蝙蝠侠》等的故事，还有它们的现代版，虚构的王牌也在其中堂堂登场，就好比《老西部》之类廉价的恐怖杂志。他带着上瘾般的热情，狂热地阅读着。它们代表着那股在他心中将他吞噬的渴望，给予他满足。

他渴望的不是超人类的力量，不是那么异能的东西。不是他想被反主流文化那神秘世界接纳的期望，也不是从前的金伯莉·安·考达那不戴胸罩的轻盈躯体，虽然她总是让他度过一个个汗津津的失眠之夜。在这个世界上，远超其他任何事物而真正令马克·梅多斯渴望的，是有力的人格。它让他能做些什么，能达成什么，能留下什么印记；至于说做好事还是坏事，这根本无足轻重。

四月末的一个夜晚，房门上传来的敲门声破坏了马克的隐居生活。当时他就躺在薄薄的床垫上，身下的床单在他记忆中就没更换过，他那长长的鼻子深深地埋在考什漫画公司第 92 期《灵龟》的书页里。听到敲门声，他的第一个反应是恐惧，接着则是生活被人入侵的愤怒。他想，这个世界对他来说实在难以忍受；他得想法让它自生自灭去。为什么它就不能放过他？

蛮横的敲门声再度响起，隔着薄木板，带着一股威胁之意。他叹了口气。

“你想要什么？”他像发牢骚似的挤出这几个字来。

“你是让我进门，还是我自己动手，把你的猪猡房东称为门的这破玩意儿打碎？”

有那么一会儿，马克就那么一动不动地躺着。接着，他将漫画书放到床边斑斑驳驳的硬木地板上，然后就着脏兮兮的旧袜子走到门口。

她站在门外，双手插腰，身上穿着一件独立日纪念裙子和一件褪了色的粉红色宽松衬衫，为了抵御春季海湾中的寒风，她在外面披了一件李维斯的丁尼布夹克，它的背部印着一只美国工农联盟的黑色老鹰标志，左胸则缝着一个和平的标志。她推着马克进了屋子，将门在身后重重地关上了。

“看看这些狗屎，”她做了一个手势，在胸骨的高度上划了一下，将墙壁一分为二，“人在这种地方怎么能住得下去？就吃这种糖类加工品——”她点头示意咬过几口的饼干和一杯从上周一直放到现在的棕黄色苏打——“往脑子里塞那个猪猡极权主义者的狗屎”——她又做了一个刀锋般锐利的手势，指向躺在地板上一堆皱巴巴衣物上的《灵龟》。她摇了摇头。“你正在消耗自我，马克。你割裂了自己与你的朋友们、爱你的人之间的联系。不能再这样下去了。”

马克就那么站着。他从未见过她如此美丽的模样，尽管此刻她正在责骂他，说话的样子就像他的母亲——或者毋宁说像他的父亲。接着，他那贫瘠的胸膛仿佛音叉般地震动起来，那是因为她说她爱他，让他大受震动。尽管这不是他渴望从她身上获得的那种爱，但对这种情感他没法挑剔。

“到了你该从壳里爬出来的时候了，马克。从你的胎盘里爬出来。要不然你就得变成《活死人之夜》里的玩意儿了。”

“我还有活儿要干。”

她挑了挑眉毛，用靴尖推了推第 92 期《灵龟》。

“你要跟我们一起去。”

“去哪儿？”他眨了眨眼睛，“和谁？”

“你没听说？”她摇了摇头，“你当然不知道。你一直这样缩在屋里，就像个苦行僧似的。命运乐队回我们这儿来了。今天晚上他们要在费尔默演出。我爸刚给我寄了钱。我给大家买了票——你、我，还有彼得。所以快点穿上衣服，我们现在就得出发，要不然就得一直排队了。还有，看在上帝的分上，你能别穿得这么正经吗？”

♥

彼得看起来像个冲浪运动员，却自视为卡尔·马克思。他的外表让马克很不愉快地联想起金伯莉·安当年的某个男朋友，那人是足球队队长，曾经在高中里因为卡尔看她的眼神太过热切而猛揍了他的鼻子。此刻，马克站在室外，身着破旧的花呢外套和牛仔裤，呼吸着潮湿的空气和二手烟，听着彼得就历史进程这个每一位向日葵的男朋友都很热衷的课题发表长篇大论。每当马克没能足够热切地表示赞同——他始终没法弄清楚这些宣言到底要表达什么观点——彼得就会用日耳曼人那种冰蓝色的眼睛盯着他，咆哮道：“我要灭了你。”

事后马克发现他口中的宣言是直接从大胡子老头[①]那儿偷来的。但在这时候，它却让他只想冲破人群逃到会场外边去。即使向日葵站在那儿，喜气洋洋得像他俩替她赢了奖似的，也无济于事。

幸运的是，彼得与条子发生了激烈的争吵，为了防止他们带酒入场，条子们在门口搜身，这让彼得将怒火从马克身上转移了。马克带着一丝内疚，偷偷巴望着条子们可以用警棍揍彼得那颗金发的脑袋，再把他拖进监狱里去。

但命运乐队正在举行的是最为骚乱巡演演出。汤姆·道格拉斯滥用酒精和精神药物的事，与他的王牌能力一样堪称传奇，在每一场演出之前，他都会喝得烂醉如泥。蜥蜴王暴跳如雷，上周他们在纽黑文的演出演变成了一场暴乱，横扫了耶鲁的老校区和半个城。因此，今天晚上，条子们要以他们笨拙的方式来避免冲突。搜身不算什么巧妙的方法，但是条子们——还有费尔默的管理人员——不希望孩子们变得比汤姆·道格拉斯即将煽动他们进入的状态更疯狂。于是观众在进

---

① 马克思。

场时都被敲打过了，只是方式极为小心翼翼。彼得和他那颗金发的脑袋也就由此保住了。

马克的命运乐队演唱会初体验恰如他从前的想象，只是强劲了十倍。道格拉斯一如既往地，迟了两小时才登台——同样一如既往地，极为吊儿郎当，几乎没法站直身体，更别提不掉进那帮膜拜他的歌迷里。但命运的另外三名乐手却堪称是摇滚乐行业中最无懈可击的演奏家。他们经验丰富的表演掩盖了大多数错误。渐渐地，在他们演奏的坚实框架下，道格拉斯那漫不经心而模糊不明的动作分解成了某种魔法。音乐就像是迷幻的风暴，溶解了马克周遭包裹着他的合成树脂牢笼，触摸到他的皮肤，最终刺痛了他。

演出最后，灯光突然熄灭，就像一扇巨门在他面前关闭。某处响起了鼓声缓慢而沉闷的节奏。黑暗中，吉他发出了备受折磨般的哀号。一盏蓝色的聚光灯打在道格拉斯身上，让他与舞台中央的麦克风一同现身，他那条皮裤闪闪发亮，犹如蛇皮。他开始轻柔低沉地吟唱，渐渐转为急促，提高了音量，进入他的代表作《巨蛇时代》。他的歌声变成了突然的尖叫，在他周遭，乐队的伴奏与灯光一齐爆发，如同暴风雨中的海浪拍打在岩石上，也将他们送上了这个夜晚最高潮的远征之中。

最后，他展现出自己被称之为蜥蜴王的理由。黑色的光环在他身后跟着节奏跃动，仿佛炉心的高火，席卷了整个观众席。它看起来难以索解，如同幻觉，就好像某种新型毒品：它将一些观众举到狂喜的高峰之上，又把另一些人填入绝望那坚实的深渊之中；有些人看到了他们最渴望的东西，但另一些人则向下直视着地狱的入口。

在这片午夜的辉光正中，汤姆·道格拉斯看起来似乎比他真实的体型更高大，在他那宽阔而英俊的面部及带着光晕的兜帽位置，时不时地显现出巨大的眼镜王蛇的影像，它通体漆黑，气势汹汹，在他歌唱时急速地左右摇摆。

当整首歌进入歌声、管风琴和吉他嘶吼交织的高潮之时，马克发现自己站在那儿，毫不顾忌地泪流满面，一只手牵着向日葵，另一只手则牵着一个陌生人。而彼得，阴郁地坐在地板上，双手捂着脸，嘴里喃喃地说着颓唐的话语。

♣

第二天是四月的最后一日。尼克松下令入侵柬埔寨。全国大学的校园也像是被扔了凝固汽油弹一般地随之沸腾起来。

他发现向日葵在湾区另一头，在金门公园里的一群愤怒群众中听着演讲。“我做不到，”他竭力让自己的声音盖过演说的喧嚣，“我没法穿过人群——我也没法出去。”

“哦，马克！”向日葵愤怒地喊了一声，又伤心地摇了摇头，“你太自私了。太——太小资。”她随着人群转了几圈，最后消失在了呼喊的人群形成的森林之中。

接下来的三天里，他都再没有见到她。

他在愤怒的人群中徘徊，穿过谴责尼克松和战争的标牌丛林，穿过仿佛缭绕在金银花篱笆上的香气般的大麻烟幕，寻觅着她。他的服装看起来太正经，引起了不少带着敌意的目光；光是第一天，他就躲避了不下一打人，同时因为自己无法融入周遭人群的脉动之中而更加绝望。

空气中充斥着革命即将爆发的气息。他可以感觉得到，那就像是静电荷渐渐饱和，他甚至似乎能嗅到臭氧的气味。有这种感觉的不只是他一个人。

就在五月三日午夜之前的几分钟，他在一场彻夜集会上找到了她。她盘腿坐在一片遭受过千万抗议者踩踏的枯黄的草地上，边漫不经心地弹拨着吉他，边听着用喇叭喊出来的演讲。“你去哪儿了？”马克问道，他的脚踝都陷入了阵雨后的泥泞之中。

她只是看着他，摇了摇头。他几欲发狂，扑通一声在她身旁坐下来，溅起一小片泥水。“向日葵，你去哪儿了？我一直在找你。”

最后，她终于看着他，悲伤地摇了摇头。“我和人民在一起，马克，”她说，“那是我的归属之地。”

突然她凑到他身前，以惊人的力气抓住了他的上臂。“那也是你的归属之地，马克。只是你太——太自私了。就好像你身上一直披着一层盔甲似的。而你明明拥有那么多东西——现在，我们需要一切能够帮助我们的力量与压迫者进行战斗，不然就太迟了。打破它，马克。释放你自己。”

他惊讶地看到她的眼角有一滴泪珠在闪烁。“我试过了，”他老老实实地说道，“我……我好像就是做不到。”

一阵清风自海洋吹来，寒冷中略带黏腻，时不时将麦克风中传出来的字句推到远处。马克打了个寒战。“可怜的马克。你太放不开了。你的父母和学校，他们把你锁在一件紧身褡里。你得打破它。”她舔了舔嘴唇。“我觉得我能帮得上忙。”

他急切地凑了上去。“怎么做？”

“就像那首歌里说的，你得拆了那些墙。你得敞开你的心扉。”

她往身上那件带刺绣丁尼布外套的口袋里掏了一会儿后，将手掌捏着拿出来，手心向上。“阳光。”她摊开手掌。手心里是一片没有任何文字说明的白色药片。“迷幻药。”

他盯着那片药。就是它了，这就是他长期研究的对象，是他的探索及他探索的目标。要合法地获得LSD是很困难的，而他又顽固地不愿去黑市找路子，此外，他潜意识里一直恐惧地觉得，他的购买企图会让他最终落入圣昆廷监狱——这一切都推迟了最终审判之日。在嬉皮聚会里也有人给过他迷幻药，但他总是拒绝，还告诉自己说，这是因为你永远没法确信街上那些吸毒者能拿出来什么东西，但实际上，这是因为他总是害怕跨过迷幻药将会呈现给他的多元之门。但现在，他渴望加入的世界正如同海洋般在他身旁涌动，他深爱的女人给了他诱惑和挑战，而那片药，却缓慢地融化在雨中。

他从她手里抓起了药片，动作虽快却小心翼翼，就好像怀疑它会灼伤他的手指似的。接着他小心地将药片塞进了黑色瘦腿裤的后袋里，此刻两人身上都沾满泥巴，仿佛在进行着某种失败了的扎染实验似的。“我得好好想想这事儿，向日葵。我不能就这么急匆匆地下决定。”他不知道自己还能再说些什么，做些什么，于是抬起细瘦的双腿，站起了身。

她再次抓住他的手臂。“不，留下来跟我在一起。要是你现在就回家，你会把它冲进马桶里。”她拉着他，让他坐回自己身边，而且比之前挨得更近，他突然猛地意识到，平常总是随时伴在她身边的金发先锋战士完全不见踪影。

“留在这儿，留在人民中间。陪在我身边，”她在他耳边嘶哑地说道。她的气息就像睫毛般拂过他的耳垂。“好好看着你将得到什么。你是特别的，马克。你能做那么多真正有意义的事。今晚和我一起。”

尽管这份邀请不像他期望的那么含义丰富，他还是坐回了泥巴里，这个夜晚也在寒冷的聚会里过去了，他们两人蜷缩在用她的外套搭起的简易避难所中，肩挨着肩，而演说者们则不断地呐喊着要求革命——与纳粹美利坚决一死战。

天边泛出清晨的灰色时，示威游行队伍自行解散了。他们一起漫无目的地走动，来到校园附近一家通宵咖啡店里，吃了一份马克根本尝不出味道的有机早餐，与此同时，向日葵则急切地向他宣讲近在眼前的天数：“要是你能释放你自己有多好，马克。”她伸出一只晒得棕黑的小手，握住了他的一只苍白的大手。“去年秋天我在那个酒吧里和你撞在一起，看到是你时我很高兴，我猜那是因为我有些想念过去的岁月，虽然它们算不上什么好日子。那时的你对我而言，算是一张亲切的面孔。”

他垂下眼睛，急速地眨了几下，很意外她竟然就这样承认，自己之所以找到他，更主要的是因为他代表的意义，而不是他这个人。“但现在不一样了，马克。”他又抬起眼睛，紧张得就像是清晨花园里的小鹿，做好了有一点点危险就立刻逃走的准备。“我开始欣赏你这个人，以及你身上的可能性。在你的平头、牛角框眼镜和你身上那些保守的校服下，是一个真正的人。一个正在呐喊着要求解放的人。”

她将另一只手也放在他的手上，轻轻拍了拍。“我希望你能释放这个人，马克。我很希望能与他相见。但现在，到了你做决定的时候。我再也等不下去了。选择之时已经来临了，马克。”

“你是说——”他的舌头打结。他的意识因为熬夜而混沌不清，她似乎是在允诺一份友情以上的关系——但与此同时又在威胁他，要是他不采取行动，就连朋友都没得做。

他跟她一起走回了后门楼梯上公寓里的家。在外边楼梯的平台上，她突然抓住了他的头颈，恶狠狠地吻了他。接着，她便在屋中消失了，只留下他站在原地，眨巴着眼睛。

♠

“他们总算是给这些共产分子上了一课。干得好，我得说，干得太他妈好了。”

沃基特克·格拉波夫斯基站在一幢施工中的摩天大楼的地基旁，抿着热水瓶里的热茶，听他的同事们讨论无处不在的收音机里刚播报的新闻：国民警卫队终于朝俄亥俄州肯特州立大学校园里的集会人群开火了，据说已有数名学生死去。他的同事们似乎认为这是个让人激动兴奋的时刻。

他也很激动，但新闻让他产生的情绪只有悲伤，而不是快乐。

晚些时候，他在极高处的梁上行走，又重新回顾了这整场悲剧。美国的士兵们正在战斗，他们要守护的是美国的价值观，同时也要营救一个兄弟国家免遭共产分子的侵略——然而另一些美国人却唾弃他们，辱骂他们。

格拉波夫斯基知道那都是谎言。他付出了鲜血的代价，才知道所谓的“解放”到底意味着什么。当他听到他们像是英雄般地喝彩，他那些被谋杀的朋友们和家人们便会在他意识的深处缓缓升起，齐声叫喊出谴责的话语。

问题不在于这些抗议者代表的是什么，而在于他们是什么人。那都是些有特权的孩子，大部分人的家庭都至少是中产阶级，像是被溺爱坏了似的发着脾气猛烈地抨击着社会体系，然而正是这个社会体系给了他们人类历史上前所未有的舒适而安全的环境。“纳粹美利坚吞噬他们的年轻人。”他们这样叫喊——但他看到的却是完全不一样的事：美国正处于将被年轻人吞食的危险之中。

在假先知的领导下，他们误入了可怖的歧途。例如像汤姆·道格拉斯这样的人。自从去年十一月被他的歌震惊之后，格拉波夫斯基就仔细研究了这名歌手。现在他已经知道，道格拉斯是被 1946 年 9 月的那个下午释放的外星毒气污染过的人之一，是所谓的邪恶新曙光的孩子，格拉波夫斯基本人在总督岛外离岸停泊的移民船上见证这个时代开始的一幕。在这样一个撒旦曾经亲自标记过的人煽动下，孩子们仿佛眼镜蛇一般地扬起身子攻击长辈，也就毫不奇怪了。

“嘿！”带着收音机的大个子前海军陆战队员喊道，“那些嬉皮小杂种都去市政厅前的街上了，砸了窗子，还烧美国国旗！”

“杂种！”

“我们得干点什么！革命爆发了，现在，就在这里！”

那年轻的退伍军人拉高李维斯夹克的拉链，将钢盔戴上剃着平头的脑袋。“就在几街区之外。我不知道你怎么打算，但我是反正得去干点什么的。”他跑向了升降机吊笼。

格拉波夫斯基本想喊出声，不，等等，别去！你得把这事儿留给政府——要是兄弟之间相互残杀，那混乱的力量就赢了。但他说不出话来。

因为他的情绪过于愤怒，此外，还有恐惧，因为他亲眼见证过他们人人挂在嘴上的所谓革命能带来怎样的结果。在这样的情绪中，他用全身的力量攥紧了一根大梁。

他的手指深深地陷入钢铁之中，就好像它不过是美国人称作冰激凌的又软又黏的奶油。

格拉波夫斯基本人，也是被恶魔标记过的人。

◆

这一天剩下来的时间里，马克过得稀里糊涂，他的心中充满了渴望、希望与恐惧。他完全错过了肯特州立大学的新闻。那个夜晚，其他美国人都做出了或是恐惧或是赞赏反应，他却将自己锁在公寓里，拿着一盘饼干，翻阅自己的论文和一堆翻得很旧的LSD相关著作，他拿出了那片迷幻药，像拿着一块护身符似的将它夹在手指间翻来翻去。当太阳在天边微微现身之时，一阵短暂的决心让他将药扔进嘴里。在他的神经反射性地将它吐出来导致他再度失败之前，他用一大口苏打汽水将它冲进胃里。

通过阅读，他知道总体来说要迷幻药生效得等一到一个半小时。他尝试着想消磨掉这段时间，先是翻了所罗门编辑的书，接着是漫威的漫画，再到他最近渐渐能看懂了的《赞普漫画》[1]。一个小时后，他再也等不及迷幻药自行生效，起身离开了公寓。他得找到向日葵，告诉她自己寻回了男子汉气概，已迈出了命运的那一步。此外，他也很害怕幻觉生效时自己孤身一人。

---

① Zap Comix是一个地下漫画集，属于20世纪60年代末的青年反传统文化的一部分，里面有不少黄色笑话和政治笑话。

寻找向日葵的过程总是很像追踪一片被风吹散的花瓣，但他知道她会被吸引到伯克利加州大学那一带，从很早以前，那儿就已取代了海特区，成了湾区的嬉皮文化中心，而且，她时不时会去人民公园附近一家迷幻药商店里上班。因此，1970 年 5 月 5 日早晨九点三十分，他游荡进了公园——接着亲眼见证了整个越南世代的王牌之间最壮观的交锋。

♥

在这样一个短暂的闪耀时刻里，每一个人——无论是当局还是他们的敌人——都知道，街头械斗之时已经到来了。要是革命注定爆发，那它就应该是爆发在这一刻，在肯特州立大学惨案引发起了第一波怒火之时。湾区激进的领导人们召集起了庞大的游行队伍，在这天清晨集结到了人民公园——另一边，不光是湾区的警力，国民警卫队里的雷纳德·里根分遣队也已就位，就等着将他们一举拿获。

十点一刻，警察从公园撤离，并在校园外拉起警戒线，以防冲突扩散。于是就只剩下孩子们，还有四十米外帆布遮盖下的几辆两吨半载重卡车，以及车上时不时会下来的一些身着战斗服、头戴防毒面具的国民警卫队队员了。几声稀疏而嘈杂的尖啸和柴油机的咔咔声后，一辆 M113 装甲运兵车在一排枪上刺刀后方停下了，脚步奔跑践踏，就像一张张嘴一般啃噬着草皮。在圆顶舱内，一架五十毫米口径的机关枪后，坐着一个上尉军衔的男人，他头上戴着克努特·罗克伊式橄榄球头盔，表情冷峻而坚决。

学生们从两方对峙的分界线前退却，就像水银在指尖的触碰下退开。他们曾经呐喊着要将战争带回国内，就像他们在俄亥俄州的弟兄们曾经做到的那样，现在看来他们似乎也确实成功地做到了这一点。过去国民警卫队就经常被召集来驱散示威游行，但这形貌丑恶、四四方方的装甲运兵车却呈现出了某种全新的迹象，那是无论怎么自欺欺人都无法忽视的威胁。人们开始踌躇，人群中散发出警戒的嗡响。

有一个人踏入了对峙双方之间的空地，他身着黑色皮衣，身形修长。“我们来这儿，是为了让我们的声音被听见，”托马斯·马里恩·道格拉斯大声宣告，“而且我们他妈的一定会被听见。”

在他身后，人群渐渐冷静，聚集起来。在这儿的是一个超级巨星——一名王牌——他正旗帜鲜明地与他们站在一起。穿过刺刀墙，国民警卫队队员的一双双眼睛隔着他们面具上厚厚的透镜，紧张地闪烁着。他们大部分都是些年轻人，之所以加入警卫队，只是为了逃避征兵，不至于被送到越南去，他们很清楚自己正在面对着的是谁。不少人买过命运乐队的唱片，道格拉斯那张桀骜不驯的脸此刻也在他们卧室墙壁上挂着的海报里，睥睨着下方。不知道为什么，要用刺刀或来复枪托对着一个你认得的人似乎会变得艰难得多，即使你见过的无非只是一张出现在唱片外壳上的脸，或是出现在《生活》杂志里的照片而已。

他们的上尉表情坚毅。他从圆顶舱内喊出了命令。催泪瓦斯枪射击了，半打小火星落在道格拉斯及涌上来围住了他的人群周围。催泪瓦斯浓厚的白烟翻腾着，将这位歌手从人们的视线中隐藏起来。

马克从一条小巷里抄了近道，绕过了警察的封锁线。此刻，他就在一个完美的侧边位置上，正好可以看到他的偶像站在那儿，身边环绕着烟雾，如同一名被绑在火刑柱上的中世纪殉道者。他停住了脚步，张口结舌地看着冲突在他面前激化。

迷幻药恰在此时生效。

他觉得现实的胶质正在逐渐溶解，但他面前的这副景象过于紧张，无法以幻觉解释。冷峻的晨风撕扯着催泪瓦斯形成的幕帘，他看到那个男人双腿以立正的姿势站着，双拳高举，赤褐色的头发向后飘动，露出一张宽阔的脸，它不知为何闪烁着，时不时转变为一只鳞甲漆黑、头巾状颈部整个张开的眼镜王蛇的脑袋。国民警卫队队员们纷纷后退，蜥蜴王出现在他们中间了。

蜥蜴王像蛇一样蜿蜒地向前滑动。穿着制服的人群给他让开了道。有人拿刺刀刺向他，也可能只是没能及时退开，他的手腕闪动，看起来懒散中带着蔑视，却有着超人的速度，来复枪旋转着飞了出去，它的主人也踉跄地摔倒在草地上，嘴里发出恐惧的叫喊。上尉在他的铁盒子里声嘶力竭地大叫，试图聚拢手下人支离破碎的决心。

但当道格拉斯展现出他蜥蜴王的那一面时，他就已将他的意识控制力释放到了他们身上；他们视线迷离，各自寻觅着极度渴望的美人或让他们思维麻痹的恐怖景象，而这一切，全是蜥蜴王的黑色光晕造成的。

人群前进了，唱着赞歌，叫喊着，威胁着。警卫队的上尉做了他能做的唯一一件事——他的拇指扣下了.50口径机关枪的扳机。机关枪喷吐出巨响，玻璃碎裂，一辆大众汽车着了火，子弹滑出的轨迹越过了示威者们的头顶。

眨眼之间，刚才还欢声雷动的人群恐慌地尖叫着四散奔逃。枪声仿佛一个巨大的枕头扇在马克身上，让他回转身，他的面前出现了一条条无穷无尽的扭曲的走廊。这副景象一直留驻在他面前，通道的那一头亮着光，恐怖而引人注目。没有人被枪击中，但包括马克在内的抗议者们，却都头一回意识到了他们的先知曾想让他们了解的真理——枪杆中出政权。

汤姆·道格拉斯站得太近，炮口的火舌烧焦了他的睫毛。他没有退缩，尽管枪炮的噪声带来的威力是一卡车扩音器都无法比拟的。他反以自己的咆哮迎上了这阵巨响，警卫队队员们随之战栗发抖，仿佛吓坏了的孩童。

随着惊人的一跃，他站到了装甲运兵车的上层装甲板上。他弯下腰，抓住枪管，将它举起。沉重的布朗宁机枪脱离了支架，就像小树苗似的被连根拔起。他用双手将那武器高举过头，接着只是肩膀与二头肌微微一震，便将枪管几乎对折。展示完他对当局及其战争机器的蔑视之后，他将毁了的机关枪朝此刻已彻底溃败的军队扔去，接着弯下腰，扯起吓坏了的上尉的上衣前襟，将他从圆顶舱内拖了出来。上尉被他举在空中，双腿无力地蹬踹着。

在下一刻，道格拉斯被另一个不知名的王牌自身后击中，摔倒在地。

马克大喊一声。他打了个哆嗦，灵魂消失在黑暗的涡流之中。而他的肉体转过身，盲目地奔跑起来。

♣

沃基特克·格拉波夫斯基看到那邪恶的黑衣蛇人跳上装甲运兵车，将武器从台座上扯下时，他知道自己当初决定活下来是做了一个明智的选择。

阻止他在当初自杀的唯一原因，是虔诚的天主教信仰。之前他匆忙地从工地赶回家里——由于工人们都跑去攻击示威游行者，工地也被废弃了——回到他那间狭窄的公寓，无声而悲哀地祈祷了一整个晚上。

黎明到来之时，他激动地意识到，他的王牌能力带来的折磨其实是上帝赐予他的礼物，是祝福，而非诅咒。在那些忠于黑暗者的领导下，革命威胁到了他的第二故乡。他沐浴更衣，心中怀着和平之愿来到公园里。

此刻，在他面前的野兽看起来像是长了好几个脑袋，他知道与他面对面的就是他痛恨的汤姆·道格拉斯本人。

他的心头泛起怒火。王牌的力量转化了他的周身，让他的肌肉高高隆起，将褴褛的衣衫撑到几近爆裂。他头戴专业钢盔，手拿一把一码长的管道工扳手。关于不能用他的力量对付普通人类的疑虑消失了，这是一个值得他出手的敌人，一名王牌，一个叛徒——地狱的仆从。

他向前跑去，就在那个黑衣蛇头人将部队的领导者从舱口里拽出来时，他跳上了那辆车。学生们叫喊警告着，但道格拉斯没有听见。戴着安全帽的工人拿起扳手，朝面前那时而头发浓密，时而漆黑无毛的脑袋的后部砸去。

这一击会让一个普通的人脑袋开花，或是整个脑袋都从肩膀上扯下来。但道格拉斯的外形不停变换，迷惑了格拉波夫斯基，让他没能对准目标。这一击打偏了。扳手击中了装甲车的铝合金外壳，让它如同锡箔一般凹陷下去，道格拉斯也扔下手中不断扭动的上尉，仿佛没有骨头一般地随之跌落下了装甲车。

格拉波夫斯基觉得自己已经杀了道格拉斯，他感到体力在衰退。要保持在变身状态中，他得心中充满愤怒，但此刻，他能感觉到的只有羞愧。他绝望地转身面对人群。“回家吧，”他用嘶哑而刺耳的英语喊道，“现在回家。结束了。你们不能再这样战斗下去。你们得听从指挥，和平生活。”

学生们站着，盯着他，一张张脸看起来就像羔羊。晨露粘住了催泪瓦斯，污染了草地。几缕白色的瓦斯烟尘在地上扭动，仿佛一条条死去的蛇。泪水从格拉波夫斯基的脸上滚落。他们会听从他的话吗？

人群边缘有个年轻人喊道：“去你妈的！去你妈的，你这婊子养的法西斯！”

竟然有人会用这个词语来称呼一个身上还嵌着法西斯分子子弹的人，说这话的还是个无知、傲慢、被宠坏了的娃娃——愤怒充盈着他，带出了那种非人的力量。

幸运的是，就在此时，汤姆·道格拉斯恢复了神智，他一跃而起，抓住“钢盔”[1] 的脚踝，猛地拉扯他的靴子。格拉波夫斯基的头

---

①“钢盔”是沃基特克·格拉波夫斯基后来获得的外号。

盔就像个巨型的铙钹，撞在装甲上。道格拉斯的愤怒之情与之相当，他趁格拉波夫斯基摔倒时抓住了他，将他猛地撞向装甲车的侧身，并用自己的王牌力量不停地殴打他。

但格拉波夫斯基也有超人的耐力。他举起扳手，横在两人之间，猛地把道格拉斯推开。道格拉斯的双脚在湿漉漉的草地上滑了一下，他以蛇类的敏捷站稳了脚跟，同时向前一跃，展开攻击——却什么也没打着，只是脚尖如芭蕾舞者般踮了地，而与此同时，格拉波夫斯基双手疯狂挥舞的扳手已接近他的腹部不过一英寸的距离。

道格拉斯迅速下蹲，躲过了扳手致命的一甩。他抓住对手，重击对方的肋骨下部。格拉波夫斯基赶紧后退一步，并在道格拉斯的胸口用力一推。道格拉斯不由得也踉跄得退了一步。扳手再度出击，这一次，救下道格拉斯让他不至于被砸个脑袋开花的就只有他超人类的反射神经了。

扳手的钢嘴擦过他的前额。鲜血瀑布般淌了下来。他狂怒地后退，单手擦拭眼睛，另一只手在面前挥舞，以防扳手再次袭击。

钢盔像挥动棒球棒似的挥舞扳手，砸中了道格拉斯的右臂，随之而起的声响像手榴弹爆炸一般，在整个公园里回荡。道格拉斯倒了下去。钢盔双腿大开，站在他身前，缓慢地将扳手高举过头，看起来就像是刽子手正在准备行刑。鲜血从他的嘴角缓缓淌下。此刻的他是狂战士，内心没有悔恨，没有怜悯，没有其他一切念头，只想将对手的脑袋碾碎，就像碾碎岩石上爬行的蜗牛一样。

但就在那血滴闪烁的扳手即将落下之时，一条金链从后方绕上来，就在这一击落下的一刻停住了它。

钢盔以战士的条件反射立刻放松手臂，让扳手顺着这股突然的拉力的方向划去。接着他又猛地向前一扯，以全身的力量与这股拉力对抗。但就在他做出动作时，金链上传来一阵震颤，链子松了，扳手滑了出去，落地时发出清脆的声音。钢盔用力过度，整个人都转过了身子，跌跌撞撞地向前冲了几步，接着又多转了半圈，这才正面对上了五米外烂泥地里的对手。

站在那儿的是一个年轻人，又高又瘦，金色的长发及肩，手里摇晃着一根长链子，底下挂着一个飞碟形状的和平奖章。海湾清晨的风寒冷刺骨，他却只穿了一条牛仔裤。在又矮又黑的格拉波夫斯基映衬下，他看起来像极了纳粹征兵海报上走下来的人物。

“你是谁?”钢盔吼道。接着他意识到自己用了母语，于是又用英语重复了一遍。

年轻人皱了皱眉，看起来像是有些困惑。“你可以叫我‘激进者’，”他咧嘴一笑，“我是来保护这个人的。”

“叛徒!”钢盔挥舞扳手，扑了上去。激进者跳到了一边。不管钢盔的攻击有多疯狂，也不管他如何伪装自己的动作，他的对手都能轻而易举地避开。这让他觉得攻击这金发年轻人徒劳无益，于是再次转向还躺在地上呻吟的道格拉斯。但激进者已经在那儿了，象征和平的长链他面前交织成 8 字，阻挡住了钢盔最凶残的袭击，溅起点点火星。在这片壮观的景象前，学生和战士们全都呆若木鸡。

尽管钢盔无法攻破这护符的防线，但激进者似乎也无意或者不能对他进行反击。意识到这一点后，他后退几步，凶猛地挥舞扳手。过了一会儿，激进者果然如一片涌动的薄雾般跟了上来。钢盔逆时针转了一圈。激进者保持着自己的节奏。渐渐地，钢盔便将他那长发的对手从躺在地上的道格拉斯身边引开了。

接着他闪电般转向左边，面朝围观群众。尽管他的速度不及激进者，却也远超过普通人，因此在任何人来得及做出反应之前，他就已经来到了抗议者的人群之中，举起扳手作势要砸。而激进者则太过惊讶，来不及做出任何反应。

但扳手并未落下，它冻结在半空中，就像是一只被树脂包裹的飞虫。激进者向前跃起，不顾一切地发动攻击，将他的和平奖章挥向钢盔的头盔下树干般粗壮的头颈。这一击就像斧子砍在大树上，虽然不如蜥蜴王的攻击那么有力，也无法与格拉波夫斯基的扳手的威力相提并论，但至少它扰乱了钢盔的判断能力，让他脸朝下掉进了草、泥和揉皱的标语里。

激进者泰然自若地站到他身前，手里还缓慢地用奖章画着圆。一会儿后道格拉斯也走到了他身边，揉着身侧，龇牙咧嘴。“我估计被他断了几根肋骨，这里，”他用他惯常那种刺耳的男中音说道，“这是搞什么鬼?”

就在他们看着的时候，钢盔那矮墩墩的非人类形体渐渐缩小，成了一个衣着松垮的矮小秃顶男子，他脸朝下躺在泥里，心碎般地啜泣着。道格拉斯摇了摇头发蓬松的脑袋，转向自己的恩人。“我叫汤姆·道格拉斯。感谢你救了我的屁股。”

“我的荣幸，兄弟。”

接着道格拉斯走上一步，拥抱了这位比他更高的金发男子，人群中爆发出一阵欢呼。国民警卫队的队员们准备撤离，扔下了他们的装甲运兵车。革命不会在这一日爆发，也或许永远不会，但至少孩子们都得救了。

摄像机移动转动着，汤姆·道格拉斯称激进者为自己的武装同志，又宣布说要召集一场狂野得整个湾区都前所未闻的庆祝活动。当警察艰难地维持着警戒线，国民警卫队舔舐伤口之际，数千个孩子挤进公园来向胜利的英雄欢呼庆祝。废弃的 M113 装甲运兵车成了临时的舞台。公园里四处扎起帐篷，仿佛一个个彩色的蘑菇。这一整天和接下来的整一个晚上，音乐、迷幻药和酒精自由地涌动不息。

在这一切的中心大放光彩的是汤姆·道格拉斯和他那位神秘的恩人，他们周围环绕着美丽而顺从的女性——但她们谁也比不上那个腰身柔软，双眼如同坚冰般的女人，人们通常叫她向日葵，她一直紧贴着激进者，就好像两人是一对后天生成的连体双胞胎。那位新来者不愿透露激进者之外的名字，也不肯回答任何关于他身份的问题，若是有人问起他为何会在当时当地出现，他只会咧嘴一笑，羞涩地回答“我在那儿是因为那儿需要我，伙计”。第二天清晨，他悄悄地远离了渐渐沉寂的庆典，而后消失了。

再也没有人见过他。

1971 年春天，就人民公园冲突一事对汤姆·道格拉斯提起的诉讼撤销了——这是在塔基扬医生的建议下做出的决定，他被王牌资源强化委员会招来对此事件进行了调查——与此同时命运乐队的专辑《夜之城》也取得了极大的成功。不久之后，道格拉斯又一次震惊了整个摇滚圈，他宣布要退休——他要放弃的不是音乐，而是王牌的身份。

他接受了塔基扬医生的治疗试验，成了幸运地成功治愈的三成人之一。蜥蜴王就此彻底消失，只剩下普通人托马斯·马里恩·道格拉斯。

这位普通人在不到六个月的时间里就去世了。他滥用的毒品和酒精远超过人类能承受的剂量，是王牌的耐力才让他活了下来。一旦这种能力消失，他的健康便急速恶化了。1971 年秋天，他在巴黎一家小旅店里死于肺炎。

至于钢盔——沃基特克·格拉波夫斯基在冲突之日的第二天因轻微脑震荡住院观察，塔基扬医生在当时采访过他，他坚持表示他的敌人并未击败他。如今大部分人公认的看法是“你所需要的是爱[①]”，而正是爱，才让他倒下。或者，至少他本人是这样宣称的。因为在他转身面对人群时，他发现自己紧盯着安娜的脸，而后者，正是他失散了二十五年的妻子。

---

① 披头士的名曲。

但也不完全像安娜，他流着泪说道；那个姑娘与安娜之间仍有区别，她们的发色、鼻子的形状都不一样。当然，安娜现在也不应该还是二十出头的模样。

但他们的女儿可能就长这样。格拉波夫斯基确信，他终于见到了从未见过的孩子。在那时候，他想到自己的怒火几乎让他毁了自己在这个世界上最珍爱的人，由此而生的恐惧感夺去了他的力量，激进者的奖章击中他时，才会让他从完全的王牌模式转变为普通人类的状态。

塔基扬医生深受感动，帮助格拉波夫斯基在湾区寻找他的女儿。但医生个人对此完全不抱希望。因为虽然当时格拉波夫斯基坚信自己见到了她，可汤姆·道格拉斯正在恢复力量，他的蜥蜴王的力量还处于激活状态。而他的黑色光晕能让你见到你最希望见到的东西。按照塔基扬的观点，它确实做到了。

完全不出他意料，搜寻毫无结果。但不管怎么说，虽然格拉波夫斯基的困境深深打动了他，他却未能给这个男人贡献太多时间。用三周时间帮助格拉波夫斯基和王牌资源强化委员会的调查员后，他回到了东海岸。两个月后，他获悉格拉波夫斯基失踪了，毫无疑问是去寻觅他的家人了。从那时起，就再也没有了沃基特克·格拉波夫斯基或钢盔的消息。

至于激进者……

1970年5月6日清晨，马克·梅多斯脚步蹒跚地走出一条正对着人民公园的小巷，他的脑海里满是白噪声，身上只穿了一条牛仔裤。他对之前发生了什么完全没有记忆，也几乎搞不清自己身在何处。他发现自己被前一夜庆祝活动里留下来的人群围住了，他们因为疲劳而眼皮耷拉，却还像吃了安非他命的瘾君子似的，喋喋不休地讲述这二十四个小时里发生的神奇事件。“你该在场的，兄弟。”他们对他说。

而当他们讲起前一日早晨的事件，一些超现实且杂乱怪异的记忆碎片开始在马克的脑海中冒泡了——或许他确实在场。

他想起来的是他自己的真实经历吗？还是残余的迷幻药起了作用，制造出了那些画面，好配得上一打亲眼见证者一口气塞给他的这堆让他眼花缭乱的描述？他不知道。他只知道激进者将他最狂野的梦想化作了现实——作为英雄的马克·梅多斯。

等他见到站在附近的向日葵时，她的头发散乱，双眼迷蒙，她对他说："哦，马克，我刚见了这世上最梦幻的男人。"他知道不管他曾经怎样希望能与向日葵发展出超友谊的感情，现在这些希望都噗地一下没了。准确地说，除非，他就是激进者。

当然，他知道该怎么做。他作为向日葵的学徒在街头游荡的日子里，学到的东西远比他想到的更多；夜幕降临之时，他双腿交叉坐在自己的床垫上，身边是饼干和他的漫画书，手里攥着价值两周生活费的 LSD。当他按开第一片药板时，他兴奋得像是已经吞下了迷幻药。

但也只是如此。没有什么变身成激进者的场面。没有。他就只是……*感受到了一点幻觉*。

整整一周，他都没有离开公寓，以发霉的面包屑为食，赶在上一波药效还未退去之前，不停地往嘴里扔越来越多的迷幻药。等到最后他蹒跚地走出去寻找更多药片时，他的视野边缘已经模糊不清。

然后他踏上了追寻之旅。

♦♥♣♠

插曲·之三

摘自《百变王牌时尚》

汤姆·伍尔夫　著

1971年6月，纽约

嗯——非常好。蟹肉和虾肉做成的丸子滚动着，美味，就是尝起来有点腻。知道王牌们是怎么去除手套指间上的油渍的吗？或许他们更喜欢填馅蘑菇，或是沾了碎坚果的洛克福奶酪球，在现在这当口的“王牌云巅”饭店，这些都将由面带微笑的高个子侍者以银盘奉上……以上的问题也总是会出现在百变王牌的时尚之夜里。比如说，窗边的那位黑人，正与海勒姆·沃切斯特本人握手的那位，他身着黑色的丝绸衬衫和黑色的皮外套，额头肿到令人难以置信的地步，满脸凶相，可可色的肌肤上长着一双杏仁形的眼睛，他从电梯里走出来时身边簇拥着三个姑娘，即使是在这满屋子都是美人的地方，她们的美艳也前所未见——是的，他就是一名王牌，一名一目了然的王牌，当侍者经过他身边，他是否会拿起一个虾蟹球，匆匆咽下以免错过海勒姆那充满了教养和温暖的谈话，还是说他更喜欢填馅蘑菇……

海勒姆身形修长，身材高大，是个强壮的男人，身高六英尺二英寸，肩膀宽阔，在光线不佳的状态下甚至可以冒充奥森·威尔斯。他的黑色铲子形胡须修剪得整整齐齐，当他微笑时，则会露出洁白的牙齿。他常常微笑。他是个热心的男人，一个亲切的男人，在面对每一个王牌时，他都会与之快速而坚定地握手，轻拍对方的肩膀，并以同样的激励之词来迎接他们，无论来的是莉莉安，是菲利希亚和列尼，是哈特曼市长，是杰森、约翰还是D. D.。

你们猜我多重？他会笑嘻嘻地问他们，然后强迫他们猜上一猜，三百磅，三十五磅，四百磅。每个答案都会让他咯咯发笑，那是一种从身体深处发出、带着共振的洪亮笑声，因为这个大个子男人的体重只有三十磅。他在帝国大厦顶层新开的奢华餐厅王牌云巅中央设置了一个磅秤，在满是水晶、银具和珍贵的白色桌布之间就像你在健身房里见到的那种，以证明自己所言非虚。只要有人质疑他，他就会灵巧地跳上跳下。三十磅，海勒姆确实喜欢他的这个小玩笑。但别再叫他“胖子”了。他是一种全新的王牌，他知道所有该知道的人和好酒，他穿着无尾礼服是如此得体，而且，他还拥有这座城里位置最高、最时髦的餐厅。

多么奇妙的夜晚！每一张桌上都摆满食物，银器闪耀，环绕餐馆一周的窗子里反射着蜡烛微颤的火苗，周围则是无底深渊般的黑暗，点缀以数千颗星辰，而海勒姆所爱的，正是这样的时刻。在这餐馆里和餐馆外似乎都有数千颗星星，毕竟，这里是曼哈顿明星最多的高塔，所有塔中最高最壮丽的，无数超凡脱俗的人在此地进进出出，贾森・罗巴茨、约翰和 D. D. 瑞恩、麦克・尼科尔斯、威利・乔・纳马斯、约翰・林赛、理查・阿维东、伍迪・艾伦、阿隆・科普兰、莉莲・海尔曼、史蒂芬・桑坦、乔什・戴维森、伦纳德・伯恩斯坦、奥托・普雷明格、朱迪・贝拉方特、芭芭拉・沃尔特、佩恩夫妇、格林夫妇、奥尼尔夫妇[①]……而现在，在这个百变王牌时尚之夜，出现在此地的还有王牌。

在这儿的这群人，这一群着迷入神而又兴奋的人，手里拿着轻薄的高脚香槟酒杯，脸上带着全神贯注的表情，而在他们中间，吸引了他们全部注意力的对象，是一个穿着拷花丝绒短礼服的小个子男人，是的，一件橘黄色的拷花丝绒短礼服，带燕尾，配以柠檬黄色的荷叶边衬衫，还有闪亮的红色长发。缇西安・布兰特・扎拉・泽克・哈利

① 真实存在的 60 年代名人，大多为文化界人士。

马·泽克·拉格纳·泽克·欧米安再次上朝，他在塔基斯星一定有过这样的经历，环绕着他的这些卓越不凡的人们之中，有些人甚至称他为“王子”或“缇西安王子”，尽管他们常常没法念对他的名字，但对他们当中的大部分人来说，无论何时，他都始终是塔基扬医生。他是真真正正的王子，来自另一颗星球，想想他究竟是个怎么样的人——背井离乡者，英雄，遭过军队囚禁，受过非美活动调查委员会的迫害，他活了人类两辈子这么久，见过没有任何人类能够想象得到的事，他无私地服务于鬼牌镇的可怜人——嗯，这么一想，兴奋之情便如同雄性激素一般席卷了整个王牌云巅，而塔基扬看起来也很兴奋，前述那位满脸凶相的福尔图纳托带来了一个身材修长的东方女人，塔基扬那双淡紫色眼睛的视线一直在她身上徘徊，从中你便能发现这一点。

“我以前从来没遇见过王牌，”不断有人重复这句话，“这对我来说是第一次。”激动的情绪震动着王牌云巅中的空气，直到整个八十楼的地板都随之颤动。对我来说是第一次，我从未见过任何像您这样的人；对我来说是第一次，我总希望能见上您一面；对我来说是第一次，而在威斯康辛州的某处潮湿的土壤中，约瑟夫·麦卡锡在他的棺材里翻了个身，发出尖锐而高亢的呼呼声，蛆虫已在他身上安家扎根。在这里没有好莱坞的装模作样，没有无聊乏味的政治家，没有褪了色的文学之花，没有鬼牌摇尾乞怜，在这里的都是些真正的贵族，这些王牌，这些迷人的王牌。

如此美丽。“极光”坐在海勒姆的酒吧吧台旁，展示着她那双长长的，长长的腿，正是靠着这双腿，她成了百老汇备受赞誉的人物，簇拥着她的男人会为她的每一个笑话放声大笑。多么让人印象深刻啊，她那头金红色的长发，微微卷曲，带着芬芳，散落在她赤裸的双肩上，还有她那双青紫色的噘起的双唇，当她发出笑声，北极光在她周身闪烁，男人们则会为之喝彩。她已签下了合约，将在明年拍摄她参演的第一部电影，与罗伯特·雷德福演出对手戏，导演则是麦克·尼科尔斯。这是第一次有王牌参演主流影视作品，自从——不，我们不想提他的名字，不是吗？我们明明还有这么多乐子的。

如此惊人。这些王牌，他们能够做到的事。一名矮小精悍的绿衣男子拿出一枚橡实和一小包盆栽土，向酒保借了一只白兰地杯子，便让王牌云巅的正中央长出一棵小橡树来。一个仿佛雕塑般棱角分明的黑人姑娘穿着牛仔裤和丁尼布衬衫来到这里，当海勒姆威胁说要让她出去时，她拍了拍手，突然之间，她便从头到脚包裹上了一层黑色的金属甲胄，像乌木般闪烁着微光。又一拍手，她便换上了一套绿色的天鹅绒露肩晚礼服，极为合身，甚至连福尔图纳托都多看了她两眼。加进香槟酒里的冰块桶快见底的时候，一个结实的黑人男子走上前去，用手捏住了唐·培里侬香槟王，看到酒瓶外结上了一层霜，他咧嘴露出了孩子气的笑容。“现在刚刚好，”他说着将酒瓶递给海勒姆，“再过一会儿它就得冻成冰。”海勒姆笑着向他致谢，尽管他并不相信对方能做到这一点。黑人男子神秘地一笑。“克罗伊德。”他只说了这么一个词。

如此浪漫，如此不幸。在酒吧台的最末端，穿着灰色皮衣的，是汤姆·道格拉斯，对吧？是它，是它，是蜥蜴王本人，我听说针对他的诉讼刚刚撤销，但那得需要怎样的勇气，怎样的承诺，还有，帮助了他的那个叫激进者的家伙到底发生了什么？不过，道格拉斯看起来状态很糟。精疲力竭，心神不宁。人群簇拥在他周围，他的双眼迅速一眨，一只巨大的黑色眼镜王蛇的幻象若隐若现地笼罩在他身上，与“极光”那闪闪发亮的色彩恰成对比，沉默的涟漪席卷了王牌云巅，直到人们离开蜥蜴王，留他再次独自一人。

如此华丽，如此炫目。“飓风”知道该怎么闪亮登场，不是吗？而这就是海勒姆坚持要安上落日阳台的原因，毕竟，不仅仅只是为了在室外的夏日星空下饮酒，也不只是为了观看落日沉入哈德逊河的壮观景象，更重要的是能给他的王牌们一个着陆之处，自然，飓风便会是第一个这么做的人。当你能御风而行，为什么还要使用电梯？还有他身上的那套行头——蓝白相间，跳伞装让他看起来是那么轻盈，那么潇洒，还有他的披肩，就那样挂在他的手腕和脚踝上，当他激起风时，披风就会像气球一样飞起来。等他进了室内，与海勒姆握手后，他取下了飞行员头盔。飓风是个时尚领袖，他是第一个遵从本心来穿着打扮的王牌，远早于其他王牌，从1965年起，他就开始穿起属于他的色彩的服装，即使是在越南的那两年可怖的日子里也不例外，但戴面具并不意味着他热衷于隐藏自己的身份，不是吗？那些日子已经过去了，飓风就是旧金山的维农·亨利·卡利斯勒，全世界都知道，恐惧已消亡，而今已经是百变王牌潮流的时代，人人都希望自己能成为王牌。飓风赶了很远的路才来到这个聚会上，但若是西海岸最顶尖的王牌还没到场，人就不算聚齐，不是吗？

不过——这么想算是禁忌，毕竟在这样一个夜晚，你可以从五十米内的四面八方都看到如此闪耀的群星与王牌——说真的，人确实没有聚齐，对吧？厄尔·桑德森还在法国，尽管他寄出了一封简短却诚挚的致歉信，以回复海勒姆的邀请。那个人，是个了不起的男人，一个了不起的受了莫大冤屈的男人。还有大卫·哈恩斯坦，消失了的“使者”，海勒姆甚至在《时代周刊》上登了一份广告——大卫你难道不想回家吗？但此刻，他也不在场。还有灵龟，伟大而强力的灵龟在哪儿？有传闻说，在这个特殊的魔法之夜，属于百变王牌潮流的宁静时刻，灵龟会从他的壳里出来，与海勒姆握手，并向全世界宣告他的名字，但是没有，他似乎不在这儿，你该不会觉得……上帝啊，不……你该不会觉得，长久以来的传说是真的，灵龟其实是个鬼牌？

飓风告诉海勒姆，他觉得自己三岁的女儿继承了自己的御风能力，海勒姆十分高兴，与之握手，祝贺了这位宠爱女儿的爸爸，又建议为此而干上一杯。即使是他那高雅而有力的声音，也无法穿透此刻的喧嚣，因此海勒姆握紧拳头，改变了重力，让他自己的身子变得甚至比三十磅更轻，直到他飘起来飞到了天花板上。海勒姆在他那巨型装饰艺术风格的枝形吊灯旁飘浮时，整个王牌云巅都安静下来，他抬起他的水果酒杯，向所有人干杯。伦纳德·伯恩斯坦和约翰·林赛敬了已是第二代王牌的小西北风海伦·卡利斯勒一杯。奥尼尔夫妇和瑞恩夫妇举起他们的酒杯，敬了黑鹰和使者，这一杯也是为了纪念布莱思·斯坦霍普·范·伦斯勒。莉莲·海尔曼、贾森·罗巴茨和乔·纳马斯敬了灵龟和塔基扬，接着所有人都向我们的父亲喷气机小子敬了一杯酒。

说完了祝酒的部分，就要说起聚会的缘由了。百变王牌相关法案现在依然生效，在今时今日，这是一个耻辱，是一个必须解决的问题。塔基扬医生需要帮助，以支持他的鬼牌镇诊所，帮助他赢得诉讼，这事拖得太久了，他起诉政府，想要夺回宇宙飞船的保管权，早在 1946 年，政府不正当地没收了它——多么可耻的行径，他跨越了无数的星辰来帮助他们，却被夺走了飞船，这事自然让在场的人都激愤不已，所有人都保证会伸出援手，会提供他们的金钱，他们的律师，他们的影响力。塔基扬的左右两边各站了一名美丽的女子，他向她们说起了自己的飞船。它还活着，他告诉她们，而现在，它肯定很孤单，他哭了起来，而当他告诉她们，飞船的名字叫作“宝宝”时，不少人的眼中都眨起了泪光，甚至威胁到了眼睛下方精心勾画出来的眼线。当然，还得替越南的鬼牌部队做些事，那简直比种族灭绝好不了多少，此外……

就在此时，晚餐上桌了。宾客们纷纷回到了自己的指定坐席上，海勒姆的座位表安排得十分巧妙，经过了精心的安排与计算，如同他提供的盛宴，在每一桌上，人们的财富、学识、智慧、美貌、成就与声名，都形成了微妙的平衡，当然，每一桌上都有一名王牌，否则就可能会有人觉得自己上当受骗而转身离去，毕竟，今时今刻正是百变王牌时尚之夜……

♦♥♣♠

地底深处

爱德华·布莱恩特　利安娜·C. 哈珀　著

罗斯玛丽[1]·马尔登躲开出租车，穿过中央公园的西门进入公园，此时，她知道自己即将面对的是一个困难重重的下午。她心烦意乱地设法穿过人行道上聚集着的傍晚遛狗人，寻找着“垃圾婆”。

罗斯玛丽是纽约社会服务部门的实习生，她拿到了部门里所有有趣的案子，其实也就是那些没有其他人愿意接手的。而她今天下午要捕捉的这只神秘的候鸟垃圾婆，恐怕是其中最糟糕的一位。垃圾婆目测至少六十岁，身上带着的气味闻起来像是半辈子没洗澡。这是罗斯玛丽绝对无法接受的事。她的家庭算不上是公认的好人家，但至少人人每天都会洗澡。她的父亲对此十分严格。没有人敢违抗她的父亲。

她之所以被这些社会的渣滓吸引，准确地说，是因为他们与社会之间的关系是疏离的。这些人很少会与伴侣或家人保持联系。罗斯玛丽意识到了这一点，但她告诉自己说，她的理由是什么根本不重要，结果才是重要的事。她能帮助他们。

垃圾婆站在一小片橡树丛里。罗斯玛丽接近她的时候，觉得自己好像是看到了她正对着一棵树比比画画，说着什么。罗斯玛丽摇摇头，拿出了垃圾婆的文件。文件很薄。原名不明，年龄不明，出生地不明，经历不明。按照零散的这点信息可知，她无家可归。前任社工估计垃圾婆曾经住在某个国家机构里，但后来机构人满为患，她就被

---

① 罗斯玛丽的名字亦有迷迭香之意。

放出来了。这个拾荒女有妄想症，但多半没什么危险。因为她拒绝向他们提供任何信息，因此也没什么办法能帮得了她。罗斯玛丽将文件放到一边，走向这身着乞丐服的老女人。

“你好，垃圾婆。我叫罗斯玛丽，我是来帮助你的。”她的这个开场白没能取得任何效果。垃圾婆转过头，盯着的却是两名在扔飞盘的孩子。

“你不想去个安全又温暖的好地方睡觉吗？有热饭热菜，还有人陪你聊天？”然而罗斯玛丽获得的唯一回答却来自于她在动物园之外见过的最大的猫。它走过垃圾婆面前，紧盯着罗斯玛丽。

“你还能洗个澡。”拾荒女的头发脏极了。“但我得知道你的真名是什么。”巨大的黑猫看了眼垃圾婆，接着又瞥向罗斯玛丽。

“为什么不跟我一起来，我们好好谈谈？”那只猫开始咆哮。

“来……”罗斯玛丽向垃圾婆伸出手时，那只猫一跃而起。罗斯玛丽不由自主地向后一跳，却绊倒在她之前摆地上的手袋上。她脸朝上躺着，视线正好对上那只愤怒的猫科动物。

“好猫猫，留在那儿别动。”她准备爬起来的时候，那只黑猫身边又多了一只体型稍小的斑纹猫。

“好吧，我下次再来看你。”罗斯玛丽一把抓起她的手提袋和文件，撤退了。

她的父亲从未理解她为什么想要和这城里的穷人打交道，那些“污秽”，他以此来称呼他们。今天晚上，她就不得不与她父母和未婚夫见面。这是一场包办婚姻，在这个年代，这种事简直让人难以置信。她希望站在父亲面前说“不”能更轻松一点。她的家庭完全是个传统的产物。她无法适应。

罗斯玛丽自己租了一间公寓，就在不久前，还是与 C. C. 莱德一块儿合租的。C. C. 是个嬉皮士乐队的主唱。罗斯玛丽竭力确保她的父亲见不着 C. C. 。一想到要是真碰上这样的场面，她就觉得可怕极了。她必须将这两边的生活隔离开来。

想到这件事就让她感到痛苦。C. C. 已经离开了，她消失在了这座城市里。罗斯玛丽替 C. C. 担心，替她自己担心，也替这城市的未来担心。

罗斯玛丽从她摊着休息的公园长椅上抬头向上看。是时候把文件送回办公室，去哥伦比亚大学上课了。

♠

"这夜晚多好啊。""幸运卢米"隆巴尔多·卢卡塞感觉很好，好极了。在小打小闹地收了整整两年保护费之后，他总算也跟五大家族中的人搭上了关系。他们看重的是才能，而他完全不缺。他和三个朋友一起，沿着八十一街走向公园，觉得自己站在了世界之巅。

他得向他的未婚妻玛利亚表现出敬意。那老鼠似的姑娘！但若这老鼠是唐·卡罗·甘比诺的独生女，那么在接下来的岁月里，她就价值非凡了。晚些他会和伙伴一起庆祝。但现在，他得弄点钱来，好给老鼠似的玛利亚买点好看的花来表示诚意。或许买点康乃馨吧。

"我去下面搞点钱。"卢米说道。

"要我们陪你去吗?""没鼻子"乔伊·曼卓问。

"不。你开玩笑吗? 下礼拜我就有大钱了。我只要再干一单，以后就不用再干这些事了。晚点见。"

踩过泛着油花的水坑，卢米一个人吹着口哨，走向以发光的地球仪为标志的八十一街地铁站楼梯。今晚上，没有任何事能破坏他的好心情。

♦

这是个多么糟糕的夜晚啊，莎拉·贾维斯想。这个六十八岁的女人这辈子从没想过自己能会被拉去参加安利公司的活动。糟糕透顶。

她和她的朋友花了好几个小时才总算脱身。这时候下起了雨，当然，她们打不到出租车。但她的朋友就住在隔壁那幢楼里，莎拉却不得不坐地铁去郊区的华盛顿高地。

莎拉痛恨地铁。里面一股尿味，总让她恶心得要命。而且，她讨厌城市喧嚣的一面，而地铁则是其中最吵闹的。不过，今晚上，所有的一切似乎都很安静。她一个人站在站台上，穿着花呢外套，冷得有点发抖。

她往站台的那一头和隧道里望了一眼，觉得自己好像看到了往北去的地铁 A 线的灯光。有什么东西在那里面，但它似乎移动得很缓慢。莎拉移开了视线，去看广告标牌。她认真看了号召大家给那位好尼克松先生再选投票的海报。边上的报纸贩卖机里，头条上写着一伙夜贼闯了一家华盛顿的旅馆和公寓大楼。水门？这大楼的名字可真滑稽，她想。《每日新闻》的重点报道讨论的是所谓的地铁治安问题。警方将这个问题归结为神秘杀手在上周造成的五起杀戮事件。受害者都是毒贩或其他犯罪者。谋杀的地点都在地铁里。莎拉打了个哆嗦。这个城市和她童年时的样子已经大不相同了。

她先是听到了脚步声，自楼梯上逐渐向下，经过了空无一人的地铁票售票台。接着是那人进站台后吹的口哨声，那是一种奇怪的没什么调子的嗡嗡声。她不由自主地感到焦虑，但又松了一口气。她对自己的反应感到羞愧，于是让自己别去在意有另一个小小的人类作伴。

但当她看到他时，她又有点犹豫。莎拉从未喜欢过黑色的皮衣，尤其穿着它的人还是个有点油腻，咯咯傻笑的年轻男子。她坚定地转过身，将视线集中在地铁铁轨对面的墙上。

当这个老妇人转过身的时候，“幸运卢米”笑得更开了，他用舌尖舔了舔上唇。

“嘿，夫人，有火吗？”

“没有。”

卢米一边的嘴角扭曲了，他走到她背后。“来，夫人，亲切点。”

他没注意到她的肩膀已经紧张了起来，而莎拉则回想起了去年冬天上的自卫课程。

“把你的钱包给我，夫——惹！”莎拉转过身，用她那双精致却很实用的米黄色高跟鞋碾了他的脚背，他喊了出来。卢米猛地向后一跃，准备揍她的脸。莎拉后退了一步避开，却踩到了什么东西滑倒了。卢米咧嘴一笑，向她逼近。

隧道里猛地往他们身边吹来一道风，那是A线地铁进站了。

两人都没有注意到有一打人已经到达了地铁入口。这群人里大部分刚看了晚场的《教父》，还在热烈讨论科波拉是否夸大了黑手党在现代犯罪活动中扮演的角色。

没去看电影的人里有一位列车工人，他刚度过了漫长而疲惫的一天。他就想回家吃顿晚饭。新闻业又开始给他们施加压力，即使是那些鬼牌人权之类的玩意儿也没能分散他们的精力。这位列车工人被取消了常规的轨道检查任务，花了十八个小时徒劳地在下水道、地铁隧道、管道井和公用设施的通道内寻找短吻鳄。他在心里咒骂着对精神过敏的媒体卑躬屈膝的老板，还有那些到处乱嗅的该死记者。

人们摸索着地铁车票，通过地铁车门，列车工人有些犹豫地想远离这片混乱。电影爱好者们则边走边喋喋不休地说个不停。

随着一声呻吟以及金属摩擦的尖啸，A线地铁进了车站。

站台上，各色各样的人面面相觑。卢米用意大利语咒骂了一句，放开了受害者的手，环顾四周，想找个地方避开。

最早进入站台的两对人盯着眼前这一幕。其中一个男子走向幸运卢米，而另一个男人则抓住他的女伴往后退。

地铁的车门嘶嘶作响，打开了。此时正是夜间，车上没有多少乘客，也没有人下车。

“每次你要找乘警的时候，就不知道他们在哪去了。”救人的男子说道。在一瞬间，卢米看上去要跳向他，将他揍得眼冒金星，但却只是佯攻了一下，接着半跛半跑地进了最后一节车厢。车门猛地关上，列车开动了。或许是灯光的缘故，列车车厢两边明亮的涂鸦似乎发生了一些改变。

在车厢里，幸运卢米放声大笑，朝着站台上的莎拉做出猥亵的动作，而后者正摸索着身上的瘀伤，试图整理脏污了的衣服。接着，卢米又向那些聚集在莎拉身边的营救者们做了个手势。

突然，卢米的面孔因害怕而扭曲起来，接着变成了彻底的恐惧，他用力敲打车门。那个曾经试图阻止卢米的男人最后瞥了一眼，正好看到列车加速驶入黑暗之中，而他扒拉着列车的后门。

“简直让人毛骨悚然!”救人的男子说，“他也是一个鬼牌吗?”

“不,”他的朋友说道，“只不过是个普通混蛋而已。”

当听到郊区方向的隧道里传来惨叫声时，每个人都僵住了。卢米的叫喊声压过了列车渐渐减弱的轰鸣，听起来绝望而痛苦。列车已消失不见。但那惨叫声一直持续着，至少延续到了八十三街。

莎拉几乎毫发无损，她和旁观者们一道感谢了帮助她的英雄，而那位列车工人却走向通往闹市区的隧道。另一名列车雇员走下了站台另一端的阶梯。

“嘿!”他喊道，“暗渠杰克。杰克！杰克・罗比丘克斯。你都不用睡觉的吗?”

那精疲力竭的工人没有理睬他，径直穿过一道金属的检修门。他走下隧道，边走边脱去衣服。看守人觉得自己似乎瞧见了一个男人蹲下身子，在隧道那潮湿的地板上爬行，那男人长着长长的鼻吻，还有一口锋利而畸形的乱牙和一条肌肉虬结的尾巴，足以将这看守人直接砸成肉酱。不过，这个原本的地铁工人消失在了黑暗中，没有人见到他那灰绿色鳞片上的闪光。

回到八十一街的站台上，围观者们还在因为卢米临死前惨叫的回音而呆若木鸡，几乎没有人注意到另一个方向传来了低沉的隆隆声。

♥

罗斯玛丽上完了最后一堂课，疲倦地走向一百一十六街的地铁站。今天的又一个任务完成了。现在，她准备去父亲的住处见她的未婚夫。她对此事从未有过什么热情，但这些天来，她其实对什么事都提不起兴趣。罗斯玛丽硬挨过这些天，就希望生活中的某些事能自动解决。

她将左手臂里抱的书移到右臂，接着单手从钱包里摸出车票。她穿过闸机，停下脚步，站在一侧给其他学生让出了道。那些人里有不少都带着海报，从这一点判断，最晚的一班反战集会已经结束了。罗斯玛丽注意到，有不少表面上看来非常正常的孩子们手里拿着的标语上，写着越南鬼牌部队那非正式的口号——最后一个行动，第一个死亡。

C. C. 对这些事一直都很热衷。她曾经在一些不那么吵闹的集会上给人们唱过歌。还有一次，她甚至把一个同伴中的积极分子带回了家，那家伙的名字叫福尔图纳托。虽然他为鬼牌人权运动出了一份力是好事，但罗斯玛丽不喜欢拉皮条的出现在自己的公寓里，不管他手下的姑娘是不是所谓的艺伎。她和 C. C. 很少争吵，但这事儿就是其中之一。最后 C. C. 答应，以后自己再邀请人来吃晚餐时，会预先和罗斯玛丽商量。

C. C. 莱德一直试着想让罗斯玛丽变得更积极一点，但罗斯玛丽觉得，直接帮到少数人所行的善，并不亚于站出来呼喊谴责所谓的“当权者”。甚至可能更好些。罗斯玛丽知道自己出身于保守派家庭。她的室友一直想让她忘记这件事。

罗斯玛丽深吸一口气，踏入了人群的洪流。夜间课程的学生们在此时都放学了。

当她步入站台，她一直跟在人群的末端移动，这样她就可以站在等候区的边缘之处。她这会儿不太想接近人群。一会儿后，她感觉到一阵潮湿的地铁隧道风向她吹来，便在汗湿的毛衣里打了个哆嗦。

列车扫过她，震耳欲聋，令人压抑。所有车厢都有脏污，但最后一节车厢装饰得尤其特别，让罗斯玛丽联想到她在旧花园的玲玲马戏团演出中看到的文身女人。她常常会好奇，那些在列车两侧涂鸦的孩子们究竟处在怎样的心理状态。有时候她很不喜欢其中一些文字展现的深层含义。纽约并不总是个宜居的城市。

我不会再去想这些事了。她这样对自己说。C. C. 在圣裘德医院重症监护室里昏迷的景象闪现在她的脑海中。她看到了那些闪闪发亮的生命维持装置。因为 C. C. 没有能通知的亲属，因此护士们给她更衣时，留在她身边的人是罗斯玛丽。她还记得 C. C. 身上的瘀伤，还有覆盖了几乎她整个身子的青黑色斑点。医生们不确定这个年轻的姑娘究竟被强奸了多少次。罗斯玛丽想与她共情。但她做不到。她甚至不知道该如何着手。她所能做的就只有等待并心存希望了。而后，C. C. 便从医院里消失了。

末尾车厢看起来很空。罗斯玛丽向车里走去，同时随便地瞥了一眼涂鸦。接着她定住了，眼睛盯着写在车厢暗侧的文字：

欧芹，鼠尾草，迷迭香？
时间……
时间留给其他人，不要留给我。

“C. C.！什么？”她不顾空荡荡车厢里零星的其他几个人，冲向车门。车门已经关上了。罗斯玛丽扔下了书，想扒开车门。她感觉有根指甲断了，车门却没有开。她敲打车门，直到列车慢慢地驶出了车站。

“不!”

罗斯玛丽的眼中盈满泪水，最后看了一眼她的名字和 C. C. 的其他歌词：

你没法拒绝它，

但你能复仇。

罗斯玛丽什么话也说不出口，只能远远目送列车离去。她低头看着自己的拳头。列车的铁门似乎柔软而温暖。是什么人给她制造了幻觉？这是偶然吗？难道 C. C. 活在底下？C. C. 是否其实还活着？

下一班列车再出现，是很久以后的事了。

♣

他在近乎黑暗的环境中狩猎。

饥饿降临在他身上，那种饥饿似乎从未获得彻底满足。因此，他得狩猎。

他模糊而微弱地记得，曾经在某个时间，某个地点，一切似乎与现在不同。他曾经是某个人——是这么说的吗？——某种别的东西。

他四下张望，却什么也没看到。这儿极为阴暗，加上身处于这塞满了各种残骸的脏水中，他的双眼几乎派不上什么用场。更重要的是味道和气味，一些微小的颗粒告诉他，在远处躺着的是什么东西——需要耐心寻找的食物——还有它所代表的能够即刻获得的满足感，毫无疑问，就在离他一鼻之隔的地方。

他能听到震动的声响：他的尾巴在水中摇摆，带来缓慢而有力的左右震动；从上方的城市传下来的遥远却带有压倒性力量的波动；还有在黑暗的周遭中，无数食物急速运动时的细微晃动。

脏水在他那宽阔扁平的鼻吻部位边上晃荡，水流淌进他那两个凸起的鼻孔里。透明的瞬膜时不时地滑过突出的双眼，接着又翻上去。

他的体型很大，在这次进食过程中，差点儿没能挤入某些管道，但他几乎没发出什么声音。今晚，伴随着他的绝大部分声音来自于猎物，是它们被吞食之时的惨叫声。

他的鼻孔首先让他模糊地感知到面前有一顿大餐，没过多久，他的耳朵就听到了讯息。尽管他不愿离开这个几乎覆盖了他整个身子的庇护所，但他知道自己必须得去食物所在之处。在他身子的一侧，另一条管道的入口若隐若现。即使他的身子如此灵活，在这条通道内也几乎没什么给他转身进入新水道的空间。积水变浅，在离入口两人长的地方完全消失了。

没关系。他的四肢灵活，基本还能保持之前那样安静地移动。他依旧能闻到猎物就在他前方的某处等待着他。近了。更近了。近在眼前。他能听到声音：吱吱吱，唧唧唧，小短腿迅速跑来跑去的声音，还有毛茸茸的身子擦过石头的声音。

它们没有料到他会出现，在这么深的管道里，掠食者非常稀少。他瞬间出现在它们上方，用下巴咬碎了头一只，那只猎物垂死的惨叫惊动了其他猎物。它们恐慌地四散而逃。除了那些无路可逃的，没有任何一只猎物试图反击。它们都跑了起来。

最年长的那些跑着离开落在它们之间的怪兽，到了通道以砖堵死的尽头。另一些则在他身边跑来跑去，其中有一只甚至想从他带鳞片的背上跳过去——但他的尾巴只一甩，就把它们都甩到了坚硬的墙上。还有一些直接跑进了他的嘴里，它们还没来得及缩起身子，他那巨大的牙齿就在眨眼间合上了。

痛苦的吱吱声达到了顶峰，接着渐渐减弱。鲜血四溢，滋味鲜美。肉与骨，连同毛发，都在他的胃里，让他心满意足。还有几只猎物活着。它们尽可能地跑到远离这杀戮者的地方。猎人试图跟着它们，但他的这顿美餐沉甸甸的。他已经吃饭了，懒得再去跟踪猎物，也懒得管它们了。他来到积水的边缘便停了下来。现在，他想睡觉了。

首先，他要打破这片寂静。这没什么问题。这是他的领地。这里全是他的领地。巨大的上下颚张了开来，他发出一声带着穿透力的、隆隆的咆哮，声音回荡在这片由管道和导管、通道与石走廊组成的似乎无边无际的迷宫里，持续了好几秒。

当回声终于消散之时，捕食者睡着了。但睡着的只有他而已。

♠

罗斯玛丽和今晚当值的保安阿尔弗雷多打了个招呼。她登记进门时，他朝她露出微笑，接着，他看到她手里拿着的那一堆书，便摇了摇头。

“我能帮你拿的，玛利亚小姐。”

“不用了，谢谢，阿尔弗雷多。我自己能行。”

“我记得你还是个小娃娃时，都是我替你拿的书，玛利亚小姐。你以前还说过，长大之后要嫁给我。现在没这样的想法了，嗯?”

“抱歉，阿尔弗雷多，我太善变了。”罗斯玛丽微微一笑，眨了眨眼睛。对她来说，开玩笑不是件容易的事，甚至保持愉快也不是。她希望这个夜晚、这一天都能早点结束。

她一个人站在电梯里，趁这机会把脑袋靠在电梯厢里，休息了片刻。她其实的确记得阿尔弗雷多帮她把书搬去学校里。那是她童年某次家庭内战时的事。这是个怎样的家庭啊!

电梯门打开时，站在通往阁楼的入口前的两个男人做出了立正的姿势。发现从电梯里走出来的是她后，他们都放松下来，但两人的表情看起来都有些不同寻常的哀伤。

“马克思。发生了什么?”两人都穿着黑色制服，罗斯玛丽以疑问的眼神望着较高的那个。

马克思摇了摇头，替她打开了门。

罗斯玛丽沿着压抑而阴森的橡木板镶嵌的墙壁走向书房。墙上那些古老的油画对这种阴暗的氛围毫无裨益。

到了书房门口，她才敲了敲门，还没来得及推，那沉重的雕花房门便向内打开了。她的父亲站在门口，桌上摆着的油灯勾画出了他的轮廓。

他用双手紧紧握住了她的手。“玛利亚，隆巴尔多出事了。他离开了我们。”

“发生什么事了？”她望向父亲的脸。他的黑眼圈又深又重，面颊也比她记忆中的要下垂得更明显了。

她的父亲用手一指。“这些年轻人带来了消息。”

弗兰基、乔伊和小雷纳尔多笨拙地站在一块儿。乔伊用双手拿着自己的帽子。

“我们刚告诉唐·卡罗，玛利亚。幸运卢——呃，隆巴尔多正准备来这里，却在地铁里耽搁了一分钟。”

“我猜，他是想去买包口香糖。”弗兰基主动将这信息说了出来，就好像它有什么意义似的。

“嗯，不管是为了什么吧。他没有出来。我们那时候正好在那附近闲逛，”乔伊说道，“所以当我们听说……地铁里出了乱子，就决定去看看发生了什么。等我们到了那里，我们发现了这事儿。”

“嗯，他们发现他被撕成了碎片——”

“弗兰基！”

“是，唐·卡罗。”

“今晚就这样吧，孩子们。明天早上我会再找你们的。”

三个年轻人点点头，离开时又朝着罗斯玛丽的方向触碰了一下自己的额头。

“我很抱歉，玛利亚。”她的父亲说道。

“我不明白，谁会做这样的事？”

“玛利亚，你知道隆巴尔多参与了我们家族的事务。其他人也知道这一点。他们知道他会成为我的儿子。我们认为可能是某个想要伤害我的人干的。”唐·卡罗的声音听起来很是悲伤。“最近还有些其他事。有些人想夺走我们毕生奋斗才获得的一切。”他的声音又变得冷酷起来，“我们不会让他们就这样逃脱的。我发誓，玛利亚！”

“玛利亚，我做了些好吃的千层面。你最喜欢的。来，吃吃看。”罗斯玛丽的母亲从阴影里招呼道。她站起身，将罗斯玛丽带到厨房里，用一条手臂环过她的肩膀，陪着她。

“妈妈，你不用这样特地给我做晚饭的。”

“我没有。我知道你下课会晚，就留了点吃的。”

罗斯玛丽对母亲说道：“妈妈，我不爱他。”

“嘘，我知道。”她把手指放在女儿的唇上，“但你本来是会慢慢喜欢上他的。我看得出来，你们俩相处得很好。”

“妈妈，你不——”罗斯玛丽的话被她父亲从书房传来的声音打断了。

“是那些茄子[①]，黑鬼！除了他们之外，现在还有谁会攻击我们？他们通过地铁隧道从哈莱姆到这里来了。他们想抢我们的地盘已经有很多年了。他们尤其想要个鬼牌镇这样的好李子[②]。不，鬼牌它们从来不敢这么做，但黑鬼会利用他们来分散我们的注意力。”

电话那边传来细微的声响，除此之外，罗斯玛丽什么也没有听到。她的母亲拉着她的手臂。

唐·卡罗说道：“一定得现在就阻止他们，不然他们就会威胁到各大家族。他们是野蛮人。”

---

① 意大利语。

② 意大利语。

又是一段停顿。

“我没有夸大其词。”

“玛利亚……”她的母亲说道。

“那就明天早上，”唐·卡罗说道，“早一点。很好。”

“看，玛利亚。你的父亲会解决这事的。”母亲将罗斯玛丽带到金灿灿的厨房里，那里面摆满了明亮的厨具，墙上写着一行行老套的布道词。她想把 C. C. 和地铁的事告诉母亲，但此刻她似乎说不出口。那可能都只是她的想象。她现在只想睡觉。她一点也不想吃东西。今天晚上，她已经什么都吃不下了。

◆

拾荒女在睡梦中翻了个身，靠在她身边的两只猫里有一只动了一下，给她腾出了位置。他[1]抬起脑袋，嗅了嗅同伴。接着，两只猫将一只靠在她胃部旁蜷成一团的负鼠留在身后，静悄悄地走进废弃地铁管道的黑暗之中。荒废的八十六街管线能让它们直奔食物。

两只猫都很饿了，但现在，它们要捕猎的是那个女人的早餐。通过一条排水管道，它们离开公园，从枫树的根系下方进了街道。一辆《纽约时报》的送报车在红灯前停下，黑猫看向花猫，用鼻子朝那辆车指了一下。卡车开出去后，它俩跳到了车上。在卡车顶上，黑猫在脑海中形成了一堆鱼的画面，接着将它传送给了花猫。两只猫望着城市的街区一个个从它们身边经过，它们等待着鱼的气息。终于，卡车减慢了速度，花猫嗅到了鱼味，不耐烦地直接从车上跳了下来。黑猫生气地喵了一声，也跟着她进了小巷。当陌生人类的气息盖过了食物香味之时，它俩都停住了脚步。小巷的那头是一群鬼牌，他们完全像是普通人类的拙劣仿冒品。他们身着破布，在垃圾箱里翻找食物。

① 猫用他和她指代，原文如此。

一扇门开了，光线挤入小巷。两只猫闻到了新鲜食物的气味，与此同时，一个男子从里面走了出来，他穿着得体，身材比那些拾荒者更高大许多，手里拿着几个盒子，走进小巷。

“请用。”那个胖男人用充满了痛苦的轻柔声音朝残疾的鬼牌说道，“我这儿有些给你们的食物。”

静止的场面突然动了起来，鬼牌们都冲向那些纸板箱，将它们一个个撕开。他们互相推挤，抢占能拿到食物的好位置。

“停下！”一个高个子鬼牌在这片混乱之中大喊道，“我们难道不是人类吗？”

鬼牌都停下了动作，离开纸箱，让那胖子将食物依次分发给他们。高个子鬼牌是最后一个拿到的。主人将食物递给他的时候，他又开口道：“先生，我们感谢王牌云巅。”

在小巷的黑暗之中，两只猫观察着鬼牌的晚餐。黑猫转向花猫，给它描绘出了鱼骨头的形象，接着它们又走回大街。在第六大道上，黑猫给花猫传送了一张垃圾婆的图片。它们向着城郊的方向大步跑去，直到出现一辆可以让它们代步的农用卡车。在好几个街区之后，卡车靠近了一个中国市场，黑猫嗅到了熟悉的气息。此时卡车正准备刹车，于是两只猫都跳了下来。它们一直在街灯之外的黑暗中前行，最后来到一个露天的杂货铺前。

离天亮还有很长一段时间，卡车司机正在将今天的新鲜农产品卸下车来。黑猫嗅到了刚宰杀的小鸡的气味，他伸出舌头来舔了舔上嘴唇。接着他向同伴发出一声短促的吼叫。花猫跳上了一排西红柿，将它们挠成一块一块的。

店主用中文喊了一句，将记事簿扔向捣乱的花猫。卸货的男子也停下了动作，望着这只像是疯了似的猫科动物。

“比鬼牌镇还糟。”他喃喃地说道。

“这卑鄙的大猫。”另一个人说道。

就在他们的注意力集中在那只破坏西红柿的花猫身上时，等待已久的黑猫跳到卡车顶上，用嘴叼起一只小鸡。黑猫体型很大，至少有四十磅，因此他轻而易举地就将那只鸡叼走了。他从后挡板上跳下，窜入小巷中黑暗的深处。与此同时，花猫躲过扫帚横扫的一击，也向后跳了起来。

黑猫在通往下一个街区的半路上等着花猫。等花猫和他会合后，两只猫一起发出了低吼。这场狩猎收获不小。花猫时不时地帮助黑猫将鸡叼过马路，两只猫就这样回到公园，来到拾荒女身边。

有个流浪汉在某个他意识比较清醒的时刻，曾经称她为垃圾婆，然后这个名字就一直跟着她。但属于她的臣民——城市里的野生生灵们——却不会用名字来称呼她，它们所有的就只是她的形象而已。这就够了。她也只能偶尔想起自己的真名来。

垃圾婆将一件上好的绿外套披在身上，那是她从一幢废弃的公寓楼里找到的。她坐起身，小心地避免碰到负鼠。那只负鼠坐到她的膝盖上，两只松鼠分别坐在她的肩膀一侧，就这样，她朝骄傲地带着猎物前来的黑猫和花猫点头致意。拾荒女伸出手，拍了拍这两只凶暴的猫的脑袋，她此时的动作十分流畅轻松，这条街上认识她的人或许会为此而感到有些奇怪。拍头的同时，她的脑海中出现了一只极为干瘦的鸡的画面，它已经被吃掉了半边，正被两只猫从一家餐馆的垃圾桶里拖出来。

黑猫将鼻子探出，轻轻地哼了几声，把他自己和垃圾婆脑海中的画面都消除了。花猫发出一声略带嘲弄与怒意的喵叫，朝拾荒女探出脑袋。她盯着垃圾婆的双眼，将她此前感知到的整个狩猎过程重播了一遍：花猫的体型至少有狮子那般大，而她周围的人腿则看起来像是会移动的大树树干。勇敢的花猫认出了她的猎物，那是一只体型像房子般大的小鸡。花猫勇敢地跳向一个人类的喉咙，露出尖利的牙齿……

垃圾婆突然将注意力转到了其他地方，这画面也就此消失。花猫喵喵抗议，接着一只沉重的黑色爪子搭在她的背上，将她推倒，让她伏下身子。花猫不再叫唤了，只是将头扭向一边，去看那女人的脸。黑猫因为某种预感而身子僵硬。

接下来的画面出现在他们三个的脑海中：一群死掉的老鼠。这幅画面被垃圾婆的怒火抹消了。她站起身，抖落身上的松鼠，将负鼠放到一旁，然后毫不犹豫地转身走向了错综复杂的地下管道系统。黑猫走在她的身前，就像个斥候，而花猫则跟在女人身后。

“有什么东西在吃我的老鼠。”

管道里非常黑，偶尔会有一些小小的发光生物放射出一点光源。垃圾婆没有像猫那样的夜视能力，但她可以利用它们的眼睛。

它们三个来到公园下方深处时，黑猫捕捉到了一种奇怪的气味。他能联想到的只有某种快速移动的生物，类似蛇或蜥蜴。

又走了一百码，他们来到一个已被毁坏了的老鼠窝。没有一只老鼠存活，只留下一些被吞食了一半的残骸。所有躯壳都被碾压过。

垃圾婆和她的伙伴艰难地进入湿管道。女人从一块突出的架子上滑下去，发现自己站在了齐臀深的脏水里。一块不知是什么的东西飘浮在缓缓地流淌着的水上，靠在她的腿边。她的情绪愈发恶劣。

黑猫的背毛倒竖，他再次制造出几分钟前的同一幅画面，只是这一次，这个生物显得更大了。黑猫建议他们三个立刻离开这条通道。要快。要安静。

垃圾婆封闭了这段建议，她侧身贴着湿滑的墙壁，来到另一个被毁了的巢穴。那儿还有些老鼠活着。它们提供的破坏者图像只是一片巨大到失真的丑陋蛇类的阴影。她关闭了受到致命伤的老鼠的大脑电波，继续前进。

通道再往前五码有个凹室，分布着给上方的公园一角供水的排水系统。入口离管道的地板三英尺高。黑猫蹲伏在原处，肌肉紧绷，竖起飞机耳，轻声吼叫。他受到了惊吓。花猫轻蔑地向前，但黑猫把她打到了一边。他回头望向垃圾婆，不断向她送出他所能制造的各种负面的图像。

但垃圾婆心中只有愤怒，在这股怒火的驱使下，她表示她要先进去。她深呼吸一口，爬进了凹室。

凹室的顶上有个光栅，大概在二十英尺高的上方。灰色的光线下，是个全身赤裸的男子。在垃圾婆看来，他大概三十来岁，身上有肌肉，但不算很发达。没有赘肉。垃圾婆模糊地意识到，他与她以前见过的那些流浪汉不同，看起来似乎没那么瘦弱。有一会儿，她以为他已经死了，成了那个神秘凶手的又一个牺牲品。但等她的意识集中到那男人身上时，她明白过来，他只是睡着了。

两只猫也跟着她进了凹室。黑猫迷惑地低吼着。他的五感告诉他，那只蛇或蜥蜴似的动物的踪迹断在了这里——就在那个男人躺着的地方。垃圾婆察觉到，男人身上有什么地方不太对劲。她不常阅读人类的思想，因为难度太高，而且人类的思想太过复杂。他们有各种图谋和规划。她慢慢地在他身边跪下，伸出一只手。

男人醒了，看到这肮脏的流浪女正准备触碰自己，猛地避开了。

“你想干吗?”

她盯着他。

他意识到自己浑身赤裸，赶紧拖着身子爬到通道的入口——一声低吼传来，吓得他立刻又瑟缩了回来，刚好避过了他所见过的体型最巨大的猫的巨掌猛击。有那么一会儿，他觉得自己像是滑入了意识深处的黑暗中。接着他进了主干道，逃走了。

两只猫疑惑地喵喵叫着，但垃圾婆也没有答案。几乎没有，她想。在他的意识深处。我甚至感觉到了……什么来着？想不起来了。

垃圾婆、黑猫和花猫又找了一个小时，却没能再寻到那种奇怪的气息。通道里已经没有怪物了。

♥

过路的旅客、无业游民、拾荒者和其他流浪汉们的每一天都开始得很早，因为在这种时候你才能捡到最好的易拉罐和瓶子。罗斯玛丽从阁楼里溜出来的时候，差不多也有这么早。这个夜晚她几乎没睡，到了早上，她几乎可以确定在书房那紧闭的房门后发生了什么，她只想尽快离开这里。教父们宣战了。

对某一部分游民而言，中央公园的树木、灌木和长凳宛若天堂。这个阳光灿烂的早晨，罗斯玛丽在公园里寻找一些她答应过要帮助的人。当她经过石桥后的第二张长椅时，有个穿着破破烂烂的男子将一个瓶子藏进长椅后的草丛里，随后一跃而起。他身上那件橄榄灰色宽松外套的肩膀上，有一块地方褪色得不那么明显，那儿原本缝着一个鬼牌部队的"炮灰"补丁。但是罗斯玛丽之前建议他说，不要在这么市中心的地方戴这块补丁。

"你好，爬行者。"社工说道。他将近三十岁——罗斯玛丽无法从老兵那张饱经风霜的脸上看出这一点，隧道爬行者这个诨名是根据他在越南服役时干的活而来的。他后来又再次服役，最后终于看够了这一切。

"嘿，罗斯玛丽。你拿到我的新护目镜了吗?"爬行者戴着一副凑合用的护目镜——便宜的十四街太阳镜，镜片的地方贴着肮脏的白色胶布。罗斯玛丽知道，在这副眼镜下面，他的双眼浑浊昏暗，大得出奇，极端敏感。

"我已经提出了经费申请。但还得再等一段时间我们才能拿到它。你知道的，程序太复杂了——就像在部队里一样。"

"枪毙。"流浪汉虽然这么说，脸上却挂着微笑，他踏出一步，走到她身边。

罗斯玛丽犹豫了一会儿，接着说道："你还是可以去退役军人管理局看看的，你知道，他们能治好你的病。”

“放屁，”爬行者说道，声音里带着几分警惕，“像我这样的人，要是进了退役军人管理局就再也出不来了。”

罗斯玛丽先说：“胡说八道，”接着又想了想，“爬行者，你对地下的情况了解多少？我是说，地铁隧道之类的？”

“多少知道点吧。我是说，我得有个遮风避雨的地方。但我就是不喜欢待在底下。另外，底下还有些让人毛骨悚然的东西。我听说是有短吻鳄，诸如此类的玩意儿。这可能只是醉鬼的妄想，但我不打算自己去确认这一点。”

“我正在找某个人。”罗斯玛丽说道。

但爬行者没听她在说什么。“只有真正古怪的家伙才会住在那种地方。”他喃喃地说了些什么，“……这比住在东区怪多了，你知道的，就是那个小镇。她就住在底下深处。”爬行者指向枫树下坐在地上的老妇人。她大概在一百码之外，但罗斯玛丽可以发誓说，她见到有几只鸽子站在那女人头顶上，还有一只松鼠栖在她的肩上。罗斯玛丽仰起头，回望那小个子的女人。

“是垃圾婆，”她说，“不用担心她……”罗斯玛丽突然意识到，爬行者已不在自己身边了。他正在向一名衣着得体、以走路上班为锻炼的商业人士乞讨。她带着混合了不赞成与放弃的情绪，摇了摇头。

当罗斯玛丽转身走向垃圾婆时，鸽子和松鼠都已离开。罗斯玛丽摇摇头，想忘记这些事。我的想象力已经工作得太久了，她想着，向拾荒女走去。她不过只是又一个迷失了的灵魂而已。

“你好，垃圾婆。”

头发黏腻的老女人将脑袋转向一边，盯着公园的远处。

“我叫罗斯玛丽。我之前跟你谈过。我想给你找个好地方住。你还记得吗？”罗斯玛丽在地上蹲下，好与垃圾婆的视线齐平和她谈话。

罗斯玛丽见过的那只黑猫走向垃圾婆，在她身上蹭来蹭去。她伸手摸了摸猫的脑袋，嘴里喃喃地发出了些听不清的声音。

“请和我谈谈。我想给你找些食物，还想给你一个舒适的地方居住。”罗斯玛丽伸出手。她中指上戴着的戒指在阳光下闪动着光芒。

坐在地上的老女人蜷缩起身子，抓住装着她所有财产的塑料垃圾袋。她开始前后摇晃，低声歌唱。黑猫转头看向罗斯玛丽，在他目光的注视之下，罗斯玛丽退缩了。

“我晚点再来跟你谈谈。我会再来看你的。”罗斯玛丽僵硬地站起身。她的脸紧绷着，有那么一会儿，她只想放声大哭来发泄自己失落的情绪。她只想提供帮助。随便帮什么人。任何人都好。让她能对什么事产生一点良好的感觉。

她离开垃圾婆，走向中央公园西侧的地铁入口。她父亲的战争会议让她感到害怕。她从未喜欢过他做的那些事，她的整个一生似乎都在寻求着逃离、救赎和补偿——她父辈们的罪。罗斯玛丽想要的是和平，但不管什么时候，一旦她觉得自己终于获得了它，它便从她手中溜走。C. C. 原本是她最后的机会。每一个她没能帮上忙的流浪者也是。一定有什么方法能打开垃圾婆的心门。一定有。

罗斯玛丽走下台阶，等了一会儿，刷了车票，恍恍惚惚地走到地下一层的站台上。A 线地铁进站，带来一股冷风。罗斯玛丽一直盯着地板，机械地向着最靠近她的车厢移动，几乎没怎么抬起头来。

正当她即将踏入车厢时，她睁大了双眼，后退一步，又回到人群中，引发了一些人的侧目和咒骂。是那最后一节车厢。车厢上涂着更多 C. C. 的诗句，就在红色的阴影里，那种红让她联想到鲜血。C. C. 有点儿躁郁症，罗斯玛丽总能从她写下的字句或唱的歌中了解到她的情绪。写下这些诗句时的 C. C. 抑郁的程度远超罗斯玛丽所经历的：

血与骨

带我回家

在那儿的人，我亏欠良多
在那儿的人，将会离开
与我一起，落入地狱
与我一起，落入地狱

靠近车厢，罗斯玛丽又看到了一些字句，她知道，在几秒前，它们还不存在。

萝丝，萝丝，可爱的萝丝
离开这儿
忘了我的面容
别哭泣
萝丝，萝丝，可爱的萝丝

“我要找到你，C. C.，我要救你。”罗斯玛丽再次奋力想要进入车厢，现在，她已经意识到，这节车厢上布满 C. C. 歌词的片段，有一些她以前见过，还有一些应该是新歌。那节车厢再一次拒绝了她。罗斯玛丽用力呼吸，双眼大睁，望着列车开入隧道。她看到车身上突然覆满鲜血混杂的泪水，她倒抽了一口气。

“圣母玛利亚啊……”有些荒谬地，罗斯玛丽在此时突然想起了她童年听到的圣徒的故事。在那个瞬间，她突然怀疑，世界末日是否即将来临，是否战争与死亡，鬼牌与仇恨，全都预示着启示录上最后的大灾难。

♣

此时是正午。

美国的 B－52 轰炸机正在轰炸河内和海防市。北越军队行军前进，广治省为之颤抖。在华盛顿，政治家们正为一起最近的盗窃案疯狂打着电话。在这几十分钟里，问题变成了这个：唐纳德·塞格雷蒂[①]是否是个王牌？

曼哈顿市中心人潮涌动。在中央地铁站，罗斯玛丽·马尔登正在寻觅一片阴影，好让她走入地底世界的黑暗之中。往北十几个街区之外，杰克·罗比丘克斯正在着手于他的常规工作，坐在他那辆小电车上，咔哒咔哒地穿过无尽的黑暗，一个隧道接一个隧道地检查地铁线路。在八十六街废弃的截断下某处，就在中央公园湖南岸底下，垃圾婆渐渐陷入沉睡，猫儿和其他小兽温暖着她。

正午。曼哈顿下方的战争打响了。

"让我给你们引用一段唐·卡罗·甘比诺本人曾经发表过的演说，""屠夫"弗雷德里科·马切拉约说道。他冷酷地环视着室内聚集在他身边的黑手党小头目及他们的手下。在20世纪30年代，这个巨大的房间曾经是市中心交通的地下维护设施。世界大战后，高速运输管理局决定将所有的维护设施迁移到河对岸去强化，它就被关闭封锁了。甘比诺家族很快就接管了它，用作枪支和其他走私货的储藏室及货物中转站，有时也会用于葬礼。

屠夫抬高声音，他的话语在室内回荡。"有两样东西能让我们在战争中与众不同——纪律与忠诚。"

小雷纳尔多和弗兰基、乔伊站在外侧。"竟然不说自动手枪和高性能炸药。"他说着傻笑起来。

乔伊和弗兰基交换了一下眼神。弗兰基耸了耸肩。乔伊说道："上帝、枪和荣耀。"

小雷纳尔多回答道："真烦人。我想用枪去打点儿东西。"

---

① 盗窃案指水门事件。唐纳德·塞格雷蒂是尼克松手下专门做"脏活"的，盗窃案引发了对尼克松窃听行为的调查，塞格雷蒂是调查的重要一环。

乔伊增加了音量，好让屠夫也听到：“嘿，我们这是要去驱赶酒鬼，还是去干啥别的？我们能打谁？只有黑人吗？鬼牌也行？”

“我们不知道他们都有些什么盟友，”屠夫说道，“但我们知道他们不会单独行动。有些我们种族的叛徒为了钱帮了他们。”

小雷纳尔多脸上疯狂的笑容变得更深。“自由开火，”他说，“好家伙。”他将圆边帽拉得更低。

“狗屎，”乔伊说道，“你根本自己都没经历过。”

小雷纳尔多朝他竖起拇指。“我看过约翰·维恩的电影。”

“你从他那儿学来的这个词，嗯？”乔伊说道。

屠夫露出了冷酷的微笑。“任何人要是给你制造了麻烦，就干掉他们。”

这伙人逐渐离开，各自分成小队。他们有 M－16 自动步枪、泵猎枪，几把 M－60 机关枪，手榴弹和发射器、火箭炮、防暴催泪瓦斯、随身轻武器和小刀，以及好几大块 C－4 炸药，足以处理任何类型的拆除工作。

“嘿，乔伊，”小雷纳尔多说道，“你要去打谁？”

乔伊把弹匣拍进 AK－47 步枪里。这武器不是从甘比诺的军火库里领的，它是他自己的纪念品。他摩挲着锃亮的木柄枪托。“或许去打短吻鳄吧。”

“啥？”

“你难道没有听人说，地下有些巨大的短吻鳄？”

小雷纳尔多望着他，颤抖着，充满了怀疑。“丛林里的鬼牌是一回事，我可不想去面对那些有牙齿的巨蜥。”

这回轮到乔伊咧嘴笑了。

“根本没有那样的东西，对吧？”小雷纳尔多说道，“你就是在跟我开玩笑，对吧？”

乔伊快活地朝他竖起了大拇指。

♠

杰克完全丧失了时间观念。他知道，自他将他的轨道养护车从主干道开进一条支道后，已经过去了很久。有什么东西不太对劲。他想去检查一些更偏僻的线路。这种感觉就像有一片冰正抵着他的尾椎骨上方。

他听到列车的声音，但它们在远处开过去了。他现在前进的隧道平时几乎不用，只有在高峰期、线路火灾或主干道上出现了其他问题时，才会用于分流。他还听到远处有声音听起来像是枪声。

杰克唱起歌来。他用柴迪科舞曲填塞黑暗，这是一种他童年时就一直记得的卡真黑人舞曲。他从大波普的《尚蒂伊蕾丝》和切里夫顿·切里尔的《阿－泰特－菲》开始，接着又唱了吉米·纽曼掺斯利姆·哈珀版的《雨落在我心中》。他刚拉动开关，移动到一条他知道他已经有至少一年未检查过的支道上时，他眼前的世界突然被一道红黄相间的火焰炸开了。他才刚唱了一句“豆子没有咸味[1]”，黑暗便裂成碎片，冲击波在他耳边炸开，他与车一同旋转扭曲，被撞向空中的不同方向。

时间只够他说一句：“他妈的——”接着他就撞上了隧道远处墙壁的石头，滑落到地上。这时候，他还因为震动与闪光而震惊。他眨了眨眼睛，意识到自己可以看到有烟腾起，还有手电筒的光在照着那股烟。

他听到一个声音说道：“上帝，雷纳尔多！我们该不会打了一辆坦克吧。”

另一个声音说：“干掉这家伙让我有点儿难受。真讨厌要杀掉一个声音这么像查克·贝里的家伙。”

---

① 原文为法语歌词，L’Haricots sont pas sales。

“好吧，”第三个人说道，“至少他应该是个间谍。”

“去确认，雷纳尔多。虽然这家伙很可能看起来就像是一罐开了封的午餐肉，但你最好再确认一下。”

“听你的，乔伊。”

手电筒的光靠近了，它随着逐渐消散的烟而浮动着。

他们这是要来宰了俺，杰克心想，他突然用上了童年时期的土话。一开始时，他还没什么情绪。但渐渐地，愤怒涌上了心头。他让这种感情涌遍周身。气愤渐渐增强，成了暴怒。肾上腺素刺痛了他的神经。杰克曾以为这种感觉是狼人变狂的征兆，此刻它又出现了。

“嘿，我觉得自己好像看到了什么！在你左边，雷纳尔多。”

叫雷纳尔多的家伙靠近了。“嗯，我打中他了。现在我来确认一下。”他抬起武器，用贴着枪托拿着的手电筒光瞄准了他。

这将杰克推过了边缘。*你他妈狗娘养的！*

疼痛，亲爱的疼痛，击碎了他。他……*变形了*。

他的大脑似乎在旋转，他的思维无穷折叠，降至原始的爬虫类水平。他的躯体拉长、变厚；他的下巴向前突出，涌出了大量牙齿。他感觉到了长而发达的肌肉，还有尾巴带来的平衡感。他的身体里涌出了力量……他觉得这一切完整了。

接着，他便看到了面前的猎物，那个威胁了他的人。

“哦，上帝啊！”小雷纳尔多高喊出声。他的手指扣动了 M－16 步枪的扳机。第一发子弹完全没有准头。他已经没有了第二发的机会。

曾经是杰克的生物向前一跃，下巴紧紧地卡住了雷纳尔多的腰部，撕扯着他的血肉。那个男人的手电筒不断旋转，撞击，最后熄灭了。

另外两人胡乱地开了枪。

短吻鳄记住了这些尖叫。恐惧的气息。这很好。当猎物标明自己的位置时，捕猎就更容易了。他扔下雷纳尔多的尸体，向着光源前进，他那挑衅的吼叫声充塞了整个隧道。

“看在上帝的分上，乔伊！救我！”

“坚持住。我看不到你往哪边去了！”

通道狭窄逼仄，材质老旧腐朽。短吻鳄夹在两个充满了诱惑的食物之间，在这狭小的空间中有些犹豫地摇摆扭动。他看到了几闪光亮，感觉到几下恼人的撞击，主要都集中在他的尾巴上。他听到猎物的尖叫声。

“乔伊，它撞碎了我的腿！”

更多血肉。爆炸。刺激性的浓烟充塞了他的鼻腔。不规则的石块从天花板上掉落。朽烂的横梁碎裂了。腐蚀了的水泥分崩离析。他身下的一部分地板塌陷了，这让他那十二英尺长的躯体笨拙地倒向一边。烟尘和固体碎片如雨一般自上方纷纷下落。

短吻鳄撞上了一面薄薄的金属活板门，它原本设计时就从未考虑过会受到如此重击，因此铝板像是帆布似的被撕裂开来，他随之掉进了开着口的竖井。他觉得自己又下落了大概二十英尺，然后撞在了木质横梁形成的蜘蛛网上。随后又掉落了一阵碎屑。接着上方和下方，全都安静下来。短吻鳄在黑暗中休息。他试着收紧身子，却没有带来什么结果。他彻底卡在了一个木头形成的花绳网里了。一根横梁正好楔在他的鼻子之下。他甚至没法张开嘴巴。

他想吼叫，但发出的声音不过是闷声闷气的哼哼。他眨了眨眼睛，什么也看不见。他的力量减弱了，他即将休克。

他不想死在这儿。他想终结在水中。

比这更糟的是，短吻鳄不想腹中空空地死去。

他饿了。

◆

垃圾婆感觉到了某种她已很久没有体验过的东西：共情，与罗斯玛丽·马尔登的共情。她知道这位社工想帮助她，但垃圾婆要怎么告诉罗斯玛丽，自己并不需要帮助？她为这种情绪而困惑，接着又有了新的想法。只要照顾并陪伴着她的朋友们，她就会感到快乐，无论这些朋友是多么非人类。

她已经有了温暖的地方睡觉。她在中央公园下方的家紧挨着蒸汽管道。垃圾婆用她在街上能找到的最好的东西装饰了那个地方。一把破旧的红色导演椅是她唯一的家具，地板上铺着厚厚的破布和毯子。一面墙上靠着一张狮子在草原上的丝绒画，角落里则摆着一只木雕的美洲豹。那美洲豹少了一条腿，这反而成了它的荣耀之处。

在废弃的八十六街捷径通道里，半梦半醒之间，垃圾婆甚至回想起了自己曾经的身份：苏珊娜·梅洛蒂——突然一阵受伤疼痛的脑波潮水般冲刷过她的精神，将这个念头打断了。这股力量如此强大，甚至让黑猫发出了痛苦的呻吟。精神波动逐渐消退后，黑猫给垃圾婆传送了他同样得自袭击了老鼠的生物的画面。垃圾婆在精神上同意了他的观点。但她没法确定这幅画面。那个生物看起来像是个巨大的蜥蜴，但不知为何，它并非完全是动物。此外，它现在受伤了。

垃圾婆叹了口气，站起身。“要是我们还想获得和平和宁静，我们就得找到它。”黑猫并不怎么喜欢这个结论，但随后又传来一阵痛苦的脑波。他咆哮了一声，冲进垃圾婆左边的通道。虽然这阵痛苦的脑波席卷了垃圾婆和黑猫，花猫却只隐约感受到了一点点。垃圾婆给她重播了一点痛苦的叫喊，花猫平躺在地上，竖起飞机耳。黑猫的画面出现在垃圾婆脑海中，花猫猛地跟着也冲进通道。垃圾婆让花猫等等自己，接着她俩一起追向黑猫和那个受伤的生物。

找到他们花了一点时间。那生物长得确实与巨蜥极为相似。它被困在一条未完工的通道里的一堆木材下面。黑猫蹲在几码开外，盯着这怪异的生物。

垃圾婆看向那困住的生物，笑了出来。“这么说来，下水道里还真有短吻鳄。”那头短吻鳄扭转尾巴，将通道另一侧打下了几块砖头。“但你也不只是短吻鳄，对吧？”

她和两只猫没法救出短吻鳄。垃圾婆跪下身子，检查困住了那头野兽的木材，同时她也招呼她的朋友们帮助她。她伸出手，摸摸短吻鳄的脑袋，传送出一些图像，让他镇定下来。她感觉到那生物的意识时而清醒，时而模糊。

动物们逐渐聚拢过来。垃圾婆维持住了短暂的和平，让动物们发挥出各自的特长。老鼠们用牙齿啃咬，两只野狗则贡献了他们的肌肉力量，负鼠和浣熊负责搬运小石块。黑猫和花猫帮助垃圾婆控制这些反复无常的动物们。

等到小石块都被清空，木条和木板都被挪开或啃穿之后，垃圾婆开始拖拽那头短吻鳄。在她用力拖拉和他自己的挣扎之下，杰克终于挣脱出来。最后，垃圾婆让这头精疲力竭、浑身瘀伤的短吻鳄躺在她的膝盖上。黑猫和花猫则让那些帮了他们的小动物们离开了。

两只猫望着垃圾婆擦拭着短吻鳄的下巴，让他镇定下来。随着她抚摸的动作，他的鼻子和尾巴逐渐缩短。鳞片隐藏到了光滑而苍白的肌肤之下。粗短的四肢也变成了手臂和大腿。几分钟后，垃圾婆抱着的便是他们之前找到过的那个男子赤裸而满是瘀伤的身子了。随着这些变化，垃圾婆意识到，在某个她无法确定的时间点后，她便再也无法控制这个生物，也无法读取他的思想。不知什么时候，她已错过了他跨越人与野兽之间分野的时刻。

她站起身，将男子从身上推开，走到通道的另一头。花猫跟着她。黑猫还留在男人身边。

为什么？垃圾婆想。

为什么？黑猫反问。从猫的视角看到的他们刚才干的那些事，在她的脑海中又重播了一遍。

花猫的视线在这一人一猫身上不断游走。这场交谈没有邀请她加入。

短吻鳄，垃圾婆解释道，不是人类。

在她的脑海中，短吻鳄变化成了人类。

“好奇……”自垃圾婆开始营救以来，她头一回大声说话。

黑猫传送给她一幅画面，上面是一只黑猫躺在地上，爪子向天。

垃圾婆坐到男人身边。几分钟后，他动了起来。接着他痛苦地坐起身。自上方透落的昏暗光线中，他认出了垃圾婆，正是他前一天见到过的老妇人。

“发生什么了？我只记得自己遇上了一伙带着枪的疯子，然后就什么也不记得了。”他想将视线集中在面前的老太婆身上，可对方的身影却总是裂成两半。“我想可能我是有点脑震荡了。”

垃圾婆耸耸肩，指了指他身后天花板倒塌后掉落的木条。他眯起眼睛，看到了天花板和这个陷坑的四壁上有几百个爪印。在这片废墟的正中央，杰克还看到了一头巨兽尾巴拍打出来的印记。

“上帝，别又来了。”杰克背对垃圾婆，“你到这儿的时候，看到的是什么？”

她侧身离他更远了一些，沉默不语。他看到在那脏兮兮的头发下面，她的嘴角露出了一个古怪的微笑。她疯了吗？

“狗屎①。我要做什么才好？”一对黑色的肉掌拍在杰克的胸膛上，差点把他打倒在地，“别这样，兄弟。你可是自我离开沼泽之后见过的最大只的猫了。”黑猫的眼睛死死地盯着他，带着一种古怪的紧张感，“怎么了？”

“他想知道你怎么做到的，”老女人的声音与她的外表毫不匹配。她的声音很年轻，而且透着一丝幽默感。“小心点。你现在昏昏沉沉的，就好像冬眠灵药效刚过。”他想站起身时，她扶了把他的手臂。

---

① 法语。

等他终于站直了，她说：“你不能就这样离开这儿。”她脱下大衣。

“老天[1]。谢谢你。”杰克的脸红了，他钻进了她那件绿色大衣里，将大衣拉紧。它将他从脖子到膝盖都包住了，只是手肘以下的小臂还裸露在外。

“你住在哪儿？”垃圾婆面无表情地望着他。杰克对她的这份友善心存感激。

“市区。市政厅车站附近，百老汇再过去一点儿的地方。我们现在这地方靠近哪个地铁车站吗？”杰克不习惯于迷路，他发现自己很讨厌这种感觉。

垃圾婆走向通道的入口作为回答，接着她转向右边，没有回头来确认他是否跟上了自己。

“你的那位女主人，有点儿古怪。没有冒犯的意思。”杰克对黑猫说道。他跟上拾荒女时，黑猫也跟着他走了起来。那只猫抬头看看他，嗤了一声，摆了摆尾巴。

“我在跟谁说话呢，呃？”

尽管杰克想要紧跟上垃圾婆，但很快他就被落下了。最后，在黑猫的恳求下，她又走了回来，用自己的肩膀抵着他的手臂，撑起了他。

当他们绕进五十七街地铁站时，杰克终于认出了这些通道。让他吃惊的是，他们进入站台后垃圾婆的表现发生了变化。尽管她还在扶着他，样子却像是打算逃走。她已不再大步前进，而是拖着脚行走，视线也一直盯着地面。那些在站台上等待着的人们纷纷绕开了他们。

地铁进站了，最后一节车厢上带着醒目的明亮涂鸦。垃圾婆拉着杰克走向那装饰得五颜六色的车厢。时间足够杰克去读车厢上的一段

① 法语。

句子：

你是否与众不同？

你是否感觉到了那团火焰？

你是否内心熊熊燃烧？

那团火焰吞没了我们的所有，

却绝不会让我们死亡。

永不结束，在火焰中迎向永恒。

杰克觉得就在自己望着的时候，有几句句子发生了改变，但这也可能是因为他受了脑震荡。垃圾婆将他拉进车厢。车门关上了，一群没来得及上车的愤怒乘客被挡在了外面。

“哪一站？”杰克觉得垃圾婆简直惜字如金。

“市政厅。”杰克重重地跌坐在座位上，将脑袋枕上椅背休息，地铁开往市区时，他闭上了双眼。他没有注意到，在他睡着的时候，座椅根据他的身形改变了形状，好支撑起他的身体。他也没有发现，直到他们抵达了他那站之前，车厢的门再也没有打开过。

两只猫在乘地铁的过程中并不怎么开心。花猫完全被吓到了。她竖起飞机耳，尾巴僵硬，炸着毛，紧紧贴着垃圾婆。黑猫则小心翼翼地踮脚踩着车厢地板。对他来说，这材质不算很熟悉。他对地板的热度和那包围着他、让他困惑的气味迷惑不已。

垃圾婆试图看清昏暗车厢内的情景。在这里，没有一块尖角。一些模糊的轮廓似乎在她视野的余光中偷偷改变了形状。自那次吸了迷幻药之后，我就再也没有感受到过类似这样的东西了，她想。她将意识从那两只猫和杰克身上延伸出去。她没法确定自己短暂地联系到的究竟是谁。但她感觉到了一阵强烈的舒适感，温暖和呵护之感在这儿包围着他们。

她小心地坐回自己的座位上，抚摸着花猫。

♥

“到了。”杰克说道。

经过充分休息之后，他带着这支小队穿过市政厅车站，经过一片让人眼花缭乱的维修橱，再绕进另一片不为人知的管道的迷宫。前往他家的整个路程中，他不断开关通道中的灯光，当他终于打开最后那道门后，他站到一旁，伸手招呼垃圾婆和两只猫进门。他们睁大了眼睛望着这宽敞的房间，他露出了自豪的微笑。

“好家伙。”垃圾婆看着这满屋子的家具和装饰，有些畏缩。首先给她留下印象的是爪子形状的红色天鹅绒沙发椅。

“你比你的外表更年轻。这也是我的反应。让我想起尼莫船长的特等舱……”

“《海底两万里》。”

“是的，没错。你也看出来了。这是我在教区剧院里看的最早一批电影之一。”他们走下铺着猩红色地毯的楼梯，它的边上还装饰着金色的支柱，上面悬挂着天鹅绒绳线。两只猫跑在他们前面，花猫将维多利亚式扶手椅当做了障碍物。电灯的光线上又加了一层瓦斯灯摇曳的光芒，让这整个房间透出一股 19 世纪的氛围。黑猫一路小跑过波斯地毯，来到平台的另一头，回望这两个人类。

“他想知道这是什么，还有门后面有什么。”两人慢慢走下楼梯时，垃圾婆一直扶着杰克，“你得躺下来。”

“没事。这是我家，门后面是我的卧室。要是我们能从那个方向听见……”他们望向房间的另一头，“这里是纽约的第一条地铁，建造者叫阿尔弗雷德·比奇，早在内战时期建造的。它只联通了两个街区。‘老板’特威德不想要它，就将它关闭了，接着他们遗忘了这条线路。我替高速运输管理局工作后不久就发现了它，这是这份工作带来的好处之一。我不知道它为什么还保存得这么完好，但它对我来说是个好地方。只需要稍加清扫就足够了。”此时他们已走到了房间的另一头，杰克伸手去转青铜门上的把手。门打开了。“这里过去曾经是气动导管的入口。”

“我完全没想到。”垃圾婆惊讶地发现通道内侧几乎没什么家具。只有一个用松木板自制的床，一个同样自制的书架和一个板条箱。

“家里该有的都有了。我甚至还有全套坡果出版社①的书呢。”杰克一脸无辜地看着垃圾婆，她笑了出来，接着又露出了惊讶的表情。

“你的碘酒在哪儿？”垃圾婆四下张望，寻找急救药箱。

“我没用过那种东西。你能帮我弄点儿那个来吗？”杰克指了指蜘蛛网。

“你在开玩笑吧。”

“那可是世界上最好的疗伤膏药。我祖母教我的。”

垃圾婆转身背对着他的时候，他穿上一条短裤，手里拿着一件衬衫。她递过蜘蛛网，帮他敷在瘀伤最严重的地方。

“所以你又是怎么会住到这种地下的地方的？”杰克躺在床上，缓慢地眨了眨眼睛，垃圾婆则小心翼翼地坐在床边。

“你显然和那些社工不一样。”垃圾婆透过卧室的门，望着两只猫在厅里追逐打闹。她转过身，以打量的目光望着他，“而且他们喜欢你。

“一段时间以前，他们让我出门了，于是我就回了城里。也没有其他地方可以去。我遇到了那只黑猫，于是我就和他聊了会儿天，他也回应了我。还有很多其他动物，虽然他们都不是人类。我一直一个人。我不需要人类，也不想有人在我附近。对我来说，人类只会带来厄运。不过我也能和你交谈，当你是另外一个身体时，你明白我的意

① Pogo Books是一家德国独立出版社，出版了很多艺术类书籍。

思吗？在外面他们叫我垃圾婆。我以前有过另外一个名字，不过我不怎么记得了。”

“他们叫我暗渠杰克。”相比于垃圾婆平淡的叙述，杰克的话音中带着一丝痛苦。她突然捕捉到了喷薄的情感，尖叫、亮光、恐惧和沼泽中的避难所都涌了出来。

“它在这儿——那个生物。你到底是什么？”垃圾婆困惑极了，她以前从未遇到过这样人与动物混合而成的个体，她的联结时断时续。

“二者都是。如你亲眼所见。”

“你能控制它吗？你能让自己转变形体吗？”

“你看过劳伦斯·塔尔伯特①变成狼人吗？只有当我失去了自控能力，或者让野兽接管这副身体时，我才会变身。让我变身的时刻不是满月，而是随时都行。在我来的地方，有个狼人②的传说。卡真人都相信它是真的。我小时候也信。我很害怕自己伤害到什么人，所以我尽可能远离了他们。纽约就像外国，在这里没有人认得我，也没有人会打扰我。”

他的视线不再望向过去，而是盯着她。“你为什么装成这副样子？你不可能老于四十五岁。”

“二十六岁。”她低头望着杰克，自己也不知道为什么会把这话说出口，“这样能让他们少来烦我。”

杰克透过洞开的卧室门，看向对面墙上的地铁钟。“我饿了。你呢？”

♣

营救 C. C. 。这本是个多么美妙的主意，结果却变成了一场噩梦。

---

① 1941 年的电影《狼人》的主角。

② 法语。

罗斯玛丽跟着几个无业游民进了大中央车站地下的气管隧道。一开始，她试图向每一个她遇到的人询问 C.C.，但等她越来越深入渗水的通道，那些住在里面的人全都逃走了。在地下，偶尔才会看到从上方街道透下光栅带来的光亮，其他就只有流浪汉点烟时的火光。疲劳和恐惧控制了她的精神，她一次又一次地跌入隧道地上的淤泥里。

在某个恐怖时刻，一个肮脏的生物咯咯笑着攻击了她。她把他打跑了，却弄丢了自己的手包。罗斯玛丽绝望地迷了路。她时不时能听到似乎是枪声和爆炸的声音。*我进了地狱。*

穿过黑暗，有两个发光的亮点正在前方盯着她。她向前靠近，它们便往后后退。这两个闪着虹光的绿色亮点迷住了她。

等她终于看清之后，罗斯玛丽发现那是一只蹲在黑暗中的猫。它后退了几英尺，发出吼叫，望着罗斯玛丽，而她靠近后发现，这只猫在保护另外一只受了伤的猫。后者的胸部被压碎了，一条腿几乎从身体上折断得要掉下来，它即将死去。守护着它的猫不希望它再承受任何痛苦。罗斯玛丽虽然听到了低沉的叫喊声，却无视了那双眼睛，跪在受伤的猫旁边。她意识到自己已经没有什么能做的了，于是便将猫抱在怀里。那只猫发出了舒适的呼噜声，接着咳了几下，死了。

守护的那只猫抬起头，低沉地喵呜出它的哀思，接着转过身，跑入昏暗之中。

罗斯玛丽将猫的尸体放在面前的地上，将它的脑袋和腿摆成了一个舒服的姿势，接着自己坐在地上，开始啜泣。她似乎哭了很久很久，这才从啜泣中喘过气来，向着枪声的方向走去。

♠

在洗劫了冰箱之后——垃圾婆能够理解为什么联合爱迪生公司[①]

① 美国最大的私人能源公司，给纽约市提供电力。

从不注意电龙头，但杰克到底是怎么把冰箱弄到地底下来的？——杰克回到卧室里，准备睡上一会儿。垃圾婆和两只猫探索了杰克的领地，他们还确认了是否能打开他在他们身后锁上的门。

他们很快就发现受到了限制。垃圾婆坐在一张又软又厚的马鬃沙发上。黑猫也坐到沙发上，而花猫则继续玩耍，尝试着横穿整个房间而不落到地板上。垃圾婆沉思着，这是她这几年来头一回思考时没有邀请黑猫与她一起。杰克的生活方式让垃圾婆感到了惊讶，它让她那从一个临时住所、一堆破布搬到另一处的生活，突然之间变得好像出了错，充满了过去总是被她无视的不便之处。

她和杰克讨论了这样一种可能性：或许他俩都是王牌。这是什么样的运气啊。病毒毁了他俩的生活。她再也没法回到天真的童年，回到幻觉和病毒以动物世界的奇异知觉侵袭她的大脑之前。她觉得她恐怕曾经有过一个悲惨的童年。不然她也不会离家出走。但再想想你是某种好像狼人一样的生物，一个被上帝诅咒的存在，那又是另一回事。

为什么她对他这么坦诚？如今在这城市里，再没有另外一个活人对她的了解超过杰克了。这是因为他们很相似；他们知道与众不同是什么感受，也知道不再设法表现得与他人相似是什么滋味。

猫的爪子挠在她的手背上，划拉出了血迹，这时她的注意力才转移到现实世界。她的视线与黑猫的交汇，其他动物的眼睛看到的恐怖景象充斥了她的脑海：老鼠窝被机关枪开火扫射；大喊大叫的男人吓坏了一只负鼠，她将孩子们背在背上逃走，结果有一只从她背上掉下来，死了；猫咪张皇逃窜，被枪射杀；一只猫奋起战斗，想要保护她的孩子们，但手榴弹毁了她的家，几乎炸飞了这个猫妈妈的一条腿；一个看起来特别像那个该死的社工的女人将一只垂死的猫抱在怀里。越来越多鲜血淋漓的场面，全都来自于她仅有的那些朋友们。

“那些小猫。他们不能这么做！”垃圾婆站起身，发现自己浑身打颤。

“发生啥事了?”杰克被垃圾婆的叫喊声惊醒，他迷迷糊糊地从卧室走了出来。

“他们正在屠杀他们！我得阻止他们!”垃圾婆握紧拳头，转身背对着他。她向楼梯走去，两只猫一左一右地跟在她身旁。

“我也去。”杰克钻回卧室，抓起垃圾婆的绿色外套、手电筒和一双运动鞋，跟着他们上了楼梯。

因为边跑边穿鞋拖慢了他的动作，他在第一个通道交汇点才追上他们。

“不是这边。”一人两猫正打算往右边拐，杰克阻止了他们。他把垃圾婆的外套塞给她，接着将手电筒光指向另一条通道。

“我们就是从这里过来的。”垃圾婆惊慌失措，不再像之前那么信任杰克了。

“这条路能把你带到地铁站。那是回去公园最快的路线。我有一辆轨道检查车。跟我来吗?”杰克等垃圾婆点头答应之后，小跑着冲进了左边的通道。

当他们靠近中央公园，弃置了那辆车后，屠杀的画面在垃圾婆脑海中变得越来越清晰。他们来到通道的下一个分叉口，杰克抬起头，嗅了嗅。“不管他们是谁，他们现在使用的是军用级别的火力。你有什么计划?”

“我们得先知道他们是谁，然后我们才能阻止他们。对吧?”垃圾婆完全不知道该怎么做。

“我敢打赌他们是枪的*好朋友*[①]，但我不知道他们的主使者是谁。”

一幅画面出现了，画面中是花猫与杰克一起行动，黑猫则跟着垃

---

① 法语。

圾婆。

“太远了。”垃圾婆拍拍大黑猫的脑袋，“主意不错。”

“什么主意?”

“小黑觉得我们应该分头行动，直到我们搞明白到底发生了什么。要是我们两人身边都跟着一只猫，那我们就能保持，嗯……”

“保持联络。嗯。你至少能看得到发生的事。”杰克若有所思地点了点头，“我喜欢看战争片，但现在我的地盘上有很多虱子，让人生厌。我们走，长官。”他对花猫说道，后者跳到了他的前头。“祝好运[1]。”

垃圾婆点点头，走向另一个方向。

◆

在一片深沉的黑暗中，仅有稍许光芒自唐·卡罗·甘比诺荷枪实弹的手下戴着的头灯发出，他检视着这片曾经是他的王国的废墟。

他的副官声音听起来几近道歉。“唐·卡罗，恐怕我们的部下对他们的任务过于热衷。”

唐·卡罗望着屠夫的手电筒照出来的那些尸体。“热忱确实会造成这样的问题，”他说，“这不是坏习惯。”

“我们找到了他们的总部，”屠夫说道，“大概在一个小时之前，我们的人发现了它。”他用一根手指指向地图，“在八十六街附近。就在公园下面。靠近中央公园的湖。看起来像是有人居住。所以我就给你打了电话。”

“我很高兴，”他的领导人说道，“我希望，当我们敌人那欠缺周全考虑的叛乱之火被消灭时我能在场。我就知道，一定有个理由让他们选择在这时候反抗我们。”唐·卡罗的声音抬高了。屠夫盯着他。

---

① 法语。

“我要他们的脑袋，”唐·卡罗说道，“我要把它们钉在阿姆斯特丹大道和一百一十街的长钉上。”他的双眼大睁，在电灯的灯光下，闪着狂热的光芒。

屠夫将一只手轻轻摆在唐的手腕上。“我们最好现在就去上城区，老大。我命令他们在原地等待，但他们都太——狂热了。”

唐·卡罗的视线横扫过那些随意丢弃在肮脏水泥地上的尸首。鲜血浸透了破布烂衫。“这是一场悲剧！痛苦，痛苦……”他直视着脚边的尸体。那是一个白人，过于细瘦的四肢张开摊在地上，看起来就像是坏了的牵线木偶的肢体。在那张棱角分明而饱经日晒的脸上，看不出一丝平和。那双大睁着的黑色眼睛里，也只有极度的痛苦。一副临时凑合拼装而成的护目镜掉落在这个男人脑袋旁的血泊中。唐无意识地用擦得锃亮的鞋尖推了推这人破旧的工装外套的肩膀。“这人是个真正的丛林鬼牌[①]……”他的声音越说越轻。

唐·卡罗转开了视线。他挺直身体，从他视为非做不可、近乎神圣之事中获得力量。他凑近屠夫那张冷酷的脸。“我们做的这些事……”他说，“令人悲伤，非常悲伤。但有时候，我们必须袭击，甚至必须毁了我们热爱的生活方式，从而保护它。”

♥

尽管有些逞能——*为什么我非得给那个捡破烂的女人留下好印象？*——杰克还是尽可能地抓紧时间在通道里前行。回到公园的这趟长长的行程，让他再度感觉到了虚弱和相当严重的疼痛。不管什么时候听到嘈杂的声音，他的动作都会僵硬。花猫展现出了令人惊讶的耐心。她会往他前方走出五十英尺左右，若前面没有什么东西，她就再折返回来。杰克急切地渴望自己能与她交谈。

---

① 指参加过越战的鬼牌。

现在那些声音完全不是想象出来的。它们越来越响。杰克甚至开始听到了一些他无法理解的叫喊声。每一次枪响或爆炸声响起，他都会吓得跳起来。他关了手电筒，以防被人看见。花猫此刻离他几英尺之遥。他把自己的脸弄脏来降低皮肤的反光。

就在他前方，传来皮靴在水泥地上摩擦的声音。他开始后退，却正好撞见了一名猎手，对方与他一样惊讶。

"他妈的！乔伊！乔伊，我抓到了一个！"

那个男人戴着的安全帽上装着探照灯，他挥舞枪托指向杰克的脑袋。

"他在哪儿，斯莱？"

来复枪的枪托擦过杰克的脑袋。他设法跳出了探照灯的照射范围，跑进了一条似乎是死胡同的通道里。杰克尽可能地让身子紧贴墙壁，同时期望自己能变身成某些更有用的东西，比如说水泥或泥土。就在这个念头从他脑海里冒出来时，他意识到身上开始发痒，这是他即将生出鳞片来的征兆。杰克与之斗争，放慢呼吸，想要控制它。他现在只需要这么做就行了。花猫去哪儿了？他想着。要是那只猫受伤，垃圾婆会杀了我。

"他一定就在这里面，这地方是死路。"那声音响得就像近在一英尺之内。

"扔个手榴弹了事就完了。我们还得去封锁他们的基地呢。"

"啊，乔伊，来嘛。"

"斯莱，你真是个疯子，兄弟。走吧。"

传来了金属落在石头上的声音。杰克瞥到一眼手榴弹的反光，接着肾上腺素就让他的神智全都蒸发了。妈的！[1] 这是他意识中最后的一个念头。

---

① 法语。

爆炸让一些碎石落了下来，但这块区域建造时的贪污腐败现象不怎么严重，房顶还是撑住了。

“去确认一下，斯莱。”

“好吧，乔伊。谢谢您的指导。”众所周知，斯莱疯的程度几乎与小雷纳尔多相当。

为啥每次都是我啊，乔伊很想知道。

“啥也没了。就只有一点破布和一只运动鞋。右脚的。”

“那就走吧。我们还有很多路要走。”

两人都没有注意到，花猫蹲伏在墙上靠近天花板的地方突出来的一块石头上。她从那儿跳下来，一路嗅着破破烂烂、鲜血淋漓的衣服。接着，她将这幅画面传送给垃圾婆并准备与之会合。

♣

垃圾婆静悄悄地靠在八十六街捷径的墙上。她轻轻拍了拍花猫的脑袋，尽可能地装成一个无害的老太太。黑猫确实提醒过她黑手党就要来了的消息，但正当她打算逃走时，他们已经来到了她的身后。对方人太多，没法跟他们打，所以她就做出了顺从的样子。现在，她静静地望着被他们弄得一片狼藉的家。看守她的人只有一个，而且此人的注意力集中在唐·卡罗身上。

“不知道怎么回事，他们一定是逃走了。”屠夫带着歉意说道。

“我想要他们。”唐·卡罗回答。他凝望着廉价木头框子里那张巨大的丝绒画，它的一角已经被撕掉了，画上是一群骄傲的狮子在大草原上捕猎斑马。“他们之前就在这儿，”他说，“那些野蛮人。”

“唐·卡罗，先生，我……”说话的人是乔伊。

“怎么了？”

“是玛利亚，唐·卡罗。我发现她在这附近游荡。”乔伊陪着罗斯玛丽走到她父亲面前。她没有任何反应。她的表情空洞，几乎称得上是平和。罗斯玛丽成了一个温顺的布娃娃，她的灵魂迷失在了通道里的某处。

唐·卡罗惊讶地看着她，接着思索了一会儿。“玛利亚，发生什么事了，亲爱的[1]？乔伊，她怎么了？”

“我不知道，唐·卡罗。我找到她的时候，她就已经是这样子了。”

垃圾婆从黏腻的发丝之间抬头看过去。“罗斯玛丽，你就不能也远离这些吗？社会工作者……太爱管闲事了。”垃圾婆悄声说道。看守听到了她的喃喃低语，转过头看了她一眼，但接着就摇摇头，又把注意力转向面前更刺激的事了。

“替我照顾好她，乔伊，直到这些事结束为止。”唐·卡罗又转向屠夫说道，“这个老女人知道点什么吗？”

“我们接下来就会找到答案的。”屠夫走向垃圾婆，灯光将他那把小刀的刀刃映得明晃晃的。但接下来，他停止了动作，留意听着外面的动静。

通道里的所有人都在侧耳倾听。原本大家以为不过是远处又开来一辆地铁的隆隆声，此刻却显得太响又太快了。从西边的通道里传来叫喊声，甚至还有一声惨叫，紧接着一节地铁的车厢从黑暗中浮现，行驶在根本不可能开动的废弃轨道上，它根本没有供电。车厢散发出白色的磷光，仿若幽灵。线路标牌上显示的是 C. C. 线。它在人群聚集的地方中间停下了。车厢外明艳的涂饰不停地变化着，速度之快，肉眼根本看不清。

“C. C. !”原本站立在乔伊身边的罗斯玛丽挣脱了他的掌握，跑向这辆幽灵车。她伸开双臂，像是要拥抱它，但当她触碰到车厢外侧

---

① 意大利语。

时，她有些瑟缩了。接着罗斯玛丽伸出一只手，触摸了车厢底下并非金属的物体。“C. C. ?”

她触碰的地方散发出五彩的颜色，很快消散了。接着整个车厢变得通体漆黑，几乎从观看着的众人视线中消失。就像之前一样，一些词语出现了，那是C. C. 写的歌词，只有她最好的朋友罗斯玛丽曾经读到过。

你能唱出痛苦

你能唱出悲伤

但没有任何事能给你带来一个全新的明日

正如没有任何事能带走你的昨天

一幅幅画面出现在车厢外侧，如同投影。第一个画面是地铁站里的一场袭击和强奸犯罪的现场。接着是一张医院病床，可以看到罗斯玛丽的影像就在床侧。有个穿着医院病号服的人从安全通道走了下去。

“你就是这样离开医院的，C. C. 。你那时候为什么要离开?”罗斯玛丽抬头对着车厢说道，样子就像车厢是她的朋友。

下一个场景展现的是另一个地铁车站，又一场袭击事件，但这一次，穿病号服的人是目击者。她想阻止袭击，却被凶手甩到一边，丢到了轨道上。疼痛与愤怒的色彩。在这片几乎没什么人的站台上，垃圾和其他所有没固定在站台上的东西——贩卖机、废弃的报纸、一只死老鼠，所有东西——全都吸向轨道，如同被拉进了一个黑洞贪婪的入口。一辆六节车厢的列车带着啸声驶入车站。突然之间，又一个车厢链接在了它后面。那个袭击者仓皇地奔逃，进了最后的车厢，而后——画面转变为一片血红，仿佛鲜血洗刷了整个幽灵车厢。一个个地铁车站，一片片血红。最后出现的袭击者身着皮夹克，画面上还有一个老妇人。

“卢米?”罗斯玛丽看到她的未婚夫行凶打劫的场景，她后退了一步，“卢米?”

“隆巴尔多!”唐·卡罗眼看着未来的女婿进入车厢惨遭屠戮的场景，脸色铁青，“乔伊，把玛利亚拉开，远离那个……东西。雷纳尔多，火箭炮在哪儿?你现在有机会用上它了。弗雷德里科，把那个老太婆带到车厢边上去。我要把他们全都毁了。现在马上!”

乔伊将罗斯玛丽拉到一边，她挣扎起来。“上帝，”他自言自语地说，“就像从前在村里时一样，耶稣。”垃圾婆一言不发，紧紧地将花猫抱在怀里。

雷纳尔多小心地瞄准火箭炮。垃圾婆绷紧了身子。

凶猛的黑猫带着四十磅重的怒火正正击中雷纳尔多的背部。他身子前倾，炮管随之朝上，射出的火箭便向着顶上飞去了。它在一片金红色的火花中爆炸了。

罗斯玛丽挣脱了乔伊，跑向车厢。

水灌进了通道里。参差不齐的水泥块逐渐从它们原本的结构上分离，导致更多水涌了进来。

“雷纳尔多，你这蠢货，你把中央公园湖的湖底击穿了一个洞!”屠夫弗雷德里科朝着正逃跑的那人喊道。黑手党的成员们纷纷四散逃向各条通道。

“进车里去。快!”罗斯玛丽抓住垃圾婆。

“玛利亚，我来救你。坚持住。”唐·卡罗与逐渐上升的水流抗争着，想要救下他唯一的女儿。

“爸爸，我要和 C. C. 一起。”

“不!你不能那么做。它被诅咒了。”唐·卡罗想向前移动，却意识到自己的双腿被什么东西困住了。他将双手伸入冰冷的水中，试图扯开它，却摸到了一片带着鳞片的皮肤。他低头，看到一排乳白色的牙齿。一双充满了憎恶的爬虫类的眼睛回望着他。

罗斯玛丽让所有人都上了车，甚至还包括了那只黑猫。车厢开始返回西边的通道。

“等等。杰克还在那儿。别丢下他。”垃圾婆想打开车门。罗斯玛丽抓住了她的肩膀。

“谁是杰克?”

“我的朋友。”

“我们不能回去，”罗斯玛丽说道，“我很抱歉。”

垃圾婆坐上了后排座位，让两只猫再次一左一右地护着自己，然后盯着他们后方冲进管道里的大水，而他们则向着更高的地方开去。

♠

地铁车厢沿着八十六街的斜坡往上爬的时候，黑色的水面也跟在他们身后涨了上来，拍打着 C. C. 的车轮边缘。最终，她抵达了管道中一处潮水跟不上来的高地。C. C. 停了下来，稍稍后退，刹车。

她的乘客们聚集在后部联结门旁，竭力想要看清他们身后那片黑暗之中的东西。

“让我们出去，C. C. ，”罗斯玛丽说道，“求你。”

嘶的一声，地铁车厢亲切地打开了侧边门。他们四个——两个人类和两只猫——下了车，走上路基，站在这片新形成的沙滩边。花猫嗅了嗅水缘，转过了身子。她呜呜地发着牢骚，抬头看垃圾婆。

“等等。”拾荒女说道。在那瞬间，她的脸上露出了一丝不太习惯的微笑。

罗斯玛丽站起身，集中精神，想望穿这片黑暗。她记得自己见到的最后一幕是父亲向她伸出了手，接着就只有他的脸，还有他那双眼睛。最后什么也没有了。

“那里。”垃圾婆说道。

他们都睁大了眼睛。“我什么也没看见。”罗斯玛丽说。

“那里。”

现在他们都看见了：那是一个巨大的铲形鼻子拖拽出来的V字形水波。他们看到一对鳞甲防护着的眼睛浮出水面，检视着岸上的这个小团体。

两只猫都兴奋地喵喵叫了起来，花猫前后跳动，黑猫则左右摇摆着黑蛇鞭似的尾巴。

“那就是杰克。”垃圾婆说道。

◆

又过了一段时间，尘埃如字面意义上的那样落定，湖水退去，伤者们都接受了治疗，尸体也被埋葬，饱受摧残的市政员工们尽可能地将这片混乱清理到了一定的规模以下时，曼哈顿终于回归了日常。

中央公园湖的底部被重新封住了，湖里重又注满了水。海怪（或者更正确的是湖怪）的目击报告层出不穷，却始终未能得到确认。

六十八岁的莎拉·贾维斯终于意识到，在总统的外表下掩饰隐藏着的真实身份。1972年11月，她将选票投给了乔治·麦戈文。

乔伊·曼卓的运气变好了——或者至少可以说，他的运气发生了变化。他搬到了康涅狄格州，写了一本关于越南的小说，根本没人买，又写了一本有组织的犯罪相关的书，这本倒是卖得不错。

罗莎－玛利亚·甘比诺通过法律途径将自己的名字改为罗斯玛丽·马尔登。她完成了哥伦比亚大学里的社会工作学位，帮助塔基扬医生治疗了C. C. 莱德。她还进了一家法律学校学习，考虑接管家族的事务。

C. C. 莱德依然是医生最棘手的案例之一，但将她的意识和身体都变回人类形态的研究进程似乎多少也有了一点进展。C. C. 还在创作优美而尖锐的歌词。她的歌被帕蒂·史密斯、布鲁斯·斯普林斯庭等人传唱，录成了唱片。

时不时地——尤其是坏天气的时候——垃圾婆和黑猫、花猫都会搬进阿尔弗雷德·比奇的气动地铁站隧道，与暗渠杰克·罗比丘克斯待在一起。这是个相当舒适的安排，但还需要做出一些改变。杰克不再伤害老鼠了。在那间维多利亚式的餐厅里，时常会听到这样一个哀叹：“今天吃什么，又是鸡?”

♦♥♣♠

插曲·之四

《鬼牌镇的恐惧与憎恶》节选

亨特·斯托克顿·汤普森　著

原载《滚石》杂志，1774 年 8 月 23 日

曙光降临在了鬼牌镇上。我能从码头边上我住的南街旅馆的房间窗口听到垃圾车开过的声响。这里是旅途的终点，对于垃圾及其他一切，对于美国的狗屎来说都是如此，此外，我觉得我自己也像是走到了终点，在这纽约最邪恶最有害的街区巡游了整整一周之后……当我抬起头，一只爪形的手出现在窗台外，一分钟后，一个脑袋也随之出现了。我住的地方在街道上方的六楼，而这个速度惊人的白痴却若无其事地从窗子里爬进来了。或许他这么做是对的，因为这里是鬼牌镇，生命在这里流逝得极快，也极其廉价。这就好像在一场噩梦之旅中游荡于纳粹的死亡集中营；你眼见的一切，你连其中的半数都无法理解，但它照样能让你吓得尿出来。

出现在我窗台上的东西他妈的有八英尺高，长着长腿爸爸式的三关节的手臂，他的手臂太长，爪子都划拉上了硬木的地板，他的肤色像德库拉伯爵，脸上的鼻子则像大灰狼。当他咧嘴笑时，那张该死的嘴巴整个儿张开，露出一大排绿色尖牙。这倒霉玩意儿甚至还会吐毒液，这倒是个挺好的技能，如果你准备晚上在鬼牌镇晃悠。“有好东西吗？”他边问边从窗台上爬下来。他很快发现了床头柜上的龙舌兰酒瓶，于是就用他那荒谬的手臂设法拿到了它，接着又靠那手臂给自己猛灌了一大口。

“你觉得我看起来像是不会发火吗？”我说。

“我觉得我们得先解决我的问题。”他说着从口袋里拿出一把黑色药片。他吃了其中四片，又喝了好多我的金快活酒把它们送下肚去……

……想象一下，要是休伯特·汉弗莱成了一个鬼牌，你把一个大象鼻子安在休伯特的脸中间，就像从他本该长着鼻子的部位生出了一只软趴趴的粉红色蠕虫，如此一来你就看到了泽维尔·德斯蒙德。他的头发十分稀薄，或者毋宁说根本没有，他的眼睛是灰色的，眼袋下垂，他的外套也是一样。这副样子已经跟了他十年，你完全能看得出来，他已经精疲力竭。当地的专栏作家称他为鬼牌镇市长和鬼牌之声；他这十年来的成就也就不过如此了，他和他那伙可怜的鬼牌反诽谤联盟成员——这无非就是几个伪造的头衔——作为坦慕尼协会[1]最爱的鬼牌宠物，在格林尼治村派对的女主人没办法在短时间内邀请到王牌出席之时，便会获得邀请。

他站在平台上，穿着三件套西装，用他那该死的鼻子拿着他的帽子，讲些什么鬼牌要团结一致，什么积极投选票，什么给鬼牌镇配备鬼牌警察，诸如此类的小打小闹玩意儿，搞得好像真能成什么事似的。在他身后那块松垮下垂的鬼牌反诽谤联盟的横幅下面，站着一排你能见到的最可怜的失败者。要他们是黑人，那他们就是汤姆叔叔，但鬼牌里还没有这样代表性的人物……但他们总会有的，你可以拿你的面具就这一点打赌。鬼牌反诽谤联盟的人都用面具把自己藏得严严实实，就像随处可见的其他好鬼牌一样。它们可不是普普通通的滑雪面具或化装面具。只要你沿着包厘街或基丝汀街行走，或者在塔基扬的诊所外逗留一会儿，你就会看到种种宛如瘾君子的噩梦幻象里才会有的东西：带羽毛的鸟面具、人面天蛾面具、皮制老鼠脸面具、僧侣的长兜帽，还有每个要价100美元以上的带闪闪亮片的个性“时尚面

① 原本是美国全国性的爱国慈善团体，后来成为纽约的政治机构。

具”。面具是鬼牌镇色彩的一部分，所有从博伊西、杜鲁斯和马斯克吉来的观光客都会在这儿买上一两个面具，带回家去当做旅行纪念品，而每一个喝得醉眼蒙眬想就这些该死的可怜鬼牌再写上一篇愚蠢报道的弱智记者，都会立刻注意到这些面具。他们的眼里只有那些面具，都注意不到那些戴着面具的鬼牌穿的都是薄得发亮了的救世军外套和掉了色的女士便服，他们不会注意到这些面具里有一部分是多么老旧，他们肯定也完全不会意识到年轻些的鬼牌，那些穿着皮衣和李维斯裤子的，根本不会戴面具。“我他妈就是长这样。”某个下午，一个长相奇丑的姑娘在鬼牌镇上一家腐臭的色情场所外这样对我说，“我才不管‘耐特’[1] 喜不喜欢它。我应该戴个面具，好让某个皇后区来的‘耐特’臭婊子在看到我的时候别反胃？去他妈的吧。”

听从泽维尔·德斯蒙德的人里可能有三分之一的人会戴面具。或许更少些。不管什么时候他停下来等人鼓掌，戴着面具的那些人都会拍手，但你可以看得出来，就算是他们，其实也没那么心甘情愿。剩下的那些人就只是听着，等着，他们的眼神就像他们身体的畸形那般丑恶。在外面有一伙卑劣的年轻人，他们大多数都穿着帮派的服装，名字则都是些恶魔王子啦，极客杀手啦，狼人啦之类的。我就站在他们边上，还在想塔克会不会作为顾问出场，然后还没等我看清谁先起的头，突然德斯蒙德就闭上了嘴巴，他站在一堆王牌、鬼牌和耐特都是神的儿女之类的无聊标语中间，我回头望向他的时候，他们已经开始嘘他，向他扔花生，他们扔的都是些带壳的咸味花生，他们就这样把花生哗啦啦地扔在他的头上，他的胸膛上，还有他那倒霉鼻子上，他们还把花生倒进他的帽子里，而德斯蒙德就那么傻站着，喘着粗气。他本该是这些家伙的发言人，《每日新闻》和《鬼牌镇之声》上都是这么告诉他的，但这可怜的老家伙完全没有一点屁大的法子，能

① Nat 是在鬼牌中盛行的俚语，指没有受到病毒感染的普通人。

让这闹剧收场……

……刚过午夜，我走出畸人酒吧，随便找了个阴沟撒尿，我觉得这可比去男厕所要安全多了，再说，晚上这个点能有多大概率出现一个条子在鬼牌镇里四处巡逻？基本没可能，太可笑了。街灯都是坏的，有那么一会儿，我以为是威尔特·张伯伦出现了，但接着他走近之后，我注意到了他的手臂、爪子和鼻子。他的皮肤就好像老象牙。我问他他妈的他有什么毛病，他则问我我是不是写了本天使相关的书的家伙，一个半小时后我俩就坐在布隆街一家通宵店铺后面的小摊上，女服务员给他倒了好几加仑的黑咖啡。她有一头长长的金发，腿很漂亮，在她那件粉红色的制服胸部的位置上写着“莎莉”，她整体是很好看的，除非你去瞧了她的脸。我发现只要她一走到附近来我就会低头看我的盘子，这让我觉得很不舒服，悲伤而愤怒。“鼻子”一直在说什么他从没学过代数学，还说我以前提到过没什么东西是四个手指的地狱之王曲柄治不了的，“鼻子”给我看了他的牙齿又说既然如今我们找不着真正的高压电曲柄，但他又正好知道有个地方他可以把他的双手放在……

……“我们在这儿谈论的是*伤口*，我们谈论的是真正的淌血的*伤口*，那种你没法儿随便搞个该死的创可贴就能治愈的，但德斯蒙德靠他的鼻子能弄到的就只有这种东西，只有他妈一大堆邦迪创可贴，”侏儒这样跟我说，接着以充满了瘾君子革命家兄弟情——或者随便这玩意儿该怎么称呼都行——的方式跟我握了手。自从有了鬼牌，他算走了好运，毕竟侏儒这种东西可是早在百变王牌病毒之前就有了，但他还是很讨厌别人说他矮。

“他拿着那顶帽子都十年了，唯一发生的事就只有耐特们往里面拉屎。好啦，一切都结束了。我们现在不会再求这求那的，我们只会告诉他们，JJS 会告诉他们，而且如果有必要，我们会紧贴着他们珍珠似的漂亮耳朵告诉他们的。”JJS 的含义是鬼牌公正协会，它和鬼牌反诽谤联盟之间的区别，差不多就跟水虎鱼与你在牙医诊所外装饰豪华的池塘里经常会看到游来游去的白色大眼睛金鱼之间的差别那么大。鬼牌公正协会没有塔基船长、吉米·罗斯福或者拉尔夫·阿伯纳西[①]在董事会里帮着他们，事实上他们根本没有什么董事会，此外，他们也不会向相关市民和心怀同情的王牌兜售会员资格。休伯要是出席鬼牌公正协会的聚会，一定会觉得他妈的难受极了，不管他脸上是不是长了个大象鼻子……

……即使是早上的四点钟，鬼牌镇看起来也不会像格林尼治村，这也是问题的一部分，但最大的问题还是克罗伊德疯得要命，满脑子狗屁，另外，就我所知的是，他已经有一个礼拜没睡过觉了。我们要找的人就在格林尼治村里，他是个黑白混血儿，更是个纯种的王牌皮条客，理论上在他那儿应该有全城最甜的妞儿，但我们找不着他，而克罗伊德则一直坚持说附近的街道都在不断变化，就像它们全是活的，奸猾狡诈地想把他赶出去。一辆辆车开过时见到克罗伊德将他那长长的长腿爸爸式的三关节手臂挥舞过人行道，都会减慢速度，但当他回望他们并发出咆哮时，那些车又会赶紧加速。当我们来到一家熟食店门口，他完全忘了我们要去找的那个皮条客，改口说他渴了。他把爪子缠在铁百叶窗上，随着一小声哼哼，就把那东西整个儿从砖墙的店门面上扯下来了，然后他就用它猛砸玻璃窗……大概喝了半箱墨西哥啤酒之后，我们听到了警笛声。克罗伊德张开他的猪嘴，朝着大门吐口水，毒液击中玻璃，将它慢慢溶穿了。“他们又来抓我了，”他的声音里充满了悲剧般的宿命感、仇恨、吸毒狂式的愤怒和偏执狂的情绪。“他们都在抓我。”接着他看向我，就这么简单，我知道我他妈踩进狗屎里了，“是你带他们来这儿的。”他说，我跟他说我没有，我喜欢他，我他妈有几个关系最好的朋友就是鬼牌，而当红蓝相

① 非裔美国人权运动的领袖，马丁·路德·金的挚友。

间的警车灯近在眼前时，他跳起身来一把抓住了我，叫喊道："我不是鬼牌，妈的，我他妈是王牌。"然后把我正正地从窗子里扔了出去，是另一面窗子，那上面的平板玻璃是完好的。但没过多久……我躺在阴沟里，全身是血，他自己逃走了，就从正门出去的，胳肢窝里还夹着六瓶多瑟瑰啤酒，条子朝他涌了过去，但他就只是嘲笑他们，然后往上爬……他的爪子在砖上留下了一个个深深的洞。爬到屋顶后，他朝着月亮嚎了一声，解开裤子，朝底下我们所有人身上撒尿，然后消失了……

♦♥♣♠

傀儡提线

斯蒂芬·利　著

安德莉亚·惠特曼之死，完全是“傀儡师”所为。要不是他的力量，一个十四岁的智力迟钝的男孩爱上比他年纪更小的邻家女孩而释放出的阴沉欲望，绝不会被点燃，成为一场炽热的狂怒。只靠罗杰·铂尔曼他自己，绝对无法将安德莉亚引诱至辛辛那提市郊外圣心中学后面的林子里，并在那儿撕开这个被吓坏了的女孩的衣服；他不会将那古怪的硬物刺入安德莉亚的身体，直到他感受到一阵疲软而有力的释放；他不会低头看向那个孩子和她股间涓涓流淌的暗红色血液，并感受到一阵不由自主的厌恶，从而让他抓住他们身旁巨大而扁平的石块；他不会使用那块石头将安德莉亚那金黄色的脑袋砸成一片无法辨认的紫色血肉和碎骨；他也绝不会就这样赤身裸体，带着满身她的鲜血回到家中。

若不是傀儡师潜藏在可怜的罗杰那损坏了的脑子里，以他在其中发现的情感为食，并操纵这个男孩，放大了损害这孩子身体的青春期狂热，罗杰·铂尔曼绝不会做出上述的一切行为。罗杰的思维脆弱而开放，极具可塑性；傀儡师对它做出的强暴行径之残暴，不亚于罗杰对安德莉亚所做的暴行。

傀儡师十一岁。他痛恨安德莉亚，这种痛恨是一种被宠坏了的孩子的可怖愤怒，他恨她背叛了他，羞辱了他。傀儡师是一个被百变王牌病毒感染了的男孩的复仇幻想，那个男孩错误地向安德莉亚坦承了自己的爱意。或许他确实告诉了这个比他大点儿的姑娘，说有朝一日他俩会结婚。安德莉亚听后睁大了眼睛，咯咯笑着跑开了。第二天上学时，他开始听到有人嘲弄似的窃窃私语，他的脸颊涨得通红，他知道她把这件事告诉了她所有的朋友。所有人。

当罗杰·铂尔曼夺去安德莉亚贞操时，傀儡师感受到了一阵微弱的刺痛，让他浑身发热。他因罗杰的性高潮而颤抖；当那个男孩将石头砸向女孩哭泣的脸庞时，当他听到骨头碎裂的钝响，傀儡师喘息起来。贯穿了他全身的快感让他脚步蹒跚，颤抖不已。

而且非常安全，他还待在自己的房间里，四分之一英里之外。

第一次谋杀给他带来的绝顶反应在让他害怕的同时，也吸引着他。在此后的几个月里，他减少了使用这种力量的次数，担心因为狂喜而再次失控。但就像所有禁品一样，强烈的欲望裹挟了他。在接下来的五年里，因为各种原因，傀儡师又出现并杀了七次人。

他将这种力量视作他自身实体的一部分。他隐藏着，但他就是傀儡师——这东西是悬挂在他无形的手指外的一串提线，提线的另一头，他搜集的那些怪异的玩偶雀跃地跳动着。

泰迪、吉米还在奋斗

哈特曼、杰克逊、乌道尔等待妥协①

——《纽约时报》，1976 年 6 月 14 日

哈特曼承诺为鬼牌人权问题站台战斗

——《纽约时报》，1976 年 6 月 14 日

参议员格雷格·哈特曼从电梯中踏入王牌云巅的大厅。他的随从跟着他涌入这间饭店：两个特勤局的人；他的助理约翰·华生和艾米

① 除哈特曼外都是历史上 1976 年的民主党总统候选人。

·索伦森，还有四个记者，在上来的路上他已设法忘记了他们的名字。这些人让电梯变得极为拥挤，格雷格坚持说他们所有人都能挤进这一趟电梯里时，那两个戴着墨镜的男人还嘟囔抱怨了几句。

海勒姆·沃切斯特在饭店里等着和这群人会面。海勒姆本人就很令人印象深刻，他有着惊人的肚围，行动时却极为轻巧灵活。他轻松地大步跨过铺着地毯的接待处，伸出手，长满了大胡子的脸上露出了灿烂的微笑。落日的光芒自饭店巨大的窗户洒落，他的光头随之熠熠生辉。“参议员，”他快活地说道，“很高兴再次见到你。”

“我也是，海勒姆，”接着格雷格露出了怜悯的微笑，朝着身后的人群点了点头，“我想你已经认识约翰和艾米了。至于这个动物园里的其他成员，恐怕他们得自我介绍，他们看样子是非得一直跟着我了。”记者咯咯地笑了，保镖们则露出了一丝僵硬的微笑。

海勒姆咧嘴一笑。“我看他们恐怕是你当上候选人的代价，参议员。不过你和往常一样，看起来很不错。外套的剪裁完美极了。”这个体型惊人的男人后退一步，以赞赏的目光上下打量格雷格。接着他靠过去，鬼鬼祟祟地压低声音：“您真该多关心关心塔基扬的着装打扮。真的，那位好医生今天晚上穿得……”海勒姆那双栗色的眼睛朝上翻了一下，做出一副害怕的样子，接着他又笑了出来，“不过您不用再听我絮絮叨叨了，您的座位已经准备好了。”

“你的意思是说，我的客人们都已经到了。”

这话让海勒姆的嘴角耷拉了下来。“是的，那位女客人挺好的，虽然她喝掉了我的不少藏酒，但那个侏儒，要不是他处于您的保护之下，我就把他扔出去了。这倒不完全是因为他*太丑*，而是他对别人的帮助表现得实在太野蛮了。”

“我会让他留心举止的，海勒姆。”格雷格摇了摇头，用手指捋着棕灰色的头发。格雷格·哈特曼外貌平平。他既不是七十年代新一代爱好打扮又风度翩翩的政治家，也不是另一类矮胖而自满的老古板。海勒姆将格雷格视作一个友好而脾气温和的人，发自内心地关心他的选民和他们的问题。作为王牌资源强化委员会的主席，格雷格证明了他对那些受到百变王牌病毒影响的人群发自内心地充满同情。在他成为参议员的领导阶层之后，有不少原本极为严苛的病毒感染者相关法律都或是放松了条款，或是进行了修改，或是审慎地被无视了。《异能控制法案》和《特殊征召法案》在法律层面上还是生效的，但哈特曼参议员禁止他手下的任何一名特工实施它们。格雷格能以极为灵巧的手腕处理公众和鬼牌之间的敏感关系，这一点常常让海勒姆惊叹不已。在一篇文章里，《时代》周刊给他冠以“鬼牌镇之友”的称号（边行还佐以格雷格与兰德尔握手的照片，后者是开心屋的看门人，他的手实际上是个昆虫的钳，在他的手掌中心长着一组湿漉漉又难看的眼睛）。对于海勒姆来说，这位参议员算是个难得的好人，政治家中少有的人物。

格雷格叹了口气，海勒姆看出他那温和的外表下隐藏的疲惫。“会议进行得如何，参议员？”他问道，“鬼牌权益有没有机会进入民主党的竞选纲领？”

“我正在为此而努力，”格雷格回答道，说着他偷眼瞟了身后的记者，他们望着两人交谈，露出毫不掩饰的兴趣，“过几天等参议员投票表决时，我们就会知道结果了。”

哈特曼眼中挫败的神色，给了海勒姆所需的全部信息——决议将会失败，就像其他那些全都失败了一样。“参议员，”他说，“当会议结束，我希望您能再次光临本店。我会为您准备一些特别的菜色，让您知道您所做的这一切令我们十分感激。”

格雷格轻拍海勒姆的背部。“就一个条件，”他回答道，“你得保证给我一个角落里的位置。让我自个儿待着。就我一个人。”参议员轻笑起来。海勒姆也回之以咧嘴一笑。

“那地方归您了。现在，今晚，我推荐红酒浸牛肉——非常美味。

我们进了非常新鲜的龙须菜，还有我自制的调味汁。至于甜点，您得尝尝白巧克力慕斯。”

电梯的门在他们身后打开了。两位女士从电梯里走了出来，特勤局的人警惕地扫了一眼。格雷格朝那两位女士点了点头，接着再次与海勒姆握手。“您得去照顾您的客人了，我的朋友。等这些疯事儿都结束了给我打个电话。”

“到时候您说不定还缺一个白宫大厨呢。”

格雷格听到这句话，发自肺腑地笑了出来。“那你得跟卡特或肯尼迪谈这个问题，海勒姆。我不过是这场竞选里的又一个‘黑马’候选人罢了。”

“那他们可就错过最好的总统了。”海勒姆回嘴道。他走了开去。

王牌云巅位于帝国大厦中瞭望塔上的位置。透过宽阔的窗户，用餐者可以眺望到曼哈顿岛的全景。在这座城市的港口之外，太阳刚触到地平线；帝国大厦金色圆顶的反光在餐厅里摇曳着。在金绿色的阳光下，要找到塔基扬医生并不是什么难事，他正坐在他常坐的桌边，身边是一位格雷格不认识的女士。格雷格看到他的第一眼就明白了，海勒姆说得对——塔基扬穿着一件大红色镶宝石绿缎子边的晚礼服。他的袖子和肩膀上镶嵌着紫色的亮片组成的图案，感谢上帝，看不到他的裤子，不过还是能瞥到他的晚礼服下露出了一抹虹光橙色。格雷格朝他挥挥手，塔基扬也点了点头。“约翰，请带你的客人就座再替我介绍他们。我一会儿就来。艾米，你跟我一起来吗?”格雷格在桌子间穿行。

塔基扬那齐肩的头发跟他的外套一样，都是离奇的红色。他站起身，伸出一只秀丽的手理了理凌乱的头发，与格雷格打招呼。“哈特曼参议员，”他说，“请让我向您介绍安吉拉·法切斯蒂。安吉拉，这位是格雷格·哈特曼参议员和他的助理艾米·索伦森；参议员向我的诊所提供了不少资助。”

寒暄了几句后，艾米表示要离场。格雷格很高兴地看到塔基扬的伴侣不待艾米进一步提示就心领神会地与她一起离席了。格雷格等两位女士走到几张桌子之外后，才转向塔基扬说道：“我想你应该会想知道，我们已经确认了你诊所里的间谍，医生。你怀疑得没错。”

塔基扬皱起眉头，额头上出现了好几道深深的抬头纹。“克格勃?”

“有可能，”格雷格回答道，“但就我们所知，他还算无害。”

“我还是希望能把他清除出去，参议员。”塔基扬彬彬有礼地坚持道。他双手撑成塔状支在脸前，当他望向格雷格，他那双淡紫色的眼睛里满是伤痛。“你们的政府和他们从前的巫女狩猎已经给我制造了太多困难。我不想再重复一次这样的事了。我无意冒犯，参议员；与您合作十分愉快，您也给我提供了很多帮助，但我更希望能让诊所完全与政治脱钩。我的愿望是帮助鬼牌，除此之外就再也没有了。”

格雷格只能点头作为回应。他想提醒医生，对方号称说想敬而远之的政治也支付了诊所的部分账单，但格雷格克制住了这种冲动。他的声音里充满了同情。“这也是我的兴趣，医生。但要是我们随便开除了这个男人，要不了几个月，克格勃就会派出一个新的间谍来替代他。我们这儿来了个新的王牌，我会和他谈谈这个问题。”

“就按您的想法来办吧，参议员。只要诊所不受影响，我对您使用怎样的方法没有兴趣。”

“我会留心这件事的。”格雷格看向餐厅的另一边，艾米和安吉拉正向他们走来。

“你来这里和汤姆·米勒见面?”塔基扬边问边抬起一边的眉毛。他朝格雷格预定的桌子轻轻地点了点头，在那儿，约翰还在给两边做着介绍。

“那个侏儒？是的，他是——”

“我认得他，参议员。我怀疑他与最近几个月里鬼牌镇发生的不少死亡和暴力事件有关。他是个尖刻而危险的人物，参议员。”

“这正是我要抢先一步与他会面的原因。”

“我希望您万事如意。”塔基扬干巴巴地回答。

鬼牌公正协会扬言若鬼牌人权不入纲领便以暴力相抗

——《纽约时报》，1976 年 7 月 14 日

格雷格·哈特曼向他们那桌走来时，桑德拉·法林心情复杂。她早就知道自己将要面对的是一个艰难的夜晚，或许这也是她喝酒过量的原因。那些液体在她的胃里燃烧。汤姆·米勒——或者按照他在鬼牌公正协会里更喜欢的名字称呼他为“吉姆利”[①] ——也焦躁不安地坐在她身旁，她将微微颤抖的手放在他上臂坚实的肌肉上。

“他妈的把你的爪子拿开，”侏儒吼道，“你他妈又不是我奶奶，桑德拉。”

此时听到这番话，比在其他任何场合中更让她感到刺痛，她能做的只有低头看着自己的手，看着那层松松垮垮地挂在骨头上的干巴巴而带着雀斑的皮肤，看着自己肿胀且患有关节炎的关节。*他会看向我，笑得像个陌生人，而我却不能告诉他。*眼泪迷糊了她的双眼，她用手背胡乱抹去了它们，接着将摆在面前的酒一饮而尽。格伦利物威士忌自她的喉咙一路向下烧灼着。

参议员朝着他们微笑。他的笑容不仅仅只是政治家的职业工具——哈特曼的脸看起来友好而坦诚，诱人信任。“请原谅我无礼地没能直接来找你们，”他说，“我得说，我非常高兴您二位愿意今晚与我会面。您是汤姆·米勒?”格雷格说着，转向那位留着大胡子的侏儒，伸出了手。

---

① 当是取自于《指环王》中的矮人吉姆利（Gimli）。

“不，我是沃伦·比蒂[1]，这位则是辛迪蕾拉。”米勒乖僻地答道。他的声音里带着中西部人的鼻音。“给他看看你的拖鞋，桑德拉。”侏儒挑衅似的昂着头看向哈特曼，刻意无视对方伸出的手。

大部分人都会无视这种侮辱，桑德拉知道。他们会收回自己的手，装成从未伸出来过。“昨天晚上，我正好在《滚石》杂志的酒会上遇见了比蒂先生。”参议员说道。他微笑着，伸出的手吸引了桌边所有人的注意力，“我甚至设法和他握了手。”

哈特曼等待着。在一片沉默中，米勒咕哝了两句。最终侏儒用他那只拳头大的手握了握哈特曼的手指。两人触碰时，桑德拉似乎看到哈特曼的微笑在一瞬间变得冷酷起来，就好像这种接触让他受了某种轻微的伤害。他很快松开了米勒的手。接着他重又变得镇定。“很高兴见到您。”哈特曼说道。他的声音里听不出一丝讥讽的意味，只有一片真诚的轻松与暖意。

桑德拉明白自己是怎么爱上这个男人的。*爱着他的人不是你，只是“魅魔”。她才是格雷格认得的那个人。对于他来说，你不过只是个政治上有问题的干瘪老太婆罢了。只要你还想保守秘密，他就绝不会知道魅魔与你其实是同一个人。他所能看到的一切，就只有梦幻的魅魔为他所做的那些。米勒说我们只能这么做，而你会服从他，对吧？*

不管这让你有多伤心。

现在，轮到她和格雷格握手了。他俩的手触碰到时，她感觉到自己的手在微微颤抖，格雷格也注意到了这一点，因为他的嘴角似乎因为轻微的共情而抽动了。但在他那双灰蓝色的眼睛里，依然只有好奇和兴趣，除此之外似乎什么也没有。桑德拉的情绪再度灰暗下来。*他在好奇是什么样的恐怖之物正作用在面前这个老女人身上；他想知道*

① 美国演员、编剧和制片人。

在我体内据守着怎样的丑恶，要是他认出了我，我该有多惊慌啊。

她又要了一杯苏格兰威士忌。

在整个晚餐期间，她的情绪越来越低落。谈话似乎一直遵循着某种模式。哈特曼会抛出一个话题，米勒则报之以毫无来由的讽刺挖苦，但随后就会被参议员消解。桑德拉听着他们你来我往，却没有参与其中。桌边的其他人显然也感受到了同样的紧张气氛，他们将舞台让给了这两位主演，只是偶尔插几句话来点缀一下。晚餐尽管饱含着海勒姆的关怀，吃在她嘴里却味同嚼蜡。桑德拉又喝了很多酒，她一直望着格雷格。当慕斯上桌，席间的谈话也变得严肃之时，桑德拉已经醉得很厉害了。她得摇晃脑袋，才能将眼前的迷雾拨开。

“……需要你保证不在公众面前展示。”哈特曼正在说着。

“放屁。”米勒回答道。一瞬间，桑德拉还以为他真的会吐口水。在吉姆利红色的大胡子下面，他鼓起了原本坑坑巴巴的脸颊，眯紧了狂热的双眼。接着他的拳头猛地砸到桌上，把盘碟震得咔哒作响。坐着的保镖立刻绷紧身体，桌边的其他人则随着这声音跳了起来。“这不就是你们所有政治家施舍了这么多年的老把戏吗?”侏儒咆哮道，“鬼牌公正协会已经听了很多年了。乖乖的，像条好狗似的打滚，我们就会给你扔点儿桌上的剩菜。是时候让我们也进场吃大餐了，哈特曼。鬼牌已经厌烦了厨房垃圾。”

哈特曼的声音听起来柔和而通情达理，与米勒形成了鲜明的对比。“这一点我同意你的意见，米勒先生，法林女士。”格雷格朝着桑德拉点了点头，而她所能做的，只有以皱眉回应，她感觉到自己嘴边的皱纹拉扯了两下。“也正因此，我才会提议让民主党将鬼牌人权加入我们现有的党章纲领之中。为此，我必须获得每一张我能获得的选票。”格雷格张开双臂。要是换一个人说这番话，听起来一定极为空洞虚伪。但格雷格的话背后却有他在议会里度过的那些漫长而疲惫的时间支撑着，这就有了无比的真实感。“也正因此，我现在请求您让您的组织保持冷静克制。示威游行，尤其是带有暴力性质的示威游行，会让中立的代表对你们产生偏见而投反对票。我在请求您的是，请您给我一个机会，给你们自己一个机会。放弃你们游行到喷气机小子之墓去的计划。你们的游行没有获得许可，这座城市里的警察已经集结起来，要是你们做了这样的尝试，他们就会出动。”

“那就阻止他们。”桑德拉说道。苏格兰威士忌让她的话含糊不清，她甩了甩头，“没有人质疑你关心的事实。所以你得阻止他们。”

哈特曼微微一笑。“我做不到。我已经建议过市长反对这样的行动了，但他固执己见。游行会让你们引发冲突。你们触犯法律的话，我没法给你们开脱。”

“滚吧，哈巴狗。”米勒吞吞吐吐地开了口，接着突然头往后仰，拔高了声音。整个餐厅里，客人们纷纷侧目。塔基扬带着显而易见的怒意盯着他们，海勒姆那张忧心忡忡的脸也从厨房门口探了出来。一个特勤局的人准备站起身，但格雷格摆摆手让他坐下。“米勒先生，请听我说。我和您谈的是现实的问题。能提供给你们的金钱和帮助就这么多，如果您坚持要跟控制了这些钱与帮助的人作对，只会伤到你们自己。”

“那我要告诉你，你那操蛋的‘现实问题’就发生在鬼牌镇的街道上。下来用你的鼻子往屎里蹭一蹭，参议员。看看街上游荡的那些可怜玩意儿，那些病毒没能好心到杀掉他们的人，那些在人行道上拖拽身体残肢的人，那些瞎了眼的人，或者那些长着两个脑袋四条手臂的人。有人边说话边流口水，有人隐藏在黑暗中因为阳光会灼伤他们，有人即使最轻微的触碰也会疼痛不已。”米勒抬高了声音，听起来深沉而有力。坐在桌边的人都目瞪口呆，记者们不停地记着笔记。桑德拉同样也能感受到他话中带着的震动着的强制性力量。她曾经见到米勒在鬼牌镇里面对一群起哄的人，十五分钟后便让他们都静静地听他说话，还时不时地点头赞同。甚至连格雷格都身体前倾，完全被他吸引住了。

听听他说的话，但你得时刻警惕。他的声音就像伊甸园里的那条蛇一样，会催眠你，等他捕获了你，他便会猛然出击。

“而你的‘现实问题’，”米勒声音低沉而颤抖地说道，“你们那个该死的会谈不过是表演而已。我现在要告诉你的是，参议员——”他的声音突然变成了叫喊——“鬼牌公正协会将把我们的抗议带入街道。”

“米勒先生——”格雷格起头道。

“吉姆利！”米勒大喊一声，他的声音变得尖厉刺耳，里面蕴含的所有力量全都消失不见，就好像已经用尽了他某种内在的储备，“我的名字他妈的叫吉姆利！”他站在椅子上，跳着脚，要是换个人，这个姿势恐怕会显得相当滑稽，但没人敢嘲笑他。“我他妈就是个侏儒，不是你们那些‘大人’！”

桑德拉去拽米勒的手臂，他将她甩开了。“别管我。我要让他们知道，我有多恨他们。”

“仇恨毫无益处，”格雷格说道，“我们在这儿的任何人都不恨你们。要是您知道，我为鬼牌投入了多少时间，还有艾米和约翰干过多少苦工……”

“但这他妈的不是你们的生活！”米勒叫喊出来。唾沫从他的嘴里飞溅出来，掉落在格雷格外套的前襟上。屋内的所有人都盯着他们，保镖从座位上站了起来，只是因为格雷格伸出了手，才抑制住了他们的行动。

“您难道看不出来，我们是您的盟友，而不是敌人？”

“我的任何一个盟友都不会长出你这样的面孔，参议员。你太他妈正常了。你想体会到鬼牌的感觉？那就让我来教你什么是被人怜悯的滋味。”

在任何人能做出反应之前，米勒便蹲了下来。接着他那厚实有力的大腿将他的整个身子弹向参议员。他的手指蜷曲，仿佛爪子一般抓向格雷格的脸。格雷格向后躲避，双手向上挡在脸前。桑德拉张开了嘴，正要说出阻止米勒的话语。

突然，侏儒倒在桌子上，就像有一只巨人的手将他自空中击倒。在他身下的桌子弯曲碎裂，玻璃和瓷器瀑布般落在地上。米勒发出了受伤的野兽般高亢而悲惨的长声尖叫，与此同时，海勒姆穿过整个餐厅一路小跑向他们，红色的脸膛上带着明显的愤怒，而特勤局的人徒劳地拉扯着米勒的手臂，想把他从地板上拉起来。“妈的，这小狗屎还真重。”其中一个人喃喃自语。

“滚出我的饭店！”海勒姆吼道。他撞开保镖，弯腰看向侏儒。接着他将这个男人猛地拉起，就好像他不过是一片羽毛——吉姆利似乎一下子蹿到空中，向上浮动，他张开了嘴巴，却没有发出任何声音，他的脸上带着几道细小的抓痕，因此而流出血来。“你将再也无法踏足此处！”海勒姆大喊着，伸出一根圆胖的手指，在侏儒惊恐的双眼前挥动。接着他向出口走去，同时仿佛拉着一只气球似的拖着侏儒，边走边骂。“你侮辱我的手下，你的举止差劲极了，你甚至还威胁参议员，他是唯一一个想帮——”大厅的门在海勒姆的身后关上，他的声音也随之消失了，哈特曼扫去了身上的瓷器碎片，同时对保镖摇了摇头。“让他走吧。那个男人有权力生气——要是你不得不住在鬼牌镇里，你也会这样的。”

格雷格叹了口气，朝桑德拉摇摇头，后者正目瞪口呆地望着侏儒消失的方向。“法林女士，我恳求您——要是您在鬼牌公正协会和米勒那儿有任何一点话语权，请您阻止他。正如我之前所说，你们所做的事只会损害你们自己的目标。真的。”他的情绪与其说是愤怒，更多的是悲伤。他看向脚边这一片破坏的残骸，又叹了一口气。“可怜的海勒姆，”他说，“我明明答应过他的。”

桑德拉喝下去的那些酒精让她头晕目眩，动作迟缓。她朝格雷格点了点头，接着意识到所有人都在看着自己，等她说点什么。她朝他们晃了晃干瘪而灰白的脑袋。“我会试试看。”她只能咕哝着说。接着她道了一声“抱歉”，便转过身，逃出了这个房间，她那得了关节炎的膝盖不住地抗议着。

她能感觉到格雷格盯着自己的驼背。

♥

今晚全院表决鬼牌人权入纲领问题

——《纽约时报》，1976 年 7 月 15 日

鬼牌公正协会发誓要游行至墓地

——《纽约时报》，1976 年 7 月 15 日

过去的两天里，高气压像一头疲惫的巨兽，盘踞在纽约上空，让整个城市反季节地闷热。热浪浓厚，带着一股腐败的酸臭，就像桑德拉倒入喉咙里的那些杰克丹尼威士忌一样涌入肺中——仿佛一团燃烧着的酸火。她站在梳妆台上摆着的一个小电风扇前，看着镜中的自己。她的脸上满布着横隔线般的皱纹；灰色的枯槁发丝上沾着汗水，贴着长了褐斑的头皮；她的胸部就像两个空荡荡的布袋子，平平地挂在瘦骨嶙峋的胸腔上。她那件破旧的家居服前襟大张，汗滴从她的肋骨上不住淌下。她痛恨面前的这幅景象。带着绝望的情绪，她转身回到了房间里。

在屋外的皮特街上，鬼牌镇正随着夜幕降临，逐渐苏醒。隔着她的窗户，桑德拉可以看到吉姆利常常斥责的那群人。这些人里有“微光”，要注意到他非常容易，他的皮肤始终都在放着光；有“金盏花”，她的皮肤上有一串串亮色的脓包，不时裂开，仿佛缓慢绽放的花朵；有“扑闪者”，他在黑暗中时不时地显现，就像是被一个闪光

灯照着似的。他们所有人都在寻找小小的舒适之所。这幅景象让桑德拉感到了忧郁。她靠在墙上，肩膀碰到一张用廉价相框装起的照片。照片上是一个看似十二岁左右的小女孩，她身上只穿了一件滑下半边肩膀的蕾丝小背心，露出一片青春期刚发育的胸部。照片看起来很性感，这个孩子的表情带着一种诱人的渴望，此外，她的外表也与这位早已被侵蚀殆尽的老妇有一定的联系。桑德拉扶好相框，叹了口气。被这张照片盖住的墙体颜色比周围更深一些，显示出它在这位置上已摆放了很久的时间。

桑德拉又猛灌了一口杰克丹尼。

二十年。桑德拉的身体在这期间却比这段时间更衰老了两倍半。照片中的孩子是桑德拉，由她父亲摄于1956年。在此之前一年，她的父亲强暴了她，当时她的身体已有了青春期发育的迹象，尽管她出生之时是五年之前的1951年。

从她公寓外的楼梯上传来小心翼翼的脚步声，接着停了下来。桑德拉皱起眉头。*又到了接客时间。该死，桑德拉，都怪你让米勒说服了你干这事。都怪你在意了那个你本该利用的男人。*即使隔着门，她也能感受到一种轻微的刺痛感，那是男人身上期待的费洛蒙，又被她自身对他的感受放大而造成的。她感觉到自己的身体随之而产生了想要获得回应的渴望，她放松了自身的控制，闭上双眼。

*至少享受一下它的感觉吧。在这么一小会儿里你又会变得年轻，至少为此而感到欣喜吧。*她能感觉到身体内迅速发生的变化，肌肉和筋腱都拉紧了，改变了她整个人的体型。她的脊椎挺直了，皮肤再次被油脂润滑，不再干巴巴的。性欲的热度从她的腰部升起，她的胸部也隆了起来。她拍了拍脖子，发现所有发皱的褶子都消失了。桑德拉让家居服从她的肩头滑落。

*好了。今晚真的很快。*他们已经做了六个月的情人，她知道当自己睁开双眼时，会看到什么。是的——她的身体已变得柔滑而年轻，

一头羊毛般的金发长至双腿，胸部也像照片里曾经的那样小巧可爱。这副外表是她的情人想象的产物：看起来有些孩子气，却并不纯洁。永远是同一副样子。永远年轻，永远美丽；或许，是来自他从前的某个想象。一个无主的孤儿，一个童贞的荡妇。她的手指摩擦着一边的乳头。在这触碰下，乳头变长变硬，她喘息起来，全身都被唤醒了。她的双腿之间已经濡湿一片。

他敲了敲门。她能听到他的呼吸在爬了三层楼之后显得有些急促，她发现她与他的节奏相合。她已为他而迷失了。她打开房门的锁，将门闩推到一边。等看到走廊上没有其他人与他站在一起后，她将门完全打开，让他盯着自己的裸体。他戴着一副面具——蓝色的缎子盖住了眼睛和鼻子，在那下面的薄嘴唇上则挂着一抹微笑。她知道是他——她只需要看她身体的反应就知道。“格雷格，”她说，她发出的声音是她从前的童音，“我刚还在担心你今晚没法过来了。”

他闪进屋内，关上了身后的房门。他什么都还没说，便给了她一个长长的深吻，他的舌头与她的纠缠，他的双手轻抚她的体侧。当他终于叹息着放开她的时候，她将脑袋靠在他的胸膛上。

“我花了很大的力气才离开那儿，”格雷格悄声说道，“从我住的饭店后门的楼梯上悄悄溜下来，就像个小偷似的……还戴着这副面具……”他笑了起来，笑声中却透着一股悲伤，“投票没完没了的。上帝啊，姑娘，你该不会以为我抛弃你了吧?”

听到这句话，她露出了微笑，向后退了一小步。她拉着他的手，探入自己的双腿之间，让他的手指深入自己那片温暖之地。“我一直在等着你，我的爱。”

“魅魔。”他呼出一口气。她轻轻地笑了起来，那是一种孩子的咯咯笑。

“来床上。”她轻声说道。

站在皱巴巴的被褥前，她解开他的领带和他衬衫上的扣子，轻咬他的乳头。接着她在他面前跪下，替他脱掉鞋子和袜子，解开他的腰带，拉下他的内裤。她抬头朝着他微笑，沿着他身体上欲望的路径挑逗他，让他浑身发热，他的欲望放大了她自己的，直到她迷失在了盘旋而上的明亮的欲望反应中。他自喉咙深处发出呻吟，将她推到一边，粗鲁地拉开她的双腿。他撞击着，移动着，双眼在面具下闪闪发亮；他的手指深深地掐进她的臀部，让她发出了尖叫。他毫不温柔，他的兴奋之情在她脑海中形成一片巨大的漩涡，一个旋转着的色彩风暴，一场同时击中了他俩的让人喘不过气来的高热。她能感觉到他即将高潮，她本能地遵循着这股热流，咬紧了牙关，他的指甲划破了她的皮肉，他一次又一次地撞击着她的身子……

他呻吟了一声。

她可以感觉到他发泄在了自己的身体里，她在他身下继续动着，一会儿后也随之高潮了。旋风渐渐平息，色彩消褪了。桑德拉紧紧攥着它的记忆，储存这股能量，从而让自己的这副形体能再保持得更久些。

他正透过面具望着身下的她。他的视线在她身上游走——他在看的是她身上的印记，那些他用指甲掐出来的红肿的浅坑。“抱歉，”他说，“魅魔，我很抱歉。”

她将他推到一边的床上，露出了微笑，因为她知道他希望她微笑，同时原谅了他，因为她知道他需要被原谅。她让他体内残留了一点激情，从而让自己保持魅魔的形体。“没事。”她抚慰了他。她弯下腰亲吻他的肩膀，他的头颈，他的耳朵。“伤到我不是你的本意。”

她望向他的脸，伸手到他脑后，解开了系面具的线。他的嘴角微微下垂，他的双眼里充满了愧疚的神色。触摸他，感受他体内的火焰。抚慰他。

娼妇。

这是整件事里让桑德拉鄙视的部分，它让她想起从前的那些年里，她的父母将她的身体兜售给纽约市里的富人。她曾经是魅魔——1956 年至 1964 年间这座城市里最有名也最昂贵的妓女。没有人知道，这一切开始之时她才五岁，她从百变王牌桌上抽到的王牌后贴着一张鬼牌。不，他们关心的只有一点，当她作为魅魔之时，她会成为他们幻想的产物——可男可女，可年轻可苍老，可以很温顺，也可以很强势。任何身体或任何形体：淫梦中的皮格马利翁。一个容器。没有人知道，也没有人关心魅魔将会不可避免地衰竭成为桑德拉，她的躯体衰老得太过迅速，而桑德拉痛恨魅魔。

十二年前，她从父母的囚禁中逃出来时，她就发誓再也不用上魅魔——除非是将快乐给予那些很少有机会获得快乐的人。

该死的米勒。都怪那侏儒让我答应了干这件事。都怪他把我送给这个男人。都怪我发现自己太喜欢他。所有的一切里最该死的是那迫使我不得不在他面前隐藏自己的病毒。上帝啊，昨天在王牌云巅的那顿晚饭……

桑德拉明白，哈特曼对她的表白是真诚的，而她痛恨这一认知。她对鬼牌的关心同样也是真诚的，而她与鬼牌公正协会之间有着深厚的联系。她知道政府和王牌资源强化委员会——尤其是后者——是很重要的。哈特曼影响了那些王牌，让他们在经过了隐姓埋名的漫长岁月后，又站在了当局那边："黑影""震颤者""异人""咆哮者"。通过哈特曼，鬼牌公正协会将政府的钱发送到了鬼牌手里——桑德拉曾经发现过不少以最低竞拍价拿下的政府合约；他们还曾经将信息泄露给鬼牌开的公司。最重要的是，正因为她控制着哈特曼，才能让米勒不至于最终将鬼牌公正协会变为这个侏儒希望的激进暴力团伙。只要她能用魅魔的手牵着参议员，她就能限制吉姆利的野心。至少，她是这么希望的——但在王牌云巅的惨败之后，她不再那么确信了。前一晚上他们见面后，吉姆利就阴沉着脸，愠愠不乐。

"你累了，我的爱。"她对格雷格说道，用手抚摸着他的浅色头发形成了美人尖的发际线。

“你把我榨干了。”他回道。微笑暂时回到了他的脸上，她用自己的唇与他的唇厮磨着。

“你似乎心烦意乱的。是会议的事?”她的手滑过他的身体，年龄让他的腹部已日渐变软。她爱抚着他的大腿内侧，用魅魔的能量来让他放松，给他安逸的情绪。格雷格总是很紧张，在他的脑海中始终有一堵他永远不会移开的墙，那是一种极为脆弱的意识障碍，对于她知道的大部分王牌来说都毫无意义。她怀疑格雷格甚至都不知道自己的意识里有这样的障碍存在，有可能他自己也感染了病毒，虽然比较轻微。

她感觉到他的热情又再度高涨起来。

“那边的情况不是很好，”他搂着她贴近自己，承认道，“投票没能带来机会，因为所有的稳健派都反对它——他们全都害怕会因此引发保守派的激烈反应。要是里根能淘汰掉福特，那接下来倒是还能有几分看头。卡特和肯尼迪都猛烈反对将鬼牌人权加入纲领，他们谁也不想投身于他们无法确定的事业。他们的投票一路领先，因此他们反对纲领就带来很多后果。”格雷格叹了口气。“差太多了，魅魔。”

这些话像是一层冰般地笼罩了她的意识，她不得不用尽全力来保持自己作为魅魔的形体。这个结果会在整个鬼牌镇散布。现在吉姆利很可能已经知道了，他会着手组织明日的游行。“你不能再提出一次这个政治纲领?”

“现在还不行。”他抚摸她的胸部，用一根手指在她的乳晕上画着圆圈。“魅魔，你不知道在这一切之后我有多盼望能见到你。这真的是一个让人沮丧的长夜。”格雷格面对着她，她舒服地依偎在他怀里，大脑却在不断运作着。

因为沉思，她差点没听到他说的这些话。“……要是鬼牌公正协会坚持游行，情况会变得很糟糕。”

她在他身上游走的手停住了。

“是吗?”她提示他继续说下去。

但已经太晚了。她感觉到他的欲望正在勃发。他的手合在她的手上。“感受我。”他说道。他坚硬的性器在她的股间摩擦。她再次无助地沉沦于他。她丧失了精神的集中力。被困在内里的桑德拉在心中咒骂魅魔。*该死,他刚才正谈起鬼牌公正协会。*

在此之后,精疲力竭的格雷格就不会再说什么了。她所能做的也就只是说服他尽快离开公寓,在她的形体崩溃、再次变为老妇之前。

♥

市长表示将采取行动,参议员警告后果严重

——《纽约时报》,1976 年 7 月 16 日

民主党大会或将出现黑马

——《纽约时报》,1976 年 7 月 16 日

“*好了,操!把它移到那边去*。要是你们走不了,就去‘巨人’的马车里。看,我知道他人蠢,但他妈的他能拉得动一辆马车。”

吉姆利站在一辆锈迹斑斑的雪佛兰皮卡车的后挡板前,朝他身边兜着圈子的鬼牌们叫喊,他胡乱地挥舞着小短手,因为不住地大喊大叫而涨红了脸,汗水从他的胡子上一滴滴滑落。他们都聚集在格兰特街附近的罗斯福公园里,太阳自万里无云的天空中灼烤着纽约市,清晨的气温已达到了华氏八十度之高,很可能会飙升至三位数。仅有的几棵树完全无法减轻这种闷热——桑德拉觉得自己简直无法呼吸。走向皮卡车和吉姆利的每一步都能让她意识到自己的生理年龄,汗水在她那条印花背心裙的腋下部位沁出了一圈深色。

“吉姆利?”她开口道,声音听起来支离破碎。

“不，蠢货！到金盏花边上去！你好，桑德拉。你准备好上路了？——我可以让你做组织的后勤工作。我会把巨人的马车还有那些残废都给你——这样你就可以从后方控制这群人，还能给在最前面移动的人以支持。我需要有人保证巨人别做任何太出格的傻事。你拿到游行路线了？我们要从格兰特街下去，到百老汇，然后从福尔顿街区‘喷气机小子’之墓——”

“吉姆利。”桑德拉急切地说道。

“干吗，他妈的？”米勒单手叉腰。他全身上下只穿了一条涡纹图案的短裤，展露出厚实的胸膛、粗短有力的大腿和手臂，上面长满了红棕色的卷毛。他那低沉的嗓音带着咆哮。

“据说警察已经在公园的各个大门口集结，正在设置路障，”桑德拉责难地看了米勒一眼，“我跟你说过，我们要是从这儿出去了就会惹上麻烦的。”

“哈。呸。去他妈的，反正我们就是要游行。”

“他们不会让我们去的。你还记得哈特曼在王牌云巅是怎么说的吗？你还记得我告诉你他昨晚提到了什么吗？”老妇将干瘦的手臂环抱在穿着破烂背心裙的胸前，“要是你在这里跟警察打起来了，就会毁了鬼牌公正协会……”

“有什么关系，桑德拉？你舔那家伙那话儿的时候把他那些政治屎也咽下去了吗？”米勒大笑着从皮卡车上跳到焦黄的草地上。在他们身边围绕着两三百个鬼牌，都挤在公园的格兰特街入口附近。桑德拉盯着米勒，后者皱起眉，用赤脚的脚趾去挖地上的泥巴。“好吧，”他说，“既然这事儿让你这么烦恼，我就他妈的去看一下。”

在熟铁大门前，他们可以看到警察正在他们即将前进的道路上设置木头路障。桑德拉和米勒靠近时，几个鬼牌向他们走来。“你会走在最前面吗，吉姆利？”其中一人问道。那个鬼牌什么也没穿——他的身体十分坚硬，上面盖着一层甲壳，四肢僵硬，因此他只能以一种左右横突翻滚的步法行走。

“一分钟后我就告诉你，好吧，‘花生’？”吉姆利回答。他斜眼看向远方，他们的身子在街道上投下了长长的阴影。“警棍、防暴装备、催泪弹、防暴水枪。全他妈备齐啦。”

“这正是我们想要的，吉姆利。”花生回答。

“我们这边会损失人手。他们可能会受伤，甚至被杀。你知道的，他们有些人挨不了警棍的打。还有些人可能会对催泪弹产生反应。”桑德拉说道。

“他们还有些人会被自己的脚绊倒呢。”吉姆利的声音带着隆隆的响声。街的那一头，几个条子正看向他们，手里指指点点。“这么说来，你什么时候开始觉得革命太危险了，桑德拉？”

“你又是什么时候开始觉得我们得通过伤害自己人来获得你想要的？”

吉姆利回头看向她，单手搭凉棚挡住阳光。“这不是我想要的，”他慢慢说道，“这是公平该有的样子。不管你怎么说，这是我们应得的。”

桑德拉张开嘴巴，皱纹在她的下巴上堆叠起来。她将一束灰色头发拨到脑后。“我从未希望我们用这样的方式来完成这件事。”

“但我们现在就在这么做。”吉姆利深呼吸了一大口，接着朝等待的鬼牌们大喊起来：“好。你们知道命令是什么——不管发生了什么，都往前走。拿好你们的湿毛巾。在我们抵达陵墓之前，不要掉队。要是你边上的人需要帮忙，就搭把手。好了，我们走！”他的声音里再度注入了力量。桑德拉听出了这一点，也看到了其他人的反应；突如其来的热忱，回应的叫喊声。听到他说的这番话后，甚至就连她自己的呼吸都急促起来。吉姆利仰起头看着桑德拉，眼中浮现出一丝嘲讽的光芒。“你是跟着一起来，还是去找某人搞？”

“这是错的。”桑德拉坚持道。她叹了口气，拉扯着裙子的领口，望向其他人，他们都盯着她。从他们那儿，她得不到任何支持，花生不会，“小角”不会，“疱疹”或加尔文或锉刀都不会——这些偶尔会在会议上替她说话的人现在都不会支持她。她知道，要是她留在后方，那她就毫无牵制米勒的希望。她回头望向公园，望向挤在一起形成一道粗糙人墙的鬼牌，他们的表情有些不安，却或多或少地带着决绝。桑德拉耸了耸肩膀。“我会一起去。”她说。

“我真高兴啊。”吉姆利拉长了声音说着，哼了一声表示轻蔑。

鬼牌暴乱致三人死亡，多人受伤

——《纽约时报》，1976 年 7 月 17 日

这活儿不漂亮，也不轻松。纽约警察局的计划委员会做了大量笔记，原本应该能涵盖了鬼牌真的决定游行后的大部分突发状况。但那些实际操作的人很快就发现，这样的提前计划根本一点用也没有。

鬼牌从罗斯福公园倾泻而出，进入格兰特街宽阔的人行道。这本身不是什么问题——得知鬼牌聚集之后，警察已封锁了公园附近所有街道上的交通。在离出入口不到五十码的地方已设好了路障。但这么做只是在单纯地希望游行组织者根本召集不齐抗议者，或者等这些游行者们来到一排排戴着防暴装备、身穿制服的警察面前时，他们能回去公园里，然后骑警可以在那里将他们驱散。警察们确实已经手持警棍，但大部分人都希望不要用上它们——毕竟，这些人都是鬼牌，不是王牌。他们残疾、瘦弱，身体扭曲、畸形——是病毒制造出来的无用的渣滓。

可他们朝着路障走去，在最前排的几个警察公然摇了摇头。带领他们的是一个侏儒——那一定是汤姆·米勒，鬼牌公正协会的活动家。剩下的那些人要不是看起来真的很可怜，甚至还会引人发笑。鬼牌镇的垃圾堆开了，将垃圾倾倒在了街道上。这些人不是鬼牌镇更为

人所知的住户：塔基扬、“蝶蛹”，等等。这些人只是些极为悲哀的群体，他们在黑暗中行动，隐藏着自己的面容，从未自那片区域肮脏的街道上现身。而现在，他们在米勒的煽动下全都出现了，尽管形容丑恶，却还是希望他们能让民主党的全国代表大会支持他们的纲领。

这场游行若是在嘉年华的畸形秀上，定然能带来不少欢乐。

事后，警方表明他们没人希望让事态演化为暴力冲突。他们原本准备的是，用最少的武力来保证游行者无法进入曼哈顿的市区街道。当前排鬼牌靠近路障时，他们可以迅速逮捕米勒，然后让其他人原路返回。没人认为这样的计划有什么困难的。

事后回想，他们都无法理解为什么他们当初能如此愚蠢。

当游行者们靠近了后方有警察在等待的路障时，他们放慢了速度。在漫长的几秒钟里，什么都没有发生，鬼牌排成参差不齐的队伍，静静地停留在路中央。人行道上蒸腾起来的热气让所有人的脸上都盖上了一层汗水；警察的制服也都湿透了。米勒有些犹豫不决地瞪视着，接着做了个手势，让跟在他身后的人上前。他本人将第一个木架推到一边，其他人也都跟上了他的动作。

防暴警察排成密集队形，将他们的塑料盾牌连成一线，做好了准备。游行者击打着他们的盾牌，警察则将游行者向后推，游行者的队列逐渐弯曲，渐渐围成一团。后面的人推动着前排的鬼牌去抵挡警察。即使是在这时候，场面还是可控的——一枚催泪弹应该就能让鬼牌陷入混乱，然后让他们跑回公园里相邻的安全区域。负责的队长点了点头，一名警察跪下准备发射催泪弹。

在拥挤的人群中，有人尖叫了一声。接着，就像是保龄球的瓶子被打散一样，第一排防暴警察纷纷倒下，就仿佛他们都被某个小型龙卷风扫到了似的。“上帝！”一名警察喊道，“谁他妈……”鬼牌伸手去打警察，警察们则用上了警棍。在格兰特街高耸的建筑之间，响起一片低沉的喧嚣，那是混乱释放出了它的声音。警察们坚定地挥舞着警棍，被吓坏了的鬼牌则开始反击，用上了他们的拳头，或是手边能拿到的任何东西。一个有心灵传动能力的鬼牌释放了他的力量，完全不管不顾：鬼牌、警察和围观群众全都被扔了出去，在街道上打滚，或是撞在建筑上。催泪弹落下后爆炸，激起一片逐渐扩散的白雾，让场面变得更为混乱。

巨人是个怪兽般的鬼牌，在他庞大的身体上滑稽地竖着一个小脑袋，刺激性的瓦斯让他的双眼暂时性失明后，他发出了悲鸣。他身后拉着的木头马车里坐着几个没什么行动能力的鬼牌，当这个孩子气的巨人变得狂暴之后，卡车随着他的动作而倾覆，里面的乘客也都绝望地倒在一边。巨人不知道该往哪边跑，他之所以会跑，只是因为他想不出还有什么能做的。当他遇上重新组起队形的警察后，便狂乱地用拳头与警棍对打。他那巨大而笨拙的拳头造成了一人死亡。

在公园入口附近的几个街区里展开的混乱战斗持续了一个小时。伤者躺在街道上，警笛尖啸、回荡。直到中午时分，一切才勉强回归了常态。游行总算冲散了，却损失惨重。

在此之后的那个漫长而闷热的夜晚，巡逻鬼牌镇的警察发现有人向他们的巡逻车丢掷石块和垃圾，鬼牌幽灵般的影子跟随着他们进了后街和小巷：被愤怒扭曲了的面容和抬起的拳头疾闪而过，伴随着徒劳而失意的咒骂。在湿漉漉的黑暗中，鬼牌镇的居民自房屋的安全通道和打开的窗子里探出头来，投掷空瓶子、花瓶和垃圾；它们正中警车车顶，砸碎了挡风玻璃。警察们全都谨慎地缩在巡逻车里，摇上车窗，紧闭车门。几幢废弃的建筑被点着了火，消防员应召而来，却遭到了埋伏在附近屋子阴影中的人袭击。

清晨来临，伴随着的是一团浓雾和一片燥热。

♣

1962 年，傀儡师来到纽约市，在鬼牌镇的街道上，他寻到了自已的天堂。在这里有他希望见到的一切仇恨、愤怒和悲伤，在这里有被病毒扭曲、毒害了的意识，有早已被撕裂或即将因他侵入而变得更尖锐的情感。狭窄的街道，暗影幢幢的小巷，挤满了畸形人的朽烂建筑，无数的酒吧和俱乐部足以满足各种扭曲而肮脏的癖好：鬼牌镇对他而言充满了无限的可能性，于是他尽享盛宴，一开始只是偶尔，接着便越来越经常这么做了。鬼牌镇属于他。傀儡师将自己视为这片地区隐匿而阴险的主人。傀儡师不能让任何一个傀儡做出任何违背他们自身意志的事，他的力量没有强到这个程度。不，他需要的是一颗已经根植在他们脑内的种子：暴力倾向、仇恨、欲望——接着他就能将精神之手放在那种情感上，让它茁壮成长，直到这股热情粉碎一切控制，喷涌而出。这些情感，它们带着明亮的红色调。傀儡师可以看得到它们，正如他以此为食，正如他将它们带入他自己的头脑中，感受到热度逐渐上升，如同强烈的性欲；而当傀儡强奸、杀人或打伤别人时，他会感受到性高潮那闪亮的跳动火焰。

疼痛能带来愉悦。力量能带来愉悦。

鬼牌镇是个始终能找到愉悦的地方。

哈特曼恳求各方保持冷静，市长表示将严惩暴乱

——《纽约时报》，1976 年 7 月 17 日

约翰·华生经过套房相连的门，进入哈特曼的旅馆房间。“你不能再这样下去了，格雷格。”他说。

格雷格正躺在床上，西装外套随意地扔在床头板上，他双手枕在脑后，正在看着克朗凯特谈论陷入了僵局的大会。格雷格转头看向自己的助手。“下一步怎么办，约翰?”

“艾米从华盛顿的办公室打来了电话。按照你的建议，我们把塔基扬的苏联间谍问题交给了黑影。我们刚听说，有人在鬼牌镇里找到

了那个间谍。他被绑在一根灯柱上，胸口钉着一张便笺——是直接钉在他的胸口上，格雷格；他身上什么也没穿。便笺上写着苏联人的计划概况，写了他们是怎么让‘志愿者’感染病毒，好获得属于他们自己的王牌，还写了他们是怎么直接杀了因为这个计划而产生的鬼牌。这张便笺底下还确认了这个可怜的笨蛋是个特工。就这些了，验尸官认为他没法从这人身上获得更多信息，他身上的伤大部分都是鬼牌干的，不过他们却在三个街区之外找到了他尸体的其他部分。”

“上帝。”格雷格喃喃道。他长长地吐出一口气。接下去那漫长的一分钟里，他瘫在床上，听着克朗凯特那彬彬有礼的声音絮絮叨叨地谈论对纲领的最终投票，谈论卡特和肯尼迪之间争夺候选人资格的明显僵局。“后来还有人和黑影谈过吗？”

约翰耸了耸肩。他解开领带，解开布克兄弟衬衫的领口扣子。“还没有。他会说他什么都没做，你知道的，从他的角度来说，就是这样。”

“得了吧，约翰，”格雷格回答道，“他妈的他清楚得很，要是他把那家伙捆起来，身上又放着这么张便笺，接下来会发生什么事。像他那种王牌，总觉得能按照他们的方式来做事而根本不顾及法律。给他打电话，我得跟他谈谈。要是他没法按我们的方式来工作，那他就完全不能替我们工作——他是最危险的。”格雷格叹了口气，将双腿荡下床沿，擦了擦脖子。“还有什么事吗？鬼牌公正协会怎么样了？你替我跟米勒联系上了吗？”

约翰摇了摇头。“还没有什么事。有传闻说鬼牌今天会游行——还是之前的路线，直接横穿过市政厅。我希望他没蠢到这个程度。”

“他会游行的。”格雷格预言道，“那个男人渴望成为所有人关注的焦点。他觉得自己能力超群。他会游行的。”

参议员站起身，弯腰伸向电视机。克朗凯特的话在半当中被截断了。格雷格盯着窗外。万豪艾克塞斯酒店给了他一个极为有利的位置，让他能够俯视，将夹在城市高楼之间绿色条状的中央公园一览无余。空气混浊凝滞，蓝色的污染物雾霾隐匿了公园的另一头。即使是在开着空调的房间里，格雷格也能感受到闷热。在外面，酷热将会再一次降临。而在狭窄拥挤的鬼牌镇里，这一天将会无法忍受，让原本就很火爆的脾气变得更暴躁。

“是的，他会游行的，”格雷格又说了一遍，他的声音足够轻柔，约翰没有听到，“我们去鬼牌镇吧。”他说着，转身走回屋内。

“大会呢？”约翰问道。

“在这几天里他们应该还得不出什么结论。现在这事无关紧要。叫上那几个跟班，我们出发吧。”

鬼牌！你们抽了一手坏牌！

——摘自7月18日游行中鬼牌公正协会宣传手册

吉姆利正在明晃晃的正午阳光下训诫鬼牌。经过了前一夜鬼牌镇的混乱之后，市长让这个城市的警力改为两班倒，同时取消了所有人的假期。相关负责人也让国民警卫队待命了。巡逻队在鬼牌镇地区的边界上巡逻，接下来的这个晚上则将实施宵禁。前一天晚上，人们口口相传说鬼牌公正协会将会再召集一场去喷气机小子之墓的游行，到了早上，罗斯福公园又活跃了起来。警察两次试图将鬼牌驱赶出公园都未能成功，反被打得头破血流，还伤了五个警察，之后他们便一直保持着一段距离。想与鬼牌公正协会一同游行的鬼牌人数远比当局预计的要多。格兰特街上再次设置起了路障，市长透过扩音喇叭朝这些集结起来的鬼牌发表长篇大论的演说。聚在门口的人则嘲笑着他。

桑德拉坐在他们临时搭建的摇摇晃晃的讲台上，听着吉姆利演说，这个侏儒强有力的声音凶猛地横扫过所有鬼牌。“*历史上再也没有别人，像你们这样受人侮辱、唾弃和践踏！*”他大喊着，他们则以尖叫回应表示同意。吉姆利的神情带着迷醉，汗水闪亮，肮脏的大胡子因为热气而颜色变深。“你们就是新一代的黑鬼，鬼牌们。你们是新一代的奴隶，你们乞求能被释放，而这种对你们的禁锢，不亚于黑人受过的禁锢。黑鬼。犹太佬。共产党。对这个城市，这个国家来说，你们和这些人没有什么不同！”吉姆利朝着纽约设置的壁垒单臂一挥，“他们会把你们困在贫民区里，他们会让你们挨饿受冻。他们想把你们都集中在你们这块地方，好让他们能怜悯你们，好让他们可以开着他们的凯迪拉克、他们的豪华轿车沿鬼牌镇的街道前行，然后透过车窗向外观看，说一句‘天哪，这样的人要怎么活啊？’”这最后一句话化作了咆哮，回荡在公园中，所有的鬼牌都抬声与吉姆利一起呼喊。桑德拉则观察着耀眼的阳光下散布在草地上的这些人群。

他们全都出来了，所有鬼牌，自鬼牌镇的街道涌入此处。巨人在这里，他那庞大的身躯上绑着绷带；金盏花、扑闪者、马车夫，还有五千多个像他们一样的人全站在那儿。吉姆利向他们发表演说时，桑德拉也能感觉到一阵阵兴奋，吉姆利自身的怨恨仿佛毒药，在空中散布，感染了所有人。不，她想这么说。不，你们不能听从他的话。求求你们。是的，他的话中充满能量和光辉；是的，他让你们想要举起你们的拳头挥向天空，与他一同游行。但是，你们难道看不出来，这不是正确的方式？这不是革命。这不过是一个男人的疯狂而已。这些话在她的脑海中回荡，她却没法将它们说出口。吉姆利用他的魔咒攥住了她，就像他攥住其他人一样。她可以感觉到自己龟裂的双唇上出现了微笑的弧度，坐在她周围的其他骨干成员也都在呐喊着。吉姆利站在讲台前方，他的双臂大张，而呼喊声则越来越响，仿若所有人喉咙里发出的同声合唱。

“鬼牌人权！鬼牌人权！”

这股节奏不断敲打着列队等待的警察，敲打着围观的群众和记者。

“鬼牌人权！鬼牌人权！”

桑德拉听到自己与其他人一起叫喊了出来。

吉姆利从讲台上跳下，这个结实的侏儒领导着他们走向大门。人群也跟着移动起来，这完全是一伙毫无秩序的暴徒。他们自罗斯福公园的大门倾泻而出，进入边道。他们大声叫喊，嘲弄列队等待的警察。桑德拉能够看到巡逻车的闪光灯，能够听到装载防暴水枪的卡车发出的嗡鸣。前一天她曾经听到过的那种古怪而无法辨认的轰鸣再度响起，甚至比人群持续的呐喊更响。桑德拉有些犹豫，她不知该怎么做。接着她跑向吉姆利，她的双腿疼得要命。“吉姆利。”她开口道，但她知道，提出意见没有什么用。当抗议者从公园进入街道时，他的脸上已带着一片满足。桑德拉看向路障，看向等待着的警察队列。

格雷格就站在那儿。

他站在路障前方，几个官员和特勤局的人跟在他身旁。他的袖口卷起，领口敞开，领带也松开了。他看起来有些疲倦。一瞬间桑德拉以为米勒会直接自参议员身旁走过去，但侏儒在这个男人面前几码的地方停了下来——游行者们好不容易才参差不齐地跟在他身后刹了车。“少他妈挡路，参议员，”吉姆利说道，“滚到一边去，要不然我们就踩着你和你那些该死的保镖记者前进。”

“米勒，这不是正确的方式。”

“没有其他办法，我已经没兴趣再谈这个问题了。”

“我请求您，让我再跟你们多谈几分钟。”格雷格等待着，视线从吉姆利看到桑德拉，再看到人群中鬼牌公正协会的其他成员。“我知道你们因为鬼牌人权纲领的事而痛苦万分。我知道过去鬼牌受到的不公平对待极为可耻。但是，他妈的，事情正在慢慢改变。我真不愿劝你们保持耐心，但这确实正是现在形势所需。”

“时间早就结束了，参议员。”米勒说道。他咧开嘴，笑了一声，他的牙齿发黄，坑坑巴巴。

“要是你们继续前进，你们就会引发暴乱。但如果你们回去公园里，我可以让警察不再打扰你们。”

“这他妈对我们有什么好处，参议员？我们要游行去喷气机小子之墓。这是我们的权利。我们想站在那儿的台阶上，谈谈这三十年来我们遭受的苦痛和折磨。我们想为那些死去的人祈祷，然后让所有人好好看看我们，这样他们才会知道，那些死掉的人他妈有多走运。就是这样——我们要求的是每一个正常人都有的权利。”

“这些你们都能在罗斯福公园里做。这个国家的所有报纸、所有广播电视都会播报——我可以保证。”

“这就是你的全部筹码了，参议员？不算很多啊。”

格雷格点点头。“我知道，为此我十分抱歉。我只能说，要是你让你的人都回去公园里，我会尽全力帮助你们，帮助你们所有人。”格雷格张开双臂，“这就是我能提供的一切了。求求你们，告诉我这就够了。”

桑德拉望着米勒的脸。叫喊声、口号声还在他们身后持续着。她以为侏儒会放声大笑，会嘲笑格雷格，会将他推到一边，然后走向路障。然而侏儒拖着他的光脚，慢吞吞地走在水泥地上，挠了挠宽阔的胸膛上乱蓬蓬的胸毛。他阴沉地盯着格雷格，深陷的双眼中饱含怒火。

但接下来，不知为何，他又退回了一步。米勒垂下视线，街上的紧张气氛似乎也消解了。

“好吧。”他说。桑德拉几乎要笑出声来。其他人则吃惊地说出了抗议的话，但吉姆利像一头发怒的熊似的摇摇摆摆地走向他们。“你们他妈的听我说。让我们给这男人一个机会——就一天，不会再多了。就再多等一天不会让我们有什么损失的。”

吉姆利骂骂咧咧地推开人群，再次向公园大门走去。其他人也缓慢转身跟上了他。口号声又再度响起，但听起来半心半意，很快便停止了。

桑德拉盯着格雷格看了很久，而他则向她露出了微笑。“感谢你，”格雷格以平静而疲惫的声音说道，“谢谢你给我一个机会。”

桑德拉点了点头。她没法开口和他说话，她害怕自己会想拥抱他，亲吻他。你对这个男人来说，不过是个老太婆，桑德拉。跟其他人没两样的鬼牌。

你是怎么做到的？她想问他。他完全不听我的话，你又是怎么让他听从你的？

她没法问出这些问题——没法用这张老妇的嘴，用这老妇的声音来问。

于是，她叹息着，颤抖着肿胀的关节，走了回去。

哈特曼平息暴动，与鬼牌公正协会领导人交谈致游行延期

——《纽约时报》特刊，1976 年 7 月 18 日

鬼牌镇陷入混乱

——《纽约每日电讯报》，1976 年 7 月 18 日

鬼牌公正协会回到了罗斯福公园。在这闷热的一天剩下的时间里，吉姆利、桑德拉等人都发表了演说。塔基扬本人也在下午现身讲话，人群中出现了一种奇怪的庆典氛围。鬼牌坐在公园里长满了草的小土堆上，唱着歌，聊着天，和身边的人分享野餐食物，酒也随便畅喝，相互走动，彼此联系。在某种意义上，这场游行自发变成了鬼牌之间兄弟情义的庆祝。即使是最畸形的鬼牌，也很大方地到处走动。鬼牌镇的庆典面具、让不少鬼牌镇居民藏身其后的无名之墙，似乎都暂时地落下了。

最重要的是，这是个愉快的午后，有什么东西让他们的大脑脱离

了这股热浪，脱离了他们生存环境的匮乏——你能和你的伙伴一起分享生活中的点点滴滴，而当你的困难似乎难以承受，你总能找到另一个人来进行对照、与之交谈，从而让你觉得事情归根结底还没那么糟。

在经过了一个似乎注定要演变成暴力和破坏的早晨之后，这一天变得柔和而积极乐观起来。人们的心情愉悦，就好像已经过了某个转折点，黑暗都被留在身后。阳光似乎也不再那么压抑了。桑德拉发现自己的情绪也高涨起来。她面带微笑，和吉姆利打趣玩耍，还与其他人拥抱、歌唱、大笑。

夜晚带来了现实。

曼哈顿的摩天大楼深重的影子划过公园，聚拢在一起。天空逐渐变蓝，直到这颜色固定下来，而城市灯光的反射逼退了所有黑暗，只留下公园还在一片朦胧的晦暗之中。城市将白日里的热气反射进了黄昏，热度毫无消退，空气则死一般地沉寂。若是硬要说有什么不同，那就是夜晚似乎比白天更压抑。

事后，警察局长将责任推给市长。市长则推给政府有关部门，而后者的官员表示他们没有发布过任何命令。似乎没有人能确定究竟是谁给这场行动下达的指令。再之后，这事儿就不再重要了——18 日的晚间，爆发了暴力事件。

随着一声枪响和喇叭的啸叫，疯狂开场了。

无数警察排成队列，挥舞着警棍，从公园的南边横扫到北面，要将鬼牌驱赶到地兰西街，再赶回鬼牌镇。鬼牌们对这突如其来的袭击茫然而不知所措，在疯狂的吉姆利的煽动下进行了抵抗。虽然有公园内的黑暗束缚，仍然爆发了一场棍棒挥舞的斗殴。对于警察来说，所有没穿警服的人都是可以袭击的目标。他们包围了整个公园，殴打了他们遇上的所有人。尖叫和号哭不时打断这个夜晚。吉姆利想组织起抵抗的企图很快就被破坏了，鬼牌一组一组被驱赶到街上，任何一个回转身的人都会挨揍。摔倒的人遭遇了踩踏。桑德拉发现自己也挤在这样的一群人里。她喘着气，在推挤中竭力保持身体的平衡，同时双手抱头来抵御警棍，终于设法在斯坦顿街附近一条小巷里找到了一个临时的安全之地。在那里，她眼睁睁地看着暴力场面自公园内向街道上扩散开来。

一幅幅场景在她面前闪过。

桑德拉对面的街道上，一名哥伦比亚广播公司的摄影师正在拍摄，与此同时一打骑着摩托车的警察将一群鬼牌驱赶向了一道栏杆，它后面则是地下停车场的斜坡。鬼牌们奔跑着，其中有些人爬过了栏杆。微光也在这些人之中，他的皮肤散发着亮光，对于那些追击而来的警察而言，是个无处躲藏的可怜目标。他绝望地跳上栏杆，接着一头扎进了其后八英尺深的停车场。此时警察看到了摄影师，其中一人喊道："把那该死的相机拿开!"——接着随着一阵低沉的轰响，这个过程再次重复，摩托车的头灯滑过建筑。摄影师朝相反的方向跑去，手里还在拍着照片。警察的摩托车开过他身边，挥动警棍，那个男人在街上翻滚，不住呻吟，他的相机也滚落在人行道上，镜头碎裂了。

一个鬼牌脚步蹒跚地走过这条小巷口，他显然头晕目眩，手里拿着一块浸透了鲜血的手帕，压在太阳穴上，一道深深的伤口划开了他的耳朵，让他的上衣领口也浸满了血。他曾经遭受了怎样的对待显而易见——他的大腿和手臂都被扭向了奇怪的方向，就好像它们是被一个喝醉了的雕塑家随便地粘在他身体上一样。那个鬼牌跛着脚，身体歪歪斜斜，关节不断向后、向两边扭转。三个警察快速地走到他身边。"我需要医生。"鬼牌对其中一人说道。警察无视了他，于是他抓住了对方制服的袖口。"嗨。"他说。警察从皮带上的枪套里拔出一罐防暴喷雾，直接将它喷在这个鬼牌脸上。

桑德拉喘了一口气，躲到小巷的更深处。而当警察继续在小巷中穿行，她逃到了小巷的另一边。

整个晚上，暴力行为在鬼牌镇街头蔓延。当局和鬼牌之间爆发了运动战。这是一场破坏的狂欢，一个仇恨的庆典。这个夜晚，成了一个不眠之夜。戴着面具的鬼牌掀翻了一些隐藏的巡逻车；燃烧的车辆照亮了一个个十字路口。在水滨，塔基扬的诊所如同一座被包围的城堡，周围是一圈武装的警卫，其中有个明显与众不同的人物正是塔基扬本人，他跑前跑后竭力想在这个夜晚的疯狂中维持某种表面上的正常。塔基扬和几个忠实的助手时不时会突入街道，救出伤者，无论他们是鬼牌，还是警察。

鬼牌镇被撕裂了，在血与火中垂死挣扎。催泪瓦斯带着辛辣的气息，在街道上散发烟气。到了午夜时分，荷枪实弹的国民警卫队被召集入场。参议员哈特曼的王牌资源强化委员会则给那些替政府工作的王牌打了电话，让他们帮助平息事态。

伟大而强力的灵龟在街道上空盘旋，就像乔治·帕尔导演的《世界之战》里某个战争机器，将战斗从人们身边扫开。和其他王牌一样，他似乎也保持中立的态度，利用他的能力破坏运动战，却不偏向鬼牌或警察中的任何一边。在塔基扬的诊所外（到凌晨一点时，病房几乎全满了，博士开始在走廊里给伤者设立病床），灵龟抓起一辆燃烧着的福特野马的残骸，让这辆车如同一颗燃烧的陨星，拖着火星和浓烟，一头扎进东河。他巡视了南街，像挥舞无形的巨耙般推开面前的暴乱者和警卫队员。

在第三街，警卫队员给吉普车装上了一层铁丝网罩子，又在车辆前方安装了巨大的带刺铁丝网制成的架子。他们利用这些来驱赶鬼牌离开主干道，进入边道。一个藏在暗处的鬼牌点燃了吉普车的油箱，引发车辆自燃，警卫队员们的制服着了火，他们尖叫着在街上奔跑。来复枪声逐渐密集。

在且林士果广场附近，暴乱的声音膨胀变响，震耳欲聋，穿着一身黄的咆哮者大步跨过这些混乱的街道，他大张着嘴巴，将他听到的所有声音都放大、加倍，而后化为一声哀号。咆哮者所到之处，鬼牌纷纷用双手捂住耳朵，从这种可怕的声音前逃走。咆哮者抬高频率时窗户随之碎裂，而当他以低音啜泣时，墙壁随之颤抖。“停下！”他喊道，“回屋里去，你们所有人！”

几个月前才刚展露出自己王牌身份的黑影很快就表露了他的同情之心。他先是静静地旁观了一会儿冲突。到了皮特街，有一群被包围的鬼牌以嘲骂和投掷瓶子及随手可得的垃圾，对抗防暴水枪和一小队手拿带刺刀来复枪的国民警卫队员，黑影踏入了这场争斗。在这身穿海军蓝制服，戴着橙红色面具的王牌周遭大约二十码的范围内，街道突然变得一片漆黑。这片顽固的黑夜盘踞了大约十多分钟。尖叫声不断从这口黑暗的深井中传来，鬼牌都逃走了。等黑暗消失，湿漉漉的人行道再度反射出城市的光亮时，国民警卫队队员们都已失去意识，躺在街道上，无人看管的防暴水枪那急促的水流则冲进了下水道里。

桑德拉从她自己的公寓窗口看到了最后这场冲突。这个夜晚的暴行把她吓坏了。为了驱走这种恐慌，她扭开梳妆台上那瓶杰克丹尼的瓶盖，往喉咙里猛地灌了一大口。接着她喘了一口气，用手背抹了抹嘴角。她身体上的每一条肌肉都在发出抗议。每一次移动，生了关节炎的腿和手都疼痛不已。她走到床边，躺了上去。她没法入睡——窗子开着，暴乱的声响时不时飘进屋内，她能嗅到附近着火的烟味，看到她屋内墙壁上映照出的火苗跳动的影子。她很担心会发生什么事让她不得不离开这幢建筑，她不知道事情若真的进行到了这一步，她该如何自保。

她的公寓房门上传来了轻微的敲门声。一开始她甚至怀疑自己是不是听错了。但敲门声又再次响起，平静却坚定，她呻吟着下床站起身。

靠近门口时，她知道来的人是谁了。她的身体感觉到了他。魅魔感觉到了他。“不，”桑德拉轻声自语。不，现在不行。他又敲了敲房门。

“离开这儿，求求你，格雷格。”她说。她靠在门上，竭力让自己的声音显得平静，好让他听不出那是个老妇的声音。

“魅魔？”他的声音里带着坚持。他的欲望拽着她，而她对此吃惊不已。为什么是现在？为什么是这里？上帝啊，我不能让他看到我的这副样子，但他不会就此离开。“等我一分钟。”她说着打开了囚禁魅魔的牢笼。她的身体开始变化，他热情的漩涡刺激着她。她脱去了桑德拉的衣服，扔到角落里。她打开了房门。

格雷格戴着面具，他的整个脑袋都被一个奇形怪状的小丑的笑脸覆盖着。他推开门挤进房间时，那个小丑就朝她送出秋波。他什么也没说，拉下裤子拉链。他甚至懒得脱衣服，也没有进行任何前戏。他将她推倒在硬木地板上，魅魔在他身下，迎合着他这场凶狠而无情的强暴。他的行为野蛮极了，手指深深地掐进了她稚嫩而坚实的胸部，指甲在她的皮肤上留下一个个带着血的新月形痕迹。这个夜晚，他因她的痛苦而愉悦；他需要她瑟缩、哭泣，但同时又心甘情愿地成为他的猎物。他往她的脸上抽了一耳光，当她抬起双手想阻止他再这么做时，她的鼻孔里淌下了鲜血，他狠狠地扭过她的手腕。

这一次终于结束，他站起身自上而下地看她，那小丑的脑袋嘲笑着她，他本人的脸隐匿在面具之后，无法看清。她能看到的只有他的双眼，当他盯着她的时候，那双眼睛在发着光。

“只能这样。”他说。他的声音里毫无歉意。魅魔点了点头，她早已知道这一点，也接受了它。桑德拉在她体内哭号起来。

哈特曼拉上了裤子的拉链。他的衬衫前襟上沾满了鲜血和他们的体液。“你明白这一切吗？”他问她。他的声音温柔而平静，它在乞求着她倾听、怜悯。“你是唯一一个不用我做什么就接受我的人。你不介意我是个参议员。我不用——”他停顿了一下，擦了擦衣服。

"你爱我。我能感觉到这一点。你关心我，而我不用特地让你这么做。我希望……"他耸了耸肩，"我需要你。"

或许是因为她没法看到他的脸。或许是因为他与此前的温柔态度截然不同的粗暴行为，让魅魔的共情力量比之前更深入了他的内心。当他让她就这样四肢摊开躺在地板上，有那么一会儿，她可以感觉到他的想法，即使气温如此酷热，她意识到的东西仍让她不由得打了个寒战。他在想的是外面的暴乱，而在这位参议员的脑海中，没有厌恶，也没有反感；只有一片愉悦的辉光，那是一种完成了一项壮举后的成就感。她震惊地望着他。

是他。自始至终，都是他利用了我们，而不是反过来我们利用了他。

走到门口，格雷格转过身，对她说道："魅魔，我真的爱你。我不认为你能理解，但这是事实。请你相信这一点。我需要你，甚于我需要其他人。"

隔着面具，她能看到他的瞳孔中反射的光。她惊讶地看到他正在流泪。

不知为何，目睹了这个夜晚的所有怪事之后，桑德拉觉得这一点不足为奇。

♠

傀儡师发现让自己保持安全的要点在于匿名，在于外表上的纯洁无辜。毕竟，所有傀儡甚至都不知道他触碰过他们，他们当中没人能告诉别人在他们头脑中发生了什么事。他们就只是……*突然爆发了*。傀儡师只是让他们将自身的感受表露在外；不管他的傀儡犯下了什么罪行，总有无数动机可寻。要是他们因此而被捕，那是他们的事。

1961 年，他从哈佛大学法学院毕业后，进了纽约最好的律师事务所。在五年里，他先是做了一阵成功的刑事犯罪辩护律师，接着开始从政。1965 年，他当选为纽约市议员。1968 年至 1972 年，他担任了纽约市市长一职，在此期间，成了纽约的参议员。

1976 年，他看到了自己成为总统的机会。在过去，他总觉得这个时机可能要等到 1980 年，或者 1984 年。但民主党全国代表大会于建国两百周年之时在纽约召开，傀儡师知道，这正是属于他的时刻。

地基早已夯实。

他曾多次以汤姆·米勒心中那深切的苦痛为食。

现在，他要将它一饮而尽。

鬼牌镇大火导致十五人死亡

——《纽约时报》，1976 年 7 月 19 日

深色的烟尘给清晨的阳光蒙上了一层雾霭。热浪再度袭来，整个城市仿佛被煮沸了一般，情况比前几日更糟。暴力事件并未随着清晨降临而结束。鬼牌镇的街道被破坏清洗而空，地面满是前夜骚动制造的碎石。暴乱者与警察和国民警卫队展开了游击战，将对方的行动控制在街道内，将车辆倾覆在十字路口来封锁交通，纵火，并从阳台和窗户后面探出头来嘲讽当局。鬼牌镇本身也被警车、吉普车和消防设备包围了。在第二大道上，每隔几码就站着一名全副武装的国民警卫队队员。沿着企李士提街，警卫聚集在罗斯福公园周围，而公园里，鬼牌再度聚集。可以听到人群深处吉姆利的声音，他向他们发表演讲，告诉他们，今天无论发生了什么困难，他们都得游行。所有民主党候选人都在这片区域附近出现了，还都拍了照片，他们露出关切而坚定的表情，或是凝视烧毁的建筑残骸，或是与一名看起来不那么畸形的鬼牌交谈。肯尼迪、卡特、乌道尔、杰克逊——他们全都在保证自己被人看见之后，又乘坐豪华轿车回了麦迪逊花园广场，在那儿，代表们又就民主党候选人资格进行了两轮非决定性投票。只有哈特曼

出现后留在鬼牌镇附近，与新闻记者交谈，同时试图将米勒从人群的包围中哄骗出来谈判，但未能成功。

到了正午，气温逼近三位数，从东河吹来的一股清风将燃烧的气味散布到了整个城市里，鬼牌离开了公园。

格雷格过去从未操纵过这么多傀儡。吉姆利依然是关键，他能感觉到侏儒的愤怒，就存在于一百码外充塞了格兰特街的鬼牌人群之中。在这片混乱的漩涡中，米勒一个人恐怕不足以及时让鬼牌回去。格雷格已确保自己在过去几周内与几个鬼牌公正协会领导人都握了手，每一次，他都利用了这种接触的机会，探入对方的意识，并打开了通道，好让他能从远处进入他们的意识。暴民就像是一群动物——只要能让足够多的领导者回头，剩下的人不可避免地都会跟从。格雷格已经控制了他们当中的绝大多数人，巨人、花生、“小角”“锉刀”，还有大概二十个其他人。这些领导者中有少数几个，例如桑德拉，被他跳过了，这个老太婆让他联想到老迈的祖母，他怀疑她根本没法影响这些暴民。大部分傀儡心中已经生出了一丝恐惧——要利用这一点非常容易，只要放大这种恐惧感，直到他们回头逃走即可。他们当中的大部分人都是通情达理的，并不比其他人更喜欢冲突。他们之所以会变成这样，是受人驱使——哈特曼干的好事。现在，他要逆转这个进程，从而让他自己成为民主党的候选人。代表大会的潮流已经从肯尼迪和卡特身上退开了。代表们现在已收回了第一轮投票，这样他们就能按照他们的心意来自由选出候选人，在最近的一轮投票中，哈特曼已占据了第三位，票数还在逐渐增加。尽管有相机在对着他拍照，格雷格的脸上依然露出了微笑，前一夜的暴乱给了他前所未有的愉悦——如此强烈的激情几乎压倒了他，那是一种欲望的古怪混合物。

鬼牌靠近，国民警卫队的队列也随之移动。鬼牌挤满了整条企李士提街，喊着口号，挥舞标语。前前后后的喇叭爆发出命令和咒骂，当警卫队拿出刺刀排成一排时，格雷格可以听到鬼牌的嘲笑。在与地兰西街交叉的十字路口，格雷格可以看到灵龟的壳子在警卫队员上空盘旋，在他们那里，至少抗议者能被逼退而不受什么伤害。但在通向公园正门的街道南边，哈特曼在一圈警卫包围下的所站之处，情况并没那么轻松。

鬼牌继续向前，一路推挤，那些本可能转身回到公园里去的人也被裹挟其中，不得不跟着向前。警卫队员们不得不做出决定——是使用刺刀，还是尝试彼此拉着手臂把这些鬼牌推回去。他们选了后者。有那么一会儿，似乎形成了某种平衡，但接下来，警卫队员的队形就渐渐弯曲了。随着一声叫喊，一小群鬼牌冲破封锁线，来到街上。其他人也叫喊着跟了上去。又一场运动战随之产生，毫无组织，极为混乱。在这一刻，哈特曼从战斗中退了回来，叹了口气。他的傀儡带着意念向他靠近，他闭上了双眼。要是他乐意，他可以让自己沉溺其中，可以让自己跃入这片浑浊的情绪之海，以此为食，直到获得满足。

但他不能等那么久。他得在冲突还未成形之前采取行动。他朝保镖做了个手势，接着便向大门走去，走向吉姆利所在之处。

◆

桑德拉正和鬼牌公正协会的其他几个干部在一起。他们游行出了正门时，她正试图告诉吉姆利昨晚她在哈特曼心中感受到的古怪之处。“他觉得他正在控制着这一切。我发誓这是真的，吉姆利。”

“其他该死的政治家也这么觉得，老太婆。另外，我以为你本来是喜欢他的。”

“我现在也喜欢，但是——”

“看，那你他妈还在这儿干吗?”

“因为我是个鬼牌。因为鬼牌公正协会也是我的组织，不管我是不是赞同你们正在做的事。”

“那就闭上你的嘴巴，他妈的。我忙着呢。”

侏儒看了她一眼，走开了。他们正以葬礼似的缓慢速度走向等待着的警卫队员。桑德拉可以透过在她前方的人看到他们。但接下来就看不见了，因为到了大门口，鬼牌都挤在一块儿，他们跛着脚，行走缓慢无力，却还在尽可能地走出去。不少人身上还留着前一日战斗的印记，他们的脑袋上缠着绷带，手臂吊着——他们将这些展示给警卫队员看，就好像它们是荣誉的勋章。在桑德拉前面的那些人遇上了列队的警卫队，停了下来；有人从后面推了她一下，让她差点摔倒。她抱住了在她前面的那个人，感觉自己的手触摸到了一片皮革似的肌肤，接着便看到蜥蜴般的鳞片覆盖在那人魁梧的背上。桑德拉叫喊着，周围的人挤着她，虚弱无力的手臂将她推到一边，她的肌肉在垂坠的袋子似的皮肤下摇晃着。她以为自己要摔倒了，但突然之间，这种压力消失了。她踉跄了几步。接着她的双眼看到了刺目的日光，这让她在短时间里丧失了视力。在一片混乱中，她只能看到拳头在她面前挥舞，伴随着叫骂和哭喊。桑德拉向后撤退，想找出一条路逃离这片争斗之地。又有人推了她一把，她回了手，接着警棍就从侧面砸中了她的脑袋。

桑德拉发出了尖叫。魅魔发出了尖叫。

她的视野在一片色彩的漩涡中迷失了。她无法思考。她用双手捂住伤口，手上的触感怪异极了。她眨了眨眼睛，好让太阳穴上流下来的血离开视线，看清他们。她看到他们年轻的脸，他们的手，而当她茫然地朝他们喘息时，她感受到了其他人突如其来的激情。

*不！回去，去你妈的！不要在这儿，不要在街上，不要跟周围所有的人！*桑德拉绝望地想要重新控制住魅魔，但她的脑袋因为震荡而嗡嗡作响，无法思考。她的躯体备受折磨，流畅地变形以回应她周围的所有人。魅魔触及每一个人的意识，接着改换成他们性欲中渴望的

模样。她一开始是女性，接着变为男性，时而年轻，时而苍老，时而瘦削，时而丰腴。魅魔迷惑地哀号着。桑德拉跑了起来，每跑一步，她的模样就改变一次，她推开了那些因为突如其来的古怪欲望而向她伸出的手。魅魔不得不做出反应，她接过欲望的丝线，将它们编织成一片激情。在一片逐渐扩大的圈子里，暴乱停止了，鬼牌和警卫队员们全都转向追逐心中突然产生的欲望。魅魔同样也能感受到他，她奋力向格雷格跑去。她不知道除此之外还能做什么。他控制着这一切，自前夜伊始，她便了解了这一点。他可以救她。他爱她——至少他曾经这样说过。

♥

摄像机跟随着参议员哈特曼走向大门，那儿刚开始出现了一些斗殴。保镖想让参议员退后，但他将他们的手推到了一边。“妈的，总得有人来试一试。”他刻意让人听到他这么说。

“哦，这素材不错。”一个记者小声说道。

哈特曼推着人向前。保镖们面面相觑，都耸了耸肩，跟在他身后。

格雷格可以感觉到他的大部分傀儡都在大门附近的这片区域里。此时灵龟正在公园的另一头将鬼牌赶回原处，格雷格意识到这将是他最好的机会。现在，让吉姆利和其他人撤退，就能让所有人都回去公园里。要是暴乱再次持续入夜，那也没有关系——格雷格已经充分展示了他在危机中是如何冷静应对的。明天早上的报纸将会载满他的事迹，所有的广播电视中都会突出展示他的面容和名字。这足以保证他获得提名权，同时也能给予他在进入总统竞选阶段后的足够动能。福特也好，里根也罢，共和党选谁做候选人都无所谓。

他的脸上维持着笑容，大步走向冲突的中心。“米勒！”他大喊道，他知道侏儒离他够近，完全能听见他的声音。“米勒，我是哈特曼!”在呼喊的同时，他拉扯了一下米勒的意识，关闭了他心中炽热的怒火，浇之以清凉的天蓝色。他感觉到一阵突然的情绪释放，感觉到侏儒对周遭的景象开始产生了厌恶。哈特曼再次扭曲了侏儒的意识，触摸着对方心中恐惧的核心，让它膨胀，形成一片冰冷的白色。

失控了，格雷格朝着那个男人低语。你已经失去了这一切的控制，你无法让它回头，除非你走到参议员面前。听着：他在呼唤你。理智一点。

“米勒!”格雷格再次呼喊。他感觉到侏儒转过了身子，格雷格将挡在他面前的保镖推到边上去，好亲眼看见。

吉姆利在他左边。但就在哈特曼呼唤他的时候，他看到那个鬼牌的注意力转向了大门那边。在那儿，格雷格看到了她，看到了被一群鬼牌和警卫队员追赶的她。

魅魔。

她的形体变幻莫测，在她奔跑时，几百张脸和几百个身体不住地闪现。在这同一个瞬间，她也看到了格雷格。她向他叫喊，她伸出了双臂。“魅魔!”他喊了回去。他推开挡路的人跑向了她。

有人从她身后抓住了她。魅魔扭开了，但另一只手又抓住了她。她发出一声惨叫，摔倒了。自此之后，他就再也看不见她了。在她周围围满了人，他们互相推挤，互相敲打，愤怒地想要靠近她。格雷格听到骨头折断时那怪异的脆响。“不!”格雷格跑了起来。他忘了吉姆利，忘了这场暴乱。等他再靠近一点儿，他可以感觉到她的存在，感觉到她的性吸引力在牵引着自己。

他们全都倒在她身上，这一群咆哮着的暴徒击打、撕扯着魅魔和彼此，以求得释放。他们就像在一片肉上蠕动的蛆，面容扭曲而凶暴，他们的手撕扯着她，扭打着她，强暴了她。自这一团翻滚的人群底下的不知某处，突然如涌泉般喷出了鲜血。魅魔尖叫了一声，而后，这声尖厉的垂死挣扎又在突然之间，怪诞地，中断了。

他感觉到了她的死亡。

包围着她的人纷纷后退，脸上显露出了恐怖的神色。格雷格可以看到地上那团蜷缩着的身体。一片厚重的鲜血洒在那具尸体周围。她的一条手臂被人完全从关节上扯了下来，她的双腿扭向奇怪的角度。但这一切格雷格都没有看见。他只是一直盯着她的脸：他看到的是安德莉亚·惠特曼的反射物躺在那儿。

在他心中产生了一股愤怒。它强烈到了让他将一切抛之脑后。他看不到身边的任何事物——看不到摄影机，看不到保镖，看不到记者。格雷格能看到的只有她。

她曾经属于他。她曾经不必成为一个傀儡便属于他，而他们将她从他手里夺走了。他们曾经讥讽过他，正如安德莉亚在很多年前讥讽过他，正如其他那些讥讽过他的人一样，他们全都死了。他爱她，他爱她甚于爱这世上的任何人。格雷格抓住一名站在尸体旁的警卫队员的肩膀，那人的裤子拉链还开着。格雷格猛地将他拉到一边。“你这个混蛋！”他叫喊着，不停殴打这个男人的脸，“你他妈的混蛋！”

他的怒火不受控制地从他的意识中倾泻而出。传递到他的傀儡身上。吉姆利大声咆哮起来，他的声音一如既往地带着压倒性的力量。“你们看！看他们是怎么屠杀的?!”鬼牌叫喊着，发动了袭击。哈特曼的保镖们意识到暴力冲突又重新开始了，突然感觉到了恐慌，便拉着参议员远离了战斗。他咒骂他们，抵抗着，想挣脱开去，但这一次，他们坚定不移。他们将他拉回车里，带回了旅馆的房间。

哈特曼被杀戮激怒袭击示威者，卡特或将成为赢家

——《纽约时报》，1976 年 7 月 20 日

哈特曼“大发脾气”，他表示有时必须回击

——《纽约每日新闻报》，1976 年 7 月 20 日

他尽可能地挽回这场败局。他对等待着的记者们说，他只是因为目击了这场惨案，看到可怜的魅魔经受了不必要的暴力对待而受到了惊吓。他耸了耸肩，露出了悲伤的微笑，然后向记者提问说，难道他们见到了这样的场景之后，没有因此而动容吗？

等记者们终于离开他后，傀儡师退回了自己的屋里。在这地方，他一人独自观看了电视上播放的代表大会选举进程，看到他的政党将卡特选举为下一届总统的候选人。他告诉自己，他对此毫不在意。他告诉自己，下一次的机会属于他。毕竟，傀儡师还是安全的，依然隐藏着。没有人知道他的秘密。

在他的脑海中，傀儡师抬起一只手，伸出了他的手指。他拉动了细线，他的傀儡随之猛地抬头。傀儡师感受着他们的情绪，品尝着他们生命的香料。

然而，至少在那个夜晚，这场盛宴尝起来辛辣而苦涩。

♦♥♣♠

插曲·之五

——摘自《百变王牌三十五年历史回顾》

《王牌!》杂志，1981年9月15日

我还不能死，我还没看《乔森的故事》。

——罗伯特·汤姆林

他们完全为主憎恶，在他们的脸上，戴着野兽的面具，在这片土地上，他们的人数是666。

——匿名反鬼牌传单，1946年

他们将它称之为隔离，而非歧视。他们对我们说，我们不是一个种族，也不是一种宗教，我们只是得了病，因此他们将我们隔开是正确的，尽管他们也完全明白，百变王牌病毒并不具有传染性。我们只是在身体上患了病，他们却是在灵魂上得了传染病。

——泽维尔·德斯蒙德

让他们去说他们将会怎么做吧。我依然能够飞行。

——厄尔·桑德森

人人都喜欢我，却没人喜欢你，这难道是我的错?

——大卫·哈恩斯坦（对理查德·尼克松）

我喜欢鬼牌鲜血的味道。

——纽约地铁涂鸦

“我不关心他们长什么样，重要的是他们就像其他任何人一样流淌着红色的血……当然，他们中的大部分人是如此。”

——鬼牌部队陆军中校约翰·加里克

“我要是王牌，肯定会痛恨看到两点。”

——蒂莫西·威金斯

“你想知道我到底是王牌还是鬼牌？答案是‘是的，我是’。”

——灵龟

我是个王牌，我是个疯子
而你不能说出我的名字
我盘踞在街上
我只等待夜幕降临
我是会咬人的毒蛇
是这个世界的根基

——《巨蛇时代》，托马斯·马里恩·道格拉斯

“我很高兴宝宝能回到我手里，但我不会离开地球的。这颗星球如今已是我的家，而那些被百变王牌病毒感染的人则是我的孩子们。”

——塔基扬医生，在他的宇宙飞船归还之际

“他们是伟大的撒旦——美国——的恶魔之子。”

——穆斯塔法维·霍梅尼[①]

“从事后看，使用王牌来解救人质的决定很可能就是个错误，而我则对这个任务的失败负有全部的责任。”

——吉米·卡特总统

“像王牌一样思考，然后你就能像王牌一样获胜。像鬼牌一样思考，那你只能成为笑话。”

——《像王牌一样思考!》（百龄坛出版社，1981）

“美国父母十分关心王牌的曝光度过高及他们过度利用媒体的问题。他们对我们的孩子们来说是种坏榜样，每年都有上千人在试图效仿他们那些畸形力量时受伤，甚至导致死亡。”

——美国家长联盟娜奥米·韦瑟

“甚至他们的孩子们都想像我们一样。现在可是80年代了。一个新的十年，兄弟，我们则是新的人类。我们能飞，而且我们不像那个耐特、喷气机小子一样需要假飞机。虽然那些耐特还不知道，但其实他们都已被淘汰。这是个属于王牌的时代。”

——《鬼牌镇之声》上的一封匿名信，1981年1月1日

♦♥♣♠

① 1979年伊朗革命的政治和精神领袖，什叶派宗教学者。

幽灵女孩接掌曼哈顿

卡丽·沃特　著

珍妮弗一开始不知道翠西亚要带她去哪儿，直到她的朋友拉着她出了地铁车厢，上了第二大道车站下东城的站台。在到这一站前的四站里，她越来越焦虑——她们经过了中城，经过了华盛顿广场，经过了所有跟她们有关的车站，而翠西亚一直在说，“不，这是我们一直去的，我想试试新的地方，一定会很有趣的！”

“翠西，你疯了吗？我们在这儿要干吗？”珍妮弗用双手拉着她的朋友，想减慢她往铺了地砖的通道前进并沿着台阶上去休斯顿街的速度。她四下张望，跟翠西亚贴得更近了。她过去从未在一个地方见到这么多鬼牌。站台上至少半数以上的人都是鬼牌。她以前也见过鬼牌，你要是住在纽约——即使你从未到过离哥伦比亚大学的校园这么远的地方也一样——就不可能没见过。但大部分时间里，你能见到的只有一两个，而且他们的特征也很温和——他们可能头上长着羽毛，或是兔子的耳朵。但在这儿的人却是整个身子全都损坏了，变形了，看上去像是怪物。有个男人经过她身边，在水泥地上留下一道黏液。珍妮弗竭力控制自己不去盯着他看。

翠西亚将她拉上台阶，来到更为混乱的街上。“来吧，狂热乐队正在 CBGB 俱乐部[1]演出，我真的真的很想去看，要是我事先告诉你，你绝对不肯一起来。对吧？你会生气，还会表现出一副看不上的样

① 纽约著名酒吧，朋克乐诞生地。

子，就像你现在这样。”

“我没有看不上。”珍妮弗说道，她尽力让自己别噘着嘴。她以前从未听说过什么狂热乐队。

“来嘛，别那么严肃。不会出什么事的。”

珍妮弗现在只能忍了，她和她的朋友一起向前走了起来——不过两人还是靠得很近，手臂挨着。“我的父母要是知道我在鬼牌镇附近，一定会发疯的。”

翠西亚说道：“那就别告诉他们。你不会把所有事都跟父母说的，对吧？”

“不会。”事实上，珍妮弗确实没有。她有一个莫大的秘密，谁也没告诉过。甚至连翠西亚也不知道。她不会告诉翠西亚，她之所以不愿意外出，很大一部分原因是她很肯定，总有一天有人会发现她的秘密。有人会看到她，然后*知道*。

尤其是鬼牌镇的人。他们当中有些人外表没有缺陷，生理上不带有百变王牌病毒留下的伤痕。他们当中有些人可能拥有特殊的能力。他们当中有些人或许能阅读她的思想，然后他们就会*知道*。在那之后，珍妮弗不知道会发生什么。她从未想过如此深远之后的事。最好假装这一切完全都是错误就好。

要不是为了翠西亚，珍妮弗可能根本不会外出探索这座城市。不过，通常到了最后她们总能过得很愉快。

在翠西亚的鼓励之下，加上她相信自己的朋友带她去的地方不至于太不合适，珍妮弗穿了一套晚上外出游玩的行头：黑色的露肩连衣裙，高跟凉鞋，金色的长发披散在肩头。翠西亚则穿着美洲豹图案的热裤，超大尺寸的衬衫，上面系着金色的皮带，她的鞋跟比珍妮弗的更高。

“到了，到了！”翠西亚说着，拉扯珍妮弗的手臂让她动作快点。

看翠西亚兴奋的样子，她本以为会看到一个特别浮夸的地方。比如说54俱乐部[1]之类。但这地方换了其他任何日子珍妮弗要是经过，必然会直接走过去，根本注意不到。它基本上什么都不算，不过是一个有白色雨棚、画了些涂鸦的小店头，边上还挨着一家餐饮设备仓库。它甚至都没有招牌。不过门口确实站着不少人，他们和几个倚靠着砖墙的鬼牌流浪汉共享人行道。

翠西亚在前面带路，她们从人群中开出一条道来，走到了店门前。这里的人由耐特和鬼牌组成。里面甚至可能还有一两个王牌，但谁分得清？珍妮弗根本不想去辨认。

门口有个人在收入场费，珍妮弗从她的包里翻出了一张5美元，这时候翠西亚拉了拉她的手臂。“你还有5美元多吗？我找不到零钱。”她露出了可怜巴巴的表情。

珍妮弗叹了口气，递了一张5美元给她。这些钱都够打车回家的了。不过她们总能在这儿碰上点什么好事，以前都是这样的。

场地里的灯光效果十分简陋；墙是黑的，上面满是贴纸和喷枪画。一面墙边是酒吧吧台，有扇门通往后台，舞台则挤在一个角落里。有一支乐队正在演出。他们身后的墙上贴着一张手绘海报，上面写着“音速小子”。他们确实非常年轻——其中一名吉他手是个金发女人。他们戴着面具，可能是朋克，可能是鬼牌，也可能二者都是。除非她再靠近一点，珍妮弗很可能无法分清。

音乐十分吵闹，并不适合跳舞，事实上也没有人在跳舞。但人们都在扭动着身体。其中有一小群离舞台非常近的，他们跳着蹦着，相互碰撞身体，还向舞台伸出了手。女吉他手也唱了歌，或者说是喊出了些歌词，但在喧闹的吉他和爆裂的鼓点中几乎难以听清。汗水从她的发丝里飞了出来。在所有聚光灯的照射下，舞台上炽热极了。

---

① 54俱乐部是20世纪70年代的纽约传奇俱乐部，1977—1979年开放，舞台室内设计一直为人称道，是当今迪斯科舞厅的室内设计始祖之一。

翠西亚尖叫着，原地蹦着。“这不是——”后面的听不清了。

“什么?”珍妮弗朝她大喊。

“嘿!”一个高个子的家伙出现在她们面前，他瘦得皮包骨头、深色头发，身上穿着一件写有快褪色了的“雷蒙斯”[1] 字样的黑色T恤。“我能请你们俩喝一杯吗?”

翠西亚再度发出尖叫，将手臂钩住了他的手臂。珍妮弗转开了眼睛，当做没看见。

在看到外面那几个莫西干头的家伙之后，珍妮弗原本以为会在场地里看到可怕的正宗朋克，他们头发竖起，身穿军装外套、战斗靴和喷绘画T恤。她原本以为会看到锁链和战斗场面。事实却并非如此。人群里确实有些真正的朋克，但大部分人看起来介于朋克和普通人之间，穿着破洞牛仔裤和黑色T恤，表情有些乖戾，但他们没有奇怪的发型，身上也没有那些金属饰品和标语。有不少女人穿得跟男人没什么区别，但剩下的却都盛装打扮过，就像珍妮弗和翠西亚那样。她们的头发染成各种颜色，在脑袋上蓬成一团，穿着短裙或各色紧身裤、高跟鞋，戴着大耳环，涂着粉红色的唇彩和闪亮的眼影。在舞台旁的角落里，站着一对完全能用华丽二字来形容的男女。他们的发型毫无瑕疵，衣服的剪裁和风格就像杂志里的模特一样。他穿着看起来极为昂贵的白色西装，而她则穿着黑色紧身酒会小礼服，戴着银色的首饰，用烟斗抽烟。从头到脚都很做作，但与此同时却又极为迷人。这时候的场地里还有些普通酒吧里的人群——年轻人，普通的大学学生，或许有点近视，正到处寻觅着下一个兴奋点。珍妮弗原本担心自己看起来会格格不入，担心人们会知道她不属于此地而让她过上一段难挨的时光；但事实上她没有格格不入，也没有人让她难挨。

人群中有三分之一的人是鬼牌，珍妮弗在一开始几乎没有注意

---

① 雷蒙斯和音速小子都是真实存在的乐队。

到。因为他们同样也没有显得格格不入。其中有些人戴着面具。或许他们也可能是戴着面具的耐特。她单纯地没法区分他们。而这一点似乎也不重要。

珍妮弗瞥见吧台的另一头还有一对男女。他们和其他人没什么两样，牛仔裤和T恤，看起来很是低调，只是他们比场地里的大部分人都要年长十岁左右。

珍妮弗喘了一口气。她摇了摇翠西亚。“那是米克·贾格尔和瑞莉·霍尔[①]吗？”

翠西亚当时正在喝酒，被她这么一摇，那闻起来像是杜松子酒和汤力水的混合体半数都洒在了下巴上，但她还是往那边看了过去。她睁大了眼睛。“妈呀，他正在和戴维·伯恩[②]聊天！”

珍妮弗不知道这个戴维·伯恩是谁。

♣

狂热乐队上台之前，还有另外一支乐队要演出。到这时候，翠西亚已经完全醉了，珍妮弗一直撑着她，不然她就得倒在别人身上。没有人在意她们，珍妮弗也想尽量不表现出尴尬的样子，但她出门也不是来给翠西亚当个保姆的。

不，再仔细一想，或许她本来就是。翠西亚之所以叫上她，可能就只是因为珍妮弗是个最负责任的人，能让她俩都完好无损地回家。这一个小时里，珍妮弗一直在喝朗姆可乐酒，她很肯定，翠西亚嗑了药。在这儿的每一个人似乎都嗑过药。

这地方热得像个温室，满是汗臭、烟味和酒精的气息。

一个乐队离开舞台，下一个乐队接上的过程似乎会持续到永远，

---

① 滚石乐队的主唱和他的女朋友。

② 戴维·伯恩是新浪潮乐队传声头像的主唱兼吉他手。

而等翠西亚意识到狂热乐队终于要上台时，她尖叫起来，跑到前排，为此还推开了周围的人，他们回推她时，她咯咯直笑。珍妮弗跟在她后面朝她叫喊，但甚至连她自己也听不见自己的声音。

狂热乐队只有三名成员。其中两人是鬼牌——是比较迷人的那一类鬼牌。主唱的头发颜色极为鲜艳，都是细长的白线，齐肩长，末端发亮，看起来就像是花哨的艺术商店里兜售的光纤灯。吉他手的手上长着比别人多得多的手指，多得数不过来，它们在乐器的琴弦上移动得极为迅速，制造出匪夷所思的音律。鼓手看起来好像是正常人，一个没穿上衣的朋克，漂白过的头发竖起在头顶上，左边的耳朵上别着一根别针。

他们所谓的音乐包含了疯狂的鼓点和简单几个旋律。主唱一直在大喊大叫。珍妮弗没能听出多少歌词来。大概就是些痛恨父母、想烧东西，炸弹什么时候会落下，诸如此类。

最后，乐队结束了演出。不少人都尖叫起来。

“我得去尿尿。”翠西亚说着，抓住珍妮弗的手，将她往俱乐部里面推。看到她要摔倒时，珍妮弗抓住了她。

“这地方有洗手间吗?”珍妮弗半信半疑地问道。考虑到这个场地的其他地方都是这般模样，她不太确定自己想见到他们的盥洗室。翠西亚就只是翻了个白眼——这是“你能别那么酷吗?”的表情。

这地方像个洞穴，黑色的墙壁逐渐变得狭窄，涂鸦让它显得更为逼仄。边上有个楼梯，确实能向下通往洗手间。还没等她们走到那儿，珍妮弗就已经闻到了它的气味。俱乐部其他地方那种汗臭和发霉的气味让位给了下水道的臭味。她皱了皱鼻子。

翠西亚靠珍妮弗扶着保持平衡，她推开门，进了女厕所。在这里面，地地道道的阴沟味扑鼻而来。地板黏答答的，珍妮弗根本不敢去看厕所的隔间和那里面毫无疑问已经满出来了的东西。

而这种显然已经达到危害健康程度的混乱，并未能阻止一群女人挤在一面边缘画有涂鸦的镜子前，往头发上喷喷雾，给眼线补妆。

翠西亚似乎忘记了她要使用这些设施的需求，她朝一面贴着贴纸和海报的墙壁倒了下去，脸上露出了冲着某种天堂景象微笑的表情。“这真是太不可思议了，这真是太不可思议了！”

在她们身边，有个身着网纹装、格子裙和皮紧身胸衣的女人，她手里拿着一面镜子，上面撒着两行白色的粉末。她的朋友穿着与她类似，正弯腰凑过去吸可卡因。

拿着镜子的女人看到珍妮弗正盯着她。“想来点儿吗？”她说，“我有不少。”

珍妮弗迅速摇头，她想，自己看起来多半很逊吧。

“当然，哇，谢谢！”翠西亚说着，身体凑到那个拿着镜子的女人面前。

“翠西亚——”珍妮弗说道，但此时第二道可卡因的白线已经被翠西的鼻子吸了进去。这个夜晚还能更糟糕一点吗？

翠西亚站直身子，她涨红了脸，擦了擦鼻子，咯咯直笑。“老天，我现在有个绝妙的主意。”

“别，别再想什么新花样了，”珍妮弗喃喃道。这地方的气味越来越糟，她已经开始用嘴呼吸了。一个隔间里汩汩地往外冒着水，其他姑娘们喊了起来：“吉丝，你没冲下去，对吧？老天！”

翠西亚又一次抓住珍妮弗的手，往门的方向走了回去。“我想跟着他们。”

“跟着谁？”

“狂热乐队他们！托尼！我想跟他们见面！”

“托尼？”

“主唱！他看起来不是超酷的吗？”

“翠西，你知道现在几点了吗？该回家了！”

“就一分钟，只要一分钟就好。”

不知怎么回事，翠西亚就引着两人走回楼梯，通过一条走廊来到一扇没人看守的门前。这里的墙壁上贴的都是些旧海报和过去的演出宣传，其中有一部分都是好些年前的了。她甚至在里面认出了一些乐队。哇，警察乐队曾经在这儿演出过？金发美女？真的？但现在翠西亚身负重任，目不斜视。她突然挣脱了珍妮弗的手，而后者则赶紧向前追了上去。

狂热乐队的成员似乎刚从人群中走出来，但人们又在这条通道的另一头包围住了他们，通道联通着后台、化妆间和仓库。珍妮弗认出了主唱，他正在海报和门票的背面签名，身边围着十几个姑娘。他那头发光的头发形成了一个光晕，将光芒照射在他的脸上。乐队的另外两名成员站在一个角落里，和那些没能接近托尼的人聊天消磨时间。难道这儿不该安排几个保镖吗？

“嘿，你好。”

珍妮弗转过脸，一个男人站在她身后，面带笑容。他看起来比这儿聚集的二十来岁的人群要年纪更大一些，大概三十多岁，脸上带着皱纹和风雨侵蚀的痕迹，没有蓄胡子，黑色的头发理了个平头。他穿着白色紧身T恤和牛仔裤，看起来像是想让这身行头高级一点，但衣服都有些褪色。

她朝他眨了眨眼睛，甚至不太确定对方是不是在跟自己说话。

“你一定是新来这儿的。”他说。

“谁，我？”她说完立刻觉得自己有点傻，“对，我是和一个朋友一起来的。”她指了指身后。翠西亚此时已经脱了上衣外套，露出大半个胸部，而主唱则在上面签着名。

那个男人脸上的笑容更明显了。“想来一片吗？”他拿出一个金属圆盒子，用双手捧着给她看，里面满是白色的小药片。

别再来了。她竭尽全力保持微笑，同时做手势让他把手拿开。“不，不用，谢谢，我现在就很好。”

“我喜欢这些演出，这些乐队能弄到最好的毒品。”

“哦。”她说。

“这可是我糟糕的小秘密。我不太在意音乐。别告诉其他人。”他凑近后，眨了眨眼睛。

他是无意间遇到她的吗？他是想和她搭讪？她甚至不确定自己是否知道该怎么做出回应。她有些害怕，但又有点高兴。她的脸一定红极了，说不定头顶上还在冒蒸汽。

“哦，我不会的，相信我。我真的该去找我的朋友了——”但当她转过头，乐队已经不见了。翠西亚也是。“翠西亚？”珍妮弗喊了一声。她跑出后门，进了俱乐部后面的小巷。一辆年久失修、长满了铁锈的凯迪拉克停在小巷里。乐队成员正往车里爬，准备离开。

头发发光的乐队主唱用手臂环着翠西亚的腰部，几乎将她抬离地面，而她尖叫着，猛推他的手臂。她在说什么，也可能在尖叫，不过珍妮弗身后的俱乐部里依然喧嚣吵闹，她听不清。

“*翠西亚！*”珍妮弗用双手环住嘴巴，喊了一声。

虽然她不住挣扎，却已被推进了车里。

珍妮弗又喊了一声：“*翠西亚！*”接着啪嗒啪嗒地跑下后台入口的楼梯，歪歪扭扭地踩着高跟鞋，试图追上那辆破破烂烂的凯迪拉克。然而在她面前却挤满了人。珍妮弗个子很高，她能直接从他们大部分人头顶上看出去。但她似乎没法从这些人中间穿过。

一个大块头的男人——准确地说，一个鬼牌，他的下颌长出了尖牙，原本应该长着头发的地方生着闪闪发亮的黑色鳞片——在她跑过他身边时，故意挡住了她的去路。珍妮弗往边上走了一步想避开他，但他也往边上走了一步，又挡住了她的道。

“嘿，宝贝，你急什么？”

“朋友，”她绝望地说道，“他们带走了我的朋友。你看到她了吗？她不想去的，但他们把她拉走了！”

他笑了起来。尖牙让他看起来像头斗牛犬。“亲爱的，那些小鸡正跟她享受着呢。”

珍妮弗恐惧地瞪着他。“你看到她了吗？”她用手指向正载着她的朋友离开的车，“她在和他们搏斗！她几乎完全喝醉了——”

那鬼牌大笑起来。“你在嫉妒他们没带上你？或许你跟我一起也能找点乐子。”

“她需要帮助！”

那人伸手抓她，但她躲到一旁，拍掉了他的手。他只是大笑着。那辆车转过了街角。

翠西亚被绑架了。就在她的鼻子底下。就在所有人的鼻子底下。

珍妮弗想起她在卫生间外见到过一个付费电话。她跑回去，跑下楼梯。若她跑到电话边上，发现电话坏了，那对她来说反而是件幸运的事，可惜电话没坏。不过她的手也确实在话筒上摸到了某种黏糊糊的脏东西。她苦着脸，尽量把手往墙上擦。接着她弯下腰来给自己制造出一小块私密空间，同时用一只手盖上耳朵来挡住俱乐部里的吵闹声，她拨打了电话。

“总机。”

“你好！我要报警！”电话那头传来咔哒咔哒的静电干扰声。她咬着嘴唇，觉得自己一定是断线了，直到对面出现了一个声音。

“警务调度。”

“你好，在吗？是我朋友！我朋友被绑架了！”

“不好意思？”

珍妮弗几乎听不见，她大喊起来：“我的朋友！她被绑架了！”

“女士，你能告诉我事情的经过吗？”

“我们在一家俱乐部里。有几个乐队的人，他们把她推进了他们的车里。她在挣扎，她神志不清，他们利用——”

“稍等一分钟。”现在电话那头的人似乎在笑，“所以你们是去看了演出，然后她抛下了你，跟乐队一起跑了——”

“不，我刚说了，她是被人拖走的！她几乎已经失去了意识，他们带走了她！”

“女士，你在哪儿？”

她犹豫了一下。现在的情况不太妙，而且似乎会更糟。“我在包厘街的一家俱乐部——”

调度员挂断了电话。

珍妮弗吼了两句，将话筒砸向听筒架。为什么翠西亚不等她？为什么她不反击他们？要是她再也见不到翠西亚了怎么办？她的朋友说不定会被强暴，最后死在阴沟里，而这一切全是珍妮弗的错。

她又拨了一次号码，打给总服务台而不是接线员或许能有帮助。问题在于，她的包里已经没有多余的零钱，只有几张买饮料的大钞。她叹了口气，四下张望，以确定没有其他人在看着她。

她将手放在付费电话的金属外壳上，接着——非常迅速地——伸进里面。她的手仿佛化为一片虚无，直接穿过了壳子，就好像它不过是空气罢了。她掏了一会儿，找到了零钱箱子，从里面抓出几枚硬币，然后把手拿了出来，穿过盒子时，硬币与她的手一同幽灵化了。现在，她有了零钱。

不管怎么说，她的王牌能力意味着她永远可以使用付费电话。

这样的情况第一次发生在五年前，她十四岁。当时她给自己倒了一杯橘子汁，然后拿起它——它却掉了下去。玻璃杯从她手里落下。要不是她正好看着，她根本不会信——那个杯子是穿过了她的手掉下去的。她呆站了很久，碎玻璃和洒出来的橘子汁在她脚边，她盯着自己的手那透明的轮廓，以及穿过她那不再固化的血肉可以看到的厨房地板。母亲跑进厨房，看到这片混乱景象，只是问她是否受伤，显然觉得这不过是个普通的事故。此时珍妮弗已快速地将手放到了自己背后。当她再次看向自己的手时，它已变回了固体。正常了。

接下来的几个月，她在恐惧和实验中度过。她的头一个想法是她正在消散，最终整个人都会消失。她患了失眠症，唯恐自己睡着睡着就不见了。但到了最后，她发现自己能够控制这种力量。她能穿过固态的物体。她试过抽屉、学校的柜子和她父亲的保险箱。这他妈是个王牌的力量。她不敢向任何人提起这件事。

她将两个十分硬币塞进投币孔，打电话给信息台，请对方转接最近的警察分局总服务台。她和某个值班警员谈了谈，又把整件事说了一遍，尽量让自己的声音听起来平静一点，但与此同时又带上绝望，好让警察能把她当一回事。

那人也挂了她的电话。

她擦去了眼角的泪水，跺着脚走上楼梯。

此时另一支乐队正在演出。回到俱乐部的演出场地，她沿着站满了人的通道硬挤出去，掉进了舞台上制造出来的粗野而嘈杂的摇滚乐的音墙之中，不管任何人叫喊她都没有停下向前走的脚步，同时拍掉了摸索上来的手。这一切可能都只是她的想象，可能是整个世界突然之间变得黑暗而不祥，但人群似乎确实变得更加凶暴起来。在靠近舞台的最前排，观众之间相互推挤得更为暴力。珍妮弗沿着人群的边缘行走，目标是俱乐部前开着的门，她无视了身边的人群和胃里不断上涌的酸味。

成为王牌有什么好的，要是你没法拿这能力干点有用的事？要是你没法帮到任何人？为什么她不能变成一个灵媒，这样她就能知道他们把她带到了哪儿去？或者会飞也行，让她可以跟上那辆车？

她走出前门，进入了——相对而言的——新鲜的空气之中。门口依然聚集着不少人，人们进进出出，在附近逗留。她不知道该做什么，于是便倚靠在砖质的店头休息，擦去脸上粘着的汗水和头发。或许她应该亲自去警察局走一趟。或许她该找到某个认识乐队成员的人。他们应该有经纪人，或者别的什么人，知道他们可能会去什么地方。

“嘿，孩子，怎么了?”

是那个穿白T恤带着药片的人。他可能一直都在外面，也可能刚从前门出来。或许他一直跟着她。

他懒散地靠着墙，离她有点距离，没法一下子伸出手抓住她。这让她稍稍减轻了一点对他的怀疑。“关你什么事?”她盯着他，接着又转开视线，她不希望对方觉得她是在和他调情。不过他看起来也不像是在调情的样子。她不由自主地深呼吸了一口气，泪水从她脸颊上滑落。她说:“我的朋友，翠西亚，她离开了，没人关心，也没人为此做任何事。”

“她抛下了你，是吗?”他说着，露出一个挖苦的笑容。

“不，问题在于，她是被绑架的!那个乐队，他们带走了她，她喝醉了，他们把她拉进车里，我看到了整个过程!”

“你确定她不是想跟乐队一起去派对?”

“不带上我?她不会那么做的。”珍妮弗摇了摇头以示强调。不过老实说，她觉得翠西亚干出这种事也不奇怪，毕竟她真的醉了。珍妮弗吸了吸鼻子，憋住了又一轮眼泪。

“嘿，”那人说道，“我知道他们的演出后的庆祝派对在哪儿。我能带你去，要是你愿意的话。”

“真的?”她说，态度有些警惕。她想象着自己被推进一辆破旧的汽车……

“嗯，就几个街区之外。我认得开店的那个家伙，只要你露点儿大腿给他看，他就会让你进去的。”

她涨红了脸，转开视线。

“就像我之前说的，这些家伙拿着最好的毒品办着最好的派对。我们去看看，怎么样?”

“你确定翠西亚会在那里?”

“若她是跟乐队一起走的，嗯，那肯定在。”他走到人行道上，弯曲了手臂伸向她，这是一个古怪而甜蜜，又有些老派的姿势。她跟着他，却没有挽住他的手臂。这似乎并未冒犯他，反而让他觉得很有趣。

他们走了一个街区左右的距离。CBGB俱乐部的喧闹消失了，取而代之的是其他酒吧的吵闹声，它们之间稍稍有些不同，音乐的色彩和观众群体的风格都已离开了朋克乐的氛围。她的视线被徘徊在店门口、行走在街道上的鬼牌吸引。他们盯着她，她决定不要与他们视线相交。她尽量保持低调，让自己显得不那么可疑。

俱乐部里出来的那个男人却似乎完全不为所动。他的步伐十分轻松，愉快，就像是在一个阳光灿烂的日子里穿过中央公园似的。

“你叫什么？”在沉默了很久之后，他问。

“珍妮弗。”她说。此时她开始考虑自己是否应该把名字告诉他。想了想后她觉得这不过是个普通的名字，没有关系，他也没法通过它来找到她。接着她意识到自己正和一个完全陌生的人沿着包厘街行走。

“珍妮弗。很高兴认识你。我叫克罗伊德。”

“你好。”她说着，露出了有些紧张的微笑。

“我猜你不太来这附近。”

“确实不怎么来。我在哥伦比亚大学。”她有些瑟缩。为什么她要告诉他这些？

“是吗？真好啊，我是指上学，你知道。真好。我们到了。就沿着楼梯往上走一点。”

确实如此，派对的喧闹声从一个顶楼露台上飘了下来。珍妮弗感觉到了希望。乐队有可能就在那儿，翠西亚可能就在那儿，珍妮弗会为她就这样跑开而怒吼。然后可能她们就总算能回家了，她耳边的轰鸣也能就此停止。

克罗伊德礼貌地站到一边让她先走，她跑上楼梯，进入了一间类似仓库的房间。这是个租金低廉的阁楼，没做什么装修，水泥地板，吧台就在一排折叠桌上，墙壁也该好好粉刷了。但这儿有一整套立体声音响，有唱机转盘，还有巨大的扬声器，正往外喷涌着俱乐部里那种粗野的音乐。没有人跳舞——这儿的空间不够。有几组人似乎正在聊天——或者说叫喊——但珍妮弗不确定有多少人听到了别人在说的究竟是什么。在一面墙前，开着的落地玻璃门通往阳台，在那儿派对继续着。

她要怎么在这一片混乱之中去找翠西亚？

管理吧台的酒保是个鬼牌。他的体型和身高都没什么特别的，但身上覆盖着一层厚厚的蓝色毛皮；她看不出他的长相。他的嘴和眼睛的部位只剩一片阴影。他似乎瞥见了她。

“你能得到你想要的任何东西，但得往那个罐子里放点儿什么，你懂吧？”他指了指放在桌角上的一个塞满了钱的巨大泡菜罐子。

“我正在找我的朋友。她和乐队的人在一起，我想想，狂热乐队？他们在这儿吗？你见过她吗？”

“狂热乐队？”他大喊了一声，凑近了一点。他嘴边的毛皮形成了波痕。

“是的！我的朋友，她比我矮一点，棕色头发，你见过她吗？”

“还没看到他们。他们还没来。”

她愣住了。那该怎么办？“你确定吗？他们刚刚在那条街上的俱乐部里演出，CBGB——”

“宝贝，我认得那个乐队，我知道他们在哪儿演出，他们还没来，我也还没见到你朋友。现在，你想要点儿什么吗？”

她没回答，让人群将她从桌边挤开了。她四下张望，意识到自己同样也已见不到克罗伊德的踪影，她不知道这让她更紧张，还是更轻松。那么好吧。现在也没比她之前更糟。她就只是得找到某个认得乐队而且知道他们去了哪儿的人。现在也不算毫无希望。她下定决心，转过头来，挤回那个临时拼凑的吧台。要是酒保认得乐队，那他可能就能告诉她他们在哪儿。

一个女人撞上了她，让她差点晕头转向。珍妮弗的脚步踉跄了两下，但还是岔开腿，保持住了站立的姿势。她甚至还抓住了那个女人，以防止两人一同撞在地板上。

那个女人大约二十岁，外表美丽而娇弱，但表情尽显疲惫。她嘴唇上的口红都脱妆了。她穿着一件露颈针织裙。

珍妮弗想与女人对视，但对方却一直在看她肩膀后面。“你还好吗?”珍妮弗问道。

珍妮弗说话时，女人的注意力集中到了她身上。女人紧闭双唇，下定决心。“你能替我保管这个吗?”她说着，将一把钥匙塞进珍妮弗的手里，那个钥匙挂在一个带塑料标签的钥匙环上。

她的手指下意识地攥住了它。女人从珍妮弗面前挤开道路，走入人群。“嘿!”珍妮弗跟了她几步，看着她那头黑色的直发在人海中飘浮了几下，接着就消失了。珍妮弗想跟上她，却似乎没法走过去。

枪声响起时，珍妮弗以为是酒吧里谁砸了一个瓶子。所有人都尖叫着蹲下身子，她才意识到这声音并非如此无害。但甚至要到人人都恐慌地爬开时，她才真正反应过来发生了什么，而此时只有她一个人还在原地站着，四处张望，仿佛智障。

几个男人站在楼梯口，扇形展开。他们一共四个人，明显是某个黑帮的成员，块头很大，样貌粗鲁。他们戴着面具，是那种鬼牌镇任何一家折扣商店里都可以买到的便宜万圣节面具。他们都带着手枪，其中一个人刚朝着天花板开了一枪，此时手还朝上举着枪。他可能是个鬼牌，因为他的体型极为巨大——结实，手臂和大腿都很粗壮，肌肉如同一道道电缆，连脖子上都长满了虬结的肌肉。另外一个显然是鬼牌，手臂上覆盖着毛皮，双手长得像爪子。至于另外两个有可能是正常人，也可能是鬼牌，即使他们的容貌畸形，也全都被面具挡住了。但无论他们是鬼牌还是耐特都不重要，反正他们体型巨大，凶狠而愤怒。

珍妮弗这才知道在这座城市的这块区域里会发生像这样的事。她简直想为翠西亚拉着自己来到这地方而杀了她，只要她现在还没死。

“我们知道你在这里！”带枪的大个子说道。他大步向前，扫视面前众人的脸。“把它交出来，否则小心有人受伤！”

恐慌让大多数人挤到了阳台上。撞了珍妮弗的女人已经不见了。交出来……珍妮弗下意识地看了一眼手里的钥匙。而这是一个错误。

暴徒看到她，站在那儿手里捧着一个小东西，表情带着显而易见的呆滞和困惑。他露出了满意的神情，向她大步走来。

她的心脏怦怦直跳，她的皮肤又湿又冷，她后退了一步——然后摔倒了。

持续下降。

有那么一会儿，她眼前一黑，眼冒金星，意识破碎。她的视野前方变成了一团团的黑影，她的身体像是变成了氦气，失重四散，头晕目眩。她的每一个毛孔似乎都眩晕了，整个人像是摔了个底朝天。她无法呼吸。

接着正常的世界又回来了，她喘了一口气，墙壁飞快地过去了——她真的倒下去了，仅一秒钟之后，她就倒在了地板上。一切都发生了变化，阁楼里的酒吧不见了，现在这个房间极为昏暗，一个人也没有。向她走来的持枪男子也消失了，这让她大大地松了一口气。

不对，它们并不是消失不见了。她抬头看向光秃秃的天花板，可以直接看到大梁和排气口。她是从上面掉下来的。而且，她此时全身赤裸。她的手臂、后背和大腿上全是鸡皮疙瘩。她静静抱住了自己的膝盖，蜷成一团想将身体藏起来。她的整个身子都幽灵化了，接着穿过了地板。穿过了她身上的衣服。她正赤身裸体地坐在油毡地板上，这个房间看起来像是酒精专卖店的里屋。她身边是堆叠在一起的硬纸板箱，上面的商标显示着是库尔斯啤酒、蓝带啤酒和哈姆啤酒。幸运的是她掉落在了一条通道上，它通往前方商店的后门。要是她掉在了那些纸箱中间会发生什么事？要是她的身体在那里变作实体？她无法想象。她打了个哆嗦。

她一直盯着天花板，不太确定一切是怎么发生的，虽然她其实知道，她就是*知道*。就像橘子汁穿过了她的手。她的整个身子穿过了地板。

我能直接走出墙壁，她想。此时此刻，她很想试一试。唯一的问题是她身上什么也没穿。如果你不得不因此而裸体，那就算你能穿墙而过，又能有什么好？

但她紧握的拳头里依然攥着那把钥匙，它的锯齿陷入了她的皮肤。她当时一直想着要抓住它，因此便带着它一起穿过了地板。

后门猛地打开了，她爬到一堆纸板箱后。她听到了沉重的脚步声，甚至还听到了怒吼声。黑帮分子撞开了这扇门，他们找到了她，现在他们会对她做出不可描述的事。她希望自己能再次穿过地板，但她不确定她上一次是怎么做到的。

"嘿，孩子。珍妮弗。你在里面吗？别告诉我你一直往下掉进下水道去了。"

是克罗伊德。

"我在这儿。我就是有点……我是说，我的衣服没有跟着我一起下来。"

"我知道，我带上它们了。为什么你之前不告诉我你是个王牌？"

"因为我没有告诉过任何人。没有其他人知道。至少，以前没有人知道。"

"很可能是个好主意。"他以实事求是的口气说道，完全没有一点惊讶的样子。"但你知道像你这样的能力多有用吗？我还记得 1953

年那会儿，联邦政府的人想把我关起来，但我那时候挺走运的，我就直接穿墙走了出去。”

“你在说什么?”

“没事。给你。”他朝她的方向递出了裙子。当她爬出来伸手去够时，他礼貌地将视线转到了边上。

她匆匆穿上衣服。他同样也带上了她的胸罩和内裤，这一点让她十分感激。甚至还有鞋。不过她的首饰没了。她打算弄明白她是怎么穿过地板的，还有她要如何才能再次做到这一切而不至于遗失身上的任何东西。穿上裙子的时候，她问：“现在什么情况？那些是什么人?”

“我正想问你呢，为什么他们对你这么感兴趣？你干了什么?”

“什么也没有！我不过就是跟人撞了一下，然后，嗯，那个女人给了我这个。”她给他看钥匙。钥匙圈上的标签写着一串数字：51337。

“你的绝技就是在错误的时间里出现在错误的地点，对吧?”

“我只想找到翠西亚然后回家。”她边跳边绑上凉鞋的系带。

“来吧，”克罗伊德说道，“我们最好从这里出去。”

“什么？为什么——”

她跟着他那紧张的视线，出了房门，进入小巷，然后她就知道了答案——黑帮分子跟着他们。带头的那人用巨大的身体挡住了他们的去路，他看起来似乎完全做好了向她和克罗伊德开枪的准备。

珍妮弗不知道她是否能再次穿过地面。要是她在这儿这么做了，她会掉到哪儿去？或许要是她能跑到墙边……

“不许动!”克罗伊德朝他们大喊。他们照做了。领头的暴徒张着嘴正准备说话，却保持着沉默。克罗伊德长出一口气。

珍妮弗看着他，惊奇地说道：“你也是个王牌。”

他眨了眨眼睛。“嗯，好吧，事实上，我真不是。我更像是个两点。”

“那是啥?”

“冻结只能保持五分钟。我们得快跑。”

他推着她经过冻住的暴徒。他们跑了起来。

他们经过一条弯曲的小道，在每一个路口都转了弯，从而让追踪变得更困难。珍妮弗不知道这样是否有用。接着，她再一次迷失了方向。或许现在再给警察打电话，他们就会来帮助她了。

但她不能打电话给任何人寻求帮助。她正和一个完全不认识的陌生人在一条黑暗的街上行走。她怎么能这么傻……

克罗伊德从一幢废弃的褐砂石建筑旁拐进一条小巷里，这是一条隐藏的通道，如果她一个人很可能根本注意不到。这给了他们一个喘口气的机会。

“让我看看它。”克罗伊德说着指向她还握在手里的钥匙。

她不愿直接将它递过去，于是便把手伸到他能看见钥匙的地方。一会儿后，他说：“看起来像是个邮政信箱的钥匙。”

“所以?”珍妮弗说道，她的呼吸还未平复，擦了擦脚上长出来的水泡。

“我猜是某个交易出现了什么问题。可能是毒品，或者偷窃的货物之类的东西。那个女人可能本来应该交出钥匙。那些黑帮则要么是想拿货，要么想拿钱。我们夹在这场背叛行为的中间了。”

“你这么说也没法让我好过一点。”她说。

“我认得有个人，她可能可以让我们知道这把钥匙该开哪儿的锁。”他伸出手，她却收回了手。

“那翠西亚怎么办?”

“谁?”

“我的朋友，被绑架了的那个。”

“我可以保证她现在挺好。”

“我得找到她！”

“我这么和你说吧，你让我找出那把钥匙开什么锁，我帮你找到你的朋友。”

“但你已经帮了我这么多忙。”

“嘿，让我休息一下，”他说着，微微做了一个道歉的手势，“我认得那个姑娘，她就在离这儿不远的地方。我们去看一下，然后我就帮你找翠西亚。我知道还有两三个地方我们可能可以找得到她。好吗？”

她噘着嘴，但她不知道除此之外还能怎么做，于是只能说道：“好。”

克罗伊德吞了一片盒子里的药，说道：“好。走吧。”

他们继续向前走。这周围的环境没比之前好多少。在这几个街区里，她都没看见出租车。她双手抱胸，寻思着自己究竟是卷入了怎样的麻烦。她试着消除自己的焦虑，想着自己能从任何地方脱身的事。要是有人想把她绑住，她可以幽灵化身体，脱出绳索。她可以穿过墙壁，妈的。

克罗伊德想和她搭话，但珍妮弗一直无视他。最后他说道：“看，我只是想帮你。我本来可以直接把你冻住，然后拿走那把钥匙的。”

“但你没有这么做，我很肯定这是因为你盘算着想说服我帮你抢银行之类的。”他没有回答，她怒气冲冲地说道：“你真的这么想，对吧？”她加快了脚步。

“嗯，好吧，或许我之前是有这样的打算，”他边说边跟了上去。要是她的脚能走得再快一点儿，她会加速的，“但你真的应该考虑一下。像你这样的能力可不是随便就能有的。”

“你还不懂吗？我根本不想要这种能力，我希望我没有！”

“得了吧，我以为每个孩子都想成为王牌。让你的照片出现在报纸上，去王牌云巅吃上几顿美妙的晚餐——”

“那又能怎么样？变成一个怪胎？我是个长岛好人家出身的好姑娘，我只希望自己能独善其身。”

“你可以自称‘幽灵女孩’。”他建议道。

“幽灵女孩?”

“你知道，一个王牌名。让报纸能有个称呼你的名字。我都能瞧见它了，《著名王牌珠宝大盗幽灵女孩再次得手》。”他张开双臂来比拟报纸头版头条。

“我才不要自称幽灵女孩。”毫无疑问她应该能想出更有趣的名字来。更神秘，更吸引人的……“你有王牌名吗?”

“沉睡者。”他的微笑消失了，看样子他似乎并不喜欢这个名字。

“这个名字有点怪。我以为应该是冻结者之类的。”

他耸了耸肩。“但我就叫这个名字。”

她在一个转角处停了下来，不知道该往哪边走。附近的街灯好像全坏了。所有的商店都拉下了沉重的卷帘门。这没能让她感觉好过一点儿。要是她惹了麻烦——准确地说，更多麻烦——她希望自己能立刻再度消失在别人眼前。

现在他们所在之处正是鬼牌镇，而不是它周边的地方。人们盯着她。珍妮弗身上穿着衣服，但当他们看向她，让她不由自主地打颤时，就好像她什么都没穿一样。

“这里不怎么安全，是吗?”她说着，双手环抱住了自己的胸。

“认真地说？看，要是我们一直走动就没事。”

下一个拐角矗立着一幢焚毁的建筑残骸，在一片废墟中生着焦黑的钢骨架。这是鬼牌镇暴乱中发生的意外事故，尚未重建。这里完全是另一个世界，另一个她以前从未注意过的世界。要不是有上帝的垂怜……她不知道自己是怎么染上百变王牌病毒的。她不知道自己怎么成了王牌，而不是鬼牌的。她不想去思考这个问题。

他们回到了包厘街，但却是包厘街的最南端。在这里，在午夜，街上几乎可以说挤满了人，珍妮弗完全没想到会有这样的事。街上开着通宵的酒吧和餐馆，几个街角都有人聚在一起消磨时间，甚至有个街区里还有一群女人——接着珍妮弗想明白了她们是什么人，她们在这地方干什么。音乐从一条小巷那一头的巨大音箱里传了过来。当然，看不到警察。

他们前方有一盏霓虹灯在闪烁，克罗伊德说道："到了。我的朋友是个酒保。"

又走过一个街区，珍妮弗停住了，目瞪口呆。

那个建筑的正前方有一个巨大的霓虹灯招牌，上面以惊人的红色与金色勾画出一个长着六个胸部的女人。灯光依次闪烁，让她的胸部看起来好像在微微摇曳，一些廉价的烟花在她身边引燃。另外一个长条的红色霓虹灯招牌上写着"畸人"。底下的标语上平淡地以印刷体写着"鬼牌女人"和"×××火辣×××!"。入口是霓虹灯女人叉开的双腿。

"老天。"珍妮弗说道。

"每个人都是这个反应。"克罗伊德说着，咧嘴一笑。

"我不觉得自己能进里面去。"

"你当然可以。"他拉着她的手肘，将她推上了街道。

他们不得不左右闪避来来往往的车辆——即使是这个时间点，这儿也还有车来往。克罗伊德自信地走到入口，就在那霓虹灯舞女的双腿之间，它给人行道撒上了一片古怪的粉红色。每个人看起来都像是被太阳晒黑了。

有个鬼牌从前门走了出来，挡住了他们的道，他的太阳穴上长着一对得克萨斯双角牛的角，手臂下端连着的不是双手，而是一对黑色的蹄子。"嘿，布鲁斯，让我们进去，好吧?"克罗伊德说道。

酒保眯起了眼睛。"你是……?"

"我是克罗伊德。"

“证明一下。”

“还记得我去年带来的蓝色的双胞胎和一瓶龙舌兰酒吗?”

酒保睁大了眼睛，露出回想起了什么似的微笑。“哦，对。你这次看起来不错。”他走到一旁，克罗伊德引着珍妮弗穿过了入口的门。

“你认得他？那他为什么没认出你?”珍妮弗问道。

“说起来太长了。我们先来关心一下钥匙的事。”

珍妮弗需要一点时间来让自己的双眼调整适应这洞穴般的黑暗，直到他们进入了大厅，那里面到处都是闪动的小灯，还有个闪闪发亮的镜球。场内的音响系统放着“霍尔与奥茨”二重唱的音乐，声音极响，但对她来说却几乎可以算得上好听。至少比她之前在俱乐部里听到的那些要更熟悉一点。她至少能跟着它跳舞。大厅中央旋转舞台上的那个脱衣舞女也很不错。那女人看起来很不真实——她个子很高，身材苗条，脸边上长着一圈完全是鬃毛的红色长发，一直垂到背上。接下来你才会看到她背后卷曲着的绿色蜥蜴尾巴，它前后摇摆，接着性感地缠绕在一根铜柱上，与此同时她身体前倾，脱掉了那一小片当作胸罩用的黑色织物。

珍妮弗将视线避开舞台，四下张望，看到不少男性耐特正在喝酒，身体前倾，显然是在紧张地看着舞女的动作。克罗伊德已悄悄走到吧台，正在那儿与一位……珍妮弗用了一秒钟才看清和他交谈的是个女人。她没有头部。或者准确地说，她的头部像是直接从胸腔正中长出来的，因此她的下巴就在她的两个乳房之间，正好在黑色提升型胸罩硬挤出来的乳沟里。她那长长的黑色头发垂落在双肩上。她正拿着抹布擦吧台，同时朝克罗伊德露出了微笑，而后者则用一个手肘靠在吧台上，调情似的微笑起来。“最近好吗，希拉?”

“挺好，甜心。有阵子没看到你了。”

“你知道怎么回事。状态不好。”

“好吧，这次你看起来还挺不错的。我希望你有个计划能好好享受一下。”她抬起臀部，又眨了眨眼睛，这个动作原本应该相当性感，要不是她看起来这么……怪异。珍妮弗双臂抱胸，尽量让自己不要显得太焦躁不安。酒保希拉上下打量了她一番。“你这位新朋友是谁?”

“只是个我要帮助的人，”克罗伊德说道，“珍妮弗，你能给她看一下钥匙吗？没问题的，我可以保证。”

珍妮弗不情不愿地拿出了钥匙。

“我能仔细看看吗?”珍妮弗点点头，希拉说着从她手里接过了钥匙。

这个鬼牌闭上了她的双眼——而你事实上没法只看着她的双眼而不看她的胸部——将钥匙按在她的前额上。“霍尔与奥茨”的音乐结束了，那个蜥蜴尾巴的鬼牌迈着滑步从舞台上离开，接替她的是一个长着鳞片和鸟足的姑娘。下一首歌：《超级畸形人》。

等了一会儿后，希拉说道：“这是宰也街那边邮政信箱的钥匙。恐怕我没法再多说什么了。”她耸了耸肩——她的肩膀抬高了她的头发——接着将钥匙交给克罗伊德。珍妮弗拦截并接管了它。那鬼牌微微一笑。

“谢谢你，宝贝，”克罗伊德说道，“我欠你一个情。”

“随时欢迎你来，甜心。”

“这些都是怎么回事?”他俩从吧台离开时，珍妮弗问道。

“希拉是个心灵感应者。她能感受到和物品相关的信息——它从哪儿来，原本属于谁，诸如此类的。”

“挺好用的能力。”她说。

“好用的程度和穿墙术相当。如果你真的使用它的话。”

珍妮弗竭努力不去看舞台，在这个过程中，她瞥到了一条通往私人包厢的门道。她敢发誓她看到狂热乐队那个头发竖立成尖刺的鼓手就坐在那儿。她挣脱克罗伊德，跑了起来。

那个房间是个小休息室，有一个更小一点的私人舞台，以黑色的长绒毛地毯和红色的长丝绒椅子装饰。闪烁的紫光灯凸显了墙上发光的装饰和两个舞女身上闪着火花的白色比基尼，她俩正为鼓手一人跳着舞。这两个姑娘都不是翠西亚，这一点多少让珍妮弗松了一口气。

她靠近的时候，那个男人伸出手将一张钱塞进其中一个女孩内裤的腰带。那女孩的皮肤散发着光芒，像是能随心情变化的情绪戒指，从蓝色变为红色，接着又变成橘黄色。那男人确实是鼓手。

珍妮弗把他从舞台上推了下去，这样她就能居高临下看着他了。他手里的钱掉在了地上。

“你们对翠西亚做了什么？”

“嘿！”舞女说着，交叉双臂做出了防卫动作。

“你是谁？”鼓手问道。

“你们乐队其他人呢？翠西亚在哪儿？”

“呃……”鼓手一脸茫然。

珍妮弗接着说。“你在这里干什么？你们在俱乐部后台里有那么多骨肉皮，你现在居然还在这里花钱买服务？”

“付钱能让他感觉更肮脏一点。”克罗伊德说道。他站在边上，像看戏似的看着他们。鼓手耸耸肩，眨了眨眼睛以示赞同。

珍妮弗都要尖叫了。“翠西亚在哪儿？”

“看，宝贝，我不知道你在说谁。”

“乐队，”克罗伊德说道，“乐队的其他人去哪儿开派对了？他们带走了她的朋友。”

“哦，嗯。那个疯狂的妞儿？完全喝高了的那个？”

嗯，就是翠西亚了。珍妮弗叹了口气。

“哦，嗯。他们很可能去了托尼那儿。”

“哪儿？”

“我不打算告诉你，你很可能是某个疯了的跟踪狂。”

“不，我的朋友翠西亚才是那个疯子。我就只是要找到她——”

“呃，珍妮弗？”克罗伊德抓住她的肩膀，让她正对入口。

那个壮实的黑帮暴徒将门口堵得结结实实的。她可以透过面具看到他眼中的杀意。

“这里有个后门，”克罗伊德轻声说，“我们可以逃跑——”

够了。珍妮弗将钥匙高高举起到那个大家伙能看到的地方，接着将它扔进了鼓手的衬衫里。

“现在我们就能跟这事做个了断了。”她说着，抢在克罗伊德前头往后门跑去。

一片嘈杂的混乱声响——家具倾倒、女人尖叫、争抢打斗——在她身后爆发了，这场面可能会很有趣，但珍妮弗没胆回头看。

他们穿过一条连接着化妆间的长廊，穿过后门，进入了又一条昏暗的小巷。

“你刚才干吗那么做？”克罗伊德说道。

“因为钥匙已经不重要了，现在我们知道它开的是哪儿的锁，”珍妮弗说道，“但我们得抢在他们前面找到那个邮政信箱。”

“什么？哦。那我们快走。”

他们闭着嘴巴慢慢跑着。珍妮弗一直在等待身后响起叫喊声和奔跑的脚步声。她一直往身后张望，但他们似乎已经拖住了那些黑帮，至少拖住了一会儿。

“别那么紧张地往后看，”克罗伊德在某个时刻说道，“你这样看起来很可疑。”

他说得倒是简单。她试着让自己别去想正等着追上自己的东西。

她得转移自己的注意力。“所以你要怎么抢银行？”

他斜眼看着她。“你认真的？”

“嗯。”她的声音让这个问题听起来像是挑衅。

“你没法抢银行。我是说，现在已经不行了。他们的安保系统和监视系统让抢银行的代价变大了，不值得了。所以现在你得去找私人保险柜。入室盗窃。或者你可以考虑正在运钱的武装运钞车。你检查一片区域，找出其中的薄弱环节。别试图一次拿太多。要挑剔一点，懂吗？拿其中最好的部分，而不是全部拿走。一旦到手，你别老舍不得出手，别总觉得你能卖出个更好的价钱。这就是最棘手的部分了——把赃物卖掉，把钱洗干净。但这儿有不少人。他们能帮助你完成交易。”

她若有所思地点了点头，听起来似乎都挺合理的。

“要是有个真正有能力的王牌，同样帮助也会很大，”克罗伊德又补了一句，眨了眨眼睛，“超强的力量，能穿墙入壁。”

在他们前方狭窄的街道上，有个声音叫喊起来，珍妮弗停下了脚步。不管那人是谁，他的声音听起来都很愤怒，而且正在朝他们靠近。难道那些黑帮找到了他们，还跑到了前面，抄了他们的道——

克罗伊德抓住她的手臂，将她推向墙壁，用自己的身子压住了她的，接着吻了她。更准确地说，他的手臂将她整个人都包住了，让她贴着砖墙完全被困在其中。与此同时，一伙青少年跑步经过了他们，相互叫喊着嘲弄的话，还嘲笑了他俩。完全不是黑帮。不过是一群孩子。

克罗伊德还在吻她。让她精神涣散。她终于将他推开了。“你觉得自己在做什么？”

“我猜这样我们能看起来不那么可疑。”他说着，脸上的笑容比之前都要更明显。

她气急败坏地再次将他推到一边，用力猛拍了他一下，独自往前跑去。他就只是咯咯笑而已。

结果他们也没走太远，就抵达了那个邮政信箱。不过是两个街区之外。那地方就在中国城边上，是个藏在一片砖瓦房里的现代混凝土建筑。通往邮箱的小厅还开着，在远处墙壁上的黄色灯勉强照亮了这块地方。要是他们被一个愤怒的黑帮突然袭击，这就是一个很好的下手地点，她想。

他们按照标签上的数字找到了那个邮箱。克罗伊德站在一边。“我能有幸请您做这事吗？”

珍妮弗盯着那个黄铜色的小门好一会儿，她不确定自己是否希望知道里面的东西是什么。她不确定自己是否想在看不见的状态下探入其中。里面可能有毒蛇或捕鼠夹。当然更可能塞满了某人的垃圾邮件。

她深吸一口气，伸手穿过邮箱小门。她的手擦过某种方形的纸张类的东西——是一个信封，塞得满满当当的，这鼓舞了她。她抓住了它，将它与她的手一同幽灵化，然后从门里拿了出来。

她和克罗伊德研究了一下这个商务尺寸的信封，它里面塞满了钱。几十张 100 美元的大钞。“老天，至少有 30000 美元。”克罗伊德说道。

除了电影里，珍妮弗以前从未见到这么多现金。另一方面，克罗伊德只是瞥了一眼，就知道它总共有多少钱。这一切到底是怎么回事？给她钥匙的女人是谁？这里面牵涉到了哪种交易？是毒品、走私、赎金，或者完全是什么别的东西？她的想象力枯竭了。那些钱像是要在她手里燃烧起来。

她皱着眉，合上信封，将它抱在怀里，离开了那个邮政信箱。克罗伊德跟在她身边。“你作为犯罪者的第一个晚上干得不坏。”

“我不是个犯罪者。我要拿着这些钱去警察局。”

“什么？不，你不会这么做的。”

“我会的。”鬼牌镇的警署一定就在这附近某处。要是有任何人想在半道上抢劫她，她可以直接幽灵化，躲入最近的建筑里去。

克罗伊德说道：“就是之前同情地听你说你朋友出了事的那同一批警察，是吗？”

“但我这么做才是正确的。”

“甜心，正确的事得在正确的时间做才是正确的。这附近的警察——他们就是不对的。你如果拿着这个信封去找他们，他们会问你各种问题，盘问你它从哪儿来，而且不会认真听你的任何回答。然后你就会被关进监狱——这对你来说不是麻烦。但他们会把你记录在案，这绝不是什么好事。他们会直接跑到哥伦比亚大学拖着你的屁股回去监狱，然后你就得跟你那闪闪亮的大学生涯说再见了。但另一方面，我们可以把这些钱从一些真正的坏人——砖墙先生[①]和他的朋友们——手里抢过来。我是说我们可以拿着这些钱，给我们自己买几瓶好酒，然后回去我们的地盘上，给我们自己开个小小的派对。”

她差点儿就要答应了。翠西亚就会答应的。但她心中某个小小的部分思考了这么做之后将承受的巨大风险。她对克罗伊德知之甚少，就连已经知道的那一丁点，她也不确定自己是否真的喜欢。

她心中理智长岛女孩的那一面胜出了。她加快脚步，从他身边走开，同时愤愤不平地说道：“不。”

“珍妮弗，我喜欢你。我真的不愿意这么做。”

“做什么?”她说着，转身往回看，与此同时克罗伊德说道：“冻结!”

♠

他已经离开了。她摇了摇头，试图清除脑袋里残留的目眩之感。她刚扭回头，然后——那个混蛋，那个卑鄙的鼠辈。当然，他已经离开了。他只有五分钟的时间，但这足以让他转过一个街角，消失在夜晚的街道中。就算她想追上他，就算她抓到了他，她又能做什么?

他甚至把那个信封留下了，粘在她连衣裙的上身部分。他留下信封取光了里面的钱，就好像她是个取款机似的。说不定还摸了她两

---

① 指前述那个追击的黑帮分子。

把，这真是个天大的笑话。

但是不——她打开信封，里面还有些钱。克罗伊德似乎只拿走了其中的一半。她咯咯笑了起来。一个鼠辈绅士。多么奇怪的男人。

“嘿！你！”

砖墙先生的身影轮廓如今对她来说已很熟悉了，他和他的随从们从街角转了过来，朝她跑来。

“我们要好好教训教训你！”领头的人喊道。

她跑了起来。她现在已经很擅长穿着凉鞋奔跑了。但即使她能留着那双凉鞋，她也没法跑得比那些人速度更快。要是他们追上了她，她绝对活不成。她的面前没有多少选择。她转向右边的墙壁，然后想着，抓住了，抓住了，抓住了……

她的胸罩，她的内裤，还有钱。她只能带这么多穿过去。胸罩，内裤，钱，胸罩，内裤，钱。她碰到了墙，然后继续向内。

肾上腺素的作用下，这种能力来得十分容易。她的整个身子幽灵化了。她感觉到自己失去了实体，固体的墙壁穿过她，就像吹来一阵坚硬的风。她甚至可以感觉到手里捏着钱，就像握住了一片影子。等她现出身形——她在一个满是人的房间里。珍妮弗停在一块红色的长毛绒地毯上，身上凉飕飕的，望着二十来个衣冠楚楚、坐在几张桌边盯着她看的男男女女。这好像是个饭店里的鸡尾酒会。在她附近，有个侍者从托盘里拿起一盘奶酪蛋糕时停了下来；还有几个人正把叉子送进大张着的嘴巴；一个杯子摔在桌面上，发出清脆的声响——那是有人倒翻了咖啡。

她把裙子和凉鞋留在了墙外，但还穿着胸罩和内裤。这当然不符合这里的着装要求。她不知道他们是否期待过任何消遣项目。不过更重要的是，她还拿着那一信封的钱。她捏了捏，感觉安心不少。接着她忽略了皮肤上的红潮，用力微笑着朝人群轻轻挥了挥手。“晚上过得愉快，朋友们！”接着直接跑向房间另一头的墙壁。

“好吧，这就是你得面对的曼哈顿。”她消失时，有人喃喃道。

她发现这种能力并不只是让她能穿过障碍物，她还能留在障碍物中行走。她不用从人行道上坠落就能到达格兰特街地铁站的站台上，她能沉入人行道和墙壁中，然后在她乐意的地方现身。这一点帮了她大忙，因为当她出现在站台上重新恢复实体时，那儿正好有两个大个子暴徒的同伙，他们都戴着面具和其他装备。不知怎么的，他们穿过了已关闭的地铁大门。当他们跑向她，她就只是简单地后退了一步，便再次隐入墙中，化为灵体，藏在坚实的物质中。

或许她可以一直留在那儿，留在这块水泥墙里，直到他们离开。但是不行，她得一直移动。要是她停下来，她会感觉到自己的身体开始分散，变得不再稳固。就好像她的细胞正在逐渐扩散分开。这种感觉让她感到眩晕而不适，于是她只能一直走下去。离开地铁站，回到街道上，但不再回到人行道，因为显然黑帮分子正在找她，她斜着走出了一条直线，穿过建筑和小巷。她的双脚上满是擦伤，赤脚在这座城市最糟糕的街道上奔跑就不得不忍受这一点。她打着哆嗦，身体的每一个暴露在外的部分都觉得很冷。

她不确定自己到了多远的地方。她关心的是能尽可能地拉开她和那些黑帮之间的距离。按照她的肺疼痛的程度，或许她已经走了半个小时。她觉得已经过去大半夜了。

从一座砖瓦房里现身出来后，她看到了东河，这给了她一个概念，让她知道自己到了多远的地方。或许她现在已经安全了。

眩晕感让她的视野模糊，胃里不住翻滚。她倒在墙上，没有穿过去，而是靠着墙，擦伤了她的肩膀。她做得太多了，她得休息。显然如此。要是她一直保持幽灵化会发生什么？一直保持灵体化，穿墙入壁，直到她忘记该怎么重归实体，直到她的分子微粒在一阵清风之下被吹得四散离析？她可以想象到那样的场面，这吓到了她。她能如此清晰地想象出这个画面这件事本身就像一个信息。她的王牌能力正在告诉她某些事。

她跑了起来，不过这一次没有穿过墙壁，她跑了很长一段路，绕过转角，然后沿着河向北。

街道上到处可见的黑暗与阴影被前方的一扇门打破了，那扇门两旁守卫着狮子。石狮子。在这个华丽的入口边上的转角处开着另一扇门，从里面透出了明亮的白光。上面闪烁着红色灯的标志：急诊室。石狮子上方，一盏顶灯照亮了另一个标志：布莱思·斯坦霍普·范·伦斯勒纪念诊所。

要是她在医院里都不能保证安全，那她在哪儿都不安全了。

她向急诊室入口跑去，但接着她就看到有个高得不可思议的绿皮肤鬼牌正站在急诊室门口，她犹豫起来。那个鬼牌穿着制服——一个九英尺高的男人要从哪儿才能弄到保安的制服？如此说来，可能是个夜间守卫。

她决定避开入口，幽灵化后穿过一道后墙来绕开守卫的封锁。头晕目眩的感觉还未完全消去。她实在不愿被迫在这么短的时间里就再试一次。幸运的是，灯光昏暗，门厅里也没有人。她在那儿发现了一个没有上锁的储藏室，如她期望的那样，她在里面发现了一些医学相关的清洁设备。她甚至还发现了一双多余的鞋子——实际上是外科手术靴，不过对她来说也足够了。绿色衬衫和裤子看起来不太时髦，但至少能够遮体。为了看起来更好些，她又在身上披了一件白大褂。

她走到急诊室的候诊区，坐在了离她最近的椅子上。

这地方并不安静。在一条瓷砖走廊上方的扬声器里，时不时传来沙沙的声音，一个醉醺醺的男子朝护士站里的一个护士抱怨着什么，房间对面还有个女人——她的皮肤像砂纸，头发则像电线——正在安抚哭泣的婴儿。那个婴儿裹着毛毯，珍妮弗说不准他是否也是个鬼牌。奇怪的是，即使如此，这副景象看起来却十分平和。没有轰鸣的音乐，没有人在追逐她，没有人袭击她。她长长地吐出一口气以及随这口气而出的些许焦虑，躺进椅子里，打起了瞌睡。

从外面传来一阵警笛，把她吵醒了——救护车来了。过了一会儿，两个急救人员推着一副担架从正门冲了进来。躺在担架上的那个人全身是伤，巨大的四肢垂挂在担架外。他虚弱地抓着准备帮助他的人，缆线般的肌肉随之鼓起。珍妮弗认出了这个病人的体型，是那个大个子暴徒砖墙先生。他好像被人刺伤了，鲜血浸透了他的衬衫。一名医生和一名护士冲出来照顾他，接着担架就消失在了一片帘子挡住的区域。

珍妮弗在椅子上缩成一团，双手抱住自己的身子，想隐藏住身形，若是还有其他人穿过大门，她为接下来会发生的事感到恐惧。但再没有人出现了。她不用再化作幽灵穿过另一面墙壁。但她也未能放松下来。她一直紧盯着那片帘子，等着那个黑帮首领爬下床，朝她走来。

“亲爱的，你需要帮助吗？”

她身后传来一个声音，这让她不由得朝另一边缩起身子。

他是个小个子男人，身材瘦削，模样相当让人惊讶：他有一头金属红的头发，朝后梳成了马尾辫，容貌秀丽，白大褂下穿着带荷叶边的柠檬黄色衬衫和绿色的紧身裤。她朝他眨了眨眼睛。

“抱歉，吓到你不是我的本意。”他说着，双手做出安抚的手势。他的口音有些古怪，带着异国风情，甚至还有些迷人。

“不，没关系，就只是……我就只是有点累了。”

“我一开始以为你是个护士，但我不认得你，没错吧？”

“嗯。”她转开视线，轻笑了一声。

“你好像在担心什么事，我能帮你吗？”

他的脸看起来很和善，微笑也很温柔。她竭力控制自己，才没有投入他的怀抱，啜泣着将发生的一切告诉他。“不，我——我很好。我只是需要休息，我想是这样。”她说。

他打量了她一番——他有着一双极为古怪的紫色眼睛。有那么一会儿，他像是要说什么，要和她争论什么。但接着他噘起嘴，这种感觉就消失了。“那好吧。但要是你想问我什么，你可以不用犹豫。”

“谢谢。”

他走开了，即使穿着白大褂，而且他似乎像她一样整个人都精疲力竭了，但他的动作看起来还是很优雅。

那个喝醉了的男人走过来，坐在大概十个椅子之外。“你知道吗，他刚才可能读了你的想法。”

“什么?”

“这就是他会做的事。他能读心。那可是塔基扬医生。”

当然只能是他了。那么他就已经知道了一切。他刚才看着她，读了她的心思——他知道她是一名王牌。他知道了她的一切。而他什么也没说。什么也没发生。她差点要大笑出来。

急诊室外的天空渐渐泛白，珍妮弗认识到，是离开的时候了。她还没找到翠西亚。

但根据那位鼓手所说，翠西亚正跟着托尼。或许他的信息也在黄页电话簿里。或许她可以直接找到他，给他打电话，然后要求与翠西亚通话……CBGB 俱乐部里肯定有人知道他住哪儿，或者知道他的电话号码。她还是能找到翠西亚的，她还没到穷途末路。

她朝西走回包厘街。在珍妮弗没有注意到的时候，街灯就已经关了，一辆送报纸的卡车轰隆开过。已经是早晨了。她跑了一整个晚上。这是一场怎样的冒险啊。她不由得露出了微笑。

早晨的交通变得拥堵起来，行人涌上人行道，商店的老板们则纷纷拉开商店窗前的卷帘。人们时不时地瞥她几眼——头发蓬乱，穿着薄手术靴和医疗清洁用服装，外面罩着白大褂——但他们没有盯着她看。她看起来不太普通，但在城里的这个地方，那又怎么样？她认定在此事上自我意识过高毫无意义。

在她前方，她看到了一个似乎很受欢迎的快餐店的标志，她的胃向她抗议起来。她饿了，一大盘鸡蛋和烤薄饼感觉会是完美的犒劳。她的白大褂口袋里甚至还塞着一万多美元。说不定她能请快餐店里的所有人吃上早饭。

她经过橱窗，来到店门口。她停下了脚步。她后退了几步，又看了几眼。靠窗的座位中间坐着的，正是翠西亚。她身边是乐队的另外两名成员，那个乐队的主唱和吉他手，还有另外一个骨肉皮。吉他手正在桌面上敲打着他的二十根手指头，主唱发光的头发在日光下看起来则软趴趴，傻乎乎的。他们正在一边喝咖啡一边说笑，就好像什么事也没发生过。杂乱的桌上摆着一堆空盘和一只咖啡壶。他们可能就在那儿坐了一整个晚上。

珍妮弗轻轻往玻璃窗上敲了两下。接着用拳头重重地砸了过去。

翠西亚抬头看了一眼，她张大了嘴巴，眨了眨眼睛来表示惊讶。珍妮弗跑到门口，进了快餐店，接着走到桌前。翠西亚还是一副目瞪口呆的模样，盯着她看。珍妮弗双手抱胸。桌边的另外三个人皱着眉，有些瑟缩地看着她。

最后，翠西亚终于开口了：“老天啊，珍妮弗，你去哪儿了？你完全错过了前所未有的最好的派对!”

这话说得好像她错过了这所谓的派对，又被扔进这个城市最破的地方，完全是她自己的错一样。此时此刻，她有太多事能好好说一说了。

珍妮弗思考了一分钟。“事实上，我觉得我参加的派对很可能比你们的要更好。”她拍了拍白大褂的下摆，炫耀了一番她的这身新行头。“为什么你之前不等我，翠西亚？为什么你不至少告诉我你去了哪儿？我一直在到处跑来跑去地找你。”

翠西亚在座位上蠕动了一下，耸了耸一边的肩膀，又眨了眨眼睛。“我以为你就跟在我们后面。真的。”

珍妮弗无言以对。现在早就过了回家的时间。她转过身，走出快餐店。她丝毫没有期待翠西亚会跟着她出来，而再一次地，翠西亚的所作所为完全吻合她的料想。但翠西亚确实喊了起来："珍妮弗，等等！老天，你没必要这么*规规矩矩*的吧。"

珍妮弗的肩膀抵着墙，在快餐店外又停留了一会儿，她太累了，生不起气来，又太麻木，无法思考，不知道接下来该去做什么。她跑了一整个晚上，但这要怎么证明？磨出了水泡的脚。对她的王牌能力新生的赞赏心态。还有满满一信封的钱。

她没法把这些钱送交到警察局去。但花掉它在她看来也不是正确的事。那么除了将它扔进下水道让某个流浪汉捡去花天酒地之外，她还能怎么做？

又或许……

♦

她回到了鬼牌镇诊所。她还记得之前在诊所大门里的墙上看到过一块标牌，就在一个带凹槽的上锁柜子旁边。*募捐*，那个标志上写着，底下还有一行小字，*每一分钱都能帮到我们！*

珍妮弗闪进门里，贴着墙向前走，希望没有引起任何人的注意。这地方很安静，昨晚她见到的护士还在护士站里，正将脑袋枕在臂弯中。她应该很快就能交班了。

珍妮弗快速地将信封塞进凹槽。这事情干起来还有点麻烦——凹槽是设计来塞硬币和纸币的，不适用于薪资类的一沓钱。但最后她还是成功了，信封落了进去，发出令人满意的一声"砰"。

有那么一会儿，她一直盯着那个箱子。她可以改变主意。她可以直接将它拿出来。但随后她再次想，不，不行。正如克罗伊德所说，正确的事得在正确的时间做才是正确的，而她觉得，现在这么做比她这整个晚上遇见的任何事都要正确许多。

另一方面，她需要买地铁票才能回家。她幽灵化了自己的手，伸进募捐箱里，拿出来一张皱巴巴的钞票。接着她又拿出一张，用以补偿她身上的衣物和她遗失的首饰。这很公平，对吧？伸手去拿第三张钱时，她在半中央停下了动作。这就有点过头了。

她几乎是偷偷溜出急诊室的。她双手插在白大褂的兜里，沿着街道走了出去，仰着下巴，脸上带着微笑。

♦♥♣♠

猎手来袭

约翰·J. 米勒　著

迷生寂乱，悟无好恶。一切二边，良由斟酌。

——僧璨《信心铭》

I

巴士离开宁静清凉的群山，开往闷热黏腻的夏日城市，这一路上，布伦南眼看着风景中的所有色彩渐渐消褪而去。无数柏油地面的停车场将牧场和田野取而代之。越靠近道路，建筑就越高越密集。道路中央和两侧的树木也都变成了铅质的灯柱。甚至连天空都变得阴沉发灰，似乎即将下雨。

他和其他乘客一起在港务局下了车。他们四散分开奔赴各自的目的地，按照大城市居民的习惯，回避着视线接触，没人多看他一眼。当然，他也没有什么值得他们看第二眼的地方。

他是高个子，但不算高得出奇。他的体态相对轻盈。他的双手很大。身上带着太阳晒后的痕迹和伤疤，青筋仿佛粗电线般凸起。他的脸很瘦削，肤色暗淡，没有什么特征。他穿着一件被太阳晒得发白的丁尼布旧外套，深色棉 T 恤，蓝色的新牛仔裤，还有一双深色的跑鞋。他的左手夹着一只软面小包，右手拿着一只四方的皮质箱子。

港务局外的四十二大街上人山人海。他融入行人，跟着人流到了曼哈顿的某块区域，那儿只比鬼牌镇里比较文明的地方稍微干净了一点而已。走过几个街区后，他脱离了行走的人群，走上“伊普斯维奇之章”那衰败的石质阶梯，这是个脏乱的旅馆，看起来迎合了当地皮条客工作的需求。但这里的生意似乎不太兴隆。人们更乐意去鬼牌镇找乐子。那儿更便宜，另外，就算他曾经读到过的东西只有一小部分是真的，那儿的乐子显然也更多。

他一个人带着行李箱走进旅馆，前台以怀疑的眼神看了他一眼，但还是接过了他的钱，给他指了一个房间的方向，正如他所料，这个房间又小又脏。他关上房门，将包放在地板上，然后小心地将皮箱放在松垂的床上。

房间里很闷热，但布伦南之前待过更热的地方。肮脏而缺乏装饰的墙壁从四面包围了他，让他感觉到了幽闭，但打开窗对此也毫无裨益。他在床上躺下，瞪着剥落的天花板，却没有去看蟑螂在他头上跑来跑去。前一天他收到的信里写的话，一直在他的脑海中轮转。

“布伦南船长，他在这儿。我见到他了，但我恐怕他也看到了我，而且认出了我。来那个饭店。请小心谨慎，但不要封闭自我。”

底下没有落款，但他认出了敏优雅而一丝不苟的笔迹。信上没有地址，但他不需要。三年前他偷偷回到美国时，敏让他在自己的饭店里藏匿了好些日子。此外，布伦南也知道他的这位旧友在信中所提之人的身份。毋庸置疑，是金福。

他闭上双眼，看到了一张脸：瘦削，充满了男性气概，如同肉食者般掠夺成性。他想让这张脸消失。他想将它从自己的脑海中抹除，于是便想象意识的深处有一只手啪地拍了下去。他试了，失败了。那张脸露出了微笑，嘲讽着他。它甚至开始大笑起来。

他起身坐在床上，等待着黑夜降临，等待着随之而来的一切。

Ⅱ

空气凝滞淤塞，让七百万人挤得太近造成的瘴气充塞了布伦南的鼻腔。在山上待了三年，他已不再习惯城市，但他还是能利用它的优势。他是混杂在几千人中的一个普通男人，人们会看到他，却不会注意他，会听到他的话，却不会记住，而他就这样手里拿着那个四方的皮质旅行箱，走向敏开在伊丽莎白街的饭店。

此时刚过黄昏，街上还有不少潜在客户，但饭店却没有开张。这有些古怪。

从街上唯一能看到的饭店内部空间是它的门厅，它没有亮灯。玻璃大门里挂着一个标志，上面用英语和越南语写着："未营业。欢迎下次光临。"有三个男人，三个城里的混混懒洋洋地在建筑前的街上闲逛，彼此开着玩笑。

布伦南走到街角，想用平静的风衣遮盖他那突如其来的疑虑。当他决定以修道的方式来指引自己的生活时，石田给他上的第一课，就是让他完成了一系列的呼吸练习。疑虑、恐惧、焦虑、仇恨——这些对他没有好处。他需要的是水波不兴的山中湖泊带来的无法言喻的宁静。

金福还活着。对此他从未有过怀疑。金福是个狡猾无情的幸存者，对他来说，西贡失守不过是一点小麻烦而已。可能会让他花上一些时间，但布伦南知道，他一定已经建好了一个新的特工网络，就像他那个曾经的越南网络一样高效，一样残忍。那封信写完、寄出又让他依之行事花的好几天时间，足以让那些特工追捕到敏了。

街上的行人完全没有注意到他，他转过街角，闪身进了敏那家饭店边上的小巷里。里面很昏暗，如同死一般的寂静，带着一股恶臭。他蹲伏在一堆尚未清理的垃圾边上，听着，看着。当他的眼睛适应了小巷里更昏暗的光线后，除了几只觅食的猫之外，他什么也没有看见。除了那几只猫在垃圾堆里翻找时的沙沙声外，他什么也没有听见。

他放下那只箱子，轻轻打开它的闭锁。在昏暗的光线里他几乎什么也看不见，但对他而言，装配箱子里的东西根本不需要任何光亮。

他将上下弓片扣紧后夹住握把，将弓弦扣在下弓片尖用力拉紧，接着踏出一步，将下弓片尖抵在脚上，将上弓片贴在大腿背部，把弓弦的另一端套在上弓片尖。接着用手指轻弹弓弦，它随之发出低沉的嗡响，这让他不由得微笑起来。

他拿着的是一把反曲弓，它有四十二英寸长，以玻璃纤维包裹紫杉木芯制成。布伦南知道这是把好弓。他亲手做的。它有六十磅的拉力，足以击倒一头鹿，一头熊，或者一个男人。

箱子里还有一只三指皮手套，布伦南将它戴在右手上，另外还有一只小箭袋，他用尼龙搭扣将它系在皮带上。他抽出一支箭。它有着一个狩猎用的宽箭头，末端是四根锋利的长羽片。他将箭搭在绷紧的弦上，接着便以比野猫翻检垃圾更轻的动静，悄悄匍匐爬行到了饭店的后门口。

他侧耳倾听，却什么也没有听见。他推了推门，发现它没有锁，于是便轻轻将它推开了一英寸。一道弧形的光从里面洒了出来，他发现自己看到了一小部分的厨房。里面同样也很安静，没有人。

他闪身走进厨房，寂静的黑暗污浊了这片由铁与白瓷组成的一尘不染的房间。他保持着伏低的姿势，快速地移动，来到通往餐厅区域的折叠双摆门前，警惕地透过门上的椭圆形窗往里窥视。他看到的正是他担心自己会见到的景象。

侍者、厨师和食客全都挤在餐厅角落里，一个佩戴自动手枪的男人监视着他们。另外两个男人从两边将敏押在墙上，另有一个男人在殴打他。敏的脸上满是擦伤和血污，他的双眼红肿，紧闭着。那个有条不紊地用皮警棍殴打他的男人同时还在问着他什么。

布伦南滑到窗下方，咬紧牙关，愤怒让他头颈的血管膨胀，脸膛通红。

金福认出了敏，下令抓捕了他。敏是美国少数几个能识别出金福的人，他知道金福曾经极具技巧同时又残酷无情地利用其南越共和国陆军将军的身份来背叛他的国家、他的人民和他的美国盟友。布伦南当然也知道金福的本性。他同样知道，不管金福给他自己在美国安排了什么位置，那些当局的人都会尊敬他，听从他，甚至可能害怕他。另一方面，布伦南自从在西贡溃败期间出于厌恶离开了军队之后，就成了逃犯。当局里没有任何人知道，他已经回到了美国，他也希望这一点一直保持下去。

他伸手探入后袋，拿出一个面罩，将上唇到头顶的部位全都遮盖起来。

他用了一点时间深呼吸，让情绪沉入空无，让他自己忘记愤怒，忘记恐惧，忘记朋友，忘记他对复仇的渴望，甚至忘记他自己。他归于无而成为全。不怒不喜。他静静地站起身，穿过那扇门，在一张桌子后单膝跪下，射出了第一箭。

他的导师石田那平静而自信的话语，就像是一口巨钟在他的脑海中催眠般地回响。

“你要同时成为射手和目标。成为一只等待倾空的满瓶。时机成熟时卸除你的重负，不必思考，不必瞄准，而后由此悟道。”

他在瞄准目标的同时放空视野，忘记自己的目标是个人还是个草垛，射出了第一箭，同时将手伸向腰带上的箭袋，拿出第二支箭搭上，抬起弓拉开弦，而此时，第一支箭还在射出的半途中。

第一支箭射中目标时，他已开始瞄准，准备射出第三支箭。第二支箭击中目标时，他已射出了第四支箭，直到此时，对手才意识到自己受到了攻击。但为时已晚。

在他进入无的状态前，他已经安排好了目标的攻击顺序。首先是那个监视人质的佩枪男子。箭射中他的背部，上部靠左，正中他的心脏，刺穿了他的一个肺，自他胸口穿出半英尺。冲击力让他在震惊中身体向前，跌入一名侍者的怀中。两人都目瞪口呆地望着刺穿了他胸口的鲜血淋漓的铅质箭头。佩枪男子张开嘴巴，或是要祈祷，抑或是要咒骂，但鲜血涌了上来，淹没了他的话语。他向前倒下，双腿抽搐，侍者将他扔到一边。

那两个押着敏的男人松开了他。他倒向地面，而他们则伸手去拿别在腰上的武器。其中一人还未摸到武器，手就被射穿别在胃部；另一个人则被钉在墙上。枪掉落在地，他探手抓住了那将他像钉在标本板上的昆虫一般钉住的箭头。最后那个讯问敏的人则被箭的力道带着打了个转，摔向一侧。箭头的角度向上，从他的肋骨之间插入，刺穿了他的心脏，从他的右肩扎了出来。

一共花费九秒。只有被钉在墙上的男子痛苦的啜泣打破了随之而来的寂静。

布伦南迈了十几步，穿过餐厅。人质还处于受惊的状态，完全无法动弹。其中两名歹徒已经死了。布伦南对他们的死毫无喜悦之感，正如他对射杀了鹿来提升餐桌上的食谱毫无喜悦一般。这不过就是某件必须去做的事罢了。他也不会为他们而浪费自己的怜悯之情。

腹部中箭的男子在地板上蜷成一团，他已失去意识，休克了。被箭头钉在墙上的男人胸部穿透了，头脑却还很警醒。恐惧扭曲了他的面容，当他与布伦南的双眼对视，他的啜泣变为哀号。

布伦南盯着他的双眼中毫无后悔之意。他从箭袋里又拿出一支箭。男人开始絮絮叨叨地说起话来。布伦南猛地刺了出去。箭头划开了那个男人的喉咙，轻松得就好像它是一把剃刀。布伦南兴趣缺缺地向旁边走了一步，避开突然喷涌而出的鲜血，接着拔出箭放回箭袋，然后跪在敏的身边。

他伤得很严重。他的四肢全都断了——他们押着他的姿势一定让他痛苦万分——而且一定受了严重的内伤。他的呼吸又浅又急，时不时夹杂战栗。他的双眼红肿不睁。就算他能睁开双眼，他的眼睛很可能也无法聚焦。

“Ông là ai?[①]”布伦南轻柔而带着探查地触碰了他，他以气声问道。你是谁?

“布伦南。”

敏露出了阴森的微笑。鲜血在他的嘴角泛着白泡，在他的齿间闪着寒光。

“我就知道你会来，上校。”

“别说话。我们得让人来帮——”

敏摇了摇头。这已让他用尽气力。他咳了几声，表情因为疼痛而扭曲。

“不用。我快死了。我得告诉你。是金福。这事证明了是他。他们想知道我是否告诉了任何人，但我什么也没说。他们不知道你。”

“他们会知道的。”布伦南发誓道。

敏又咳了一声。

“我本来希望能帮上忙。就像从前那样。”他走了一会儿神，布伦南抬起头。

“叫辆救护车，”他下令道，“还要报警。告诉他们前门口还有三个歹徒。动起来。”

一名侍者跳起来照他吩咐的去做了，剩下那些人都还没弄清楚状况，哑口无言地望着。

“帮助你，”敏重复着，“帮助你。”他沉默了一会儿，接着像是用了极大的努力，尽可能有条理且清晰地说道，“你得仔细听好了。‘伤疤’绑架了玛。我跟踪了他，想搞清楚他把玛带到哪儿去了，而后我发现他和金福两人一起坐在一辆豪华轿车里。去找水晶宫的‘蝶蛹’。她可能知道他把玛藏在哪里。我没法……找……到。”随着咳嗽喷出来的鲜血打断了他最后的句子。

---

① 越南语。

“他们为什么要带走她?”布伦南轻轻问道。

“因为她的双手。她那双沾满了鲜血的手。”

布伦南擦去敏额头的汗珠。

“休息一下。”他说。

但敏没有听到他的话。他抬起手，抓住了布伦南的手臂。

“找到玛。帮。她。”

他的身子再次倒下，叹了一口气。鲜血在他的唇上冒着泡。

“Tôi me.”他说。我累了。

布伦南咬紧牙关来抵御心中的痛苦，以越南话轻柔地回答道。

“那就好好休息吧。”

敏点了点头，死了。

布伦南温柔地让敏平躺在地上，然后蹲坐在地，他的双眼快速地眨动着。不能再有第二个了，他对自己说。不能再有人死去。这是另一件金福必须为此负责的事。

他站起身，四下环顾，能看到的只有被他营救的那些人脸上的恐惧。等待毫无意义。警察只会来问些棘手的问题。比如说他叫什么。有不少人会很乐意知道丹尼尔·布伦南还活着，又回到了美国的消息，金福只是其中之一。

他得在警察到来之前离开。他得紧跟上敏留给他的那一丝线索。蝶蛹。水晶宫。

但他又停了下来，转身先释放了人质。

“我需要一支笔。”他说。

一名侍者掏出一支毡头笔，默默递给了布伦南。他顿了一会儿。他希望金福能在睡梦中惊醒，浑身冷汗，苦苦思索，满腹犹疑。这样的惩罚不会立刻就落在他的身上，但只要留下足够多的信息，再加上有足够多的特工死去，迟早还是会的。

他在那被他钉在墙上的男子身旁留下一行字。他写道：“我来找你了，金福。”正准备留下自己的签名时，他停住了动作。写下他的名字没什么益处，只会抹消在他的袭击中包含的对未知的恐惧，另外也会给金福，给他的特工，以及他的政府联络人留下极为坚实的线索。此时他突然有了灵感，这让他不由得微笑起来。

他在越南执行最后一次任务时，金福背叛了他和他的组织，让他们落入北越政府的手中，那个任务的代号叫做“自由民行动”。这个名字能让金福陷入思索。他或许会怀疑站在这个名字背后的人是布伦南，但他无法确定这一点。这会在深夜折磨他，令他梦到他以为自己早已埋葬的前尘往事，让他的美梦变得苦涩。此外，这个名字从某种极为讽刺的角度来说，正恰如其分地描绘了布伦南。非常适合他。

他写下了“自由民”几个字，接着，又爆发了一阵灵感，于是画了一个铁锹的小尖头，这是越南当地代表死亡和厄运的符号，然后他往里面填了颜色。越南侍者和厨房帮佣看到这个记号后，都喃喃自语起来，那个借给布伦南笔的侍者以鸟儿似的快速摇头来拒绝收回自己的笔。

“你高兴就好，”布伦南说道，“我要怎么才能到水晶宫去？”

其中一人结结巴巴地说了一个方向，布伦南顺着原路，从厨房回到幽暗的小巷中。他将弓解体，装回箱子里，在警察到来之前离开了。他还戴着面罩，始终走在小巷和幽暗的街道上，与黑暗中一个个幽灵般的人影擦肩而过。有些人望了他一眼，有些人则沉浸在自己的事中。没有人试图阻拦他。

显利街的水晶宫是横跨了一整个街区的三层排屋中的一部分。其中有半排都在 1976 年的鬼牌镇大暴乱中被毁，而后从未重建。其中一部分残骸已被清理，还剩下一些大块的留在摇摇晃晃的墙边。布伦南经过时看到了许多双眼睛，从一堆堆残骸间的缝隙向外张望，他说不清那是人类还是动物的眼睛。他没有探究的兴趣。他继续往前走到街的另一头，在那儿，排屋还原封不动地保存着，他从一个带顶棚的入口进去，爬上一段石质楼梯，穿过一个小小的前厅，最后来到水晶宫的酒吧间。

里面十分昏暗，挤满了人，烟雾缭绕。一个明显是鬼牌的家伙在门口兜售报纸，他长得矮小肥胖，还有两根象牙，在小小的舞台上，长着两个脑袋的歌手正以科尔·波特的调子唱出美妙的旋律。这儿的有些人乍看之下似乎是正常的，直到你靠近之后定睛观瞧。布伦南注意到了一个男人，那人外表普通，甚至可说英俊，只是他那原本应该有鼻子和嘴的地方长出了一个长而卷曲的象鼻，布伦南眼看着他将这象鼻子当做吸管来喝饮料。有些人则身着奇装异服，他们以此来吸引陌生人的注意，像是刻意以一种挑衅的方式来宣告自身的病态。有些人戴面具以掩饰畸形，但也有些戴着面具的其实是普通人，或者以鬼牌的俚语来讲，是耐特。

“你是干销售的?”

布伦南过了一会儿才反应过来，这个问题是在问他自己。他看向长条木吧台的那一头，见到有个男人坐在高脚凳上，晃悠着一双完全够不着地板的小粗短腿。那人是个侏儒，大概四英尺高，四英尺宽。他的头颈像一听吞拿鱼罐头一样短，像男人的大腿一样粗。他的整个人看着结实而呆板，仿佛一块大理石。

“那是你的样品?”他问道，同时指了指布伦南的箱子，他的手有布伦南的两倍那么大。

“只是我交易时要用到的一些工具而已。”

“萨沙。”

一名瘦高个调酒师转向侏儒，他留着八字胡，油光发亮的卷曲头发耷拉在前额上。布伦南之前就从眼角的余光中注意到他了，他一直在以惊人的速度和信心调配着饮料。等他随着侏儒的召唤而转过身时，布伦南看到他没有眼睛，只是眼窝的位置上覆盖着一层没有裂隙的皮肤。调酒师朝着他的方向看过来，迅速地点了点头。

“他挺好的，埃尔默，没事。”侏儒点点头，将视线从布伦南身上移开了，这是自从他与布伦南搭话后的第一次。布伦南皱起眉，正打算说什么，但调酒师抢在他前面开了口。他朝吧台的另一端指了指，说道：“她就在这儿。”

布伦南抿紧了嘴唇。无眼男子微微一笑，走开去调下一杯酒。布伦南朝着调酒师所指的方向望了过去，他屏住了呼吸。

一个女人坐在角落里的桌旁，她的身边则是一个皮肤颜色不是很深的苗条黑人男子，他穿着一件红色的和服，上有若干黄龙，饰以神秘纹饰刺绣。他的相貌英俊，但高高隆起的额头破坏了他的面部轮廓。他坐在一张普通椅子上。那女人所坐的椅子却如同一个宝座，以黑色胡桃木为框，配着红色的天鹅绒坐垫。她啜饮着一个顶针大小的水晶杯，里面有些蜜色的液体，此时，她放下了杯子，看向布伦南，露出了微笑。

她身上穿的裤子紧紧地包裹着她柔软的躯体，身上披着的鞘状围巾集中在右肩上，露出半个赤裸的胸部。肉眼完全看不见她的皮肤，只能看见底下模糊的肌肉阴影和内脏器官。布伦南可以看到她的血液在静脉和动脉的网络中涌动，淌遍她的全身；可以看到她那影子一般若有似无的肌肉随着她最轻微的动作游移、滑动；甚至，还能隐约看到她的心脏在胸腔中跳动，她的肺平缓而不断地鼓动。

她朝他微笑。布伦南知道自己正盯着她看，但他没法控制自己。她看起来太奇异，没法以美丽二字来形容，但她确实带着一种摄人的魅力。你注意不到她暴露在外的乳房整体，能看到的只有其下交织的血管网络和一个深色的大乳头。她的脸——好吧，谁能看得清呢？她的眼睛是蓝色的，在腭肌防护下的颧骨很高，她的鼻子是颅骨上的一个洞。她的双唇与她胸部的乳头一样，确实可见。它们饱满而诱人，弯曲形成略带讥讽的微笑。她没有头发，无法隐藏白森森的颅骨。他穿过拥挤的人群，走向她那一桌，而她望着他，倘若他对她奇异的表情解读无误，那么她所表现出来的，便是一种超然的愉悦。她啜饮了一口饮料，他不由得望向她的喉咙里的肌肉运动。

“抱歉。”他开了个头，接着就说不下去了。

她大笑起来。这笑声充满了幽默感，并不含有痛苦、责备或愤怒的因子。“原谅你了，面罩男，”她说道，“我本就是个别人注视的靶子。没有人第一次见到我时能表现得泰然自若的。我是蝶蛹，水晶宫的主人及所有人，我想你已经知道这一点了。这位是福尔图纳托。”

黑人看向布伦南，他可以从这个男人眼睛的形状里看出他的东方血统。两人无言地点头致意。布伦南意识到，这个男人周身散发出一种力量的光环。布伦南突然明白地确信，这个人，是个王牌。

“你的名字叫什么?”蝶蛹问他。

她说话带着一种受过良好教育的英国口音，要不是这个晚上布伦南已经把他的惊讶份额用完了，这一点原本是会让他有些吃惊的。她的声音听起来体贴周到，她的表情又似乎审慎小心。

“自由民。”布伦南回答，他不知道自己究竟能坦白到什么程度。

“很有趣。这显然不是你的本名。”

布伦南静静地看着她。

“你想知道吗?”她的伙伴问道。福尔图纳托露出了懒洋洋的微笑，她耸了耸肩，也报之以微笑，却没有明确回答。

福尔图纳托看着布伦南。他的眼睛变得更深更暗。布伦南觉察到这双眼睛里形成了力量那旋转的涡流，而后，他突然意识到，这股力量的目标是他本人。他的心头猛然生起怒火，他握紧了拳头，他知道无法阻止福尔图纳托将力量渗透入自己的大脑深处。他所能做的只有一件事。

他深深地吸了一口气，屏住没有呼出，接着放空了脑内的所有思绪。他就像是又回到日本，回到了他当初头一次试图进寺庙修行之时，面对石田，绞尽脑汁地想要回答禅师提出的谜题。

“双手拍击会让人听到声音。单手拍击能听到什么？”

布伦南无声地向前伸出一只手掌，将它捏成拳头。石田点了点头，布伦南也由此开始了坚定不移的训练。此刻，他又重新开启了这一训练。他深深进入禅宗的打坐状态，在这种冥想中，他能清空他的所有想法、所有感觉、所有情绪和所有表情。仿佛经过了无尽的时间，他就像是从极远之处听到了福尔图纳托的喃喃低语，“了不起。”然后，他让自己回到了原本的状态。

福尔图纳托看着他的眼神中多了一丝敬意。蝶蛹小心翼翼地打量着他们两个人。

“你已经悟到了禅？”福尔图纳托问道。

“我只是个初学者罢了。”布伦南轻声说道，即使是他自己的声音，此刻在他听来也像是出自远处的山峰。

“或许我最好单独和自由民谈谈。”蝶蛹说道。

“如你所愿。”福尔图纳托站起身。

“等一下，”布伦南像是狗游出水面似的抖了抖身子，这才彻底回到这间屋子里。他看着福尔图纳托。“别再那么做了。”

福尔图纳托抿了抿嘴，点头道：“我很肯定我们以后还会再见的。”

他从桌边离开，在拥挤的室内穿行而去。

布伦南坐到福尔图纳托适才所坐的位子上，蝶蛹则以一种似乎是在算计的表情看着他。

“我以前从未听说过你，这还真有点奇怪。”她说。

“我才刚来这座城市。”

她的目光变得敏锐而诱人。布伦南努力了一番，这才让自己不再盯着她那双直接飘浮在深深眼窝中的双眼。

“做生意？”她问。布伦南点了点头，她又喝了一口饮料，叹了口气，将杯子从面前推开。“我看得出来，你没有闲聊的心情。你想要我做什么?”

“你的调酒师,”他开始提问,“他没有眼睛,为什么动作还能这么灵巧?”

“这很简单,”蝶蛹微笑道,“我可以免费教你。除此之外,萨沙还会心灵传感术。别担心。不管你面罩后面隐藏的秘密是什么,它都是安全的。他就像个漏勺,只能读到浮于表面的心思。这能让他的工作更轻松,也让水晶宫更安全。他会将那些危险的、不舒服的和反常的人告诉埃尔默,埃尔默则负责处理他们。”

布伦南点点头,稍许安心了一些。他很乐于知道这调酒师的能力有其限制,毕竟,想到有任何人能在他的脑子里翻翻检检就让他很不舒服。

“还有呢?”蝶蛹问道。

“我需要两个人的消息。一个叫伤疤的男人,还有他的老板金福。”

蝶蛹看着他,皱起眉。至少,她的面部肌肉隆了起来。它们和她身体上的肌肉组织一样,看起来都很纤细脆弱,就好像那让她的血肉和皮肤全都不可见的力量也作用在这些肌肉上,让它们近乎于半透明。

“你知道他们和什么有关吗?在他们自己的圈子之外,可能只有三个人知道这件事。你是他们的朋友?”一阵突然爆发的怒意出现在布伦南脸上,令她为之瑟缩,“不。我估计你不是。”

她的话让他脑海中与背叛和暴力相关的回忆又变得鲜活起来。萨沙将他那张没有眼睛的脸转向他们的方向。埃尔默踮着脚站了起来,探出了厚实的脖子。在这个房间里,有五六个人都沉默了。其中一个男人搓了两下太阳穴,接着便晕了过去。与他同桌的其他人设法让他摆脱失神的状态时,他如同挨了鞭子的狗似的呜咽起来。蝶蛹的视线从布伦南身上移开,给埃尔默做了个眼色,让他放松,而后这种紧张的气氛才慢慢地消散了。

“他们很危险，他们两个人都是，”她平静地说道，“金福是个越南人，以前曾是一名将军。他在这里露面大约是，哦，八年前。他很快就巧妙地介入了毒品贸易，现在掌握了很大的交易份额。事实上，他已经染指了这座城市的其他大部分非法活动，表面上还维持着受人尊敬的社会身份。他拥有一系列连锁干洗店和饭店，给正派的慈善机构和政党捐款，会收到所有重大社交场合的邀请。伤疤是他的手下之一，但不直接向金福报告。将军一直很留心让自己与手下人的事隔绝开来。”

“再和我说说伤疤的事。”

“本地人。我不知道他的真名。他之所以叫伤疤，是因为他的整张脸上都文着一个奇怪的文身。那应该是毛利人的符号。”

布伦南的脸上应该露出了怀疑的表情，因为蝶蛹耸了耸肩。他眼睁睁地望着她的肌肉滑动，骨头在骨臼中转动。她暴露在外的半边乳房上，乳头随着透明的肌肤上下跳跃。

“他好像是从纽约大学一个研究黑帮文化的人类学家那儿得到这个主意的。跟城市部落制度之类的有关。不管怎么说，他是个卑鄙的家伙，金福的头号打手，战斗中无敌的对手。”她以敏锐的目光望着他，“你会与他战斗。”

这是个陈述句，而不是疑问句。

“是什么让他无敌?”

“他会瞬间移动。他消失的速度比任何人都更快，同时在任何他希望的地方出现。通常是他的对手身后。他也极为卑鄙。要不是他过于热衷杀戮，他会是个十分麻烦的问题。他以身为金福的手下之一为荣，但这并不是说，他对自己就很苛刻。”她把玩了一会儿玻璃杯，而后直视布伦南，“你是王牌吗?”

布伦南什么也没有说。两人对视了很久，最后蝶蛹叹了口气。

“你什么也没有。你不过是个人类。一个耐特。是什么让你觉得自己能战胜伤疤?”她重复了一遍。

“正如你所说，我是个人类。他绑架了我朋友的女儿，而我是现在仅剩的唯一一个能去救她的人。”

“警察呢?”蝶蛹条件反射地问了一句，接着连自己都笑了出来，“不对。伤疤有金福这层关系，一定有足够的警方保护伞。我猜你没有足够坚实的证据可以证明伤疤手里有那女孩?不行。去找其他王牌呢?黑影，福尔图纳托或许……”

“没有时间了。我不知道他打算对她做什么。此外——”他停顿了一会儿，像是回想起了十年前的事。“这是个人恩怨。”

“我想也是。”

布伦南收回视线，他紧紧盯着蝶蛹。

“我在哪儿能找到伤疤?”

“我干的是贩卖情报的生意，我已经免费告诉你不少了，像这样重要的信息你得付出代价。”

“我没有钱。”

“我不需要你付钱。我给你一个人情，你就欠我一个情。”

布伦南沉下了脸。“我不喜欢欠别人东西。”

“那就去别的地方找你要的信息。”

布伦南心中涌起一股想要做些什么的冲动。“很好。”

她喝了一小口饮料，凝视着水晶高脚杯，她那只握着高脚杯的手上的血肉就像高脚杯本身一样晶莹剔透。

“他在史泰登岛的卡斯尔顿大道上有一大块地。那儿与世隔绝，外面围着围墙，里面是一片广阔的土地。他喜欢狩猎。猎人。”

“是吗?”布伦南问道，他的眼神若有所思。

“为什么伤疤要绑架这个姑娘?她是不是有什么地方很特别?”

“我不知道，”布伦南说着，摇了摇头，“我以为绑架她是为了让她的父亲保持沉默，因为他看到伤疤和金福在一起，但事实上这一系列事件的顺序与我想的不一样。敏之所以看到他们在一起，是因为他在追踪伤疤，想搜集和绑架相关的线索。他告诉我说他们带走了她，是因为她有一双沾满鲜血的双手。你知道这是什么意思吗？”

蝶蛹摇了摇头。

“你就不能让他说得再清楚一些吗？”

“他已经死了。”

她伸出手放在他的手上，有什么东西在二者之间传递。“你很可能不会放在心上，但我还是要提醒你，小心一点。”布伦南点了点头。她的手叠在他的手上，虽然无法看见，却依然温暖而柔软。他望着那里面有节奏地脉动着的血液。“可能，”她继续说道，“你会愿意清偿你的部分债务？”

“怎么做？”布伦南问道，他回应了她的语调和表情中微妙的挑战意味。

“今晚要是你与伤疤相遇后能够幸存，就回到水晶宫来。不管时间多晚，我都会等你。”

她的话里没有歧义。她正在提议的是一段他已避免了很久的纠葛，是一种经年来他一直不想参与其中的情侣关系。

“还是说，你觉得我很恶心？”在他俩之间漫长的沉默后，她平静地问道。

“不，”他回答得很快，比他自己希望的要快许多，“不是这样，完全不是。”

他的声音即使在他自己听来也很刺耳。长久以来，他一直自我孤立不与其他人建立联系，一想到要进入任何亲密关系都会让他感到害怕。

“我不会把你的秘密说出去的，自由民。”蝶蛹说道。

他深吸了一口气，点了点头。

“好，”微笑又在她的脸上重现，“我会期待你归来。”

他没有再说一个字，转身离开，她的微笑则从她的脸上消失了。“如果，”她的声音如此轻柔，只有她自己才能听见，“你能做到不可能做到之事。如果你能击败伤疤。”

Ⅲ

要完成这件事有两个方式，布伦南想。他可以鬼鬼祟祟地摸进去。他可以偷偷潜入伤疤的宅邸，只是不知道对方会有怎样的安保系统，然后从一个房间搜到另一个房间，只是不知道每个房间里都有什么，甚至还不知道玛是否就在那间屋子里。或者他可以就这样正面走进去，把一切都押在他的运气、勇气和随机应变的能力上。

他离开水晶宫之后，他除去面罩，找了一辆出租车。司机一开始不愿意载他去史泰登岛，但他拿出两张 20 美元在对方面前晃了晃，司机的脸便挂上了微笑。这是一段漫长的旅程，他先乘出租车，接着换成摆渡，一路上他的心头缭绕着不愉快的回忆。对此石田一定会很不赞成，但另一方面，布伦南也知道，自己从来就不是禅师最好的弟子之一。

在距离蝶蛹给他的卡斯尔顿大道的地址一两个街区的地方，他让出租车司机放下了他，付了车钱，又给了小费，这消耗了他几乎所有现金储备。出租车离开后，他静静地潜入阴影之中行动，直到站在伤疤住所的对面街上。那地方一如蝶蛹所描述。

那屋子本身是个粗陋的石屋，矗立在距街道两百码左右的地方。屋子共有三层，每层楼的窗子里都零零星星地透出一些灯光，但屋外却没有照明设施。环绕了整片土地一周的围墙也是石质的，大约七英寸高，上面布有电线绕成的拱顶。精铁制成的大门旁，有个小小的玻璃壁警卫亭，是这里唯一的岗哨。看来要通过这里的安保系统并不是一件难事，但这屋子实在太大了，不利于一间一间地搜索。

必须大胆、无畏而幸运。要非常非常走运，布伦南迅速地从阴影中走出来，想道。

警卫亭里的男人正在看着小小的电视机，里面正在播放一个长翅膀的美丽女人做的脱口秀节目。布伦南虽然自从回到美国之后就再也没看过电视，不知怎么的还是认出了这个女人，她是“游隼”，《游隼的栖木》节目的主持人，目前曝光率最高的王牌之一。她正在看着另一个留着胡子、戴着厨师帽的大个子男人做菜。他俩亲切地交谈，他那双大手同时以极为优雅的动作移动着，此时布伦南认出来，那人是海勒姆·沃切斯特，外号胖子，另一个经常在公众面前露面的王牌。

警卫全神贯注地盯着游隼，后者身上穿着一件显然极具诱惑力的服装，领口几乎向下开到了肚脐。尽管布伦南没有隐藏自己靠近的脚步声，他依然需要轻轻敲打警卫亭的玻璃门，才能唤起警卫的注意。

警卫打开了门。

“你从哪儿来的？”

“出租车上，”布伦南随意地往身后一指，“我让它走了。”

“哦，哦对，”警卫说，“我听到它的声音了。你想要什么？”

布伦南正打算说金福派他来找那个姑娘，但在最后的瞬间，他将这些话咽了回去。蝶蛹曾经告诉过他，只有很少几个人知道金福和伤疤之间有联系。眼前的这个走狗显然不是其中之一。

“老大派我来的。是那个姑娘的事。”他说着，尽量让自己吐露的信息含糊不清，与此同时说话的声音则要坚定而确信。

“老大？”

“给伤疤打电话。他知道。”

警卫转过身，拿起话筒。他模模糊糊地讲了几秒后挂了电话，按了几下面前的控制面板。精铁大门静静地打开了。

“进去吧。”他说完，又转身回去看电视，那里面海勒姆和游隼正在兴高采烈地吃裹着糖衣的巧克力薄饼。布伦南短暂地犹豫了一会儿。

“还有一件事。”他说。

警卫叹了口气，慢慢转过身，泰半的注意力还在电视机上。

布伦南抬起手掌，自下而上重重地拍在警卫的鼻子上。他感觉在这一击之下，对方的骨头随之弯曲碎裂了。骨头的碎片仿佛刀子一样扎入这个男子的大脑，他抽搐了一下，接着便浑身松软了。布伦南关掉电视机时，胖子和游隼正好吃完薄饼，他将男人的尸体拖到院子里，扔在某个隐蔽的灌木丛后面。他不无遗憾地将他的弓盒也藏在了那里，不过，为了不至于让自己手无寸铁，他取下了一根备用弓弦，将它盘绕起来，藏在他牛仔裤的腰带下。

他迅速走向石屋。

伤疤很有必要雇佣一名园丁。整个院子显得荒凉极了。草长得很高，看起来像是一整个夏天都没有割过，灌木丛也都疯长着。它们全都自由地溢出原有的边界，在那些浓密而未修剪的大树下，形成一片密实的树荫。这里更像是一两亩地的森林，而非正常的庭院，这让布伦南在一瞬间有些怀念卡兹奇山的宁静与平和。然而等他来到前门，他回想起究竟是什么让他来到了这里。他按响了门铃。

开门的那个男人带着城里混混的傲慢，他腋下插在肩部枪套里的枪看起来大得足以击倒一头大象。

“进来吧。伤疤正好有个客人。他们和那姑娘在一起。”

男人领着布伦南进了屋子，他皱起眉头，盯着对方的背部。他们在一起干什么？他想问这个正带着他向里屋走去的男人，但他也知道，他还是乖乖闭嘴更好。很快他就会知道答案了。

伤疤对石屋内的保养要略好于庭院，但好得不多。镶大理石的木地板上污迹斑斑，空气中还有一股陈腐的气味，让布伦南感到恶心。他很担心自己若是呼吸太深，会辨认出其中一些气味究竟是什么。一道楼梯向上通往石屋的上层，但他们依然留在底层，向建筑的后方走去。

给他领路的男人转向左边，穿过了一个金属检测设备，它嘟嘟地响了一声，男人回头望向布伦南。布伦南跟着他也走了过去。检测器没有动静。暴徒朝他点了点头，将他带入一个灯光明亮的房间里，那儿另外还有四个人。其中之一长得相当结实，从实战的角度来说，与布伦南在门口遇到的男人十分相似。另外还有一个金色长发的女人，她戴着一个将整张脸都覆盖了的面具。

还有一个人是玛。他踏入屋中时，她呆滞地抬起头来看了他一眼，在看到他的瞬间，她露出认出了他的神情，但很快就将这表情扼杀了。他上一次见到她时，已是三年之前。而现在，她长成了一个美丽的年轻姑娘，小巧玲珑，五官精致，一头浓密的头发富有光泽，还有一双乌黑的眼睛。她看起来没受什么伤害，只是极度劳累。她的眼睛下方生出了黑眼圈，从她硬撑着自己身子的方式，布伦南能从她的每一条肌肉里看出疲惫。

最后那个人是伤疤。他个子很高，身材瘦削，穿着T恤和黑色的卡其裤。他的脸看起来如同噩梦。黑色与血色组成的文身图案，让他的脸看来好似恶魔，带着残忍和恶意。他的双眼深陷在黑色的眼窝中，他的牙齿镶嵌在血红色的洞穴里。当伤疤朝他微笑时，布伦南惊讶地发现，他的牙齿竟然没有磨成尖牙。

“你叫什么，兄弟？”他带着浓重的混混口气问道，“我以前从来没见过你。”

“阿彻[①],”布伦南不假思索就报出了假名，“这里在干吗？”

伤疤的脸上再度浮现出微笑。这让他的脸怪异地扭曲起来，毫无幽默感可言。

---

①“弓”之意。

“你来得正是时候，兄弟。这位姐妹正准备展示她的力量，对吧？”

所有人都看向玛，而她则疲惫而顺从地静静低下了头。

“她能做到？”戴面具的女人嘶嘶地问道，她的声音带着一种怪异的热切。

伤疤只是点了点头，朝玛做了个手势。两个暴徒虽然望着她，却没什么兴趣。伤疤的视线一直在布伦南、玛和那个女人之间来回游移。

“把这个跟那人说说，”他说着，凑近观察布伦南，而玛则走向那个女人，“我打算把所有和她有关的事都告诉他。我正打算要验证它们呢。”

布伦南没什么耐心地点了点头，他的外表看起来似乎冷淡而严肃，内心中却迟疑不定。玛没有看他的方向，径直走向那个女人。他心想，不管接下来会发生什么，事情都不会太糟。她看起来似乎以足够平静的态度接受了这些事。他决定等一等。

“你得把面具摘了。”玛静静地对女人说道。后者有些不情愿，但其他男人们都在看着她，她望了他们一眼，照做了。布伦南冷漠地看着她除去了面具，伤疤的脸上却浮现出了一丝狡猾的微笑。她显然对自己的容貌感到羞耻。布伦南曾经看到过比她情况更糟的，但她的脸已足以引起伤疤那些手下带着恶意的口哨了。她的整个下巴都没了，只有一小块下颌骨。在她那双没有嘴唇的嘴巴上方，鼻子的部分只有两个扁平的鼻孔。她的前额显得很小。她的整张脸都向前凸起，仿佛爬行类动物，而她皮肤上彩色串珠般的纹理更加深了这一印象。不管从什么角度看，她的外表都很像一头长着金色长发的毒蜥怪物。

“我以前长得很美。”她看着地板说道。

伤疤的手下发出了大声的嗤笑。但玛却用双手捧起她皮肤粗糙的脸颊，平静地说道：“你会变回来的。”

女人抬头看她，双眼中满是痛苦。玛镇定地凝视着她，脸上带着圣母般的宁静。有那么一会儿，什么都没有发生。布伦南看着她，又看向正小心翼翼地望向他的伤疤，而后，他又看向了玛。但接下来，在她的双掌与那女人脸颊的皮质肌肤接触的部位之间，鲜血如涓涓细流般淌了下来。它似乎是从那个女人的脸颊上流下来的，也可能是从玛的手掌心里，抑或二者都有。鲜血的细流从玛的手指缝中溢出，淌过她的手背，到了她的手腕上。玛低声呻吟，布伦南则紧紧地盯着她，眼看着她的面部发生了变化。她的下巴消失了，下颚骨向后收缩。她的前额变窄，皮肤则变粗变厚，形成了卵石般的纹理，出现了橘黄色、黑色和深红色的带状花纹。整个过程用了几分钟的时间。布伦南抿紧了嘴唇望着。而伤疤则看着他望着的样子。伤疤露出了恶毒的微笑，他那张带着文身的脸仿佛恶魔的面具。

两个蜥蜴面孔的女人对视着，一个长着金发，另一个满头黑发。那个女人睁大了眼睛看着玛，玛则回之以安慰和鼓励的眼神。她长长地叹了口气，仿佛射精后的情人，接着开始发生变化。她的皮肤不再粗糙，也不再带着那些明晃晃的色彩。皮肤下的骨头变回了原本的结构。她的双唇微微颤抖扭曲，或许是因为变形带来的疼痛，但她什么也没说。又过了一会儿，那个金发的女人也开始变化。她的皮肤自动地变软变白。骨头仿佛软化的蜜蜡般移动着。泪水从她那高高的颧骨上滚落，布伦南无法分辨究竟是出于疼痛，还是出于欢乐。整个变形的过程用了几分钟。当涓细的血流不再淌下时，玛将双手从那女人的脸上松开了。女人恢复了正常。她曾经极为美丽，而今又再度恢复了过去的容貌。她无声地啜泣着，接过玛的手，在她的手掌心里印下了一个吻。玛朝她微笑，身子疲倦地摇晃着。布伦南看得出来，此时她还保持站立的姿势，仅凭意志力。她身体的每一根线条和每一块肌肉，都在疲惫地呐喊。

女人伸手拿起身边小茶几上的手袋，从里面拿出一个厚厚的钱包。伤疤做了一个手势。他的一名手下脸上带着得意的笑接过了它，塞进自己的裤子后袋，陪着女人离开了房间。

“好啦，兄弟，你有什么感想?”

“很奇妙，”布伦南边说还在边看着玛，“这是怎么回事，操纵遗传基因之类的?”

“那种狗屁我不懂，”伤疤说道，“我只是听说她在治疗她左邻右舍的鬼牌，然后我就想，为什么她明明能治会付很多钱的鬼牌，还要去治那些穷鬼？所以我就把她抓来了。”

布伦南将视线从玛身上移开，与伤疤对视。

“她价值连城。你应该已经和金福说了她的事。我得把她带去他那儿。”

伤疤将他那带着文身的嘴唇噘成了惊恐的样子以示嘲讽。

“你真的会这么做吗？你似乎知道得不少啊，兄弟。那你怎么会不知道，我在跟那人说起她的事时，有个亚洲佬看到了我们一起坐在那人的轿车后座上?”他转过身，看向玛，恶毒地补了一句，“然后那个人就杀了亚洲老头，这样他就不会告诉任何人了。”

“我的父亲?”玛问道。

伤疤点点头，咧嘴露出了魔鬼般的笑容。玛喘了口气，身体摇摆，要不是伤疤的手下粗暴地抓住了她的手臂，她一定会直接摔倒。布伦南动了起来。

他猛地窜到屋子的另一边，将枪从那男人的肩部枪套中拔了出来，将枪管抵在他的胸膛上，扣动了扳机。随着一声巨响，爆炸让男人从地面飞起，直接撞到墙上。他双眼圆睁，带着满脸的难以置信慢慢滑向地板，在墙上留下一片血红色的污迹。

布伦南回转身，但此时伤疤已经不见了。他在眼角看到一道白光闪烁，随后立刻感觉到了一阵钻心的疼痛，伤疤击中了他的手腕，让他不由得脱手扔掉了枪。布伦南挥舞手臂时伤疤一矮身，把枪踢到房间的另一边，接着他便再次无声地彻底消失了。

而后，他在布伦南和那把枪之间重新现形，脸上挂着疯狂的微笑。

“你要用一把枪来对抗伤疤？你肯定是个疯了的耐特，”他说，“你希望我在你的墓碑上写什么名字？”他将手伸入卡其裤的口袋，接着手腕熟练地一抖，打开了一把六英寸长的直剃刀。

他再度消失，布伦南的体侧突然一阵剧痛。他听到了玛的叫喊，身子就地一滚后重又站了起来。鲜血从他的体侧流淌下来，伤疤在他肋骨上划出了一道又深又长的口子。他几乎没有时间站稳，伤疤再度袭来，将他的脸颊划破，然后又跳开了。一切正如蝶蛹所说。他的速度极快，精于瞬间移动。而且他确实热衷于此。

“我会慢慢地割开你，兄弟，”他说道，双眼中闪烁出屠戮的快意，“我会一直割到你乞求我干掉你。”他扭转手腕，甩去刀刃上布伦南的鲜血。室内非常明亮，明亮而封闭。布伦南被困在其中，受到限制，而且他知道自己根本他妈毫无机会。在他妄图想要拿到枪的时候，伤疤就会大笑着将他撕成碎片。他深呼吸了几下，让自己一团乱的脑袋镇定下来，然后按照石田教他的那样，让自己进入止的平静状态，而后，他便知道自己该怎么做了。他转过身时伤疤划破了他的背，但他依然跑到了屋子的另一头，撞开落地窗跳了出去。他从灯光下进入了露台的黑暗中。

伤疤带着发自内心的愉悦微笑起来，跟随他步入露台。他吹出不成曲调的口哨，望着布伦南跑进院子，跌跌撞撞地扎进浓密的树丛里。

“嘿，耐特！”他喊道，“你去哪儿了，兄弟？我跟你说，你让我好好狩猎，我就少割你几下，然后立刻把你干掉。你要是让我失望，我就割了你的卵蛋。就算是这个亚洲佬小婊子也没法让你再长俩新的出来。”

伤疤为自己的玩笑话而放声大笑，接着跟随布伦南跳入黑暗之中。他站了一会儿，侧耳倾听。他没听到什么特别的，只有风吹过树间的沙沙声，还有远处街道上偶尔有车开过的声音。他的猎物跑了，在夜色中消失了。伤疤皱起眉头。有什么东西不太对劲。他又往树丛深处走了一段路。

在树丛中的某处，幽灵般寂静的一片阴影中，布伦南自他的藏身之处慢慢站起，拳头上缠绕着他那上过蜡的尼龙弓弦。他从身后将弓弦绕在伤疤脖子上，猛地一拉，然后扭转。弓弦嵌入肉和软骨，伤疤消失了。他在几英尺外再度现身，双手紧紧抓着被碾碎了的喉咙。他想吸入新鲜的空气，他那负着重荷的肺却什么也没有得到。他张开嘴，想对布伦南说些什么，想咒骂他，或是乞求他，但他却未能吐出一星半点的字句。他又消失了一次，但在一微秒之后又原地现身，他那张布满文身的脸因痛苦和恐惧而变形，他的精神集中力被粉碎了，失去了自我控制的能力。布伦南望着他的身影在树林里疯狂地闪现，他的脸上带着绝望的表情，毫无意义地不停做着瞬间移动。当他最后一次出现，他从嘴里喷出了鲜血，踉踉跄跄地靠在一棵树上，扔下了手里的剃刀，脸朝上倒了下去。布伦南警惕地靠近，但他确实死了。布伦南在他面前蹲下，拿出敏的餐馆里的侍者给他的那只毡尖钢笔。他在伤疤的右手手背上画了一个尖头的铁锹符号，为了保证金福不会漏掉这个信息，他将伤疤的右手放在了他那张布满文身的脸上。

他静静地穿过树丛，走了回去，就像一个森林动物的鬼魂。玛正在露台上等着他。当她看清从树林中现身的人是谁时，她的脸上似乎没有多少惊讶的表情。她了解他，也了解他能做到什么事。

“布伦南上校，我的父亲真的死了吗？”

他点了点头，一句话也说不出口。她的身子似乎缩得更紧，看起来也更脆弱，更疲劳——倘若她还能再累一点的话。她闭上双眼，泪水从她的睫毛下静静地溢了出来。

“我们回家吧。”

他带着她踏入了黑夜那温暖的怀抱中。

Ⅳ

离开前，他让她替自己包扎了伤口，又答应她有机会就去看她。为她而生的悲伤自他的心中溢出，与他因敏之死而感到的悲痛交织在一起。他又失去了一位同志、一个朋友。

必须打倒金福。而这个目标全都维系在他身上，他一个人，孤军作战，除了双手的力量和头脑的谋略之外，一无所有。这得花上许多时间。他需要一个基地来执行这个任务，还需要装备。特制的弓，特制的箭。他需要钱。

他回到了鬼牌镇夜色下的阴影之中，等待着某种男人经过，他们是街上的商人，会用一包包白色的粉末来换取汗水交织着绝望的手中紧攥着的绿色钞票。

他深吸了一口气。夜晚的空气是污浊的，带着七百万人各自的气息，还有他们无数的希望、恐惧和绝望。他现在也是他们中的一员了。他已离开群山，回到人类的世界，他知道他的回归会带来沮丧、悲痛和失望。还有安慰，他心中的某个部分这样说道，它渴求着无法以肉眼瞧见的血肉的触碰，还有随着热情逐渐高涨，心脏跳动得越来越快的景象。

一个脚步轻轻擦过的声音突然吸引了他的注意。有个男人经过了他。那个男人的穿着相对于这贫穷的环境而言显得十分富有，他趾高气扬地走着。这正是他等待的那种人。

布伦南静静地滑入黑暗，跟上了那个人。狩猎在这座城市里开始了。

♦♥♣♠

尾声：第三代

刘易斯·夏尔纳　著

喷气机小子自天空中直扑而下，他驾驶着火箭形的飞机，咆哮的后掠机翼划出两道白线。20 毫米口径的机关炮不断开火，而霸王龙则在不住射向它的子弹面前趔趄蹒跚起来。

“阿尼？阿尼，关灯！”

“好的，妈妈。”阿尼说道。他将这本五十四页的特别版《喷气机小子在恐龙岛》塞回它的塑封袋，关了阅读灯，拿着这本漫画书，在自己卧室熟悉的黑暗之中穿行，将书放上了书架。

他有一整套《喷气机小子》系列漫画，装在一个上过蜡的纸板箱里，那个箱子原本用于给副食品商店送小鸡。在这个箱子上方的搁板上，堆着一些剪贴簿，里面满是与伟大而强力的灵龟、咆哮者和“跃闪杰克”有关的剪报。在它们边上，竖着一排和恐龙相关的书，不是那种带有粗糙图画的儿童读物，而是古生物学、植物学和动物学相关的社科书。

在另一箱漫画后面藏着的是登着游隼照片的《花花公子》杂志。最近一阵子，看她的照片常常让阿尼产生奇怪的感受，就好像焦虑、兴奋和罪恶感同时混杂在了一块儿。

他的父母知道他痴迷这些，当然，《花花公子》除外。只有百变王牌相关的问题让他们感到困扰。那天，阿尼的祖父还在街上，亲眼见证喷气机小子爆炸，成为历史。一年后阿尼的母亲出生，她有一点点心灵遥感能力，但只够她将一枚硬币在塑料桌布上移动几英寸。有时候阿尼希望她能是正常人。总好过得到某种毫无用处的能力。

他曾经让祖父一遍又一遍地给他讲整件事。“他想死，”老人会这么说，“他已经看到了未来，在那个未来里没有他的立足之地。他只是再也没有了容身之所。”

“嘘，姥爷，”阿尼的母亲会说，“别在阿尼面前那么说。”

“我知道我看到了什么，”老人说着摇摇头，“我当时就在那儿。”

阿尼静静地爬回床上，俯卧着，舒舒服服地感受着腹股沟处传来的压力。他想到了恐龙岛。以他的观点来看，那毫无疑问是真的。王牌就是真的。外星人也是真的——他们把百变王牌带到了地球。

他转身侧躺，将膝盖蜷到胸口。它会是什么样的？他八岁时，父母曾开车带着他游览犹他州，他让他们在维尔诺停下了。他们去了史前自然步道，而他独自跑向等身大小的恐龙模型。恐龙岛应该会像那里一样，他想，背景上是一片郁郁葱葱的群山，恐龙则都大到能让他在它们肚子底下奔跑，似驼龙像是长着鳞片的巨大鸵鸟，翼龙蹲伏着，好像才刚滑翔下来着陆在地上。

他闭上双眼，现在，他能看到它们动了起来，不是你在电视上会看到的那些寒酸的恐龙，而是一些特别的：体型很小却很残暴的恐爪龙，或是恐怖的大块头甲龙，它长得像是一只三十五英尺高的长角蟾蜍，尾巴像根棍子，足以在铁盘上砸出凹痕。

在他的大脑深处，百变王牌病毒漂浮在一片丰富而起着泡沫的内分泌激素的海洋上，它因这些激素而发热发烫，它漂过一个细胞，在边上停留片刻，释放出它携带的外星信息，接着消散了。这个过程就这样不断地持续，在许多年里，一直在恐惧与狂喜、损毁与奇迹之间的二重螺旋中，不断循环往复……

♦♥♣♠

附　录

百变王牌病毒学：文献节选

……可怕之处远超想象，从很多层面上看，比我们在贝尔森[1]所见的更糟。感染了这种未知病原体的人中有九成都以相当可怖的姿态死去了。活下来的人也未见得有多幸运。九成幸存者都多多少少地变形了，经过一番我完全无法理解的过程后，变成某种别的东西——有时甚至几乎完全不是人类。我见过变成镀锡橡胶人像的大人，也见过多长出好几个头来的孩子……我没法继续写下去了。最糟糕的是，他们还活着。还活着，马克。

但或许最奇怪的，还属剩下来的那一成幸存者，亦即病毒感染者中的百分之一。他们当中大部分人外表上不会出现任何变化。但他们确实掌握着——我必须得这么说——超能力。他们能做到普通人做不到的事。我曾经见过一个人像 V－2 火箭那样直冲云霄，在天上盘旋了好几圈后，才轻轻落地。一个狂暴的病人将沉重的铁质病床撕成好几块，轻松得就像撕纸巾。我将自己封闭在这间小小的办公室里，好让情绪缓和下来，但就在不到十分钟前，有个女人穿过了墙壁，而这间屋子，原本曾经是个仓库。她全身赤裸，十分迷人，是那种很受欢迎的类型，有一种粉红色的光芒仿佛从她体内散发出来，她的脸上还挂着无机质的像是被固定住了似的微笑。

我不是在赞扬他们，马克。我还没向疯狂或吗啡屈服。至少现在还没有。就算在夜间我有幸能睡上一两个小时，恐惧也会充斥着我的睡梦，所以我几乎可以说是很乐于爬出简易床去，直面现在这里正在

---

①“二战”时的纳粹集中营。

进行着的现实。这些都是正在发生的事，它们是真的。或许有一天你自己就会读到和它有关的新闻，要是当局没有封锁消息的话。我看不出他们要怎么做到这一点——这里可是曼哈顿，看在上帝的分上，死亡人数至少好几万。

感谢上帝这种病毒没有传染性。感谢上帝。就目前我们所知，它只会在那些直接暴露于它的灰尘——或者不管它到底是什么形态吧——中的人身上发作，而且也不是所有人，否则我们还会有一百万以上的感染者。以目前的状态来说，隔离是不可能的，即使我们有足够的医疗设备。我们的病房里已经爆发过一次流行性感冒，你再想想要是出现了斑疹伤寒症……

据说这种病毒的幕后主使者是某种地外生物，也就是从外星来的人。就我们目前所见的一切来看，此事也未必全无可能。我曾经从最高层的人那儿听到一个消息，说他们甚至还抓住了一个外星人。我希望这是真的。他们可以把他和那些纳粹的首脑一起送上法庭审判，然后以他这样的野兽应得的方式将他吊死……

——美国陆军医疗团凯文·麦卡锡上校的私人信件

1946 年 9 月 21 日

根据整个事件的发展情况看，很明显，携带着塔基斯 - A 型病毒的宇宙飞船在海拔三万英尺的高度爆炸，正好就在所谓的喷射气流里。休眠状态中的病毒被包裹在一层持久的蛋白质膜内，形成了媒体经常错误指称的所谓“孢子”，实验证明它能抵御极端气温和气压，这让它得以在各种自然状态下生存，其中包括海面下几百英尺，以及最高上限可达平流层的高空。病毒的颗粒在平流层中向东移动，横跨大西洋，期间随机地以雨滴或沉降的形式落下，但具体的机制仍有待验证和观察。这一点可由大西洋中部发生的玛丽皇后号惨案（1946

年9月17日）及随后爆发在欧洲大陆和英格兰的病情得到证实。（注：流言坚称在苏联也大规模爆发了病情，但赫鲁晓夫总理的政府对此保持与其前任别无二致的绝对缄默。）

季风和洋流让病毒在短期内传播到了美国东海岸的广大区域（见图一）。这一点就目前来说，远较于日后还有病毒入侵更令人忧虑，尽管事实上这种病毒看来似乎不会传染，但它在时间和地理空间上都获得了广泛的扩散。仅1946年单年中就有二十起爆发的报告，此外还有几乎一百起孤立的案例，地点横跨美国和加拿大南部（见图二）。

大多数国际上的主要爆发事件的地点给病毒传播的模式提供了一定的线索：其中最严重的有里约热内卢（1947）、蒙巴萨岛（1948）、塞得港（1948）、香港（1949）、奥克兰（1950）等等——全是重要港口。问题在于如何解释病毒的表现形式，能够获得的病例总体来说都是些孤立的事件，其地点则甚至包括了秘鲁安第斯山脉和尼泊尔的偏僻高峰。

正如我们的调查所显示的，答案明显在于病毒蛋白质膜的耐久性。病毒能以包括了人类、机械、动物或自然环境的任何形式携带，同时可以无限存活，直到受到某种破坏性媒介的影响，例如火焰或腐蚀性化学物质。北美的大部分地区爆发病情，以及几个海港的相关大规模病情，都能令人信服地追踪到曼哈顿相关受影响地区的码头或仓库里等待运输的具体货物（详见麦卡锡《致卫生局局长之报告》，1951）。其他病例则可以归因于病毒颗粒在运输中的容器及交通工具上的沉积。人类个体，乃至鸟类和动物（他们不会受到病毒影响）都能在他们自身不知情的状态下携带病毒颗粒。例如上文所述尼泊尔的爆发案例的诱因，可以追踪到一名古隆族[1]士兵，他隶属于皇家廓

① 古隆族是尼泊尔的一支山地民族，廓尔喀来复枪团的主要征兵对象。

尔喀来复枪团，这个兵团曾被派去牵制 8 月 10 日至 13 日在印度加尔各答的恐怖暴力冲突事件，而这一事件中，印度教徒和穆斯林都彼此指责对方引发了病毒的大规模爆发，并导致约两万五千人死亡；但这位古隆族下士本人则完全没有因此病毒而生病。

……究竟还有多少休眠中的病毒沉淀物残存，是在屋顶积灰中，是聚集在河流和下水道中，是沉积在土壤中，是依旧飘浮在平流层中，我们无从检测。它对公共健康形成的威胁究竟严重到什么程度，我们同样无法确定。在这样的背景下，我们应该时刻牢记病毒依然有可能影响到极为广大的人口……

——戈尔德伯格和霍因著《百变王牌病毒：残留及扩散》
原载《现代生物化学》，施奈尔、皮克和小泽编辑

百变王牌病毒改变其宿主基因编程的能力类似于地球的疱疹病毒。然而，它更具有广泛性，会转变宿主全身的 DNA，而非仅只影响且表征于某些固定的部位——例如嘴唇或生殖器官——而后者，则是疱疹类病毒的表现方式。

我们现在已经知道，塔基斯 - A 型病毒在暴露其中的人群身上感染的概率比我们原本推想的要高得多——或许有百分之零点五左右。在不少病例中，病毒几乎不会将其编码附加至宿主的 DNA 中，这就是休眠状态，在这种状态中病毒不算客观存在，而只以一段信息的形式存在——这又是它与疱疹类病毒的另一个相似之处。它有可能无限期地处于被动状态，无法被检测，直到宿主受到外伤或承受精神压力令其显现，总体而言最终的结果都会让人震惊心碎。考虑到它确实会“改编”宿主的遗传代码，因此这种病毒（无论是活跃状态还是休眠状态）都是会遗传的，就像蓝眼睛或卷发的基因一样。

似乎正是因为它会导致致命的效果，创造出这种病毒的塔基斯星

的科学家们才会将之设计成能够自我保存的类型，也就因此令其成为一种隐性的“百变王牌基因”。之所以要隐性，是因为假如一种显性的基因会造成其产物的百分之九十死亡，并让剩下的百分之十中的九成无法或不愿繁殖后代，那么这种基因将只能存活数代，即使如此，据估计，也有三成的转基因外星病毒 DNA 携带者携带的是休眠状态的病毒。

百变王牌病毒由此也遵循了隐性基因遗传的普遍规则。只有当父母双方都携带病毒代码时，才有可能会产生受病毒显性影响的后代；即使如此，概率也只有四分之一，另有五成的可能是产生不会有病毒表征的携带者，剩下四分之一则是不携带病毒编码的后代……

——摘自马库斯·A. 梅多斯著《遗传学》，

1974 年 1 月，第 231—244 页

塔基斯－A 型外星病毒，亦即通常所说的百变王牌病毒，是由塔基斯星精神领主中的领导家族伊卡赞宗族开发的实验性有机装置。在它的 DNA 中有一段编码，能够读取宿主有机体的遗传代码，并将之改编，从而提升宿主内在的偏好和特性。伟大的塔基斯星人以这样前所未有的优化方式来塑造他们个人（及整个家族）的德行。塔基斯星人已发展出了相当强大的精神力量，倚靠百变王牌病毒，伊卡赞宗族可令其家族中的成员发展出更多元化的各种天赋，从而确保在未来的许多年中整个家族的优势地位。

伊卡赞宗族研究者需要面对的主要问题是，如何编出一套程序来识别并提升他们想要的特性，没人会希望自己成为一个更高级的血友病患者。然而，塔基斯星人群体中体现出来的生物多样性甚至比人类之间的更为显著，而后者已是地球上生物多样性最明显的物种之一了。想要开发出一套能够识别有利特性的软件——亦即所谓的“智

能”程序——并提升这些特性，同时又要让这套程序能够以病毒性DNA 的形式执行，就需要进行极大规模的实验。鉴于塔基斯星社会的特性，他们始终有不少受试者可用于甚至更为激烈的实验，因此塔基斯星人作为一个整体，并未因坚持受试者必须自愿的原则而经受多少困扰。然而，即使是在塔基斯上，也没有这么大规模的犯罪者和被征服的政治敌人储备——事实上在他们的文化中，这二者之间没有显著区别——能保证这类实验的基本需求来彻底开发如此复杂的程序。从塔基斯星人的角度来看，幸运的是，一整池与他们在基因组成上有惊人相似之处的生物自动现身了……地球。

……大部分百变王牌病毒的提升并不利于生存，或者说是将生存特性放大到了致命的强度，比如说将肾上腺素对打或逃的反应系统进行调整，导致其反应过于激烈，即使是最轻微的压力也会让整套系统过载，只要一场极速的暴怒就能让他彻底燃尽自我。九成的幸存者身上扩大的特性都是不利的因素，或是有利因素以不利的方式进行了扩大。所谓“鬼牌”的形态范围囊括了恐怖到痛苦，到悲惨抑或只不过是有点不便。受害者可能会被缩减为无固定形态的一团微米物质，例如著名的鬼牌镇居民“鼻涕人”，或者也有可能变形出某种动物的体态，例如酒馆老板“蜥蜴”厄尔尼。也有些受害者会获得某种能力，在其他环境中或许本来能令他成为一名王牌，比如说飘浮者那有限又无法自控的升空能力。病毒的表征也可能十分轻微，比如组成了鬼牌镇颓废派桂冠诗人多里安·王尔德右手的无数触角。

在某些特定病例中，分类之间的区别是非常模糊的，例如前述的厄尔尼，他那种比普通人类只稍稍高了一点点的能力，以及他的鳞片表皮带给他的防护能力，不足以让他成为一个真正的王牌。另一个更可怕的病例是 20 世纪 70 年代末“火女”的悲惨事件，在这个案例中，病毒作用于一个年轻的女人身上，导致她的身体自燃且无法熄灭，与此同时，尽管她的血肉已被烧尽，她的身体本身却能不断再生。受害者乞求路过的人杀了她，她最终死于鬼牌镇内的布莱思·斯坦霍普·范·伦斯勒纪念诊所，表面上看似乎是安乐死的结果——针对塔基扬医生的控告最后撤销了。她抽到的卡究竟算是鬼牌还是黑桃王后，其实是无法确定的。

因为这种病毒原本设计之初便要与宿主个体的特性进行交互反应，因此不会有任何两名百变王牌感染者发作时的表征会完全相同。此外，它的性能也随受试者的区别而有所区别……

……接触病毒后的人中有一成左右的人能够幸存，这一点要归功于塔基斯星人在基因软件和硬件方面的技术。作为如此大规模的实验测试，在受试者人口与病毒原本打算作用的人群有如此巨大差异的情况下，将病毒投放在地球上仍能取得这样巨大的成功，想必它的创造者会为此而十分高兴，假如他们知道这个结果的话。

当然，另一方面，地球人不会这么想。

——莎拉·摩根斯坦《鬼牌镇布鲁斯：百变王牌病毒四十年》

原载《滚石杂志》，1986 年 9 月 16 日

♦♥♣♠

美国超生物学学会之超人类能力研讨会演讲节选

（新墨西哥阿尔伯克基号角饭店，1987 年 3 月 14—17 日）

本篇由哈佛大学超生物学系莎伦·鲍·康史博士于 1987 年 3 月 16 日演讲辑录而成。

♥

学会的各位先生们、女士们，感谢你们的到来。请让我直奔主题。我们在哈佛大学的团队的研究表明，由塔基斯星百变王牌病毒导致的超人类力量——亦即人们通常所说的“超能力”——是专门作用于心灵感应的，虽然病例数量不多，但所有病例全都通过了心灵感应机构的测试。

（小泽议长要求会议保持秩序）

我明白，我的这一表述很可能会被视作一种浑水摸鱼，这是我的某些前辈曾经犯过的错误，还导致了超生物学这一新兴领域被大量严肃科学家视作与命理学和占星术类似的伪科学。但出于诚实，同时也是出于经验证据的证实，我必须重申：超人类力量是心灵能力的一种特殊表现形式。

现阶段，我们对百变王牌病毒如何影响受害者的机制有了更充分的了解。在所谓的王牌病例中，病毒首先提升了他们先天的心灵能力，而后这一点给了接下来的整个基因编码重组过程以方向。这就解释了我们已知这些王牌的个人性格和癖好与其朝人类能力之间的高度一致性——比如说，为什么像黑鹰这样热忱的飞行员会获得飞行的能力，为什么痴迷于“夜晚复仇”的黑影能那样操控黑暗，为什么避世的“宝瓶座”会拥有半人类半海豚的外表，而且事实上他能变形为某种超级－宽吻海豚。百变王牌病毒产生作用的机制之一是微量的心灵遥感能力，它让受试者在潜意识中能够进行选择——或至少能够影响——接下来她或他会发生的变形。

我明白我的这段发言从某种意义上说，是在暗示人们其实是“选择”了成为一名鬼牌或黑桃王后。然而在这个方向上的进一步探索，并不属于我们现阶段研究的范畴。

如今这后百变王牌新纪元的最大问题之一，恰恰正是这种外星病毒——不管制造出它的技术究竟有多先进——让某些个人拥有了违反既有自然法则的能力，例如质量与能量守恒的定理，例如平方－立方定律，甚至还包括了本应无法超越的光速。在这种病毒并未释放之前，科学对心灵能力的存在甚至都怀有强烈的敌意——考虑到能够证实这一现象的相关实验证据如此匮乏，这一点也无可厚非。但现在，我们必须接受事实，确实有人能够制造火焰和闪电，能够将自身变化为动物，能够飞行，或是能够设计制造出可以让他们做到违背力学和工程学原理之事的机械电气设备。

当然，即使是在1946年时，在量子力学的理论研究中也可寻到部分相应的线索。事实上，一些当时的现代科技，包括核武器和正处于开发进程之中的融合器，大部分都是基于量子力学开发，而这个过程通常是“我们知道这样做能运作，但我们不知道它是如何运作的”。在百变王牌病毒的现实动力之下，心灵力量很快就有了量子力学上的依据；“远距离行动”而无需强力的、弱电的或重力的作用成了它的一个特征。比如说，爱因斯坦、波多尔斯基和罗森一起提出的著名“佯谬”理论，即两个量子纠缠粒子呈现的关联性问题，也经1982年在法国进行的实验证实而有了部分定论……

……在心灵传动能力的表征中，有一个很显著的特点是身体的变形。在几乎所有病例中，受试者都在潜意识里重组了她或他的身体原子排列，从而制造出一种与其原本状态明显不同的总体结构：比如说，“飞象女孩”那种令人相当不安的变形，让她变成一头会飞的亚洲象从表面上看，似乎违背了质量与能量守恒定理。至少就飞象女孩的病例上来说，这一点可以从亚原子层面上的潜意识心灵传动来解释；而奥莱利夫人则能让一团虚拟粒子聚集在一起，同时让它们保持存在，远远长于它们在自然状态下存在的时间。（当然，对于虚拟粒子的讨论也不属于我今天这个演讲的范畴。我在这里建议有兴趣的人可以去了解一些相关的研究，比如说，这些“携带”强交互作用的粒子，在无穷小的瞬间里违反了守恒定理。）而随着她恢复原本的外表时，奥莱利夫人就让这些虚拟粒子组成了“幽灵”聚集，从而让这种不存在性失效了。

正是飞象女孩的飞行能力违背了所有航空学定理这一点，给予了我们启示，最终让我们得出了这个报告中提及的结论。简单地说，飞象女孩、游隼以及所有已知王牌的飞行能力及升空能力，都可以简单地归结为某个心灵传动能力的变种。从这个层面上看，伟大而强力的灵龟正属于飞行王牌的原型，因为众所周知，他依靠心灵遥感能力飞行。但没有任何物理学上的把戏能够允许飞象女孩的耳朵或者甚至是游隼那华丽的翅膀支撑起即使只是一个小小的人类飞到空中，更不用说是一头成年亚洲象了。因此，他们与灵龟一样，都是依靠心灵力量飞行的……

……能量投射的能力造成的另一个让人困扰的问题，同样也可以简单地——再一次地——以心灵传动来解释。跃闪杰克似乎会从他的双手手掌中释放出火焰，此外，更能以让人印象深刻的方式来操纵他制造的火。但事实上火焰并非直接从他自己的身体中射出，因此从这个层面上看，这个个体其实并不能算是真正制造了火焰；实际上，严格来说，他制造的东西都不能算火焰。他的心灵传动能力让他得以调节周围空气的布朗运动方向。他在与他手掌相邻约一微米之处，创造出一个高激发态粒子的“热点”，并以心灵传动能力来控制这些白炽气流的方向。

……超光速飞行的能力呈现出来的是一个特殊的案例。在大多数病例中（同时我们最好牢记，每一个百变王牌变形都是独一无二的），拥有光速或超光速飞行能力的个体，事实上是模拟了一个单光子，或者就后者来说是模拟了一个单速子，从而成为一个“巨光子”或“巨速子”，类似于在泰里·克拉克领导下萨塞克斯大学的研究员制造的“巨原子”设备，它可以模拟单原子的性能。装载着百变王牌病毒来到这个星球的宇宙飞船，以及类人外星生物即公众周知的所谓塔基扬医生的飞船，使用的都是这同一种原理的超光速引擎——至于“巨原子”要如何聚合，目前为止，只有这唯一一个并非出生于地球的地球居民知道。

超光速旅行对王牌来说目前用处有限，这主要受限于持久性及长距离旅行带来的各种问题，目前以我们的技术还无法解决。这一点我们也有事实可以证明，目前来说还没有王牌能够旅行到超出太阳系的范畴（海王星的轨道以内）再回来……

……那些所谓的“装备”——反重力腰带、次元之门、装甲战斗服等等——都有一个显著的特征，那就是事实上它们全都不可复制。将它们拆解检查后常常会发现，它们其实毫无机械学或电力学上的意义。每一次的结果都无法复制量产。这就解释了为什么某个极有事业心的装备大师没有将它们投放市场，比如说，一个私用光速飞行腰带，或者一个反重力升降机什么的。只有它们的创造者能让它们投付使用。在一些案例里，这些装备由非常滑稽可笑的各种残骸装配而成，其中包括了苹果核、发夹和芭比娃娃的躯干等等。其他装备的组件则只是电路的图示而已，但它们却能像耶罗尼米斯[①]那些空想机械

① 耶罗尼米斯·博斯是十五至十六世纪的荷兰画家，多数画作表现罪恶与人类道德的沉沦。他以恶魔、半人半兽或机械的形象来表现人的邪恶。

一样，确实如真正的电路应该的那样运作。

能解释这些的理由，依然还是心灵能力的表现。创造者实际上是从（以当前科学的角度来看是）玄学的层面上，在作品中留下了自身的印记。这一点可以解释一个常见的现象，即那些“装备大师”的创造力似乎有其限制，他们时不时地得将旧装备拆解，重组成一个新的才能投付使用。这个解释同样也让我们可以简单地做出以下预言：世界各地的政府如今都想复制令人震惊的“模块人”机器人，但这一企图必将悲惨地失败，除非有人能给这些设备打上他们自身“百变王牌力量”的印记……

……大部分王牌之间的一个共同点是他们新陈代谢的能率要高于“普通”人类。其中有些人似乎能从他们体内搜集能量来引燃他们的能力，还有一些（希望能有更好的方式来完成这个过程的人）则从宇宙中搜集能量。剩下的人则要么需要外部来源的能量来让能力变强，或是已有了这类能量来源的可靠帮助。比如说众所周知的强力黑人哈莱姆铁锤，就发现他必须摄取在他的饮食中加入的大量重金属盐，从而让他的新陈代谢保持在高度反应的状态，此外他还需服用不少“骨赘”，例如锶－90和钡－140，他们似乎取代了他骨骼中的钙，从而给了它们比普通人更强的持久能力和力量。跃闪杰克靠暴露在火焰和热能中来获得力量和营养。其他人则从“电池”中获得超人的能量，经证实，它们总体而言与耶罗尼米斯式的装置属于同一个类型。不管他们的能量来源是什么，至今还没有发现任何王牌能在比较短的时间内充分发挥了超人类能力后，还能不耗尽她或他的力量储备。有些人能简单地睡一觉就给自己“充电”，其他人则需要外部的力量储备。再一次重申，每一个案例都是独一无二的……

要进一步证明“心灵”假设可以引入那位所谓的“沉睡”的案例，他在每一次醒来之后，都会获得一套完全不同的超人类能力。其他任何王牌能力作用机制的模型都很难说明这一现象的原因……

总而言之，我和我的同事就目前的研究而言，可以说心灵假设能解释所有已知的王牌能力——这是其他假设无法做到的……

♦♥♣♠